ハヤカワ・ミステリ

REGINALD HILL

ダルジールの死

THE DEATH OF DALZIEL

レジナルド・ヒル
松下祥子訳

TOKYO
HAYAKAWA
BOOKS

A HAYAKAWA
POCKET MYSTERY BOOK

THE DEATH OF DALZIEL
by
REGINALD HILL
Copyright © 2007 by
REGINALD HILL
Translated by
SACHIKO MATSUSHITA
First published 2008 in Japan by
HAYAKAWA PUBLISHING, INC.
This book is published in Japan by
arrangement with
A. P. WATT LIMITED
through THE ENGLISH AGENCY (JAPAN) LTD.

おや、昔の仲間か？　これだけの肉があっても
小さな命ひとつを収めておけなかったのか？　あわれなジャックよ、
さらばだ……
今日、死に見舞われた中でこれほど太った鹿はいない。

——シェイクスピア『ヘンリー四世第一部』五幕四場

邪悪な人間を殺すテンプルの騎士は
人を殺すと責められるのではなく、
悪を殺すと称えられるべきである。

——クレルヴォーの聖ベルナール『テンプル騎士読本』

ダルジールの死

装幀　勝呂　忠

登場人物

アンディ・ダルジール……………………中部ヨークシャー警察の警視
ピーター・パスコー………………………同主任警部
エドガー・ウィールド……………………同部長刑事
アドルファス・ヘクター…………………同巡査
エリー………………………………………パスコーの妻
ロージー……………………………………パスコーの娘
アマンダ（キャップ）
　　　　・マーヴェル……………………ダルジールのパートナー
サンディ・グレニスター…………………ＣＡＴの主任警視
デイヴ・フリーマン………………………同メンバー
バーニー・ブルームフィールド…………同警視長
ルーカシュ・コモロフスキー……………同メンバー
ティム・チェットウィンド………………同メンバー
ロッド・ロクサム…………………………同メンバー
マイケル・キャラディス…………………テロ容疑者
サイード・マズラーニ……………………レバノン人学者
スタンリー・コーカー……………………人質になった英国人ビジネスマン
ジョー・フィドラー………………………ＴＶ番組のホスト
モーリス・ケントモア……………………農場主
クリストファー・ケントモア……………モーリスの弟
キルダ・ケントモア………………………クリストファーの妻
イブラヒム・アル - ヒジャージ師……イスラム教モスクの導師
カリム・サラーディ………………………大学生
ジョン・Ｔ・ヤングマン…………………作家。元ＳＡＳ隊員
フィオン・リーク - エヴァンズ…………エリーの広報係
ルーク・キューリー - ホッジ……………元軍人
イーディス・ホッジ………………………ルークの母親

第一部

アレグザンダーの名前を出す者もいれば
ヘラクレス、
ヘクトールも……

——作者不明『英国の近衛兵』

1　ミル・ストリート

昔からたいした通りではなかった。

西側――旧毛織物工場《ミル》は乾いた血の色をしたレンガ造りの刑務所みたいな建物だが、外を見つめる窓は今では板で目隠しされ、かつての騒々しい機械の音は白髪を置く頭の中に遠くこだまするだけ。

東側――一つのくたびれた屋根の下に狭い家が六軒、高い土手に背を押しつけ、肩を寄せ合って建っている。土手の上の線路を通って列車は南からこの都市の北の心臓部へまっすぐ突き進む。

ミル・ストリートに気づく乗客はめったにいない。
昔からたいした通りではなかった。

真冬には寒い雪渓となり
春も秋もほぼ同じ。

だがたまに
穏やかな夏の日、
雲ひとつない空に太陽が高く昇ると、
ミル・ストリートは
熱気あふれる砂漠の峡谷となる。

2　マトン・パスティー二個とアーモンド・ケーキ一切れ

まあ、汗をかいてる言い訳にはなるな、とピーター・パスコーは思いながら、三番地の筋向かいに駐車してある二台の車の近いほうへ小走りに近づき、その陰に隠れた。

「腰でも傷めたのか？」アンディ・ダルジール刑事部警視は訊いた。主任警部は歩道の上司の横に屈み込んだところだった。

「は？」パスコーは息を切らせていた。

「妙な動き方をしているから」

「用心したまでです」

「ほう？　薬だけにしておけよ。それはともかく、こんなところで何してるんだ？　公休日がキャンセルになった？　それとも、庭の草むしりをさぼってるだけか？」

「実はその庭で日光浴していたんですがね。パディ・アイアランドから電話があって、包囲状態になっているところがあるんだが、特殊技能員が不足しているから手伝ってくれないかと言われたんです」

「特殊技能？　きみが射撃の名手とは初耳だな」

パスコーは深呼吸して、いったいどこの神がしゃあしゃあとみずからの法則を破り、ダルジールの三つ揃いに包まれたぼてぼての肉体をこんなに涼しげに見せることにしたんだ、と考えた。彼自身の細い体はコットン・ジーンズと〈リーズ・ユナイテッド〉のTシャツに包まれながら、国会の首相質疑応答の時間よりよっぽど熱を発散しているというのに。

「ほら、わたしは交渉人《ネゴシエーター》の研修を受けたでしょう」彼は言った。

「あれはきみがエリーと話をする力をつけるためだと思っていたがな。あのやかまし屋、本当はなんと言ったんだ？」

巨漢はアイアランド警部のファンではなく、あいつはfが三つつくおせっかい（offficious）だと主張していた。このきっかけをとらえて、その単語にfは二つしかないと言えば、彼は三つ目が何を表わすか教えてくれる。きっかけをとらえなくても、たいていは教えられることになる。

しかし、パスコーは外交官的寡黙のベテランだった。

「たいしてなにも」彼は言った。

アイアランドは実際にはこう言ったのだった。「休みの日に邪魔して申し訳ないんだが、ピート、知らせておいたほうがいいと思ってね。ミル・ストリートの店舗に銃を持った男がいるとの報告があった。三番地だ」

それから、反応を期待するかのような間があった。

パスコーがぶつけたい反応は一つだった。〝そんなことのために、なんでおれがハンモックから引きずり下ろされなきゃならない？〟

彼は言った。「パディ、気がついてるかどうか知らないが、今日はオフだ。公休日。当直くじを引いちまったのはアンディなんだ。まさか、警視に言われて電話してきたわけじゃないよな？」

「まさか。ただ、三番地は貸しビデオ屋なんだ、〈オロック・ビデオ〉。揃えてるのはおもにアジアとアラブのやつで……」

パスコーの頭の中でかすかに記憶が甦ってきた。

「待てよ。CATの警戒標識つきのところじゃなかったか？」

「ばんざい。犯罪捜査部に伝達事項を実際に読む人物がいるとはな」アイアランドは皮肉たっぷりに言った。

CATとは合同テロ防止《コンバインド・アンティ・テロリズム》組織のことで、ここでは警察公安部の警官がMI5の工作員と協力して働く。CATは人や場所にレベル別の警戒標識をつけ、いちばん低いレベルは、公式の見張りは必要ないが、観察を怠らず、通常と変わったことがあれば報告せよ、とされている。

ミル・ストリート三番地はこの最低レベルだった。

パスコーはそれとなく叱責されたのを不愉快に感じて言った。「ミル・ストリートでパレスチナ人が反イスラエルの暴動を企てるとでもいうのか？」

「いや、そういうわけじゃ」アイアランドは言った。「ただ、この報告をアンディに伝えたら……」

「ああ、よかった。やっぱり伝えてあったんだ。じゃ、わたしに知らせる必要はないっていう決断のほかに、警視はどういう手を打った？」

苛立ちを声に出さないようにつとめたが、そう本気ではなかった。

アイアランドは傷ついた調子で言った。「ミート・パイを食い終わったらすぐ自分が出向くと言った。気づいていないと悪いから、ミル・ストリート三番地は警戒標識つきだと念を押した。警視はあくびをした。ミート・パイを食ってる最中のあくびは見て気持ちのいいものじゃない。だが、わたしがもう所定の手続きを踏んで上申したと言うと、悪口雑言が始まったから、逆らわずにその場を離れた」

「それは賢い」パスコーは言い、自分も相手に聞こえるようにあくびをした。「で、何が問題なんだ？」

「問題は、警視がたった今、わたしのオフィスの前を通っていったってことだ。ミル・ストリートに行ってくる、おれの一日を台無しにしてさぞ満足だろう、とわめきながらね」

「でも、満足できない？」

深く息を吸う音、それから静かに抑えた声がした。「満足できないのは、深刻なものになりうる状況を警視が深刻に受けとめていることだ。だがもちろん、あとは喜んで犯罪捜査部のエキスパートにおまかせしますよ。お休み中を失礼しました」

電話はがちゃんと切れた。

もったいぶった間抜けめ、とパスコーは内心で言い、庭に戻ってこの腹の立つ話を妻に聞かせた。驚いたことに、彼女はじっくり考えて言った。「このままアンディに会ったとき、上層部が役立たずばかりでうんざりだと言い募っていたわ。すぐにも一騒ぎ起こしそうな気配だった。これは確かめにいったほうがいいかもよ。あの人が一人で次の湾岸戦争なんか引き起こさないうちにね。三十分くらい、かまわないじゃない」

こんな内幕をダルジールにばらすつもりはなかった。

「たいしてなにも」彼はまた言った。「だから、そちらから教えてください」

「いいだろう。そうしたら、きみは家に帰れる。お利口さんだから、三番地はCATの警戒標識つきだってことはご存じだろう？　それとも、アイアランドはきみにもそれを教えなきゃならなかったか？」

「いいえ、でもたっぷりヒントを出されましたがね」パスコーは認めた。

「ほらな」ダルジールは勝ち誇って言った。「ロンドンの爆弾事件以来、あっちもこっちも警戒の旗が立って、戴冠式の日も顔負けだ。ちょっとでも中東とのつながりがにおうと、あいつらはすぐ犬みたいに片足上げてマーキングだからな」

「ええ、マイアリーの旧〈メッカ〉ダンスホールにまで標識をつけたがってるって聞きましたよ！」

山を照らす月光のように、懐旧の微笑がダルジールの顔を明るくした。

「マイアリー・メッカか」彼は夢見るように言った。「あそこにはいい思い出がある。ドンカスター出身の娘がいてな。トティ・トルーマン。彼女のタンゴときたら、こっちが猥褻行為で逮捕されそうなくらい――」

「はいはい」パスコーは割って入った。「垂直でも水平でも、さぞかしチャーミングな女の子だったんでしょう――」

「おい、よせよ！」今度は巨漢が割って入った。「人をそう簡単にタイプ分けするもんじゃない。きみの悪い癖だぞ。トティはふかふかした肉の塊ってだけじゃなかった。筋肉だってあったんだ。いやあ、女子ハンマー投げがあったら、金メダルを取っていたな！　一度、ラグビー・クラブのバーベキュー・パーティーで、彼女がフィールドの真ん中からゴム長靴を投げるのを見たが、ゴール・ポストを越してもまだ上昇中だった。結婚しようかと思ったんだが、あっちには宗教があってな。二人でつくった子供がぞろっと一列に並んだところを考えてもみろ！」

思い出話はそろそろおしまいだ。

パスコーは言った。「たいへんおもしろいお話です。でも、現状に集中したほうがよさそうです。で、現状は……？」

「これがきみたち若いのの困ったところだ」ダルジールは悲しげに言った。「道草して花の香りを嗅ぐ余裕がない。いいだろう。状況報告だ。徒歩パトロールの警官が、三番地で銃を持った男を見たと報告した。その情報をパトカーの警官に伝えると、かれらは本部に連絡して指示を求めた。で、われわれはここにいる。ここまで、どう思う？」

巨漢はいたずらな態度になっていた。当てっこの時間か、とパスコーは思った。強盗が中にいる？　いや、よほど頭の悪い悪漢でなければ、わざわざミル・ストリートで強盗に入ろうとは思うまい。ここは町の商業の中軸ではなく、ひどく錆びた車輪の輻《や》の先端にすぎない。工場《ミル》そのものには保存命令が出ていて、改装して工業の歴史を伝える文化遺産センターにするという話があるが、向かい側の安普請の長屋を取り壊して駐車場にするという計画には、ヴィクトリア朝歴史協会すら反対していなかった。

しかし、この工場改修プロジェクトは、宝くじからの資金供給の問題で暗礁に乗り上げていた。

右翼は、金が出ないのはこれが身障者レズビアン亡命者の得にならないからだと言った。左翼は、これが財務省の収入源にならないからだと言った。

理由はともかく、長屋の取り壊し計画は保留になっていた。

最後まで残っていた住民もとうの昔に新住宅に移され、建物が老朽化してスラムになりさがるよりはと、市役所は住所と事務所スペースを求める小企業にこの場所をすすめ、無人でないという外見を保たせようとした。こういった企業は結局のところ、見棄てられて枯れる早咲きの桜草（ミルトンの哀悼歌「リシダス」より）のごとく短命で、現在生き残っているのは六番地の特許弁理士事務所クロフツ&ウィルズと、三番地のオロック・ビデオだけだった。

という歴史分析は興味深いものだが、二人がここで何をしているのか、パスコーにはまだわからなかった。

いらいらして、彼は言った。「で、あそこには銃を持った男がいるかもしれないと。なんらかの戦略を立ててあるんでしょうね。それとも、一人で急襲をかけるつもりですか？」

「いや、これで二人になったからな。しかし微妙なアプローチといえば、きみのお得意だったじゃないか。ま、そこから始めよう」

そう言いながら巨漢は立ち上がり、車のボンネットから拡声器を取り上げると、口元へ持っていき、怒鳴った。

「よし、中にいるのはわかっている。すでに包囲されている。両手を上げて出てこい。そうすれば誰も傷つかない」

彼は腋の下をぼりぼり掻いてから、またしゃがんだ。

一瞬の沈黙のあと、パスコーは言った。「あんなことをおっしゃったとは、信じられませんね」

「なぜだ？　昔はしょっちゅうやったもんだ、ネゴシエーションとかいうのが現われる前はな」

「それで、言われたとおり出てきた人はいるんですか？」

「いないな、わたしの記憶では」

パスコーはこれを嚙みしめてから言った。「両手を上げて出てこい、の前に、銃を捨てていう台詞を忘れてましたよ」

「いや、忘れたんじゃない」ダルジールは言った。「相手は銃を持っていないかもしれん。もし持っていなかったら、こっちは持っていると思っていると、やつに思わせたくはないだろう？」

「徒歩パトロール警官が武器を見たと報告したんじゃないんですか？　何だったんです？　猟銃？　拳銃？　それに、その推定上のガンマンは実際に何をしていたんです？　いいかげんにしてくださいよ、アンディ。お手製レモネードとハンモックをあとにしてここまで来たんですからね。いったい何が問題なんですか？」

「問題？」巨漢は言った。「問題なら、あれだよ」

彼は自分の車のやや先に駐車してある警察のパトカーのほうを指さした。パスコーはその指を追って目を向けた。すると、すべてが明瞭になった。

こちらからはほとんど見えないが、後部タイヤに巻きつくような格好で、ベーコンの脂身なみの脅威を発散させているのは、見慣れたひょろっとした人物だった。

「えっ、まさか……？」

「そのとおり。これまでのところ、このガンマンと接触したのは、ヘクター巡査のみだ」

　ヘクター巡査は中部ヨークシャー警察が背負わされているアホウドリ、そのスープに落ちた足長蠅、その奥地《アウトバック》に生えるウォレミ松、その海底に潜むシーラカンスだった。しかし、救いようがないわけではない。彼は決して底まで落ちないのだ。もっとも深いところの下に、つねにさらに低い部分がある。本物のイギリス魂のある人間がしばしば大惨事に見舞われながら立派な勝者となるように、中部ヨークシャー警察は彼を誇りに思うようになり、おかげで彼は生き延びているのだった。〈黒牡牛〉亭で話が途切れたら、誰かが「そういえば、あのときヘクターが……」と言い出しさえすれば、あと二時間は楽しい思い出話に花が咲くのは保証つきだ。

　だから、ダルジールが「問題なら、あれだよ」と言ったとき、多くは説明がついた。だが、すべてではない。とんでもない。

「そこで」ダルジールは続けた。「ヘクターが本当に銃を見たのかどうか、どうやって確かめるか」

「そうですね」パスコーは考えた。「彼を押し出して、撃たれるかどうか見るって手はあります」

「そいつはいい！」ダルジールは言った。「きみの教育に金を出したかいがあったよ。**ヘクター！**」

「やめてください、ジョークですってば！」パスコーはあわてて言った。ひょろっとした巡査はタイヤから離れ、こちらに這い寄ってきた。

「笑いたいよ、まったく」ダルジールは言い、錆びたラジエーター・グリルみたいににやりとした。「ヘクター、元気か？　頼みたい仕事がある」

「はあ？」ヘクターはためらいがちに言った。

　このためらいは巨漢の意図を疑っている証拠だと思いたいところだが、この巡査は〝こんにちは〟と言われようと、

〝助けて！　溺れる！〟と言われようと、たいていはまずためらうのが自然な反応だと、パスコーは経験から知っていた。どんなに手入れしても、ヘクターの頭のエンジンは冷えていて、すぐにはかからない。今、帽子をかぶっていないその頭は明らかにひどく熱くなってはいたが。二、三週間前に、彼は髪を刈り上げて出てきて、まるでブルース・ウィリスがエサウ（旧約聖書に出てくる毛深い男）に見えそうな超短髪だったから、ダルジールはこう言った。「わたしを破滅させるのはきみだと昔から思っていたがな、ヘック、だからって死神そっくりに見せる必要はないぞ！」

　今、ぎらつく太陽の下で汗に光る滑らかな白い頭蓋を見ると、警視は悲しげに首を振って言った。「やってもらいたいのはこれだ。ぶらぶらしていて、わたしはすっかり腹が減った。駅前広場のパットのパン屋を知っているだろう？　パットは絶対に休まない。ちょっとひとっぱしりして、マトン・パスティー（ミート・パイの一種）二個とアーモンド・ケーキ一切れ買ってきてくれ。それに、ミスター・パスコーにカスタード・タルト。好物だからな。それだけ、おぼえられるか？」

「はい、警視」ヘクターは答えたが、動こうとはしなかった。

「何を待ってるんだ？」ダルジールは訊いた。「先払いってことか？　信頼ってもんはなくなったのか？　わかった、ミスター・パスコーが払ってくれる。毎回わたしがおごるわけにはいかん」

　十回に一回おごってくれれば御《おん》の字ですがね、とパスコーは思いながら、ヘクターの汗ばんだ手に一ポンド硬貨を二個のせてやった。てのひらの上で、死人の目玉みたいに見えた。

「もし足りなかったら、ミスター・ダルジールが清算してくれる」パスコーは言った。

「はい……でもあの……あいつは？」ヘクターは三番地にちらと目をやって、もごもご言った。

　かわいそうに、撃たれるかもしれないとおびえているんだ、とパスコーは思った。

「あいつ？」ダルジールは言った。「きみはほんとにいいやつだな、ヘクター。いつも他人を思いやる」

彼はまた拡声器を持って立ち上がった。

「そこにいるやつ。われわれはこれからパットのパン屋に人をやって食べ物を買ってくる。おまえもなにか食いたいんじゃないか？　パスティーとか？　あの店はエクルズ・ケーキもうまいぞ」

彼は黙り、しばらく耳を澄ませてから、またしゃがんだ。

「なにも欲しくないらしい。だが、えらいぞ。立派な態度だ」

「いえ、警視」ヘクターは言った。恐怖心から大胆になっていた。「そうじゃなくて、もしわたしが動いているのを見たら、あいつは危険を感じて……」

「え？　ああ、そうか。きみを撃ってくるかもしれんと。もしきみが危険な相手だと思えばな」

ダルジールは考えるように鼻を掻いた。パスコーはその視線を避けた。

「いちばんいいのは」巨漢はようやく言った。「危険人物に見せないことだ。まっすぐ立って、胸を張り、肩を反らせて、ゆっくり歩け。いかにもはっきりした行き先があるみたいにな。そうすれば、たとえむこうが撃ってきたって、弾丸はきれいに貫通してたいした怪我はしない。じゃ、行け」

第一次大戦であれだけの兵士が無残にも死んだのは、狂人の命令に盲従する態度のせいであり、そんな盲従はあの数百万人とともに死に絶えたと、このときまでパスコーは確信していた。だが今、ヘクターが浅瀬を渡るかのようにそろりそろりと歩いていく様子を見ていると、自信を失った。

ヘクターの姿が見えなくなると、彼は車の脇で緊張を緩めた。「警視、それじゃあ、何がどうなっているのか、きちんと教えてください。さもなきゃ、わたしはハンモックに戻ります」

「ヘクターの話を聞きたいってことか？　いいだろう。昔むかし……」

ヘクターは現代の警察にはめずらしい、永遠の徒歩パトロール警官だった。あれこれの地域集団が犯罪増加を心配して、昔ながらの巡邏警官を復活させろと圧力をかけてくるとき、彼の存在は有益な統計を提供してくれる。実は、ヘクターは運転はもちろん、助手席にすわれば運転手を苛立たせて気を散らせ、とにかく車に関わると死を招きかねないのだ。バイクに乗れば、危険というほどのスピードは決して出さないが、酔っ払ったキリンみたいに見えるので、中部ヨークシャーじゅうの笑いもの、警察のイメージを落とすばかりだ。

　それで、ヘクターは歩く。そしてこの日、ミル・ストリートを巡邏中、三番地の前を通りかかったとき、音がしたのだ。「咳みたいな」彼は言った。「ていうか、腐った棒が折れるみたいな。ていうか、テニスのボールが壁に当たって跳ね返るみたいな。ていうか、銃声みたいな」

　ヘクターが正確に表現しようとすると、複数選択解答がいいところだった。

　彼はドアを試した。あいた。涼しく薄暗いビデオ・ショップに入った。カウンターのむこうに男が二人いた。人相を訊かれると、ヘクターはしばらく考えて言った。明るいところから薄暗いところに入ったので、はっきり見えなかったが、一人は〝なんだか黒っぽいやつ《ダーキー》みたいだった〟のはほぼ間違いない。

　政治的に正しい見方からすれば、これは人種差別的表現であり、ヘクターが警官にふさわしくない人間である証拠とされるかもしれない。だが、クリスマスにサンタクロースの扮装で万引きした男を〝小柄で、口ひげを生やしていたと思います〟と描写したヘクターの言葉を聞いた者にとっては、〝なんだか黒っぽいやつ〟というのは写真的記憶と言ってもいいくらいだった。

　第二の男は（〝妙な感じで、でもたぶん黒っぽいやつじゃない〟というのがヘクターの最善の答えだった）右手になにか持っていて、それは銃だったかもしれない。だが、その男は奥の暗がりに立っていて、ヘクターを見ると両手を下げ、カウンターの後ろに隠したから、確実にはわからない。

　状況を明確にする必要を感じたヘクターは言った。「オーライ?」

　間があり、店の二人は顔を見合わせた。

　それから、なんだか黒っぽいほうの男が答えた。「オーライ」

　するとヘクターは、ほとんど美しいと言えるほどの簡潔さと均整を示して「オーライ」と言い、この啓蒙的会話を終わらせ、そこを出た。

　ここで哲学的問題が起きた。事件があって、報告すべきなのか？　ヘクターが沈思黙考を終わらせるのに長くはかからない。今からお茶の時間までがあれば充分だ。というわけで、ふだんよりさらに周囲に気をつけずに道路を渡っていたものだから、危うく通りすがりのパトカーに轢かれそうになった。運転していたジョーカー・ジェニソン巡査は急停車し、あけた窓から身を乗り出すと、ヘクターの正気に対する疑念を表明した。

　ヘクターは礼儀正しく聞き――どうせ聞き慣れた言葉だった――ジェニソンが息を継いだ隙に、そのとても広い肩に自分の荷を押しつけた。

　ジェニソンはまず、こういう情報源のこういう話だから、ほぼ間違いなくたわごとだろうと思った。それに、あと五分で当直が終わるところで、そもそもミル・ストリートを急いで通り抜けようとしていたのはそれが理由だった。

「報告するんだな」彼は言った。「だけど、おれたちがいなくなってからにしてくれよ」

「おれのバッテリー、切れてると思う」ヘクターは言った。

「驚かないね」ジェニソンは言って、車をまたスタートさせた。

　不運なことに、相棒のアラン・メイコック巡査はヘブデン・ブリッジ出身で、ランカシャーとの境界に近いから、中部ヨークシャーの基準からすれば、心優《ソフト》しくおつむも弱《ソフト》いというわけで、ヘクターの窮境に同情した。

「車の無線で本部を呼んでやるよ」彼は言った。

　ジェニソンに腹をぐいとつつかれると、彼は小声で言った。「いや、どうせ一分とかからないし、あっちだってヘックだと知ったら、笑っておしまいにするさ」

　警察官なら、美徳の報酬はわずかで、なかなか手に入らないと知っているべきだった。てっとりばやい利益を求めるなら、悪徳を選ぶものだ。

本部で無線連絡に応えたのは、期待したような同僚巡査ではなく、当直のパディ・アイアランド警部だった。彼はミル・ストリート三番地と聞くなり、車をその場にとめて指示を待つようにと命令した。

「それからあの野郎、わたしのところに駆け込んできた。まるで真珠湾に最初の爆弾が落とされたと聞いたばかりって感じでな」ダルジールは締めくくった。「こっちも興奮したが、そうしたらヘクターの名前が出た。熱が冷めたよ！　もう上申して援助を求めたと言ったときには、あいつの首を絞めてやりたくなった！」

「それで……？」パスコーは訊いた。

「わたしはパイを食い終わった。数分後に電話が鳴った。CATのおしゃべり男だった。わたしはたぶんなにかの間違いだと説明しようとしたんだが、それはエキスパートが決めることだと相手は言った。だから、そのエキスパートってのは、キャラディスのギャングを解散させるのに公金を遣いまくった、あのエキスパートのことかと訊いてやった」

外交官パスコーは呻いた。

六カ月前、CATはノッティンガムで十五人のテロリスト容疑者を、地元の水道水に毒物リシンを混入させる計画を立てていたとして逮捕し、大成功だと主張した。ところがその後、公訴局が訴訟を取り下げざるをえないとする容疑者が一人、また一人と増えていき、ようやく裁判が始まると、被告人席に着いたのは首謀者とされるマイケル・キャラディスだけだった。パスコーは個人的理由から、この男の訴訟も失敗に終わるといいと思っていた——内務省がCATになりかわって発表する声明がしだいに苛立ちを募らせ、自己弁護的になっていくので、そのとおりになるかもしれないという希望が強まっているのだった。

「どうしたんだ？　腹にガスでもたまったか？」ダルジー

ルはパスコーの呻き声を聞いて言った。「ともかく、そいつが最後に言うには、大事なのは目立たないようにすることだ、中にいる人間に警戒心を起こさせるな、むこうからは見えないように道路の両端を塞いで、CATの人間が到着して状況を判断するまで観察を続けろとさ。おい、なんでそんなに歯ぎしりしているんだ?」

「道路ブロックらしきものがぜんぜん見えないからです。一方の端ではメイコックが煙草を吸い、反対の端ではジェニソンが股ぐらを掻いているだけ。それに、警視の車とパトカーが並んで三番地の真正面にとまっていて、わたしはその後ろにしゃがんでいる」

「メイコックとジェニソンみたいなデブが二人いるんだ、道路ブロックなんか必要ない。それに、あの中にいる連中はわれわれに狙われていると知ってるのに、なんで車を移動させる? どっちみち、これもどうせヘクターのたわごとだろうと、きみもわたしもわかっている」

彼はわざとらしく絶望の様子をつくって首を振った。

「それなら」パスコーはゲームにうんざりして言った。「警視がぶらりと店に入り、何事もないのを確かめて、CATの男宛てのメモをドアに貼りつけておけばいいだけですよ。すべてかたづいた、本部に立ち寄ってお茶でも飲んでいかないか、とね。それじゃ……」

パスコーはこのあからさまな皮肉に続けて、この場を立ち去り、自宅のハンモックに戻るつもりだったのだが、巨漢はよっこらしょと立ち上がろうとしていた。

「まったくそのとおりだ」彼は言った。「きみはしばらく手探りしてまわるが、最後には白い杖で突くべきところを突く、とまあ、女優が近眼の大臣に言ったようにな。じゃ、アクションだ。せっかくの休日を、ヘクターのおかげで車の陰でつぶしたと知れわたったら、いい笑いものにされる。そういや、あの野郎、マトン・パスティーを持ってどこに消えたんだ? われわれの金をあいつに預けたとは、正気じゃなかったな」

「わたしの金です」パスコーは訂正した。「それに、誤解ですよ。なにかすべきだとすすめているわけじゃ……」

「いや、卑下しなくたっていい」ダルジールはまっすぐ立ち上がって言った。「いいアイデアがあるなら、じゃんじゃん見せびらかすことだ」

「警視」パスコーは言った。「賢明でしょうか？　ヘクターが必ずしも信頼できないことは承知していますが、いくらあいつだって、銃を見ればそれとわかるはず……」

　用心しようとすすめたつもりが、かえって逆効果になった。

「馬鹿を言うな」ダルジールは笑った。「誰かが鼻の頭にペンキでバツ印をつけて鏡を渡してやらなきゃ、自分の鼻もほじれない男だぞ。あいつが音を聞いたというなら、きっと自分の屁《へ》だろう。中のやつはたぶん持ち帰りのケバブを一串手にしていたんだ。おい、ピート、さっさとかたづけよう。そうしたら、わたしに一パイントおごってくれればいい」

　彼はスーツの埃を払い、ネクタイをまっすぐにすると、道路を渡り始めた。王と歩き、大統領と語り、哲学者と議論し、予言者と占って、自分が正しいことにみじんも疑いを抱いたことがない男、という自信たっぷりの歩きぶりだった。

　おもしろいことに、二人の長年にわたるつきあいで、この正しいという思い込みをパスコーが疑う理由はまずなかったのに、このとき、立ち上がって偉大なる師のあとについて歩き始めたパスコーの頭に、何事にも初めてというときがあるものだ、という考えが浮かんだ。なんて皮肉なことだろう、エリーの優しい心のせいで、ダルジールの不可謬性神話が吹っ飛ばされる機会に居合わせることになったとしたら……

　その同じ瞬間、あたかも彼の頭に念動《テレキネシス》の力が発生したかのように、ミル・ストリートが爆発した。

3 予感

爆発が起きたとき、エリー・パスコーは夫がいやいやながら明け渡した庭のハンモックで眠っていた。

パスコーの家は北の郊外にあり、ミル・ストリートからは遠いので、せいぜい爆音のごくかすかな響きが届くか届かない程度だ。エリーが目を覚ましたのは、娘のペットの雑種テリアがしつこく吠え立てたからだった。

「ティッグ、どうかしたの?」エリーはあくび混じりに訊いた。

「わかんない」ロージーは言った。「ボールで遊んでたら、急に吠え出したの」

ふいに疑念が起きて、エリーは隣の庭の高いリンゴの木をしげしげと見た。隣人の息子は思春期にさしかかり、最近二度ばかり、夏の暑さに誘われたエリーがビキニで外に出たとき、葉陰からこちらをじろじろ見下ろしているのを見つけたのだ。だが、彼の姿はなかった。どのみち、ティッグの鼻は南、町の中心部のほうを向いていた。犬がひたと見つめる方向に目をやると、ずっと遠くにほのかに煙が上がり、真っ青な夏空を汚していた。

こんな日に、誰が火を焚いたりするんだろう?

ティッグはまだ吠えていた。

「静かにさせられないの?」エリーはぴしりと言った。

娘はびっくりして彼女を見たが、それから皿のビスケットを取り、芝生のむこうへ投げた。ティッグは最後に一つワンと吠えると、いかにも義務は果たしましたという満足げな様子で、報酬をさがしにいった。

きつい口調になってしまい、エリーはすまないと思った。苛立ったのは犬に対してではない。なにかもっと漠然とした理由があったのだ。

ハンモックから降りると、彼女は言った。「暑いったらないわね。シャワーを浴びてくる。一人で大丈夫?」

ロージーは母親をじろりと見た。ここにいたってなんにもしてくれないじゃない、いなくなったっておんなじよ、とその目つきは無言で語っていた。

エリーは家の中に入り、浴室でシャワーの下に立った。冷たい水は汗を流してくれたが、不安感は消してくれなかった。

はっきりした輪郭のあるものではない。あるいは、彼女が輪郭をつけたいものでもなかった。いくら考えてもしかたない。なぜなら、もし考え始めたら、ばかげた結論に達してしまうかもしれないから。すなわち、自分がこうしてシャワーを浴びている本当の理由は、悪い知らせが来たとき、ビキニ姿でいたくないから……

アンディ・ダルジールのパートナー、アマンダ・マーヴェル——友人のあいだではキャップと呼ばれている——は、ミル・ストリートが爆発したとき、エリーよりさらに遠くにいた。

ダルジールが仕事に出ているあいだ、彼女は夏の公休日につきものの国民の大移動に従って海岸へ向かったが、浜辺に寝そべって日光浴する人ごみに加わろうというのではなく、病人を見舞うためだった。

その病人というのは、彼女の母校の校長だった勲爵士《デイム》キティ・バグノルド、ダービシャーのベイクウェル付近にある有名な聖ドロシー・カソリック女子学院を四十年近く牛耳ってきた人物だった。キャップ・マーヴェルは最終的に、聖ドット校が標榜するものすべてに反する選択をして生きてきた。具体的にいえば、宗教を棄て、離婚し、合法すれすれの活動をするあれこれの動物権擁護グループに関わっている。

しかし、そのあいだもずっと彼女とデイム・キティは連絡を絶やさず、二人とも驚いたことに、いつしか友達になっていた。だからといって、キャップがかつての校長先生を聖ドット校生徒のあいだのあだ名だった装具袋《キットバッグ》と呼べるわけではないし、デイム・キティもかつての生徒をアマンダ以外の名前で呼ぶくらいなら、神を冒瀆するほうがましだと思っているだろう。

退職後も長いあいだ活躍してきたが、とうとう病気に倒れ、不可避の運命を認めざるをえなくなったデイム・キティは、二年前に私立の療養ホームに引っ越した。これがヨークシャー海岸のサンディタウンにあるアヴァロン・クリニック団地の一部なのだった。

体調のいいときは、デイム・キティは昔どおりにきりっと聡明だが、疲れやすいので、キャップは疲労の徴候にすぐ気がつくようにしている。そうすれば、相手が疲れたと言い訳する必要のないうちに訪問を終わらせられるからだ。

今回、こう言ったのは年上の女性のほうだった。「どうかしたの、アマンダ?」

「は?」

「なんだかぼんやりしているわ。そう、あなたのほうがこのばかばかしい車椅子にすわったらいいのよ。そうしたら、わたしが中に入ってお茶のお代わりを頼んできますから」

「いえいえ。べつになんでもないんです。ごめんなさい。なんの話でしたっけ……?」

「政府のややまとまりを欠く教育政策のよしあしを議論していたのよ。あなたがふいに黙り込んだので、こちらが論争に勝ったのかと思いましたよ。でも、勝利はわたしの論が正しかったというより、あなたの気が散ったおかげのようね。本当に何事もないの? お相手の警察官とのあいだに問題は? そのかたにいつかお目にかかりたいと思っているけれど」

「ええ、二人のあいだなら、うまくいっています、ほんとに……」

ふいにキャップ・マーヴェルは携帯電話を取り出した。

「すみません、ちょっといいですか?」

キティが答えないうちに、彼女は短縮ダイアルを押していた。

電話が二回鳴り、伝言を残してくださいという録音の声が聞こえた。

彼女はなにか言おうと口をあけたが、すぐ閉じ、電話を切って立ち上がった。

「ごめんなさい、キティ、これで失礼します。みんなが海岸から帰り始めないうちに……」

合理的説明をつけようとすると、デイム・キティは悲しげにため息をつき、目をわずかに宙に上げた。聖ドット校時代に、悪いことをした生徒が薄弱な言い訳をすると、この同じ表情で見られたものだった。

「ええ、そんな理由じゃありません。ごめんなさい、なぜだか自分でもわからないんです」キャップは言った。「でも、ほんとにもう行かないと」

「じゃ、行きなさい、アマンダ。神様がともにいますように」

ふつう、この伝統的な別れの言葉を聞くと、キャップのほうが校長の忍耐の表情とそっくりの顔をするのだが、今日、彼女はうなずいただけだった。屈んで友人の頬にキスすると、急ぎ足で芝生を横切り、駐車場に向かった。

デイム・キティは彼女の姿が見えなくなるまで見送った。確かに問題がある。雲ひとつない空に太陽が輝いていたが、それでも彼女は問題が漂っているのを感じた。

車椅子から立ち上がった。庭に出るときはこれを使うようにとスタッフは主張する。彼女はステッキで車椅子をばしっと叩くと、ゆっくり建物のほうに歩いていった。

4 埃と灰

あとになってピーター・パスコーは、たぶんダルジールに二度命を救われたのだと思った。

二人が背後に隠れていた巨漢の車は、爆風に飛ばされ、ひっくり返って歩道に着地した。

ついてこいという巨漢の命令に従わなかったら、彼はあの車の下敷きになっていた。

そして、爆発が起きたとき、あの大きな体の後ろを歩いていなかったら……

実際には、脳にわずかながら意識がじわじわと戻ってくると、体じゅうのどこもかしこもひどく蹴りつけられたような感じがした。立ち上がろうとしたが、よつんばいになるのがせいいっぱいだった。

あたりはもうもうたる埃と煙だった。主人の撃ち落とした鳥をさがして霧に目を凝らすレトリーバー犬のように、彼は渦巻く埃と煙のむこうを見ようと努力した。オレンジがかった赤色のぼうっとした部分があり、その下の基盤はある程度はっきりしていたから、全体の形が呑み込めてきた。その手前に、空気の動きとは対照的にじっと動かない、漠然とした小山が見えた。掘ったばかりの墓穴の脇に積まれた土のようだった。

彼は這い始め、二ヤードほど進むと、なんとか手だけは地面から離して上半身を上げた。渦巻きながら揺れ動く色は火だとわかった。その熱を感じた。ほんの一時間前までは自宅の庭の緑の中で楽しんでいた、太陽の穏やかな暖かみとはまったく違うものだった。まだ頭の中にわずかながら残っている常識的な部分は、エリーに電話して無事を知らせろ、地元のラジオで歪曲された報道が耳に入る前に、と告げていた。

無事といっても、どの程度無事なのか、自分でも定かではなかった。だが、このじっと動かない小山よりはよほど無事だ。近づいた今、これはアンディ・ダルジールだと彼には正式に特定できた。

ダルジールは左脇を下にして倒れ、両腕と両脚はまるでわがままな子供に見棄てられた巨大な縫いぐるみの熊の手足のように、あちこちを向いて曲がっていた。顔はガラスやレンガの破片で切り傷だらけ、にじみ出る血に灰色の細かい灰がくっついて、歌舞伎役者の化粧を思わせた。

生きている気配はない。だが、パスコーは一秒たりとも、死んでいる可能性を認めなかった。ダルジールは不滅だ。ダルジールは今あり、かつてあり、これからも永遠にある、世々限りなく、アーメン。それは誰だって知っている。彼の力の半分はそこにあるのだ。警察本部長なら来ては去っていくが、太っちょアンディは永遠に居すわっている。

パスコーはダルジールを転がして、あおむけにした。容易ではなかったが、なんとかやってのけた。口と鼻から灰を払った。呼吸していないのは確実だった。頸動脈を確かめ、かすかな鼓動があるように思ったが、彼の指はしびれ、ダルジールの首は石柱のようだから、自信は持てなかった。口をこじあけると、中に砂礫がたくさん詰まっていた。気をつけて取り出し、きれいにしてやった。その過程で、今まで知らなかったことがわかった。ダルジールは部分入れ歯を嵌めていた。彼はその入れ歯を慎重に自分のポケットに収めた。舌を呑み込んでいないのを確かめた。それから鼻の穴をきれいにし、シャツのカラーのボタンをはずした。その偉大な胸に耳をつけた。

動きはない、音もしなかった。

彼は両手を重ねて胸の上に置き、強く押した。一秒おいてまた押し、五回繰り返した。

次に、右手を顎の下に添えて頭を反らせ、口が大きくあくようにした。左手の親指と人差し指でダルジールの鼻をつまんだ。それから深く息を吸い、こいつは永久に冗談の種にされるな、と思いながら、相手の偉大な口に自分の口を押しつけて、息を吹き込んだ。

これを五回やった。次にまた心臓マッサージをやり、全過程を繰り返した。さらにもう一度。

脈をまた確かめた。今度は確実になにかを感じた。次に人工呼吸をすると、胸がひとりでに上下しだした。

今度はダルジールを回復体位にした。これは力の強い男が巻き上げ機を使っても骨の折れる仕事だったが、なんとかやってのけたあとは疲れ果ててしゃがみこんだ。

ここまでで何時間もかかったように思えたが、実際には数分のことだったに違いない。いまわしい霧のむこうで人影が動いているのをぼんやり意識した。音もしているのだろうが、爆発のせいで耳に詰まったホワイトノイズに吸収されて、最初はなにも聞こえなかった。さらに一時間たった。あるいは数秒だったか。なにかが肩に触れるのを感じた。痛い。見上げると、メイコック巡査が立って、なにか言っていたが、水槽の魚が口をぱくぱくさせているみたいだった。読唇術を試み、「大丈夫ですか？」と読み取ったが、そんなことなら努力する価値はなかったと思った。彼はダルジールを指さし、「助けを呼べ」と言った。言葉がちゃんと口から出ているのかどうか、確信はなかった。メイコックが助け起こそうとしたが、彼は首を振り、また巨漢を指さした。耳に小指を入れ、中に詰まった砂礫を掻き出した。そのせいか、あるいはたんに時間がたったせいか、状況が改善され、高い音が少しずつ聞こえるようになってきた。あれはたぶん近づいてくるサイレンだと判断した。

　時間はまだクイックステップで踊っていた。スロー、スロー、クイック、クイック、スロー。スローのあいだには、この爆発後のスモッグの中にすわり、太っちょアンディを見守っているのが、これまでにしたことのすべてで、これがずっと続くだけのように感じた。それからほんの一瞬目をつぶり、次に目をあけると、スモッグは薄れ、救急隊員がダルジールの体の上に屈み込み、消防隊員がめちゃめちゃになった長屋の消火にあたっていた。三番地の店があった場所は、炎の燃えさかる穴でしかなくなっていた。道徳劇（十六世紀ごろ流行した劇で、擬人化された善と悪が主人公に働きかける）の舞台の地獄の入口みたいだ。ヴィクトリア朝の実業家が使った安物の建材はひとたまりもなかった。これはおそらく〝悪い出来事〟が最終的に〝よい出来事〟に変わる一例だろう。太古の昔から、〝神の神秘なる目的〟の証拠として聖職者たちが使ってきたものだ。長屋が寄りかかっている陸橋は巨大で堅固な造りだが、もし三番地の側壁がこれと同じくらい頑丈なら、爆風はまっすぐ前に向かっていただろう。実際には、二番地と四番地は完全に倒壊し、長屋の残りも深刻な損害を受けていた。

　救急隊員たちは巨漢にあらゆる種類の器具をくっつけていたが、パスコーの見たところ、クレーンはなかった。クレーンが必要だ。吊り綱も。かれらが扱っているのは浜に打ち上げられた鯨だ。これを持ち上げ、命を助けてくれる海へ戻してやるには、男六人の微弱な力では足りない。彼はそう言おうとしたのだが、言葉が出てこなかった。まあいい。このスーパーマンたちは彼の予想を裏切り、ダルジールをなんとか担架にのせた。パスコーはほっとして目を閉じた。目をあけると、空を見上げていた。運ばれていくところだった。一瞬、庭のハンモックに戻ったかと思った。それから、自分も担架にのせられているのだと悟った。

　頭を上げ、そんな必要はないと言おうとした。その努力の結果、やはり必要がありそうだと自覚した。運ばれていく先に救急車が見えた。その脇に、あまりにも見慣れた人物が立っていた。

ヘクター、この災いを引き起こした張本人だった。肝をつぶすほど驚き、呆然としている、という顔を漫画家が描いても、なかなかこううまくはいくまい。

救急隊員が担架を車に入れようとしたとき、ヘクターは両手をパスコーのほうに差し出した。手の上には紙袋が二つのっていて、半開きの口からマトン・パスティー二個とアーモンド・ケーキが覗いていた。

「主任警部、すみません、カスタードは売り切れで……」

彼はもぐもぐと言った。

「今日はついてないな」ピーター・パスコーはささやいた。

「今日はついてない」

5　二人のジェフリー

アンドレ・ド・モンバール――テンプル騎士団の一員であり、団長ヒュー・ド・ペイヤンスの右腕――は、チャーター公園の端にあるどんよりした運河で釣りをしていた。帆布のスツールに腰かけ、プラタナスの木に背をもたせ、竿は針金のハンガーで作った叉木にのせてある。太陽は対岸の倉庫の後ろに隠れてしまったが、空気はまだ暖かく、空はまだ青かった。もっとも、午後の瑠璃色がそろそろ暗い藍色に変わってきていたが。細長いボートが通り過ぎ、そのあとの波で浮きが揺れると、ボートの舵手は半分すまなそうな様子で手を振った。

犬を散歩させている男が立ち止まって言った。「なにか食ってきてますか?」

「蚊に食われたみたいだ」

「ほう？　ま、あと三十分もしたら、マスクが必要になりますよ。じゃ」

「じゃ」

　立ち去った男は、引き船道をゆっくり歩いてくる二人のジェフリーとすれ違った。ジェフリー・Oは屈んで犬の頭を撫でたが、ジェフリー・Bは立ち話をしようという気分ではないようだった。名前が共通というだけでなく、二人とも黒いズボンにTシャツ、スニーカーという格好だ。だが、そろっているのはそこまでだ、とアンドレは思った。奇妙な関係だ。精神分析医なら大喜びで分析しそうだ。役立たずの間抜け。精神分析医が地雷を踏んだら、なんという？　正しい方向への第一歩。彼自身は昔からいつも結果第一の男だった。原因なんかくそくらえだ。そして、ここでの結果とは、かれらを納得させ、騎士団に加えたことだった。

　遂行能力はまた別だった。事態がまずいことになったと聞くとすぐ、彼は二人の反応を予想した。

　推測はこうだった。ジェフ・Bは首をちょん切られた鶏、ジェフ・Oは冷酷な狼となる。

　そのとおりだったと、ジェフ・Bが口を開く前からわかった。

　二人は近づいてくると、魚の当たり具合を尋ねるかのように立ち止まった。少なくとも、ジェフ・Oは彼を見下ろしてにっこりほほえみ、そんな印象を与えていた。だが、ジェフ・Bは微笑をつくれなかった。彼は肩に掛けていた小型のリュックサックを下ろし、空《から》の魚籠《びく》の中に落とした。同時に、彼はアンドレの顔に自分の顔を近づけ、ほとんど抑えきれない怒りをこめて、小声で言った。「いったいあれはどういうことだったんだ？　連絡所、とあんたは言った。多少の武器はともかく、火薬庫があるなんて話じゃなかった」

　アンドレがまっすぐ見据えると、相手は背を伸ばした。彼は言った。「情報収集がまずかった。ままあることさ。ヒューは謝っていた。だが、いいほうを見ろよ。バーンと派手な騒ぎになったのは間違いない！」

「冗談じゃない！」ジェフ・Bは言った。「警官が二人、入院した。一人は危篤だとニュースで言っていた」

アンドレは肩をすくめて言った。「手に入った情報じゃ、馬鹿な二人は真正面にいた。指示に従って立ち去っていればば……」

「そんなことでこっちの気分がよくなると思うのか？　もうやめる。もしあの警官が一人でも死んだら、わたしはおしまいだ。いいな？」

あんたなら、どっちみちおしまいだよ、とアンドレは思った。ストライク一回でアウト。部隊に帰される。

彼が答えるより早く、ジェフ・Oが口を開いた。

「店に入ってきた警官は負傷した？」

アンドレは満足げな微笑をひらめかせた。こいつは気に病んでいない。戦闘の第一ルール――付随損害を覚悟せよ。それが無理なら、家にいろ。

彼は言った。「そうだったらきれいにかたづいたところだが、違う。だが、人相風体を訊いても、そいつからたいしたことは出てこなかったようだ。だから、そう心配する必要はない」

「よしてくれ！」ジェフ・Bは叫んだ。怒りをおさめるつもりはない。「それしか関心がないのか？　目撃者がいたかどうか？」

アンドレは冷ややかに相手を見た。

「顔を見られたのがあんたなら、もっと関心を持ったろうよ」彼は言った。

これで言い返せなくなった。アンドレは続けた。「どのみち、警官が現われたからって、あんたたちは計画を中止にしなかったろう？」

計画中、こいつはいかにも責任者らしく振る舞わなければならなかった。じゃ、最後まで責任を持てるか、見てみようじゃないか。

ジェフ・Oが助け舟を出した。「はっきり見られないように気をつけていたから」

「もちろんだ。機転をきかせたな。だが、機転だけじゃすまないこともある。運も必要だ。どうやら、ふらりと店に入ってきたヘクター巡査はおつむの足りない男で、自分の人相だってまともに言えないらしい。だから、そこは問題なし。実際、もっとうんと悪い事態になっていたかもしれないんだ。任務完了。あとは警官たちが死なないよう、幸運を祈ろう」

ジェフ・Oは言った。「報道発表は控えている？」

アンドレはうなずいた。個人的感情から実務へ、話を進めたのは感心だ。

「ああ。われわれの開始声明に危篤状態の警官を結びつけられたくないという点、ヒューも同感だ。残念だな。これで文字どおりバーンとスタートを切れるところだったのに。まあ、おれとアルシャンボーが計画を実行に移したら、あいつらはあわてふためくさ」

「手伝いがいる？」ジェフ・Oが訊いた。

味をしめたのは確かだ、とアンドレは思った。熱心なのはいい。せっかちになるのはまずい。観察が必要か？

彼は言った。「いや、大丈夫だ。心配するな。まだ始まったばかりだ。元気な若者に仕事はたっぷりある。やきもきするな。正しい情報、慎重な計画、それが作戦の成功につながる」

ジェフ・Bは信じられないというように鼻を鳴らしたが、それは驚くことではなかった。アンドレが注意を向けたのは、ジェフ・Oががっかりした様子で眉根にしわを寄せた、その表情だった。

彼は言った。「戦争は釣りみたいなもんだ。何時間もうんざりするほどなにも起きないが、たまに動きがあると今度はあふれんばかりの獲物で大忙しになる。暇な時間を楽しむ術《すべ》を身につけるんだな。さてと、そろそろ店じまいだ、蚊に顔を食い尽くされないうちにな。また連絡する」

彼は立ち上がり、糸を巻き戻し始めた。

ジェフ・Bは言った。「ヒューに伝えてくれ、あの警官が死んだら、わたしはおりる。本気だ」

「なら、死なないことを期待しよう」アンドレは無関心そうに言った。「じゃ、また」

二人は歩き出した。ジェフリー・Bはちらと後ろを振り返った。アンドレは共謀者のようにウィンクしてみせたが、相手からはなにも返ってこなかった。

べつに気にならない。

気になるのは、残されたバックパックの重さだった。

そばに人がいないのを確かめてから、あけてみた。

思ったとおり、武器が一つ欠けていた。

二人のジェフリーの後ろ姿に目をやった。どちらが取ったか、考えるまでもない。

かつて、教練担当曹長に言われたことを思い出した。

「おまえの熱心さにはでかいキスをやるが、愚かさにはでかい鞭をくれてやろう。どっちを先にしようか？」

彼はにやりとして、バックパックを籠に落とし、籠を肩に掛けた。残る用具をひとまとめにすると、引き船道を歩き出した。

6 青いスマーティー

ピーター・パスコーはまだ時間の感覚が戻っていなかった。

目をあけると、エリーがいた。

「ハイ」彼は言った。

「ハイ」彼女は言った。「ピート、具合はどう？」

「うん、悪くない」彼は言った。

一度まばたきすると、彼女の髪は赤っぽくなり、十歳ほど老けて、スコットランドの訛りになった。

「ミスター・パスコー。サンディ・グレニスターです。ちょっと話ができますか？」

「いやだ」パスコーは言った。「失せろ」

もう一度まばたきすると、その顔はまた変化し、釉薬がまずく流れた瀬戸物の人面ジョッキみたいになった。

「ウィールディ」パスコーは言った。「エリーはどこ?」

「家でロージーの夕食の支度をしてるんじゃないかな。あとでまた来てくれるよ。気分はどうだい?」

「悪くない。ぼくはこんなところで何してるんだ? あっ」

自問自答して苦痛の記憶が甦ったパスコーが、顔をしかめるのをウィールドは見た。

「アンディ、アンディの具合は?」彼は尋ね、体を起こそうとした。

ウィールドがボタンを押すと、ベッドの背の部分が三十度の角度まで上がった。

「集中治療室だ」彼は言った。「まだ意識を回復していない」

「だって、そりゃあ」パスコーは強い口調で言った。「まだほんの……二時間くらいだろう?」

断言のはずが疑問文に変わり、そういえば時間がまるでわからないことに気づいた。

「二十四時間」ウィールドは言った。「とちょっとだ。今、四時。火曜日の午後」

「そんなにたったのか? 被害は?」

「アンディの? 片脚骨折、片腕骨折、肋骨数ヵ所骨折、第二級火傷、爆風による打ち身と切り傷複数、失血、脾臓破裂、そのほかにも内臓損傷があるが、まだ程度ははっきりしていない——」

「じゃ、うんと深刻なものはないんだ」パスコーは口をはさんだ。

ウィールドはかすかに微笑して言った。「うん、まあアンディにしてはね。だけど、目を覚まさないうちは……」

彼は言葉尻を濁した。

「二十四時間くらい、なんでもない」パスコーは言った。「ぼくを見ろよ」

「きみはだいぶ前に気がついたんだよ」ウィールドは言った。「いろんな薬を注入されたから、ちょっと頭がぼんやりしてるだろうが、言うことはだいたいはっきりしていた。まだ昏睡状態だったら、エリーが出ていくはずがないだろう?」

「じゃ、ぼくはエリーと話をしたのか？」

「うん。おぼえていないか？」

「ハイと言ったような気がする」

「それだけ？　瀕死の床だと思って衝撃の告白なんかしなかったことを祈るんだな」ウィールドは言った。

「それに、ほかにも誰かいた――赤毛、スコットランド訛り、看護師長だったかもな。それとも、夢を見ていたのか？」

「いや。それならCATのグレニスター主任警視だ。彼女が来たとき、おれもここにいた」

「そうか？　ぼく、いろいろ言ったか？」

「〝失せろ〟のほかに？　いや、あれだけだった」

「わっ、たいへんだ」パスコーは言った。

「心配いらない。彼女はなんとも思わなかった。実は今、外の待合室にすわってるよ。だけど、自分がどういう具合なのか、きみはまだ訊いてこないな」

「具合？」パスコーは言った。「そう言われれば、そうだ。ぼくはなんでここにいる？　気分はいいのに」

「薬が切れたら、そうはいかないぞ」ウィールドは言った。「でも、きみはラッキーだったと医者は言ってる。打ち身、擦り傷、肉離れ、膝の捻挫、肋骨のひび、脳震盪。この程度ですんでよかった」

「真ん前にアンディがいなかったら、もっとずっと重傷だったよ」パスコーは陰気に言った。「ジェニソンとメイコックは？」

「ジョーカーは耳が聞こえなくなったと言ってるが、仲間たちの話じゃ、あいつはパブで自分がおごる番になるといつもちょっと耳が遠くなるんだとさ。でも、あいつらの車はめちゃくちゃだ。アンディのもな」

「三番地は？　中に誰かいたのか？」

「うん。三人の遺体があったらしい。少なくともね。ばらばらになったのをまだ継ぎ合わせてる最中だ。それ以上の詳細はない。CATの連中が現場を徹底的に調査していて、誰にもろくになにも教えていない――われわれも含めてさ。もちろん、重要目撃者がいるけどな」

「そうか？　あっ、ヘクターってことか？」

「そのとおり。グレニスターはあいつと一時間話をした。出てきたときはグロッキーだった」

「ヘクターが？」

「いや。あいつはつねにグロッキーって顔をしている。グレニスターのほうさ。じゃ、きみが起き上がって、頭もはっきりしているって、彼女に教えてこよう」

「うん。ウィールディ、アンディの様子を確かめてくれないか？　わかるだろ、病院からまともな情報を引き出すのは、ディナーのワインをきちんと室温《シャンブレ》にするよりむずかしい」

「できるだけのことはしてみるよ」ウィールドは言った。

「おだいじに」

ウィールドが出ていくと、パスコーはベッドの上でそろそろと上半身を起こし、実際にどんな感じがするか、調べてみた。動かすと仕返しとばかりにずきっと痛みを感じさせない部分は体じゅうに多くはなかったが、肋骨を別にすれば、そう深刻なものはなかった。助けなしにベッドから出られるだろうかと思った。上半身をまっすぐに立て、上掛けシーツを押しやり、脚を振り下ろそうとしていたとき、ドアがあいて、赤毛の女が入ってきた。

「気分がよくなったらしいわね、よかったわ、ピーター」彼女は言った。「でも、もうちょっとじっとしていたほうがよさそう。それとも、尿瓶《しびん》が必要？」

「いや、大丈夫です」パスコーは言い、シーツを元どおり引き上げた。

「じゃ、よしと。わたしはグレニスター。主任警視。合同テロ防止組織。さっき初めて会ったところよ。たぶん、おぼえていないでしょうけど」

「漠然とは」パスコーは言った。「あの、なんだか失礼なことを言ってしまったようで……」

グレニスターは言った。「気にしないで。失礼になれるくらいがいいのよ。頭が働いている証拠だもの。今、ヘクター巡査の二度目の聴取をしてきました。一度目の結果が信じられなかったんだけど、二度目もちっともよくならなかった。ショックのせいかしら、それとも、あの人、いつもこんなに話をしたがらないの？」

「自己表現が得意な男じゃないんです」パスコーは言った。

「つまり、わたしがこれまでに引き出したのがたぶん限界だってこと?」グレニスターは言った。「彼が見たという男の描写は、よく言っても大ざっぱ」

「あれでも努力はしてるんです」パスコーはかばうように言った。「どっちみち、DNAとか指紋とか歯科記録とかで、被害者の身許は特定できるでしょう?」

「ええ、そういうのはたっぷり見つかるでしょうね」グレニスターは言った。

四十代半ばか後半だろう、とパスコーは当たりをつけた。豊満な体形。ツイードのスーツをゆったり着こなしているが、マーズ・バーのフライ(チョコバーに衣をつけて油で揚げたもの。スコットランド〝名物〟)を食べ過ぎないようにしないと、じきにひとつ上のサイズが必要になる。感じのいい友好的な微笑を浮かべると、日焼けしてややしわ深い丸顔がぱっと明るくなり、優しい茶色の瞳がきらめく。もし医者だったら、患者はとても安心できるだろう。

パスコーは言った。「帰還報告の聴取ですね、主任警視」

グレニスターは微笑した。

「帰還報告? 中部ヨークシャーはずいぶん先端を行ってるのね。わたしは年だから、新語はおぼえられない。元気になったら、詳しい報告書を書いていただけると助かります。今は予備的にちょっとおしゃべりしたいだけよ」

彼女はベッド脇に椅子を引き寄せ、腰を下ろすと、持っていたショルダー・バッグからミニカセット・レコーダーを取り出し、スイッチを入れた。

「自分の言葉でお願いします、ピーター。ピーターと呼んでかまわない? わたしのことは、友達はサンディと呼んでいるわ」

これはそう呼べと招かれているのか、呼ぶなと警告されているのかと考えながら、パスコーは事件に自分がどう関わったかを話した。いくらか適切な編集を加えて。簡単明瞭にするためだ、と彼は自分に言い聞かせた。

「けっこう」グレニスターは満足げにうなずいて言った。

「簡潔で、要を得ている。記録に残すには最適です」

彼女は録音機のボタンを押して切り、椅子に背をもたせると、ショルダー・バッグからスマーティーズ（いろいろな色のボタン状のチョコレート）の筒を出した。

「どうぞ、召し上がって」彼女は言った。「青いのでなければね」

「いえ、けっこうです」パスコーは言った。

「賢いわ」彼女は言った。「煙草をやめたとき、甘いものに切り替えたの。でも、一日にフルーツ＆ナッツ・チョコを五本食べてたら、死に至る率は煙草四十本と変わらないと気がついて、完全にやめようとしたんだけど、それで危うくニコチンに戻るところだった。今は、どうしても欲しくなるとスマーティーを食べることにしてるの。一個だけ。ただし、青いのは例外。青いのが出てきたら、もう一個食べていい。今度、青いのは製造しないことになったでしょ、どうしていいかわからないわ」

彼女は自分を笑いものにして、あの魅力的な微笑を見せた。ほんとに医者になればよかったのに、とパスコーは思った。患者扱いがこううまくちゃ、小便の検査標本を一本一ギニーで売ることだってできそうだ。

「それじゃ、オフレコにしましょう、ピーター」彼女は言い、小さなチョコレートを一個、口に入れると（黄色だ、と彼は目にとめた）、椅子にゆったりとかけ直した。「ここだけの話。考えたこととか、印象とか。それに、さっきよりもうちょっと詳しくね。まず、あなたがあそこにいた本当の理由は？」

「申し上げたとおりです。アイアランド警部から電話があり、支援に行ったんです」

「で、パディ・アイアランドはどうしてあなたに電話したの？」

「わたしにネゴシエーションの経験があったからでしょう」パスコーは言った。だが、そう言いながらも、〝パディ〟を耳にとめ、グレニスターは警部からすでに話を聞いているとさりげなく教えているのだと思った。

「それに、あのビデオ・ショップはそちらの警戒標識がついていたので、ミスター・ダルジールは支援が来れば喜ぶだろうと、警部は感じたのだと思います」

「で、喜んだ?」

「と思います」

「でも、警視は自分からはあなたに連絡しなかった?」

「非番の日でしたので、呼び立てたくなかったんでしょう」パスコーは言った。

「ずいぶん思いやりがある人。三番地の人たちに食べ物を提供しようとまで言ったようね」

するとスピーカー拡声器を使ったちょっとした馬鹿騒ぎのことを知っているんだ。ヘクターか。ジェニソンか。メイコックか。実際にあったことなのだから、かれらがそのとおり描写するのは当然だ。たとえ調子を下げて話そうとしたとしても、患者扱いのうまいこの人にかかっては、ひとたまりもなかったろう。

彼は言った。「はい。ミスター・ダルジールは確かに店の中にいるかもしれない人物に接触を試みました」

「〝いるかもしれない〟? 疑いがあったの?」

「情報はやや漠然としていました」

「漠然? どういうことかしら。徒歩パトロール警官が三番地で武器を持った男を見た。それをパトカーの警官に伝え、かれらは当直の警部に連絡し、警部は署の上司に知らせた。どこが漠然としているの? ここまではすべて規定どおりだわ」

「はい。その後もそうでした」パスコーはきっぱり言った。「店舗には警戒標識がついていましたので、ミスター・ダルジールはそちらの人たちに警告を発し、それから指示に従い、ミル・ストリートに赴きました」

「指示に従い?」グレニスターはくすくす笑った。

くすくす笑いは絶滅しかけている芸だ、とパスコーは思った。本物のくすくす笑い、という意味だ。愉快なのを押し殺すふりをつくろっている笑いとは違う。それなら、今でも政治家が大事なことを言いたいとき、いやむしろ、大事なことを言うのを避けたいときに使う。だが、グレニスターのくすくす笑いは正真正銘の本物だった。

「わたしの理解するところでは」主任警視は続けた。「指示というのは、ミル・ストリートから警察の車をすべて引き払い、道路の両端をブロックし、距離を置いて観察を続け、三番地には近づこうとするな、というものだった。ミスター・ダルジールはそのどれに従ったかしら、ピーター?」

「わかりません。指示がそういうものだったというのは、あなたのお言葉だけですから」パスコーは言い返した。車の陰でしゃがんでいるあいだに巨漢が彼に言ったことは、削除してごみ箱行きにした。「でも、責任のなすり合いということなら、言わせてもらいますよ。そちらの指示には、あそこに長屋全体を吹っ飛ばせるほどの爆薬があるという事実に触れた部分は絶対になかった! まあ、ご存じなかったんでしょう、さもなきゃ、どうしてあそこの警戒標識が最低レベルだったんです?」

グレニスターは首を振り、悲しげに言った。「ほんと、おっしゃるとおりよ、ピーター。知っているべきでした。でも、わたしがそちらに責任を押しつけるために来たというのは、まったく思い違いよ。CATで何人かが叱責を受けます、ご心配なく。ミスター・ダルジールが間違った行動を取ったとしても、こちらも同じだけ間違っていたし、彼ははるかに高い代償を払うことになった。意識が戻ればいいけれど、見通しはあまりよくないわ。だから、何があったのか、近くで目撃して話ができるのは、あなただけ。わたしとしては、あなたがミル・ストリート三番地の外にいたあいだに見たことすべてを確実に把握しておきたいんです」

「それなら簡単です」パスコーは言った。「到着から爆発までのあいだ、あの建物の中にも、長屋のほかの部分にも、まったく人の姿は見えなかった。以上」

「けっこう。わたしにはそれで充分」グレニスターは言い、立ち上がって手をさしのべた。「回復して仕事に戻ったら、また話しましょう。早く元気になってくださいね」

「でも、あそこで何が起きたのか、そちらの考えは教えていただけないんですか?」パスコーは手を握ったまま訊いた。

グレニスターはためらってから言った。「ま、かまわないでしょう。あなたは口の堅い人物と聞いています。実際、自分がどれほど高く評価されているかを知ったら、天狗になるかもよ。ほんと、あなたって青制服《ブルー》のお利口《スマーティー》さんなんだから」

彼女は自分のジョークに笑った。パスコーは形だけ微笑を見せてから言った。「それで？」

「わたしたちはあの店を会合場所と見て警戒標識をつけていました。せいぜい、たまに使われるメッセージ・センターというくらい。使っていたグループは、イデオロギー理論から破壊実行へと移行する傾向はほとんど見せていなかった。過去数日のあいだのどこかで、あそこをテロ実行準備のための爆薬倉庫にグレードアップする決断が下されたんでしょう。北部でなにか大きなことが計画されているという、具体的ではない情報は手にしていました」

「それがミル・ストリート爆破だった？」パスコーは信じられないという顔で言った。「国会議事堂ってほどの場所じゃないですよね？」

「三番地は倉庫だった、と言ったんです」グレニスターは言った。「でも、当然気がついたでしょうが、あの長屋の後ろは鉄道陸橋で、ロンドンからの幹線が通っている。それに、おたくの市では再来週、王族の訪問があることになっているわ。ともあれ、突然あそこに大量の爆薬が現われた。専門家が扱うぶんには害はない。でも、さっきも言ったように、あの店を今まで使っていたグループは、とうてい専門家というような連中ではなかった。おたくのヘクター巡査のせいでかれらは不安になり、ミスター・ダルジールのせいでパニックに陥った。まあ、たんに爆薬をもっとしっかり隠そうとしていて、なにか間違いが起きたのかもしれない。あるいは、あなたとミスター・ダルジールが近づいてくるのを見て、取調室で長い夜を過ごすのと、殉教者として極楽で天女《フーリ》にかしずかれて未来永劫過ごすのと、どちらがましかと天秤《てんびん》にかけたのか。ともかく、そこでバーン！」

彼女はそっと手をほどいた。パスコーはそこで初めて気づいたのだが、それまで、まるで話をしたくてたまらない老水夫のように、彼女の手をしっかりつかまえていたのだった。

「おだいじにね、ピーター」グレニスターは言った。「こういうたいへんなときに、警察はブルー・スマーティーなしではやっていけない。早く仕事に戻れるよう、祈っているわ」

彼女は部屋を出ていった。パスコーは閉まったドアをしばらく見つめていたが、それからシーツを押しやり、足を下ろして床につけた。この簡単な動作でぐったりしてしまい、びっくりした。膝を試す勇気が出ないまま、ベッドにすわっているところに、ウィールドが入ってきた。

「どこへ行こうっていうんだ？」部長刑事は訊いた。

「アンディの見舞い」

「だめだ」ウィールドは言った。

その声音にパスコーははっとした。部長刑事はたんに看護師代理をつとめているのではない。

「どうして？　どうかしたのか？」彼は訊いた。

「病棟看護師に、集中治療室のアンディの具合を尋ねたんだ」ウィールドは言った。「彼女は治療室にいる誰かと電話で話をしていたんだが、そのとき電話のむこうが大騒ぎになった。ピート、アンディの心臓が止まったんだ。今、蘇生チームが全力を挙げてかかっているが、看護師の話では、見通しはよくない。ピート、覚悟しないとだめだ。これが太っちょアンディの最期かもしれない」

7　死と踊る

アンディ・ダルジールはメッカ・ダンスホールで、ドンカスターのトティ・トルーマンと抱き合い、タンゴを踊っている。

彼は羽のように軽い気分だ。足はほとんど床に触れないくらいだし、筋肉は音楽の変化を少しも逃さずに反応する。まるで、音の一つひとつが耳から入ってくるのではなく、血管のバイブレーションを通して伝わってくるかのようだ。それに、トティの血管を流れる血が彼自身のリズムに完璧に対位して脈打っているのも感じられる。二人はひしと抱き合ったまま動き続け、やがて完全に合体し、歓喜の絶頂へ……

まさか、ダンス・フロアでってわけにはいかん！　タイミングの問題だ。そのときが来るのを引き延ばすために、彼は頭の中で一歩下がり、周囲を観察した。

マイアリー・メッカはすっかり変わってしまった。前に来たときは……いつだったか思い出せない。まあいい。天井は前より高くなり、空まで届くほどの窓には春のように明るい色のステンド・グラスが嵌まって、大聖堂の窓にしても恥ずかしくない。壁際には白麻のクロスを掛けた長いテーブルがずっと続き、その上には彼の大好物ばかりが豪勢に並んでいる――一つのテーブルには、子羊肉の王冠、牛の腰肉、かりかりの脂身のついた豚肉のロースト、蜂蜜をかけて焼いたハム。次のテーブルには、鵞鳥のロースト、クリスマスの七面鳥、さくらんぼを添えた鴨、羽を飾った雉。また次のテーブルには、丸ごと調理した鮭、酢漬けのニシン、山と積まれた牡蠣とムール貝。そのまた次のテーブルには、デザートが所狭しとのっている。ブレッド・アンド・バター・プディング、ルバーブ・クランブル、スポッティド・ディック、それに子供のころの好物だったイヴのプディング（アップル・パイの一種）。

むこうのテーブルには今までに飲んだことのあるモルト

・ウィスキーが一つ残らず並んでいるが、そのわきにピーター・パスコーが立っている。右手には栓をあけたハイランド・パークのボトル、左手にはそれをなみなみと入れたキング・サイズのクリスタルのタンブラーを持ち、にこにことこちらに差し出している……

あとでな、とダルジールは口を動かして伝える。あとで。すべきことをすませてから。音楽がクライマックスに達するまで踊ったら、あのドアを出て、廊下の端の暗い小部屋へ直進し、それから二人の絶頂へ……

そのあとは、紳士らしくしばらく間を置いて、まあ一分半くらいだが、中に戻り、イヴのプディングをお代わりする……

ところが、もう我慢できそうにないと思い始めたとき、音楽が変化する。タンゴの官能的な脈動がスピードを上げ、狂ったようなウィンナ・ワルツになる。彼の筋肉は新しい指令に楽に従うが、頭の中では、バンドリーダーのやつ、どういうつもりなんだ、と思う。くるくるくると回転していくうち、高い壁、色つきの窓、ごちそうののったテーブルは遠く退き、北極の白さに覆われてしまう。タンゴのあいだ、彼の体にぴたりと寄り添い、心地よく腕に抱かれていたトティの温かく柔らかい体は、袋に詰めた古い骨みたいに感じられてくる。

今、彼も疲れを感じ始める。年のせい、体力を使ったせいだ。これまでの生涯、わき目もふらずになにかを——なんだかわからないが——追いかけ、やり過ぎたのがたたったのだ。休みたい。トティだって、この一曲は休みたいんじゃないか？ 彼はそうささやこうとして、唇を彼女の耳に近づけるが、耳が見つからない。彼の頰に寄せられた頰は、もう柔らかくも温かくもなく、冷たく、硬く、滑らかだ。

彼は頭を反らせ、パートナーの顔を見る。そこにトティ・トルーマンの色っぽいきらきらした茶色の目はなく、彼は頭蓋骨の黒々した眼窩を覗き込んでいる。その歯をむき出したにやにや笑いと空っぽの目は、どこか見覚えがある。

思い出した。

ダルジールは笑う。

「ヘクターか」彼は大声で言う。「前々から、おまえはわたしの疫病神だと言ってきたが、そこまで文字どおりの意味で言ったわけじゃないぞ！」

骸骨は返事をせず、ただ巨漢の大きな体を絞めつけてくる。ダルジールはくたびれた脚をますます激しく動かして踊り続けるしかない。あの骨だけの腕が、彼の生命力を成しているものすべて——太陽、風、空気、雨、うまい食べ物、こくのあるウィスキー——をすっかり搾り出し、わずかな残りかすを冷たい永遠の中へ連れ去るまで、踊りは終わらないような気がする。

彼はしばし呆然とする。偉大なダルジール、若いころは日暮れから夜明けまで踊り、それから英国式のこってりした朝食をタンブラー一杯のウィスキーで流し込んだ、あのダルジールが、今は彼を忘却の彼方へ連れ去ろうとする死神だかヘクターだかに逆らう力もない。

ところが、屈服しそうになったその瞬間、なにかが起きる。

新たな決意が彼の疲れた四肢の中を電気ショックとなって駆けめぐっていくようだ。もう一度、もっと強く。三回目……四回目……五回目……

こいつは愉快だ！　と彼は思う。この野郎がおれをダンスでへとへとにするつもりなら、こっちもたっぷり相手をしてやろうじゃないか！

死神だかヘクターだかをぐっと胸に引き寄せ、彼はつま先立ちになると、部屋じゅうをくるくると回り始める。リードされるほうではなく、また自分がリードしている。ますますスピードを増し、狂ったような音楽すら抜き去ってしまう。すると今度は周囲がぼやけるのではなく、ダンスのスピードのせいで、むしろ焦点がはっきりしてくる。まず、カラフルなステンド・グラスの窓、次には白いクロスを掛け、食べ物がたくさんのったテーブルが見え、そしてとうとう、腕の中のひからびた骨にまた温かく柔らかい肉がかぶさり、ドンカスターのトティ・トルーマンに戻ったのを彼は意識する。

8 責任

「今は安定したが、あぶないところだった」ドクター・ジョン・サウデンは言った。「ふつうの患者なら、五回目のショックで効果がなければあきらめていた。だが、あのでぶじじいが横たわっている姿を見て、あんたに化けて出てこられる危険を冒すつもりはないぞ！　と思ったんだ。それで、もう一回やってみた」

ドクター・サウデンはパスコー夫婦の古い知り合いだった。ずいぶん昔、酔っ払い運転で人を死なせた嫌疑をかけられ、アンディ・ダルジールと出会ったのがきっかけで始まったつきあいだった。

「それが効いたの？」エリー・パスコーは言った。

「それで心臓が鼓動を再開した。悪くない。だが、期待しすぎるな。前の段階に戻っただけだ。まだ意識回復のきざしは見えない。それに、回復したとき、彼がどういう状態にあるか、なんともわからない。しかし、ピーター、きみのほうはずいぶん元気だな、あれだけの目にあったわりには」

「じゃ、いつ退院させてもらえるかな？」パスコーは言った。「気分は上々だよ」

それはほぼ真実だった。太っちょアンディの悪化の知らせで不安に駆られたこと、彼が元に戻ったと聞いてほっとしたこと、それにエリーがベッドにすわっている喜びとが重なって、一種の精力剤となっていた。ジョン・サウデンはあんなふうに唇をへの字に結んでいないで、たいした回復力だと称賛を浴びせてくれたっていいのに。

「ま、二日ばかり様子を見よう」医師は質問を退けて言った。「エリー、また会えてよかった。ご主人が行儀よくしているように、注意してくれよ」

彼は出ていった。

「ジョンは患者扱いのマナーを復習すべきだと思わないか？」パスコーは言った。

「あとになって出てくる情緒反応があるかもしれないと、ちょっと心配しているんでしょう」エリーは慎重に言った。

「彼から聞いたのか？　よしてくれよ、あいつ、心的外傷《PT》後ストレス障害《SD》なんていう使い古された言葉をほんとに使ったんじゃないだろうな！」パスコーは軽蔑したように笑った。「いいかい、もしぼくが自分をかわいそうに思ったりしたら、アンディが階上で昏睡していると考えるだけでいいんだ」

　エリーは彼の手を取り、ぎゅっと握った。

「わかってるわ」彼女は言った。「地割れがして、あのでぶ野郎を呑み込んでくれたらいいと思ったことは何度もあるけど、でもアンディのいない世界なんて、ほとんど想像もつかないわよね？」

「ほとんどどころじゃないよ」パスコーは言った。「キャップに会ったと言っていたね。彼女、どんな様子？」

「むずかしいところね。あの人から前に言われたことがあるのよ、聖ドット女子学院で学んだ唯一の価値あることといったら、危機や惨事に見舞われたとき、取り乱した様子を見せずに対処する方法だって。わたしたちみたいな庶民は、わめいたり叫んだり駆けまわったりするけど、キャップの階級の人たちは平静を保って、実務的なことを考える」

　パスコーは〝わたしたちみたいな庶民〟というのににやりとした。エリーの家族はどうしようもないプチブルジョアだ。彼女自身はそれをグレードダウンして、階級闘争で民衆層に入ろうと努力しているのだが。ところが対照的にキャップ・マーヴェルは、上流出身の背景と教育を否定しようとはしないのに、ずっとうまくかつてのコネを断ち切っていた。アンディ・ダルジールのような秘密兵器をいつでも好きなときに取り出せるというのも、彼女の得になっているだろう。

　パスコーは彼女に好意を持っているが、慎重に構えていた。ダルジールにとっては、情緒的にも知的にも、それにどうやら肉体的にも、お似合いの相手だ。しかし、彼女は動物権擁護運動のためなら法律の拡大解釈をいとわないから、それが現役警官にとっては時限爆弾となっている。だが一方、パスコーにはこれが神様のうまい冗談のようにも思えていた。エリーが政治活動であきれた行動に走るというので、何年もさんざんからかってきたダルジールが、その罠に自分で掛かってしまったのだから。

「なにをそうにやにやしてるの?」エリーは訊いた。

「きみがここにいてうれしいからさ」彼は言った。

「だといいけど。長居はできないわ。ロージーのリハーサルが七時に終わるの」

パスコーはぞっとした。娘が学校のオーケストラでクラリネットを演奏する、その公演だってひどいのに、リハーサルがどう聞こえるのか、考えたくもない。

「ロージーは見舞いに来たがらなかったの?」彼は哀れっぽく訊いた。

「もちろん来たがったわ。でも、子供にトラウマを与えることはないでしょ。あなたの様子が大きなショックにならないのを確かめておきたかったから、病院が子供のお見舞いは明日まで禁じているって言ったのよ」

「明日ならもう退院するよ」パスコーは逆らった。「ほんとに気分はいいんだ。アマチュア精神科医がなんと言おうとね」

「ジョンの診立てを待ちましょう」エリーは言った。「まだテストが必要かもしれないわ」

「ぼくのことならわかってるだろ」パスコーは自信たっぷりに言った。「テストとくれば、すいすい合格する」

「そう? じゃ、これを試してみましょ」エリーは言った。

彼女は身を乗り出し、彼にじっくりキスしながら、同時にシーツの下にするりと手を入れた。

三十秒ほどして、彼女は身を引いて言った。「ええ、確固たる向上が見られるわね」

「想像以上だ」パスコーはハスキーな声になって言った。

「もう一回テストして」

「回復の現段階では、一回で充分だと思います」彼女はしかつめらしく言った。

「そうかい? 国民健康保険制度《NHS》じゃ、看護師にこのテクニックを教えてると思う?」

「ええ、でもこれを受けるには高い民間健康保険《BUPA》が必要ですからね。そういえば、あのスコットランド訛りのある、感じのいい看護師長みたいな女性、どういう人なの?」

「サンディ・グレニスター? テロ防止組織の主任警視だ」

「彼女からそう言われたと思ったわ。でも、よく聞いていなかったから」

「で、なんの話をしたの?」

「さあね。あなたのこと、かな」

「ぼくのこと?」パスコーはぎょっとして言った。「何を教えた?」

「わたしが何を教えたと思ってるの?」エリーはぷりぷりして言い返した。「あなたが盗んだドラッグ・マネーをどこに隠しているか? 信じてくれないかもしれないけど、わたしは心配で取り乱していて、彼女は親切にしてくれたのよ」

「うん、ごめん」パスコーはなだめるように言った。「確かにすごく親切な人みたいだ。それでも、財布をチェックして暗証番号を変えたほうがいいぞ」

エリーは微笑した。男であろうと女であろうと、わたしを甘言で騙して教えたくないことを聞き出すことはできない、と自信を持っている女の微笑だった。

「行かなくちゃ」彼女は腕時計を見て言った。「このまえ、リハーサルのあとで迎えにいくのが遅れたとき、ロージーは学校の塀にすわってクラリネットを吹いていた。前の地面に小銭がいくらかあったけど、たぶんあの子、自分で置いたんだわ」

「残念」パスコーは言った。「自分で稼いでくれたらうれしいのにな。よろしくね。明日は会えると言ってくれよ」

「ええ。ピート、アンディのことはどう話したらいい? 状況が悪いってことは、知っていたほうがいいと思うの、万が一……」

「万が一、何だよ?」パスコーは噛みつくように言った。

「ごめん。真実を教えてやれよ。今までいつもできるだけそうしてきたろう? でも、大げさにするなよ」

「うん」彼女は言った。「そうだわ、あなたの衣類の残骸をもらったの。捨てる前にズボンのポケットをあらためたら、入れ歯が見つかった」

「アンディのだ」彼は言った。「洗ってきれいにしてくれる？　必要になるだろう、もし……」

声が割れ、彼は黙り込んだ。

「洗っておくわ」エリーは言い、屈んで彼にキスした。「じゃ、急がなくちゃ。でも、寂しくはならないわよ。次の見舞い客がうろついてたみたいだから」

そう言いながら、彼女はにやりと笑った。ややあって、パスコーはそのわけを理解した。ドアがゆっくりあき、悲しげな顔が現われた。不安そうに眉根を寄せているところは、牧場と交通量の多い道路を隔てる垣根の切れ目をじっと見つめる羊みたいだった。

「ヘクター」彼は言った。「来てくれたのか。それとも、トイレをさがしてるだけか？」

こんなジョークを口にして、自分で驚いた。ふだんは、警察の連中がヘクターを悪意のないからかいの的にするとき、それに加わらないようにと意識的につとめているのに。ひょっとすると、心の奥深くで、いやそれほど深くはないところで、おれはこいつを恨んでいるのかもしれない、と彼は思った。ヘクターがいなければ、こんなことは始まらなかった。いや、もし別の誰かが始めたことなら、ダルジールだってもうちょっと深刻に受けとめていた。あるいは……

そんな考えを押しやり、無理に微笑をつくった。

「入れよ」彼は言った。「すわってくれ」

ヘクターはゆっくり前進した。ひょろっとした男にありがちだが、彼は頭を下げて突き出し、背の高さを目立たせまいとしているみたいな歩き方をする。不安感が最高のときは――そういうときはしょっちゅうだが――この姿勢がひどく誇張され、パスコーはデズデモーナが魅力を感じたらしい、頭が肩より下に生えている男のこと（シェイクスピア『オセロ』より）を考えてしまうのだった。ダルジールはそこまで文学的ではないが、彼なりに詩的なところがあり、ヘクターにこう言ったことがあった。「おい、背をまっすぐにしろよ。まるでおまえが中に入ったままの制服を誰かがコート掛けに吊るしちまったみたいに見えるぞ！」

椅子の端に尻をのせ、彼はパスコーをじっと見つめた。

「で」パスコーは明るく言った。「工場《ファクトリー》（俗語で警察署のこと）のほうはどうだい？　つまり、署《ステーション》のことだけど。警察署」

ヘクターとの会話では、正確を心がけるに越したことはない。

「オーケーです」ヘクターは言った。「その、みんなあなたとミスター・ダルジールのことをすごく心配してますけど」

「そうかい？　じゃ、わたしは元気だと伝えてくれよ。警視のほうは、まあ、しばらく様子を見るしかないね」

それから長い沈黙が続いた。パスコーが疲れたと言って見舞いを切り上げてもらおうかと思っていたとき、ふいにヘクターは大声で言った。「警視が死ぬって、ほんとなんですか？」

「そんなことにならなきゃいいと思うよ」パスコーは言った。強い懸念を見せられ、胸を打たれた。「でも、具合はすごく悪い。なあ、ヘクター、自分を責めることはない……」

「責めるって、誰をですか？」ヘクターは言った。考えを集中させようと、ほとんど寄り目になっている。

おっと、とパスコーは思った。間違っちゃったな。何がヘクターの心にかかっているにせよ、それは罪悪感じゃないんだ。

「誰でもさ」彼は言った。「つまり、誰の責任でもないってことだ。誰にでも起こりうる恐ろしい出来事にすぎない」

ヘクターは熱心にうなずいた。誰にでも起こりうる、だがなぜか彼の身に起こることが多い恐ろしい出来事、という概念ならよく承知している。

「きみ、ミセス・グレニスターと話をしたそうだね」パスコーは続けた。それから、ヘクターの顔がいつもの白紙状態になるのを見て、つけ加えた。「テロ防止組織のグレニスター主任警視だ」

「グレニスター？」ヘクターは言った。「ジョーカーは、邪悪《シニスター》って名前だって言ってました。へんなしゃべり方をする女の人でしょう？」

耳が遠くなってもジェニソン巡査の冗談好きは相変わらずか、とパスコーは思った。まあ、感謝すべきだろうな。

「うん、そうだ。スコットランド訛りだよ。それがミセス・グレニスターだ。役に立ってあげられたろうね？」

「はい」ヘクターは積極的に答えた。「わたしが店の中で見た男たちのことばかり訊かれました。いつまでも質問が続いて。ちょっと頭がごちゃごちゃになってきましたが、ミセス・シニスター――じゃない、ミセス・グレニスター――は、心配するな、わたしが見た男たちはどうせたぶん吹っ飛ばされてしまったんだから、と言いました。それから、わたしの報告書を手伝ってくれました」

「親切だな」パスコーは言った。「きみこそ、親切に見舞いにきてくれてありがとう。でも、ちょっと疲れてきたよ、ヘクター……」

彼は言葉を切り、五十まで数え始めた。ヘクターにそれとなくヒントを出すのは、旧式なラジオのスイッチを入れるようなものだ。真空管が温まるのを待たなくてはならない。

四十六までいったとき、ヘクターは立ち上がって言った。

「そろそろ失礼します」

ドアのほうへ一歩踏み出したが、戻ってきた。

「忘れるところだった」彼は言った。「これを持ってきました――」

制服の上着のポケットの奥底から、彼は紙袋を取り出し、枕元のロッカーの上にそっと置いた。それからあらためて出ていこうとし、今回はドアまで到着してから、また足を止めた。

「主任警部」彼は言った。「ミスター・ダルジールは死なないといいですね。警視はいつもわたしによくしてくれましたから」

そして、彼は立ち去った。パスコーはびっくりした。天使ガブリエルが現われて、おまえは選ばれ、赤ん坊を産むことになった、と告げたくらい驚嘆した。

枕に背をもたせ、巨漢はヘクターに対してどういうふうによくしてやったのかと考えた。そのとき、ロッカーの上の紙袋に気づき、手を伸ばして取り上げた。

中には、かなりつぶれてはいるが、それとわかる程度の状態のカスタード・タルトが入っていた。

「あ、くそ」パスコーは言った。

ふいに、理性を超えたなんらかの理由で、彼が今まで意識的に、また無意識的に自分とミル・ストリート事件とのあいだに築き上げてきた障壁が、三番地の壁のごとく崩れ去り、看護師が様子を確かめに覗いたとき、彼は枕に顔を埋め、体を震わせて激しく泣いていた。

第二部

わたしたちがなしですませられるのは
機能が死ぬ日
あるいは友達や自然が死ぬ日――そうなると立ち往生
わたしたちの経済機構の中では
見積もりは雲をつかむような計画――
根本原理はまがいもの――
わたしたちは時をすっかり手離してしまう
神の計算のうちにあるのを忘れて――

――エミリー・ディキンソン「詩、一一八四番」

1　きれいなデスク

三日目ともなると、ダルジールが病院のベッドを持ち上げて窓から投げ捨て、歩いて出ていった、と聞いても驚かないという人は、中部ヨークシャーではふだん宗教に熱心ではない人のあいだにも多かった。

しかし、デジタル・テレビや携帯電話の時代には、ありきたりの奇跡は流行遅れとなってしまったから、この日の朝が来て、夜が去っても、巨漢はまだ昏睡状態だった。

一方、パスコーは立ち上がり、よろよろと歩いて出ていくことができたが、これは神の働きではなく、ドクター・ジョン・サウデンにしつこく食い下がって退院を許可してもらったせいだった。ただし、最低七日は療養休暇を取ること、と厳しく言い渡されていた。

帰宅して二日目、彼は職場に行って様子を見てくる、と宣言した。

エリーは反対した。その表現は迫力満点、その理由は医者の診断からパスコーの精神不安定まで、多岐にわたっていた。息継ぎの間があくと、パスコーは言った。「まったくそのとおりだよ、エリー。一から十までね。ただ、こうして家にいると、アンディのために力を尽くしてないって気がするんだ。ばかな話だよ。ぼくが仕事に戻ったって、何が変わるってもんじゃない。だけど、ひょっとしたら変わるかもって感じがするんだ」

エリーは言った。「あなたとあなたの娘、二人そろって頭がおかしいのよ。でも、出かけたらいいわ。あのでぶ野郎が死んじゃったら、それだけだってたいへんなのに、あなたがそこに個人的責任なんか感じたらもっと悪いもの」

エリーは、心の中ではダルジールのことをもうあきらめていて、その死の余波に対処できるよう、力を蓄えておこうとしていた。トラウマになることは疑いなかった。これほどの喪失は……想像もつかない。何を失うようなもの？　人間的な比喩はどれもぴったりしなかった。人間はいずれ死ぬ。それが自然のありようだ。残された人は悲しむ。悲しみを乗り越えて生きていく。だが、ダルジールが死ぬというのは、山を失うようなものだ。それが今まであったところに目をやるたび、永遠に続くものはないのだと思い知らされる。自然の荘厳さえ、手品師の見せる幻にすぎない。

彼女が心配しているのは、夫よりむしろ娘のほうだった。ピーターは自分の反応がばかげたものだとわかっている。それでも思いどおりに実行してしまうとはいえ、自覚はある。ところがロージーは、アンディおじさんが意識不明だと知らされても、無関心な様子だった。彼女が事態の深刻さをきちんと理解しているのか、エリーは優しく確かめようとしたが、するとにわかに役割が逆転し、ロージーは経験豊かなおとなが不安がる子供を辛抱強くなだめるように、こう言ったのだった。「アンディおじさんは、目を覚ましたくなったら目を覚ますの、わからないの？」

ロージーが生まれたとき、エリーは娘に対してつねに完全に正直であろうと決めた。この決心が崩れそうになることはしばしばあったが、努力は絶やさなかった。今、彼女はうなずいて言った。「ええ、そうね、そうなるといいわね。でも、おじさんはとても具合が悪いの、それは確かよ。もしかしたら、あんまり具合が悪いから、もう目を覚ましたくないと思って、死んでしまうかもしれない。悲しいけど」

言葉は自分の耳にも鈍く響いたが、ロージーの表情は変わらなかった。

「そんなの、かまわないの」彼女は言い切った。「おじさんは必要とされるときが来たら、それでも目を覚ますのよ」

つまり、アーサー王みたいに？　とエリーは考えた。あるいは、クラーケン（北欧伝説で深海に棲む怪獣。眠りから覚めると船を転覆させる）みたいに、というほうが当たっている？

だが、それ以上はなにも言わなかった。慰めの常套句のほかに、何を言える？　そんな常套句が登場するときは、近いとはいえ、まだ来ていないのだ。

それで、死を確信する妻と、甦りの確実な希望に心を浮き立たせている娘とを家に残して、ピーター・パスコーは仕事に戻った。

衰弱のしるしは絶対に見せるまいと、犯罪捜査部に近づいたとき、彼は深く息を吸ったが、これがむしろ裏目に出て、肋骨に激痛が走り、おかげで左膝をかばうのに必要な気力が一瞬失せた。

というわけで、部下たちに最初に見られたとき、彼は足を引きずり、顔をしかめ、荒い息をしていた。エドガー・ウィールドは彼の部屋までついていき、心配そうに言った。

「ピート、大丈夫か？　少なくとも一週間は寝てるものと思っていたのに」

「やぶ医者なんかに何がわかる？」パスコーは荒っぽい口をきいた。「よし、ウィールディ、これまでのところを報告してくれ」

「たいして変わったことはない」部長刑事は言った。「エイコーンボア・マウントで家宅侵入が三件、クレジットカード悪用が連続して数件——誰かが他人の暗証番号を盗んでいるみたいだ。抱きつき強盗が二件、〈死んだロバ〉亭の外で乱闘一件——」

「よせよ、ウィールディ！」パスコーは割って入った。「ぼくが心配してるのはそんなことじゃない。何者かが通りの半分を吹っ飛ばし、三人死亡、アンディは意識不明。興味があるのはその事件だけだ。で、どういう状況なんだ？」

ウィールドは肩をすくめて言った。「残念ながら、おれたちの手を離れた。CATと話をしてくれ。全面的に協力せよとダンから言われている。これまでのところ、グレニスターと部下の男たちにいちばんいいパブとレストランを教えてやったっていうだけだがな」

ダンとは、ダン・トリンブル警察本部長だ。

「すると、本部長は腕をひねられたと」パスコーは言った。

「腕相撲なら二人でやるもんだ」

彼は電話に手を伸ばした。

ウィールドは言った。「じつは、本部長はここにいる。

アンディの部屋、だと思う……」

「アンディの部屋？　そんなところで、いったい何してるんだ？」パスコーはきつい口調で訊いた。

「まあ、本部長だから……」ウィールドは言いかけたが、パスコーはすでに背を見せ、ドアから出ていくところだった。

ダルジールのオフィスまで来ると、ノックもせずに入った。

「ピーター！」サンディ・グレニスターが言った。農家の女房みたいな丸顔が明るくなり、歓迎の微笑が浮かんだ。

「ようこそ、お帰りなさい。あなたのことを話していたところ。そうよね、ダン？」

「ああ、うん。しかし、まさか……きみ、まだ病気休暇中ではないのか？」トリンブル本部長は言った。

グレニスターはダルジールの超大型椅子にすわり、目の前のデスクは今までパスコーが見たこともないほどきれいに整頓されていた。トリンブルはその向かい側にすわっていたから、体をひねって新入者を見なければならなかった。

「もう元気になりました」パスコーはぶっきらぼうに言った。「やることが山とあるのに、のんびり寝てなんかいられません。ミル・ストリートの捜査は誰が責任者になっているんです？」

「それなら、わたしでしょうね」グレニスターは言った。

「いや、われわれの側で、という意味で言ったんです」パスコーは言った。

「われわれの側？　わたしもそっち側だと思いたいけど」彼女はにっこりした。

「本部長？」パスコーはとげとげした口調でトリンブルに声をかけた。

本部長は思いめぐらすように彼を見てから、情状酌量の余地はあると決めて、言った。「ピーター、この事件には国家公安という側面があるから、その点を考えると、内務省のガイドラインに従って、捜査は専門家にまかせるのが――」

「本部長！」パスコーは口をはさんだ。「うちの管区内で大事件が起きて、死人は出たし、ミスター・ダルジールは意識不明。中部ヨークシャーの人々、われわれの区域の住民は、自分のところの警察が解決してくれるのを期待しているでしょう。地元のマスコミは知った顔を見たがる。外から送り込まれたPR係がごちゃごちゃ言って取りつくろうのを聞きたくなんかない。うちの警官たちだって、捜査にきちんと関わっていると感じたい。よそ者に押し出されて傍観者になりさがるより――」

「いいかげんにしろ、主任警部！」トリンブルは言い、立ち上がった。

さほど大柄な男ではないが、ダルジールすらいやいやながら認めているように、その気になれば、トリンブルは相当侮りがたいところを見せられる。明らかに、今の彼はその気になっていた。

「決定は下された。いずれ正式に職場に復帰したら、その決定に従い、それを履行するのがきみの仕事だ。グレニスター主任警視は必ずや進行状況を伝えてくれるだろう。もちろん、知る必要のある人間のみ対象の非公開情報になるが……」

「つまり、中部ヨークシャーでの犯罪活動に関して、わたしが知る必要のないこともある、という意味ですか？」パスコーはあきれて言った。「内閣の交代でもあったんですか？」

トリンブルは真っ赤になった。だが、彼が答えるより早く、グレニスターが言った。「ほらほら、お二人さん！ 昔しょっちゅう父に言われたものよ。イングランド人は冷たくて、不人情な人種、情熱がぜんぜんないって。父に今この様子を見せたいわ！ ダン、ピーターの言うとおりよ。わたしも彼の立場なら、同じように感じたでしょう。内務省のガイドラインですって！ 役人なんかに最前線の何がわかるの？ それに、こちらは猫の手も借りたいくらいよ。ね、わたしとピーターを二人きりにしてくださらない？ そうしたら、よく話し合って実行計画を立てますから」

本部長はしばらく考えてみた。そのあいだに、頬は冷え、ふだんの健康な赤みに落ち着いた。

「いいでしょう」彼は言った。「しかし、もし主任警部が医師の指示する療養期間だけ休む必要があると思われるなら、いつでも知らせてください」

　彼は出ていった。

　パスコーは言った。「本部長とはずいぶんお親しいようですね」

「ええ、ダンとはね、ずうっと前からの知り合い」彼女は言った。「今は懐かしその昔《オールド・ラング・ザイン》、同期で入ったのよ」

　そして今、ダンは警察本部長、あなたは主任警視だ、とパスコーは思った。警察の昇進競争で、アンディが言うところの〝おっぱいのハンデ〟を考え合わせれば、あなたのほうが何馬身も先を行っている。確実に目を離せない。

　彼女は立ち上がり、デスクをまわって彼の側に来た。

「ミスター・ダルジールの具合に変化は？」彼女は訊いた。

　彼は首を振った。

「まあ、まだ命があるうちは希望が……ごめんなさい、陳腐な言い方だけど、でもこういうとき、陳腐と気取りとのあいだに差はない。主人を亡くしたとき、わかったの。陳腐な言葉には正直な心がこもっている。気取った表現だったら、どうでもいいと思っているっていう意味」

「あの……ご主人は、やっぱり警察に？」

「ええ、そう。おかしいのよ。結婚して七年目。わたしは子供かキャリアか、という決断を迫られる時期に来ていた。それが、ある朝目が覚めて、どっちも手に入れられると悟ったの。わたしとコリンと二人で子供を共有するように、彼のキャリアを共有すればいい。すばらしいキャリアになりそうだったもの。考えるまでもないくらいに思えたし、あれほど幸福に感じたときはないわ。ところが、まさにその日、あんなことになったの」

　彼女は黙り込んだ。何が起きたのかと、パスコーは訊かなかった。これだけ教えてくれた動機ははっきりしない。もしこれ以上教えたいと思えば、彼女はそうするはずだ。

　しばらくして、彼は言った。「残念です」

「ありがとう。わたしだって残念よ。でも、ああならなければ、わたしは今ここにいない、とも言える。ピーター、あそこにすわってくださる？」

　彼女は自分が席を立ったばかりのデスクのむこうの椅子をさし示した。

「あの席を温めるべき人がいるとすれば、それはあなたです」彼女は言った。「わたしは廊下の先の作戦室にいますから。ダンから、もしわたしに時間があれば、ここにすわってもらえないかと頼まれたの。犯罪捜査部の最高の警官二人が抜けてしまったから、仕事の監督に上級警官が欲しいんでしょう。うれしくはなかったけど、さっきも言ったように、長いつきあいだから……」

彼女は旧友の頼みは断わりきれないと思っている人物らしい微笑を浮かべた。

実際には、きっとアンディのファイルを調べ、わずかでもミル・ストリート事件につながるものがないかとチェックしていたんだろう、とパスコーは推測した。見つけるのは無理だ。ダルジールの書類整理システムは巫女の神託に等しい。

自分一人なら、巨漢の席に着くのは気が進まなかったろうが、今、遠慮がちになるのはよそうと決めていた。

彼はすわり、あたりを見まわして言った。「誰かが整理整頓したようですね」

「ごめんなさい、わたしです。それがいつものやり方なの。整理して秩序ができれば、意味も見えてくる。おたくのミスター・ダルジールは、誰に聞いても、正反対みたいね。混沌を無視すれば、最後には意味のほうからこちらにやって来る」

「というより、頭の中で物事を整理する能力があった……ある……んだと思います。ただ、混沌そのものにも意味があると考えている」パスコーは言った。

「つまり、わたしが物をあるべき場所に収めてしまったから、警視にはもうなにも見つからない、ということね」彼女は笑った。「ともかく、こうしましょう、ピーター。あなたはわたしの作戦室に自由に出入りしていい。わたしは犯罪捜査部のどこにでも、入りたければ入れる。もしそこで必要と思われるものを使いたければ、まずあなたに相談します。あなたも作戦室に関しては、同様にしてください」

ダルジールのデスクに向かっていると、この場にふさわしい応答が頭に浮かんだ。わたしの犯罪捜査部のフロアでわたしに恩恵を施そうなどと言ってくる連中は気に食わない。だが、実際にはそんな言葉を呑み込み、できるだけ穏やかに答えた。「けっこうでしょう。それじゃ、これからそちらの作戦室へ行って、これまでの進行状況を教えていただきましょうか」

彼は立ち上がり、ドアの前まで進んであけると、彼女が出るよう、うながした。

彼があまりさっさと物事を進めるので、グレニスターはしばし憮然としたが、それからまた看護師長のようなおおらかな微笑を向けると、ドアを抜けて出ていった。

ＣＡＴの作戦室はグレニスターのトレードマークつきだった。ダルジールのデスクがかたづいたのと同様、部屋じゅうが整理整頓されていた。奥の会議用テーブルにはコンピューターが三台設置されている。電線は一インチたりと無駄に覗いていない。壁の掲示板には六枚の写真が画鋲で留められ、うち三枚はミル・ストリートで見つかった死骸だが、それぞれが男の顔写真とつながっている。二人は肌の色と顔の造作からして、明らかにアジア人（インド亜大陸系の人のこと）だが、三人目はそれほど明瞭な顔立ちではない。写真の下には名前がついていた。ウマール・スルス、アリ・アワン、ハニ・バラニーク。

「スルスとアワンは身許がはっきり確認されました」グレニスターは言った。「歯科記録と、アワンの場合はＤＮＡもあります。バラニークはまだ確実ではありませんが、八十パーセントの見込みがあります」

「この写真をヘクターに見せましたか？」

「もちろんよ。彼の言う〝なんだか黒っぽいやつ〟というのはアワンのようで、もう一人はバラニークかもしれない。でも、こっちはもっと漠然としているの。〝妙な感じ、それほど黒っぽくない〟という以上に、もうちょっと出てこないかと押したんだけど、だめだったわ。かわいそうなヘック、法廷の証人席に立たされないですむといいけど」

彼女はにっこりして言った。

パスコーは思った——ここの署に来て二分とたたないのに、もう内輪のジョークを口にしている。

彼は言った。「あの、ヘクターはたいていのものが目に入らない、それは確かです。でも、彼が見たと言っていることなら、たいがい信頼が置ける。彼の弱点は、視覚というより言語の問題です」

これはたんなる〝ヘクターは阿呆かもしれないが、うちの阿呆だ〟という反射的反応ではなかった。パスコーは一度、ヘクターが公園のベンチにすわっているところを見つけたことがあった。膝の上にはノートが広げてあり、彼は捨てられたチーズバーガーをせっせとついばんでいる二羽の雀に目を釘づけにしていた。

「そいつらを逮捕するときのために、メモをつけてるのか、ヘック?」パスコーは背後から近づき、ふざけて訊いた。ヘクターはまるで猥褻行為の現行犯でつかまったかのように、びくっとあわてて立ち上がり、ちびた鉛筆を下に落とした。そのあいだじゅう、パスコーを燃える剣を振りかざす敵のように見つめていた。同時に、ノートから一ページを破り取ろうとしたが、パスコーがちらと見ると、そこには二羽の鳥のスケッチが描かれているようだった。

「見せてもらえるかな?」パスコーは訊いた。

ひどくためらいながら、ヘクターはその紙を渡した。しわを伸ばしてみると、そこには餌をついばむ雀が生き生きと正確に描写されていた。

「あの、主任警部、お願いです、誰にも言わないでください」ヘクターは震え声で言った。

「うまいな」パスコーはスケッチを返して言った。「きみが絵を描けるとは知らなかったよ、ヘック」

「でも、誰にも言わないでください」巡査は心配そうに繰り返した。

パスコーはふいに悟った。ヘクターが気に病んでいるのは、警察備品のノートを私用に使ったと叱られることではなく、自分が絵を描くのを同僚に知られることのほうなのだ。誰しも一つくらい秘密は必要だ、と彼は思った。たいていの人間には秘密がありすぎる。でも、もし秘密がたった一つなら、それはどんなに貴重だろう。

「もちろんだ、言わないよ」彼は言った。「続けたまえ、巡査!」

そして、彼は約束を守ってきた。ヘクターの秘密はエリーにさえ教えていなかった。

　だから、グレニスターに対して具体的に話すつもりはさらさらなかった。彼女は疑うように言った。「あなたがそうおっしゃるならね、ピーター。さてと、そのほかに聞きたいことは？」

「そうですね……」

　彼はコンピューター・テーブルのところへ行き、画面にたいしたことが出ていないコンピューターを選んで、オペレーターの肩を叩いた。

「ミル・ストリートの現場検証ファイルを出してもらえるかな？」彼は言った。

　男は白紙の顔で彼を見上げた。白紙というのがここでは当たっている。男の顔の造作はあまりに整っていて、アンドロイドを思わせた。鏡に映る顔と写真の顔はおそらく区別がつかないだろう。三十代か、とパスコーは推測した。だが、大都会の三十代であって、北部の三十代ではない。椅子の背に掛かったジャケットと、襟元をあけて着ているシャツは、〝あんたには買えないよ〟と叫んでいた。金髪にはたっぷり整髪料がついていて、ダルジールが見たら、オイル交換がどうのとからかわずにはすまないところだ。そして、その目はスレート色、視線もスレートなみに冷たくハードだった。

　目はしばしパスコーをとらえたが、それから男は向きを変え、グレニスターを見た。

　パスコーも振り向いて彼女を見た。首をかしげ、唇はむっとしたように結び、眉は問いかけるように上げている。

　彼女は言った。「みんな、聞いて。こちらはパスコー主任警部です。彼がなにか求めたら、渡してあげて。いちいちわたしのところに走ってくることはないわ。まるでママに鼻を拭いてもらいたい子供みたいにね。わかった？」

「はい、主任警視」あとの二人はきりりと返事した。きっと、はきはきした返事以外は受けつけないという上司にしつけられたのだろう、とパスコーは察した。だが、金髪男は黙って画面にファイルを出しただけだ。それから立ち上がってパスコーに椅子を譲った。

　グレニスターは言った。「ピーター、デイヴ・フリーマンよ。口をきくこともできる人」

フリーマンの口元に薄い微笑が浮かんで消え、それから彼は言った。「どうも」

「こちらこそ、どうも」パスコーは言い、すわった。

エドガー・ウィールドはダウニング・ストリートのコンピューターに侵入して、首相がどの皺取りクリームを使っているかチェックすることだってできる、と噂されているくらいの超一流で、パスコーはそれほどではないにせよ、ITに関しては一流を自負していた。慎重にファイルにアクセスすると、それが非常に広範囲にわたる詳細なものだとわかったが、人に見られているのでやや緊張し、気がつくと、画面はめちゃめちゃになった現場のスチール写真とビデオ映像ばかりになっていた。これを見たかったというふりをして、しばらく画面を見てから、本当の目的地に移動した。現場の瓦礫の中から回収された、何とわかるものすべての長々しいリストだ。

スクロールして二回見てから、彼は訊いた。「銃はどこだ？」


「は？」フリーマンが肩のあたりで言った。

パスコーは仕返しに白紙の顔をつくって相手をじろりと見てから、椅子を回し、グレニスターをさがした。彼女は掲示板の前に行っていた。

「銃はどこです？」彼は言った。「ヘクターは男たちの一人が銃を持っているのを見たと報告した。このリストに銃は入っていません」

「ピーター」グレニスターは言った。「ヘクター巡査に対するあなたの忠誠には感心するけれど、ご自分でも認めたように、細かい部分になると、彼は信頼できる目撃者とはいえない。実際、ヘクターが関わっていたからこそ、ミスター・ダルジールはあそこに銃を持った男などいないと確信して、ああいう無茶な行動に出たんじゃなかった？」

無茶な行動。くそ、ダルジールも、ヘクターも、中部ヨークシャー警察の仕事全体も、すべて泥を塗られた。そっちの言いたいことはわかってきた、と思った。

彼は立ち上がり、「ありがとう、デイヴ」とフリーマンに言った。

「いつでもどうぞ、ピート」

ピート。この若いのは、おれと同じ階級なのか？　それとも、生意気な部長刑事ってだけか？

　どっちでもない、という答えが頭に浮かんだ。ＣＡＴのＣは合同《コンバインド》を表わす。フリーマンはスパイなのだ。グレニスターが署に警察官でない人員を連れ込んだと、トリンブルは知っているのだろうか？　もちろん知っている！　パスコーはぷりぷりと自問自答した。アンディ・ダルジールと同じくらい、公安組織にたいしてパラノイアになってきた。

　グレニスターはまるでそんな反応の数々が彼の額《ひたい》に現われ、スクロールされていくかのように、彼をじっと見ていた。

　パスコーは彼女のそばに近づき、ぶっきらぼうに言った。

「どういう状況なんですか？」

「複雑ね。前後同時に調べています。われわれが知らなかった爆薬がどこから来たのか、それが何に使われる計画だったのか。こうしましょう、ピーター。あなたのコンピューターをここのネットワークにリンクします。そうすれば、キーを叩くだけですべて見られて、最新情報が必要になるたびに廊下を走ってくることはない。でも、用があったらいつでもいらしてね。当然ながら、われわれと署のほかの部署とのあいだには、情報漏れを防ぐ防火壁《ファイアウォール》が必要になるけれど、あなたは別よ。それに、情報は双方向になるのを期待しています。なにか役に立つと思われることがあれば、すぐ知らせて。あなたは現場の人間だから、そのインプットには価値があります」

　これはどう聞いても退場のきっかけの台詞だった。

　しかし、いくらグレニスターが明るく一生懸命こちらを安心させようとしてくれても、自室に戻ったパスコーは、これから大事な長台詞のある主役というより、随行の貴族のような気分だった。行列の人数を増やすとか、一場の始まりに登場するちょい役。

　実際、肋骨はずきずきするし、膝は痛み始めるしで、今のところ、ちょい役すらできそうにない、と彼は思い当たった。

二十分後、エドガー・ウィールドが覗き込むと、パスコーはデスクにぐったりとつっぷしていた。部長刑事は抵抗もされずに付き添って階段を降り、駐車場へ行き、車で彼を自宅へ送り届けた。

2　ショー・ビジネス

アルシャンボー・ド・サンタニャンは言った。「近すぎるんじゃないか?」

「何に?」アンドレ・ド・モンバールは言った。「あいつは尾行されるのに慣れている。おかげでこっちは楽なんだ」

前方で、銀色のサーブが右折し、エドワード朝の家々が建ち並ぶ長い通りに入ると、五十ヤードほど行ってとまった。アンドレは黒いジャガーを車三台分ほど離して歩道際につけた。

サーブの運転者は車から出た。長身でスポーツ選手のような体つきの男だ。髪を肩まで伸ばし、知的な細面、鷲鼻の下に端正な黒い口ひげをたくわえている。街灯の下で立ち止まり、背後のジャガーのほうを向いて両手を合わせ、軽くおじぎしてから、たったっと石段を上がり、ドアに鍵を差すと、中へ消えていった。

「生意気な野郎め」アンドレは言った。「弾丸より強いと思っているんだ。そろそろリアリティ・チェックが必要だな」

彼は車を降り、後部ドアをあけて、スポーツ・バッグを取り出した。

「大丈夫か?」彼はアルシャンボーに言った。相手は動こうとしていなかった。

「ああ。大丈夫だ」

アンドレは言った。「いいか、おびえるのは悪いことじゃない。本当だ。おれがいつも注意していたのは、最初のときにおびえた顔をしないやつらだった。忘れるな、連中がおまえの叔父さんをどういう目にあわせたか、いいな? おまえはあいつに一発くれてやるだけでいい。あとの重大な部分はおれが引き受ける。糞《くそ》を漏らしたってかまわないが、凍りついたらおしまいだぞ、いいな?」

なんとか微笑をつくって、アルシャンボーは言った。

「どっちも起きないよう努力するよ」

「じゃ、やろう」

二人はさっさと歩道を歩き、家の正面の石段を上がった。アンドレは呼び鈴の脇に並んだ名前をさっと見て、〈マズラーニ〉を選び、ボタンを押した。

ややあって、インターコムに声がした。

「紳士諸君、ご用ですかな?」

「ちょっとお話があります、先生」アンドレは言った。

「いいですよ。上がってください」

ドア・ロックがかちゃりとはずれる音がした。

「ほらな? 簡単だろ」

二人は中に入った。エレベーターがあったが、アンドレは無視して階段に向かった。

目的のフラットは三階だった。ベルを鳴らした。ドアがあき、かれらは入った。部屋には男が二人いた。内装はごくふつうで、ソファと安楽椅子、ハイファイ・システムがあり、音量はうんと抑えてあるが、アラビア語で歌う女の声が聞こえてくる。どっしりしたオーク材のダイニング・

テーブルと、そろいの椅子四脚。サーブに乗っていた背の高い男はテーブルの前に立ち、かれらのほうを向いていた。もう一人は頼りない顎ひげを生やした二十代の男で、安楽椅子にすわっている。強い芳香を放つ煙草を吸い、新入者たちとは目を合わそうとしなかった。

「こんばんは、ミスター・マズラーニ」アンドレは長身の男に言った。「で、こちらは……？」

「従弟のフィクリです。二、三日、ここに泊まっていますす」

「いいですね。フラットにほかに人は？」

「いません。わたしたち二人だけです」彼は答えた。

「調べてもかまいませんか？　アーチ」

アルシャンボーはドアを出て、左へ行った。しばらくして居間に戻ってくると、言った。「誰もいない」

「では、あなたがたがなぜここに来られたのか、教えていただきましょうか。自己紹介をしていただけませんかな？　録音のために？」

マズラーニの声は都会的で上品だった。この状況をほとんど楽しんでいるようだ。一方、もう一人の男のほうは、怒りと不安の混じった顔をしていた。

アンドレは言った。「もちろんだ。わたしはアンドレ・ド・モンバールです。友人のあいだではアンディ。同僚はミスター・アルシャンボー・ド・サンタニャン。彼には友人はいない。ところで、この歌を歌っているレディは、有名なエリッサでしょうね？　あなたと同国人の？　ゴージャスな女性だ。あの美声、あの大きな琥珀色の瞳！　わたしも大ファンですよ」

彼はハイファイに近づき、人差し指の関節を使って音量を上げた。

それから、スポーツ・バッグをテーブルに置き、ファスナーをあけて中に手を入れると、サイレンサーつきのオートマチック・ピストルを取り出した。

マズラーニの顔に信じられないという表情が浮かんだが、すわっているほうの男は恐怖を感じる暇もないうちに、アンドレに近距離から目のあいだを撃ち抜かれていた。

「申し訳ないが、他人を入れずに話をしたかったのでね」

アンドレは言った。「じゃ、リラックスしてくれ。われわれは飲み物をいただこう」

たった今、目にした出来事に愕然として、マズラーニは動けなくなっていた。立ったまま死体を見下ろし、まるで視野からその像を消し去ろうとするように、目をぱちくりさせた。口があいたが、言葉は出てこなかった。

アンドレは連れに向かってうなずいた。連れはマズラーニとほとんど同じくらいショックを受けているようだった。

「目を覚ませ、アーチ!」アンドレはぴしりと言った。

ド・サンタニャンと呼ばれる男はびくっとして、ポケットに手を入れると鉛の棍棒を取り出し、ものすごい力でマズラーニの首に振り下ろした。マズラーニはうっと呻き、くずおれた。

「ほらな、むずかしくはなかったろう?」アンドレは言った。「それに、おれの鼻が詰まってないとすりゃ、おまえはまだ糞《くそ》を漏らしてもいない。じゃ、ショータイムだ」

彼はスポーツ・バッグに戻り、ビデオ・カメラを取り出してアルシャンボーに渡した。次には目のところだけ穴をあけた黒い頭巾を出してかぶり、それから長い薄手のゴム手袋をはめた。

今度は磨き込んだ木の棒を取り出した。二フィート半(約七十五センチ)ほどの長さで、玉突き《スヌーカー》のキューの継ぎ足し棒のようだ。最後にビニールのごみ袋を出し、その中からきらめく鋼鉄の肉切り包丁を取り出した。幅六インチ、刃渡り十八インチ、それにねじ山のある八インチの尻尾がついていて、彼はそれを木の棒にねじ込んだ。

マズラーニは立ち上がろうとしていた。アルシャンボーは棍棒をまた上げたが、アンドレは言った。「その必要はない、アーチ。ほら、先生、手を貸してやろう」

彼はダイニング・チェアを横倒しにしてぐったりした男の前に持っていき、男を前に押して、その頭を椅子の背にのせてやった。

「まあ、落ち着いてくれ、先生」アンドレは言った。「アーチ、準備はいいか?」

「ほんとにこんなことをする必要が……?」アルシャンボーは不安げに言った。

「いちばん大事な部分だ。いいからそいつをこっちに向けて、ぶれないようにしろ」

彼は背の高い男の長髪を頭の前へ撫で上げて首をあらわにすると、磨き込んだ木の棒を握り、きらめく刃を高々と頭上に上げた。

「カメラはいいな?」

「はい」アルシャンボーは低い声で言った。

「じゃ、いくぞ!」

刃はばしっと振り下ろされた。

三回振るって、ようやく切断された頭がカーペットに落ちた。

「丸太であれだけ練習したんだから、一発でいけると思ったのにな」アンドレは言った。「おまえ、大丈夫か?」

アルシャンボーはなんとかうなずいた。青ざめ、震えていたが、まだカメラを死体に向けていた。

「よくやった」アンドレは言った。

彼は刃を顎ひげの男のローブで拭くと、取っ手からはずしてごみ袋で包み、それをスポーツ・バッグに戻した。

「あとはクレジットを入れたら、出ていくだけだ」

彼はバッグから十八インチほどの長さのボール紙の筒を取り出し、中から巻いた紙を押し出した。開くと、一面にアラビア語の文字が書いてあった。上下が正しいのを確かめてから、彼はそれをカメラの前に三十秒間掲げた。

「オーケー」彼は言って、巻紙を筒に戻した。「じゃ、そいつをオフにしていい。行こう。なにもさわらなかったろうな?」

「ドアのハンドルだけだ。みんな拭いてあるよ」

「よし」彼は言い、頭巾を取ってバッグに落とした。「おれたちはいいチームだ。モーカム・アンド・ファッキング・ワイズだな(モーカムとワイズはかつての人気コメディアン・コンビ)。さてと……」

彼は腕時計を見た。

「ここに入ってきてから四分三十秒。五分の予定だったし、それも一人しかいないと予想してのことだ。立派なもんじゃないか。これこそショー・ビジネスだ!」

3　犬の散歩

職場に戻ろうと一度試みたあと、パスコーは次の二日をベッドで過ごした。三日目にはかなり元気になり、寝て過ごすのは今日一日だけ、それもエリーが隣に加わってくればだ、と主張した。エリーはそうした。純粋に医療上の理由でね、と彼女は言ったが、それは結果的に本当だった。彼女は狡猾にも夫をくたくたにしたので、彼が次に目を覚ますと、四日目の朝になっていた。

見るからによくなってきていたので、エリーはさして不安を感じずに、昼食後は彼が娘の飼い犬ティッグを散歩に連れていくのを許した。

「車は出さないの?」彼女は言った。

「出さないよ。散歩に行くんだもの」彼は言い返した。

それなら警察本部には近寄りもしないということだ、と納得して、彼女は手を振って夫を送り出すと、〝書斎〟に上がり、二作目の小説を書くというぜひとも必要な仕事に取りかかった。

(進み具合はどうかと尋ねられれば――そんなことを訊く勇気のある人はめったにいなかったが――エリーはこう答えるだろう。いちばんむずかしいのは、大評判になった処女作に続く作品を書くことだ、というのは出版業界の偉大な神話の一つにすぎない。いや、本当にむずかしいのは、第一作が雷雨の中のおなら程度しか人の注目を惹かなかったあとで、第二作を生み出すことだ)

今、彼女はまた自作に没頭していた。ベストセラーを生み出したいなら、自分が夫の操縦に示したような人間性の巧妙な理解力と同じものを応用すればいいだけだ、と自信を持っていた。

そのころ、通りを二本先まで行ったところで、パスコーはエドガー・ウィールドが運転する車に乗り込んでいた。ウィールドはうれしがっていなかった。

「ばれたらエリーに殺される」彼は言った。

「落ち着けよ。ばれたりしない」パスコーは自信たっぷりに言った。

ウィールドは応えなかった。彼の経験では、隠し事を必ずさぐり出す人は二人いて、その一人がエリー・パスコーだ。

もう一人はまだ意識不明だった。

「で、邪悪《シニスター》なサンディは何をしてる？」パスコーは言った。

「まあ、あれこれね」ウィールドは漠然と言った。

パスコーは不審そうに相手を見た。

「あれから始めて、これに進んでくれ」彼は命じた。

「うん、対テロリスト関連のことはあまり明らかにしようとしない。それは理解できるけどね」ウィールドは言った。「でも、こっちは上のほうの手が足りないときだから、彼女が豪傑ダンの古い友達だっていうのはすごく助かる。もちろん、具体的な捜査に関しては、ずっと後ろから見守っている――われわれの管区だから、われわれがすべきことだと言ってね――でも、人を組織したり、書類をまとめるのは本当にうまい。今じゃ、何がどうなっているのか知ってるのはアンディだけじゃなく、われわれみんなだ」

パスコーの疑念は一秒ごとに深まっていた。ほかならぬウィールドがほめるとは、相当の組織力だ。まあ、見たものを見たままに言う権利は彼にある。だが、ダルジールをネタにした冗談は大逆罪に近い。

彼は言った。「改宗者みたいに聞こえるぞ、ウィールディ。おい、まさか、ぼくが今朝電話したなんて、彼女に教えていないだろうな？」

「おれを何だと思ってるんだ？」ウィールドは傷ついて言った。「どっちみち、彼女はノッティンガムに行かなきゃならなかった。キャラディスの裁判が始まって、彼女はあれに関わっているんだ」

「あの大失敗に関わっているのか？」パスコーはかなり満足して言った。「その彼女がわれわれの捜査を牛耳っているとはな！」

二人はそのあと、目的地まで黙っていた。ただ、ティッグだけは興奮してはあはあと息をしていた。いつも鼻面を外に突き出せるよう、窓を少しあけておくことを要求するのだ。テリアの雑種である彼は、餌をくれ、自分のルールに従っていっしょに遊び、冒険的な散歩に連れていってくれる人間なら、まあ同等と見なしてやってもいいと思っているが、例外はロージー・パスコーで、彼女はティッグが選んだ宇宙の女王だった。

今、車が停止すると、小さな犬は窓の狭い隙間から体全体を押し出そうとしていた。彼にとっては新しい土地を探検したくてうずうずしているのだ。

「さあ、着いた」ウィールドは言った。「何をしたいんだい?」

「ちょっと見るだけだ」パスコーは言った。「悪いことじゃないだろ?」

二人はミル・ストリートの端に駐車した。長屋の瓦礫はまだ運び去られておらず、道路の両端には立入禁止の柵が立っている。巡査が一人――見習い期間中のアンダーセンという男だとパスコーにはわかった――うさんくさい相手を見るようにかれらを見たが、ウィールドが窓を下げて手を振ったので了解した。

「まだかたづけてないのか」パスコーは現場を見て言った。「グレニスターの決断か?」

「だろうな。でも、市役所の土木課はまだ陸橋の損害を査定しているところだ。どうやら大丈夫らしいんで、時速十マイルの速度制限つきで列車通行を再開するみたいだ。ここが不通なので迂回を強いられて、大混乱だったからな」

「いつもと違って、乗客が気づくぐらいひどかった、ってことか?」パスコーは言った。「王族の訪問は?」

「ヘリコプターで来る。どうせ、彼はそっちのほうが好きなんだ」

「新聞じゃ、彼の乗ってくる列車がターゲットだったという説を押し出しているね」パスコーは言った。

「マスコミはそれで満足させておけばいい」ウィールドは言った。「グレニスターはあらゆる可能性を検討すると言ってる」

「事件のことを彼女と話し合ったのか?」パスコーは言った。

「さっきも言ったように、彼女は近づきやすい。それに、きみのオフィスのコンピューターはＣＡＴのネットワークにリンクしてる、約束どおりにね」

「思いやり満点だ。中に立入禁止領域がどのくらいあるか、チェックしたかい？」

「よせよ、ピート」部長刑事は言い返した。「彼女はおれたちを喜ばせるためにすごく努力してくれてる。その彼女に逆らって、いいことがあるか？　こっちに知らせてくれない部分は多少あるかもしれないが、たとえトリンブルだってＣＡＴ関連の情報すべてを知る許可は持っていないだろう」

「そのとおりだな」パスコーはてきぱきと言った。「じゃ、行って見てみよう。アンダーセン青年が命令に従ってぼくらを撃ったりしないうちにな」

二人は車を降り、柵のほうへ歩いていった。

アンダーセンは小さく敬礼してから、メモ帳を取り出した。

「その必要はないよ」パスコーは微笑して言った。「これはまあ、非公式の公式だからな。ここでぶらぶらしているだけとは、さぞ退屈だろう」

「たいして意味がないんですよね」青年はうんざりしたように言った。

「心配するな」パスコーは言った。「大事なところでちゃんと評価されていればいいんだから。ミスター・アイアランドと話をして、きみにもうちょっとやりがいのある仕事がないか、訊いてみよう」

「どうもありがとうございます、主任警部」アンダーセンは喜んで言った。

「本気でパディ・アイアランドに部下の活用法を説教するつもりなのか？」二人で廃屋のほうへ歩きながら、ウィールドは言った。

「若者の仕事欲を高めるには、退屈きわまりない役を与えるよりましな方法があるだろうと、外交的にほのめかしてみるさ」パスコーは答えた。

ウィールドは鼻を鳴らしたが、それこそ外交手腕の見本だった。〝きみは頭がおかしい〟というメッセージを伝えつつ、はっきり不服従と定義されうる言語音には近づいてもいない。

どうせパスコーはろくに注意を払っていなかった。あの日を思い出していたのだ。ついこのあいだでありながら、歴史的過去に属する時のように感じられる。車の背後で立ち上がり、最後の数歩をダルジールのあと《ウェイク》についていて踏み出した、あの日。

ダルジールの通夜《ウェイク》。縁起のいい言い回しではない。

彼はそんな言葉を頭から追い出し、倒壊した長屋に気持ちを集中させた。ティッグはすでに大喜びで瓦礫の中に飛び込み、もうもうと白い埃を上げていた。

「アスベストはあるのか？」彼はふいに心配になって訊いた。

「いや、大丈夫だ」ウィールドはプラスチックの書類フォルダーの中に目をやって言った。「こいつを建てた連中が、値の張る防火材に興味を示したとは思えないな」

「それ、ジム・リプトンの報告書か？」パスコーは言った。

リプトンは消防署長だ。

「そうだ」

「CATのほうはどうなんだ？　あいつらなら、自分のところの専門家が地元の田舎もんを出し抜かないうちは満足しないだろう」

「アクセスしようとしたんだが、防火壁《ファイアウォール》があってね、あれはジムだって簡単には切り崩せないな」ウィールドは言った。

「じゃ、きみはやっぱりチェックしてたんだ！」パスコーは言い、ウィールドを寄せつけないIT防護策ならすごいものに違いないと思った。

「注意を惹きたくなかったからね、こうしてここに来るのは通りすがりってわけだから」

「そのとおりだ」パスコーは言った。「で、ジムの報告は？」

「安普請だったから、爆風でこっぱみじん、マッチ棒の寄せ集めみたいになって、やすやすと焼けてしまった。爆発の現場は確実に三番地。陸橋壁の損害は比較的少なかったから、もし陸橋に爆弾を仕掛けるのがかれらの意図だったとしても、そのための穴を掘り始めてもいなかったと見られる」

「爆薬について、なにかある？」

「ジムの報告にはない。彼の専門じゃないからな。でも、セムテックスだったのは確かだ」

「きみの友達のグレニスターに教えられた？」

「いや、彼女の部下の一人とおしゃべりしたんだ。いいやつだよ」

パスコーは眉を上げて言った。「ウィールディ、きみは幸福な結婚をしている男だってこと、忘れちゃいないだろうな」

部長刑事と彼のパートナー、エドウィン・ディッグウィードは、同性関係の公式化を認める法律が施行されるとすぐ、それを実行したのだった。パスコー夫妻とダルジールが出席した式は地味なものだった。そのあと、二人の家の近所のパブ〈モリス〉亭で開かれた披露宴は地味どころではなかったが、ウィールドの職業を考えると、式にも披露宴にも地元マスコミがこれっぽっちの興味も示さなかったのは驚きだった。だが、パスコーだけは驚かなかった。彼はダルジールに向かって、二人のエドは自分たちの生きたいように生きる決意を表明しているが、マスコミがつつきまわりに来なければいい、と言ったのだった。すると、巨漢は答えた。「残念。ウィールディが《中部ヨークシャー生活》の〝今月の花嫁〟に選ばれた写真を見るのを楽しみにしていたんだがな。しかしまあ、きみの言うとおりかもしれん。ひとこと話をしておこう」

もしダルジールが〝ひとこと話をして〟いたら、リトル・ネルの死の知らせはまだ中部ヨークシャーに届いていないだろう、と一般に信じられている（ディケンズ『骨董品屋』が一八四〇〜四一年に雑誌連載されたとき、主人公の幼いネルが死ぬかどうか、英米の読者が固唾を呑んで次号を待った）。

「その〝いいやつ〟からほかになにか出てきた？」パスコーは訊いた。

「いや。ちょうどそこにサンディ・グレニスターがやって来て、彼はぱっといなくなった」

「オープンにいこうって方針も、そんなもんか」

「きみはグレニスターを誤解してると思う」ウィールドは言った。「彼女は質問にはすべて答えてくれるし、答えないときは、その理由を教えてくれる。彼女の話では、おそらく連中は起爆装置を準備していて、なにか間違いが起きたんだろうってことだ」

「アンディにとっては、確かに間違いが起きたな」パスコーは陰気に言った。

「間違いが起きたのはそれより前だ」ウィールドは言った。

「そもそも、アンディが指示に従わないと決めたときに間違いが始まったんだ」

「例によってあいつらと仲よくおしゃべりしているときに、そういう話になったのか?」パスコーは噛みつくように言った。

ウィールドはその質問を無視したが、しばらく黙っていてから、優しく言った。「ピート、おれたちここでいったい何してるんだ?」

まったくだ、何をしている? とパスコーは思った。荒涼たる光景だった。暑く晴れた日はとうに過ぎ去り、気温は夏とはいえない低さ、頭上では雲が流れ、その風が灰を巻き上げて、そびえる旧工場と鉄道陸橋に挟まれた薄暗い谷間に小さな塵旋風が舞っていた。この場所で何が起きたのかを正確に探り出すことだけがアンディ・ダルジールの生命をつなぎとめておける、そんなばかげた考えでここに来たのだと説明したら、それこそ頭がおかしいと思われるだけだ。

彼は言った。「ここで犯罪が起きた。それがぼくの仕事だ。犯罪捜査」

意図したより尊大で、つんとした言い方になってしまった。

ウィールドは言った。「で、名探偵になって、瓦礫をかき分け、CATチームが見落とした手がかりを見つけるってわけか?」

あからさまな皮肉だが、そう言われてもしかたない、とパスコーは思った。

雰囲気を軽くしようとして、彼は言った。「いや、それはティッグにまかせるよ。おい、何を見つけたんだ、ティッグ?」

つまらないもの、ときにはきたないものでも、すぐ見つけて持ってくるティッグは、まるで犬の幽霊みたいに白い埃にまみれ、口になにかくわえて二人のそばに来た。

パスコーは立ち止まってそのプレゼントを受け取ったが、肋骨の痛みに顔をしかめた。妻といちゃついているときは無視できても、それ以外のときにはまだぴしりと鞭打たれるのを思い知らされた。

それはプラスチックで、火事の強い熱に溶けて丸い塊になっていた。

「ビデオ・カセットだろうな」ウィールドは言った。「報告には、何と認められるようなものはほとんど残っていなかったとある」

パスコーはそれを投げ捨てたが、間違いだった。ティッグは喜んでワンと吠えるなり、埃と灰をさらに蹴立てて取り戻しにいった。エリーに見られる前に、すっかりブラシをかけてやらなきゃだめだ。

「仲間が増えた」ウィールドは言った。

「くそ」パスコーは言った。

柵のそばに車が寄ってきてとまった。中からエレガントにスーツを着こなした金髪の男が出てきた。グレニスターの随行スパイ、デイヴ・フリーマンだった。

彼は端正すぎる顔にかすかな微笑を浮かべて近づいてきた。

「やあ」彼は言った。「元気に復帰したようで、うれしいよ、ピート」

パスコーは軍隊調になって、階級を述べよと命じてやりたくなる気持ちを抑えた。

「散歩に来ただけだよ、デイヴ。娘のペットを連れてね」

きっかけどおりに、ティッグは取り戻したプラスチックの塊をくわえて帰ってくると、新来者に向かって尻尾を振った。おかげで飛び散った灰がフリーマンのぴかぴかの靴にもついたのを見て、パスコーは子供じみた喜びを感じた。

「で、きみも散歩かい、部長刑事？」CATの男はウィールドに言った。ウィールドがプラスチックの書類フォルダーをシャツの下に隠したことに、パスコーは気がついた。

「はい《サー》」部長刑事は言った。

石切り場の壁のごとく無表情な顔から出てくるウィール

ドの〝サー〟はまったく中立で、スイス製と言ったっていいくらいだった。

「きみはどうなの、デイヴ？　どうしてここに来たんだい？」パスコーは訊いた。

「撤去の連中が仕事にかかるのを確かめに来たんだ。手でさがして見落としたものを掘削機が掘り出すってこともあるから」

「きみたちがなにか見落としたと思ってるのかい？」パスコーはいかにも皮肉っぽく、信じられないというように言った。

「たまにはそういうこともある。われわれは反対勢力ほどの過ちは犯さないよう努力するまでだ」フリーマンは言った。

「なんだい、それは？」パスコーは言った。「CATカレンダーの七月の金言？」

このあからさまな侮蔑には、ウィールドすらやや驚いた顔を見せた。

「確かに一つ、見落とされたことがあります、サー」彼はすばやく割って入った。「まあ、わたしの見落としかもしれませんが。ファイルを見ましたが、六番地の鍵の持ち主のことがなにも出ていませんでした」

「六番地？」フリーマンは言った。

「はい。三番地のほかに、長屋でまだ使われていた唯一の店舗です。クロフツ&ウィルズ特許弁理士事務所」

三人はそろって六番地のほうを見た。三番地の爆風は四番地と五番地をめちゃめちゃにしたが、長屋の最後の一軒の外側の切妻壁を破壊するには至っていなかった。おそらく、内部を隔てる壁よりは丈夫にできていたのだろう。爆発に続いて起きた火事で家のほとんどは焼け落ちていたが、それでもまだたっぷり十五フィートほどの黒ずんだレンガ壁が立っていた。

「誰かがチェックした」フリーマンはそっけなく言った。

「どうやら、その事務所はたたむことになって、あの週末に引っ越したらしい。幸運だったな。その、かれらにとってはね」

「特許弁理士事務所がミル・ストリートとは、へんなところに店を開いたもんだな」パスコーは言った。

「まったくだ。だからつぶれたのかもな」フリーマンは言った。

パスコーは答えず、長屋の端へ向かった。

「その壁には近づきすぎないほうがいい」ウィールドは後ろから声をかけた。「安全そうじゃない」

パスコーは無視した。独立精神を見せつけようとする子供のように、彼は壊れかけた壁までまっすぐ歩いていき、吹き飛ばされてなくなったドアの穴から中を覗いた。ドアのアルミのフレームはぐにゃりと曲がって蝶番からぶらぶらしている。長屋全体が筒抜けになり、ここから反対端の一番地の壁まで見通せた。むこうは爆心地から一軒おいただけなので、ずっと強い衝撃を受け、壁はいちばん高いところでも地面からせいぜい五フィート程度しか残っていなかった。

おれはいったいここで何をしてるんだ？　パスコーは自問した。何を期待している？　ティッグが蹴立てた埃と灰の小さな渦巻きが形をなし、ここで爆死した気の毒な男たちの一人の幽霊となる？　たとえなったとしたって、そいつに何を訊けばいい？

彼はその場を離れ、あとの二人のそばに戻った。そのとき、トラックが二台、柵に近づいてきた。一台は掘削機を載せていた。

「ああ、荒れた手をした労役の息子たち（D・カーニーの言葉）が来た」フリーマンは言った。「でも、急ぐことはないよ、ピーター。かれらはまずキャンヴァスの小屋を建てて、お茶をいれる。だから、きみが現場検証をすませるまで時間はたっぷりある」

からかっているな、とパスコーは思った。

彼は言った。「よし、ウィールディ、行こう」軽く会釈すると、彼は車のほうへ歩き出した。

「悪くはない男だろ」部長刑事は追いついてから言った。

「そう思う？　きみのタイプか、ウィールディ？」

「両性愛《バイ》かもな」ウィールドは動じもせずに言った。「でも、おれが惚れてるかっていう意味なら、ノーだ。悪くはないと言ったのは、礼儀正しくて役に立ってくれるって意味さ。そう思わないか？」

「あいつはスパイだ」パスコーは言った。「たぶん、お高くとまったやつだろう。ああいう仕事の条件だからな」

彼は車に乗り込んだ。埃まみれのティッグが続いて入り、溶けたプラスチックの塊をフロアに落とすと、あいた窓の脇の位置に着いた。

「じゃ、どこへ行く？」ウィールドは言った。「家に帰る？」

「いや、ティッグがこれじゃあな。川で一泳ぎさせなきゃだめだから、公園のそばで落としてくれよ」

彼はティッグの戦利品に手を伸ばし、窓から投げ捨てようと思ったのだが、持ってみると中でなにかが動くのを感じた。耳元まで持ち上げ、振ってみた。からからと音がした。ウィールドが目を向けた。

「マラカス演奏を習うつもりか？」彼は訊いた。

「バラの花を歯でくわえられるようになったらね」パスコーは言い、プラスチックの塊をポケットに入れた。「ウィールディ、さっきはあんなことを言って悪かった。きみとフリーマンとグレニスターのことをさ」

「いいよ。ただし、バラの花をくわえたところを写真に撮らせてくれるんならね」

「きみに一番に撮ってもらうよ、約束する！」

二人は顔を見合わせてにっこりした。ウィールドはシャツの下からファイルを取り出し、パスコーに渡した。ティッグは飛び去ったホシムクドリに向かってうれしそうに吠えた。

かれらの背後、ミル・ストリートでは、デイヴ・フリーマンが携帯電話に向かってしゃべっていた。

4　死人はおならをしない！

アンディ・ダルジールは不安な気持ちで中部ヨークシャーの上空に浮かんでいる。

引力に逆らって浮かぶ能力が不安なのではない。それはごく自然に思える。そうではなく、下にいる誰かが彼をツェッペリン飛行船と見間違えて撃ち落とそうとするのではないかとおびえているのだ。

もっとも、ツェッペリン飛行船を使おうとするような国とイギリスが現在戦争をしているわけではない。

だが一方、彼のすぐ下に見える場所は爆弾被災地に似ていなくもない。

いや、まさにそうなのだと気がつく。上からだと、よく知った場所でも特定がむずかしいが、あれは旧毛織物工場では……それにあっちは線路で、そのあいだの荒涼とした無人地帯は……？

それに、死者の霊魂は戻ってきて、死んだ場所に出てくるのではないのか？

しかし、彼は死神なんか振り切ったのではなかったか？

ホシムクドリが一羽、彼のまわりを二度飛びまわり、それから肩にとまる。

「行儀よくしてろよ」ダルジールは横目で鳥を見ながら言う。「おれは銅像なんかじゃないんだからな」

鳥は小さい丸い目で彼の目を見据える。滑らかでてらてらした頭を引っ込め、たたんだ翼のあいだに埋めているところを見ると思い出すのは……ヘクター！

「失せろよ！」ダルジールは命じる。「おれは死んじゃいない！」

鳥は軽蔑より悪い、無関心をあらわにして見つめている。巨漢は腹の中がよじれ、張りつめるのを感じる。

圧迫感に耐えられない。

彼はおならをする。

おおいにほっとしたその気分は肉体だけのものではない。

「死人はおならなんかしないぞ！」彼は勝ち誇って大声で言う。

ホシムクドリは彼の肩から起き上がり、顔の前をぱたぱたと飛ぶ。矢尻のようなくちばしで目をつつこうかと考えているみたいだ。

ダルジールはもう一度おならをする。今度はすごい勢いなので、彼はケープ・カナヴェラルから打ち上げられるロケットみたいに離昇《リフトオフ》して速度を増し、明るい青空の彼方へ飛び過ぎる。びっくり顔のホシムクドリはまもなく遠い塵ほどにかすんでしまう。そのはるか上空で、太りすぎた中年の警視はとうとう子供のころ憧れたピーター・パンになる夢をかなえ、心からうれしそうに笑いながら、中部ヨークシャーの空を流れる雲のあいだをくるくるとんぼ返りして飛んでいく。

5　驚異の時代

翌日、パスコーは職場に戻った。

ウィールドが恐れたとおり、なんでもお見通しのエリーがミル・ストリートへの遠足の事実を知るのに長くはかからなかった。

パスコーとティッグが散歩から帰ってきたときには、彼女は書くことにすっかり没頭していて、たいして注意を払わなかった。川で一泳ぎしたので、犬の毛についた灰は取れ、証拠はなくなっていたし、エリーが創作に専念していたおかげで、パスコーが靴とズボンの折り返しにブラシをかけ、それとわかる埃を払う時間はたっぷりあった。しかし、彼女が詩神の棲むパルナッソス山から下りてくると、夫はガレージにいて、変形したプラスチックの塊をのこぎりで慎重に半分に切っているところだったから、彼女は即座に疑念を起こし、妻のナイフ、すなわちぐさりと鋭い尋問のメスをごくわずか振るっただけで、彼から真実を摘出するのに成功した。それとほぼ同時に、彼はプラスチックの中から押し潰された小さな金属の塊を摘出した。

「エドガーに会ったら、ただじゃおかないわ！」彼女は脅した。いつものようにウィールディと呼ばず、彼のファースト・ネームを使ったところに怒りがうかがえた。

「あいつが悪いんじゃない」パスコーは忠誠を示して言った。「ぼくは上司だ。ぼくが命令したんだ」

「へーっ！」エリーは言った。こんな腐敗した人間が出す命令の権威なぞどれほどのものかという意図を伝えていた。だが、夫の背信を発見してこれだけ自分が激怒しても、彼はさほど気にしていないと察して、彼女は言った。「で、それは何なの？」

「たぶん、弾丸じゃないかな」パスコーは変形した金属玉を光にかざして言った。「銃から出た」

「弾丸がどこから出てくるかなら知ってます」

「もちろんだ。でも、これはかなり特殊な銃だ。ＣＡＴの目には見えないんだからさ。そりゃ、カセットの中の金属スプールが熱で溶けたってだけかもしれないけどね」

この追加条項が入ったのは疑念よりむしろ迷信のせいだと彼女は察した。

「つまり、どういう意味？」彼女は言った。

「さあね。でも、これまで想像力のありあまる空論家でもなければその可能性をほのめかしもしなかったことを、これが証明してくれたのかもしれない。つまり、ヘクターが正しかったらしいってこと。夕食は何だい？」

翌朝、彼はいつもの時間に起きた。戦略の達人エリーは抵抗が無駄なときをわきまえていたから、文句なしに朝食を出したが、いってらっしゃいのキスをしながら、これだけは言った。「ピート、ばかなまねはしないでしょうね？」

「まさか、しないよ」彼は言った。「これは証拠品となりうる。グレニスターに渡すよ」

だが、こいつが本当に証拠となるのを自分で確かめてからだ！　と彼は内心でつけ加えた。

だから、まず立ち寄ったのは警察署ではなく、警察の研究室だった。そこで室長のトニー・ポロックに向かって、早くどころではなく、今ただちにやるんだと、無愛想に理解させた。

長年リーズ・ユナイテッドを応援してきただけに、ポロックは人生がぶつけてくる不運に対処するすべを充分身につけていたが、その彼ですら、助手に言った。「あのでぶ野郎が意識不明だから、犯罪捜査部からがんがん言われないで、ちょっとは静かに過ごせるかと思っていたのにな」

「ええ」助手は言い、それから感心した様子でつけ加えた。「主任警部があんな言葉を知っていたとは、思いもよらなかった」

その結果は、パスコーが願ったとおり、期待したとおりのものだった。

サンディ・グレニスターはまたダルジールのデスクにすわっていた。

「ピーター！」彼女は温かい微笑を見せて言った。「今日はいらっしゃるかと思っていたのよ。デイヴがミル・ストリートであなたと会って、とても元気そうに見えたと言っていたから」

「ええ、とてもよくなりました」パスコーは言った。「あの、ちょっとおかしなことがあるんです。うちの犬が瓦礫をつつきまわっていて……」

彼はティッグが溶けたプラスチックの塊を家まで運んできて、かじっているうちに弾丸が出てきたようにほのめかしておいた。

「おもしろいわね」グレニスターは言った。「たぶん、なんでもないでしょうが、預けてくだされば、こちらのラボでチェックさせます」

「もうやりました。報告があります」パスコーは言った。「確実に弾丸。実際、ほぼ間違いなく9×19ミリNATOパラベラム、おそらくはベレッタのセミ・オートマチック・ピストル、92シリーズから発射されたもの」

彼はブリーフケースをあけ、弾丸の入った証拠袋とラボの分析結果の入った封筒を取り出すと、デスクの彼女の目の前にきちんと置いた。

彼女は手を触れずにそれを見下ろした。

「なるほど」彼女はゆっくり言った。「復帰初日からご活躍ね。で、どう思われるの？」

すわるようにとは言われていなかったが、勝手にすわった。あぶなっかしい膝のせいですわらずにいられなくなる前の選択だった。

「明らかです。銃が発射された。ヘクターは銃声を聞いた。弾丸はビデオ・カセットの一つに埋まってしまった。大きな問題は、その銃がどうなったのか？」

グレニスターは椅子に背をもたせ、両手の指先を合わせて鼻につけた。それから、その手を開き、頭の後ろに当てた。この動作のせいで、彼女の丸々した乳房が引き上げられ、パスコーは目を奪われないよう努力しなければならなかった。

彼女は微笑して言った。「たぶん、大きな問題は、小さな問題を検討するまでそのままにしておいたほうがいいでしょう。まず、わたしはCATの専門家に頼んで、地元のテクニシャンが調べた結果を確認してもらう必要がありま

す。そちらの人たちの能力を疑っているんじゃないのよ、わかってくださいね。でも、それぞれ専門がありますから……それで弾丸だと確定したら、それが出てきたとあなたのおっしゃるプラスチックも調べてもらいます。まだお持ちでしょう？」

「ええ、家に置いて……」

「じゃ、ラボには持っていかなかったの？　まあ、よかったかもね。こちらの人間はまっさらの状態から始めるのが好きだから。きちんとした検査の前に、雑なやり方で調べようとされると、損害が出るでしょう」

パスコーは弾丸を取り出すのに使った、自宅ガレージにある錆びた締め具と、なまくらな弓鋸《ゆみのこ》のことを考えた。

「それで、かれらがこれは溶けたビデオ・カセットの中に入っていた弾丸であると確認したら……？」彼は訊いた。

「そうしたら、それがどうしてそこに入ったのかという疑問が出てくるわね。それが爆発のあった同じ日に、あの現場で発砲されたものだと確認する方法はなさそう……」

「ヘクターは銃声を聞いたんですよ！」

「ええ。ヘクターね！」彼女はからかうように言った。

パスコーはまたしても、はなから巡査をまともに受け取らない態度に反抗した。

彼は言った。「あの、ヘクターはデジタル時代以前の人間だといっても、機能していないわけじゃないんです。目撃した男の一人は特定できたんでしょう？　そりゃ、言葉で説明するのは得意じゃないが、これという写真があれば、もう一人の男だって選び出せるはずです」

その熱はグレニスターにも伝わったようだった。

「あなたの部下は、あなたがいちばんよくご存じよ、ピーター」彼女は言った。「いいでしょう。かりに、彼が確かに銃声を聞き、これがそのとき発射された弾丸なのだとしましょう。そこから、あなたのおっしゃる大きな問題が出てきます。銃はどこにあるのか？　まあ、一つの答えはあなたが出してくれた。あなたと犬がね」

「つまり、見落とされたかもしれない、ということですか？」

「これは見落とされていたわ」グレニスターは手を下ろし、証拠袋に触れた。「われわれは当然ながら瓦礫を徹底的に調べたけれど、目的は、爆発の性質を示すものをさがすことだった。どういう種類の爆薬が使われ、それがどこから来たのか。それにもちろん、遺骸の断片、衣類の切れ端等々、死んだ男たちの身許の特定につながるもの。もし爆心地付近に銃があったなら、めちゃめちゃになって、破片もその後の火事の熱で見分けがつかなくなってしまったでしょうしね」

「見分けがつかない？　まさかねえ」パスコーは大声で言った。「もしそうなら、そちらの努力不足ですよ、ヨークシャーのわれわれは細部まで見逃すまいとしているのに」

「ピーター」彼女は優しく言った。「あなたはよくやったわ。でも、他人の仕事を見下す前に、あなたがこの線を追うことになったのは、まったく運がよかったせいだってことを忘れないで。市役所が瓦礫をどこに捨てたか訊いて、こちらの人間にあらためて点検させます。いいわね？」

彼が答えないうちに、ドアがあいて、フリーマンが言った。「あ、失礼、人がいるとは知らなかった。サンディ、話があるんだ」

グレニスターは軽く眉をひそめた。土着民の前でフリーマンが横柄な調子でしゃべったのに腹を立てたのかもしれない。CAT族の棲むこの奇妙なトワイライト・ゾーンで、鞭を握っているのは誰なんだ？　とパスコーは考えた。

彼女は言った。「ちょっと待ってもらえますか、デイヴ？」

「だめです」

おや、あれは確かに鞭を鳴らす音だな、とパスコーは思った。

グレニスターは言った。「ピーター、この話はあとで続けましょう、いいわね？」

「いいですよ。予定に空きがあるかどうか、見ておきましょう」彼は言った。「デイヴ、また会えてよかった」

彼は立ち去った。ドアをしっかり閉め、その板に耳を押しつけたいという強い誘惑に抵抗した。

そんなことをするかわりに、彼はウィールドに会いにいき、弾丸の件を教えた。

彼の反応はいつもどおりだった。

「じゃ、ヘクターが正しかったのかもしれないと。一度くらいはそうならなきゃな！　サンディはどうするつもりなんだ？」

「知るかよ」パスコーは言った。「自分のところで検査をやって、彼女の思う筋書にうまくあてはまらなかったら、ぜんぶ蹴っ飛ばして、なかったことにするんじゃないか」

「ピート、落ち着いて進展を待てよ」ウィールドは言い返した。「昨日も言ったけど、彼女はおれたちが役を奪われたと感じないように、卵の殻のあいだを歩くくらい細心の注意を払っているみたいなのに」

「そう思う？　ま、近いうちにその卵の殻がばりばりと踏み潰される音を聞くことになるね。なにか事が起きたって、われわれが極秘情報を知らされる人間のリストに入れてもらえる確率は、ヘクターが間違わずになにかするって確率より低い。きみがそれに賭けるっていうなら、ぼくはすぐさま飛んで帰って、家の権利書を取ってくるからな！」

イギリスの公休日に庭のハンモックを離れ、爆弾に吹っ飛ばされた男なら、確実性など信じるものではないと学んでいて当然だ。

さいわい、ウィールドはその賭けに乗らなかった。十五分後、パスコーはCAT作戦室に呼び出された。到着すると、コンピューター機器を抱えて出てくる男たちにぶつかった。中ではグレニスターが盗聴防止装置つきの電話で威勢よくしゃべっていた。彼が近づくと、彼女は話を終え、受話器を部下の一人に手渡した。男は電話をソケットから抜き、箱に入れた。

「引っ越しですか?」パスコーは言った。

「ええ、出ていくところ。どうせ長居をするつもりはなかったし、ここでの仕事はほぼ終わったんだけど、別件が起きたの。サイード・マズラーニについて、何を知っている?」

「テレビで見たり、新聞で読んだりしたことだけですよ。レバノン人の学者、マンチェスター大学で教えている、美男、話がうまい、服装がいい、中東全体に高レベルのコネがあると称している。言い換えれば、テレビのトーク番組で一見理性的な過激派イスラム教徒の観点が欲しいとき、出演してもらうのにぴったりの資格をすべて備えている。新聞では、社会の受け入れるテロリズムの顔、と呼ばれていたが、パクスマン(BBCテレビのニュース解説番組司会者。粘り強い質問で有名)のインタビューでしくじってだめになった」

これは先月のことだった。スタンリー・コーカーというイギリス人ビジネスマンが誘拐されたうえ、その処刑がビデオ撮影された事件のあとだ。誘拐犯は〈予言者の剣〉と名乗るグループだったが、その動機や考え方について、洞察を聞かせてほしいと呼び出されたのがマズラーニだった。彼はまず、殺された男の遺族に対する弔意をくどくどと並べ立て、この殺人を無条件に断罪するか、と質問されても、同じ表現を繰り返した。「哀悼の言葉はけっこうですが」パクスマンは言った。「この殺人をあなたは断罪しますか?」また無意味な饒舌、また質問。これが何度も続いたが、ついにはっきりした返答は出てこなかった。

翌日、新聞はこれを書き立てた。いつものように、いちばん張り切ったのは《民衆の声》だった。

《民衆の声》はタブロイド新聞の中でいちばん新しく、販売部数の伸び率も最高だ。実際には、民衆の声というより、知ったかぶりの酔客が飲み屋で吐く暴言に近い。政府の声明にも、裁判の判決にも、歴史的分析にも、鑑識証拠にも惑わされず、ちゃあんとわかってるんだ、おれの考えに間違いはない！

《声》の見出しは絶叫した。

人質断頭はＯＫ！
（ただし上品にやれば）

「ええ、その人」グレニスターは言った。「ま、奇跡でも起きない限り、彼がトーク番組に顔を出すのはあれが最後になった。ここ二日、アル・ジャジーラ・テレビが処刑、それも断頭を撮影したテープを受け取ったという噂が流れていたの。でも、今回は西洋人の人質ではなかった。イスラム教徒」

「それがどうしたんです？　イラクでは、自国の人間を殺すのをなんとも思っていないようですよ」そう言ってから、彼女の言葉の意味を悟った。「まさか……？」

「今朝、ＢＢＣ、ＩＴＶ、スカイがその同じテープのコピーと思われるものを受け取った。ええ、マズラーニに間違いない。ここ数日、彼はふだん行く場所のどこにも出てきていなかった。われわれはマンチェスターの彼のフラットにチームを送り込んだ。目立たないようにと指示されていたけど、すでに隣近所の人たちが悪臭に気づいていた。彼はそこにいた。マズラーニとその頭がね。すぐそばにあったけれど、くっついてはいなかった。それに、われわれの知らない男性も一人」

「なんだって！」パスコーは叫んだ。「その男も断頭された？」

「いいえ。撃たれていた。わたしはすぐ来るように言われたの。マズラーニはわたしの管轄だから」

「大事件ですね」パスコーは言った。

「想像以上よ」彼女は陰気に言った。

「あの、最新情報を教えてくださってありがとうございました……」彼は言いかけた。

「それで呼び出したんじゃないの」彼女は口をはさんだ。

「どうせ新聞に載るわ。アル・ジャジーラは今日テープを放映すると言っているし。いいえ、わたしが言いたかったのはこうなの、ピーター。ダン・トリンブルに、あなたを連れていってもいいかと訊きました。彼はかまわないそうです、あなたの体調さえよければ」

パスコーはびっくり仰天し、それを隠そうともしなかった。

「でも、なぜ……？」なんとか言った。

「ピーター、確実には言えないけれど、これはここで起きたことと関連があるような気がするのよ。ふつう、事件に個人的に巻き込まれてしまうと、判断力が鈍ったり、安易に結論に走ったりするものです。でも、これまでわたしの見た印象では、あなたはむしろ焦点を絞り、敏感に反応するようになった。もし二つの事件に関連があるとすれば、あなたがそれを嗅ぎつける確率がいちばん高い。だから、どうかしら？　二日くらいなら、悪影響はないでしょう。ここまで車でほんの一時間くらいだしね」

パスコーはためらった。状況を呑み込むのはむずかしかった。そこにフリーマンが現われたおかげで、ちょっと考える暇ができた。彼はグレニスターにファイルを渡し、パスコーをいつもの冷たい目でちらと見ると、いなくなった。

「本部長の許可がもう出ているんですか？」彼は言った。

「そちらの上司はどうなんですか？」

「かまわないそうです」

全会一致の信任投票とはいえ、すんなり受け入れる気にはなれなかった。

「フリーマンは？　狂喜乱舞でしょうね」

「乱舞するタイプじゃないわね」彼女はにっこりして言った。「でも、すすめてきたのはデイヴなのよ。あなたはすごくいい印象を与えた」

ますますおかしくなってきた。

彼は言った。「いろいろ……話をする相手が……」

「奥様？　筋の通ったかたのように思えたわ。よかったら、わたしがお話しして、あなたをしっかりお預かりしますと納得してもらいますけど」

パスコーはにやりとした。

「いや、そっちはわたしがやります」彼は言った。

「じゃ、答えはイエスね。よかった。支度をしてらっしゃい」

部屋を出てから、彼は考えた。実はいちばん心配なのは、自分がまったく間違っていたとウィールドに向かって認めることだ、と言ったら、グレニスターはなんと答えただろう。

部長刑事はいい気味だとあざ笑いはしなかった。そういう男ではないのだ。だが、こう言ってパスコーを驚かせた。

「ピート、あっちでは背中に気をつけろよ」

「背中に気をつけろ？　マンチェスターに行くだけだよ、ウィールディ、マラケシュじゃない」

「だからどうなんだ？　マンチェスターにだって、おかしなやつらはいる」ウィールドは言った。「油断するなよ」

第三部

彼はしばらく間違った方向に進む、
悪いしるしにもめげず、
強さを増す風、黒さを増す波に逆らって。
するとそのとき大嵐に見舞われる。
稲光の合い間に見えるのは
押され突き進む難破船だけ。
青ざめた船長は折れた帆柱の散らばる甲板で
顔をしかめ、髪を逆立て、
舵をぐいと握りしめる。
どことも知らぬ港を目指して、まだ決然として、
ありもせぬ岸を目指して、まだ船を進める。

——マシュー・アーノルド「夏の夜」

1　ルビヤンカ

マンチェスターには、そのほかの北部の町はどこも真似のできない堂々たる存在感がある。マンチェスターに行くと、町が筋肉をもりもり動かし、おれは大都市だ、どけどけ、と言っているのを感じる。CATのある建物は、この町らしさをすべて備えていた。がっちりした花崗岩造りで、その高い正面は絞首刑を言い渡す判事の顔のようにがんとして揺るぎない。十字軍騎士の城にあっても恥ずかしくない正門の脇の巨大な石塊には、〈無窮館〉と彫り込んであった。

「神を恐れぬ名前なんじゃないですか？」グレニスターと並んで建物に近づいたとき、パスコーは言った。

彼女は笑って言った。「わたしたちじゃないの。ヴィクトリア朝の保険会社。大恐慌のときに倒産して、神に対する傲慢のつけを払ったわ。以後、いろんな用途に使われてきた。わたしたちは三年前に入ったの。あなたの新しい同僚たちはたいていここを〈ルビヤンカ〉（旧ソ連KGBの本部）と呼んでいるわ。縮めて〈ザ・ルーブ〉。それも神を恐れぬ名前で、悪いことが起きる運命かどうかは、まだわからないけど」

広い玄関ホールはごくふつうに見えたが、それより先に進むには、金属探知機、X線審査、大柄な男たちのいる警備ゲートを抜けなければならないのだった。目につかないが、カメラも作動しているに違いない、とパスコーは思った。植え込みの陰にでも隠してあるのか。ホールの中央には場違いな古い飼葉桶のようなものがあり、たくさん植え込まれた夏の花が満開だった。

受付デスクで、パスコーは複雑な留め具のついた警備用名札をもらった。

「ここを出るときまで、はずさないでね」グレニスターは言った。「ゲートを抜けると、自動的に警報装置がオンになるの。このデスク以外の場所ではずすと、警鐘が鳴り出しますから」

「どうしてわたしがこれをはずそうなんて思うんです？」

「まったくね。これは、他人があなたから名札を奪い取ろうとするのを防ぐためなの」

彼女はいつもの微笑なしに言った。必要な予防策か、それとも自己膨張したパラノイアか？　とパスコーは考えた。

まっすぐ部屋に入った。そこには五脚ずつ四列、二十脚の椅子が大きなテレビ・スクリーンの前に並べてあった。パスコーとグレニスターは二列目に席を取った。パスコーが見まわすと、すぐ後ろの列にフリーマンがいた。これは序列を示すものか？　もしそうなら、劇場のように前が上席なのか、映画館のように後ろが上席なのか？

この疑問に答えるかのように、すぐ前にすわっていた男が振り返って彼にほほえみかけた。それが誰か、パスコーには即座にわかった。名前はバーニー・ブルームフィールド、階級は、パスコーがこのまえ会ったときには警視長だった。国際警察の会議で、地域人口と犯罪の統計について講義していたのだ。もし彼が警察官になっていなければ、イギリスの俳優の中でもっとも惜しまれて逝ったアラステア・シムが残した隙間を埋めていたかもしれない。

「ピーター、またお目にかかれてうれしい」ブルームフィールドは言った。

名前をおぼえていてもらったと、パスコーは有頂天になりかけたが、それから警備用名札をつけていたのを思い出した。

「こちらこそ、警視長」彼は言った。「あなたがこちらのご担当でいらっしゃるとは、存じませんでした」

「担当？」ブルームフィールドは微笑した。「まあ、この仕事は陰に隠れてやるものだからね。旧友のアンディ・ダルジールはどんな具合かな？」

「なんとかがんばっています」

「よかった。彼ならそのくらい当然だ。なんとも気の毒なことだった。アンディとは古い仲でね。警察はああいう立派な人物を失うわけにはいかない。しかし残念だったな、現場に最初に駆けつけたのが、欠くべからざる人物とは言い難い巡査だったとは。ええと……なんて名前だったかな？」

「ヘクターです、警視長」グレニスターは言った。

「そうだ。ヘクター。報告を読んだところでは、声で時を告げる時計ほどのフィードバックもないようだな。〝妙な感じで、黒っぽいやつじゃない〟というのが、彼の貢献した情報の骨子じゃなかったか？」

さざなみのように笑いが広がり、この会話は私的なおしゃべりから公的なパフォーマンスに移行していたのだとパスコーは悟った。むらむらと腹が立った。ここに来て二分とたたないうちに、ヘクターを弁護してやらなければならない立場に追い込まれた。敵のおべっか使いどもがありきたりの田舎警察官などまるっきり見下しているのは明らかだった。

グレニスターに対してすでにやったように、旗幟鮮明にするときだ。

彼は大げさに慇懃になって言った。「お言葉ですが、警視長、主任警視にも申し上げたのですが、ヘクター巡査の証言を過小評価するのは愚かではないかと思います。確かに彼の場合、全体像が焦点を結ぶのにしばらくかかりますが、実際に目にとめたものはたいがい間違いありませんし、最終的には役に立ちます。これまでに彼が言ったことはみな正しいと確認されたでしょう？　こう申してはなんですが、ミル・ストリートで何があったのかについて、われわれが知っていることといったら、ほとんどはCATの捜査よりヘクターの証言のおかげじゃありませんか？」

この弁護的賛辞は、〈黒牡牛〉亭で披露したら同僚たちが笑い転げるところだが、ここでは観衆は黙り込んだ。いや、かれらはブルームフィールドがこの生意気な新参者、警視長を愚か者扱いし、CATを無能呼ばわりした男をどうへこますか、見守っているだけかもしれなかった。

警視長はパスコーに向かって例のアラステア・シム・スマイルを見せ、わたしはきみが言っているよりずっと多くを知っている、とにおわせた。

「そう言ってもらうと、こちらもずいぶん安心できるよ、ピーター」彼は言った。「それとも、きみはただ義理を果たしているというだけかな？」

〝非を認めるな〟というのが巨漢のアドバイスだった。

〝ことに自分が正しいのかどうか、自信がないときはな！〟

パスコーは断固として言った。「義理とは関係ありません、警視長。生きた容疑者が見つかったら、首実検ではヘクターの答えを信頼していただけると確信しています」

「そう聞いてうれしい。では、そろそろ仕事を始めよう」

彼は立ち上がり、列をずっと後ろまで見ていった。

「お集まりいただいて、ありがとう」彼は言った。「これから見るのは、今日アル・ジャジーラ・テレビがすでに放映したテープだ。見て気持ちのいいものじゃないが、目をつぶってもしょうがない。きみたちの何人かは、これからこれを何度も見る必要が出てくるだろう」

彼はすわり、照明が薄暗くなった。

テープは約六十秒続いた。苛酷な仕事で感受性が鍛えられているし、一般のニュース番組でも毎晩のようにどぎつい映像が放映され、近ごろの映画ではコンピューターの特殊効果で戦慄の光景を見せつけられるが、それでも容赦ない一分は永久に続くように思われた。

サウンドトラックはなかった。静寂の中で誰かが「ひでえ！」と言った。

長い間を置いて、前列で別の男が立ち上がった。五十歳くらい、頭は禿げかけ、革の肘当てつきジャケットを着て、端が水平のウールのニット・タイを締め、ハッシュ・パピーの靴を履いている。てきぱきと早口でしゃべり、まるでフォークで皿を叩く騒音に邪魔されないうちに食前の祈りをすませようとする神経質な学校教師みたいだった。名札にはルーカシュ・コモロフスキーとあった。

「これは疑いなくサイード・マズラーニだ。遺体は今朝、彼のフラットで見つかった。断頭されていた。予備検査では、ビデオにあるとおり、刃物が三回振り下ろされた形跡が認められた。映像に見られる椅子、カーペット、背景は、フラットの内部と正確に対応している。フラット内にもう一体の遺体があった。これはフィクリ・ロストムという男のもので、あとで音声を聞いてもらうが、マズラーニは彼を自分の従弟であると紹介している。ランカスター大学の学生だ。ロストムは頭を撃たれた」

彼は息を継いだ。

グレニスターは言った。「あの文章はなんと書いてあるんですか？」

「〝命には命、目には目、歯には歯、手には手、足には足、火傷《やけど》には火傷、切り傷には切り傷、鞭打ちには鞭打ちをもって〟」

彼はまた言葉を切った。今回は、生徒からの解釈を待つ学校教師のようだった。聖書の言葉、おそらくは旧約聖書だとパスコーにはわかったが、そこまでだった。アンディ・ダルジールなら、何章何節までみんなに教えてやれるだろう。彼はぎょっとするほど聖書に通じているが、これは現代ではほぼ忘れられた教授法によって伝授されたものだと本人は主張していた。彼の学校の宗教知識の先生はウェールズ出身の小男で、ウェールズ人特有の情熱と望郷の思いに満ち、生徒のダルジールが聖句を忘れるたび、お仕置きに革装の聖書で耳をはたいたのだった。

パスコーが涙を押しとどめようとまばたきしていると、同時にグレニスターが言った。「出エジプト記二十一章」

ブルームフィールド警視長は椅子の上で体をねじり、彼女を見た。

「我が国がまだ完全に無神国家になっていないとは、うれしいね」彼はつぶやいた。「続けてくれ、ルーカシュ」

コモロフスキーはややペースを遅くして続けた。

「二十三から二十五節。書いてあるのはアラビア語で、原典はサアディア・ベン・ヨセフ師により十世紀に翻訳された聖書だ。この人はスラにあるトーラー学院のガオン、すなわち賢人の長だった。トーラーとはヘブライ語で、啓示された神意、ことにモーセの律法を意味する。これはモーセ五書、すなわち旧約聖書の最初の五書に詳述され、出エジプト記はその第二……」

彼はまた言葉を切った。

「そんなこと、もうわかってるわ」グレニスターはつぶやいた。

明らかに、スコットランドでは子供の教育法が違うんだな、とパスコーは思った。

コモロフスキーは話を続けた。「下の部分には〝スタンリー・コーカーを偲んで〟という言葉が見える。ご存じのとおり、コーカーはイギリス人のビジネスマンで、人質に取られ、その後〈予言者の剣〉グループによって断頭された。フラットと遺体は現在検査中。完全な報告書は出来しだい配布される。予備検死の結果から、われわれのテープが示す時間帯が犯行時刻であると確認された。フィクリ・ロストムから摘出された弾丸は九ミリで、ほぼ確実にベレッタ92シリーズのセミ・オートマチック・ピストルから発射されたものだ」

パスコーは横を向いてグレニスターを見た。彼女はまっすぐ前を見つめたままだった。

「時間帯を示すテープはここにある」コモロフスキーは続けた。「マズラーニはわれわれの盗聴器の正確な位置を知っていたわけではないが、盗聴はつねに予想していた。聞いていただくとわかるが、実際、彼はわれわれのテープの存在に触れている。だから彼はいつも警戒して、声を隠すように音楽をかけていた。では、聞いてみよう」

彼が人差し指を上げると、録音テープがかかった。

最初に聞こえたのはドアがあく音だった。

「人が来たのでテープが自動的にオンになった。到着したのは、従弟とされている男と思われる」コモロフスキーは言った。

音楽が始まり、女の声が歌い出した。

「エリッサ、レバノン人の歌手だ」コモロフスキーは言った。「フィクリは彼女のファンだったらしい。ここはしばらく飛ばしていいだろう」

テープは早送りされ、それからまた正常なスピードに戻った。

「十五分後、またドアがあき、マズラーニが到着、音楽の下に二人が挨拶を交わす声が聞こえる」コモロフスキーは言った。「それから音楽の音量が上がる。ここからは話を聞かれたくないということだ。テープのこの部分からは有益なものはなにも取り出せそうにないと技術者は言っているが、努力は続けるそうだ。一分後……ここだ……」

歌声が急に低く遠くなり、カチリという音が聞こえた。

「インターコムだ。殺人者たちは階下でベルを鳴らした」

コモロフスキーが早口で説明した。

人の声。教育のある都会人らしいしゃべり方。

「紳士諸君、ご用ですかな？」

「マズラーニだ」コモロフスキーは言った。

「ちょっとお話があります、先生」

声はインターコムを通しているので遠く、きんきんして聞こえるが、紛れもなく毅然とした権威があった。

「いいですよ。上がってください」

ドアがあく音がして、しばらく間があった。おそらく新来者が上がってくるのを待っているのだろう。

「こんばんは、ミスター・マズラーニ。で、こちらは……？」

ふたたび権威ある声。北部の訛り。言語学者なら、きっともっと正確にわかるだろう。

「従弟のフィクリです。二、三日、ここに泊まっています」

「いいですね。フラットにほかに人は？」

「いません。わたしたち二人だけです」

「調べてもかまいませんか？　アーチ」

ドアがあいたり閉まったりする音。

「誰もいない」

第三の声。前の男の声より軽く、緊張が感じられる。自制心を失うまいとしている？

「では、あなたがたがなぜここに来られたのか、教えていただきましょうか。自己紹介をしていただけませんかな？　録音のために？」

都会的なしゃべり方がほとんどからかうような口調になっていた。かわいそうなやつだ、とパスコーは思った。相手にしているのは法の手先にすぎないと思っているんだ。

「もちろんだ。わたしはアンドレ・ド・モンバールです。友人のあいだではアンディ。同僚はミスター・アルシャンボー・ド・サンタニャン。彼には友人はいない。ところで、この歌を歌っているレディは、有名なエリッサでしょうね？　あなたと同国人の？　ゴージャスな女性だ。あの美声、あの大きな琥珀色の瞳！　わたしも大ファンですよ」

するとと、歌声が大きくなる。さっきよりさらに音量が高い。

ルーカシュ・コモロフスキーはしばらくテープを流し、それからカットの身振りをすると、テープは止まった。

「次の二分ほどのあいだに殺害が実行されたと信じられる。最初に銃殺、次に断頭。殺人者たちは出ていく。八時三十九分にエリッサのCDは止まる。その五分後、録音も止まり、今朝われわれのチームが入るまで、オンになることはなかった。さてと。質問は？　コメントは？」

グレニスターがなにか言おうとしたが、パスコーが先手を取った。存在感を示してやる。人数を増すためにここにいるんじゃないと、やつらに思い知らせてやる。

「マズラーニはインターコムに答えたとき、〝紳士諸君〟と言いました。相手は一人以上だと知っているかのようだった」

「つまり……？」

「つまり、彼はこのとき以前に二人を目撃していたらしい」

「その可能性は高い。マズラーニは尾行されるのに慣れていた。たとえ誰も目に入らなくても、誰かいると想定していたでしょうね」

「というと、彼はこの二人をおたくの人間と考えただろう、ということですか？」

「かもしれない」コモロフスキーは軽く退けるように言った。「ありがとう、ミスター・パスコー。サンディ……」

だが、パスコーはさらに食い下がった。

「じゃ、どうしてそうじゃなかったんです？」彼は訊いた。

「は？」

「どうしておたくの人間が周辺にいなかったんですか？　聞くところでは、あなたがたはこの日、マズラーニを見失った。それなら、彼のフラットの外に見張りを立てるのがふつうじゃありませんか？　少なくとも、古風な中部ヨークシャー警察犯罪捜査部ならばそうしますよ、人手不足の問題はあったってね」

コモロフスキーは軽率な返答を防ぐかのように口に手を当て、思いめぐらすような目つきでパスコーを見下ろした。彼はCATの諜報部側の上層部にいるから、きっと主任警部などに生意気な口をきかれる筋合いはないと思っているだろう。彼の爪がひび割れし、きれいとはいえないのを見て、パスコーはぞっとした。

ブルームフィールド警視長が椅子の上でひょろっとした体をねじり、パスコーにほほえみかけた。

「きみがアンディ・ダルジールの部下だと知らなくても、見当はついたところだ」彼は言った。「実を言うとね、ピーター、危機だなんだと話題になっても、CATのマンパワーはおそろしく不足している。きみの古風な犯罪捜査部ももちろん人手不足に違いないが、実質的に見れば、こっちはさらにひどい。で、その結果、われわれはつねに優先順位を考慮しなおしている。マズラーニを尾行していた男たちは彼を見失った。所定の行動は、その旨報告を入れ、本部に戻って次の任務命令を受ける。フラットを見張るというが、盗聴器を仕掛けてあるんだから、人員を無駄に使うことはないだろう？　テープがチェックされ、なにかの活動があったとわかれば、人を送る」

「で、テープはいつチェックしたんです？」パスコーは訊いた。

ブルームフィールドはコモロフスキーに目をやった。

「あの晩の十二時」コモロフスキーは言った。

「それで、そのとき見張りチームを送り込んだんですか？」

「ああ、いや」コモロフスキーは認めた。「CDが切れたあと、テープはずっとオンにならなかったので、フラットは無人になったものと考えた」

「ところが、実際には死人が大勢いた」パスコーは言った。「それに、テープをチェックした人は、この男二人は誰だろうと思わなかったんですか？　ええと、なんと自称していたかな……？」

「アンドレ・ド・モンバールとアルシャンボー・ド・サンタニャン」グレニスターが言った。彼女は神童の息子を誇る母親の優しい微笑を浮かべてパスコーを見ていた。

「……というのは仮名のようだと、よほどの能なしでない限り、考えつくでしょう。チェック係はこの二人が何者かと、不審に思わなかった？」

コモロフスキーは頭のいい生徒に追い詰められた教師みたいな顔になっていた。

「あるいは」パスコーは容赦なく続けた。「彼もマズラーニと同じ過ちを犯し、かれらは官憲の人間なのだと思い込んだ。なぜなら、右手のすることを必ずしも左手はわかっていないという環境で働くことに慣れていたから、ではないですか？」

この質問のあと、沈黙が続いた。パスコーの見たところ、それが答えになっていた。

そのとき、背後からフリーマンが言った。

「ルーカシュ」彼は言った。「ピートの話がすんだんなら……」

パスコーは振り向いてにらみつけた。教師のお気に入りか、と彼は思った。ボスを窮地から救い、点を稼ぐ。

彼は言った。「すんだ。今のところはね」

「どうも」フリーマンは言った。「ルーカシュ、殺人犯——というか、殺人犯とわれわれが仮定する男——が挙げたこの妙な名前だけど、なにか情報はあるのか？」

「ええと、実は、ある」コモロフスキーは言った。「だがまず、二日前に新聞社、テレビのニュース・センター、通信社が残らず受け取ったEメールに注意してほしい。こういうメッセージだった。〝地上に新しい騎士団が創設されたようである〟」

出典を求めるかのように言葉を切った。

答えが出てこなかったので、彼は言った。「心配無用。我が国のマスコミを動かす偉大なる知性のあいだでも、これを認識したのはたった一人だった。それも、おもしろいことに、《声》のスポーツ面の編集者だ。彼は興味をそそられ、同紙の公安担当記者に伝えると、そこからここに知らせがあった。われわれはこの件を疑問符つきでファイルしておいた。今、その疑問符ははずしていいと思う」

彼はまた間を置き、ブルームフィールドが言った。「急ぐことはないよ、ルーカシュ」

「ありがとう、バーニー」コモロフスキーは皮肉を額面どおり受け取ったかのように言った。「実は、これはクレルヴォーの聖ベルナール著『テンプル騎士読本』の冒頭の言葉を翻訳したものだ。彼は友人であるヒュー・ド・ペイヤンスに依頼され、ヒューとその他数人が創設したばかりの新騎士団を定義し、正当化し、奨励するためにこの本を著わした。これがテンプル騎士団だ。当初の役割は、エルサレムに旅する数多くの巡礼の保護だった。第一次十字軍はあの地域に新しくキリスト教徒の国を設立することに成功したものの、不注意な巡礼は宗教的過激派やふつうの泥棒に狙われやすく、まだ危険な場所だったからだ。しかし、新騎士団はまもなく創設の目的を離れ、聖地からの異教徒駆逐を専門とする独立した戦闘団に変化していった。最終的に、これはあまりにも力を得たため、西洋キリスト教諸国につぶされることになった。そもそもその価値を守るために結成された騎士団だったのにね。しかし、今われわれに関係があるのは、騎士団の最後ではなく、最初だ」

彼はまた間を置き、ほめてもらいたいかのように、聴衆を見渡した。

ブルームフィールドは言った。「よし、よくわかった。で、要点は、ルーカシュ？」

「騎士団の創設メンバーは、ヒュー・ド・ペイヤンスのほかに八人いる。みなフランス人貴族だ」コモロフスキーは言った。「一人は名前を知られていないが、おそらくド・ペイヤンスの君主だったシャンパーニュ伯爵ヒュー。二人はクリスチャン・ネームのみ知られている。ロッサルとゴンダメール。あとは、ペイヤン・ド・モンディディエ——余談だが、このペイヤンとさっきのペイヤンスの名前は、現代フランス語のパイヨン、すなわち異教徒、の中世の語形に似ているが、それは偶然らしい」

また間を置き、コメントか反対意見を求めるように見まわした。なにも出てこなかった。もっとも、ブルームフィールドがはっきり聞こえるため息をついたのは、どちらにも解釈できるかもしれない。

「さてと、なんの話だったかな？」コモロフスキーは言った。「ああ、そうだ、モンディディエ。それから、二人のジェフリー、ド・サントメールとビゾル。そして最後に、われわれの話の中ではもっとも重要になるが、アルシャンボー・ド・サンタニャンという騎士と、のちに騎士団の団長となるアンドレ・ド・モンバールだ」

2　青白い馬

ヒュー・ド・ペイヤンスは古城の突き出た城壁の下に広がる緑の草原に葦毛の雄馬をギャロップで走らせていた。両側には武器を帯びた兵士たちが列をなし、はやる馬を厳しく抑えている。馬たちはそわそわと足踏みし、上下する胸の筋肉は暗いさざなみとなり、目に見える限りどこまでも続いていく。明るい夏の太陽の下で胴鎧がきらめき、頭上に翻る三角旗にはライオン、熊、グリフィンや竜が、あるいは立ち上がり、あるいは走り、あるいはうずくまっている。そして、そのすべての上に幅広い軍旗がはためく。純白の地に、かれらの目的、かれらの信仰の象徴である赤い十字。

そのとき、小さくベルが鳴り、一瞬にして城はつまらない廃墟と化し、馬上の兵士とその旗は消えた。彼は一人、おとなしい葦毛の雌馬を野原の端に沿ってゆるやかに歩かせ、あたりには知らん顔の牛が数頭いるばかりだった。

彼は手綱を引き、携帯電話を取り出して〈メッセージ〉にアクセスすると、大文字のＸが一字出てきた。

それを消し、馬を進めて、柳のように細くなったブナの木の茂みに入った。幅は狭いが深くて流れの速い川に近づき、岸辺で馬を止めると手綱を緩め、馬が長い草を食めるようにしてやった。

短縮ダイアルで、ある番号にかけた。

「バーナード」

「ヒュー」

「ド・クレルヴォー」

「ド・ペイヤンス」

沈黙。彼は頭の中で数えた。

一千《ワン・サウザンド》　二千《トゥー・サウザンド》　三千《スリー・サウザンド》
きっかり三秒後、相手の声がした。

これより早くても、遅くても、彼はスイッチを切っていただろう。そして、ＳＩＭカードを取り出し、ベルトにつけてある電線カッターで半分に切り、その断片と電話を川に投げ捨てていたはずだ。

「ヒュー、例の未解決部分だが、思ったほど無害というわけではないらしい。このさい、解決してしまったほうがいいんではないだろうか。もちろん、目立たぬようにだがね」

短い沈黙のあと、ヒューは言った。「なんだかいやな話に聞こえるな。われわれはそういうことをするためにあるんじゃない」

「おっしゃるとおりだ。だが実戦の場では、付随的損害か、味方の防護か、選択を迫られることもある。いや、もってまわった言い方はよそう。われわれ自身の防護だ」

「この組織構造が守ってくれる」

「人のつながりというものがある。きみはわたしを知っている。アンドレはきみを知っている。二人のジェフリーはアンドレを知っている」

「わたしの口の堅さは信頼してくれているだろう。わたしはアンドレを信頼している。彼は二人のジェフリーは頼りになると言っている」

「本当に頼りになるかな？　ミル・ストリートの件にビゾルがどう反応したか、きみの報告を聞くと、疑問を感じるね」

「彼は負傷した警官を心配しているんだ。損害の拡大を防ぐためにもう一人を取り除くというんじゃ、彼の気持ちがおさまるはずはない」

「うまくやれば、彼にはそんなことがあったと知るよしもないさ。いいか、わたしだってやりたいわけじゃない。だが、物事はじつに簡単に崩壊に至るものだ。わたしはすでにおせっかいな警官一人をしっかり制御しなければならなかった。問題の未解決部分は事故に見舞われやすい人物らしいから、人に怪しまれず、ビゾルの繊細な良心をさらにわずらわさずに消すのは、さほどむずかしくはないだろう。きみの話からすると、アンドレなら苦もなくやってのけるだろう。まかせるよ」

電話は切れた。

ヒューはスイッチを切った。我慢強い馬は行動の合図かと頭を上げたが、乗り手がなんの動きも見せないので、また草を食み始めた。ヒューは馬上にすわったまま、しばらく考えにふけった。

とうとう、携帯電話のスイッチをまた入れ、Xをテクストして切った。

ややあって電話が鳴った。

「ヒュー」

「アンドレ」

「ド・ペイヤンス」

「ド・モンバール」

一千二千三千
「アンドレ、元気か？　バーナードと話をしたところだ。きみにぴったりの、ちょっとした仕事がある……」

3　コーヒーを飲みながら

パスコーが西へ行ってしまった（俗語で「死ぬ」、「だめになる」の意味もある）二日後、エリー・パスコーとエドガー・ウィールドはアーツ・センターの外でばったり出会った。偶然ではないとウィールドにはわかった。エリーはうれしい驚きの表情を見せたが、欺瞞に気が咎めて演技過剰になっていたからだ。

ピーターのことを話したいが、裏切り者に見えるんじゃないかと心配しているんだ、と彼は察した。

「やあ、エリー」彼は先んじて声をかけた。「〈ハルズ〉でコーヒーでも飲まない？」

彼女の台詞を横取りしてしまったのだとウィールドにはわかった。そして、彼女は探偵の妻として長年の経験を積んでいたから、アーツ・センター中二階のカフェ・バーまで上がったころには、なぜ彼に演技を見破られたのかを推理していた。

ふりをするのは大嫌いだから、エリーはむしろほっとして、コーヒーが届くやいなや、本題に入ることに決めた。

「ピーターから連絡はあった？」彼女は訊いた。

「うん」

「で、なんて言ってた？」

「あれやこれや」彼は漠然と答えた。「きみのほうに連絡はないの？」

「もちろんあったわ」彼女はぷりぷりして言った。「毎晩電話してくる」

〝毎晩〟とは大げさな表現だ。パスコーが出かけてまだ二晩にしかならないのに。

「昼間はおれに電話してくる」ウィールドは言った。「夜、おれが恋しくなるってことはないよな」

二人は旧友ならではの微笑を交わし合った。

「で、彼はあなたにはなんの話をするの？」エリーは言った。

「これやあれや」ウィールドは繰り返した。「仕事の話。

だってピートだもの。自分が目を離したら、署はすぐ動かなくなると思っているのさ」

もっとオープンになってもいいが、やはり裏切り者になりたくないのだとエリーは見て取った。ここは彼女がはっきり言い出さなければだめだ。

彼女は言った。「ピーターのこと、ちょっと心配なのよ、ウィールディ。ちょっとどころじゃない。ものすごく心配。あの爆弾事件の捜査に、ひどく執着しているみたいで」

「殺されそうになったんだ」ウィールドは言った。「きみたち二人とも執着して不思議はないよ」

「つまり、この件に関して、わたし自身の判断はどのくらい明晰か、という意味？」エリーは口をはさんだ。「ウィールディ、もしあなたが胸に手を当てて、彼はなんでもないと誓って言えるなら、わたしは安心するんだけど」

彼はコーヒーを飲んだ。その顔はいつもどおりに解読不能だったが、答えはわかった。慰めの言葉は出てこないと、彼女は最初から知っていたのだ。

彼は言った。「そうできればいいんだけどね。でもできないし、それはおかしなことじゃない。ミル・ストリート事件みたいなものは、そう簡単に頭を離れない。ピートは自分で認めている以上に衝撃を受けたんだと思う。あれ以来、彼はいつもの彼じゃなくなった。困るのは、おれの見たところ、彼はアンディ・ダルジールになろうとしているってことだ。人の扱い方、しゃべり方、それに恐ろしいことに歩き方まで似せている。なんだかまるで、太っちょアンディの穴を埋めなきゃと感じているみたいだ。でも、そのくらい気がついているよね？」

「気がついたことはあるわ」エリーは不愉快そうに言った。「でも、彼は黙り込むのが得意な人でしょう。馬鹿なのよ、揚げ蓋をしっかり閉めればわたしとロージーを守れると思ってる。最初に仕事に戻った日、なんだか妙なことを口走ったわ。仕事に戻らなきゃだめだ、おれが職場にいないとアンディが回復する見込みが減るような気がする、とかって。一種の交感魔術ね」

「そうだね」ウィールドは言った。「なあ、そんなに心配はいらないと思うよ。アンディが回復したら、みんな通常の生活に戻る。あるいは、アンディは回復しないで、それでもみんな通常の生活に戻る。ただしその場合は、戻るのにもうちょっと時間がかかるし、通常の生活というのが前とは違うものになっているだろうけどね」

彼女が求めていたのは、慰安よりも率直さだった。ウィールドの答えはかなり後者に近く、前者にははるかに遠かった。

彼女は言った。「あの人、マンチェスターなんかに行かなきゃよかったのに。捜査にぜひ関わっていたいという彼の気持ちをサンディ・グレニスターが汲んでくれたのはありがたいと思うべきでしょうけど、あっちで彼がどんなふうにCAT族の役に立てるのか、見当もつかない……なに?」

心の奥の奥で懐疑的に唸ったのは確かだが、喉からはその唸り声のかすかなこだまさえ漏れ出てこなかったとウィールドは確信していた。それに、彼の顔に比べたら、ロゼッタ石だってコーンフレークスの箱の後ろ側を読むくらい簡単に読み取れる。「やつの左耳を観察しろ」というのがアンディ・ダルジールの助言だった。「それで何がわかるってもんじゃないが、あの顔のほかの部分は見ないですむからな」

それでも、長年のあいだに彼とエリー・パスコーはとても親しい友達になっていたし、家族のこととなると彼女は超敏感だから、懐疑の唸りはテレパシーで彼女の耳に届いたのだった。

「なにも言ってないよ」彼は言った。

彼女もなにも言わず、それで意味が非常に効果的に伝わった。

「わかった」彼は言い、なんとか正直の領域にもう一歩近づいた。「ミセス・グレニスターがピートを自分のチームに入れたのは、あっちの捜査に協力してもらうためじゃないと思うんだ。むしろ、彼がこっちでよけいなところに首を突っ込まないように、ってことじゃないのかな」

「でも、どうして？　中部ヨークシャー警察犯罪捜査部がのけ者にされないように、彼女は懸命になっていたんじゃないの?」

「うん、そうだよ」ウィールドは言った。「なにも悪辣な計略だとか言ってるわけじゃないんだ。ただ、いったん公安の世界に踏み込むと、足元によく気をつけなきゃならない。彼女がここにいて目が届くあいだはいいとしても、ピートがあれだけ執着していたのを見て、CATチームがいなくなったからといって、彼がつつきまわるのをやめるはずはないと思ったんだろう」

エリーはカプチーノをすすった。唇にクリーミーな茶色の泡が少し残った。彼女の顔はくっきりと彫りが深く、年とともによくなっていく。体格は、クリーム・ドーナツとバターつきクランペットに抵抗する強い意志のおかげで、なんとか東洋的あだっぽさの域に達していない。彼女を見ながら、ウィールドは古いゲイ・ジョークを頭に浮かべた――〝こういうとき、自分がレズビアンだったらいいと思わないか?〟

彼女は唇を舐めてから言った。「それって、ティッグが見つけたあの弾丸と関係がある? ピートはあれがちょっとした謎だと思っていたみたいだけど」

「二つ以上の説明が可能な謎は、謎と呼ぶに値しない」ウィールドは言った。

パスコーのイントネーションにそっくりだったので、エリーは噴き出した。

「彼はそう考えたの?」彼女は言った。

「確かに二つの説明は考えついたよ」ウィールドはごまかした。「なあ、エリー、そんなに心配することはないと思う。しばらく様子を見よう。彼はじきに帰ってくる――昨日電話してきたとき、自分はよけい者みたいに思えると言っていた……」

「ユダヤ教徒の結婚式の包皮一ヤードみたいにぶらぶらしてるだけ、というのがわたしの聞かされた表現だったわ」エリーは言った。

ウィールドはにやりとした。

「こっちもだ。太っちょアンディの金言集から取ったものだろうな。ともかく、さっきも言ったように、彼はあと一日か二日で帰ってくる。そのころにはこっちの仕事がたっぷりたまっているから、ほかのことを心配するような暇はないよ」
「そのとおりだといいけど、ウィールディ」エリーは言った。「でも、今日の新聞に載ってたテンプル騎士団のこと……あれはミル・ストリートの爆発に関連があると思う？」
この二日間、新聞はどれもマズラーニ殺害を一面に載せていた。ビデオから取ったぼんやりした写真を使ったところもあるが、さすがに切り落とされた首を見せた紙面はなかった。《声》は刃が最初に振り下ろされた瞬間の画像まで見せ、この殺害に対して新聞の中ではもっとも賛意に近い表現を使って、〈今度はおまえの番だ！〉と見出しに書いた。
イスラム教徒のコミュニティーは殺人事件のニュースですでに熱くなっていたが、この見出しやその他の超国粋主義的反応に、沸騰点に達した。ワッピングにある《声》のオフィスまで、抗議のデモ行進があった。警察が大勢出動し、右翼の青年たちをイスラム教徒の行進者たちの叫び声が届く距離には近づけないようにしたが、さもなければ暴動が起きるところだった。暴力沙汰の写真が撮れるかと期待していたのがだめになり、《声》は埋め合わせに抗議者たちの写真を一面に載せ、こう見出しを添えた。

デモする権利？　もちろん！

だが、スタン・コーカーが死んだとき、かれらはどこにいた？

しかし、〝新しい騎士団〟がどうのという謎のメッセージとマンチェスターの殺人事件とのあいだに関係があるとマスコミが言い出したのは今日が初めてだった。ＣＡＴは音声テープの内容を公表していなかったが、マスコミに第二のメッセージが届いた。〝国家がわれわれを保護してくれないなら、われわれはそれができる者に頼らねばならない〟とあり、差出人は〝テンプル騎士団団長、ヒュー・ド・ペイヤンス〟となっていたから、秘密は漏れ、すでにミル・ストリートの爆破事件との関連の可能性も取り沙汰されているのだった。

「ありうるだろうけど、まだまだわからないな」ウィールドは言った。「でも、ピートが帰ってくるかどうかという点で言えば、それで違いは出てこないと思う。彼は役に立つのが好きな男だ。もしむこうの能なし連中から積極的になにもさせてもらえなかったら、ぶらぶらして時間をつぶすはずはないよ」

彼は安心させるように話したが、わざと言わずにいることもあり、どう努力してもエリーには見透かされているように思った。昼間、職場でパスコーの電話を受けただけというのは嘘だった。昨夜、自宅にいるとき、携帯にかかってきたのだ。ミル・ストリートと断頭事件とのあいだには関連があると思う、とパスコーははっきり言った。最後に、彼は部長刑事に二つほど調べてほしいことがあると言い、依頼と同時にこう警告した。「必ず自分でやってくれよ、ウィールディ。それに、署からは電話しないでくれ」

賢い用心か、パラノイアか？　ウィールドにはわからなかった。彼には彼の懸念があったが、それはCATの行動よりパスコーの心理状態に関するものだった。

しかし、古くからの親友に――ましてやその奥さんに――向かって、頭がおかしいんじゃないか、などとは絶対に確実でない限り言わないものだ。それで、二件の依頼の最初の一つを処理しようとしていたとき、エリーに待ち伏せ攻撃されたのだった。

消防署本部までは歩いてすぐだった。署長の秘書から、ボスは会議中だと言われ、無駄足だったかと思った。ところがまもなく、秘書は相好を崩してこうつけ加えた。「でも、抜け出せる言い訳になるなら署長は喜びます。緊急のご用件なら、ですけど、ウィールド部長刑事？」

「ああ、もちろん」ウィールドは厳粛に言った。「生死の問題です」

五分後、消防署長ジム・リプトンが現われた。

「ウィールディ」彼は言った。「命の恩人だ。あの阿呆どもとあと二分いっしょにいたら、自然発火して、自分で自分を消し止めなきゃならんところだった！　コーヒーでもどうだい？」

二人は昔からの知り合いで、たがいの専門知識を心から尊敬しあっていた。しかし、尊敬にも限界がある。パートナーのエドウィン・ディッグウィードに仕込まれて、ウィールドは〈ハルズ〉のエスプレッソはキャンプ（コーヒー風味のシロップ）より一段上だと認めるに至ったが、消防署のコーヒーのまずさを認めるのに教育の必要はなかった。パスコーに言わせれば、ここのコーヒーは即席の正反対、あれだけ長いあいだ火にかかっていれば、きっとコノピオス（十七世紀にイギリスで初めてコーヒーをいれたとされる人物）と同時代のかすが底に沈んでいる。

「いや、けっこう。さっき飲んだばかりだから」彼は言った。

「じゃ、話に入ろう。どういう用件だい？」

「ミル・ストリート爆発の件だ」彼は言った。「悪いな、問題があるのか、ジム？」

ヨークシャーの顔には二種類ある。一つは、たとえズボンの脚に隠したイタチが目を覚まし、朝飯をさがしに出ようと、絶対になんの素振りも見せない顔。もう一つは、国際試合の競技場の巨大スクリーンのような顔。

リプトンの顔は後者だった。そこには感情が一つ残らず表われ、正しいボタンを押してやれば、クローズアップで見直しもできる。

「うん、実はあのスコットランド女から、彼女以外誰にも話しちゃいけないと言われているもんでね」

「ああ、あの女か」ウィールドは言った。「彼女ならランカシャーに呼び戻された。きっと、むこうの連中が食器洗い機の使い方を忘れたんだろ」

この人種差別・性差別的中傷を聞いてリプトンは安心し、緊張を緩めて、いかにもうまそうにコーヒーをすると言った。「じゃ、何を知りたいんだ？　報告書に入れなかったことがあるってわけじゃないけどな。報告書は見たろう？」

「うん、見た」ウィールドは言い、ポケットから書類を取り出して、ひらひら振ってみせた。「ここに入ってないことが二つばかりある。入れる理由がなかったからさ。一年半前、あそこを取り壊すという市役所の計画がおじゃんになったとき、きみと住宅担当の役人がいっしょに長屋を点検したと書いてある。その結果の勧告は、人家には不適当だが商用ならかまわない、というのだった」

「ああ。ちょっと無理強いされたんだ」リプトンは言った。

「火災の危険性があると思った？」

「あるどころじゃない、あの建物全体が火災の危険性そのものだと思ったのさ！」リプトンは言った。「市役所は電気関係を点検して、木の部分には燃えにくくする薬品を撒くと約束した。そんなの、市長のクリスマス舞踏会でパンツに虫よけ剤をスプレーするみたいなもんだ」

このあたりの地方政府神話では、市長のクリスマス舞踏会といえば、キリミュアの舞踏会（スコットランドの古謡に歌われる乱痴気騒ぎの酒宴）が信仰復興運動の集会に思えるくらい、派手なものだった。

「屋根裏は？」ウィールドはさりげなく言った。「仕切り壁はしっかりしたレンガ製だったのか、木と漆喰のいいかげんなものだったのか？」

「ばかいえ！　どっちでもない。だって、仕切り壁なんてものがなかったからさ。屋根裏はずっと筒抜けだった。一番地で火事が起きたら、元気な若者が全速力で歩道を走るより早く、六番地に達していたな！」

「ひどいな」ウィールドは言った。「役所はきみの意見をちゃんと聞くべきだったよ、ジム」

「いや、公平に言えば」リプトンは言った。「あんなことが起きちゃ、おれが何を勧告しようと同じだった。あれほどの爆発じゃ、建物は倒壊するし、中にいる人間は助かりっこない。火事はただのおまけさ」

「うん、すごい爆発だったに違いない」ウィールドは相槌を打った。「現場は見たよ、スコットランド女のチームの一員といっしょにね。六番地の側壁にドアがあって、金属枠の丈夫な防護ドアみたいだったが、その枠が蝶番からぶらぶらしていた。あれは爆風でやられたんだろうな？　それとも、おたくの連中が建物の安全を確保する作業のあいだにドアをあけたのかな？」

「いや、あれは爆風だ。おれも気がついた」

「だけど、ああいうドアで、安全錠が二個ついているんだ、あのボルトがささっていたら……」

「ささっていなかった」リプトンは即座に言った。「ロックされてもいなかったはずだ。だから爆発が起きたとき、ぱっとあいた。たぶん、そのおかげで壁がまだ立っているんだ。ミル・ストリートの長屋は安普請だから、もしあのドアが爆風の逃げ道にならなかったら、あの壁はエリコの城壁みたいに崩れ落ちていただろう（旧約聖書「ヨシュア記」）」

ウィールドはあと数分おしゃべりし、アンディ・ダルジールの容態の最新情報を教えた。

「あれで爆発の規模がよくわかったよ」部長刑事が出ていこうとすると、リプトンは言った。「あの野郎がひっくり返るほどの勢いだったんだ、それこそドッカーンと一発、肝をつぶす代物だったに違いない！」

おかしいな、とウィールドは歩きながら考えた。中部ヨークシャーの多くの人々にとって、地元の新聞が実に陳腐な言い方で表現してくれた〝われわれのあいだにいるテロリストの脅威〟は、その〝われわれのあいだ〟からアンディ・ダルジールが永久に消えてしまうかもしれないという可能性によって、ますます強いものになったのだ。

彼は腕時計に目をやった。そろそろ昼飯の時間だが、その前に死体安置所を訪れなければならない。食欲がわきそうだ。ときどき、エドウィンといっしょに暮らしているコテッジの居心地のいい居間にすわり、大好きなギルバート&サリヴァンを聴いていると、ふと定年退職まであとどのくらいかと月日を数えてしまうことがあった。

日数は多い。彼が比喩的に言って警棒をケシかユリ（ギルバート&サリヴァン『ペイシェンス』）に持ち替えられる日まで、まだ何年もある。

『ペンザンスの海賊』の中の警官の歌を口笛で吹きながら、彼は中央病院へ続く険しい坂の謎めいた道（『ペイシェンス』より）を歩いていった。

4 空き巣狙い

マンチェスターに来て二日目の終わりに、ピーター・パスコーはもうたくさんだと思った。

最初のビデオ・ショーと概況説明のあいだは、自分が前線にいるという気がした。しかし、翌朝早くルビヤンカに到着すると、風通しの悪い地下室へ行くよう指示された。そこで働いている二人の職員は、一見すると職業体験プログラムで来ている大学生といっていいくらい若く見えたが、例の新テンプル騎士団と名乗るグループにつながりのありそうなことならなんでもいいから見つけるため、諜報ファイルを片っ端から調べる仕事に加わるようにとパスコーに言った。

その日の終わりに、彼はいくつかの結論に達した。

第一に、彼の新しい同僚は見かけほど若くない。一人はティム（黒っぽい髪、中肉中背、陰気な丸顔）、もう一人はその部下でロッド（金髪、青い目、細身、明るく生き生きした顔にすぐ微笑が浮かぶ）。第二に、わりに気楽そうな態度に見えるが、実際には二人はこの仕事に非常にまじめに取り組んでいる。そして第三に、いかにティムとロッドがまじめに取り組んでいても、パスコーの意見では、これはまったく時間の無駄だった。

翌朝、彼は地下室で一時間過ごしたあと、グレニスターをさがしにいくことにした。その意図を告げると、ロッドはティムに向かってにっと笑い、ティムはロッドに向かって渋面をつくったが、よけいなことは言わずに行き方を教えてくれた。二分後、彼は主任警視の名前のついたドアの前に立っていた。ノックしても返事がないので、ハンドルを試してみた。ロックされている。苛立って、がちゃがちゃと揺り動かした。背後で乾いた咳が聞こえた。振り向くと、ルーカシュ・コモロフスキーが立っていた。片手にはプラスチック・ボトル、片手には鋏《はさみ》を持っている。たぶん、ふつうの台所で見つかるものを使って敵の工作員を殺す方法について、セミナーで講義するところなのだ。

「彼女は出かけていますよ」男は独特の明瞭な発音で言った。「だからドアに鍵がかかっている」

きまり悪くなって、パスコーは言った。「じゃ、いつ戻られるんです?」

「午後遅くでしょう。ノッティンガムに行っている。危機管理でね」

「というと、デモですか?」

テンプル騎士団とかれらが実行したマズラーニ〝処刑〟について、タブロイド新聞があれこれあくどく書き立てたのに刺激され、マイケル・キャラディス、またの名アバスの裁判が開かれている裁判所の外では、抗議デモと反抗議デモが繰り広げられていた。

コモロフスキーは言った。「いや、われわれは群衆コントロールはやりません、ミスター・パスコー。危機というのは、裁判の進行具合です」

「まずいことになっているんですか?」パスコーは言った。

「見方によりますね」コモロフスキーは言った。「われわれの観点からすれば、非常にまずい。しかし、あなたのほうからすれば、それほど悪くはないのでは?」

くそ! パスコーは思った。ぎょっとしたのだ。ここの連中ときたら……なにからなにまでお見通しなのか?

キャラディスとそのいわゆる仲間が逮捕されたとき、エリーは言った。「おもしろいわね。母の母はキャラディスって名前で、ノッティンガム出身なのよ」

「よしてくれよ」パスコーは言った。「おれたち、まさか重大テロリストの親類じゃないだろうな!」

「わたしの親類は退屈な人間ばかりだって、あなたいつも言ってるじゃない」エリーは言った。「ママに確かめてみるわ」

それ以来、パスコーはキャラディスの背景に関する記事をやや不安な気持ちで読んできた。たとえ個人的つながりがなくても、人を不安にせずにはおかない話だった。

ノッティンガム大学で美術史の学位を取ったあと、マイケル・キャラディスは就職するよりバックパックをかついで世界をまわるほうがいいと決めた。ガールフレンドといっしょに出発した。八カ月後、彼女は一人で帰国し、マイケルは旅行のあいだにだんだんおかしくなってきた、と言った。あまりにもおかしくなってきたので、とうとうある晩、彼が眠っているあいだに彼女は荷物をまとめ、最寄りの空港へ向かったのだった。

それから一年近く、キャラディスの消息はほとんど耳に入らなかったが、次に姿を現わしたのはジャカルタの英国大使館で、イスラム教に改宗し、濃いひげを生やし、アバス・アシールと自称して、名前と外見の変化を新しいパスポートに記録してほしいと要求したのだった。大使館としては彼が連合王国へ帰国するために必要な書類を用意することしかできなかった。ただし、帰国後パスポート局に出頭すれば、変更事項を処理してもらえる。そう聞くなり、彼は脅迫するようにののしり出した。彼が出ていくと、面接官はこの人物は将来確実にトラブルの種になると予測し、インドネシア内務省の官僚に非公式に話をした。翌朝早く、キャラディスはつかまり、望ましからざる人物と宣告されて、連合王国行きの飛行機に乗せられた。ロンドンの移民担当官なら目をみはるばかりのスピードだった。

これはマスコミで多少の話題となり、同情的な記事もなくはなかった。それから十八カ月、キャラディスはまったく表に出てこなかったが、CATはずっと監視を続けていたらしい。かれらは〈オペレーション・マリオン〉と名づけた公式作戦を展開していた。何週間も監視と覆面捜査を行なったCATは、とうとう攻撃のときが来たと感じた。キャラディスが六人の若いイスラム教徒と同居していたノッティンガムの家が急襲され、住人は逮捕、大量の物品が持ち出された。その中には、リシン製造に関連した資料と化学薬品も含まれていたとされる。

同時に、同市内の各所でさらに十人のイスラム教徒が逮捕された。ニュース記事はどれも、テロリストの陰謀が暴かれた、水道水に毒が入れられ、何千人ものノッティンガム市民が死ぬところだった、と書き立てた。

陰謀の容疑者たちに対する訴追事実が明るみに出てくると、大部分の新聞は名誉毀損で訴えられることを恐れて、論調を穏やかにした。ただ《声》だけは譲歩を拒否し、危険な男たちが釈放されている、それはかれらが無罪だからではなく、〝イギリスの旧弊な法律には鉤針編みのカーディガンよりたくさんの穴がある〟からだ、と宣言した。

最後には、裁判にかけられたのはキャラディス一人だった。この段階で、エリーはパスコーに話の続きを聞かせたのだった。彼女は言った。「思ったとおりだったわ。ママが言うには、祖母のキャラディスの親類ですって。でも心配しないで。すごく遠い親類で、中国人だと言ったっておんなじくらい。最後にかれらと接触があったのはわたしが十三歳のときだそうよ。一家が大勢で車で立ち寄ったんだけど、わたしは赤ん坊を抱っこさせられて、その子がおしっこしてびしょびしょにされちゃったの。その男の子はミックって名前だったと思うって、ママは言ってる。彼だったらおもしろいわね」

「キスする《キッシング》仲の従弟じゃなくて、おしっこする《ピッシング》従弟か」パスコーは言った。

　このくらい遠縁なら縁のうちじゃない、と彼は自分に言い聞かせたが、同僚の耳には絶対に入れないよう気をつけた。警察のユーモアはおうおうにしてしつこい嫌味になる。アンディ・ダルジールは最大の危険だった。彼は小さな秘密を嗅ぎつける鼻の持ち主で、スキャンダル記事専門のジャーナリストになれば一財産稼げたろう。

　しかし、CAT族と並んだら巨漢さえ初心者にすぎないのだと、パスコーは今悟らされた。

　彼は深呼吸し、無理に微笑をつくろった。安月給の教師みたいなコモロフスキーの外見と態度を見ると、つい軽視してしまうのは簡単だ。簡単だが、愚かだ。パスコーはまだCATの権力構造という複雑な数独のマス目を埋めている途中だったが、この男はつまらない人物などではないだろうという気が強くしていた。

　彼は言った。「友人は選べても親類は、と言うでしょう」

「まったくです」

　コモロフスキーはなにかつけ加えたいようだったが、言葉を見つけるのに苦労していた。

　ようやく言った。「姻戚関係を持ち出して、あなたを不愉快にさせようとか、われわれの手並みを見せつけようとか、そんな意図はなかったんです、ミスター・パスコー」

「じゃ、それでけっこう」

「ただ、あなたが気楽になるかと思いましてね。われわれが知っているだろうかとか、知っていたら違いが出るだろうかとか、気を揉まずにすむでしょう」

「何に違いが出るんです？」パスコーは言った。やや平静を乱されたが、まだ疑う気持ちは残っていた。

「われわれがあなたを信頼する度合いにです。完全な信頼には完全な情報が必要ですから」

「で、わたしはそのテストに合格したんですか？」

「もちろんです」ここでコモロフスキーはにっこりした。遠い谷間を照らす一条の陽光のような微笑だった。すると、若いころの面影がしのばれた。深いしわを伸ばし、真っ黒いふさふさした髪を加えれば、とてもハンサムな容貌だ。しかも東ヨーロッパのエキゾチシズムのかすかな香りが魅力を増している。

　きたない爪だけが残念だ。

　視線が下がってしまったらしい。今、コモロフスキーはボトルと鋏を掲げてみせた。

「わたしのもう一つの仕事です」彼は言った。「この建物には驚くほど植物が多い。白状すると、その一部はわたしが持ち込んだものです。ウィンドー・ボックスが二つ、それに玄関ホールの飼葉桶には気づかれたかもしれませんな。そのうえ、ちょっと色を加えようと鉢植えを持ってきては、忘れて世話をしなくなってしまう人もたくさんいる。それがイギリス人ですよ。だから、わたしはルビヤンカの園芸部長を自任しているんです」

「驚いたな」パスコーは言った。不潔な男だなどと、とりすました考えを持ったのが恥ずかしくなった。手がきたないのは、土いじりが好きだというだけのことだったのだ。

「まともな賃金をもらっているでしょうね」

「この仕事をしていると、うちの麗しい庭で働く暇がなかなかできない」コモロフスキーは言った。「これはささやかながらその埋め合わせですよ。うちの庭を耕さなければ《イル・フォ・キュルティヴェ》、うんぬん（「他人にかまわず自分の仕事に精を出す」という意味のヴォルテールの言葉）、というわけでね。

なにかお役に立てることがあったら、ミスター・パスコー、いつでもおっしゃってください」

パスコーは歩き去る彼を見送った。

味方だ、と彼は思った。味方を見つけた、みたいだ。

地下室に戻ると、同僚二人は今度もなにも口を出さずに彼を迎えた。その日はあとずっと、こつこつとファイルを調べていったが、実りはなかった。これは本当に重要な仕事なのかもしれない。彼にはわからなかったし、どうでもよかった。心地よい自宅の生活を犠牲にしてまでここにいる理由にはならなかった。

午後の半ば、意外なことが起きた。電話が鳴った。ロッドが答えた。話を聞いて、ふいにまじめな顔になった。彼は言った。「なんだって。わかった。すぐかかる」

彼は受話器を置いて言った。「何者かがイブラヒム師を殺そうとした」

イブラヒム・アル－ヒジャージ師はブラッドフォードにある寺院《モスク》の導師《イマーム》で、7・7爆弾事件（二〇〇五年七月七日にロンドンの地下鉄で起きた同時多発テロ）以来、タブロイド紙の格好のターゲットになっていた。彼の過激な意見はずっと前から知られており、テロリスト・グループの行動をおおっぴらに善しとしたことはないものの、悪いとしたこともないのだった。彼のモスクには熱心な信徒がいて、大部分は若い男だ。その何人かはテロ活動に共謀した疑いがあるとして捜査を受けたが、正式に訴追された者はなく、ただ一人がパキスタンで逮捕され、その後アメリカの拘置所に消えただけだった。アル－ヒジャージは容姿がよく、弁が立ち、これまでのところ、イスラムの法にもイギリスの法にもぎりぎり触れない発言をすることに絶妙の器用さを発揮していた。タブロイド紙はイギリスの法の範囲内で彼の首を求めて吠え立てた。マズラーニ殺人について、彼は慎重に憤慨を表わしたが、その表現は完璧に穏当で、右翼マスコミが怒りのあまりひきつけを起こすよう、完璧に計算されていた。

「何があったんだ？」パスコーは強い口調で訊いた。ようやくやりがいのある捜査の仕事が出てきたかと興奮していた。

実際には、ほとんど退屈な話だった。

導師はズールと呼ばれる昼の祈禱のあとモスクを出て、人と会う約束があったので、二十マイルほど離れたハダスフィールドに向かった。車が近くの主要道路の交通の流れに入ったとき、乗っている人々はガチンという音を聞いた。通りすがりの車から投げられた石がこちらの車の側面に当たったような音だった。運転手は車を止めなかったが、目的地に着くと、車体のペイントに傷はないかと調べてみた。すると、片方の後尾灯のカバーに小さな穴があいているのが見つかった。さらによく調べると、中に弾丸が入っていた。

「いずれはその弾丸をこっちで調べることになるけど、ブラッドフォードからの最初の報告によれば、小口径ピストルで、ほとんど射程ぎりぎりの距離から発射されたものらしい」青年は締めくくった。

「しっかり組織された暗殺チームが遠くから撃つのに使うような凶器ではないと」パスコーは言った。「犯行声明は？　例のテンプル騎士団とか？」

「今のところ、なんにもなし」ロッドは明るく言った。「でも、まだわからない。とりあえず、なにか関連があった場合に備えて、この情報をわれわれの調査リストに加えるようにと言われた」

なるほど、とパスコーは思った。興奮するようなことはなし。退屈で無意味な仕事がまた増えただけか。

五時半にグレニスターの部屋に行ってみると、ドアはロックされたままだった。

いらいらして向きを変えたとき、廊下の端のドアを出てこちらに向かってくる主任警視の姿が見えた。フリーマンと話し込んでいる。

彼女はパスコーに気づき、うれしそうな顔はしなかったが、なんとか微笑をつくって近づいてくると、彼に挨拶した。

近くで見ると彼女はいかにも疲れ果てていたが、彼は同情の念が湧いてきそうになるのを無理やり抑えた。

「ひとこと、よろしいですか、主任警視？」彼は堅苦しい言い方をした。

「ちょっと時間がないのよ」彼女は言った。「明日の朝まで待てない?」

「待てません」彼は言った。

「じゃ、二、三秒ね。ディヴ、すぐすみますから、あとでね」

彼女はドアの鍵をあけ、パスコーはあとに続いた。彼女はすわらず、彼に椅子をすすめもしなかった。

「で、どんなご用かしら、ピーター?」彼女は訊いた。

「わたしになにか有益な仕事を見つけていただきたいですね」彼は言い返した。

「でも、とても有益な仕事をしているでしょう……」

彼は鼻を鳴らした。彼の妻は鼻を鳴らすのがとてもうまい。ダルジールは鼻を鳴らす競争でデンマーク代表になれる。めったなことでは無検閲の感情をあらわにしないウィールドさえ、ときに表現力たっぷりに鼻呼吸してみせる。だが、太ったボスから忍び足のパスコー、綱渡り芸人、と呼ばれることのある男の音域に鼻を鳴らす音が登場する機会はあまりなかった。

しかし今、彼があたかも生まれながらの鼻鳴らし屋であるかのように、その音は出てきた。確かに豚よりは馬に近いタイプの音だが、それでも強力で、曖昧さはなかった。

「有益? マーティン・エイミスでも読んでるほうがよっぽど有益な時間の遣い方だ」彼はあざ笑った。「わたしを窓際族にしたいなら、いっそ海辺に送り出して、砂粒を数えろと命じたらどうです?」

グレニスターは心配そうな顔になった。

「ピーター、申し訳ないけれど、ここの仕事はたいていがそんなふうなものよ。じきに慣れてくるわ。ふつう、最初の五年間が最悪なの」

彼女は優しい母性的な微笑を浮かべた。次の聖母子像の下描きスケッチを始めたルネッサンス時代の画家に売りつけられそうな微笑だった。彼はそれに応えて、〝笑いごとじゃない、こっちの感情を踏みつけにするのはよしてくれ〟という、娘から学んだ渋面をつくった。

フリーマンがドアから首を突っ込んだ。あの野郎、きっと盗み聞きしてたんだ。

「サンディ、バーニーから電話があった。待っているって

「……」

「今行きます。ごめんなさい、ピーター」グレニスターは言い、彼をうながして部屋から出した。「もっと話がしたいけど、ご主人様のお呼びじゃね……そうだ、こうしましょう。あなた、ちょっとお疲れのようだわ。あれだけの目にあったばかりだってことを忘れちゃいけないわね。明日の午前中は仕事を休みなさい。ゆっくり寝てから、ぶらぶら歩きまわって名所見物でもどう？〈モーツアルト〉でいっしょにサンドイッチを食べましょう、一時にね。そのとき、あなたのすばらしい頭脳のいちばんいい使い方を考えればいいわ」

パスコーは廊下を足早に去っていく彼女を見送った。のけ者にされたような気がした。おそらくはキャラディス裁判の状況報告か、イブラヒム師暗殺未遂事件の状況説明だろうし、彼が加わる理由はないが、今この瞬間、建物の中は彼をぴしりと締め出したドアばかりのように思えた。

そのとき思いついた。ぴしりと閉まっていないドアが一つある。グレニスターは自室のドアをロックするのを忘れていた。

むこうがこっちを公認の侵入者みたいに扱うつもりなら、それらしく振る舞ってやろうじゃないか。

廊下に人はいなかった。彼はドアを押しあけ、また中に入った。

何を見つけようとしているのか、自分でも見当がつかなかった。彼に関するファイルかメモ、どういうつもりで彼をここで働かせているのかを示すもの、だろうか。だが、実はダルジールの金言の一つに従っているだけのことだった。〝神様が与えてくれたチャンスはすぐつかめ。質問はあとでいい！〟

一度、ダルジールといっしょにダン・トリンブルのオフィスに通されたことがあった。本部長はまもなくいらっしゃいます、と秘書は言った。彼女が出ていき、ドアが閉まるやいなや、ダルジールはデスクの引出しをあけ始めた。パスコーがいけないことだという顔をしているのを目にとめた巨漢はにやりとして言った。「忙しい小さな蜜蜂は日の照る時間をいかに無駄なく活用するか（画家、フレデリック・ワッツの言葉）。

おや、こいつはなんだ?」

　見つかったのは、十二年もののグレン・モーランジのボトルというだけだった。彼はそこからたっぷり一口飲み、早期警報を感じて椅子に戻ると、数秒後に入ってきたトリンブルを満面の笑みで迎えた。

　おれも一杯やりたいよ、とパスコーは思った。

　デスクの引出しから始めた。浅いのが二つ、深いのが一つ、三つだけだった。深いのはロックされていた。浅いのをあけても、鉛筆とチョコレート・ビスケットくらいしか見つからなかった。あの体格の女性はスマーティーだけで満足でききっこない。ことに青いのがもうなくなってしまうんでは。

　深い引出しを見た。乗りかけた船だ。財布からいろいろな細い金属片の入った小さい革袋を取り出した。犯罪捜査部の警官の多くはこういう道具を持ち歩いている。たいていは、家宅侵入事件の証拠品として提出されたあと、なぜか警察倉庫に戻されなかったものだ。今までのところパスコーがこれを悪用したのは、ある嵐の夜、タクシーが二時間はつかまらないというので、タイヤのクランプをはずしたときだった。

　クランプに比べれば、この引出しのロックなどおちゃのこさいさいだった。

　引出しは深いとはいえ、中に入っていたのは薄いプラスチック・ファイル一冊だけだった。だが、これは掘り出し物のようだった。表紙にはグレニスターの大胆な筆跡で〈ミル・ストリート〉と書いてあった。中身は十数枚の紙をペーパークリップで五、六部に分けたものだった。今はちらっと見る暇しかない。一秒でも長くここにいれば、そのぶん発見される危険が大きくなる。この組織のパラノイアを考えれば、彼はもう隠しカメラで撮影されているかもしれない!

　二枚の束を二部選んだ。一つは爆薬分析報告書で、エドガー・ウィールドの電子の妙技をもってしても取り出せなかったものだ。もう一つは三番地で見つかった死体の検査に関係がある。

　彼は壁際にあるファックスのところへ紙を持っていき、

そのコピー機能を使って写しをとった。それから、さわったものはすべてハンカチで慎重に拭いて指紋を消し、ファイルを元に戻し、引出しをふたたびロックして、逃げ出した。

玄関ホールの受付デスクに警備用バッジを返し、出口へ向かうと、自分が目に見える罪悪感の雲をたなびかせているような気がした。ホテルの部屋に着くまでリラックスできなかった。部屋にいても、安全だという気分にはなかなかなれなかった。なんといっても、彼をここに泊めたのはCATなのだ。だがまあ、ホテル代を出し惜しみはしなかったな、と思いながら、ミニ・バーからベックス・ビールのボトルを取り出し、ふかふかした肘掛椅子に腰を落ち着けた。

爆薬分析は、さっと一目見ただけでも、親切な専門家に助けてもらわないとなんの意味もなさないとわかった。

第二の資料を見た。

これはもっとわかりやすかった。死因や人物特定要素などがすべて書いてあるが、これは概況説明でグレニスターからひとこと漏らさず聞かされていた。だが、ほかの調査結果やそこから導かれる仮説に触れたところがいくつかあり、しばらくすると、それは別の報告書に含まれているのだと気がついた。推測できる限りで、そちらは手足の位置と口腔の検査に関係があるらしい。

この報告書もいっしょにプラスチック・ファイルに入っていたのだと思うと、機会のあったときにちゃんとチェックしなかったことが悔やまれた。少なくとも、彼はウィールドに、まず消防署長ジム・リプトン、次に中部ヨークシャー中央病院病理医のメアリ・グッドリッチと内々に話をするよう指示するだけの頭は持ち合わせていた。焼けた遺体は、まずグッドリッチのところに送られたのだが、まもなくCATがさらっていってしまったのだ。病理部長の〝トロール〟・ロングボトムが休暇中なのが残念だった。トロールならダルジールの旧友だから、個人的なつながりのせいで協力的になってくれたかもしれない。グッドリッチは新人だった。ロングボトムの助手に任命されたのは、彼女のキャリアの大きな第一歩だったから、CATがおそらくかけてきたに違いないプレッシャーに抵抗できるはずはなかった。

だが一方、エドガー・ウィールドは女性扱いがうまかった。アンディ・ダルジールはそれをこう分析していた。

〝あいつ、ストレートでないのはトイレ用ブラシのごとしだし、顔はたいていの女が自分のガキよりかわいがってるぼろぼろのテディ・ベアみたいで、しかも魚に自転車を売りつけられるくらい口がうまい〟

パスコーはそれを思い出してにやりとしながら、ベックスをもう一本取り出した。そう、ウィールディならすっかり調べ上げてくれる。夕方までは電話するなと警告してあった。ルビヤンカの壁には耳がある。だが、もうそろそろ……

電話が鳴った。ディスプレーを確かめた。思ったとおりだ。

「ウィールディ」彼は言った。「抜群のタイミングだ。いいニュースだろうな?」

「それはどうかな」部長刑事は言った。「言われたとおり、ジム・リプトンと話をした」

ウィールドは消防署長との会話を伝えた。

「よくやった」パスコーは言った。「グッドリッチからもそのくらい聞き出せたんなら、ぼくは政府に賄賂を贈って、きみを男爵にしてもらわなきゃな」

ウィールドは友達のパスコーがいつもの調子でしゃべっているのがうれしくて、さらに喜ばせてやりたかったが、ごまかしてもしょうがなかった。

彼は言った。「そっちはだめだった。きみがすすめたとおり、約束を取らずにふいに行ったんだ。彼女は忙しそうじゃなかったのに、なんの話か嗅ぎつけるとすぐ、忙しくて相手になる暇がないときた。押してみたけど、あなたはただの部長刑事でしょう、わたしのところに来る前に、上司にひとこと話をしたらいかが、と言われた」

「生意気な女め!」パスコーは言った。「一度しか会ったことはないが、そのときは悪くないと思ったのにな」

「いや、ピート」ウィールドは言った。「彼女はおびえまくっているんだと思う。ミル・ストリートの死体について、しゃべっちゃいけないと、厳しく警告されたんだよ」

「そうかな？　やつらがトロール・ロングボトムに警告するところを見たいね。あいつならかんかんに怒って、記者会見を開くぜ」

「かもな。でも、怒った気分は寝る時間が来れば消えてなくなる。おびえた気分は夜中に一人で目を覚ましたときに待ち受けている」

個人的な実感がこもっているようで、ほかのときならもっと詳しく知りたいとパスコーは思っただろうが、今はよけいなことを考える暇はなかった。少なくともこれで、CATの報告書から彼が読み取ったことが確認された。かれらは本当になにか隠している。

「じゃ、ほかには、ウィールディ？」彼は言った。

「べつに。アンディの容態は変化なし。あと、今朝エリーに会ったよ。町でぶつかって、いっしょにコーヒーを飲んだ」

「〝ぶつかった〟って、オートレースの衝突か？　それとも遊園地のバンパーカー？」パスコーは怪しんで言った。

「おしゃべりができて、喜んでたみたいだ」ウィールドは言った。「きみのことを心配しているんだと思う。みんなそうさ。ピート、これっていったい、どういう方向に進んでるんだ？」

「ぼくは給料分の仕事をしてるだけさ、ウィールディ。ああ、だけどここのホテル代までは行かないな。バスルームがうちの居間よりでかいんだぜ！」

これは会話終了の合図だと察したウィールドは言った。

「おい、ピート、贅沢な生活に慣れるなよ。こっちじゃアーニー・オギルヴィがアンディのオフィスにすわってる。交通の流れを調べるだけで事件を解決できるんなら、われわれは連合王国一の解決率を誇れるよ！」

「フレンチ警部は列車の時刻表を調べて、ずいぶんいろいろ解決したよ」パスコーは言った。

「フレンチ？　知らないな。どこの管区だ？」

「過去だよ」パスコーは言った。「そこでは物事のやり方が違っていた。じゃあな」

彼は受話器を置き、なんでフレンチ警部が頭に浮かんだのだろうと考えた。あのシリーズを読んだのは何年も前のことだった。

階下に降り、すばらしい夕食を堪能した。レストランで一人で食事をするのは気にならなかった。ほかの客たちを観察し、かれらの人間関係や背景を想像すれば、楽しみは尽きない。

食後はホテル周辺をひとまわりしてから部屋に戻った。ばかでかいベッドに入り、エリーがいて、いっしょにこれを思う存分体験できたらおもしろいのにと空想し、彼女に電話して、そんな空想を話した。彼女はウィールドに会ったことに触れなかった。パスコーはおやと思ったが、口には出さなかった。それからテレビをつけ、イギリスの文化遺産紹介みたいな、よくある時代劇映画の一つを見た。それは夏の風景をゆっくり横切る雲のようにふわふわと過ぎていき、いつしか彼は映画の世界に迷い込み、ぐっすり眠り込んでしまった。

5　うちまでずっと

「ヒュー」

「バーナード」

「ド・ペイヤンス」

「ド・クレルヴォー」

一千二千三千
「ヒュー、聞いたか？　誰かが導師に向かってやみくもに撃った」

「ああ、ニュースで言っていた。われわれとは関係ない。もちろん、われわれに刺激されて、考え方はまともだが実行技能に欠ける模倣犯がやったってことはあるだろうが」

「アンドレの銃の一つを使った模倣犯らしいがね」

「なんだって？」

「絶対に確実というわけじゃない。われわれの根気強い友人パスコーがミル・ストリートから掘り出した弾丸はひどく破損していたが、それでも認められたいくつかの特徴は、導師の弾丸と正確に一致していた。アンドレがフリーランスで勝手にやっている可能性は？」

「フリーというのは彼のやりそうなことじゃない。それに、もし彼が大向こうを唸らせようと決めたんなら、導師は死んでいる。しかし、調べてみるよ」

「そうしてくれ。アル－ヒジャージはわれわれのリストに載っているが、この事件のあとではずっと注意深くなるだろう。もう一つの可能性は、二人のジェフリーのどちらかだな」

「かもしれない。だが、アンドレは訓練を積んでいる。武器はすべて提供者に返すこと。だいたい、ビゾルはまるで傷を負った豚みたいにぴりぴりしているから、勝手に出ていって銃をぶっぱなすなんてことは、ありそうにない」

「まあな。豚といえば、あのもう一人の警官《ブタ》はどうなっている？」

「ああ。明日の朝、彼はぶうぶうぶうとおうちまでずっと泣いて帰る（童謡の一節）ことになりそうだ」

6　都会の狐

アドルファス・ヘクターは目を覚ました。

運命はひいきを選ぶというが、いじめる相手も選ぶ。ヘクターは未熟児として生まれ、すぐ死ぬだろうというので即座に洗礼を授けられたそのときからずっと、運命の翻弄リストに載せられていた。

母親がアドルファスという名前を選んだきっかけはわからない。病院の牧師が息子さんをなんと名づけますかと尋ねたとき、通りがかったいたずら小鬼が耳打ちしたのかもしれない。確かに、新生児はいかにもひよわで不健康だったから、居合わせた人々は誰しも、魂を救済する洗礼のために名前が必要だというだけで、それ以上の意味など考えなかった。

赤ん坊が予定より早く生まれたので、代母妖精も不意をつかれてあわてたのだろう。授洗の場に現われて伝統的な贈り物あれこれを与えるのには間に合わなかったが、妖精はようやく一つだけ、枕の下に滑り込ませた。それがなければ、ほかにいくら贈り物があってもどうせ役に立たない。

生存本能だ。

悲観的な診断にもめげず、アドルファスは死ぬことを拒否した。大方の予想に反して学齢期に達するとすぐ、彼はアドルファスという名前で呼ばれることの欠点を発見した。だから、最初の引っ越しで転校し、苗字のほうがファースト・ネームなのだと誤解されると、そちらのばからしさはあきらめて甘受した。ある親切な教師が指摘してくれたように、少なくともヘクターは英雄の名前だし、縮めてヘックにしても悪くないが、アドルファスを縮めれば、もっと悪いアドルフになるばかりだ。

借金取りに追われて家族は何度も引っ越しをした。おかげで充分な教育を受けられなかったとしても、いじめられて学んだ教訓を転校のたびに次の学校へ持ち込むことはできた。才能と言ってもいい唯一の技能——鉛筆でそれとわかる肖像画をスケッチすること——すら、彼は隠すようになった。児童心理学者なら、この才能は彼が比較的軽い自閉症を患っているしるしだと認めたかもしれないが、彼はどの学校にも長くはいなかったから、心理学者のラップトップ・スクリーン上にちらと登場しておしまいだった。同級生たちは彼に戯画や猥褻画を描かせようとし、教師は自分たちの選んだ題材をスケッチさせようとし、どちらもいやだったから、彼はこのささやかな才能を人に見せないほうがいいと悟ったのだった。というわけで、それはずっと隠され、人から干渉されず、ただ彼の個人的なひそかな楽しみとなっていた。

対象の大事な部分をとらえて紙に再現する能力は、彼の同じくらい隠蔽された才能、つまり生存本能の一部なのかもしれない。彼の鉛筆と同様、それは鈍器で、人から言われたことの中から有益なものを選び、そのほかは無視する能力というだけのことだった。職業選択は困り果てた就職担当教師の軽薄なひとことで決まった。「何をすすめたらいいか、わからんな、ヘクター。ちんぴらやくざってとこか。でも資格がない。じゃ、警察を試してみたらどうだ！」

で、そうした。彼が警察学校に応募したのはリクルート数がごく少ないときだったから、学校の成績は下の下、言語能力は笑えるほど低いし、自己表現は滑稽か救いようがないかどちらかだったが、それでも受け入れられた。たいていの指導員は彼を一目見ると落第生と決めつけたが、この確信が実は彼を守った。コースが厳しいので、どうせ途中で脱落するだろうと、誰も彼を落とすための積極的な手を打たなかった。かれらはヘクターの本質を見抜けなかったと、これでわかる。ドアを示してやれば、彼はいなくなっていただろう。だが、ドアを示されなかったのを彼は肯定的に受けとめた。留年し、翌年の新入生といっしょにほとんどの科目を取り直させられたが、それでも警察官になるという最初に明言した意図はびくともしなかった。最終的に——これはそのあとに続く彼のキャリアの原型となったが——罠にも毒餌にもひっかからずに生き延びた粘り強いネズミのごとく、彼は警察学校内でいつしか害獣《ペスト》ではなく、ペットのような存在になっていた。ヘクターにとどめの一撃を与えた人間として知られたい教師はいなかった。

こうして本人以外みんなの驚きをよそに、最後には訓練コースを無事修了し、彼は中部ヨークシャーの伝説となったのだった。

その朝、目を覚ますと、ヘクターはいつものようにきっかり五分間ベッドに横たわっていた。それから起き上がった。鳥のようなもので、彼には目覚し時計の必要がなかった。今週は早番で、早番のときはこの時刻に起きる。それより早く、あるいは遅く目が覚めることもあるんじゃないか、などと言われたら、彼は戸惑うばかりだったろう。

三十分後、入浴、食事、身支度をすませ、家の玄関ドアをあけた。彼はここで一間のフラットを借りている。小さい台所つきで、浴室は共同だ。外の歩道に足を踏み出した。郊外の細い道路で、どこかの皮肉な役人から陰なす木立《シェイディ・グローヴ》と命名されていた。木は一本もないが、鳥たちは交通騒音が始まる前の静けさの中でさえずっている。長い長屋のむこうの端に、ちらと都会の狐の尻尾が見えた。半マイルほど先にある中国人経営のフィッシュ・アンド・チップス屋から続く道端に捨てられた食べ物の跡を追って、一晩たっぷり食ったあと、ねぐらに帰るところなのだろう。尻尾はひゅっと角を曲がって消えた。

今日もよく晴れた夏の日になりそうな空気が漂っていて、自然の刺激に鈍感ではないヘクターは、ムッシュー・ユロ（一九五三年、J・タティ監督・主演の喜劇映画「ユロ氏の休暇」の主人公）のようにはずむ足取りで歩道を歩いていった。

途中で、背後に車の音がした。まだだいぶ後ろで、ゆっくり進んでいるが、この時間にはめずらしいことだったから、ヘクターの鋭い耳は聞きつけたのだった。前方のT字路で、シェイディ・グローヴはもうちょっと人通りの多い道路につながる。こちらも同じくらいありえない名前で、パーク・レーンと呼ばれていた。交差点で、ヘクターはいつものようにグローヴを横断し、レーンに沿って前進するため、向きを変えた。ふつうなら立ち止まることはなく、ほとんど軍人のようにぴしっと右に曲がるだけだが、今日は車を意識していたので、その位置を確かめようと、歩道で足をとめた。

　黒いジャガーだった。今ではほんの二十ヤードのあたりまで近づいていたが、停止したので危険はなかった。色つきガラスの奥から運転者は彼に向かって微笑し、手袋をはめた手を振って、どうぞ渡ってくださいと合図したほどだった。

　ヘクターは会釈を返し、道路に踏み出した。

　車のエンジンが轟音を上げ、タイヤが急回転し、ゴムが焼け、たとえヘクターよりずっと鋭い頭の持ち主でも警戒する暇もないほんの一瞬のあいだに、ジャガーは二十ヤードを進み、彼を中空高く跳ね上げた。その体は車の上を飛んで、どさっと後ろの地面に落ちた。

　車は急ブレーキをかけ、スキッドしてパーク・レーンに突っ込んでから止まった。運転者がバックミラーで後ろの道路のぐったりした人物を見ると、それはぴくりと動いた。男はギアをリバースに入れた。だが、バックを始めないうちに、シェイディ・グローヴのむこうの端から牛乳配達の車が入ってきた。

　男はギアをぐいと一速に入れ、ジャガーはパーク・レーンを疾走して消えていった。

7　ソーロンの目

ペナイン山脈のむこうのランカシャーは、東隣のヨークシャーのほうが光彩を放っているというのが何につけ許せなかったから、その朝はヘクターが迎えた朝と同じく、明るい一日を約束していた。

ヨークシャーでは、そういう約束はたいてい守られる。パスコーはいつもより一時間遅く起き、グレニスターにすすめられたように名所見物をしようと、ようやくホテルを出たのだが、天気が変わりやすいというマンチェスターの評判をつい無視して、コートを持たずに出てしまった。

まだ最初の名所のありかをさがしていたとき、なんの前触れもなく激しい雨が降ってきて、彼はあわてて最寄りの軒下に駆け込んだ。

見ると、そこは古書店の入口だった。埃っぽいウィンドー・ディスプレーの中で、『テンプル騎士団』と題した分厚い革装の本がひときわ目を惹いた。雨は攻撃の手を緩めそうになかったから、彼は中に入った。おんぼろのテーブルにウディ・アレンのそっくりさんがすわって、むずかしい顔で帳簿に数字を書き込んでいた。ウィンドーから本を取ってもいいかとパスコーが訊くと、男は暗算の邪魔をされたらしい様子で、ぞんざいにうなずいただけだった。

パスコーはすばやく拾い読みしていった。序論の章には、ルーカシュ・コモロフスキーも顔負けの衒学的文体で、騎士団創設の背景が説明されていた。贅沢な挿絵がたっぷり入った本だったが、さらに読み進むと、騎士団はやがてたいへんな財源を持つ軍団に発展し、ヨーロッパの多くの国家がこれを脅威と見なすようになった、とあった。清貧と従順の誓いが破られたのは自明だが、貞潔の誓いは、〝不自然な情交〟と婉曲に描写される行為によって、もっと徹底的に破られたという噂があった。

「立派な本でしょう」店主の声がした。あまりにもジョージ・フォーンビー（一九三〇～四〇年代に活躍したランカシャー出身の喜劇俳優）だったから、パスコーはこの声をウディ・アレンに結びつけるのに苦労した。

「ええ」彼は言った。「おいくらです？」

「一七五に上げたと思ったな。同業者じゃないでしょうな？」

「とんでもない」パスコーはびっくりして言った。「残念ながら、ちょっと手が出ませんね」

「出血サービスで一五〇にしましょう」

「いや、ほんとに、興味があるのは内容で、本そのものじゃないんです」

「ほう？」店主はばかにしたように言った。「あのトム・ブラウンてやつが大流行して以来、そういうことに興味を持つ人が増えたからね」

「ダン・ブラウン、だと思いますが」

「そうかね？　なんだっていいが、おかげでテンプル騎士団やらなにやらに関するペイパーバックが山ほど出ている。あっちに箱がありますよ。一冊一ポンド五十、三冊で五ポンド」

「計算違いみたいですけど」パスコーはいい気になって言った。

「いや、そんなことはない。三冊も買うような阿呆はよけい払ってしかるべきだ」店主は言った。

このグループに入れられてしまうのはいやだったから、パスコーは言った。「実は、ささやかながら収集しているんです。推理小説。数年前にクリスティーの初版本を数冊相続したもんで、機会があれば隙間を埋めようとしています」

「そうかね？　悪いが、あの老婦人の作品でおたくの興味を惹きそうなものはぜんぜんないな。でも、フリーマン・ウィルズ・クロフツがありますよ。『列車の死』。初版、ホダー・アンド・スタウトン出版社、一九四六年。カバーはきれいで、二カ所ほどごく些細な傷があるだけだ。二五〇のお買い得。見ますか？」

店主は返事を待たなかったが、パスコーの反応のどこかに売れる可能性を認めたらしく、すぐ本を取りにいった。

パスコーは表紙をじっと見下ろした。蒸気機関車と鉄道員が描かれている。だが、彼が本当に見ているのは、さっきああいう反応を起こす原因となったもの、すなわち、名前だった。作者の三つの名前。ことに、この題名との関連で。

　フリーマン。ウィルズ。クロフツ。

『列車の死』

　ミル・ストリート六番地の特許弁理士事務所はクロフツ&ウィルズだった。

　そしてもちろん、デイヴ・フリーマンがいる……

　偶然か？　聖アンディによる福音書には、なんとあったっけ？

〝〈黒牡牛〉亭から出てきた親友に鉢合わせする、そいつは偶然《コーインシデンス》だ。その親友がきみの女房の寝室から出てきたのに鉢合わせする、そいつは共犯《コーレスポンデンス》だ〟

「いやあ、なかなかいい本でしょう」ウディ・アレンは彼の熱中を見て、本に興味があるのだと誤解して言った。

「喉を掻っ切るつもりで、二にしときますよ」

「いや、すみませんが、わたしはやっぱりクリスティー専門なので」パスコーは言った。「でも、ありがとう」

　彼は安売りの箱からテンプル騎士団に関するペイパーバックを一冊だけ買い（罪滅ぼしの行為としては、ベケット〔一一七〇年にカンタベリー大聖堂で殺された大司教〕の殺害者たちが大聖堂を出る前に慈善箱に小銭を落としていったのと同じ程度だと、店主は明らかに考えていた）、また外に出て散歩を再開した。水っぽい陽光が一、二条射したので、公園の中央に行きたくなったが、そのあたりに雨宿りできる場所はない。賢く誘惑に負けなかったから、次に土砂降りが来たときには、グレニスターと会う約束の場所、〈カフェ・モーツァルト〉までほんのひとっぱしりの距離にいた。約束までまだたっぷり一時間はあったが、脚がずきずきしていたから、すわってなにか飲むのが魅力的に思えた。

　店は昔の中央ヨーロッパふうな雰囲気を出していた――長いエプロンをつけたウェイター、木のホルダーに挟んだ新聞、後ろに隠れるのにうってつけの鉢植えのシダがたっぷり。ウィンナ・ワルツのBGMがかかっていて、きっとモーツァルトは貧者墓地の下で心地悪そうにうごめいているだろう。

ここならスパイたちは我が家のようにくつろげるだろうな、とパスコーは考えながら、《ガーディアン》を取り、低いソファに体を沈めて、コーヒーを注文した。

考えが魔物を呼び出す呪文となったらしい。

「パスコー、きみか？　そう思ったんだ」

目を上げると、バーニー・ブルームフィールドがじっとこちらを見下ろしていた。ソファが低いので相手の背の高さが誇張されて見えるのだろうが、放浪しているうちについうっかり、遠いソーロンの目を惹いてしまったホビット（トールキン『ロード・オブ・ザ・リング』より）みたいな気分になった。もうちょっと近い高さでは、ルーカシュ・コモロフスキーが後ろのほうでぶらぶらしているのが見えた。

「あ、どうも」彼は言った。

ブルームフィールドは体を二つに折るようにしてソファにすわり、またアラステア・シムになった。

「気分はどうだね、ピーター？」彼は気遣うように言った。「こう言っちゃなんだが、ちょっとやつれて見える。ひどい体験だったからな。本当にもういいのか？」

「ええ、元気になりました」パスコーは言い切った。

「よかった。で、アンディ・ダルジールだが、変化は？」

「今のところ、ありません」

見ると、コモロフスキーは別のテーブルを見つけ、鉢植えのシダを記述植物学者の熱心さで観察していた。あるいは、隠しマイクがないかと調べているだけだろうか。

「希望を棄てないことだ。アンディならよく知っている。いずれ目をあけて、自分をこんな目にあわせた悪漢どもを見つける仕事はどうなっていると、うるさく訊き始めるよ」

「そうしたら、いい知らせを聞かせられますよ、全員死んだとね」パスコーは言った。

「そうだな。もちろん、残念なことだが」

「残念？」

「死体から情報は聞き出せないからね、パスコー。それは理解しているだろう。アンディなら必ずわかってくれる」

「はい。もっとも、なぜデイヴ・フリーマンが自分にひとことの挨拶もなく、ミル・ストリートに隠密の監視の場を設けていたのかを理解するのは、もうちょっと厄介でしょうがね。警視は非常に縄張り意識の強い人だから」

もしブルームフィールドがアラステア・シムのような慇懃な戸惑いの表情を見せたのであれば、パスコーは前言を撤回し、説明と詫びに四苦八苦していただろう。

だが、相手がうなずいてこうつぶやいたので、彼は喜ぶべきか、ぞっとすべきか、わからなくなった。「サンディが教えたのかね？」

警視長に向かって言い抜けをするのは小利口かもしれないが、賢明とは言えまい。はっきり嘘をつくのは確実に愚かすぎる。

「半分は自分で推理しました」パスコーは気をつけて曖昧さを残して言った。「クロフツ&ウィルズ。覆面用の名前としては、上等とは言えません」

「若いデイヴの出来心だ。彼はウィリス&ハーディーも気に入っている（〈フリーマン・ハーディー・ウィリス〉は靴のチェーン店）。ちょっと釘を刺してやらないといかんな。しかし、かっかする前に、わたしがまだ警察官だということを忘れないでくれ。こういうことが士気に関わるのはわかっている。だから、わたしの第一のルールは、必ず地元の警察に知らせること。もちろん、知る必要がある人物だけだがね。この件では、知る必要があるのはダン・トリンブルだったが、とりあえず、アンディはそうではなかった」

「ミスター・トリンブルは六番地の件を知っていて、警視には教えなかったんですか？」パスコーは言った。驚きを隠せなかった。あきれたというのに近い。彼はいつも本部長を尊敬してきた。このニュースで尊敬度が上がったのか下がったのか、まだよくわからなかった。

「あの段階では、ごく地味な活動だった。〈オロック・ビデオ〉は会合場所にすぎないと見ていたんだが、その後、もっと危険な存在になったようだという情報を得た。〈クロフツ&ウィルズ〉は予備的なものにすぎなかった、あとで本式の監視作戦が必要になった場合にそなえてね」

「それで、爆発が起きたとき、あそこには誰もいなかったんですか？」

「うん、ありがたいことにね。公休日だったろう？　特許弁理士事務所に人が出入りしては妙だ。もちろん、あそこを正式な作戦の場にしたらすぐ、ミル・ストリートの警戒標識はグレードアップするはずだったし、中部ヨークシャー警察の上級警察官で関連のある人たちはみなその旨知らされたところだ」

「でも、あのときはまだグレードアップされていなかった。それはウィルズ、あるいはクロフツが、セムテックスが大量に配達されたのを見逃していたからですか？」

「たんにかさという意味では、それほど大きなものじゃないよ、ピーター。ビデオの荷箱二つくらいに見せかけられる程度だ。しかし、確かに見逃したことは不運だった」

「不運？」パスコーはばかにしたように言った。「クロフツだかウィルズだかにそうつらく当たることはありませんよ。あれより前の公休日に配達されたのかもしれない。日曜日ってこともある。ＣＡＴチームは日曜日も休むんですか？」

言い終えるよりずっと前に、パスコーの中の古い外交官精神が〝頭を冷やせ！〟とささやいていたが、その声は新しいダルジール的雷にかき消された。

ブルームフィールドは立ち上がった。

「きみが心を乱しているのはわかる、パスコー。これはいやな事件だし、きみが巻き込まれてしまったのは遺憾だ。しかし、誰の責任でもない、悪いのは敵だけだ。情報収集がまずかったとか、指示にきちんと従わなかったとか言い出すと、混乱を招くばかりだ。最悪の事態が起きてアンディが死んだとしたら、彼は英雄として人の記憶に残ってほしい。滞在を楽しんでくれたまえ。きみならきっといい仕事をしてくれる」

彼はパスコーの肩に軽く手を置いてから、コモロフスキーのテーブルに行った。コモロフスキーはすでにコーヒーを飲み、大きなクリーム・ケーキをフォークで食べていた。

おっとっと、とパスコーは思った。これでほんとにソーロンに目をつけられちまった。賢い小さなホビットみたいに、口をつぐんでいるべきだったかな。

ブルームフィールドはパスコーのテーブルに背を向ける

席を取った。クリーム色と青の陶器に金属の蓋のついた背の高いポットからコモロフスキーがコーヒーを注いでいるあいだに、警視長は携帯電話を取り出し、番号を押した。パスコーは《ガーディアン》を取り上げ、環境汚染に関する記事を読み出した。政府の政策は効果がない、とそれは主張していた。野党の案は愚かしい、と軽蔑する。必要なのはこの記事の筆者くらい賢い人間だ、と暗示する。なぜなら、筆者は政治家たちが疑問を抱いてさえいない諸問題に対する答えを持っているからだ。

ばかばかしい、とパスコーは思った。スポーツ面をさがした。それは別のホルダーに挟んであった。このごろの分厚い新聞一部の総重量に耐えられるほど丈夫な木は見つからないのだろう。気がつくと、警視長は電話を終えていた。

ようやく二段落ほど読んだところで、自分の電話が鳴った。

グレニスターだった。

「ピーター」彼女は言った。「ごめんなさい、デートに行けないわ。問題が起きて」

どうせそうだろうよ、とパスコーは思った。

「ほう？　わたしにお手伝いできることは？」

「あればいいんだけれどね。これからノッティンガムへ行くの。キャラディス裁判の車輪がはずれてきちゃったから」

いいぞ！　とパスコーは思った。有罪判決を受けたテロリストが親類だということになるのはうれしくなかった。彼はそんな安堵感を声に出さずに言った。「何があったんです？」

「こちらの証人の一人が逃げ出し、いちばんいい証拠が証拠として受け入れられず、弁護側は起訴棄却を要求している。そのとおりになると思うわ。あとは損害の拡大を防ぐしかない」

ボスがホイップクリーム入りコーヒー《カフェー・ミット・シュラーク》でリラックスしているあいだにね、とパスコーは思った。どうしてあいつがこの仕事をしていない？

なぜなら、損害拡大防止に乗り出せば、放射性降下物を浴びることになるからだ、という答えが頭に浮かんだ。

グレニスターはまだ話をしていた。

「ね、ピーター、週末ずっとこちらにいることはないわ。すてきな奥様はあなたの帰りを待ちわびているはずよ。今日の午後、ヨークシャーに帰って、のんびりなさったらどう？　日曜日の夜か、遅くも月曜日の朝一番には、わたしから連絡します。さ、急がなくちゃ。じゃあね」

パスコーは電話をポケットに戻した。コモロフスキーは彼のほうに目をやり、ブルームフィールドになにか言った。ブルームフィールドは振り返り、微笑して、奨励するようにうなずいた。まるでグレニスターが今言ったことを盗み聞きしていたかのようだった。

たぶん、盗み聞きする必要もなかったのだろう。グレニスターがノッティンガムへ行くというのを疑う理由はないが、彼をヨークシャーに帰らせるという案は、もっとずっと近いところから出てきたようだ、と彼は察した。

やっぱりソーロンもそれなりに損害拡大防止に貢献しているんだ。

恨みはほとんど感じなかった。


世界中でいちばん愛している人々のいる故郷へ帰らせるというのがむこうの作戦なら、恨むことはないじゃないか？

8　これで安全

その日の午後三時、ノッティンガム刑事裁判所では、のろのろ将軍ファビウス（持久戦術でハンニバルを悩ませた古代ローマの将軍）すら性急に思えるほどのあの手この手の遅滞戦術もむなしく、ついに検察側は敗北を認め、それからまもなく、アバス・アシール、旧名マイケル・キャラディスは被告人席を降り、自由の身となった。

弁護士ジョージ・スティントンが握手しても、クライアントの黒ひげに覆われた顔にはなんの感情も表われなかった。そのひげはふさふさと胸の中ほどまで届き、おかげでずんぐりした体がますます短軀に見える。

裁判所の職員が近づいてきて、釈放の公式手続きをすませるため、ミスター・アシールにはいっしょに来ていただきたい、その後、六カ月ほど前に拘置された時点で押収された私物をお返しする、と礼儀正しく言った。

「わたしは外に出て、マスコミの相手をしているよ」弁護士は言った。「ほんとうに自分で話をしたいんだね、アバス？」

キャラディスはうなずいた。

「言葉には気をつけてくれるね？　刑務所に連れ戻す言い訳になるような材料をあいつらに与えちゃだめだからな」

男二人は別れた。

スティントンは裁判所の建物の正面玄関を出た。待ち構えていた記者たちの群れは、彼が一人なのを見るとわいわい騒ぎ出した。

「ミスター・アシールはもうじき来ます」彼は請け合った。「ええ、彼は喜んで質問にお答えします。それまでのあいだ、わたしのほうから、この裁判と判決について……」

彼は慎重に準備し、下稽古しておいた声明を述べた。

〝いいかげんな情報〟、〝法原則〟、〝警察国家〟、〝歴史的根拠のある自由〟、〝言論の自由〟等々の表現がそこには頻繁に登場した。実際、それは弁論に必要な頻度を超していたが、クライアントがなかなか現われないので、弁護士は時間つぶしに人権宣言をリサイクルするしかないのだった。

欺瞞を嗅ぎつけた記者の群れは、またもや牙を剝いた。とうとう弁護士は失礼しますと言って、建物の中へ戻った。

さっきの裁判所職員は、釈放手続きなら十分以上前にすんだと言った。最後にミスター・アシールを見たのは彼が部屋を出たときで、自由を祝おうと正面玄関へ向かったものと思っていた。

ステイントンとしては、クライアントは気が変わってマスコミに会うのをやめ、別の出口を見つけて建物を出たのだと推測するしかなかった。今さら記者たちに向かって、自分はこのたぶらかしに関わっていないと言っても納得してもらえそうにないし、たとえ納得してもらっても、自分は間抜けに見えるだけだと気がついて、弁護士はクライアントの範例に従うのを最善策と決めた。

群れの中でも粘り強いのが数人、すでに彼の事務所で待ち構えていた。最後には、かかってきた電話は、相手がはっきりわかる場合を除いて、取り次がないようにと交換手に命じるしかなかった。

彼は妻に警告しようと、自宅に電話した。妻はいらいらした様子で、もう門の外に数人の記者が陣取っている、中でもずうずうしいのはアシールが隠れているのではないかと温室と庭までつつきまわった、と言った。

記者には話をするなと彼は妻に言った。ようやく家に向かったときには、これから家の外と中でどんな歓迎を受けることになるのかと、当然ながらびくびくしていた。

しかし、驚くと同時にほっとしたことに、静かな郊外の村に車を乗り入れると、自宅のジョージ王朝ふう一戸建ての門前によそ者は一人も見当たらなかった。妻の話では、十分前にみんな突然車に乗り込み、タイヤをきしませて出ていったという。

「心配ないと言ったろ」彼はもったいぶって妻に言った。「この国のジャーナリストのいいところは、子供みたいなもんで、根気がない。失望の痛みを和らげるには、もっと大きなものを約束してやりさえすればいいんだ。さて、それじゃ、ゆっくりジン・トニックを楽しませてもらうかな」

　彼がせっせと飲み物をつくっていたとき、妻は夕方の地方ニュースを見ようと、テレビをつけた。

「あら、見て、ジョージ」彼女は言った。「あれ、溜め池じゃない？」

　ステイントン夫妻は熱心なバードウォッチャーで、この家の魅力の一つは、近くに留鳥と渡り鳥を含め、たくさんの水鳥が棲む大きな貯水池があることだった。

「なにかやってるわ」ミセス・ステイントンは言った。「ハイイロガンを騒がせないでくれるといいけど」

　ステイントンは振り返り、画面を見た。カメラはパンして、貯水池の葦の生える岸に集まった群衆を映し出した。何人かは見覚えがあった。記者たちが消えたのはこのせいだったのだ。もっと大きなものを約束してやる、という考えは正しかった。今度はみんなこの岸辺に群がり、その大きなものをわくわくと待っている。

　音は低くなっていたが、キャラディスという名前が聞こえたように思い、彼はふいに漠然とした不安感に襲われた。グラスから一口飲み、ジンを足すと、妻の隣にすわった。

「ボリュームを上げてくれないか？」彼は言った。

　アナウンサーは説明していた。明らかにもう何度も繰り返している情報だった。おもな新聞社やテレビ局が軒並みにメッセージを受け取り、それには、キャラディス裁判の結果に関心のある者は貯水池に行け、おもしろいものが見つかる、とあった。

　今、カメラは移動して、水面を映していた。

　池の端から六十ヤードほどのあたりに、空気を入れて膨らませるゴムボートらしきものが浮かんでいた。短いマストに帆がだらりと垂れ下がっている。制服警官をたくさん乗せたモーターボートが急いでそちらに向かっていた。だが、カメラのほうが早く、対象にズームインした。

　ゴムボートの中になにかあるようだが、カメラとの位置関係で、クローズアップでもはっきり見えない。そのとき、風が吹いてボートの向きが変わった。

「見て、かわいそうなカイツブリ」ミセス・ステイントンは腹を立てて言った。突き進んでくるモーターボートを避けようと、鳥たちは水面から飛び立った。

「あっ、くそ」弁護士は言った。

ゴムボートの中には男が一人、ごろりと横たわっていた。片腕を水につけ、口をあんぐりあけ、目はかっと大きく見開いている。ふさふさした黒ひげが胸の中ほどまで伸びていた。

カメラはマストをゆっくり上がっていった。よく見ると、本物のマストではなく、オールを立ててあるだけだ。帆も本物の帆ではなく、旗のようなもので、字が書いてある。最初は読めなかったが、また風が吹いて、旗は貯水池の紺色の水面の上にまっすぐ翻った。すると、それは燕尾の隊旗で、ギャロップで戦闘に向かう中世の騎士の一隊の頭上にはためいていてもよさそうな代物だった。似ているのはそれだけではなかった。幅の広いほうの端には、聖ジョージ十字（白地に赤十字）が鮮やかに赤く描かれていた。

その脇には、黒い太字の大文字で、言葉が書いてある。カメラと風向きがうまくそろって読み取れるようになるまでしばらくかかったが、読むなり、弁護士はジン・トニックを一気に飲み干した。

これで安全！

第四部

人は鏡を見ると
その表面に目をとどめる。
それより奥を見通せば……

――ジョージ・ハーバート「霊薬」

1　ぎょっとする

アンディ・ダルジールは体外離脱を経験している。

　これは旧マイアリー・メッカでトティ・トルーマンとダンスをしているのとも、中部ヨークシャーの明るい空を鳩のように飛んでいるのとも違うと、どうしてわかるのかは判然としない。だが、どんなに突飛な夢やぞっとする悪夢の中でも自己を見失わない、意識の小さな核が、その違いを察している。

　自分の姿が見えるからか？　自分のことを夢に見る人間はいないだろう？　それに、自分の体が見えるなら、自分がその外にいることは自明だ。

　その体はベッドに横たわっている。そこには管や電線がつなげられている。その体がそこで何をしているのか、その上を浮遊しているダルジールの意識にはわからず、わかりたくもない。だが、見てくれのいいものではないと思うだけの批判力はある。いつかフランバラの近くで見た、浜に打ち上げられた鯨の死体を思い出させる。

　しかもあれは死後三日たっていた。

　看護師が二人、このばかでかい体を洗い、油をつけ、いろいろな管の入口と出口をチェックしている。彼はその仕事の目的に関心はないが、こんなかわいい女の子二人が、この魅力のない大きな肉体の世話をするよりましなことができないのを気の毒に思う。

　彼はその場を離れる。簡単だ。今回は、おならをする必要もない。努力どころか、ほとんど意志すらいらない。夢で大いに楽しんだ鳩飛行とはずいぶん違う。あのときは豊かな想像力のおかげで、空を飛ぶ肉体的な喜びを感じた——水泳で腕の上を水が流れるように空気が流れる、急降下するときの愉快な気分、上昇するときの穏やかな気分——あの同じ想像力が、トティ・トルーマンの豊満な柔らかい肉体を再生してくれた……

だが、今はそんな肉体感がない。肉体はあのベッドに寝ている大きな体だ。離れてせいせいした。

彼はほかの部屋を漂い抜けていく。たくさんのベッドに男や女が寝ている。その状態はさまざまだ。昏睡する者、痛みに苦しむ者、半身を起こし、目を輝かせ、早く逃げ出したいとうずうずしている者、見舞い客に会い、喜びと疲労と憂鬱を同じ割合で感じている者。

それから、彼はベッドが二つしかない小さい病棟に入り込む。ベッドの一つは空《から》で、もう一つに寝ている人物は妙に見覚えがある。

その上空にとどまり、眠っているので無表情な顔から、ふだんの造作と名前を思い浮かべようとする。

突然、その目がぱっとあく。

目を覚ました顔を見ると、誰だか簡単にわかる。

だが、その目の中にはなにかそれ以上のもの、予想外のものがあり、ダルジールはぎょっとする。

人物はヘクター巡査で、その目は実際に彼を見ているかのように見える。

確かめることはせず、彼は夜明けの幽霊のように飛び去る。浜に打ち上げられた鯨の心地よい無意識の中へ。

2 第五規則

もし本当に、友人が心で思ってくれることが生存の一つの形なら、アンディ・ダルジールは恐れることはなかった。中部ヨークシャーでは、どこかで誰かが彼を思わないときなど一分たりとなかったからだ。

愛情を感じ、涙を流し、祈りまで捧げて彼を思う者もいた。一方、夢と希望をはばむ大きな障害物が一つ除かれたと、静かに満足を感じて彼を思う者もいた。思い出の引き金となるものは数多く、さまざまだった。ビール一パイントを汲んでもらうとき、ちょっとした言い回し、遠くでドアがバタンと閉まる音、丘の上を流れる雲が落とす影、日向ぼっこしながら満足そうに体を引っ掻いている犬。

彼をもっともよく知る者は、中部ヨークシャーのマルクス・アウレリウス（ストア哲学に傾倒したローマ皇帝。五賢帝の一人）が下々の人生の改善を意図してときに口にした哲学的真理の言葉がふとしたきっかけで頭に浮かぶ、そんな折に彼を思い出した。

金曜日の夕方、帰宅途中のピーター・パスコーの頭に、そういう金言が思い浮かんだ。

ダルジール大賢人によれば、結婚の第五規則は〝妻に彼女の知らない驚きを与えるな〟というものだった。

「最初の四規則は」と彼は説明した。「書きとめることを許されていない。そんなことをしたら、男は誰一人結婚しようとしなくなるからだ」

パスコーはその第五規則を破り、前もって知らせずに家に帰ることに決めたのだった。エリーに不意打ちを食わせ、そのおいしい結果を味わうという伝統的な男の空想と並んで、理性的な理由も充分あった。中部ヨークシャーでしなければならないことがいろいろあり、どのくらい時間がかかるかわからなかったのだ。エリーに電話して、「もしもし、ダーリン、ぼくは今日はもう仕事がないから、のんびりベッドにでも入っちゃどうだ、できるだけ早く帰る」と言うのはともかくとして、「もしもし、ダーリン、今日はもう仕事がないが、いろいろすることがあって、まっすぐ家に帰るよりそっちのほうが大事なんだ」と言うのは言語道断だった。

あちこちですべきことをかたづけるのに数時間かかり、やはり賢い決断だったと思いながら、彼は六時少し過ぎに自宅のドライブウェイに車を入れた。長い夜が彼を招いていた。二人きりだ。金曜日の夜はロージーが外泊することになっていた。同級生二人といっしょに友達のマンディ・プルマンの家に泊まり、翌朝、母親のジェーンがみんなをアイススケートに連れていってくれる。だから、パスコー夫妻にはたぶん必要になりそうな朝寝坊が大丈夫なのだった。

彼は静かに玄関ドアをあけた。ティッグが迎えに出てきた。ありがたいことに、彼はロージー以外のみんなを黙って迎えるから、パスコーは犬の自己抑制をほめて、頭を撫でてやった。下の部屋に人はいなかったが、二階で物音がした。ますますいい。彼女はシャワーを浴びているのかもしれない。あるいは昼寝をしている。空想を逞しくして、彼は足音を忍ばせ、階段を上がった。バラの香りがスミレの香りに混じるように、彼女の夢にするりと溶け込む（キーツの詩「聖アグネス祭前夜」）つもりだった。寝室のドアは半開きになっていた。そっと押しあけた。

エリーは鏡台の前にすわり、口紅をつけているところだった。鏡に映った彼を見た。美しい黒い目と深い赤みをさした唇が驚きに丸くなった。

彼女は言った。「あらやだ」

これは彼が期待していた歓迎の言葉ではなかったが、こそこそと後ろから近づいて驚かせるというのはかなり子供じみた行為だったから、まあしかたないと大目に見た。それに、彼女はすばらしくきれいだったので、赦すのは簡単だった。

「ごめん」彼は言った。「電話すべきだったよな。でもまあ、帰ってきた」

彼は妻に近づき、キスした。かなりいいキスではあったが、それ以上先へ進むものではないようだった。

彼は「きつい一日だったの？」と同情するように言った。

エリーは身を引き、化粧を直し始めていた。

「それほどでも。ピーター、帰ってきてくれてすごくうれしいけど、外出することに決めちゃったのよ」

「ふうん」彼は言った。「変更できない？」

「ちょっと無理ね。悪いけど、大ごとなのよ。〈フィドラーの三人〉に出演してくれって頼まれたの。今夜」

〈フィドラーの三人〉は、今すごい人気のテレビのトーク・ショーだった。毎週、ホストのジョー・フィドラーはゲストを三人招き、全国各地の会場で観客を前に、目下の話題あれこれを話し合う。〈フィドラーの三人〉には人気を呼ぶ仕掛けが二つあった。第一に、政治家、ジャーナリスト、有名人はパネルに出さない。第二に、ショーの頭に討論の決まり文句のリストが画面にずらずらと流れる。まずは昔からみんな大好きな常套句——〝平等な立場から〟、〝最終的には〟、〝失礼なことを言うつもりはありませんが〟、〝一生懸命働いている家族のかたがた〟、等々——に始まり、いちばん新しいものにまで続く。ゲストはここにある文句を一つでも使ったら、五十ポンドをフィドラーの選んだ慈善団体に寄付する約束だ。口を滑らせるとすぐ、やかましい動物の鳴き声とともに、「静粛に！　静粛に！」という録音された声が流れ、これをきっかけに、観客は色つきのピンポン球を違反者にどっと投げつけるのだ。

フィドラー自身は人好きのする若い男で、以前は新労働党所属の国会議員だったのだが、〝まるで無意味な口先ばかりの仕事〟にうんざりして辞任し、もっと楽で金になるテレビ・パーソナリティに転身した。このショーのゲストに必要な資格は、はっきり物を言い、強い意見があることだけだ、と彼は主張していたが、たいてい彼の選んだなにかしらのテーマが三人をつなげていると、あとでわかるのだった。

「ずいぶん急な話なんじゃない？」パスコーは言った。

「ええ、実はフィオンなのよ」エリーは言った。

「ああ」

フィオン・リーク‐エヴァンズは、エリーの小説の宣伝を担当する広報係だった。パスコーはリーズでのサイン会で会ったことがあった。都合が悪く、二十分遅れて行くと、書店はがらんとしていた。エリーは積み上げたまま売れない本の壁の脇にぽつんとすわり、一見のんきな微笑を浮かべていたが、その目には絶望の色が見え、彼はそのままそっと帰ろうとしたのだが、そのとき魅惑的なウェールズ訛りの声がするりと耳に入ってきた。「こんにちは。サイン会にお越しですか？ とてもいい本ですよ、読み出したらやめられない」

宣伝がうまい、とパスコーは認めざるをえなかった。彼女は若くて魅力的だった。長い黒髪、巨大な黒い瞳、男の魂を吸い出す唇、人を惹きつける、いたずらっぽい微笑。パスコーが名乗ると、彼女は客が来ない理由を説得力たっぷりに二十五も挙げてみせた。パスコーは納得しなかったが、ふと見ると、ふだんは誰よりも懐疑的なエリーが、このウェールズ人の魔女が口にする呪文の言葉にうっとりと耳を傾けていた。

その後、文学関係のマスコミがどこもかしこも沈黙していたので、エリーの信仰はやや鈍ったが、それでもフィオンをネタにしたジョークを聞くたび、あの人は仕事はちゃんとやる、と彼女は主張した。もともと疑い深いパスコーも、フィオンと話をすると、いつもそのときだけは彼女の明るい楽観主義に染まってしまうのだった。

今日はどうやらフィオンの能力すべてが試されることになったらしい。彼女は北東部に住む担当作家の一人を〈フィドラーの三人〉に出演させる契約を取りつけ、その作家が落ち着いて会場に出向けるようにと、自分もはるばる出張してきた。ところが、彼女がミドルズバラに着くと携帯電話が鳴り、彼は出演できない、大事な親類の病床を見舞うよう呼び出されたから、と告げられた。

これではジョー・フィドラーはかんかんになり、自分も信用を失うというので、彼女はあわてて考えた。まず、エリーに電話して状況を説明した。エリーのデビュー作の宣伝は最高にうまくいったとはいえない、と彼女は認め、ほとんど一呼吸もおかずに続けた。だからこそ、フィドラーにエリーの名前を出した、これまでの落ち度を償う天与の機会を本当にうれしく思う。

「仮予約じゃないのよ」彼女はエリーに言った。「テレビの世界に仮予約はないの。あなたは頭がよくて、ウィットがあって、ちょっと変わっていて、はっきりした意見があって、押しが強くて、話がうまくて、作家として確実に将来性がある人だと言っておいたわ。新時代のジョージ・エリオット、ヴァージニア・ウルフ、アガサ・クリスティー……」

「アガサ・クリスティー？」エリーはむっとして言った。

「あの人たち、ほかの名前は聞いたこともないのが明らかだったから」フィオンは言った。「だからあなたの名前を聞いたことがないのも当然てわけ！　でも、ぜひ出演してもらいたがってるわ。来られる？」

「止めようたって止められないわよ！」

「よかった。なら、タクシーをつかまえて、すぐ来て！　じゃあね！」

フィオン・リーク－エヴァンズは電話を切り、すぐジョー・フィドラーの携帯の番号を押した。不正直だったとは思わない。この仕事では、時間の位置関係をちょっとずらすくらい、とうてい嘘とはいえない。もしジョーにエリーを売り込んだあとで、彼女が休暇で留守にしているとわかったりしたら、それこそ間抜けだ。もちろん、もしフィドラーが「絶対だめ！」と言ったら、またエリーに電話して、キャンセルの理由をでっち上げなければならないが、作家の失望に対処するのは広報係が最初に教わる技能だった。

どのみち、エリーを代役として受け入れるよう、フィドラーを説得する材料はあると、彼女は確信していた。

「もしもし、ジョー」彼女は言った。「フィオンよ。ね、ちょっと悪いニュースと、信じられないくらいいいニュースがあるんだけど……」

マスコミに関わることは何であれシニカルに受けとめるピーター・パスコーだが、エリーもこれを信じられないくらいいいニュースと見なしているとわかり、とても疑念を口にすることはできなかった。

「というわけだから、今さらフィオンに電話して、やっぱり行かれませんて言うわけにはいかないでしょ？」彼女は締めくくった。

「うん、もちろんだ」彼は相槌を打った。「ところで、ほ

「かのゲストは誰なの？」

「知らない。ゲストの三人が誰かは、ショーが始まるまで誰も知らないの。観客も、ゲストたちさえもね。だから助かるわ。わたしが補欠だってこと、誰にもわからないでしょ！」

「わかったって、まさか補欠とは信じ難いよ」彼は気を遣って言った。

彼女は唇を丸めてキスを投げた。

「お言葉、ありがたく頂戴するわ」彼女は言った。「帰ってきたらあなたがいると思うと、すごくうれしい。そうだ、ヘクターのことは聞いた？」

「いや。今度は何をやらかしたんだ？　脳外科でノーベル賞を取った？」

「よして。気の毒に、今朝車にはねられたのよ。当て逃げ。ウィールディが午後電話してきて、そのとき教えてくれたの。でも、命に別状はないそうよ」

彼女は経緯を話した。

「かわいそうに」パスコーは言った。「知っていたら、さっき様子を見てきたのにな」

「さっき？」

「うん」パスコーはまずいことを言ったと後悔していた。「アンディの病状を確かめようと思って、病院に寄ったんだ」

最良の嘘の例に漏れず、それは半分だけ嘘だった。病院に寄ったのは確かだが、内線で巨漢の容態を確かめたのは、たんに付け足しで思いついたことだった。

広報係の甘言には騙されやすいエリーだが、刑事の妻として長年のあいだに言い抜けを感知するセンサーを身につけていた。

「誰もヘクターのことを言わなかったって、おかしいわね」彼女は言った。

「ちょっと立ち寄っただけだったからな」彼は言った。「早く家に帰ろうと思っていたからさ」

まずいな、来世で償うことになるぞ、と彼は思った。実際、ドアベルが鳴ったとき、もう償わされていると彼は認めた。

「あ、タクシーだわ」エリーは言った。「これであっちがいくら払うことになるか、考えてもみて。本気でわたしに来てもらいたいのよ！　ね、ピート、今思いついたんだけど、いっしょに来ない？　観客席に一人分の席くらい見つけてもらえるわよ」

パスコーはちょっと考えてから、首を振った。

「いや」彼は言った。「今日はもうたっぷり移動に使ったし、くたくただ。ここにすわって、テレビでも見るよ。そのうち眠っちゃうな。金曜日の夜って、なんにもおもしろいのがないだろ？」

彼女は夫の脇腹をぐいとつついた。

「起きて待ってないで」彼女は言った。「帰ってきたとき欲しいものがあったら、あなたを起こすから。たぶん、あるでしょうね」

「それは約束だと思うことにするよ」彼は言った。

二人は愛情のこもった微笑を交わした。ところが、パスコーはこう言ってせっかくの気分を台無しにした。「エリー、気をつけろよ、もしフィドラーがテロの脅威とか、そんなようなことをきみに話させようとしたら……」

「わたしがあなたとつながりがあるから、ってこと？」エリーは言った。「ピート、いつになったらわかってくれるの？　たいていの人の目から見れば、警官と結婚しているなんてこと、わたしの人物像とは関係ないのよ。わたしという人間、わたしの作品が評価されているんだもの。それに、小説が出版されたとき、フィオンにきっちり言い含めたのよ、夫が警官だという事実にはいっさい触れてほしくないって。そりゃ、わたしをこのショーに出演させるために、彼女はちょっと大げさに宣伝したかもしれないけど、人が興味を持っているのは小説家エレナ・ソーパーであって、警察官の控え目な妻エリー・パスコーじゃないの！」

「へえ、その控え目な妻にはいつ会わせてもらえるのかなあ？」パスコーは言った。「ごめん。もちろんきみの言うとおりだ。ばかなことを言っちまった。ま、今夜はテレビできみを見るしかないという恨みつらみが原因だと思ってくれよ。一千万人の他人といっしょにね」

「一千万人？　たったそれだけ？」エリーは言った。「チャオ!」

彼女はまたにこにこしていたから、もう大丈夫だ。

叱られて当然だ、とパスコーは考えながら、出ていくタクシーを見送った。有名人を妻に持ったことに慣れるまでだ。いずれはなんとか。

家の中に戻ると、パスコーはサンドイッチを作り、ラガー・ビールの缶をあけて、テレビの前に腰を下ろした。〈フィドラーの三人〉が始まるまで、まだ一時間半あった。

電話を取り、ウィールドにかけた。

「もしもし、ぼくだ」彼は言った。「うちに帰ってきた」簡単に説明してから言った。「エリーからヘクターのことを聞いた。どうしたんだ?」

「どうやら、いつものように左右を見ないで歩道から踏み出したみたいだ」

「ああ。運転手を責められないな」

「悪質な運転手だ、止まらなかった」ウィールドは言った。「牛乳配達の男が気を失って倒れているヘクターを見つけたんだ」

「無意識かどうか、どうしてわかった? ごめん。エリーの話では、命に別状はないそうだな」

「うん。もしあぶなかったらきみに電話していたよ。あいつはぼこぼこになったが、骨折やなんかはなくてすんだ。脳の損傷が心配されたけど——なにも言うなよ——最終的にはあれが正常な状態なんだと医者も気づいて、生命維持装置がぜんぶはずされた。もちろん、記憶はぜんぜんない。牛乳屋は車が出ていくのを見た。黒だと思う、パワーがあって、ジャガーかもしれない、という話だ。なにか聞いたか見たかした人がいないか、パディが部下をやって近所の聞き込みをさせている。それはともかく、きみはこれでずっとこっちに戻ってきたのか、それともマンチェスターでなくちゃならない人物になったのか?」

「さあな」パスコーは言った。ウィールドといろいろ話し合いたかったが、我ながらパラノイアになっていて、自宅の電話が信頼できなかった。

彼は言った。「明日、いっしょに一杯やろう、ウィールディ。夕方早めに〈羽飾り〉亭、でどうだい? とりあえずは、〈フィドラーの三人〉を見るのを忘れるなよ」

「何があったって、エリーを見逃したりしないよ」ウィールドは言った。

もしおれが一時間早くうちに帰っていたら、見逃すべきものはなにもなかったはずなんだ、とパスコーは険悪な気分で考えた。

彼はブリーフケースをあけ、薄いファイルを取り出した。ミル・ストリート爆破事件に関して、彼のごく非公式な捜査結果を記録しているものだった。今日の午後やったことのメモを書き始めた。妻といっしょに過ごせなくてもしかたないほどの価値があったかどうか、見きわめたかった。価値があるというほうに賭けるつもりはなかった。

3 弱い者いじめ

こちらに帰ってきてパスコーが最初に寄ったのは市役所だった。住宅部でディアドリ・ネイラーという女性と話をしたが、彼女とはロージーの学校のPTAで知り合っていた。彼女はミル・ストリート六番地をクロフッ&ウィルズに賃貸したときの詳細を彼のために手に入れてくれた。彼のはったりのおかげでブルームフィールドは事実を認めたが、裏づけとなる具体的な証拠なしにはなんの価値もなかった。いずれそんな証拠が必要となる時期が来るのかどうかはわからないが、できるうちにそれを手に入れておいたほうがいいのは確かだった。自分で直接、電話でではなく。

賃貸が始まったのは、爆発のわずか五週間前だった。彼はやりとりされた手紙を通読し、契約書を調べた。

「あんなところに特許弁理士事務所を開こうという人がい

るなんて、誰も変だと思わなかったのかな？」彼は言った。

「どうして変なの？」彼女は訊いた。「一日じゅう人が出入りするようなビジネスじゃないでしょう。だから、たんに住所が必要で、家賃は安いほうがよかった。なにか怪しいことをしていたと思われるの、ピーター？」

彼は首を振った。

「いや、そういうわけじゃ」彼は言った。「ただ、爆発のあとでチェックしたいことが出てきたとき、この人たちをつかまえるのが厄介だったから」

彼女は疑うように彼を見てから言った。「電話してくださるだけでわかったのに」

彼は最高にチャーミングな微笑をつくって言った。「ちょうど通りかかったもんで、納税者の金を無駄遣いせずにすむと思ったんだ」

あまり説得力はなかったが、驚いたことに彼女は微笑を返してきたから、ひょっとすると自分に対する興味だと想像しているのかな、と彼は思った。彼女は三十代の美人で、息子を一人で育てている。外向的な態度と曲線たっぷりの体形とを考えれば、男に目をつけられるのにきっと慣れているのだろう。

「これ、コピーしてもいいですか？」彼は言った。

「もちろんよ。警察にはいつも喜んで協力します」彼女は言った。「エリーはお元気？　ここしばらくPTAでお目にかかっていないわ。会うといつも話がはずむんだけど」

エリーの話が出たのはいい。友達どうしとして軽くいちゃつくのはかまわないが、不倫など想像するなら頭がおかしい、と彼女が思っているしるしだ。ほっとした。同時に、もちろん仮定として状況を見ればだが、ちょっぴりがっかりもした。

市役所の次は法医学研究室に行き、トニー・ポロックと話をした。彼はミル・ストリートの弾丸を調べていた。パスコーは彼にマズラーニのフラットで遺体から摘出された弾丸についてのCAT側の報告書を見せた。ポロックはそれをしばし眺めてから言った。「わたしはこれを見る権限があるのかな？」

「わたしに権限があるのなら、きみにもある」パスコーはきっぱりと言った。

ポロックはそんな言い抜けを見透かしたかのように、にやりとした。

「それならかまわない」彼は言った。内心では彼はいつもパスコーのことを、ダルジールがたまにおもしろがって角砂糖を投げてやる、跳ねるポニーのようなやつにすぎないと思っていたが、今、ふいに悟った。巨漢の手綱さばきで走る人間なら、自分一人でもちゃんと動けるのだ。パンチも繰り出せる。

頼まれるまでもなく、彼はマンチェスターの報告書と自分の検査結果をさっと比較し、使われたのはほぼ間違いなく同じタイプの銃だが、弾丸は別の銃から発射されたものだ、と言った。

「もう一つ、見てもらいたいものがある」パスコーは言った。

彼はミル・ストリートの爆薬をCATが分析した報告書を渡した。

「前と同じ権限ですか?」ポロックはからかうように訊いた。

「もちろんだ」

盗んだ報告書に目を通すと、技師は眉根を寄せた。

「どうした?」パスコーは言った。

「この起爆装置に関する部分ですが、読んだんでしょう?」

「読み始めたけど、標準英語でなくなってきたからあきらめた。それで、どういう意味かときみに訊いているんだ。仮説としては、かれらは起爆装置を準備していて、タイマーを間違えたかなんかで自爆してしまったらしい、というのは知っている」

「ええ。でもこの報告書によれば、使われたのは機械的なタイマーつきの装置じゃない。電話信号を利用したリモコンだ」

「というと?」

「それなら、そう簡単に間違わない。起爆装置をセットアップしたあとで、誰かがうっかりその番号をダイアルしてしまえば別ですがね。それにしても、陸橋に穴をあけてもいないうちから、どうして起爆装置なんかいじくる？　もし陸橋爆破が目的だったんなら？」

「すると、結論は？」

「やつらは陸橋爆破を考えていなかった、こいつをいじくっていた時点ではね。たぶん、だから二つのタイプのセムテックスの跡が見つかったんでしょう」

「違うタイプがあるのか？」

「基本的には同じものです。エールみたいなもんですよ。醸造所が違えば、できるエールも違うでしょう」

パスコーはこれを頭に入れてから言った。「すると、起爆装置となった爆薬をいじくっていたやつは、別のところから個人的に爆薬を仕入れた？」

ポロックは言った。「あんたは起爆装置について考え違いをしているな、こう言って気を悪くしないでほしいんですが」

「とんでもない。わたしの立場をわかってくれているよ。短い単語を使ってくれるとありがたいんだがな」

「わかりました。ミル・ストリートには、爆薬の大きな塊と小さな塊があった。このリモコン起爆装置がくっついていたのは、小さな塊のほうだ。あんたは小さな塊全体が起爆装置になると思っているみたいですがね」

「それが大きな塊を爆発させたんじゃないのか？」

「ええ、そうです。でも、そういう計画だったってこととは違う。今、小さな塊と言っていますが、それは比較の問題でね。これ一つだけでも、長屋全体は無理にせよ、爆発が起きた部屋くらいは確実にめちゃくちゃになったところだ。実際には、その部屋にはすでに大きな塊があったから、小さな塊は大きな塊の起爆装置の役割を果たすことになったが、それはたぶん偶然です」

パスコーは言った。「言い換えれば、それは別の爆弾だった」

「ええ。たぶんそう考えるのがいちばん簡単ですね」ポロックは言った。

「大きな塊とは違うところから仕入れた爆薬を使った」パスコーは考えながら言った。「可能な仕入先については？」

「どっちの?」

「小さい塊。わたしの理解するところでは、大きな塊の出どころはほぼわかっているらしい。今年初めにまったく同じタイプの爆薬が配達されてきたのを途中で横取りしていたから」

ポロックはため息をついて言った。「また考え違いをしているみたいですよ、ミスター・パスコー」

「そうかい?」

「ええ。おっしゃることは正しいけど、かれらが出どころを知っているのは小さい塊のほうだ。大きい塊のほうは、まだ調査中」

パスコーの頭の中を考えが駆けめぐった。これは意味があるのか、それとも自分が意味を見つけようと躍起になっているだけか? ウィールドと〝いいやつ〟との会話は主任警視に邪魔され、ミル・ストリート事件には二種類のセムテックスが関わっていたと、フリーマンが明らかにすることはできなかった。そしてグレニスターはその後、仲よくやっていきましょうと話をしたとき、この情報を分かち合おうとは考えなかった。こう並べてみると、意味があるように見えるが、パスコーは法廷の経験を積んでいたから、見かけを信頼するつもりはなかった。

彼はさりげなく言った。「もしセムテックスの大きな塊が手に入ったとして、そこから人目を惹かずに小さな塊を切り取るのは簡単かな?」

「どのくらい大きくて、どのくらい小さくて、どのくらい人目があるのかによりますね」

「でも、実際に切り取ることには問題があるか?」

「いや。あれは不活性なものです」

ポロックは今では深刻な不審の目でパスコーを見ていた。

相手を安心させようとして、パスコーは言った。「じゃ、報告書に戻るけど、つまりきみが言うには、爆発したほうの爆弾、起爆装置がついた小さい塊のほうは、数カ月前に公安が横取りした荷物にあったのとまったく同じタイプのセムテックスでできていた、ということだね?」

努力のかいはあまりなかったと、顔を見ればわかった。

ポロックは、これをしばらく考えてみてから言った。

「いや。わたしはなにも言っていない」

「というか、報告書にそう書いてある、という意味だけど？」

ポロックはにやりとした。好意的な微笑ではなく、抜け目のないヨークシャー男が宣伝文句を聞いたあげく、買わないと決めているときの、かすかにばかにした微笑だった。

彼はグレーの大判のハンカチを取り出し、紙の縁を一枚ずつていねいに拭いた。それから、紙束の端をハンカチでくるんで手に持ち、パスコーに返した。

「報告書？　なんの報告書のことですか、主任警部？」彼は言った。

パスコーはヨークシャーに長く住んできたから、行き止まりの道に来ればそれとわかった。

「聞き違いだろう」彼は言った。「誰が報告書なんて言った？　でもまあ、助けてくれてありがとう」

「なんのことかな？」ポロックは言った。今度は弾丸分析書をせっせとハンカチで拭いていた。「あんたはわたしになにも訊かなかったし、わたしはなにも教えなかった。そうでないと人に言わないでいただければありがたいですね、ミスター・パスコー。さもないと、わたしはまた短い単語に頼ることになる。じゃ、仕事がありますんで」

彼は向きを変え、行ってしまった。

彼は正しい、とパスコーは叱られたように感じて思った。自分のごたごたに他人を巻き込んではいけない。かれら自身がどういう立場に置かれるか自覚しているのでないかぎり。しかも、彼だってまだ自分がどういうところに入り込もうとしているのか、ろくにわかっていないのだから、他人に説明するのはなおさらむずかしかった。

今、彼は中央病院に電話して、メアリ・グッドリッチが出勤しているのを確かめた。病院に着くと、〈婦人科上級顧問医師〉用の駐車スペースに車を入れた。この医師なら金曜日の今ごろは九番グリーンのあたりにいると承知していた。

グッドリッチはオフィスにいて、彼を笑顔で迎えた。パスコーがごく自然に少年ぽい魅力を振りまくと、若い女性はたいていこういう反応を見せるのだった。だが、彼がウィールドの訪問に触れたとたん、彼女は無表情になって言った。「ウィールド？　ああ、あの醜男。ええ、確かに見えましたけど、仕事がすごく忙しくって……実際、手いっぱいなんです。ですから、緊急のご用件でないなら……」

彼女は彼をうながしてドアから出そうとした。しばらく前のパスコーなら、これで言うなりになっていたかもしれないが、今のパスコーは自分が膨張して、中部ヨークシャー版怪人ハルクに変身したように感じた。

彼はグッドリッチの目の前で、豊かに伸びた木のように足をふんばって立ち、重々しく言った。「わかったよ、忙しすぎて、ミル・ストリートの死体について、警察とは話ができないってわけか？　それなら、マスコミの紳士連がじきに情報を手に入れることになるんだが、かれらが押しかけてきて、その情報源となった医療スポークスマンを出せと言ってきても、簡単に手玉に取れるだろうな」

「それって、脅し文句ですか？」彼女は戸惑ったように言った。

パスコーは人差し指を上げてみせた。

「これは指か？」というのが答えだった。

こういう態度を示されたのでびっくりし、さっきの優しく感じのいいパスコーはどうなったのだろうと彼女が考えているのがわかった。

「じゃ、それはどういう情報なんでしょう？」

「口腔の中身と、死体の姿勢についての情報」彼は言った。

グッドリッチは興味を示した。

彼女は言った。「そこまでご存じなら、どうしてここにいらしてわたしを締め上げる必要があるんです？」

正当な非難にどきっとして、彼は言った。「悪かった、謝るよ。でも、わたしにわかっているのは概観だけで、詳細が必要なんだ。この件を誰とも話し合うなとアドバイスされているんだろうが、わたしは例外になるんじゃないかな？」

これは間違いだったと、彼は即座に見て取った。

ＣＡＴの連中が彼女に警告を与えたとき、それはおそらく非常に明確なものだったろう。誰にも話すな、その〝誰にも〟の中には中部ヨークシャー警察犯罪捜査部の全員も含まれる。不服従の結果もはっきり示されたはずだ。彼女は若く、ようやく一人前のキャリアが始まったところだ。ここでまずいことになれば、内務省が後援する法病理学のようなわくわくする分野には絶対に入れなくなる。せいぜい、老人病棟から来た死体が死のドアをくぐり抜けるのに手を貸されたかどうかを確定するくらいがいいところだろう。

彼女はCAT族の脅迫は本物だと信じている。一方、パスコーは態度を和らげたので、彼が最後まで脅迫しぬく力はないという彼女の勘は当たっていたと、わかられてしまった。

彼は携帯電話を出してダイアルした。

「サミー・ラドルスディンをお願いします。ええ、このまま待ちます」

彼はグッドリッチに言った。「サミーをご存じかな？《ニュース》のぴかいち記者だ。おもしろい話が大好き。ことに全国紙に売りつけられるようなやつがね」

「で、どういう話を提供するおつもりですか？」彼女はまだなんとも思わずに言った。

「ミル・ストリート爆破事件。死体の検査。結果の隠匿。無器用なテロリストが起こした単純な事故という以上に、なにかあったのか？」

「おもしろい話のようね」彼女は言った。

「もっとおもしろくなるよ、わたしが基本的事実を手に入れたのは、公安が死体をかっさらっていく前に検査した唯一の人物からだ、と彼に伝えればね」彼は言った。

「そうしたら、わたしは否定します」彼女はかっかして言った。「どうしてその人はあなたを信じて、わたしを信じないと思うんです？」

パスコーはダルジールから学んだ微笑を浮かべた。

「なぜなら、サミーはわたしが正直でまっとうな警官だとずっと前から知っているし、わたしから嘘の情報など一度だって受け取ったことがないから。われわれはたまにいっしょに飲みにいく間柄で、おたがいを信頼しているから。きみはついこないだここで働き始めたばかりだし、若くて、女だから。ともかく、サミーが何を信じるかはどうだっていいだろう？　公安のきみのお友達――というのは、フリーマンて名前の、感じのいい青年だったかな？――あいつらは記事になった話をすぐ信じる。そうすれば、きみだけでなく、わたしも手中に収められるからさ。わたしをしっかりとっつかまえれば、やつらは大喜びだ。きみのキャリアをめちゃくちゃにするのは、おまけだよ」

彼女は困惑と憎悪をあらわにしてパスコーを見ていた。

「でも、あなたも被害を受けるんなら、どうして――？」

「どうして？」彼はみなまで言わせなかった。「それは、ミル・ストリートで起きたことのせいで、わたしにとって非常に大事な人が意識不明になり、回復するかどうか、まったくわからないし、この事件の原因を見つけるまで、わたしは休むつもりはないからだ。見つけたいのは、ありそうな話じゃない、公式の話でもない、真実だ。最初から最後まで真実の話。サミー。やあ、ピーター・パスコーだ。うん、元気だ。なあ、サミー、ちょっと待ってくれるか？」

彼は電話を胸に押しつけ、メアリ・グッドリッチを見た。

彼女は言った。「何を知りたいんですか？」

話をするといったん心を決めると、彼女はエドガー・ウィールドにほめられそうなほど、詳しく順序だてててきぱきと事実を述べた。

遺体のうち二体は爆発で完全にばらばらに吹き飛ばされ、断片は火事で炙られてしまったので、骨のほかにはあまりなにも残っていない。そこから意味のある結果を出すには、何日もかけてじっくり検査しなければならないだろう。しかし、爆発の影響にはむらがあり、あとの一体は同じように火事の熱にやられていたものの、だいたい一つにまとまっていた。グッドリッチはＣＡＴの人間が来る前の二時間ほど、この遺体に注意を集中させたのだった。ことに、人物特定をするには歯科記録に頼ることになるだろうと思ったので、顎の部分のメモを取った。メモはすべて持っていかれてしまったが、口腔に入っていた灰の量に驚いたのをおぼえている。

「どうして驚いたのかな？」パスコーは訊いた。「わたしは病院に担ぎ込まれたとき、ホースで水を撒いて洗わなきゃならないくらい灰だらけだったそうだ。爆心地にいたわけでもないのに」

「その灰の種類なんです」彼女は言った。「舌、口蓋、そのほか柔らかい組織はすっかり焼けるか溶けてしまっていました。でも、脂肪残留物に混じって、細かい灰が見つかったんです。布を焼いたあとに残るような。それに、切歯と隣の犬歯とのあいだに、糸の切れ端のようなものもありました」

「どうしてそれが布の残りだと思うんだ？」彼は訊いた。

「火事の犠牲者なら、前にも検査したことがあります」彼女は言った。

「でも、こんなものが口の中に見つかったことはない？」

「ええ」

「歯のあいだに挟まっていたという糸は、そのあとどうなった？」

「あなたのお友達に渡しました」彼女は嚙みつくように言った。「あちらに訊いたらいいでしょ」

彼はこれを無視して言った。「じゃ、手足の位置は？」

「深刻な火事のあとで死体が見つかると、たいていの場合、胴と四肢は特徴的な胎児の格好をなしています。たぶんごらんになったことがあるでしょう。この死体では、両脚は胸のほうに上がって典型的な格好になっていましたが、両腕はなぜか前に回されず、背中の後ろにありました」

「つまり、自然に前に回そうとする動きを妨げるなにかがあったようだ、ということ？　たとえば、腕が後ろで縛ってあったとか？　猿ぐつわが口の中で布の灰になったとか？」

「それはあなたのご専門で、わたしのほうじゃありません」彼女は言った。だが、そういう推測をしていたことは明らかだった。

「それはそうだ」彼は言った。「そのほかにはなにか？」

「さっさと引っ込め、と言うほかに？　ありませんね」

これを最後のひとことにして、彼女に自分が勝ったと思わせてやりたいところだが、彼のためにも、彼女のためにも、そうはいかなかった。彼女は今、かんかんになっている。腹が立ったあまり、つい誰かに話をしてしまうかもしれず、するとその誰かがまた誰かに話を……

自分のため、彼女のためを思って、パスコーはウィールドから言われたことを彼女に思い出させてやらなければならなかった。

〝怒った気分は寝る時間が来れば消えてなくなる。おびえた気分は夜中に一人で目を覚ましたときに待ち受けている〟

彼は一歩近づいた。

「じゃ、これだけ聞いてくれ」彼は言った。「きみはすでにしゃべるなと警告されていた。わたしからも同じ警告をしておく。今回は、そのとおりにしなければだめだ」

彼女のオフィスを出たとき、パスコーは自分に力があり、正しいと感じていた。だが、ほんの五、六歩進むともう罪悪感にとらわれ、戻って詫びを言いたくなるのを抑えるのがせいいっぱいだった。

今、自宅の居間にすわっていても、その記憶にいやな気持ちになった。頭のいい若い女性をいじめるのは、彼にとって楽にできることではなかった。


いじめる《ヘクタリング》……

その言葉に考えが逸れるにまかせた。

偉大な英雄、トロイ人の気高さの権化であるヘクターが、どうして十七世紀には、威張り散らして弱い者いじめをする人間という意味の軽蔑語にまで堕落してしまったのだろう？　ほかの言語でも同じだろうか？　それとも、こんなふうにいにしえの英雄を脱構築したのは、人の弱点をほじくり出すタブロイド本能のあるイギリス人だけだろうか？　もっとも、威張り散らす弱い者いじめがこの言葉の最低到達点というわけではない。まあ、中部ヨークシャーでは。彼は威風堂々たるヘクター王子と哀感たっぷりのヘクター巡査の一騎打ちを想像してみた。これに比べたら、車の前に飛び出すくらい、好意的な抱擁程度に思えるだろう！　しかし最終的には、彼がミル・ストリートの長屋の廃墟に建てつつある、まだ脆弱な仮説の支え壁として使うことになるのは、誇り高い王子ではなく、みじめな巡査のほうだった。

ヘクターをばかにするのはよせ、と彼は自分を叱った。

なぜかいつも、地響きが止まり、埃がおさまると、ヘクターはまだそこにいる。天にいる誰かが彼を気に入っていて、被害にあわないよう、導いているのかもしれない。ホメロスによれば、オリュンポスの神々はみなそれぞれひいきがあって、かれらを守ろうと最善を尽くすというではないか。

彼はパリスの話をうらやましく思い出した。トロイ戦争を始めた張本人だ。パリスは妻を奪われた恨みを晴らそうとするメネラオスとの大きな《タイタニック》戦いに敗れ、寝取られ男に殺されそうになったが、そのとき突然現われたアフロディテが彼を戦場からさらい、香水を撒いた寝室に横たわるゴージャスな愛人の隣に落としたのだった。

というわけで、トロイのことを考えながら、パスコーはソファの上で眠りに落ちたが、戦闘の夢は見なかった。そのかわり、無意識の語呂合わせのせいで、彼は沈没するタイタニック号に乗り、海岸のほうを眺めている。そこに見えるイリウム《トロイ》の塔の一つには、エリーそっくりのヘレンが上半身裸《トップレス》で立っているのだった（「イリウムのそびえる〔トップレス〕塔を焼いた〔原因となった〕美女ヘレン」は、マーロウの『ファウスト』の一節）。

4　トロイ

ヘクターもトロイに没頭していた。

もちろん、彼の守護神はオリュンポスよりやや低いところに棲んでいて、彼を危険から救い、香水を撒いた寝室にいる世界一の美女の隣に落としてやることはできなかった。だが、ヘクターは病院のベッドに寝かされ、同情的な看護師たちに囲まれて、ごく満足していた。

病院に担ぎ込まれたとき、まず集中治療室に入れられた。気がつくと、体からさまざまな電線だの管だのが生えていた。最初に口にした言葉は朝食をくれというものだったから、医師たちはすでに診断した外傷のほかに、頭に深刻な傷を負っているのではないかと心配したが、X線で脳損傷は見つからず、見舞いに来た同僚たちもこれが正常だと請け合ったので、彼は集中治療室から脇の小さい病棟に移され、鎮静剤の注射を打たれた。

ここでヘクターは数時間、薬が効いてぐっすり眠った。目をあけ、天井のすぐ下にダルジールが浮かんでいるのを見ると、ほかの男ならショック状態に陥ったかもしれないが、ヘクターは軽い驚きをおぼえただけだった。

何が起きても、その出来事も自分の反応も分析しようとせずに受け入れる。それは彼の守護神からの唯一の贈り物である生き延びる才能の基本的要素だった。だから、成長期のヘクターはピンボールのように一つの惨事から次の惨事へと進んでいきながらも、決して思い悩まず、損害を吸収することはなかったのだ。

もしヘクターがこの幻視を分析していれば(もちろんしなかったが)、彼はこう言ったかもしれない。実際に巨漢が頭上に浮かんでいるのが見えたというより、むしろ、そういう現象を実際に見たとしたら感じるだろう感覚をおぼえたのだと。だが、ショックとまではいかなくとも驚いたために、彼ははっきり目を覚まし、ややあってベルの押しボタンを見つけると、看護師を呼び出し、固形食が欲しいというさっきの要求を繰り返した。

医師が相談を受けた。もしヘクターが重大な内傷を負っているなら、病院のミートパイを注入してその反応を見るのもいい診断法だろうと判断して、医師はオーケーを出した。ヘクターが一個目のパイを無事に食べ終わり、もう一個欲しいと言うと、彼の病状深刻度はさらに下げられた。

たらふく食べたので、彼はベッドで楽な姿勢になった。トロイが登場したのはここだった。のんびりしたときはふつう、彼の頭は心地よい白紙状態になるのだが、今はそれがスクリーンに変わり、奇妙な映像が展開していた。

自分だとわかる人物が見えた。小さな茂みの陰から出てきて、どこまでも続く白い平野の端に立つ。二十ヤードほど離れたところに、「トロイ」に出てくるのとそっくりな二輪戦車《チャリオット》がとまっている。「トロイ」は彼の好きなビデオの一つで、ほんの二日前の夜に見たばかりだった。映画と違うのは、これが馬に引かれるのではなく、馬くらいの大きさの猫のような動物に引かれていることだった。

チャリオットの運転者は兜のまびさしを上げた。ブラッド・ピットではなかったので、ヘクターはちょっとがっかりした。だが、誰であるかはともかく、男は籠手《こて》を着けた手を上げ、そのまま進めと合図してきた。

ヘクターは合図に応えてなんとか会釈すると、一歩踏み出した。

そこまでだった。衝撃も、中空を飛んで地面に落ちた感覚もなかった。目をあけるとベッドにいて、映像はただそこでぷつりと切れていた。

だが、リプレイは簡単だった。また目を閉じさえすればいいのだ。先へ進むのではないかと、二、三度繰り返してみたが、ふいに部屋の中でばたばたと動きがあり、注意が逸れた。

看護師の一人が説明してくれた。彼の容態はずっとよくなったし、病院ではベッド不足なので、この部屋にもう一人患者が入ることになった。その患者とは中年後期の男で、外見には病気らしいしるしはなにもなかった。男はルームメートにはほとんど関心を示さず、無愛想な態度でベッドのそばに小型テレビを据えさせた。ヘクターにはその画面が斜めの角度で見えたが、男はヘッドセットをつけているので、はた迷惑になる音は聞こえなかった。

ふだんなら、アクションたっぷりでしゃべりの少ない番組なら熱心に見るほうだが、今は疲れていて、ヘクターはうらやましいとも思わなかった。少し眠りたかったが、いらいらすることに、目を閉じるたび、またあの猫に引かれたチャリオットのシーンが出てくるのだった。

ひょっとすると、そこには記憶が混じっているのだろうかと思い当たった。もしそうなら、同僚に伝えなければならないとわかっていた。だが、こんなおかしな幻想を、職場でからかいの種にされずに人に知らせる方法は思いつかなかった。からかわれるのに慣れているからといって、なにも感じないというわけではない。ヘクターは警察官であることを誇りに思っていた。低い軌道を回る人生で、訓練コースを修了し、見習い期間を無事通過したことは、二つの頂点だった。報告や証言にためらうのは、間違いがないように気をつけたいという思いからだった。そうするうち、〝疑いがあれば口に出すな〟というのが金科玉条になったが、その責任の多くは彼自身と同様、同僚たちの態度にもあった。

ダルジールはいつもよくしてくれた、と彼が言ったのでパスコーはびっくりしたが、これはおもに巨漢が彼一人を抜き出して差別しないからだった。警視はもちろん彼をジョークのネタにするが、誰だって、それこそ非の打ち所のないパスコーだって、警視のジョークのネタにされる。警視はもちろん力いっぱい叱りつけるが、相手が誰だろうと手心を加えるなんてことがあるか？　警視はもちろんヘクターの言うことすべてをごく慎重に取り扱い、まったく疑ってかかるといってもいいくらいだが、少なくとも、すべてを聞きたいと必ず主張する。「いいものと悪いものをより分けようとして脳味噌をくたびれさせることはない」と警視は言ったことがあった。「ぜんぶ話してくれ、そうしたら、より分けるのはわたしがやるから」それに、忘れようのない、こんな出来事もあった。自分の求める高水準に達しなかった警部を巨漢が怒鳴りつけているところを立ち聞きしてしまったのだ。「独自の考えでやったって？　まったく、ヘクターみたいに自分の限界を知っている人間のほうがよっぽど使えるよ、自分が現実の倍も頭がいいとうぬぼれてるきみのような人間よりな！」

というわけだった。ダルジールがいれば簡単なのに。頭の中をめぐり続けるチャリオットのシーンのことを教え、あとは巨漢がより分けてくれると安心していられる。

だが、警視はいなかった。もっとも、彼の体は近くの病棟になんの反応もせずに横たわっていて、彼の魂はやはりなんの反応もせずに天井の下に浮かんでいたりするのだが。

だから、より分けるのはヘクターの仕事だった。

彼は目をあけ、横目でテレビ画面を見て、チャリオットのイメージを消そうとした。驚いたことに、見覚えのある顔が映っていた。見間違いかもしれないし――間違うのには慣れっこだ――斜めから見ると、物がなんだかひしゃげると同時に長く伸びて見える。だが、その顔は確かにパスコー主任警部の奥さんのようだった。

もっとよく見ようと、姿勢を少し変えたが、隣の患者に怒った目つきでにらまれた。バスの中で肩越しに新聞を読まれるのをいやがる男みたいだった。

　ヘクターは顔を逸らし、目をつぶって、イメージの出てこない眠りに落ちようと試みた。

　せっかくうまくいきそうになったとき、ふいに隣のベッドから大声がして、はっと目が覚めてしまった。

「なんだありゃ！」無愛想な男は叫んだ。「見たか？　今の、見たか？」

　ぴしりと言い返すのがうまい人なら、こう答えていたかもしれない。「いや、見なかったね、見ようとしたら、あんたがあっち行けってにらんだんじゃないか！」

　だが、ヘクターにあっては、後知恵《エスプリ・デスカリエ》（文字どおりには「階段の知恵」）すらニーセン山（スイスの山）のような階段を必要とする。

　彼はベッドで半身を起こし、隣の患者のほうを見た。むこうも背筋を伸ばし、今では真っ白になったテレビ画面を呆然と見つめていた。

「どうしたんだ？」ヘクターは言った。

「見なかったのか？　見りゃよかったのに！　これがリアリティ・テレビ（演技でない現実を放映する番組）ってやつか――みんなの目の前で人を撃ち殺すのが！　ナース！　ナース！　なんてこった！」

5　ばかばかしい《フィドル・ディ・ディー》

守護神といえば、一つ、働かされすぎのがいる。その仕事は、男たちを怠慢の罪――たとえば、誕生日、記念日、そのほか愛する人たちの人生の重要な出来事を忘れてしまう罪――から救うこと。守護神が助ける手立てにはいろいろあり、よく気のつく秘書だったり、信用しない妻が夫のパンツにホチキスで留めつけたメモだったりする。

パスコーの場合、それはティッグの形を取った。ティッグがソファの肘掛けに飛び乗り、だらしない召使の目を舐めてあけさせたのだ。

パスコーははっとして目を覚ました。ティッグが救ってくれた自分の愚かさを悟るのに一瞬かかった。ごほうびに、彼はフランス窓をあけて犬を外に出してやり、それからテレビをつけた。あぶないところだった。〈フィドラーの三人〉のオープニングがちょうど終わろうとするところで、画面には若いクールなジョー・フィドラーその人が、デザイナー・スポーツシャツにぴちぴちのズボンを穿いた隙のないカジュアルな装いで登場した。

「ハーイ！」彼は大声で言った。口が曲線を描き、真っ白い歯が覗いて、海でも陸でも見たことのない光（ワーズワースの詩「哀歌連」より）を放った。「今夜のゲストはまず、地元のモーリス・ケントモア……」

画面には男の顔が大写しになった。三十代後半、もじゃもじゃの茶色い髪、誠実そうな青い目、断固とした顎、かなり緊張の面持ちでカメラに向かって微笑している。

「……彼の一族は少なくとも五代にわたって、ハロゲートに近い美しい田園にあるヘアサイク・ホールで農業を営んできました」

じゃ、ミドルズバラではとても地元の人間とはいえないな、とパスコーは思った。でも、こういう南部のマスコミ連中にしてみれば、ヨークシャーなんてワトフォードみたいなもの、テークアウトの店が少ないだけだ。

「とすると、地元の郷士って感じですよね、モーリス？」

フィドラーは続けた。

「いやあ、そこまでは」

「でも、おたくの土地で村祭りをやるんでしょう？　知ってるんだ、さっき夕食の席で、宣伝を頼まれたからね。そう、おばあちゃんや子供たちを連れてどこかで一日楽しく過ごそうと考えているんなら、答えはこれ、ヘアサイク・ホールの村祭り。ハロゲート近郊、明日の土曜日です。ほら、紹介しましたよ、モーリス。あとで五ポンド渡してくれよね」

滑稽な表情、笑いを取る間。フィドラーのジョークに笑わないと、きっとタイヤにクランプを嵌められるんだ、とパスコーは思った。

「モーリスは才能豊かな人物です」フィドラーは話を再開した。「熱心な登山家、乗馬の達人、それに全国農業家組合と田園同盟では、強い影響力のある発言者です。そして、ためらわず信念を実行に移す。二〇〇一年に口蹄病が蔓延した際、彼の土地は伝染確認地から所定の距離内にあったにもかかわらず、彼は自分の牧場の家畜を殺すことに抵抗しました。当局の計算は間違っていたことが証明されたのですが、モーリスは火器を用いて脅迫的行動を取ったとして裁判にかけられ、見事無罪を勝ち取りました。珍種の豚を守るためにそこまでやる人ですからね、彼の友達や家族を怒らせるようなことはしたくないですね」

またいかにもの渋面、また笑いの間。

「次のゲストも」フィドラーは続けた。「苦難と戦い、見事に勝利した男性です。ブラッドフォードからおいでいただきました、カリム・サラーディです」

その名前はパスコーの耳に警戒警報のごとく鳴り響いた。サラーディは二十代後半、細身で、髪も目も黒く、ハンサムだ。カメラに向かって満面の笑みを見せ、ゆったりと回転椅子にすわっている（フィドラーは回転椅子が好きで、それはゲストがたがいに真正面からにらみ合えるからだと言われていた）。

司会者は続けた。「十八カ月前、カルは親類を訪ねてパキスタンに行っていたところ、公安警察につかまった。一週間、独房に入れられて攻撃されたあと、最初はアメリカ人三人、次にはイギリス人二人に事情聴取された。誰一人名前を名乗らず、みんな彼をテロリストだと信じると主張した。カルにとっては幸運なことに、故郷では《ブラッドフォード・ニュース》の編集長が先頭に立って大規模なキャンペーンを繰り広げ、首相の尻の下に爆竹を仕掛けたから、とうとう政府が乗り出して、拘留一カ月後にカルはようやく釈放されました」

そう、あのサラーディだ。くそ、とパスコーは思った。

「このキャンペーンで非常に活躍したのは、彼の婚約者、ジャミラです。今夜、客席においでのはず。ああ、あそこだ。どうぞ大きな拍手を」

カメラは後ろのほうにすわっている若いアジア人女性を写し出した。一瞬、彼女は戸惑った表情になり、隣にすわっているやや年上の女性のほうを向いた。そちらの女性は安心させるように腕を軽くつかんでやった。それから、気を取り直したジャミラは微笑し、拍手に応えて手を振った。とてもきれいな女性だったが、パスコーが目を惹かれたのは連れの女のほうだった。細い、ほとんどげっそりやつれた顔、青白い肌が漆黒の髪のせいでよけい目立つ。その髪はごく短く刈り込まれ、絵の具を塗りつけたようにすら見える。エジプトの墓の壁画にあっても場違いではない、はっとする容貌だった。

カメラがフィドラーに戻ると、彼は言った。「来週の土曜日に、また自由を手離す予定だそうだね、カル?」

「そうです!」サラーディは言った。「ただし、今回はイギリス領事に来てもらうことはないけどね!」

笑いと拍手。それがおさまると、フィドラーはさらに言った。「最後のゲストは、中部ヨークシャーからおいでいただいた、小説家エレナ・ソーパーです」

エリーの顔が現われた。ゴージャスだ、とパスコーは思ったが、彼はいつだってそう思う。テレパシーでアドバイスを送ろうと試みた——このお世辞たらたら野郎をこれっぽっちも信じるんじゃないぞ!

「エルのデビュー小説は、去年、文学界に火花を散らして登場しました。ここ数年の新人の中で、もっともエキサイティングな才能の持ち主の一人と評されています。彼女の作品は、現代の社会問題やジレンマから目を逸らさず、まっすぐに見据えている。そして聞くところによれば、エルは次作でも恐れずにそうするとのこと。そのとおりなら、エル、実にいい場所に来てくれましたよ！」

エリーは顔をしかめ――自分の小説よりよっぽどフィクションたっぷりのほめ言葉にぞっとしたのか、名前を勝手に縮められたのにぞっとしたのか――それからなんとか慎ましい微笑をつくった。

フィドラーは続けた。「みなさん、ゲストが本当にどういう人たちなのか、もうじきわかりますからね。でもまず、今夜の〈フィドラーの三人〉に大きな拍手を！」

観客は大喝采を送った。かれらはパネリストの前に、なだらかな半円をなしてぎっしりすわっている。ゲストと観客を隔てるテーブルさえないので、最前列の人たちなら、身を乗り出せばゲストの膝を撫でることさえできそうだ。

〝ぼくのショーでは隠れ場所がない！〟というのも、フィドラーの大自慢の一つだった。

初めはすべてうまくいっているようだった。フィドラーはまずケントモアに向かって、牛とキャベツの違いがわかる政治家は何人くらいいると思うか、と訊いた。ケントモアは雄弁に、自分が農村経済の真の問題と見なしていることについて語った。観客もしだいに討論に加わってきた。国会での首相質疑の時間のように、フィドラーは前もって質問者を客席に用意しておくんじゃないか、とパスコーは思った。いかにも狩猟《ハント》反対者らしい、きたならしい身なりの若い男は、いかにもすぎて本物とは思えない。彼は陳腐な狐狩り（犬が狐を狩り出して嚙み殺す猟。残酷だとして反対が高まり、最近禁止になった）是非論を始めようとしたものの、ケントモアは軽くいなした。

「わたしとしては、もし狐に悩まされたら、銃で撃ちます。あんなものを追いまわしてでこぼこの地面をギャロップで駆けて、自分の首と馬の脚を危険にさらすことに価値があるとは思いません」

拍手。今にもお得意の流血スポーツ反対論を声高に始めそうな顔をしていたエリーも、これでおとなしくなった。

拍手に力づけられて、ケントモアは続けた。「実際、犬を使った狐狩りは禁止になりましたから、たとえば狐を新聞記者に替えるとかしたら問題解決になるんじゃないでしょうかね——ただ、狐より口当たりが悪くて犬には気の毒ですがね」

エリーはまたうなずいていたが、カリム・サラーディは激しく首を振って言った。「新聞記者をジョークに使うのもいいけど、モーリス、もし《ブラッドフォード・ニュース》の記者とその仲間がいなかったら、ぼくは今ごろグアンタナモ・ベイで頭に袋をかぶせられ、鎖で壁につながれているところですよ」

ケントモアはたじろいだが、フィドラーがその場を救った。「きみのストーリーを聞いていない人がいると悪いから、カル、何があったのかを話してくれるかな?」

パスコーはすでに聞いていたが、それでもいやな話に違いはなかった。サラーディがラホールの町を歩いていたところ、見覚えのある顔を見つけた。ハサン・ラザという青年で、二人は学校でいっしょだったのだ。

「親友とかじゃないけど、喫茶店に入ってコーヒーを飲んだ。彼は故郷のニュースを知りたがった。おまえ、ラホールなんかで何してるんだと訊くと、彼ははっきり答えなかった。そうこうするうち、車が近づいてきて大男が二人出てきたと思うと、ぼくらは後部座席に乗せられ、車は走り去った」

何が起きたのか、今ではほぼ明確になっていた。ラザはテロリスト容疑者として、当局がしばらく前から目をつけていた人物だった。その男が連合王国から来た新しいコンタクトと話をしているというので、公安警察が乗り出した。かれらの尋問テクニックはかなり原始的なもので、なんの結果も出なかったので、アメリカの公安が呼ばれた。こちらは少なくとも、直接肉体を痛めつけるような手には出なかった。それからイギリスの尋問者たちが到着した。

「それは、アメリカ人たちがきみを信じ始めたせいだったのかな?」フィドラーは言った。

「いんや、おれの言ってんのがひとっこともわかんなかったせいだと思うがな」サラーディはきついブラッドフォード訛りで言った。

会場は爆笑し、そのあと彼は話を締めくくって、自分が釈放されたのは故郷でジャーナリズムが圧力をかけてくれたおかげだと強調した。

「カル、きみのおかあさんがイギリス人だというので、キャンペーンによけい支持が集まったと思いますか？」フィドラーは訊いた。

サラーディは冷たい目で相手をひとしきり見据えた。

「父だってイギリス人です。南部のほうじゃ違うのかもしれないけど、こっちじゃ、イギリスで生まれて、イギリスで働いて、イギリスで税金を払ってる人間をそう呼ぶんでね」

大きな拍手。フィドラーはにやりとして言った。「おっと。失礼しました、カル。きみが歯に衣着せないヨークシャー男だってことを忘れていたよ。それじゃ、おかあさんが白人だということで、一般からの支持の大きさに違いが出たとは思いますか？」

「さあねえ」サラーディは言った。「なにしろこっちは独房で鎖につながれていたから」

「もちろんだ。ひどいことだった。あ、そちらの方、質問がありますか？」

後ろのほうの席で太った男が立ち上がって言った。「あんたがひどい目にあったのは気の毒だったがね、しかし公平にいこうじゃないか。あんたら、自分の損になることばかりしているだろう。新聞が書き立ててる暴動騒ぎを見ろ――」

「ああ、ちょっと」フィドラーが割って入った。「おっしゃりたかったのは、デモのことでしょう」

「好きに呼べばいいがね、わたしの見るところ、ありゃ暴動だ。それに、あんたの友達のラザって男だが、あいつはほんとにテロリストなんだろう？　なら、あんたら二人がいっしょに仲よくやってるのを警官が見て、間違った結論に飛びついたって、悪くは言えないんじゃないかな？」

「がんがん金玉を蹴りつけられて、それから二週間、錆びたバケツに小便するたび血が出てくるって経験をしたら、誰かを悪く言いたくなるんじゃないですか！」サラーディは言った。「デモの参加者だって同じだ。マンチェスターで罪もないイスラム教徒を殺した犯人が誰なのかを知りたい。ラザについて言えば、公平な裁判にかけられるまでは、彼はふつうのイギリス市民です、ぼくやあなたみたいにね。だから、イギリス政府は彼を保護する責任があるんだ、頭のおかしいジョージ・ブッシュとその仲間がやってきたことを詫びるんじゃなくね」

「強い言葉だ」フィドラーは言った。「で、この経験できみはどのくらい過激になりましたか？」

「それでぼくが過激派になったかという意味なら、大間違いですよ」サラーディは言った。「でも、なにも悪さをしないで、自分のことに精出していれば平穏無事にすむってわけじゃないんだと思い知らされたのは確かです。イスラム教徒であるとはどういうことなのか、初めて考えるようになりました」

「ええ、それでマーサイドの地元の寺院《モスク》で前よりずっと積極的に活動するようになったそうですね。きみの友達のラザが通っていたモスクでしょう？　それにあのイブラヒム・アル-ヒジャージ師はそこの導師じゃないですか？　彼はマンチェスターの殺人事件について、その言葉を引用すると、〝警察の捜査活動はのろのろしている〟と、あけすけに非難してきた」

「何を言おうとしているんですか、ジョー？　マーサイド・モスクのぼくらはみんなテロリストだってことですか？」

「いや、とんでもない。でも、イブラヒム師の見解はよく知られているでしょう？」

「ええ、カンタベリー大司教の意見と同様にね。もし大司教の意見に反対する教徒がみんな出ていってしまったら、英国国教会はどうなります？」

「すると、きみは穏健派の推進力を自認しているのかな、カル？」

「いいえ。ぼくはマーサイドに住む若いイスラム教徒の大部分と同じってだけです――自分の国の法律と自分の宗教の戒律とに従って生活しようとしている英国市民ですよ」

「で、もしその二つがぶつかったら？」

「正しく解釈されていれば、ぶつかることはありません」

「イブラヒム師はその点に反対するんじゃないかな。ところで、導師はきみの結婚式に来ますか？」

利口な野郎だ、とパスコーは感心せざるをえなかった。フィドラーはサラーディをうまく利用して、被害者としてのイスラム教徒と悪者としてのイスラム教徒の両方の代表に仕立て上げていた。

「来ちゃいけないって法はないでしょう？」サラーディはぷりぷりして言った。「ジョー、イブラヒム師と議論したいんなら、彼をゲストに呼んだらよかったんじゃないですか」

「そうなんだ、カル」フィドラーは自己満足の笑みを浮かべて言った。ゲストが思いどおりのきっかけを出してくれたときにトーク・ショーのホストが見せる表情だった。

「実は、番組では導師をお招きしたんですがね、数日前に暗殺未遂らしき事件があったから、警備はどうかと向こうの人たちは訊いてきた。もちろん、どのゲストについても安全はよく考慮しているとお答えしたんだが、それでは導師にとって充分ではなかったらしく、出演は辞退された」

今週はゲスト・リストに運がなかったな、とパスコーは思った。おそらくフィドラーはサラーディと導師が公衆の面前で対立するように仕向けるつもりだったのだろう。

「ひょっとすると」フィドラーは続けた。「常套句の罠に引っかからないで話をする自信がない、というほうが心配の種だったのかもしれないな。これまでのところ、今夜のゲストはうまくやってきましたよね。でも万一の場合に備えて、みんな、大量破壊兵器の用意はいいかな？」

観客は笑い、手にしたビニール袋を振った。会場に入るとき受け取ったもので、中には色つきのピンポン球がたっぷり入っていた。

エリーは発言しようとしたが、フィドラーは無視した。彼女をなにかほかの機会のためにとっておくつもりか？　パスコーは不安に思った。ハロゲン・ライト並みの微笑はまたケントモアに向けられた。

「モーリス、あなたも警察と対立した経験がありますよね」司会者は言った。「この国の法律は過激な政治運動を抑制するだけの力があると思いますか？」

「われわれは法律を作る人間を選挙する」ケントモアはぶっきらぼうに言った。「気に入らないなら、別の人間を選挙するまでです」

「それはずいぶん穏当な意見だ、モーリス、あなた自身のご家族に起きたことを考えればね」フィドラーは言った。

彼は今度はまっすぐカメラに向かい、身内を亡くした隣人にお悔やみを述べる男のようにまじめな同情の顔を見せると、続けた。「ご記憶の方もおいででしょうが、モーリスの弟さんであるクリストファー・ケントモア航空大尉は、イラク侵攻のごく初期に戦死したイギリス人犠牲者の一人です」

ケントモアはショック、続いて激怒のあまり青ざめた。こんなことは予期していなかったのだ。ふいに、彼がこのパネルに呼ばれた本当の理由がはっきりした。すると残るのは……

〝エリー、気をつけろ！〟パスコーはテレパシーを送った。怒りを沸き立たせているケントモアを離れて、フィドラーはすでにエリーに向かっていた。

「近ごろでは、ほとんど誰でもテロリストの脅威になにがしかのつながりを持っています。エル、あなたが本のカバーに出しているのは旧姓ですが、ご主人のパスコー主任警部は中部ヨークシャーで最近テロの爆発事件に巻き込まれた被害者ではなかったですか？　運よく、重傷は負わずにすみ、もう仕事に戻られているそうですね。しかし、彼は警察が守る法律そのものに縛られて、思うように動けないのじゃありませんか？　あなたご自身はどうかな、エル？　あなたを危うく未亡人にするところだった、ああいう人たちについて、どう感じていますか？」

無名で、ろくに書評も出ていないエリーをこの番組に出演させるのに、フィオン（Ffion）がどういう手を使ったか、今では見え見えだった。

裏切り者め！　とパスコーは思った。F二つの女！

もう一つのFが何を示すか、今度ばかりはダルジールに教えられなくたってエリーにわかる。

彼はエリーの反応を待った。無表情に〝ノー・コメント〟と答えるのが、たぶんいちばん安全だろうが、エリーはノー・コメント・タイプではなかった。彼は歯を食いしばり、大爆発を覚悟した。

だが、これほどの愛情と尊敬を抱いていてもなお、彼は妻を過小評価していた。

彼女は身を乗り出し、ごくまじめになって言った。「まあ、ほかの条件がすべて同じなら、ジョー、最終的に、警察としてはただ平等な立場を求めているだけで……」

大混乱になった。スピーカーから動物の吠え騒ぐコーラスが流れ出し、それに負けじと国会議長の声が「静粛に！　静粛に！」と怒鳴る。クラクションが鳴り響き、照明がちかちかひらめき、観客たちは「常套句！　常套句！」とわめきながら立ち上がり、色つきのピンポン球をエリーに投げつける。エリーはその弾幕砲火を浴びても平然としてすわっていた。

「ああ、エル、エル！」フィドラーは大声で言った。「こいつは大金になるぞ！　オーケー、みんな、落ち着いてくれ。どうも。これでいやらしい常套句は思いきり退治してやったと……」

ピンポン球のシャワーはぱらぱら程度におさまり、観客は静かになってきた。ところが、最前列の女性が一人、ビニール袋に手を突っ込んだまま、まだ立っていた。

「騙されるもんですか」彼女はわめいた。「ああいう目にあったのは当然よ、この人殺し！　あのモスクの連中と変わらないじゃない、あんたも例の導師も。ほかのやつらを送り出して汚れ仕事をさせてるけど、悪いのはあんたも同じ。警察はあんたたちを一人残らず牢屋に入れて、鍵を捨てちまえばいいんだわ！」

彼女が怒鳴りつけている相手は真ん前のサラーディで、エリーではなかった。

女の手が袋から出てきた。銃を握っていた。

ほんの一瞬、パスコーは思った――これもフィドラーが仕組んださくらだ！

それから司会者の顔を見た。恐怖に青ざめた顔色はメークアップでも隠せなかった。唇が動いたが、声は出てこなかった。彼は後ろへ下がろうとしたが、回転椅子がくるくる回るばかりで、やがて自分のマイクのコードにしっかり巻かれてしまった。

銃が上がった。銃口はサラーディに向けられている。サラーディは信じられないという顔でそれを見つめた。驚愕が恐怖に変わる暇がまだないのだ。

誰かが悲鳴を上げた。女の左右で、彼女を止められる位置にいる人々は、自己保存の道を選び、脇へ飛びのいた。

エリーは席から立ち上がろうとしていた。

パスコーの鋭い目で見ると、彼女は隠れようとか逃げようとかしているのではないようだった。

「やめろ！」彼は叫んだ。「ばかなまねはよせ！　だめだ！」

こんなふうにスクリーンに向かって叫んだのは、子供のころの土曜日の朝の映画クラブ以来だった。

そして今、あたかもその叫びにむっとしたかのように、テレビのスクリーンは真っ白くなってしまった。

6　キルダ

それからの五分間、ピーター・パスコーは未曾有の自己抑制力を発揮した。

彼はなにもしなかった。

なにかしろ、とすべての本能が叫んでいた。いちばんやかましく、いちばん気違いじみた叫びは、車に飛び乗り、北へ向かえとせきたてた。無駄だ！　全行程で速度制限を破ったとしても、一時間はかかる。

ほとんど同じくらいやかましく、表面上はもう少し思慮分別のある叫びは、さっさと電話をかけろ、と命じていた。まずエリーの携帯、次にテレビ局、次にミドルズバラ警察、次にこちらの犯罪捜査部オフィス、次に……

それでも思いとどまったのは、エリーは彼がテレビを見ていると知っているのだから、機会ができしだい電話してくると確信があったからだ。彼女がこちらの番号ボタンを押す場合に備えて、携帯を使うことも控えた。エリーのほうは、放送前に携帯のスイッチを切っただろうし、次にスイッチを入れるのは彼に電話するときだ。

これは少しの疑いもなくわかっていたが、それでも慰めにはならなかった。電話が来ないとすれば、彼女は電話がかけられないということだ。

五分、と彼は自分に言い聞かせた。五分待とう。

彼はすわり、テレビのスクリーンを見つめた。

アナウンサーが現われた。放送が途切れたことをお詫びします、とまるで単純な停電が原因だったような言い方をした。なんでうっすらと微笑しているんだ？　パスコーは思った。ジョー・フィドラーを憎んでいて、あの口に弾丸が撃ち込まれたのならいい気味だとでも思っているのか。それから女はまじめな顔になり、ニュースセンターに切り替え、さきほど初めて報道した貯水池の死体事件の最新情報をお伝えします、と言った。画面が変わり、ゴムボートの浮かんだ湖のような場所が写し出された。ニュースのアナウンサーは言っていた。「警察はまだ公式に確認していませんが、噂では遺体は……」

パスコーはいらいらしてテレビのスイッチを切った。聞きたい話は一つしかない。もう五分は過ぎただろう？　時計を確かめた。たった四分！　一時間みたいな気がする。秒針が回っていくのを見つめ、カウントダウンを始めた。

二十……十九……十八……

もちろん、彼女が電話をよこさないとしたって、どういう意味にもならない……

……十五……十四……十三……

誰かの世話をするのに気を取られているだけかも……

……十……九……八……

あるいはバッテリーが切れているか……

……六……五……四……

あるいは楽屋に電話を置いてきてしまったか……

……三……二……一……

彼女は死んだ。

論理性の届かない領域で確信した。

彼女は電話してこない、なぜなら電話できないから、なぜならテレビ・スタジオの床に倒れ、その体から生命の血がじわじわと流れ出ているから。

喪失感は圧倒的で、ほかの感覚をすべて抑えつけてしまったから、ほんのしばらく、電話が鳴っているのに気づかなかった。

受話器をつかんだ。

「ピーター？」

「ああ、よかった。無事かい？」

「ええ、大丈夫よ。心配ないわ、ほんとに」

「死んでないんだね……ごめん……ばかなことを言って……もしやと思ってたんだ……怪我はないの、確かなの？」

「もちろん確かよ。そのくらい、幼稚園で最初に教わったわ。ほんとよ、わたしなら元気」

「ありがたい。ほかの人たちは？」

「みんな無事、問題なし。ただのエア・ピストルだったのよ、ガスで動くやつ。彼女は小さい弾丸を一発だけ発射して、それがジョー・フィドラーのあのぴちぴちのクロッチに当たったの。すごく詩的。彼は大丈夫だと言ってるわ。まあ、よかったわね、なにしろ誰も応急手当に駆けつけようとはしなかったもの」

「それで、きみはほんとに大丈夫？　だってさ、例のスーパーウーマンの顔つきで立ち上がるところを見たときは……」

「心配することなんかなかったのに。わたしが電話ボックスに駆け込んで変身するより早く、モーリスが立ち回ってくれたの。本物のアクション・マンて感じ。ううん、からかっちゃいけないわ、すごく勇敢だったんだもの。しかもすばやくて。彼がいなかったら、カルは弾丸をまっすぐ顔に受けていたところよ。ね、あなたジェーンに電話してくれない？　もしも彼女がテレビを見ていると悪いから。わたしが出てるからって、ロージーに見せていたら、もっと悪いわ」

「そのとおりだ」パスコーは言った。「それじゃ、ショーはこれでおしまいなんだね？」

「わたしにとっては、確実におしまいよ。もうたくさん。

フィオンがどうやってわたしの出演を取りつけたか、これでよくわかった。今ごろはきっと、携帯を耳に貼りつけて、タブロイド紙にわたしの話を売っているでしょ。あなた、殺人事件に強い弁護士を雇ったほうがいいかもよ。できるだけ早く帰るわね。愛してるわ。バイバイ」

「愛してるよ。バイバイ」

電話を切った。携帯のほうが鳴っていた。

ウィールドだった。

「ピート。〈フィドラーの三人〉を見てたんだけど……」

「エリーなら大丈夫だ」パスコーは言った。「たった今、電話してきた」

「よかった」ウィールドは言った。「数分待ったんだ、電話線をふさいじゃいけないと思って」

いかにもウィールドらしい。気配りの人。パスコーの意見では、彼は中部ヨークシャー警察で最高の警官の一人だ。全国で最高といったっていい。部長刑事の地位にとどまっているのは、彼自身の選択だった。最初は、ゲイであることを昇進のたびに問題にされたくないと思ったからだったが、その後、エドウィン・ディッグウィードと所帯を構えてからは、この家庭の幸福を乱すようなことはなにひとつしたくない、というのが理由になった。

偏見のない社会なら、彼は今ごろ警視総監だな、とパスコーは思った。

エリーから聞いた事件のあらましを伝えた。

「あの女、何を根に持っていたのかな」彼は締めくくった。

「ともあれ、エア・ピストルしか手に入れられなかったっていうのがありがたいよ」

「おれ、ミドルズバラの警察に友達がいる」ウィールドは言った。「ごたごたが一段落したころを見計らって電話してみるよ。ピストルだけど、見くびらないほうがいいぞ。至近距離なら、ああいうガス銃の弾丸だって目から脳に入るってこともある。実際、線維の柔らかい部分なら、体のどこでも深刻な怪我をする」

「うん」パスコーは言った。「でもエリーなら、たとえカラシニコフだってかまわずタックルしただろうよ。さいわい、あのケントモアって男がすばやく反応したらしい。一杯おごってあげなきゃな……ごめん、ウィールディ、失礼するよ。家の電話が鳴ってる」

ジェーン・プルマンだった。

「ピーター、今夜、エリーがテレビに出ていたの？」

「うん、出ていたけど、大丈夫……」それから、ふいにぎょっとして言った。「どうしてそんなことを訊くんだ？ロージーかい？」

当たりだった。女の子四人はテレビのある寝室にいた。ビデオを見ることは許されていて、その後ジェーンが覗いて、テレビはオフになり、みんなベッドに入っているのを確かめた。

「だけど、子供ってああでしょう」彼女は言った。「遅くなってからまたつけたのよ。そうしたらエリーが出ていて、なにかが起きた。銃がどうしたとかいう話？」

少女たちは、あれもピンポン球と同じようにショーの一部にすぎないと思おうとしたのだが、ロージーがあまりにも動揺したので、とうとうジェーンの娘のマンディが自首を決め、テレビを見ていたと母親に白状して、事情の確認を求めたのだった。

「ぼくがロージーと話そう」パスコーは言った。「いやそれより、エリーに電話させて、話をしてもらうよ」

彼は受話器を置き、すぐエリーの携帯にかけた。

「ああ、ピート」彼女は言った。息を切らしているように聞こえた。「こっちはめちゃくちゃよ。警官と記者だらけ。無理強いしてでも、あなたに来てもらうんだった。モーリスは義理の妹さんがいっしょだし、カルには婚約者のジャミラがいるでしょ。感じのいい女の子よ、たぶんテレビで見たでしょうけど。わたしたちみんな、脇部屋に突っ込まれて、供述をすませるまで待たされてるの。運よく、ここはショーの前に食事を出されたのと同じ部屋だから、お酒やスナックには事欠かない。いつになったら抜け出せるのやら……」

彼は割って入り、電話した理由を説明した。

「じゃ、すぐジェーンに電話する、携帯の電池が切れないうちに」彼女は言った。「あとでね。いつになるのかわからないけど。でも、心配はいらないわ。ちゃんと面倒を見てもらってるから。じゃあね!」

彼はまたテレビをつけ、ニュースを見た。〈フィドラーの三人〉のハプニングが、貯水池の死体事件とカナダの航空機墜落事故に続く三番目の項目でしかないとわかると、不合理にも腹が立った。だが、貯水池事件の詳細が頭に入ってくると、真剣になった。

正式に確認されてはいないが、死体を目にした人たちは、それがマイケル・キャラディス、別名アバス・アシールの死体であることは確かだと言い切っていた。ほんの数時間前、テロリズム容疑で訴えられた法廷で無罪を言い渡されたばかりだった。そして今、警察からの漏洩によれば、死因はリシン中毒らしいという。

「くそ!」パスコーは言った。

これは悲劇だった。トラブルでもある。キャラディスが無罪放免になれば、エリーとのつながりは表沙汰にならずにすむだろうと期待していたのだ。だが今、ことにこれがテンプル騎士団のしわざとわかれば、マスコミは騒ぎ立てるだろう。


彼はニュースに注意を戻した。カナダの航空機事故の話に進んでいた。テロリストが関わっているのかという推測は避けられなかった。この場合、そんな可能性はまずないのだが、それでも〝専門家〟が出てきて、ああだこうだと意見を述べるのだった。

それからようやくフィドラーのショーのハプニングの話になった。最初の二項目に比べると、これはごくまっとうに事実を提示するだけで、コメントはほんのわずか、映像も驚くほど少なかった。

このチャンネルじゃだめなんだ! パスコーは思った。かつては沈着で消極的だった偉大なるイギリスの大衆は、この二十年ほどのあいだにずいぶん変化し、不屈の精神は逆境における徳であるにしても、金にはならないと学んでいた。今では何万人もの国民が、〝心理的外傷《サイコロジカル・トラウマ》〟という言葉の綴りはあやふやでも、その価値はしっかり理解している。ダンケルクの戦いの二十一世紀版が起きれば、救出された兵士たちはみな自宅や病院より先に弁護士事務所に向かい、そこですでに賠償請求をしようと列をなして待っている家族の面々と再会するだろう。

放送局の弁護士たちは助言したに違いない。この件に関して騒ぎ立てるな、さもないと高いものにつくぞ！


だが、ライバル局にはそんな抑制はないはずだ。

別のニュース番組に切り替えると、思ったとおりだった。

しかし、抑制はないが映像もない。もっとも、かれらはこの点をある程度利用して、目撃者の証言から、まるでOK牧場の銃撃戦なみの事件だったような印象を与えていた。

事実をもっとよく知っているパスコーも、実はそんな気分だった。

それからの二時間はのろのろと進んだ。またエリーに連絡しようと試みたが、携帯のスイッチを切っているのか、電池が切れたのか、つながらなかった。おそらくもう帰途に着いているのだろう。そうでなければ、なんらかの方法で知らせてくるはずだ。

電話が鳴り、受話器を引っつかんだ。エリーだと思い込んでいたが、聞こえてきたのはウィールドの声だった。

「エリーはもう帰ってきた？」彼は訊いた。

「いや、でもこっちに向かってると思う」

「よかった。ミドルズバラの友達から聞き出した情報を教えようと思ってね。事件はすっかり録画されていた。放映を中止したあともカメラは動いていたんだ。あのケントモアって男は英雄だったよ。稲妻みたいに飛び出して、サラーディと銃のあいだに割り込み、女から銃を奪った。もちろん、本物のピストルじゃないなんて知らなかった。だから、本物の英雄だよ」

「どうもありがとう。その女の詳細は？」

「一人息子がロンドンで働いていた。地下鉄の爆破事件に巻き込まれて、三カ月後に病院で死んだ。それ以来、スパーン・ヘッド（ヨークシャー東岸の岬）より東の人間はすべて敵だと見なしている。あと、彼女は《声》の読者だ」

ほかのタブロイド紙がみな《ブラッドフォード・ニュース》のサラーディ支援キャンペーンに同調して列の後ろについたとき、《声》が列を離れたのは当然だった。

〝偶然？　まさか！〟という見出しで、《声》はサラーディとラザの子供のときの写真を掲載した。十五歳未満のサッカー・チームで、顔を丸で囲まれた二人が並んで立っている。〝かつてのチームメートはいつまでもチームメート?〟と記事は続けた。〝火のないところに煙は立たない?〟そしてこの薄弱な基盤の上に、〝証拠はある。答えが必要だ!〟という説を構築していた。

報道苦情調査委員会に苦情が出されると、《声》は文章に疑問符がついていたことを隠れ蓑にして、三行広告欄の上に小さい活字で一センテンスの謝罪文を載せただけだった。

「すると、気の毒な頭のおかしい女が責任をなすりつける相手をさがしていた、ってことなのか?」パスコーは言った。

「みたいだな。彼女がどうやって最前列に席を取ったのか、という疑問は出てくるだろう。パネルの三人はそろって、彼女は最初からちょっと興奮しているように見えた、と言っている。フィドラーはなにも気がつかなかったと言ったが、プロデューサーの一人が、ショーの前に防犯カメラで観客をチェックして、誰が最前列にすわるかを決める、と認めた」

「それじゃ、目をぎらぎらさせ、口から泡を噴いている客なら、パネルを攻撃できる距離に席が取れるっていうのか? けっこうな話だ。あの野郎、クビにすべきだ!」

「ばか言うなよ、ピート。今夜の騒ぎで、きっと視聴率は倍に跳ね上がったね。じゃ、エリーによろしく。明日の晩の約束は変わりなしだね?」

「うん。じゃあな!」

彼は電話を切り、ビールをもう一本あけて、ゆっくりエリーを待つ態勢になった。

論理的に考えれば、エリーは無事だとわかっていたが、それでも玄関に鍵が差さる音がようやく聞こえたときには、どっと安心した。

急いでホールに出ていき、妻を迎えた。

情熱をこめて抱きしめると、肩越しにほかの人がいるのが目に入った。敷居のむこうに男と女がいて、ポーチの柱にからんだ優美な蔓バラ〈ポンポン・ド・パリ〉をわざとらしくしげしげ見ている。

男はエリーといっしょに出演していたモーリス・ケントモアだとわかった。女のほうも見覚えがあったが、サラーディの婚約者の隣にすわっていた人物だと気づくのにしばらくかかった。実物はさらに印象的だった。やせこけているので、むしろ美しい頬骨が強調され、黒っぽい瞳が巨大に見える。短く刈り込んだ黒髪が青白い顔を引き立て、肌は輝くようだった。

「ピート、こちらはモーリス・ケントモア」エリーは抱擁から離れて言った。「こちらはキルダよ」

「モーリスの義妹です」女は言い、手をさしのべた。その声にはかすかにアイルランド訛りがあった。しっかり握ってきたその手は乾いているが、冷たかった。

「わたしはピンチヒッターで急に出演したから、車の予約がなかったの」エリーは説明した。「ミドルズバラで金曜日の夜にタクシーをつかまえるって、クリスマスの日に配管工を呼ぶようなものなのよ。そうしたら、モーリスが送ってあげようと言ってくれて。通り道でもないのに」

「いいんですよ」ケントモアは言った。「さて、もう遅い時間だ。われわれはこれで……」

「あら、よして。せめて一杯飲んでいってください」エリーは言った。

「ええ、どうぞ」パスコーも熱心にすすめた。内心では二人が断わって出ていくのを期待したので、演技過剰になっていた。

「そうですか、じゃ、ほんのちょっとだけ」ケントモアは言った。

パスコーは二人を居間に通してから、エリーに言った。

「ロージーに電話した？」

「ええ、すごく心配してた。携帯の電池が切れるまでしゃべったわ。わたしは死んでないってことだけようやく納得させたんだけど、せいぜいそこまでね。明日の朝はうちに帰ってくるそうよ」

「でも、ジェーンがみんなをアイススケートに連れていくんじゃなかったの？」

「うちの娘は除いてね。彼女はほんとに疑り屋なの。わたしが車椅子に乗っかっていないのを自分の目で見届けないうちは安心できない。ごめんなさい、モーリス。家庭生活の喜びってやつね」

「お嬢さんが心配なさるのはわかりますよ」ケントモアは言った。

「飲み物は?」パスコーは言った。

ケントモアとエリーはスコッチ。女はウオッカ・オン・ザ・ロックを頼み、彼がトニックはどうかと訊くと、顔をしかめた。パスコーはまたラガーをあけた。

彼は言った。「たいへんな一晩でしたね」

「予想外でしたよ、銃を持った女性だけじゃなくね」ケントモアは言った。「出演を依頼されたとき、弟の死については話さないと、はっきり言っておいたんだ。どうやらエリーも不意打ちを食らったようですね」

「まったく、そのとおり」エリーは言った。「わたしが夫の仕事に関する質問には答えないと承知してたでしょうと詰め寄ったら、フィオンはピートが警官だってことをすっかり忘れていたってふりまでしたのよ」

キルダはパスコーに目をやり、細い黒い眉毛を上げた。

「世間知らずには男も女もないってわけね、ピーター」彼女はつぶやき、グラスを揺すって、液体がないので鋭く聞こえる氷の音を響かせた。

彼は微笑を返し、グラスにお代わりを注いでやった。エリーを見ると、驚くまでもなく、世間知らずと呼ばれて気を悪くしたのがわかった。それは事実なのだが。あるいは――とパスコーはいい気になって考えた――おれがセクシーな若い女性と微笑を交わしたのが気にさわったのかな。キルダはやせて骨張っているものの、それなりにセクシーなのは確かだった。

ケントモアは言った。「爆発事件のことは新聞で読みました。長く影響の残る怪我を負わなくてすんで、なによりでしたね、ピーター。でも、あなたの上司はまだ重態だとエリーに聞きましたが」

「ええ」パスコーは言った。意図したよりそっけなくなってしまった。

「すみません、立ち入ったことを」男は言い、スコッチを飲み干した。「じゃ、そろそろ失礼します」

「いや、どうぞもう一杯」パスコーは言い、ボトルを押しやった。この男はつらい体験をしているのだし、それだけでなく、銃を振り回す女にエリーが飛びかからずにすんだのは、おそらく彼が割って入ってくれたおかげだ、と思い出した。「無愛想になるつもりじゃなかったんです。ただ、話すことがないので。アンディ、というのが上司ですが、彼は意識不明です。意識を取り戻すか、取り戻したとしても、そのときどんな状態になっているか、誰にもわからない」

冷静に話したつもりだったが、キルダが手を伸ばしてきて、彼の手を軽く握った。ケントモアはまたウィスキーを注ぎ、いかにも必要だという様子で飲み干した。それに同調するかのように、キルダも自分でまたたっぷりウオッカを注いだ。

エリーは言った。「あの女、どうしてあんなばかなことに走ったのかしら」

「身近な人を亡くしたんじゃないかしら」キルダは言った。

「そういうことがあると、人それぞれ、いろんなことに走る」

彼女は感情を見せずに言った。彼女自身が喪失を体験していると知らなかったら、ずいぶん冷たい言い方だと思えるくらいだ、とパスコーは考えた。彼女は何に走ったのだろう？　酒、というのが明らかな答えだった。

彼は言った。「ええ、おっしゃるとおりですよ」

あの女に関してウィールドから聞いたことを教えるのに躊躇はしなかった。明日になれば、彼女の人生のあらゆる詳細が新聞に書き立てられるに決まっている。

彼が話を終えると、ケントモアはうなずいて言った。「ええ、最初のころに彼女を見て、ちょっと動揺しているみたいだと思ったんですよ。でも、まさか銃を持っているとは思いませんでしたがね」

エリーは言った。「もしフィドラーがテロリズムの問題になにか強い個人的なつながりを持つゲストを集めたいと思ったんなら、きっと観客にもそういう人を入れるように、リサーチャーに命じていたのかもね」

「賭けてもいい」パスコーは言った。

「ひどい話だ、人をあんなふうに利用するなんて」ケントモアは怒って言った。

「フィドラーみたいな番組には気をつけなさいって、言ったでしょ」キルダはつぶやいた。そのグラスは自動的に満たされているようだった。

「ああ、そうだった」ケントモアは眉根を寄せた。「わたしが馬鹿だったよ、農業に関する意見だけでゴールデン・アワーのテレビに出演できると思ったんだからな。考えが甘かった。エリー、ピーター、わたしたちはこれで失礼しますよ。飲み物をどうもありがとうございました」

彼はためらってから、財布から名刺を取り出し、テーブルに置いた。

「あの、これからもおつきあいしませんか、ご迷惑でなかったら？　実は、さっきもエリーに宣伝していたんですがね、明日はうちの村のお祭りで……」

「ええ」パスコーは相手の意図を見抜いて言った。「フィドラーが番組で紹介していた。天気予報は上々だし、いい一日になるといいですね」

だが、ケントモアは牽制されなかった。

「いつもうちの土地でやるんです」彼は続けた。「さっきのお話だと、お嬢さんはせっかくのスケートに行けなくなるとか。同じとはいきませんが、開催係の人たちはいつも子供たちが楽しく過ごせるように気を配っています。ですから、まあ、考えてみてください。ヘアサイクはそう遠くない、ハロゲートのむこう側というだけですよ。もし田舎の空気を吸おうかという気になられたら……」

「いい考えだわ」エリーは言った。「そうしましょうよ、ね、ピーター？」

彼女の声には礼儀以上の熱がこもっていた。

「うん。いいね」彼は言った。

熱をこめる努力はしたが、足りなかったらしい。キルダ・ケントモアは皮肉ににやりと笑い、グラスを干すと身を乗り出し、氷で冷たくなった唇でさっと彼の頬に触れ、つぶやいた。「飲み物をありがとう。おやすみなさい、エリー」

エリーはケントモアと握手して言った。「送ってくださって、ありがとう。それに、なにもかもお世話になりました」

「どういたしまして。おやすみなさい」

「あなた、すっかり気に入られたみたいね」客が出ていったあとでエリーは言った。

「悪くない男だ」パスコーは言った。

「男じゃないわ、ミス・ストリクナヤのほうよ。おかしな関係」

「親切な男が死んだ弟の未亡人を世話しているのが、おかしいというの？」

「二年もたつのにまだ世話しているっていうのは、おかしいと思うわ。でも、あなたの言うとおりよ、彼は悪くない。大地主で保守党に投票し、百姓を抑圧する田舎の郷士にしてはね。ちょっとドライブして、生来の環境にいる彼を見てみるのもおもしろいかも——どうかしら？　それにもちろん、やせっぽちで飲んべえのキルダもね」

「キルダか」パスコーは言った。「変わった名前だ。聞いたことがあるような気がする」

「ファッション写真家よ、というか、だったの。ご主人を亡くしてから、やめてしまったみたい。でもたぶん、何年か前に雑誌のグラビア・ページでランジェリーの広告をよだれを垂らして眺めてたときに、名前を見たんじゃないの？」

「かもな。でも、キルダって名前の聖人はいなかったっけ？」

「残念でした」エリーは言った。人の知らない豆知識に加え、自分が正しいことを見せつけるのが好きという、困った一面があるのだ。「ヘブリディス諸島にその名前の島があるのは本当よ。吹きさらしの、草も生えない島で、生きるものすべてが逃げ出してしまったってところ。でも、キルダという名前の聖人が実際に存在したことはない。だから、いわば偽聖女ね。わたしの見る限り、だいたい合ってるわ」

女性よ、女性に気をつけろ、とパスコーは思った。話題を変えたほうがいい。だが、巧妙に。

「やせっぽちの悪女といえば」彼は言った。「きみとフフィオンのあいだはどうなったの？　彼女の二つの顔《フ・フェース》の一つをひっぺがしてやった？」

「ばかなこと言わないで。取引を持ちかけたのよ。この場で絞め殺されたいか、それともわたしの次の本をハリー・ポッター以来最大の宣伝で売りまくるか」

「で、彼女はまだ息をしてるんだろうね？　きみはメディア・ビジネスですごく成功すると思うな。その頭のねじくれ方がまさにぴったりだ」

「そうかしら？　じゃ、このスコッチのボトルを二階に持っていって、ベッドで飲み干しましょうと言ったら、あなたのまっすぐな頭はどう反応する？」

　パスコーは立ち上がって言った。「ねじれが始まったみたいな感じだ」

7　イン・ザ・ムード

　土曜日の朝、二人の看護師が腰を傷めそうになりながらダルジールを洗浄し、元どおりに寝かせてやった。

「これがまだずっと続くようじゃ、こっちが入院だわ」一人がぐちった。金髪の小柄な女性で、顔も体も栄養のいい天使のようだった。「このおじさんのスイッチ、いつ切るのかしら？」

　同僚は答えた。この仕事は毎日ぞっとすることだらけで、その逃げ道として人の死を冗談にするのには慣れていた。

「誰か、大きな心臓が必要な人が出てくるまで、生かしておくのかもよ。この体重じゃ、きっとすごい大きさでしょ」

「心臓だけじゃないわ」第一の看護師は見下ろして言った。

「あれをうちのスティーヴに移植できないかしら？　もっ

とも、彼は膝が弱いから、きっと立ち上がるたんびに転んじゃうわね！」

　もしこのやりとりが聞こえていれば、ダルジールはおもしろがって大笑いしたかもしれない。残念ながら、今日、彼は体外離脱体験をしていなかった。実際、彼はまったく体内にとどまっていて、その意識は廃棄された炭鉱の深い深い縦穴の底にある黒い箱にあいた針穴から入ってくる弱い光でしかなくなっていた。この意識の中には記憶と呼べるようなものはなかった。ごく一般的な、たとえば草の上に降る雨、地面を照らす光、海の上の太陽、といった記憶もなく、どこか別の場所の記憶、いや、今ここという感覚すらほとんどない。ただ、針穴と暗闇を隔てる薄っぺらな膜があるだけだった。

　そして、たった一つ残っている選択肢は、暗闇の圧力が膜を破るにまかせ、そうなったら外へ、疑いの余地なく外へ、出ていく（ミュアの詩「瀕死の子供」より）こと……

　金髪の看護師は言った。「よしと、これでおでぶちゃんは終わり。あ、待って。音楽をまたかけとかなきゃ。さもないとガールフレンドが犯人を見つけて痛い目にあわせるでしょうからね」

　キャップ・マーヴェルのミニ・ディスクはよく切られていた。掃除人が電気の差込口を使う、顧問医師が自分の声の邪魔になる音をいやがる、《ビッグ・バンドでスイング》は、たとえピアニシモでかかっていてもむかつく職員がいる、等々、さまざまな場合があったが、音楽なんかかけても役に立たない、ありもしない希望を助長するばかりだ、とたいていの人が思っているのが、おもな理由だった。

　だが、キャップ・マーヴェルの今そこにある怒りを前にして、ありもしない希望などという言葉を使う人はいなかったから、ドーシー・ブラザーズ・オーケストラの《イン・ザ・ムード》がふたたび流れ出した。それは巨漢の耳に忍び入り、明るい金管の響きがくるくると回りながら深い暗闇の中へ降りていった。

　二秒後、それまで一定のリズムで動いていた心臓モニターに、一瞬、音楽に感応したシンコペーションが表われた。これを見れば、看護師たちは興味を持ったかもしれないが、そのときには二人はもうドアを出て、次の天使の業務へ向かっていた。

8　公平に

土曜日の朝、前夜の体内体験の結果、パスコーは遅く目を覚ました。

ベッドのエリーの側にはまだ温かいへこみが残っていて、彼は転がってそこに入ると、昨夜の出来事を最初から思い出した。まずむさぼるように求め合い、愛を交わしたあと、エリーは銃を目にしてどんなにおびえたかを告白し、彼は画面が真っ白くなってからの長い数分のあいだ、どういう気持ちだったかを話した。それから、二人は抱き合ったまま、黙って長いこと横たわっていた。恋人どうしというより、暗い森の中で道に迷った二人の子供のようだった。ひとりぼっちの恐怖さえなければ、どんな恐怖にも立ち向かえる。

寝室のドアがあいた。彼はにっこりしてそちらを見た。

きっとエリーがコーヒーとクロワッサンを持って入ってきたのだと思った。

彼女は入ってきたが、コーヒーなしだった。微笑を返しもしなかった。

「今、ニュースを聞いたわ。マイクが殺害されたって。このこと、知ってたの?」

マイクって誰だ? 彼は考えた。だが、さいわいにもその疑問を口に出さないうちに、脳が答えを出してくれた。マイケル・キャラディス、またの名アバス・アシール、テロ容疑者。

彼は半身を起こして言った。「死体がどうのというニュースは聞いた。彼の名前が出たけど、確実なことはなにもなかった。彼の死体だと確認されたの?」

「ええ、そうよ。どうしてなにも言ってくれなかったの?」

「ほかのことが心にかかっていたからさ」

「つまり、セックス?」

彼は答えず、まじめな目つきで彼女を見つめると、やがて彼女は渋い顔になって言った。「ごめん。わかってる……ただわたし……もうどう感じていいんだか。ここって、イギリスでしょ? でも、爆弾は爆発するし、首を刎ねられる人やら、テレビのスタジオで銃を振り回す人がいると思えば、今度はこれ……何がどうなってるの、ピート?」

彼は手を伸ばし、妻をベッドの自分の脇に引き寄せた。

「わからない。でも、調べ出すよ」彼は言った。「警察はほかになんと言ってる?」

「死体は彼のものだと確認されたってことだけ。記者たちは死因をしつこく訊いていたわ。みんなリシン中毒だと言ってるけど、スポークスマンは肯定しようとしないの。テレビをつけたら、彼が乗っていたゴムボートと、ついていた旗の画像が出た。〝これで安全〟。ピート、あのサイード・マズラーニの首を刎ねたテンプル騎士団とかいう頭のおかしい連中から連絡があったそうよ。マイクは無罪放免になったのに、かれらはおかまいなしに殺した」

「無罪放免になったからこそ、殺したんじゃないかな」パスコーは暗い表情で言った。

「それで、あなたのマンチェスターのお友達はこれについて何をしてるの？」彼女は夫から体を離し、強い口調で言った。「それとも、誰かが自分たちのために汚れ仕事をただでやってくれてるとでも思ってるのかしら？」

「次に会ったら必ず訊いてみるよ」パスコーは言った。「じゃ、ジェーンがうちのお嬢さんを連れてくる前に、ぼくらはちゃんと見られる格好にならなきゃな」

彼は手早くシャワーを浴び、服を着た。階下でコーヒーをいれているにおいがした。携帯を取り、ルビヤンカに電話した。つながると、名前を名乗り、ルーカシュ・コモロフスキーはいるかと尋ねた。

単純な考えだった。ほかの相手なら、自分がなぜキャラディスに興味があるのか、説明しなければならない。さもないと、勝手な解釈をされるおそれがある。

驚いたことに、すぐ本人が出てきた。

「どうも」彼は言った。「いらっしゃるかどうか、わからなかった」

「出てきていないという理由はないでしょう？」コモロフスキーは言った。「ところで、奥様はいかがです？」

「番組を見たんですか？」パスコーは訊いた。

「いや。わたしの好みじゃない。でも、話は聞きました」

どうせそうだろうよ、とパスコーは思った。

「彼女なら元気です。でも、そのうえこのキャラディスの事件が加わって……あの、個人的な興味ではあるんですが、もしなにか教えていただければありがたいです」

「いいですよ」コモロフスキーは言った。「無罪判決は予想されていたので、当然、監視をつけました。あちこちに人を配置した。それに、彼の靴の踵に追跡装置を仕込んでおいた。釈放手続きをしているあいだ、彼の弁護士はマスコミに向かって、クライアントはもうじき出てきて質問にお答えしますと言っていた。だが、もちろん出てこなかった。追跡装置によれば、彼はまだ建物の中にいるはずだった。さがしにいくと、靴がトイレのタンクの上にのっかっていた。われわれとしては、きっと弁護士がクライアントを別の出口から出してやるために考えた手だろうと思った。彼は否定したが、こっちは疑っていた。ところが、キャラディスの死体がノッティンガムシャーの貯水池に浮かんだゴムボートの中で発見されたというニュースが入った。死因は中毒。ただし、みんなが言っているようにリシンではない――それだと、ずっと長くかかる。ジアモルフィンを大量に注射されていた。これは早い。親切な殺し方でもある。ただ、犯人がその点を考慮したとは思えませんがね」

「ひどい。テンプル騎士団からメッセージがあったようですが」

「ええ、そうです」コモロフスキーは言った。「おもなテレビ局すべてと、全国紙の大部分にね。前と同じだ。〞法律が役に立たないところでは、われわれが正義を提供する〞とかなんとか、ああいうやつですよ。同感する人は多いでしょうがね」

「《声》の読者はとくにね」パスコーは言った。

「《声》の読者？　それは矛盾語法ではありませんか？」

相手の唇にうっすらと微笑が浮かんだのをパスコーは感じ取った。

「あの、オープンにいろいろ教えてくださって、ありがとうございます」彼は言った。「今まで、家内とキャラディスとのあいだに親しいつながりがあったってわけじゃないんですが……」

「ええ、わかっています」コモロフスキーは言った。「電話しようという気持ちになられてよかった。実は、もしそうでなければこちらからお電話するつもりでした」

「ほんとですか？」パスコーは驚いて言った。「じゃ、重ねてお礼申します」

「白状すると、わたしの動機は複雑でした」相手は言った。「奥様のお気持ちは気になりましたが、それより職業的な心配のほうが優先したんです。ミセス・パスコーと死んだ男との遠い関係は、もちろん分別ある人間にはなんの興味もない。だが、タブロイド紙はここぞとばかり飛びつくでしょう。〞爆弾事件被害者の警官いわく、うちの奥さんはテロリストの叔母〞というような見出しは、もちろん政府を倒しはしないとしても、非常に迷惑だ。それに、おもしろい記事のためなら、ああいう連中はなんだってやる。誰も安全とは言えませんよ。同僚、友人、家族――ことに子供は狙われやすい」

「ええ、はい、わかっていますけど、それが暴露される理由はないでしょう？」

「今は漏洩の時代ですよ、ミスター・パスコー」コモロフスキーは陰気に言った。「われわれが墓場まで持っていく秘密すら、死肉をあさる伝記作家や死亡記事筆者の手にかかればひとたまりもない。理由とおっしゃるが、悪意は理性の知らない理由をそれなりに持っているものです。しかし、その点に関して、たぶんわたしの見解は暗すぎるでしょうね。あなたと奥様がしばらくのあいだ首を引っ込めて弾丸に当たらないようにしていれば、キャラディス事件はすべての新聞記事と同じ運命をたどりますよ」

おれは警告を受けているのか、脅されているのか？　パスコーは自問した。

彼は言った。「キャラディスは確実に有罪だったんですか？」

「こう言って慰めになるなら申しますが、ええ、有罪でした。まったく疑いの余地なくね。ただし、我が国の法廷という温室で被告側弁護士が繊細な蘭の花のように育てる種類の疑いは別にしてですが。月曜日にはこちらに戻られますか？」

「グレニスター主任警視から、明日電話があるはずです」パスコーは言った。

「なるほど。どうであれ、またいずれお目にかかれるでしょう。さらにお役に立てることがありましたら、どうぞすぐ電話してください。それじゃ」

彼は電話を切った。階下からエリーの声がした。「コーヒーが冷めちゃうわ！」

台所で、彼は言った。「ごめん。電話で長話になっちゃって」

彼はコモロフスキーの言ったことをすっかり伝えた。

エリーは言った。「CATのスパイたちはあなたと距離を置いてつきあってるんだと思ってたけど？」

「ところが今、その一人が一生懸命に好意的なところを見せている。うん、ぼくも気づいたよ」

「それで、彼の言うことを信じる？」

「どの部分？」

「まずは、マイクが確実に有罪だっていう部分」

「すごく確信があるようだった」

「イラクに大量破壊兵器があるって確信していたのは、彼みたいな人たちだったわ」

「だからって、かれらがつねに間違っているとも限らないさ」

「ええ。でも、どっちにしても違いはないんじゃない？」

彼女の言っている意味はわかったが、それでも訊いた。

「なんだって？」

「マイクは殺害された。有罪だろうと無罪だろうと、彼がどんな罪状で訴えられていたかは関係がないわ。彼は殺害された、それだけ。そうでしょ？　それとも、彼が確実に有罪だったと聞かされたから、あなたにとってはこれが正当化できる人殺しだってことになる？」

「いや、もちろんならないさ」パスコーはいらいらして言った。「不法な殺害は不法な殺害だ。動機や事情を考慮するのは法廷にまかされている。恐れもひいきもなく、公平に。司法組織はそういうふうに裁判をするものだし、警察はそういうふうに捜査をするものだ」

「で、あなたはミル・ストリートの爆弾事件に関して、そういうふうにやっているわけね？」

「なんだって？」パスコーは言い、考えた。ちぇっ！　しっかり隠しておいたつもりだったのに！　ウィールディからヒントをもらったのか？　まさか。でもそうすると、どうして……？

「ほっておけないのね、ピーター？」

「ぼくは危うく死ぬところだった。すごく大事な友達は死ぬかもしれない」彼は言い切った。「ちょっと強迫観念に取り憑かれているみたいに見えるとしたら、ごめん。これからはなるべく頭から追っ払うようにするよ」

はったりだった。考える間を手に入れようとしただけだ。ミル・ストリートで実際に何が起きたのかについて、自分の疑念や仮説をもうじき人に話さなければならない。最初の相手はエドガー・ウィールドであってほしかった。だが、彼なら、冷静な目でまばたきもせずにそんな疑念や仮説を検討してくれる。

次の瞬間、もうそんな選択肢はないのだと思い知らされた。

エリーは言った。「ソファのクッションの後ろにファイルがあったわ」

やばい。私的捜査ファイルだ。昨夜のごたごたに取り紛れて、すっかり忘れていた。

彼は言った。「読んだの？」

「ソファの中から見つけたものは共有財産、というのがうちの規則だったでしょ？」

この規則は、たまにロージーによけいな小遣いを渡す方法として役に立ってくれる。おおっぴらに与えては、厳格な経済政策に違反することになるからだ。

「それで？」

「もってまわった言い方はよしましょう。あなた、ミル・ストリート事件はたんなる恐ろしい事故じゃなく、なにかもっと邪悪なものだったと本気で思っているの？　それとも、これは心的外傷後ストレス障害《PTSD》の神経症的徴候の一つにすぎない？」

「わからない」彼は言った。「クレイジーに聞こえるよな。でも、キャラディスとマズラーニの身に起きたことだってクレイジーに聞こえるけど、あれは現実の出来事だ」

「ええ、でも、あの人たちの殺害を仕組んだ人間は、それを世間に知らせたがった。ミル・ストリートに関しては、メッセージなんか来てないでしょう？」

「うん。でも、あいつらは犯行を認めたくないんじゃないかな。テロリスト三人を殺しただけじゃなく、警察官二人を吹っ飛ばし、一人は死んでしまうかもしれないんだから」

これで二人は黙り込んだ。パスコーは冷めかけたコーヒーを飲み、ぐにゃっとしたクロワッサンをつついた。期待していたのはこんな朝食ではなかったのに。

エリーは静かに言った。「ピート、自分がどういうところに入り込んでいるか、ちゃんとわかっているの？」

「つまり、もしぼくが矛盾を見つけたのなら、CATの捜査員だって見つけたはずだし、それならなぜなにも言わないのか、という意味？　ああ、もちろんさ。その道はよく見たけど、いまだにどこへ続くのかわからない」

「ううん」エリーは言った。「そんなこと、思いもよらなかったわ。でも、それなら状況は悪くなるばかりね」

「じゃ、どういう意味だったの？」

「前に話していたことよ、もっとずっと個人的なこと。つまり、あの爆発でアンディは意識不明になり、あなたは死にかけたけど、もしそうなっていなかったら、あなたは事件をそこまで気にした？　たとえ矛盾点を見つけたとしてもね。テロリスト三人が死んだ。誰もなんとも思わない。CATは捜査の主導権を握る。ダン・トリンブルはそれで満足。そういう状況だったら、あなたはあちこち引っかきまわして人に目をつけられるようなことをした？」

「そういう状況だったら、犯人は犯行を世間に知らせたがっただろうから、問題はなかったはずだ」パスコーは勝ち誇って言った。だが、これはたんに討論法上の点にすぎないと、二人とも承知していた。

それでも、さらに押さずにはいられなかった。

「ともかく、みんながキャラディスをテロリストと考えるから、彼の死は軽視されるだろうと、ついさっき、きみはぷりぷりしていたばかりじゃないか。それなら、ぼくがミル・ストリートの真実を探り出そうとするからといって、どうして非難するの？」

「非難なんかしていないわ」彼女は言った。「ただ、自分が求めているのは正義より復讐だと自覚したら、あなたがどれだけ激しく自己批判するか、わかっているから」

「そうかい？　で、きみがキャラディスのために求めているのはたんに正義なの、それとも、血縁だってことが関係してくるの？」

「わたしはあの人を抱っこしたことがあるのよ、ピート」

「おしっこひっかけられたんだろう」

「ロージーだって、こっちがこつをつかむまでは、さんざんびしょびしょにされたわ」彼女は言った。

「あいつはロージーじゃない」彼は半分怒って言った。

「でも、誰かにとっては大事な息子でしょう。同じよ。わたしの言う意味ならわかってるくせに」

何がそんなに彼女の気にかかっているのか、彼にはようやく呑み込めてきた。エリーは娘がその人格のさまざまな輪郭線に沿ってのびのび成長できるよう、それだけのスペースを与えてやることが大切だと信じていた。だが、いくら両親が愛情をこめて育ててやっても、その線の一本がミック・キャラディスの場合のように、予期せぬ悲しい終末へつながっていたとしたら？

彼は言葉をさがした。空虚にも陳腐にも聞こえない、相手を安心させる言葉を。だが、彼女はまだ攻撃を終えていなかった。

「フォルダーの中にあった、遺体に関するCATの報告書だけど、あなたが書いたメモがついていた。あれはどこから来たものなの？」

もともとのファイルはグレニスターのオフィスから盗み出したものだと教えるつもりはなかったが、メアリ・グッドリッチと話をしたことは隠さなくていいと思った。

「あいつらはメアリが口を割らないよう、脅していたんだ」彼は締めくくった。CATの怪しげな態度を強調したつもりだった。だがエリーの反応はいつもながら鋭く、彼の意図を飛び越して、行ってほしくない地点まで行ってしまった。

「あらそう？　それほど脅されていたんなら、どうしてあなたには口を割ったの？」

「よき市民だからさ」言い訳にもならなかった。

彼女は即座に襲いかかった。

「CATが彼女の口を塞いだ脅しよりすごい方法で口を割らせたってわけ？　何を使ったの、ピート？　家畜の突き棒？」

やり返すとしても、せいぜい退却防御がいいところだったが、ふいのファンファーレに救われた。ティッグが威勢よく吠えながらバスケットから飛び出し、玄関ホールへ駆けていったのだ。犬がこういう反応をするのは、ロージーが接近しているときだけだった。彼女がドアのむこうにいるというのではない。一マイル以内にいて、近づきつつあるというだけだ。もちろん、犬はそんなことを知るはずはないが、それでも間違ったためしはなかった。

この家ではみんながおれよりよけい知っている、とパスコーは思った。場合によっちゃ、おれのこともおれよりよっぽどよく知っている。

彼は言った。「静かな週末もこれで終わり」

「そんなものが始まっていたとも気づかなかったわ」エリーは言った。

もしマスコミの群れがきみとキャラディスの関係を嗅ぎつけたら、どこまでひどくなるか、まだわかっていないね、とパスコーは考えた。ふいに、自宅にいるのがいちばんいいとは思えなくなった。

「そうだ」彼は言った。「テロリズムだ、爆弾だ、暗殺だと、そんなのばかりで、昔ながらの田舎の娯楽が恋しくなったよ。ロージーはスケートに行くのがおじゃんになっちゃったんだから、その埋め合わせに、ケントモア郷士のご招待を受けて、村祭りに行くことにしない？」

エリーは不審そうに彼を見た。玄関ドアがあく音がして、ティッグの吠え声がクレッシェンドで大きくなった。

「じゃ、〝絶対服従のおかた（ライダー・ハガード『洞窟の女王』より）〟にお伺いを立ててみましょ」エリーは言った。

9　決定的瞬間

キルダ・ケントモアは寝室の窓辺に立ち、車が次々とでこぼこの草地を抜けて家の脇に入ってくるのを見ていた。そこは予備駐車場なのだ。まだ正午にもならないのに、もうメインの駐車場は満杯なのだろう。天気がよいので人出が多い。幸運にも、そのよい天気のおかげで地面は乾いて硬い。去年は雨が降ったために、訪問者数は少なく、駐車場の地面はぐちゃぐちゃの泥沼になるという二重の不運に見舞われた。

彼女はあくびをした。未亡人となってから長いあいだ、彼女は不眠に悩まされた。完全に疲労困憊しないと眠れず、ようやく眠れば恐ろしい夢を見て、ほんの数分のうちに凍え、震えながら人生の暗い現実に引き戻されるのがふつうだった。

それはようやく克服した。アルコールが助けてくれたことは否定できない。だが、彼女は自制心を持っていた。化粧台にウオッカのボトルがある。飲んでもいい、トイレに流してしまってもいい、ただ歩き去ってもいい。

〝それがコントロール。逃げ出すのはコントロールではないし、隠れるのは絶対にコントロールではない〟

初めて聞いたときは、中身のない言葉だと決めつけたが、繰り返し思い出されると、真実と認めないわけにはいかなかった。これに続く言葉の真実も。

〝あなたにはなにかが必要、否定するのは無駄。でも、なにかもっといいものを見つけなさい。本物の才能があるんだから、それを使いなさい〟

最初、これは不器用にセックスをすすめる言葉のようだった。だが今では、器用になにかをすすめていると彼女は思う……。生存、ではない。生き延びるという選択肢があったことはない……。意味、だろう。しかもそこへ向かう道の途中では、夢を見ないで十二時間熟睡するというボーナスまであった。目が覚めると、少女時代のようにさわやかな生き生きした気分で、アルコールで意識を失うまで自分を痛めつけたあとの、目の奥に残る鈍い感覚はまったくなかった。

化粧台の上のボトルの隣に立ててある夫の写真を取り上げた。彼は信じられないほど若く、少年ぽくみえる。スカーバラの海辺で水泳用トランクスを穿いて立ち、強い風に金髪をなびかせている。カルチエ＝ブレッソン的な決定的《モマン・》瞬間《デシジフ》は、長時間待たないと来ないこともあれば、ふと実現してしまうこともたまにある。自分がカルチエ＝ブレッソンほどの写真家だと思い上がるつもりはないが、この決定的瞬間が訪れたとき、彼女はファッション写真という浅瀬でそれなりに前進していたのだった。飛行中隊がイラク勤務になったと彼が告げたとき、それじゃ、報道写真に手を染めようかしら、と彼女は言った。戦闘写真を専門にするわ。そうすれば、家に残らなくてすむもの。だめだよ、と彼は笑って答えた。クレイジーなのは一家に一人でたくさんだ。リアリズム写真を撮りたければ撮ればいいが、交戦地帯の百マイル以内に近づいちゃいけない。

制服姿でヘリコプターの横に立つ彼の写真もあった。訓練飛行中に内緒で乗せてもらい、操縦席の彼、プロとして仕事に集中している彼の姿を撮影したのだった。

これらの写真は身辺に置くにしのびなかった。実際、ほんの二、三週間前まで、カメラの機材を使おうという気持ちにまったくならなかった。だが人生は——たとえ無意味な、望みもしない人生であっても——なんらかの形で動いていくものだ。

写真から鏡へ目を移した。あの最初の数カ月に失った体重をすっかり取り戻してはいなかったが、一時期ほど骸骨じみた体格ではなくなった。カロリーの多くはボトルから摂取したものとはいえ、今、やせて引き締まった体は戦闘準備が整ったかに見える。

ウオッカを一杯注いだ。彼女の選択、彼女の朝食だった。母屋の前の芝生で祭りの開会宣言をするとき、出席しないかとモーリスに訊かれた。彼女は冷たくノーと答えた。〝田園のお祭り騒ぎに加わろうという気分にはなりそうにないわ〟とも言った。二人は悲劇を通して切りようのない縁で結ばれていたが、たとえ彼女が彼と同じ苗字を持ち、家族の土地で家を提供されて暮らす生活からまだ抜け出すだけのエネルギーがないからといって、公的な機会のたびに彼の横に立つ義理はない。どのみち、彼はそろそろ妻を見つけるべきなのだ。あのパスコー夫人みたいに、しっかりして、知性と情熱がある人。彼は明らかにああいうタイプが好きなのだ。あの人はまあ今のところ結婚相手にはなれないが、ああいう女ならいくらだって泳ぎまわっていて、網を掛けて引き上げられるのを待っている。

また窓から外を見た。すると驚いたことに、エリー・パスコーその人が目に入った。埃っぽいセダン車から出てくるところだ。運転席からは細身で目ざとい夫、後部座席からは幼い女の子と犬が出てきた。

これはおもしろい。あの女はあたしを見て、虫の好かないやつだと思った。彼女の夫をファックしたいようなふりを見せていたぶるのは楽しかった。ゆうべ別れたとき、モーリスの愚かなすすめにかれらが乗ってくる可能性なんかまるっきりないと思い込んでいた。どういう風の吹き回し？　二人のどっちが決めたことだろう？

予期せぬ出来事は、良いものも悪いものも、三つ一組になってやって来る。朝食の席でカップを壊すと、夕食前にさらに二つ、なにか壊すことになる。音信不通だった友人から朝の郵便で久しぶりに手紙が届くと、その日の終わりまでにさらに二人が霧の中から現われ出てくる。

エンジン音のやかましい緑色のスコーダがパスコー家の車と同じ列に入った。運転席側のドアから、ジーンズを穿き、みぞおちのあらわなトップを着た若い女がするりと出てきた。カリム・サラーディの婚約者、ジャミラだとキルダは認めた。昨夜、番組の前に会い、その後、警察がゲストの男二人とエリー・パスコーから調書を取るまで、長いことおしゃべりしながら待った。人物に間違いはなかった。

助手席側のドアからサラーディが出てきた。おそらく彼女の車なのだろう。彼は貧しい学生だと、ゆうべ自分で言っていた。父親のタクシー会社を手伝って、なんとかブラッドフォード大学の学費をまかなっている。彼女は学籍部の秘書をしており、それで二人は知り合ったのだ。

キルダはかれらの自己紹介にまったく無関心なのを悟られないよう、最小限の努力だけして聞いていたが、サラーディが襲われそうになったとき、モーリスが割って入ってくれたことにジャミラが感謝するので、モーリスは見るからにいい気持ちになっていた。若いカップルもヘアサイクの村祭りに招待されたが、キルダとしては、二人が現われる可能性はパスコー一家より少ないと思っていた。

彼女の見守る中、エリー・パスコーはサラーディを見つけ、声をかけた。彼は向きを変え、最初はぽかんとしていたが、それからエリーを認めた。二グループはいっしょになり、パスコーが紹介された。子供も。ジャミラは子供をちやほやしそうな様子だったが、少女のほうは元気のいい犬にこの二人があまり熱のこもった反応を示さないので、失礼にならない程度の無関心な態度で接していた。

母親似ね、とキルダは思った。すばやい判断、それが顔に出てもろくに気にしない。夫は違う。判断力はおそらく同じか、それ以上に鋭いだろうが、判断の結果を慇懃な微笑で隠すことを知っている。

すると、朝のうちにめずらしい出来事が二つ。三つ目が起きるのをのんびり待つか、運命の機先を制して、自分でそんな出来事を生み出すか。

彼女が祭りに顔を出すのがどれほどめずらしいことか、モーリスにしかわからないだろうが、それでも充分だ。あの細身の警官にまた会うのもおもしろい。押しの強い妻を苛立たせてやろうと彼女がクールに彼にじゃれついたとき、わずかながら、確かに手ごたえがあった。

彼女はさっとシャワーを浴び、服を着て、ライ麦クラッカーとブラック・コーヒーで朝食をすませると、ドアへ向かった。

ここで立ち止まり、向きを変えて、軽い足取りで階段を昇ると、ワードローブの上の棚からお気に入りのニコンを取った。ずっとここで埃をかぶっていた、あのとき以来……

そんな考えは頭から追いやり、バッテリーをチェックした。とうに切れていたが、スペアなら暗室にたっぷりあった。

あいた窓から蠅が一匹ぶーんと入ってきて、手つかずのままのウオッカのグラスの縁にとまった。
「どうぞ、あたしのおごりよ」彼女は言った。それから、暗室をあとにし、明るい太陽の中へ出ていった。

10　祭りの女王

土曜日の始まりはまずかった。わたしだけが悪いんじゃないわ、とエリー・パスコーは思った。あなただって事態改善に役立ってはくれなかった。あなたに必要なのは、長い暗証番号よ。それを入力すると初めて、爆破ボタンを押せる!

ロージーが帰宅して、休戦になった。子供は、三人いっしょでありさえすれば、今日は何をしたってかまわないと明言したので、ヘアサイクのお祭りに行くのがそれほど悪い案には思えなくなった。

到着後三十分もしないうちに、これはすごくいい案だったと思えてきた。

暖かい陽光の下、売店をぶらぶら回っていると、夫がリラックスして、ミル・ストリートの爆破事件以来初めて、元の人格を取り戻してきたのがエリーにはわかった。サラーディと婚約者に会ったのもよかった。彼は青年を気に入ったようだし、ジャミラももちろんだった。頭のいい、魅力的な若い女性がそばにいると、彼はいつだって、エリーが初めて出会ったときの、明るくよく笑う学生に退化してしまうのだ。

エリーは夫の変身を嫉妬心のかけらもなく享受することができた。ジャミラのことは自分でも気に入っていたし、それ以上に、彼女は婚約者の大きな茶色の瞳から太陽が輝き出していると思っているのが明らかだったからだ。話をしていてわかったのだが、ジャミラは移民三世で、しゃべり方や服装は同世代のアングロ・サクソン系イギリス人とまったく違わなかったから、寺院《モスク》の伝統主義者のあいだでどう思われているのかしら、とエリーは考えた。

答えを見つける第一歩は質問すること、と信じているエリーは、さりげなく言った。「あーあ、わたしもまだそんなトップを着られる体形だったらいいんだけど」

「あら、いいスタイルでいらっしゃるわ」ジャミラの言い方には嘘がないところがよかった。

「どうもありがとう。でも、いったん膨れてきちゃったら、たとえミシュランほどじゃなくて、まだ自転車のタイヤ程度でも、隠しておくのがいちばんだと思うわ」

「かもね。でも、モスクの年寄りの人たちは、わたしなんかやせっぽちだと思ってるのよ。ちょっと膨れてるくらいが好みだから」

「でも、服装をとやかく言われたりはしないの？」

「あら、するわ」彼女は言った。「しょっちゅうよ。でも、家族からはなにも言われないし、わたしに大事なのはそれだけ。もちろん、こんな格好をしていたら、モスクには近寄りもしないけれどね。来週、結婚式ではすっかり伝統の服装をするの。クレイジーどもはさぞ驚くでしょうよ」

「クレイジー？」

「イブラヒム師をまるで預言者みたいに崇めてつきまとってる若い男たちのこと、わたしはそう呼んでるの。あいつらを挑発するなってカリムは言うけど、わたしはあんな連中、気にならない。どっちみち、口先ばっかりなのよ。わたしの服装やしゃべり方に目くじらたてて、戒律を守れのなんのってやかましく騒ぐけど、導師はかれらをちゃんと抑えている。わたしはカリムの婚約者だからね」

「じゃ、カリムと導師は親しいの？」エリーは訊いた。〈フィドラーの三人〉で、青年がアル＝ヒジャージについて弁護的な態度だったのを思い出していた。

「まあね」若い女はためらいがちに言った。「政治に関しては、真っ向から対立することが多い。おかしいのよ、導師は。西欧の大部分に火をつけてやりたい、みたいに聞こえるときがあると思うと、うちの父よりよっぽど鷹揚な態度のときもある」

「彼は信者をけしかけてテロ行為を犯すよう仕向けているとか、新聞に書かれることがあるけど、それは事実じゃないと思う？」

若い女はすぐには答えなかったから、行き過ぎたかとエリーは思ったが、どうやらジャミラは考えをまとめているだけだったらしい。

「カルが彼について言っていることは、たぶん正しいと思う。導師はクレイジーたちに法を犯せと奨励しているわけじゃないけど、脳味噌が足りない連中は、そう奨励されているんだとすぐ思い込むし、導師はたぶんそのへんにもっと気を遣うべきなのよ」

「エリー」パスコーが呼んだ。「ロージーはどこへ行った？」

「あなたが見張ってるんだと思っていたけど」エリーは言った。「ごめんなさい、ジャム、娘をさがし出さないと」

「ここなら、そうあぶないことはないわよ」ジャミラは安心させるように言った。

「心配なのは、彼女のほうじゃないの」エリーは言った。「じゃ、あとでたぶんまた会えるわね」

会場はそう広くはなかったので、娘を見つけるのに時間はかからなかった。うれしくなるほど昔ふうな祭りだった。わざとらしいレトロではなく、ただ何年も前からこうしてきて、それを変える理由がないからそのまま続けているのだ。ロージーを惹きつけたのは子供が大勢集まっている催しだった。二十ペンス払うと、木のレバーに向かって三回ゴムボールを投げさせてもらえる。うまく当たると、村の学校の先生が下の水槽に墜落する仕掛けだ。ロージーは毎日最低一時間、ティッグのボールをできるだけ遠くまで放るのを日課にしてきたから、投げるのはうまかった。一発目が成功し、見守る子供たちから大きな歓声が上がった。しかも、これは自分の出番だと勘違いしたティッグが、びしょ濡れの教師に続いて水槽に飛び込んだから、またまた大騒ぎになった。両親がようやく追いついたときには、ロージーはさらに二回成功し、たくさんの新しい友人たちからお祭りの女王に選ばれそうになっていた。

彼女は友人たちと離れるのをいやがり、両親にそう心配されると恥ずかしくてたまらない、と主張して、二人を追っ払った。

「きみみたいだな」歩き去りながら、パスコーは言った。「強情で、口数が多くて、権力に反抗し……あ、いてっ！」

モーリス・ケントモアを見つけようと、特別な努力はしなかったが、いろいろなボトルを売っている店の前で立ち止まったとき、彼は出てきていないのかしら、とエリーは言った。

「きっと、開会の辞を述べたら、シェリーを片手に読書室に引っ込んだんじゃないのか。玄関にマスチフ二頭を置いて、悪臭を放つ百姓どもが近づけないようにしてさ」パスコーは言った。

「シェリー、とおっしゃいましたかな？　アモンティヤードのかなりいいのがどこかにあるはずだ。ようこそ。おいでいただいてうれしいです」

シャツ姿のケントモアがウィンザー・ソースの大瓶を掲げて台の下から現われ、小柄な女性に渡した。女はカケスみたいな丸い目を光らせて、その賞味期限をしっかり確かめると、嘘のような安い代金を払い、立ち去った。

「さてと、アモンティヤードだが」彼は言った。「ああ、あった。おすすめしますよ、なにしろわたしが寄付したものですからね。二ポンドになっている。この値段なら、買い戻したいくらいだ！」

パスコーはアモンティヤードのファンではなかったが、

さっき、シェリーという単語のほかにもケントモアが聞き取ったのではないかと罪悪感を覚えていた。

代金を払いながら、彼は言った。「一日中、ここにいらっしゃるんですか？」

「口ひげをねじりながら、乳搾りの娘に色目を遣うという郷士の義務をおろそかにして、という意味ですか？」

やっぱり聞こえていたんだ。しかたない。まあ、彼はにこにこしてくれている。

「そんなに責任ある地位じゃないんですよ」ケントモアは続けた。「下の下、使い走りです。ふらふら歩きまわって、店の売り子が休みたくなると、代理に入る。ああ、ここはお役御免だ、ミス・ジグが戻ってきたから。ちょっとすわって、スナックはいかがです？　うちの地元の女性たちは、ケーキ作りでは古きよき英国の代表選手ですよ」

二人は彼について食堂テントに入った。彼は客を外のテーブルにすわらせると、自分は中に消え、しばらくしてティーポット、ミルク入れ、カップとソーサーをのせた小さい盆を持って戻ってきた。その後ろにはかわいい若い娘が続き——色目を遣う価値は充分ある——サンドイッチとケーキをのせた、ずっと大きな盆を運んできた。

パスコーはケーキを味見した。地元女性の能力はケントモアの誇大宣伝ではなかった。本当にうまい。すると、彼の肩に手が軽くのせられ、キルダの声が言った。「ピーター、エリー、ようこそ。モーリス、こき使われてもう休み時間てわけね」

「キルダ、出てきたのか」ケントモアは言った。「きみの家に捜索隊を送り込もうかと思っていたところだ」

〝きみの家〟だって、とパスコーは耳にとめた。エリーも同じだったが、彼女はそれを確かめることにした。

「村に住んでいらっしゃるの、キルダ？」彼女は言った。

「いいえ。この荘園の中。さっき駐車場に入られたとき、コテッジを目になさったでしょう。〈門番小屋《ゲートハウス》〉と呼ばれているけど、門はとうの昔になくなったの。クリスとわたしが結婚したとき、モーリスは親切にその家を提供してくれた。未亡人になってからは、惰性で住み続けているのよ。引っ越さなきゃとは思っているんだけど、たぶん立ち退き命令でも出されない限り、動きそうにないわね」

ケントモアは言った。「あの家ならきみのものだ、好きなだけ住んでいていい。わかっているじゃないか、キルダ」

気まずい間があいた。エリーはその気になればこういう間を埋めるのが得意なのだが、今回は黙ってすわり、それがどこまで伸びていくのか見守っていた。

そう長くは伸びていかないとわかった。続けざまに二つ、邪魔が入ったのだ。まず、心配顔の中年女性が、なにかの危機に対処してくれとケントモアを呼んだ。それからロージーがびしょびしょのティッグをあとに従えて現われ、彼をテリア・レースに出場させたいのだが、ばかな係員から、トラブルが起きた場合に備え、出場者にはおとなの付き添いが必要だと言われた、と告げた。

トラブルか、とパスコーはティッグを見ながら思った。犬は明らかにわくわくと興奮していた。こいつはトラブルになるな。

エリーが夫を見ると、彼はほかにすることがあるという証拠に、レモン・メレンゲ・パイのくさび形の一切れを掲げてみせた。

「はいはい」ロージーにせっつかれて、エリーは言った。「いま行くわ」

パスコーはかれらが出ていくのを見送り、それからケーキをすすめるように皿をキルダのほうへ押しやった。

彼女は微笑し、首を振った。

「まさかダイエット中じゃないでしょう」パスコーは言った。

「コルセットですごくきつく締め上げてるのかもよ」彼女は言った。

「そうは思わないな。そのへんを見破るのは、探偵学校で第一に教わる技術ですよ」

「第二は?」

「それだけ。それがカリキュラム全体の概要です。だから偉大なるイギリスのマスコミは、偉大なるイギリスの大衆にいつでも言ってやれる——警察はしょうもない能無しおまわりさんの群れだとね」

「恨みがこもっているみたい」

「ユーモアのつもりだったんだがな」パスコーは言った。

「恨みなら理解できるわ。職務中に吹っ飛ばされて、その犯人が逮捕されなかったら、わたしだって恨みをおぼえる。入院中のお友達の容態はいかが?」

「変化なしです。この週末に見舞いに行かないとな」

「うれしくないようだけど」

「彼は意識不明です。見舞いと言ってもなんだか、その、ふりを装っているだけみたいで」

「少なくとも、彼の姿は見られる」彼女は言った。

彼女の身に起きたことを思い出し、パスコーは恥ずかしくてぎくりとした。まだしもアンディは生きている。愛する人にもう二度と会えないのだと教えられたら……ゆうべ、テレビ画面が真っ白くなってしまったときの自分の感情をふたたび思い出した。

「で、お見舞いに行くおつもり?」彼女は訊いた。

「たぶんね。うちの人間でもう一人、様子を見なきゃならないのがいるし」

「意識不明がもう一人と言うんじゃないでしょうね?」

彼は微笑して言った。「まあ、そこは意見が分かれるところですが。運よく、うちのヘクター巡査はめったなことじゃ深刻な被害を受けないので評判の男でしてね。どうやら、意識はあり、まずまず元気で、完全に回復すると見られているようです」

「危険なお仕事ね」彼女は言った。「こちらの方はどうなさったの?」

「変わった出来事じゃありません。事故です。当て逃げ。犯人はまだ見つからない」

「いずれ見つける?」

「ええ。どういう車だったかは、かなりわかっています。黒のジャガーで、おそらく大きなへこみがあるはずだから、さがすのはそうむずかしくない」

彼女はカメラを取り上げて言った。「あなたの写真を撮ってもかまわない?」

「ええ、どうぞ。それ、高そうなカメラですね」

「生活がかかっていたら、けちけちしないこと。ううん、ポーズはとらないで、そのままむしゃむしゃやっていてください」

彼女はしゃべりながらスナップを撮り続けた。

「すると、今でも雑誌撮影の仕事をなさってるんですか?」

「いいえ。でも、これは《警察新報》に売れるかもね。〝ファッショナブルな警察官が今シーズン食べているもの〟。警察官の仕事はお好き?」

「ええ、と思いますね」彼は言った。「あなたは写真家の仕事がお好きですか?」

「まあまあね」

「あまり積極的には聞こえないな」

「そう? 仕事をするのはいやじゃない、ということよ。でも、それ以上なにかが必要でしょう、違う? 質問にはその意味が込められていたと思うわ。あなたは警察官の仕事はする価値のあるものだと感じている、そうでしょ?」

「ええ、そうです」

「そして、それをすることが好き。生きる価値って、そこにあるんじゃない? する価値があると感じることを見つけ、それをしていい気分になる」

「あなたもそういうものを見つけられるといいですが」

「それなりの方向に進んでいると思うわ」彼女は微笑して言った。「ああ、いかにもあなたらしい顔が撮れた。じゃ、アップル・タルトをちょっぴりいただこうかな」

「いいのを選んだ」彼は言った。

しばらく黙ってすわっていた。それはいつのまにか二人の人間に忍び寄ってくるタイプの沈黙だった。普遍的な沈黙ではなく、この二人とこの状況に固有の沈黙。背景の音、音楽や人の笑い声はまったく隔離された存在であり、この沈黙を破るどころか、ますます強める。今、沈黙は祭りが開かれている日の当たる草地全体を包み込むように思える。親しい者のあいだの気持ちのいい沈黙、と言ってもいいかもしれないが、そこに性的なものはなにもない。少なくとも、行動を要求し、エネルギーと汗を浪費するようなものはなにも。パスコーの胸に湧き上がってくるのは、エロチックな幻想などではなく、むしろ感傷的な愛国心だった。

これがイギリスだ、と彼はふと思った。イギリス人であるとは、こういうことなんだ。夏の暖かい日、村祭りの会場で楽しい相手といっしょにすわり、ヴィクトリア・スポンジ（丸いスポンジ・ケーキのあいだにジャムを挟んだもの）を食べる。頭上の青い空には点々と小さな白い雲が浮かんでいる。これこそ、戦ってでも守るべきもの……

そのとき、牧歌的静寂は破られた。遠くから犬たちの吠える不協和音と、あわてて静めようと命令する人間たちの大声が聞こえてきたのだ。

「いったい、なにごとかしら?」キルダは言った。

「ああ」パスコーは椅子にさらに深く身を沈め、二個目のクリーム・エクレアに手を伸ばしながら言った。「うちの娘のテリアが競争相手たちに向かって、まったく彼独自のハンディキャップ・システムを紹介しているんじゃないかな」

11　忘れられた夢

パスコーはふいに目を覚ました。

頭巾をかぶった人物がこちらに身を乗り出し、片手を彼の肩に置き、片手にはきらめく肉切り包丁を持って、彼のむき出しの首に振り下ろそうとしている。

目を閉じ、寝返りを打とうとした。手はぐいと彼を押さえつけた。また目をあけると、今度は妻の心配そうな顔が見えた。枕元の時計は二時五分前を示していた。

彼はなんとか半身を起こして言った。「なに?」

「あなた、ぶつぶつ言いながらのたうちまわっていたから」

「ほんと?」

そのとき、熱っぽく、汗をかき、吐き気がするのに気づいた。

ベッドから転がり出るなり、なんとか浴室に駆け込み、嘔吐した。

「ピート、大丈夫?」エリーがドアのところで言った。

「すぐよくなる。きっと食べたもののせいだ」

「ケーキをあんなにたくさんね」彼女は言った。「それに、ウィールディとはどのくらい飲んだの?」

祭りから帰宅したとき、彼は部長刑事と飲む約束をしていたのを思い出した。行く気になれなかったのだが、いつもウィールドをかばうエリーは夫がキャンセルの電話をしようとするのを止め、「わたしが夕食の支度をするあいだ、三十分くらいかまわないじゃない」と言ったのだった。

自分の本能に従うべきだった。会合はあまりうまくいかなかった。

彼はミル・ストリートで実際に何が起きたのかについて、自分の仮説を提示した。弁舌は明瞭、論理は反駁できないものに思えたのだが、ウィールドからは喝采を送られるどころか、まずい報告をしたばかりの見習い警官に見せるような無表情な目で見つめられただけだった。

「で、どう思う?」彼は訊いた。

「はっきりさせておこう」ウィールドは言った。「きみの説によれば、マズラーニとキャラディスを殺したテンプル騎士団のやつらがミル・ストリートの爆発の犯人だ。その一人が、おそらくはアラブ人たちを脅かそうとして発砲し、それでヘクターが入ってきて邪魔することになった。その後、かれらは屋根裏伝いにいちばん端の六番地まで逃亡した。ヘクターが来たから、警察が近所にいることはわかっていた。それでも無謀にも、三番地に置いてきた爆弾をリモコンで爆発させた。しかし、その爆発できみとアンディが負傷したと聞くと、かれらは自分たちの関わりについて黙っていることにした。なぜなら、キャンペーンの第一歩で作戦に失敗し、結果的に警官が一人死ぬかもしれないというのではまずいからだ」

「そのとおり」パスコーは言った。ついさっきまで明瞭だったはずのものが、今ではなぜこう不明瞭に思えるのだろう。

「それに、この失敗をしでかしたテンプル騎士団というのは、たんなる熱狂的な自警団なんかじゃなく、きちんと組織された陰謀団であり、おそらくCAT内部にいる誰かが情報を流し、活動を守ってやっている」

「ぼくにはそう思える」パスコーは言い切った。「証拠を見ろよ！　弾丸、検死報告書、フリーマンの監視作戦が隠蔽されたこと、ぼくが波風を立てたと思われたときのCATの反応……」

「ピート、もしうちの刑事の一人がこんな証拠をもとにして、きみの言うような結論に達したとしたら、きみはそいつを厳しく叱りつけるだろう。たとえミル・ストリート事件にはCATが明らかにしている以上のことがあるにしたって、黙っていれば捜査の得になるというだけの理由かもしれない。あそこの現場を調べたとき、実はもっとたくさんいろんなものが見つかったが、そういう方向から攻めてくると犯人たちにわからせないように、公表を避けているというだけなんじゃないのか？」

パスコーはこれを考えてみた。非常に筋が通っていて、動揺した。

「じゃ、どうしてぼくを部外者扱いする？」彼は訊いた。

「それは、きみがまさにそういう立場だからさ、ピート。部外者。かれらはきみのことを心配している。それは隠しておきたい事実があるからじゃなく、きみが個人的にああいう体験をして、アンディは意識不明という状況では、きみがどう転ぶかわからないからだ。たぶん、そもそもグレニスターがきみを自分のチームに加えたのは、それが理由だったろう。しっかり見張っていられるようにね。ろくでもない仕事を与えられたって、きみ自身言ってたじゃないか」

彼は部長刑事とさらに二杯ほど飲んだ。慎重に構築した仮説が粉砕されたことに気を悪くしていないと示すためだった。それで夕食には一時間近く遅刻し、どっちみち食欲はなかったのだが、妻を前にして平和を保つため、無理に食べたのだった。

で、これがその結果だった。思い出そうにも思い出せない悪夢。しかも胃の中はモーセの杖が触れたあとの紅海のごとき波乱状態だった。

彼は冷たい水に顔をつけ、歯を磨き、うがいをして、ようやくちょっと気分がよくなった。浴室から出てくると、エリーが熱いミルクの飲み物を作ってくれていた。

彼女はパスコーが退院したときジョン・サウデンが処方してくれた錠剤も出してきた。彼は退院後数日のうちにその薬を飲むのをやめ、マンチェスターに出かけたときは自宅に置いていったのだ。今、彼はいやな顔をして薬を見た。

「眠くなるからいやなんだ」彼は逆らった。

「あなたはパジャマ姿で、今は朝の二時よ」エリーは言った。「飲みなさい」

パスコーは気の毒なヘクターより気前のいい代母妖精に恵まれたとはいえ、二人とも生存本能を贈られたという共通点はあった。ただし、パスコーのそれはかなり特殊化したものだった。妻と議論しないときをわきまえているのだ。

彼はベッドに戻った。

「少しは気分がよくなった?」彼女は訊いた。

「うん。ずっといい。朝になったら、アンディの見舞いに行こうかと考えていたんだ。ヘクターの様子も見たいし」

「いい考えだわ」彼女は言った。

エリーは夫にキスしようと身を乗り出した。彼は口を逸らそうとした。歯磨きとうがいとミルクのあとでも、まだ喉の奥に嘔吐の味がかすかに残っていたからだ。だが、それでも彼女は唇にキスした。

それから二人は並んで横たわった。眠っているふりをしたが、目はあき、二人とも暗闇を不安げに見つめていた。

12　夢の男

翌朝、病院へ行くという話を聞きつけると、ロージーは言った。「あたしも行く」

「だめ」パスコーは言った。意図したよりぶっきらぼうな口調になっていた。「いい考えじゃないと思うよ。アンディおじさんはすごく具合が悪い。重態なんだからね」

「だから会いたいの」

「でも、まだ目を覚ましていないんだよ。きみが来てるかどうかもわからない」

「パパが来てるかどうかだってわからないけど、パパは行くんでしょ」

行かない理由にはならないけど、行くのが楽になるわけじゃない、とパスコーは思った。おれはこれから病院ですることを考え、その不愉快な気分をロージーに転移させているだけだろうか？　巨漢の枕元にすわり、自意識過剰なぎこちない言葉をいくつかその耳につぶやく。だが本心では、この無反応な肉塊にはなにも聞こえていない、ただ聞こえるのは、彼をこの浜辺に打ち上げたのと同じ生命の潮が引いていく、憂鬱な長い轟音だけだ、そう思えてしかたない。

「わかったよ」パスコーは言った。「もしママがいいって言ったら、来ればいい」

彼はエリーを見た。ロージーに関する決断を押しつけられたときにいつも見せる表情で彼女は夫を見たが、声は落ち着いて、明るかった。「もちろん、行っていいわよ、ダーリン、それが望みならね」

「うん、それが望み」娘は言った。「いつ支度したらいい？」

ロージーは自信たっぷりにしゃべっていたが、ダルジールの病室に近づくにつれ、からませた指の圧力が増し、彼女も自分と同じに緊張しているのだとパスコーにはわかった。

病室のドアを押しあけると、枕元にはキャップ・マーヴェルがすわっていたのでほっとした。

　彼女は横たわった人物に向かってしゃべっていた。自然にすらすらと話し、彼の自意識過剰な話し方とはまるで違う。実際、本物の会話の最中であるかのように、彼女は二人に歓迎の微笑を向けただけで、話がすむまで言葉を切りもしなかった。

「……そうしたら、その野郎が言うのよ、不法侵入だ、さっさとおれの土地から出ていかないんなら、力ずくで追っ払う権利だってある、ってね。だから言ってやったわ。片手でトラクターを運転するのは大丈夫？　もしわたしに指一本触れたら、そっちの腕一本へし折ってやりますからね、って。それから動物虐待防止協会《RSPCA》に電話したの。職員が来るまで一時間も待たなきゃならなかったけど、もしわたしがいなくなったら、あいつはきっとあのかわいそうな動物の脳味噌を吹っ飛ばしたうえ、死体をどこかに隠すだろうと思ってね。ほら、ピーターとロージーがあなたに会いにきたわ。こんにちは。ロージー、お元気？　ずいぶん久しぶりね。まだすごくやせっぽちじゃないの。ちゃんと食べてるでしょうね。学校はいかが？」

　アマンダ・マーヴェルは上流の育ちで身につけたものをかなり捨て去っていたが、子供に対する態度には、乳母と子供部屋の精神がまだしっかり残っていた。

「悪くないわ」ロージーは言った。

　彼女はゆっくりベッドを回って歩いていった。巨漢をできるだけよく見ようと決めているかのようだった。

　キャップは手に小さな瓶を持ち、今それをダルジールの鼻に近づけていた。

「気付け薬ですか？」パスコーは訊いた。

　彼女はにっこりして、瓶を彼の鼻の下に持ってきた。泥炭のような、アルコール性の芳香が漂ってきた。

「ラガヴュリン（モルトウイスキー）よ」彼女は言った。「すごく特徴的」

「驚いたな。効くんですか？」パスコーは疑うように言った。

「見てて」

彼女は別の小瓶を取り出し、栓をはずして、ダルジールの鼻孔の下に持っていった。すぐにいやそうな様子で鼻がひくついた。

「ジンよ」キャップは言った。「トイレの殺菌に使うくらいがいいところだとアンディは思っている」

「病院のスタッフはそういう……療法をどう思っているんです？」

「スタッフ？」彼女は戸惑って言った。「わたしにわかるわけがないでしょ？」

彼女は真に恐るべき女性だった。パスコーは自分がどのくらい彼女を好いているか、よくわからない。彼女はいつも愛想よく接してくれるが、それでも、偉大なドン・ジョヴァンニに対する従者レポレロと彼を見なしているような感じがすることがあった。体格でいえば、彼女はモーツァルトよりワグナー的で、少なくともこの点では巨漢にお似合いの相手だった。背景（上流の地主階級）、教育（聖ドロシー女子学院）、信仰（動物権擁護、グリーンピース、地球の友）に関しては、巨漢とは大違いだ。ベッドでは……中部ヨークシャー警察の集団的想像力は、二人の肉体関係をああだこうだと空想して過熱気味だった。「鯨だってやるからな」メイコック巡査は言ったことがあった。「ああ、だけど、鯨がやるのは水の中だ」ジェニソン巡査は応酬した。陸上だろうが、水中だろうが、巨漢とその豊満な愛人はごくうまくいっているようだった。

このあいだにロージーはベッドのむこう側の椅子に腰を落ち着け、ダルジールの体の上に身を乗り出していた。大きく見開いた目で、まばたきもせずに彼の顔を見つめている。

パスコーは言った。「変化は？」

「ビッグ・バンドには飽きてきたみたいな印象を受けたから、テープを変えたわ」キャップは言った。「これは気に入ると思って」

彼女はカセットの箱を彼に見せた。そこには、退屈なアングロ・サクソンの大晦日を楽しいスコットランドのホグマネイ・パーティーに変えるのに最適な音楽が詰まっていると宣伝してあった。

「ああ、これはいい」パスコーは言いながら、考えた。世界は深刻におかしな人間だらけだ。おれにはわかる、そのうち二人と同居しているんだから。

彼は言った。「あの、お邪魔をするつもりはないんです。警官がもう一人入院しているので、そっちも見舞っていこうと思います。ロージー、ヘクター巡査にこんにちはを言いに行かないか?」

少女は反応しなかった。ぐっと身を乗り出し、今では顔が巨漢の顔にくっつきそうになっている。そこまで近寄るため、管や電線の一部を動かしていた。

「ロージー?」彼はややぎょっとして言った。「気をつけなさい。管やなにかがからまったりしちゃたいへんだ」

〝刑事の娘、父の上司の生命維持装置を切る〟などと新聞に出たら、従弟のミックに関する見出しといい勝負だ。

「ロージー!」彼はもっと厳しい声で言った。

少女は立ち上がり、ベッドの足元に来た。

「オーケー」彼女は言った。「行こ」

パスコーはこんなに短時間の訪問で出ていこうとする自分を卑怯者のように感じたが、それでも薄弱とはいえ、言い訳をした。ところがロージーはまるで無関心な反応を見せた。

彼は詫びるようにキャップを見た。逃げ隠れしようとしているのはお見通しだとでもいうように、彼女は皮肉な微笑を投げてきた。

彼は自己弁護して言った。「帰りにまた寄りますよ」

ロージーは言った。「必要ないわ。あたしたち、今日のところはこれでおしまい」

事態が改善したとは言えない。

「あたしたち?」彼はきつい口調で言った。言いながら、どうもそこには彼もキャップも含まれていないようだと気づいた。

「あたしとアンディおじさん」

もう別れの挨拶をしたということか? 今ここで向かうべき方向ではない。

彼は言った。「わかった。じゃ、行こうか。ああ、そう言えば、キャップ、これを渡しておくよ。アンディが目を覚ましたときのために」

彼はビニール袋に入れたダルジールの部分入れ歯を彼女に渡した。

恐ろしいことに、彼女の目に涙があふれてきた。彼女もアンディが回復するとは本気で信じていないんだ、と彼は思った。

「ありがとう」彼女は袋を受け取って言った。「来てくださってうれしいわ。あなたもね、ロージー」

少女は物思うように彼女を見てから言った。「おじさん、これからはスコットランドの音楽が聴きたいんだと思うわ。じゃね」

廊下に出ると、パスコーは言った。「キャップがアンディおじさんのためにスコットランドの音楽を持ってきたって、どうしてわかったの?」

「おばさんがそう言わなかった?」

「いや。きみが箱を見たのかな」

「きっとそうね。あたしね、アンディおじさんが家に帰ってきたら、剣舞を教えてもらうの。おじさんは屋根裏に本物のクレイモア剣をしまってあるのよ」

これは本当だった。ある晩、巨漢の家で見せられたことがあるのだ。事件がうまく解決して派手に祝ったあと、ナイトキャップをやろうという巨漢について、パスコーは家までいっしょに行った。夜の帽子《ナイトキャップ》はいつしか帽子屋一軒に発展し、なにかの話のいきがかりで、ダルジールは剣舞の腕前を披露すると言い出した。クレイモア二振りを交差させて床に置き、輝く刃のあいだをソックスを履いた足で巧みに踏む。その複雑で活発なステップを十分間にわたって、一つの間違いもなくやってのけた。終わって、深くおじぎしようとしたとたん、足がふらついて大きなコーヒーテーブルの上にどさりと倒れ、テーブルは木っ端微塵になってしまったのだった。

彼がその情景をエリーに話したのを、ロージーは聞きかじっていたのかもしれない。

二人は看護師からヘクターの病棟へ行く道を教わった。病室に近づいたとき、反対方向から男が一人やって来て、ドアをあけた。パスコーがそのあとから続いて入ろうと立ち止まると、男も動きを止めた。

半開きのドアから覗くと、中にはベッドが二つあり、一つには見違えようのないヘクターの頭が枕にのっていた。目を閉じている。もう一つは空っぽだが、ついさっきまで人が寝ていた様子があった。

「ちぇっ」男は言った。「きっとデイ・ルームに行ってるんだ。あっちを見てこよう」

慇懃な微笑を浮かべ、彼はドアを押さえてパスコー親子を通してやってから、閉めて出ていった。

二人はヘクターのベッドに近づいた。眠っているので、巡査の顔からはふだん目覚めているときの疑念や懸念といった情緒が消え、もし人生が彼の通り道にこれほどの待ち伏せ攻撃を次々と仕掛けなければ、彼はいつもこんな顔でいられるのかもしれないな、とパスコーはふと思った。

そのとき目があき、いつもの戸惑いの表情が戻ってきた。ややあって、目の前にいるのが誰だかわかり、彼はシーツの下で気をつけの姿勢になろうとしたが、長い脚はいうことをきいてくれなかった。

「休め」パスコーは言った。「とんだことだったな、ヘック。具合はどうだい?」

適切な応答をしようと、巡査が乏しい語彙をあさっているあいだ、パスコーの視線は枕元のロッカーに落ちた。上にはちびた鉛筆一本と安物の便箋が置いてあるだけだ。隣のベッドのロッカーとはまったく対照的だった。むこうには果物鉢、花瓶、チョコレートの箱、ペイパーバックの山が所狭しと置いてある。彼は自分が入院していたとき、ヘクターがカスタード・タルトを持って現われたことを思い出し、手ぶらで来てしまった自分に腹が立った。

「悪くないです、主任警部」ヘクターは言った。

「そうか、よかった。これはうちの娘のロージーだ。いっしょにミスター・ダルジールのお見舞いに行ってきたところなんだ」

ヘクターはふいに生き生きしてきた。

「警視はいかがです? 目を覚まされましたか?」

「いや、残念ながら、まだだ」

生き生きした様子が薄れた。

パスコーはなにか楽観的なことを言おうとしたが、言葉は喉にひっかかって出てこなかった。

そのかわり、こう言った。「で、きみはいつ戻れそうだ？」

「戻る？」

「仕事にさ。みんなきみの帰りを待っている」

嘘ではない。曖昧な言い方というだけだ。

「うれしいですね」ヘクターは言った。「わたしも戻るのを楽しみにしています」

「よし。だがまず、きちんと回復しなきゃだめだぞ。聞くところでは、ずいぶんひどい打撲を受けたそうじゃないか。事故のことは、なにかおぼえているか？」

「ええと、もしかすると……いやよくわからない……たぶんおぼえていません」

これは真にヘクター的回答だった。

「心配するな。犯人はつかまえるよ。きみが倒れているのを見つけた牛乳配達が、どういう車だったか供述してくれたし、車にはへこみができているはずだからな」

ドアがあいて、ガウン姿の男が入ってきた。客が来ているのを見てぶすっとした顔になり、まっすぐ自分のベッドに向かった。

彼がベッドに入ると、パスコーは声をかけた。「お友達には会えましたか？」

「友達？」

「あなたをさがしていた人がいたんです。デイ・ルームを見てみると言っていた」

「おれはそこにいたよ。とすると、ろくに見なかったってことだな」男は無関心そうに言った。

彼は本を一冊取り上げ、読み始めた。

ロージーは言った。「これ、ブラッド・ピットのつもり？」

彼女は便箋を手に取り、開いていた。

ヘクターは言った。「ううん。彼じゃない」

「じゃ、いいわ。だって、似てないもの。でも、鎧はうまく描けてる」

パスコーはヘクターが自分の描く絵についてどれほど感

じやすいか知っていたので、きつい口調になって言った。

「ロージー、失礼な言い方はよしなさい。そもそも、それを見ていいなんて言われていないだろう」

ヘクターとロージーはそろってやや戸惑い顔で見返してきた。パスコーは悟った。ロージーは失礼な言い方をしたつもりはなく、ヘクターも傷ついてはいない。事実をぼやかす必要を感じない子供どうしのやりとりだったのだ。

「いいんです、主任警部」ヘクターは言った。

「うん、まあ、きみが気にしないんなら……」

彼は便箋を取り、線描画を見た。本当によく描けている。ロージーがなぜブラッド・ピットのことを考えたのかはわかった。二輪戦車《チャリオット》と鎧を着けた人物は、彼が最近テレビで見た映画「トロイ」の一場面にそっくりだった。

だが、あれはロージーが夜遅くまで起きて見ていいという種類の映画ではないし、二年くらい前に劇場公開されたとき、見に行ったはずもない。すると、どうして……？

友達の家に泊まったときだ、と彼はむっとして考えた。金曜日の夜、彼女たちは〈フィドラーの三人〉の大アクション・シーンをしっかり目撃したではないか。ほかのとき、寝室のテレビにDVDプレーヤーがついていれば、きっと子供用映画はさっさと捨て、両親のコレクションから〝借りた〟ものを見ているのだろう。ロージーがほかに何を見ているのやら！　エリーとひとこと話をしておかなければ、と彼は思った。彼の磨き抜かれた面接テクニックも、娘の尋問となるとなぜか切れ味が鈍るのだった。

あとで質問するぞ、とほのめかす目で娘をにらんでから、彼は訊いた。「これ、きみが描いたのか、ヘック？」

「はい」ヘクターは非難でもされたかのように、けんか腰で言った。

「すごくいいね。でも、映画では猫が戦車を引いていたって記憶はないけどな」

「猫じゃないわよ、ばかね」ロージーは言った。「ジャガーよ」

「そうかい？　それは失礼」パスコーは言った。

長柄に挟まれた動物が奇妙なのを別にして、この絵にはほかにもなにか……

彼は言った。「この御者《チャリオテイア》だけど、ブラッド・ピットでないんなら……」

「さっきドアのとこにいた男の人に似てる」ロージーは言った。いくらなんでもそんなはずはないと、パスコーには口に出せなかったことだった。

だが、こうして言葉になってしまうと、疑いはなかった。おかしな兜の下からこちらを見ている顔は、二人が来たとき病室のドアをあけていた男だった。

彼は言った。「どうしてこの絵を描いたんだい、ヘック？」

巡査の目にパニックの兆しが表われたので、パスコーは安心させるように言った。「いや、すごくうまい。まるで実物をモデルにして描いたみたいだ。われわれの仕事には役に立ちそうな才能だよ」

主任警部の仕事にヘクターを含めた言い方が効いた。

パニックは薄れ、ヘクターは言った。「頭に浮かんだ顔なんです……夢みたいなのに出てくる人物で」

「それはおもしろい」

彼は身を乗り出してヘクターに近づき、もっと夢の話をさせたいと思ったが、プレッシャーをかけすぎては逆効果だろうと判断した。

それで、椅子に背をもたせると言った。「おもしろいねえ、ロージー？　きみもおかしな夢を見ることがあるよな？　ヘックがどんな夢を見たのか、きっと聞きたいだろう」

彼の思い過ごしだろうか、それとも本当に娘は愉快そうなクールな目つきでこちらを見たのだろうか？　その顔は言葉より明快にこう言っていた。いいわ、これをやってあげたら、「トロイ」を見たことは帳消しにしてくれるの？

思い過ごしだ。そこまで悪賢い子供はいない。いくらエリーの娘でも。いや、そうか？

彼女は言った。「あたしね、すごく大きなオーケストラでクラリネットを演奏してる夢を見ることがあるわ。あたしは独奏していて、指揮者はサイモン・ラトルみたいな、うんと有名な人。前にママがリーズに連れていってくれたとき、サイモン・ラトルを見たんだけど、夢の中の指揮者は彼にそっくりなの。あなたはどんな夢を見たの、ヘック?」

ためらいがちに、ヘクターは夢の話を始めた。ふつうの夢とは違う、目が覚めているときもまだ見えているみたいだから、と何度も繰り返して強調した。

パスコーは考えた。まさか。ジャガーの引く戦車に乗った男がわざとヘクターを轢いた……牛乳配達は大きな車を目撃した、おそらくはジャガーで、現場から高速で出ていった……訴追事実は以上です、裁判長。法廷じゅう、爆笑。彼は立ち上がり、目障りなジャガーを親指で隠して見せた。

と、便箋を隣の患者のところへ持っていく
「すみません」彼は言った。「この男、誰だかわかりますか?」

男は本から目を上げて言った。「うん」そしてすぐ読書に戻った。

これでほっとしていいはずだった。ヘクターの潜在意識が意識より頼りになるという理由はない。それに、パスコーは自分の仮説がゆうベウィールドの手で粉砕された痛みをまだ感じていたから、この最新の仮説を同僚に向かって試していたら恥をかくところだったと思った。

だが、がっかりもした。いかに突飛な空想でも、破壊されてうれしいと思う人間はいない。

彼は離れようとしたが、そのとき、ダルジールがいつもからかいの種にする、細部をおろそかにしない癖が頭をもたげた。「あの、今日このかたが来る予定になっていたんですか?」

患者はいらいらした顔でパスコーを見た。

「ええ?」彼は言った。

「お友達ですよ、ここにあなたをさがしにきた。あの人は今日、お見舞いに来ることになっていたんですか?」

「なんの話だ?」

「この絵の男です。誰だかわかるとおっしゃったでしょう。お友達じゃないんですか?」

「なんだっていうんだよ? ああ、誰だかわかる。だが、友達なんかじゃない。ちょっと待て……」

彼はロッカーの上へ身を乗り出し、ペイパーバックの山の下のほうから本を一冊引き抜いた。

「ほら」彼は言い、本を突き出してパスコーに渡した。

「そいつだよ。じゃ、読書に戻らせてもらえるかね？」

本は『砂を染める血』というタイトルで、〈イラク戦争の物語〉と副題がついていた。著者はジョン・T・ヤングマン、元特殊部隊《SAS》、というのは裏表紙を見てわかった。出版社はヘドリー＝ケイス、エリーの小説を出しているところだ、とも思った。だが、いちばん彼の目を惹いたのは、宣伝文句の下に載った著者近影だった。

大きくはない、せいぜいパスポート・サイズだが、疑いはなかった。写真に写っているのはドアのところにいた男であり、ヘクターの御者《チャリオティア》だった。

13 変化なし

パスコーはすばやく行動した。

ウィールドや、そのほか誰でも、こんなことには合理的な説明がつくと言うに決まっているが、万一の危険を無視するつもりはなかった。

彼は病院の警備部に電話し、ヘクターの病室の外に人を配置させた。

「きみの知っている人間以外は絶対に誰も入れるな」彼は命じた。「ことにこの男は近づけるんじゃない」

彼は隣の患者から押収した本の裏表紙の写真を見せた。例の不機嫌な患者はミルズという名前で、中央病院には痔核切除手術のため入院しているのだった。不機嫌なのはそのせいかもしれない。

カバーの写真と比べると、ヘクターの絵のほうが男の顔の造作がはっきりわかったが、鎧とジャガーに目がいって、顔をよく見てもらえないだろうとパスコーは判断した。「うちの警官をできるだけすぐ手配する」彼は警備員に言った。「そのときまで、絶対に動かないでくれよ」

警備員はあと三人いたので、ヤングマンがまだ病院内にいる場合に備え、うち二人には待合室や公共の場所を調べさせた。三人目は駐車場へ送り出し、ジャガーがあればメモするよう命じた。だが、あの男はとうにいなくなっただろうとパスコーは感じていた。

署に電話すると、パディ・アイアランドが当直だった。人をよこしてもらえるかと訊くと、警部はいつものように、制服部は人手不足だ、超過勤務手当の予算が大幅に削減された、うんぬんとぐちったが、パスコーはさえぎって言った。「パディ、ミル・ストリートの件できみがいろいろ心配して、わたしに文句をつけたのはおぼえてるだろう? あのときは確かにきみが正しかった。謙虚に認めるし、謝るよ。だけど、今回はわたしが正しい」

「それなら、できるだけのことはしよう」アイアランドは言った。

アラン・メイコックとジョーカー・ジェニソンの乗った車が十分としないうちに現場に現われた。ジェニソンは言った。「また花火大会を見せてもらえるんですか、主任警部?」メイコックは相棒の足首を激しく蹴りつけて言った。「ミスター・アイアランドは、あと三十分以内に次の二名を送るとおっしゃっていました」

パスコーは言った。「それはありがとう、アラン。足蹴りもな」そして、二人を位置に着けた。

アイアランドに感謝はしたが、警部は自分の立場を守ろうとするに決まっていたから、十五分後にダン・トリンブル本部長が、いかにも家族のもとからいやいやながら引きずり出されたという様子で現われても、驚きはしなかった。

「ピーター、なんの騒ぎだ?」彼は強い口調で訊いた。「パディ・アイアランドの話じゃ、何者かがヘクターを殺そうとしているときみは考えているそうだな。いったい誰がどうしてそんなことをする?」

パディはおれの考えを本部長に伝えた、とパスコーは思った。だが、本部長はおれ自身の口から言わせたいんだ。そうすれば、なぜすぐ電話しなかったとおれを叱りつけられるからだ。

トリンブルは言葉をはさまずに聞き、パスコーは締めくくった。「ヘクターの事故は事故ではなかったのだと思います。誰かがわざと彼をはねた。彼がミル・ストリートのビデオ・ショップで目撃した男を特定できるといけないと恐れたせいだ。それに、今日その同じ男は彼を殺そうとまた試みたのだと思います」

今度は本部長が口を開いた。

「ミル・ストリートの爆発に関連する可能性のあることはすべて、わたしに伝えるようにとはっきりさせておいたはずだがな」彼は冷淡に言った。

「はい、本部長。こちらの現場がかたづきしだい、お電話するつもりでした。警官が危険にさらされているときには、正式手続きより実務が優先される、とミスター・ダルジールはいつもおっしゃっています」

実は、太っちょアンディがそんなことを言った記憶はない。だが、言っていないとすれば、それは言う必要がないのがあまりにも明らかだからだ。

これでトリンブルは出鼻をくじかれた。

「なるほど。では、その実務とやらを聞かせてもらおう」

パスコーはすでにしたことを報告し、最後に言った。

「病棟のスタッフに簡単に話を聞きました。あの男が今日、病棟にいるのを見たおぼえがあるという人が二人、一時間ほど前にデイ・ルームで新聞を読んでいるのを見たという人が一人いました」

「雇われ暗殺者とはあまりつきあいがないんだがね。それは正常な行動か?」トリンブルは言葉をはさんだ。

「ホンブルグ帽を目深にかぶり、バイオリン・ケースを提げているってものじゃありません」パスコーはやや苛立って言った。「ミスター・ミルズ、というのはヘクターのルームメートですが、彼は今朝、部屋のドアがあけられたのを記憶しています。誰かが覗き込んだ——誰だか顔は見なかった——それから立ち去った。ヤングマンだったろうとわたしは思います。ヘクターの部屋にほかにも人がいるとわかって、彼は出ていき、デイ・ルームで静かに待った。ミスター・ミルズがデイ・ルームに入ってきたので、彼は病室にまた行ったが、たまたまわたしとロージーがヘクターの見舞いに来たのとぶつかってしまった。たぶんそのあとも見張っていたんでしょうが、ミスター・ミルズが戻ってきたので、今日はだめだと悟った。さっきも言いましたが、彼をさがすよう、警備部に頼みました。もういないでしょうがね。ただし、また現われるってことはあります」

この報告を自分で評価するなら、せいぜいＢの下だ。そもそも最初から大きなハンディキャップを負っていた。中部ヨークシャーで、ヘクターが中心に存在することを扱うとなると、大天使ガブリエルに宣誓供述書つきで支持してもらわなければならない。巡査の幻視について話すと、本部長は愕然とした顔になったし、裏づけ証拠として御《チャリオテ》者《イア》のスケッチを見せると、笑いをこらえきれずに体を震わせていたが、悪くは言えなかった。

だが、トリンブルは部下に自由に航行する余裕を与えるのが好きだった。アンディ・ダルジールを指揮下に置く人間なら誰でもいずれ学ぶが、そうしなければ自分のほうが砂洲に乗り上げて、にっちもさっちもいかなくなるのがおちなのだ。

彼は言った。「わかった。ここに見張りを置きたまえ。グレニスター主任警視に連絡する暇はまだなかったろうね？　もちろん、わたしに電話したら、すぐ彼女に電話するつもりだったんだろうが」

「おっしゃるとおりです」パスコーは言った。

「よし。では、ミスター・アイアランドのおかげできみはわたしにコンタクトする手間が省けたんだから、わたしもＣＡＴに関して同じようにしてやろう」

つまり、これから二時間のうちにおれがＣＡＴに連絡するとは信じていないってことだな、とパスコーは思った。

だが、トリンブルは考え違いをしていた。地元では、パスコーは近道や障害物をよけて通る道筋に通じていた。これまでにしっかり教えられてきたのだ。だが、ヤングマン捜索は中部ヨークシャーの外で始まるだろうから、そうなれば話は別だった。ダルジールなら、なんとかやってのけたかもしれない。彼は操り糸をたくさん手にしていて、その先はあちこちのひどく不思議な場所に縛りつけてある。だが、パスコーはまだそんなネットワークを織り上げている最中だった。

どっちみち、あんたたちなんか信用していないとCATに見せつけるいちばん手っ取り早い方法は、あんたたちなんか信用していないという態度で行動することだった。そして、その線でプレーする前に、彼はもっとずっといい手札が欲しかった。

「ピーター！」

振り向くと、エリーがロージーを連れてこちらに向かってくるところだった。

さっき、彼は看護師の一人にロージーの世話を頼んだのだった。最初は病院の託児所に連れていってくださいと言ったのだが、ロージーから激しく反対されたので、行き先を食堂に変え、なだめるために十ポンド与えた。

それからエリーに電話し、ちょっと緊急事態になったので、ロージーを迎えにきてくれないか、と頼んだ。

エリーはいつものように、〝緊急事態〟という言葉を聞くと、つべこべ言わずに行動した。

だが、今ここまで来た以上、何が起きているのか説明を聞きたがった。

彼女の反応はトリンブルの反応とそっくりだった。

「誰かがヘクターを殺そうとしている？」信じられないというように言った。「でも、どうして？」

彼女は夫の仮説に耳を傾けたが、その顔には、ガリレオがおそらく異端審問官長の顔に認めたであろう表情が浮かんでいた。

「ピート、よしてよ、そんなクエンティン・タランティーノみたいなこと。だって……ヘ、ク、タ、ーよ！」

「いいよ」彼はいらいらして言った。「確かめる方法はある。ヘクターの部屋の見張りをキャンセルして、もしあいつが殺されたら、ぼくは正しかったってことだ！」

「ばかなこと言わないで」

パスコーは妻をにらみつけ、それから娘のほうに目を向けた。議論がけんかに発展するのを避けようと、釣り銭を要求したのだ。四十分のあいだに女の子一人でどれほど飲み食いできる？

ロージーは母親譲りの虚心坦懐な目で父親をじっと見ると、彼がなにも言わないうちにこう言った。「パパは正しいと思う。あたし、あの男が気に食わなかったもの」

「そうだったの？」パスコーは言った。予期せぬ支援を受けて大喜びだった。「どうして？」

「うん、あの人、ドアを押さえているとき、にっこりしてたけど、ほんとはくそったれと思ってるのがわかった」ロージーは言った。「その、お見舞いに来たのに、その人がベッドにいなかったっていうときのくそったれじゃなくて、もっとすごいの」

〝くそったれ〟なんて言葉を――二度も！――使ったことを叱るべきか、それとも、おれの説を支持することを言ってくれたんだから、大目に見るべきか？　とパスコーは自問した。

エリーには迷いはなかった。

「いらっしゃい、ロージー」彼女は厳しい顔で言った。「うちに帰りましょう。車に乗ってるあいだ、あなたとシェイクスピアの言語との特別な関係について、じっくり話し合おうじゃないの。どのくらいかかりそうなの、ピータ―？」

休戦が申し込まれ、受諾された。「長くはならない」彼は約束した。それから二人はキスした。確実に受諾された。

彼女は小声で言った。「万一、あなたが正しいってこともあるから――わたしは認めないけど――気をつけてね」

彼は二人が出ていくのを見送った。エリーの言うとおりだ。もし彼が正しいなら、たぶん気をつけなければいけない。

それに、彼がいちばん気をつけて世話をすべき相手は病院のベッドに横たわっているのではなく、目の前から歩き去っていくところだ。

ドアのところでエリーは振り向き、声をかけた。「忘れてた。アンディの具合は？」

パスコーが娘を見ると、彼女は共謀者のような顔でにっこりした。

彼は言った。「変化なし。あっちも同じだ」

14　島の昆布の香り

アンディ・ダルジールはマーリの結婚式に向かっている。

さあ楽しく行こう
踵をつけ、つま先をつけ

ヨークシャー男であるのを誇りにしている。優しいヨークシャー女だった母が与えてくれたものすべてを誇りにしている。ヨークシャーの仲間たちと《イルクリーの野原で帽子をかぶらず》を歌い上げるのを誇りにしている。だが、彼の心の琴線をかき鳴らし、目から涙を搾り出すのは、いつも父方の家族の音楽だった。

腕を組み、列をなして

みんなでマーリの結婚式へ

自分が誰と腕を組んでいるのか、よくわからない。正確な意味で、その腕がそもそも腕なのかどうかさえ自信はないが、この歌が呼び起こす歓喜や明るい気分は本物だと感じられるし、彼は贈られた馬の口の中を見てあらをさがす人間ではない。

もちろん、その馬の贈り主がギリシャ人なら別だが。あるいはランカシャー人か。

丘の道をのぼりおり
ギンバイカは緑、ワラビは茶色……

もちろん、本物の丘はない。緑も茶色もない。ただ、音楽の太い道の上にらくらくと浮かんでいる。何年も前、スコットランドのいとこたちといっしょにどこかの小さな家の片隅に押し込められ、大柄なヘイミッシュおじさんがバイオリンを取り出したときも、こんな感じだったと思い出す。

ニシンはたっぷり、ごちそうもたっぷり
彼女の籠には泥炭がたっぷり

泥炭。あの甘い、スモーキーな香り。クリスタルのタンブラーの中の黄金色のプールの表面から漂ってくるのなら、もっといい……

かわいい子供たちもたくさん……

幼いロージー・パスコーはかわいい子供だった。かわいい娘に育ち、神様が親切なら――今のところ、疑う理由はまったくない――将来は、はっとする美人になるだろう。それに、もっと大事なことだが、親切で思いやりの深い女性になる。

ナナカマドの実のように真っ赤な頬……

彼は昔から親切な女性に恵まれてきた。別れた妻だって親切だった……それなりに……家を出る前に、夫のスーツを切り裂くとか、二十年もののシングル・モルトをトイレに流して替わりに酢を詰めておくとか、そんなことをする女もいる。彼の妻はメモを残していった……〝夕食はオーブンを低温にして入れてあります〟……彼は台所に行き、オーブンをあけた。

ゆっくり、かりかりになっていた。

ハム・サラダが。

あれから何年もたったのに、まだ笑える。

女、女……今、腕を組んでいる相手は女たちなのかも……

…あの親切な女たちみんな……

中でもことに一人……

最後の一人？　誰にわかる？

でも、輝く星だ……星以上の存在だ……

どんな星より明るく

どんな星より美しく……

キャップ。ミズ・アマンダ・マーヴェル。ルパート・ピットｰイーヴンロード閣下前夫人。なんと呼んだっていい。彼女がそこにいるという感覚は、彼を音楽よりさらに高く舞い上がらせてくれる。

丘の道をのぼりおり
ギンバイカは緑、ワラビは茶色
牧場を越え、町を抜け
みんなそろって……

キャップ。

音楽は消えていくが、彼はまだ漂っている。

しかし、こいつはなんだ？　のろのろしたペースになり、ムードが変わる。あ、よしてくれ！

《スコットランドの花》

冗談じゃない！　なんて陰気くさい歌だ。スコットランドのラグビー・チームがワールド・カップで優勝できない理由はただ一つ、試合前に歌う歌のせいだ、と彼は前々から信じている。いくら選び抜かれた青年たちだって、こんな大時代なメロディが足に詰まっていては、敵を倒しに前進することなんかできるはずがない。これに比べたら、《神よ女王を守りたまえ《ゴッド・セイヴ・ザ・クイーン》》が騎兵隊突撃合図に聞こえる！ だが、ようやくその重くだらだらした歌も終わりになった。

ありがたい。彼はまた泥沼から抜け出し、空高く舞っている。笛や太鼓がぱっと華やかになり、警察のクリスマス・パーティーでいつも彼が披露するダルジールのテーマ・ソングが始まる。

タメル、ロッホ・ラノック、ロハーバーをあとにして
行こう
大空の下、ヒースの繁る道を通って
わたしの足取りがばかに軽いと思うなら、
島の昆布の香りを嗅いだことがないからだ。

これが真実だ。彼は生まれ故郷ヨークシャーの豊穣な土地と、その偉大な都市の堅固な舗道にしっかり両足をつけているが、そのハートは永遠にスコットランド高地《ハイランド》にある。

そして、男がこの世とあの世の境を漂っているとき、彼を引き離すには遠いクイリン山脈（スコットランド、スカイ島の山脈）の音楽くらい誘惑的な音楽が必要だ。だが、その音で天国に呼ばれているのか地上に呼ばれているのか、アンディ・ダルジールにはまだわからず、わかりたいとも思わない。

15 暗闇に一発

ピーター・パスコーとしては、ヒースの道なんか勝手に切り取って、いぶる煙突に突っ込んでくれ、という気分だった。

今、足元にはヒースがあり、彼は死にそうなほど蚊に食われていた。そりゃ、スコットランドは公式にはあと十二マイルくらい行かないと始まらないが、ユスリカどもにそう教えてやる人間がいないので、かれらはスコットランド的獰猛さで顔を攻撃してくるのだ。生来の吸血本能が、CATのカモフラージュ用メークアップのきついにおいに刺激されたのかもしれない。グレニスターはこれを頬と額に塗りつけるようにと主張したのだった。

防弾チョッキを身につけるよう提言したのも彼女だった。いや、〝提言〟ではない。この急襲チームに入れてもらうていた。

チョッキもメークアップも不要だと、パスコーは確信していた。

彼が考えるとおり、もしテンプル騎士団のスパイがCAT内部にいるとすれば、CATの攻撃隊が現在包囲している小さな白いコテッジの中にジョン・T・ヤングマンがいる可能性はゼロだ。

グレニスターは元気いっぱいだった。このまえルビヤンカで会ったときの、ぐったりくたびれた様子とは大違いだ。危険な容疑者を追って闇の中を這い回ると思うと、元気が出るらしい。肉体的危険を前にすると興奮する男の警官なら、パスコーはいくらでも見たことがあったが、女は初めてだった。

もっと外に出て世の中を知るべきだな。

だが、外に出るのがこういうことなら、やっぱりよそう。

トリンブルが電話すると、すばやい反応が返ってきたのだった。

まず、フリーマンが病院に現われた。

パスコーが「近くにいたんだな」と言うと、フリーマンは例のいらいらする謎めいた微笑を見せた。いくつか質問してきたが、非常に鋭く、的を射たものだとパスコーは認めないわけにいかなかった。それからヘクターを面接。結果は教えてくれなかった。最後に、彼はパスコーが取った手立てをすべてよしとし、御《チャリオ》者《ティア》のスケッチを持って消えてしまった。

それまでの出来事に関するパスコーの解釈を疑う素振りは、最初から最後までまったく見せなかった。

それでも不安は残った。できる限りの手は打ってあるにもかかわらず、自分が立ち去ったらすぐ、それまでにやったことぜんぶを取り消す反対命令が出るのではないかという不合理な恐れから、パスコーはなかなか現場を離れられなかった。エリーが心配と苛立ちをあらわに電話してきて、この週末の当直警官はあなた一人なの、と言ったので、ようやく家に帰る気になれたのだった。

エリーはその晩をできるだけ平常どおりに過ごそうと努力し、パスコーもそれに応えて努力した。落ち着かない気分を隠そうとしたが、あまりうまくいかないと自覚していたから、八時ごろ電話が鳴ったときにはほっとした。事件に関係した電話だと、なぜか二人ともわかっていた。

エリーが出た。

「主人を呼んできます」彼女は言った。

パスコーに受話器を渡しながら、電話の向こうまで聞こえる声で「ミセス・シニスターよ」と言った。

「またやってくれたわね、ピーター。この調子じゃ、こっちはみんな失業しちゃうわ」

これはいちおう、おほめの言葉らしかった。

「どうなっているんですか？」彼は言った。

「ヤングマンのいそうな場所がわかったので、今夜つかまえる予定。いっしょに来る？　これだけ活躍してくれたんだから、当然の報酬だと思うのよ」

夜の夜中に家族のいる自宅を離れ、殺人容疑者を追いまわす権利を報酬として獲得した！　本当に驚異的なことをやってのけたら、どんなごほうびをもらえるんだろう？　アフガニスタンで二週間、覆面捜査？

彼は言った。「はい」

「よかった。きっとその気になってくれると思っていたのよ。実はね、ちょっと遠くなの。彼はノーサンバーランド州、キールダー貯水池のそばに別荘を持っているの。十時までにヘクサムに来られる？」

「はい」パスコーは言った。行けるかどうかなど考えなかった。

「よかった。じゃ、集合地点の経緯参照番号はこうよ」一度しか言わなかった。

「では、もしあなたが十時までに来なければ、待ちませんから」間があり、それから彼女は小さく笑って言った。

「ヘクサムから北へ十マイルくらい、ベリンガムへ向かうB道路沿いよ。わたしはね、昔ふうなAZ道路地図派なの」

彼はエリーに行き先を告げた。嘘をついてもしょうがない。

「どうして？」彼女は心から驚いて言った。「あなたの管区じゃないわ。あなたのするような仕事でもない。それに、あなたの推理が正しくて、すでに警告が行ってるんなら、そのヤングマンて男がそこにいる可能性なんか、どうせぜんぜんないでしょう。じゃ、どうして行くの？」

彼は言った。「あっちはぼくが現場に来るのを求めているし、ぼくは答えを手に入れるまで、かれらに求められていたい。それに、行けばヤングマンの持ち物やなにかをつつきまわるチャンスがあるかもしれない、すべて極秘扱いにされて、どこか手の届かないところにしまわれてしまう前にね」

この答えの弱点を突かれてばらばらにされないうちに、彼はその場を離れ、着替えにいった。

部屋から出てくると、ロージーにぶつかった。電話が来たとき、彼女はベッドに行く途中だったのだが、当然ながら、この騒ぎを利用して三十分よけいに起きていたのだ。彼女は言った。「バードウォッチングに行くの、パパ？」

パスコーは目を落とした。がっちりしたウォーキング・ブーツにハイキング用のズボンという格好で、首には双眼鏡を下げていた。

「いや、できればそんなことはしないよ、ダーリン」彼はにっこりして言った。

「〝できれば〟が実現したことなんて、最近あった、ピート？」エリーは言った。

「ぼくは給料分の仕事をしているだけだ」彼は言った。

「違うわ。誰もあなたにお金を払って、自分がスーパーマンだと思わせようなんてしてないわよ！」

　こんなやりとりを最後に別れるのはいやだったが、しかたなかった。日曜日の夜だから交通量は少ないが、それでも約束の時刻に間に合わせるには急がなければならない。

　ヘクサムを抜けたときには、ほぼ十時に近づいていた。太陽は沈んだばかりで、まだかなり光は残っている。家を出る前に、彼は経緯参照番号で割り出した地点を地図に慎重にしるしておいた。CATの攻撃隊は道路を逸れ、カモフラージュで目につかないようにしているだろうから、気づかずに通り過ぎて、かれらに満足を与えたくないと思ったのだ。

　心配の必要はなかった。集合地点に近づくと、車が一台道路脇にとまっていて、サンディ・グレニスターがボンネットに寄りかかって煙草を吸い、フリーマンと話をしているのが見えた。

　その後ろに車を寄せると、彼女は歓迎の手を振った。二人に加わった。彼女はスラックスにスニーカーだが、フリーマンはぱりっとしたイタリア製のスーツを着て、手縫いのように見える靴を履いていた。

　彼はパスコーのウォーキング・ブーツに目を走らせ、片方の眉毛をぴくりと動かした。

「こんばんは、ピート。いいタイミングだわ」グレニスターは言った。「すてきな夕暮れだわね？　このあたりって大好き。美しい田園、観光客はまばら。われわれスコットランド人があなたがたイングランド人をオッターバーンで負かした（一三八八年の戦争）あと、この土地を手放しちゃったのが残念ね。今日はまた月光の下の戦いってことにならなきゃいいけど」

「そうなりそうな理由はあるんですか？」パスコーは言った。

「このジョンティ・ヤングマンて、ハードな男を気取ってるみたいなの」彼女は言った。「道々話すわ。あなたの車はここに置いて、あとはディヴの車で行きますから」

「じゃ、ヤングマンのコテッジは近くじゃないんですか？」パスコーは言い、もう一台の車の後部座席に乗り込んだ。

グレニスターは席で身をよじって後ろを向き、言った。

「ピート、まさかうちの攻撃隊がターゲットから二マイルばかりのところであなたと待ち合わせるなんて思わないでしょ？　あなたが迷ったあげく、ヤングマンのドアを叩いて道を訊くんじゃないかって、心配になるもの」

「ま、心配させずにすんでよかったです」パスコーは冷たく言った。

彼女は笑い、また煙草に火をつけた。フリーマンは狭い道をかなりのスピードで進んでいた。

「それだけじゃないわ」彼女は言った。「攻撃隊は公道に駐車したがらない。このあたりじゃ一平方マイル当たり、人間より狐の数のほうが多いとしたって、黒ずくめでヘルメットをかぶり、突撃銃を持った男が五、六人うろうろしてたら、人目を惹きかねない」

彼女は長く煙を吐き出し、パスコーはそれを手で払った。

「スマーティーを切らしたんですか？」彼は言った。

「ううん。でもときによっては——セックスのあと、アクションの前、深刻に蚊だらけの場所とかね——ニコチン女王様の魅力にやっぱり逆らえないのよ。それはともかく、ピーター、病院では機転を利かせてくれたわね。それに、ヘクター巡査について、あなたの目に間違いなかったみたい。彼は表に見える部分より深いものを持っている。前に彼が言ってたでしょう——〝妙な感じで、でも黒っぽいやつじゃない〟とかいうんだった？——あれも、絵を描かせたらいいかもね。必ず現場の人間の言うことに耳を傾けろ、というとおりよ」

このとき初めてパスコーには思い当たった。彼が忠実にヘクターを弁護する言葉をまともに受けとめた人がいるからこそ、テンプル騎士団は一か八かで彼を生かしておくより、消してしまおうと決めたのではないか。

そんな考えを押しやって、彼は言った。「ヤングマンについて、どんなことがわかっているんですか？」

「軍歴のほかには、たいしてなんにも」彼女は言った。「元特殊部隊《SAS》。階級は軍曹。本名ヤング、ファースト・ネームはジョンティ。だから簡単にジョン・T・ヤングマンに変えたわけね。バルカン諸国、アフガニスタン、イラク勤務。部隊内で人気のある隊員ではなかった。あまり人と交わらない。でも頼りになる、実力のある兵士と評価されていた。昇級が予想されていたのに、イラクである事件が起きてふいになった。何人もの捕虜が説明のつかない状況下の爆発で死に、それが彼の軍歴に疑問符をつけたのよ。二〇〇五年に軍をやめた。そのときにはすでに、出版社へドリー＝ケイスが彼の処女作『砂漠の死』に興味を示していた。これが出版されたあと、もう一作出ているわ。『砂を染める血』、というんだったと思う。その次も予定されているみたい。読んだことはある？」

パスコーは首を振った。

「わたしもよ。でも、デイヴは読んでみたわ。どう思った、デイヴ？」

「おもしろい」フリーマンは言った。「〝ファクション〟というんです。実話《ファクト》をひねって物語《フィクション》としてはっきりした筋を与え、安全保障上の理由から、名前や詳細は変えてある。だから、国防省にしても誰にしても、異議を唱えるのはむずかしい。そんなことをすれば、書かれている個人や出来事が事実に近いと、暗に認めることになりますからね。利口なやり口ですよ」

「じゃ、そいつは利口で傲慢な人殺し野郎なんだ」パスコーは言った。

「嫌っているようだね」

「わたしの部下の警官を殺そうとするような野郎なら、嫌って当然だ」パスコーは唸るように言った。「その本というのは、よく売れているんですか？」

「まあまあね」グレニスターは言った。「でもヘドリー＝ケイスのウェブサイトによれば、次の作品でブレークすると期待されているそうよ。わたしたちが職業的興味を示しているなんて耳に入ったら、出版社の連中は大喜びね。湾岸戦争を扱う作家を公安部が追いかけるなんて、お金をかけずにすごい宣伝になる」

「たいして心配しておられないようですね」

「ビジネスだもの。それに、わたしが回顧録を書く番になったら、出版社がどういう考え方をするものか、わかっていたほうがいいでしょ。おたくの奥様と話をすべきかもね。このあいだの晩、テレビでいい宣伝をしてもらったじゃない。奥様、ご無事だったでしょう?」

「ええ、元気にしています」

「きっと大丈夫だと思ったわ。タフな女性のようだったもの」

彼女の携帯が鳴った。しばらく相手の話を聞いてから、彼女は言った。「向かっています。十分以内に着きます」

もうじき十分というころ、フリーマンはそれまでの時速五十マイルを緩め、道路をはずれて、高々とそびえる松の木のあいだの轍の跡に沿って進んでいった。二百ヤードほどで停止した。そこには営林署のロゴのある黒い大型ヴァンがとまっていた。彼はライトを消した。

グレニスターは「ここにいて」と言って出ていった。

目が慣れるまでしばらくかかったが、慣れてくると、こんなに木の生い茂った中にも、長い夏の日の残光が漏れ入ってくるのだとパスコーにはわかった。生命を示すものはないかとさがしたが、なにも見えなかった。すると、木の幹の陰からすっと人影が離れた。黒い戦闘服を着て、銃身の短い銃を持っている。アクション映画の登場人物みたいだった。

おれはこんなところで何をしているんだ? パスコーは自問した。

グレニスターはその男と話をした。パスコーが目を凝らすと、あと二人、武装した人物が木のあいだにしゃがんでいるのがわかった。グレニスターが車に戻ってきた。

「コテッジまであと一マイルくらいです」彼女は言った。「チーム・リーダーのゴードンが偵察に二人送り出しました。じゃ、身支度を整えましょう、ピーター」

彼は車から出た。フリーマンは動かなかった。

「来ないのか?」パスコーは訊いた。

「パーティーに招待されてないんだ」フリーマンは言った。「だから仮装の必要もない」

彼は言いながら、いつもの微笑を浮かべていた。おもしろい部分に加われなくて気を悪くしているふうはない。

おれと同じで、コテッジに誰かいる可能性はないとわかっているせいかもな、とパスコーは思った。

グレニスターは先に立ってヴァンまで行った。顔ペイントと防弾チョッキが出てきたのはここだった。

主任警視はチョッキに体を押し込み、唸った。

「男女平等雇用の法律ができたとき、装備の仕入れ係に誰も教えてやらなかったのよ」彼女は言った。「こういうやつって、大きなおっぱいのことを勘定に入れてないんだから」

二人が支度をすませたころ、ゴードン（ファースト・ネームなのか苗字なのか判然としない）が加わった。黒塗りのせいで顔はよくわからないが、パスコーを評価するようにじろりと見た目つきは冷たく、好意はなかった。

「用意はいいですか？」彼はグレニスターに言った。「じゃ、行動開始だ。あなたがたにはサリヴァンが付きます。すべて彼の言うとおりにしてください。すべてです」

最後の〝すべてです〟はパスコーに向かって吐き出すような言い方だった。

「わたしがここにいるのが気に食わないみたいだ」ゴードンがいなくなると、パスコーは言った。

「少なくとも、あなたは男よ」グレニスターは言った。

「これから先はしゃべらないで。音を立ててはだめ」

「くしゃみが出たらどうします？」パスコーは訊いた。かれらのゲームに引きずり込まれないと決めていた。「このサリヴァンて男に射殺される？」

「まさか」グレニスターは言った。「やかましすぎる。きっと、喉を掻っ切られるでしょ」

実際には、出発してまもなく、パスコーはサリヴァンという男に守られているのを非常にうれしく思うようになった。彼が袖を引いたり、体に触れたり、単純明快な手振りを使ったりして、慎重に案内してくれなければ、森の中を抜けていくのはパスコーには一苦労で、きっと物音を立て、おそらくは痛い目にあい、びしょ濡れになるところだ。

サリヴァンのおかげで、かれらはふつうの山歩きとさほど変わらないペースで前進していた。

しだいに木が少なくなり、かれらはとうとう足を止めた。細い道の脇の溝の中だった。もとはアスファルト舗装の道だったのだが、今では劣化して表面が湿疹みたいなでこぼこになっていた。

道の五十ヤードほど先に、コテッジがあった。崩れかけた長方形の塀の向こうに建っている。かつては塀をめぐらした庭だったのだろうが、雑草やシダのやぶが失った領土をとうの昔に取り返していた。

この勝利に満足せず、自然は建物そのものも攻撃した。

かれらが前進していくあいだに満月に近い月が昇り、その光に照らされたコテッジはペンキを塗ったばかりのように見えたが、パスコーが双眼鏡でよく見ると、もとは白かった小石打ち込み仕上げの壁はペンキが剝げかけ、水と苔で汚れていた。月光に騙されるとは、よく言ったものだ。

この家は無人に決まっているのに、そう納得するまで、どのくらいこうしているつもりなんだ？　あまり長時間でなければいいと思った。車から出たとき、おつまみ程度に食いついてきたユスリカは、今では彼をメイン・コースにすると決めていた。グレニスターと同様、ユスリカどももオッターバーンの勝利が忘れられないのかもしれない。

ゴードンがそばに現われた。

グレニスターに耳打ちすると、いなくなった。

「これからどうするんです？」パスコーは訊いた。「やつが現われるのを期待して待つ？」

グレニスターはびっくりして彼を見た。

「でも、彼はもうここにいるのよ、ピーター。あるいは誰かがいる。中に明かりが見えたし、熱スキャナーがここに人がいると確認した」

パスコーは自分で組み立てた本棚にペイパーバックを一冊のせたらぜんぶ崩れてしまった男のような顔で彼女を見た。

「でも、明かりなんて見えませんよ」聞いたことを受け入れたくなくて、抵抗した。

「裏手よ。オイル・ランプらしい。電気は来てないの。ジョンティ軍曹は原始生活がお好みなのよ」

どこか近くでフクロウがホーと鳴いた。

「オーケー」グレニスターは言った。「かれらは中に入ります」

「あれが合図だったんですか?」パスコーは言った。

「いいえ」グレニスターは言った。「あれはフクロウ。今は二十一世紀」

彼女は頭の片側を軽く叩いた。見ると、イヤホンを耳につけていた。

コテッジの周囲で動きがあった。月光に白く見える壁の前を暗い影が飛ぶように過ぎる。それから物音。爆発。どさっという音。悲鳴。人声。

「おもしろい音ね」グレニスターは言った。「見にいきましょ」

やっぱりな、とパスコーは思った。彼女はこういうのに興奮するんだ。

彼は腰を屈め、雑草を踏んで、ついていった。専門家ではないが、あの爆発音は突撃銃の銃声のように聞こえた。あるいは閃光手榴弾か? だが、コテッジの中で騒ぎは起きていなかった。何がどうなっているにせよ、いちばんいいのは動かないことだ。プロがいいと言うまで、溝の中に潜んで待つ。ところが、彼はまたしても上司のあとに従って、敵陣へ向かっていた。このまえこんなことをしたのは……

そんな考えを頭から追いやった。ハリウッドのアクション・ヒーローみたいに危険に向かっている彼の姿を見たら、エリーがどういう反応を示すかという考えも追いやった。

コテッジまで来ると、グレニスターは窓のない側壁のほうへ向かった。

裏手の角に二人がしゃがんでいた。一人はゴードンだった。

彼は振り返り、二人を見た。

「動くなと言ったでしょう」彼は怒って言った。

「上司に向かってずいぶん生意気な言い方でね」グレニスターは言った。「どうなってるの?」

「やつはブービー・トラップを仕掛けていたんです。単純な罠で、足を引っかけると爆発が起きる。おそらく、土を詰めた缶に少量の爆薬を仕込んだものでしょう。相手を殺しはしないが、脅かして近づけないようにする役に立つ。うちの隊員の一人が小石をたっぷり顔に浴びて、倒れてごみバケツにぶつかった」

「で、ヤングマンは?」

「今ごろは準備を整えているでしょう。そうなると、生け捕りはむずかしい」

「むずかしいのはかまわない」グレニスターはぴしりと言った。「不可能、という言葉は聞きたくありません」

パスコーは家の角から向こうを覗いた。月光に照らされた庭が見えた。灌木が二本、背の高い木が一本生えているので、荒れ果てた正面の庭よりは庭らしい秩序がある。だが、灌木はハリエニシダ、木はシカモアカエデのようだから、人が植えたものではなさそうだ。

肩をつかまれ、ぐいと後ろへ引きずられた。

「殺されたいのか?」ゴードンはきつい口調で言った。

「いや」パスコーは言った。「ロックしたドアが問題なのか? きみたちなら蹴ってあけるか、窓を壊して手榴弾を投げ入れるんだと思っていたがな」

ゴードンは言った。「テレビの見すぎだ。ミスター・ヤングマンはこのコテッジの警備にすごく手間暇かけている。ああいうドアや窓だと爆弾を仕掛けなきゃならないし、そうすれば壁まで崩れる。それに、もし彼が武器にも同じくらい手間暇かけてるんなら、うちの隊員を危険な目にあわせるわけにはいかない」

「それじゃ、どうするつもり?」グレニスターは言った。

「しばらく落ち着くのを待って、それから交渉を始めます。あ、ちょっと失礼」

彼のイヤホンからなにか情報が入ってきた。だが、グレニスターのイアホンには入ってこないんだな、とパスコーは観察した。彼女は書類上は責任者かもしれないが、現場ではゴードンが王位を譲らないと決めている。

「なに?」グレニスターはいらいらと訊いた。

「二階の窓があいた。銃身が見えている」彼はマイクに向かって言った。「閃光手榴弾を投げ込めるか？」

彼は相手の話を聞いた。それからグレニスターに言った。

「手榴弾を確実に投げ込むほどの隙間はないが、射撃で中の人間を殺すことはできると思うと言っています。決めてください、主任警視」

「急に階級を返してくれたわ」グレニスターはつぶやいた。「言ったでしょう、彼がしゃべれる状態でつかまえたいの。だから、交渉を始めましょう、いいわね？」

しかし、苦労はなかった。なにもしないうちに、頭上からきんきんした声が聞こえてきたのだ。

「そこの人たち、出ていきなさい！　こっちには銃があるのよ。使い方だってわかってますからね」

バンという音がした。弾丸がシカモアカエデの葉のあいだをひゅっと抜けていった。

「次の一発はそっちに向けますからね！　さあ、出ていきなさい！」

ゴードンとグレニスターはびっくりして顔を見合わせた。

主任警視は言った。「あれは女、さもなきゃ、ヤング軍曹は人に言いたくないような深刻な戦傷を負ったか、どっちかね」

ゴードンは言った。「男でも女でも違いはない。発砲があった以上、次の行動はわたしの決定になると思いますが、主任警視」

「あなたの部下が差し迫った危険にさらされている場合に限ってね」グレニスターは言った。「あれはカラシニコフというより、ショットガンの音だったみたい。それなら、危険はどの程度かしら、ミスター・ゴードン？」

パスコーは慣れない文脈の中から慣れたものを見つけるという昔ながらの問題と取り組んでいたのだが、ふいに二と二を足し、さらに二を足して、答えが出た。エリーと同じ出版社……北東部へ出張……聞き覚えのあるケルト人特有の歌うような調子……

「冗談じゃない！」彼は言った。「銃のことは忘れろ。かわいそうに、あの女は震え上がっているんだ！　不思議はない。われわれが誰なのか、教えてやった人間はいるのか？」

彼はゴードンを押しのけ、壁の角から首を出すと、大声で言った。「フィオン！」

静寂。それから、紛れもないウェールズ訛りの声が言った。「だれ？」

「わたしだ、ピーター・パスコー、エリーの夫だ。エレナ・ソーパー。ここにいるのは警察だ、フィオン。ドアをあけて、中に入れてくれ。ユスリカに食われて死にそうだ！」

「ピーター？　ほんとなの？　姿が見えるように、出てきて」

「だめ！」グレニスターは言った。「動かないで、主任警部。あなた、この女を知ってるの？」

「ええ！　ヘドリー＝ケイスの社員です。家内の出版社。たまたま、ヤングマンの本の出版社でもある。担当作家の一人が〈フィドラーの三人〉に出演することになったので、彼女はその世話に出張してきた。ところが彼はキャンセルし、彼女は代わりに家内を出演させた。ちくしょうめ。質問して確かめるべきだったんだ。フィドラーは明らかにテロリストと関連のあるゲストを求めていた。明々白々だったのに！」

「たいていのことは、そういうものよ」グレニスターは言った。「あとから考えればね」

「ピーター、ほんとにあなただってこの目で確かめるまでは、なにもしませんからね！」女の声がした。

パスコーは前進を始めたが、ゴードンとグレニスターの二人からつかまれた。

「だめ」主任警視は言った。「彼女のことはなにも知らないし、一人きりかどうかもわからない」

「一人に決まってるでしょう！」パスコーは怒りを爆発させた。「熱スキャナーが、中には人間が一人だけいると示しているんじゃないんですか？　それに、わたしは彼女を知っている。担当作家の宣伝となるとかなり容赦ない女だが、その夫を殺すことまではしない、そのくらいはわかります」

ゴードンの手が緩んだ。たぶん、最悪の事態になっても、ちょっと気にさわるやつを一人失うだけだし、そうなれば最大限の実力行使に出る言い訳ができる、と計算したのだろう。

パスコーはグレニスターの手をそっとはずし、安心させるように軽く握ってから、コテッジの裏手の地面に足を踏み出した。

脛の高さになにか進行を妨げるものがあった。下を見ると、それは丸太にささった斧だった。サイード・マズラーニのフラットを撮影したビデオが頭に浮かんだ。あいつらは非常に危険な人間だ。ゴードンの言うことを聞くべきだったか。だが、退却する姿を見せて満足感を与えるつもりはなかった。

見上げると、寝室の窓がわずかにあいて、ショットガンの銃身が突き出ていた。ガラスの向こうにぼんやりと人影が見えた。

「フィオン！」彼は叫んだ。「ほら、わたしだ、ピーターだよ」

彼は両腕を広げ、彼女にもっとよく見える角度になるようにと、あとずさった。

もっとよく撃てる角度でもある、という考えが頭に忍び込んだ。

いらいらして、そんな考えを捨てた。頭のおかしいテロリストや、逃走中の殺人犯があそこにいるわけじゃない。なぜかこの狂乱に巻き込まれてしまった、おびえた若い女がいるだけだ。ここにいるほうが、ラッシュアワーにバイパスを運転するよりよっぽど安全だ。

「フィオン！　銃をそこに置いて、降りてきなさい！」大声で言いながら、彼はもう一歩さがった。

突き出た銃身が動くのが見えた。

そのとき大きな爆音がして、彼は防弾チョッキのすぐ上にあらわになった首の左側に鈍い打撃を感じた。膝からくずおれ、やって来る痛みを覚悟して待ちながら、彼は思った。こう次から次へと判断ミスばかりじゃ困るぞ！

16　イングランド人の約束

フィオン・リーク＝エヴァンズは非常に幸運な若い女性だった。

ふつう、包囲された建物のドアがぱっとあいて、容疑者がショットガンを振り回しながら駆け出てきたら、それに続くのは「明日に向かって撃て！」の最終シーンのリメークだ。さいわい、サンディ・グレニスター監督が「撃つな！」と叫ぶと、CATの武装応答隊は規律を守り、発砲を控えた。

ピーター・パスコーはフィオンがショットガンを手にしてこちらに走ってくるのを見ると、やりかけの仕事をかたづけるつもりなのだと思い込んだ。どうせもう死ぬんだと確信していたので、黒ずくめの男二人が飛び出して彼女を地面に倒し、抵抗しない手から武器を取り去るのを見ても、安堵の気持ちは起きなかった。彼女はそこに倒れたままなにか叫んだが、彼は耳鳴りがしていて、よく聞き取れなかった。だが、「ピーター！　ピーター！　大丈夫？」というのが聞き違いでないとしたら、いくら宣伝担当者にしたって、ずいぶん恥ずかしげもなく話をゆがめているんじゃないか、と彼は思った。

しかし今はそんな場合ではない。すぐにも恐ろしい痛みが襲ってきて、首の傷から動脈血が噴き出し、生命も尽きるのだと覚悟した。

ところが、なぜか痛みは来なかった。傷に手を当ててみると、熱い血がどくどく出ているはずが、その感覚は冷たい土の汚れに驚くほど似ていた。

サリヴァンが真実を教えてくれると、どっと安堵し、多少の恥ずかしさも感じた。サリヴァンは静かな声で話す、気立てのよい北アイルランド出身者だとわかった。

パスコーは撃たれたのではなかった。あとずさったとき、ヤングマンの罠の一つに掛かってしまい、爆発で飛んできた土の塊が首に当たったというだけだった。

唯一必要な薬は、やはりサリヴァンが提供してくれた。水筒に詰めたアイリッシュ・ウィスキーだ。優しいアイルランド人は、絶対に口外しないとパスコーが約束して初めて、これを飲ませてくれた。

このくらいですんでよかった、とパスコーは二服目を飲みながら思った。もっとひどい恥をかいていたかもしれない。さっき倒れたとき、少なくとも瀕死のメッセージを口述したりしなかった。今回もミル・ストリートのときも、それまで何年にもわたって収集したエレガントな惜別の辞の数々は、みんな頭から出ていってしまったのだった。

もうおさらばだと思っていたこの世にしっかり戻ってきたときには、フィオンとグレニスターの姿はなかった。コテッジに入ろうとすると、ゴードンに止められた。彼は部下を送り出し、周辺にさらに警告の仕掛けがないかどうか、細かく調べさせていた。

「入っちゃだめだ」彼は言った。「犯行現場だ。そのくらい、わかるだろう」

ヤングマンの所持品をつつきまわるチャンスがなくなったのにがっかりして、パスコーは逆らおうかと思ったが、引き金を引く男に向かって階級を引き合いに出すな、というのはいい金言だ。それに、ゴードンの階級は見当もつかない。そもそも、彼が警察官なのか、CATのスパイなのかすらわからない。

彼は言った。「フィオンはどこ？　あのウェールズ人の女だけど？」

「サンディ・グレニスターがそっちの車へ連れていった。足元に気をつけてくれよ。また罠に掛かっちゃ困る」

女二人は車の後部座席にいた。騒ぎがおさまるとすぐ、フリーマンが運転してきたのだろう。彼はパスコーが近づいてくるのを認め、運転席から出てきた。

「もうしばらく、二人きりにしておいたほうがいい」彼はいつもの微笑を浮かべてつぶやいた。「女どうしのおしゃべりだ」

「それをきみは横で聞いていていいけど、わたしはだめなのか？　すると、きみは何だ？　宮廷の宦官？」

フリーマンはこれを愉快がり、声を上げて笑った。それから、心配そうに訊いた。「で、気分はどうだい、ピーター？　ショックだったろう」

「別に、なんでもない」パスコーは言った。

ゴードンとコテッジの立入禁止と同様、ここでも欲求不満を我慢し、こちらに転がってくる情報のかすを待つしかなかった。エリーと口げんかし、自宅で静かに過ごす日曜日の夜をふいにしたあげくがこれでは、埋め合わせにならない。

ようやくグレニスターが車から出て、彼のそばに来た。

「で、彼女はなんと言ってます？」彼はいらいらして訊いた。

「たくさんしゃべったけど、肝心な部分はちょっぴり」主任警視は言った。「自分のホルモンに従っていったら、こんなところに迷い込んじゃったそうよ」

フィオンが主任警視にした話はまずまず明快だった。ヤングマンのこの前の本の宣伝をしているあいだに、彼と関係を持つことになった、と彼女は認めた。

「シリアスなものじゃない、と言ってる」グレニスターは言った。「でも、春にもこの森の中で週末を過ごしたんだから、たんなる一時のお遊びってほどじゃないわね。金曜日の午後、彼女は汽車で北へ出かけた。ミドルズバラにちょうど着いたころ、ヤングマンから電話があって、やっぱりテレビには出られない、親類が病気だから、と言われた。彼女はかっかしたけど、彼から、週末は予定どおりいっしょに過ごせるだろうと言われて、ちょっと冷静になった。あとで電話する、と彼は言い、そうした。金曜日の夜、番組のあとでね。彼は彼女をピックアップして、車でここに連れてきた。それからの二十四時間は頭がぼけるほどセックス。今朝、彼はまた出かけなきゃならないと言った。彼女に選択肢を与えた。最寄りの駅まで送ってもらうか、彼の帰りを待つか。彼は午後の半ばごろには戻れると思う、と言った」

「今度はどういう言い訳だったんです？」

「前と同じ。お見舞い。そう言いながら、彼がにやりとしたのをおぼえているそうよ」

「実に笑える」パスコーは言った。「で、彼女は待つことにした。価値ある男らしいな」

「みたいね。それに、彼女はこのセックス休暇にそなえて、火曜日の朝まで仕事に出ない予定にしてあったから、急ぐことはなかった。四時ごろになると、彼女はいらいらしてきた。すると電話が鳴った。ヤングマンからで、親類が重態なので、病床を離れられないと言った。さて、ここがおもしろいところよ。彼は彼女に言い含めたの。もし自分が日暮れまでに戻らなかったら、ドアと窓をすべてロックして、ショットガンに弾丸を込めろ。彼はこの家を買ったときから、近所の不良少年どもに悩まされてきた。だからブービー・トラップを仕掛けてある……」

「じゃ、彼女は罠のことを知っていた?」

「ええ、そう。前にここに来たとき、彼が見せてくれて、引っかからないようよく気をつけて歩けと言われた。彼はなにかにつけて、自分は原始人的サバイバリストだと思い出させるのが好きなんですって。彼女はそれに興奮すると、気軽く認めているわ」

横で聞いていたフリーマンは疑うように言った。「彼女がまったく無実だというのを信じるんですか? だって、ショットガンの使い方を知っている女なんて、何人います?」

「あなたって、ほとんどネアンデルタールかと思うことがあるわね、デイヴ」グレニスターは憐れむように言った。「前にここに滞在したとき、セックスのほかに二人がしたことといったら、外に出ていって射撃猟を楽しんだだけだった。それにね、彼女は六歳のときからガンを使っているそうよ。射撃か、ラグビーか、二つに一つだった」

「それで、侵入者が来るかもしれないと、彼は彼女に言った」パスコーはうながした。

「話はあと少しよ。彼は彼女に教えた。もしそういうトラブルが起きたら、寝室の窓をちょっとあけ、警告に一発撃てば、みんな逃げ出す」

「ひどい!」

「ええ、チャーミングな男でしょ? 病院で、あなたに計画を台無しにされたあと、彼は自宅に向かうつもりはなかった。いずれわたしたちがここに来るとわかっていた。それに、もしこの場所に人がいて、武器を持って侵入者を防ごうとすれば、時間稼ぎになるとも思ったでしょう」

「なんてことだ。かわいそうに、彼女は殺されていたかもしれないのに！」

「そうなったら、わたしたちは顔に非難の卵をぶつけられ、おそらく彼を追跡するのはさらにむずかしくなっていたでしょうね」

フリーマンは頑固に言った。「それでも、彼女は容疑者扱いにすべきだと思います」

「そうかしら？　意見は了解しました、デイヴ」グレニスターは言った。「じゃ、まともなスパイらしく、現場に行って、かれらがコテッジを隔離したかどうか調べてきてくださらない？　それに、ゴードンに話があると伝えてちょうだい」

フリーマンは立ち去った。パスコーは彼がつぶされるのを見ていい気分だったが、もうちょっと抵抗してくれればおもしろかったのにとも思った。

「フィオンのためを思うと、彼が責任者でなくてよかった」パスコーは言った。「彼なら、ロンドン塔にフィオンの部屋を予約して、朝になったら英国式朝食ならぬ英国式処刑が待っているってことにしたでしょう。それはともかく、彼女をどうするおつもりですか？」

「供述調書に署名してもらわないとね。あとは、放してやると思うわ」

「よかった」パスコーは言った。「彼女と話をしてもいいですか？」

「もちろんよ。当然ながら、ちょっとぴりぴりしている。知った顔を見れば気持ちが和らぐでしょう」

グレニスターには人間的優しさがあるのだと、パスコーは内心で評価を高くした。車のドアをあけ、宣伝担当者の隣に滑り込んだ。彼女はやつれてぐったりした様子だったが、入ってきたのが誰だかわかると、顔がぱっと明るくなった。

「ピーター」彼女は言った。「大丈夫？　あなたが倒れるのを見て、すごく心配したのよ！」

彼女はこちらに体を傾けてきたので、パスコーはその肩に腕を回し、引き寄せた。

「ぼくなら大丈夫だ」彼は言った。「ほんとだよ。きみのほうはどうなの？　そっちのほうが大事だ。ひどいショックだったろう」

「まったくよ！　悪夢！　これからどうなるの？」

「供述調書を取る必要がある。それがすんだら、文明の地に戻してあげるよ」

「確か？」

「もちろんさ。ほかに何があると想像していたんだい？」

「わからない。とにかく、とんでもない出来事だったから。あの最初のバンて音が聞こえて、外を見たら、しっかり武装した男たちが駆け回っているじゃない、もうおしまいだ！　と思ったわ。ドアや窓をぜんぶ閉めて、ジョンティがこの家をこうしっかり防護しておいてくれたことに感謝の祈りを捧げた。でも、外にいる男たちはプロみたいに見えたから、ステンレス・スチールと強化ガラスぐらいでそう長いこと抵抗できるわけがないと思った。そしたらあなたが現われて、人を見てあんなにうれしかったことって初めて！　でも、とにかくこれって何なの？　ジョンティは何をしでかしたっていうの？」

パスコーは気をつけて言った。「公安関係のことだ。彼は芳しくない人間にかかりあっているらしい」

「それって、例のアラブ人の首を刎ねて、キャラディスを毒殺したテンプル騎士団とかいうのに関係したこと？」

鋭い。だが、ここまで鋭いと自分の損になる。もちろん、関連がありそうだと思いつくのはむずかしくない。ことに、ラジオを持っていれば。テレビでもラジオでも、このいわゆる新騎士団とやらがどう始まったのか、団員は誰なのか、何を意図しているのか、議論がかまびすしかった。そのほとんどはたんなる推測だが、論調は幅広く、絶対に赦せない、というのから、〝気持ちは理解できるが行為は非難する〟というののさまざまなバージョン、さらには《声》の編集長のように、ほぼ公然と賛成するというのまであった。ニュース番組でインタビューされた編集長は、いつも紙面で展開している極言を繰り返した。

公安はテロリストをつかまえられず、ようやく数人つかまえれば、法律は罰を与える力がない。それならもっといい方法を見つけようとする人間を悪くは言えないでしょう。テンプル騎士団のおかげで以前より安全になったと思えるか、というのが質問なら、答えは明らかだ。ええ、確実にそう思えますね！

パスコーはフィオンに、そういう推測を公的に口に出すのは控えたほうがいいと警告しようかと思ったが、それではそれが正しいと教えるようなものだ、と思い直した。

彼は言った。「なあ、ぼくらはヤングマンと話をする必要がある、なによりもまず、彼自身のためにね。この捜査から彼を早いうちに除ければ、それにこしたことはない。だから、彼について教えてもらえれば……」

なにかある、と彼は感じた。だが、彼女はためらっていた。彼女自身、マスコミの仕事をしているから、ニュースになりそうな話を手放したくないのか。あるいは、武装の男たちが庭を横切って近づいてくるのを見たときの恐怖を思い出しているせいか。ヤングマンはわざと彼女を置き去りにして、コテッジが攻撃されたら矢面に立つよう仕向けたのだと彼は確信していたし、そう言ってやろうかと考えたが、彼女は今夜これだけ恐ろしい目にあったのだから、さらにこわがらせるのはよそうと決めた。

彼は優しく言った。「いいかい、フィオン、もしなにかあったら、ぼくはできるだけ自分で彼と接触するようにする。話をするだけだ、こんな真夜中の銃撃戦なんてばかげたやつは抜きにしてね。話がしたい、それだけなんだよ、彼の言い分を聞けるように。だから、あっちのワイルドバンチより先にぼくが彼をさがし出せる情報があったら、なんでもいいから今すぐ教えてくれ。ほかの人間には漏らさないから」

彼女がリラックスするのがわかった。彼女は言った。

「たぶんどうってことじゃないと思うけど、二月に第二作のプロモーション・ツアーをしたとき、彼が夜ホテルに戻らないことが二度ばかりあったのよ。別に悪いことじゃないわ。彼、サイン会やなにかにはいつもきちんと出てくるもの。ただし、この金曜日は例外だけどね。彼が外泊したって、ふつうなら気づきもしなかったでしょうけど、あのころにはあたしたち、もうそういう仲だったから、彼が夜いないっていうのは、まあぐさっときたのよ、わかるでしょ」

「どこへ行っていたのか、訊いた？」パスコーは言った。

「もちろん、訊いたわよ！」彼女はふいに勢いづいて言った。「そりゃ、彼はこっちが独占権を持てるような男じゃないわ。でも、どっかの読書グループの色気づいた女なんかに横取りされてたまるもんですか。サイン会のたびに女に言い寄る作家って、よくいるのよ。ファンから寝る相手《ファニー》へ、ほんの一歩だ、とそういう作家から言われたことがある。しかもそれって、純文学作家と呼ばれて、その年ブッカー賞の最終選考に残った小説家よ！」

　パスコーはあとでエリーに話そうと、頭の中にメモした。フィオンは明らかに、シリアスな小説家からはたんなるジャンル・フィクションの作家より高水準の振る舞いを期待している。

　彼は言った。「でも、おいしいオファーを利用してきたわけじゃないと彼に言われて、納得したの？」

「ええ。最初のときは、軍隊時代の旧友に会いに行ったら、一晩泊まっていけとすすめられた、と言った。これはシェフィールドに滞在していたとき。それから二日後、リーズにいたときにも同じことがあった。〝また軍の古いお友達？〟と訊いたら、彼は笑って、〝まあそういう言い方もできるな。もっとも、そう古くはないけど〟と言った。どういう意味なのかわからなかったけど、あたしには知る権利がある、みたいな態度になったら、すぐ逃げを打たれるっていう印象があったから、あとはなにも言わなかった」

「彼を好きだったから？」

「ええ、彼をすごく好きだったから。それに、仕事も好きだから。もし売れっ子作家が宣伝担当者を取り替えたいと言ったら、人が疑問に思い始める。仕事といえば、ほんとに今夜帰らせてもらえる？　明日にはデスクに戻らなきゃならないのよ」

　グレニスターに向かって、仕事に出るのは火曜日だと言ったのを忘れているな、とパスコーは思った。だが、できるだけ早く街の明かりが見たいという気持ちは悪く言えない。ことに、こんな経緯を人に話せるというときに。CATの連中は、しばらくは静かにしていろと彼女を説得しようとするだろう。ま、がんばってくれ。そいつはおれの仕事じゃない、ありがたい！

「うん、もちろんだ」彼は言った。「でも家に帰ったら、ちょっとゆっくりしたほうがいい。とてつもない週末だったんだからね。最初はフィドラーの番組であの騒ぎ、今度はこれ。担当作家をもっと気をつけて選んだほうがいいんじゃないのかな」

「エリーには、あなたから言ってくれる、それともあたしが言いましょうか？」彼女は言い返した。

微笑しながら彼は車から出て、グレニスターのもとへ行った。

「うまかったわ」彼女は言った。

「え？　まだなにも報告していないでしょう」彼は答えた。どの程度報告すべきか、まだ迷っていた。CATに情報を与えると、それがそのあとどこから出てくるか、見当もつかない。

そのとき、彼女がイヤホンをはずすのが見えた。さっきのほめ言葉が暗示していたことがようやくぴんときた。

「聞いていたんですね！」

「もちろんよ」彼女は言った。「友達が見慣れた顔を出せば効くって言ったでしょ？　とてもうまかったわ、ピーター。ジョンティと腹を割って話がしたい、銃撃戦はなしだ、あれは完璧な台詞だったわね。彼の軍歴はもちろんもうわかっている。あとは網を打って、シェフィールドかリーズのつながりがどこかに引っかかってこないか、調べてみるまでね」

ここで憤慨すれば、こちらの疑念がばれてしまうから、怒るわけにはいかなかった。

彼は言った。「努力あるのみです。で、ここの仕事が終わったんなら、彼女は帰していいですか？」

グレニスターは校長先生のような目でにらんだ。

「冗談でしょ」彼女は言った。

「でも、さっき約束して……」

「彼女はウェールズ人よ。あの人たちがイングランド人の約束をどう考えるかなら、ご承知でしょう。現実的になりなさい、ピーター。彼女みたいにマスコミにコネのある人間を、わたしが放り出すなんて思わないでしょ？　ま、上告を受けた貴族院議員二人と、人権擁護弁護士の一団につつかれない限りはね！」

「でも、説明すれば、彼女は協力を約束するでしょう」

「そりゃ、するでしょうね。あなたにあのぴちぴちしたウェールズ女の体を与えるとだって約束するわよ、それで《声》とお金の交渉を始められる場所へ行けるとしたらね。彼女はあなたの奥様を騙してあんな目にあわせたのよ、まだ信じようとしているなんて、あきれるしかないわ」

「じゃ、これからどうなるんです？」

「彼女はわたしたちといっしょにマンチェスターに戻り、さらに尋問を受ける。自発的にね。もし逆らったら、逮捕します」

「何の罪状で？」

「いいかげんにして！　給料をもらっていたら、そのくらい見当がつくでしょ！　彼女はいくつもの重罪に共謀していると思われる容疑者と会っていた。わたしと話をしたとき、黙っていたことがあった。まだ何を隠しているか、わかったものじゃないわ。それに、うちの男たちに向かってショットガンを発砲した」

「でも、彼女に罪はないとわかっているくせに！」

「罪はない？　確実なの、ピーター？　わたしたちとしては、絶対に確実にする必要がある。それに、無罪だろうと有罪だろうと、大事なのは、あと二日もしたら、人が彼女について質問を始めるってこと。それなら、その前に彼女を放して、べらべらしゃべりまくらせることはないでしょ？　それが筋の通ったやり方だと、あなただってご存じよ。じゃ、彼女にそう伝えるのはあなたがやる、それともわたし？」

パスコーは車のほうを見た。フィオンは窓ごしにこちらを見守っていた。彼に向かってほほえんだ。彼も自信なく微笑を返した。

これでエリーの作家としてのキャリアはいったいどうなっちまうんだ？　彼は陰気に考えた。

「おまかせします」彼は言った。「じゃ、わたしは家に帰っていいですか？」

「もちろんよ」グレニスターは言った。「人をやって、あなたの車を持ってきてもらったわ。麗しのフィオンの隣にまたすわりたくはないだろうと思ってね！　どうもありがとう、ピーター。すごく役に立ってくれました」

はいおしまいという言葉のように聞こえた。

彼は言った。「じゃ、明日お目にかかります」

彼女は無表情にパスコーを見てから言った。「ほら、この拷問具を脱ぐの、手伝ってちょうだい。さもないとわたし、ヴィクトリア朝の処女みたいに気を失っちゃう」

おれをどうしたらいいのか、迷っているんだな、と彼は思いながら、彼女が防弾チョッキをはずすのに、まったく必要のない手を貸した。

「やれやれ」彼女は言い、解放された乳房を揺らした。

「感覚がぜんぜんなくなっちゃった。イボイノシシにお乳を飲ませたって、なんにも感じやしないわね」

彼は言った。「で、明日は？」

「明日までには、正常な機能が戻ると期待するわ」彼女は笑った。

「いや、わたしのことです。明日はルビヤンカに行きましょうか？」

「いいえ。一日休みを取りなさい、ピーター」彼女は言った。「どっちみち、仕事に復帰したのが早すぎたようだし、この週末は慰労休暇のはずだったのよ。そうはいかなかったけどね。明日はすてきな奥様といっしょに、のんびりお過ごしなさい。あとで電話しますから。いいわね？」

訊かなければよかったんだ、と彼は自己批判した。黙ってマンチェスターに出勤すればよかった。こうなると、もう事情を知らせてもらえなくなるかもしれない。

せっかくはっきり見えそうになったのに、電灯を消されてしまい、どうすることもできない、そんな立場に立たされたような気がした。

彼は言った。「お手伝いを続けたいです。貢献できると思います」

ぴしっと、いかにも仕事の話らしくしておこうとした。個人的嘆願のように聞こえては効果が失われる。自分の経験からわかっているが、あまりにも個人的な動機のある人間をチームに入れるのは、ふつういいことではない。

「もちろんよ」彼女は安心させるように言った。「でも、まず体が完全にならないと。それにね、ピーター、ひとつ言っておきます。わたしがご自宅に電話したとき、あなたが仕事に出かけて留守だったら、それまでよ。わたしは指示に従えない人間をチームに入れたくありません。じゃ、気をつけて運転してね」

彼女は味方なのか、敵なのか？　彼にはわからないが、味方だというふりをしておかなければならなかった。

「はい」彼は言った。「そちらこそ、イボイノシシに気をつけてください」

彼は歩き去った。背後で聞こえる彼女の笑い声は、偽物ではないようだった。

だが、あの人ならそのくらいの演技は当然じゃないか？

第五部

神は老練な幾何学者のようなものであり、コンパスの一振りでずっと簡単に正しく円を描いたり分割したりできるのにもかかわらず、彼の業《わざ》の前もって定められた原則に従い、むしろ迂遠な方法でそれを行なうのである。

——サー・トマス・ブラウン『医者の宗教《レリギオ・メディキ》』

1　無料のランチ

それからの数日、新聞はテンプル騎士団とテロリストの話題で賑わっていたが、週の半ばを過ぎると、いかにタブロイドの豊饒な憶測力をもってしても、確固とした事実なしに新味のある記事を出すのは困難になってきた。

週末に中部ヨークシャー中央病院で警備上の問題が起きたことははっきり公表されたが、それもだいたいは風にはためく白紙でしかなかった。記事にできるネタさがしに必死の記者たちは、ミル・ストリート爆破事件に関連した警察官二人が入院中であることにやがて目をつけた。いつもでっち上げに一手間惜しまない《声》だけが、今度ばかりは真実に近づき、警察官のうち一人が命を狙われたのだという説を打ち出したが、裏づけとなる証拠はなにも出せなかった。公式発表では、病院の薬局から薬品が盗まれそうになったための騒ぎだとされた。誰もそれを信じなかったが、誰も反証はできなかったので、まもなく反論のない虚偽は裏づけのない真実よりも力を得た。

《声》のジャッカルどもが札束を人の鼻先で振りながら病院の廊下をうろついているはずだとパスコーにはわかっていたから、ヘクターと同室の不機嫌なミスター・ミルズをCATがどうやって黙らせたのだろうと思った。

フィオン・リーク－エヴァンズといっしょに監禁したのかもな。

フィオンが外部との連絡を断たれて監禁されていると聞くと、エリーはひどい話だと怒り、おかげでパスコーはしばらく矛先を向けられずにすんだ。

ノーサンバーランドから帰ってきたとき、彼はエリーにすべて話すことに決めた。嘆かわしい女性差別的理由だが、単純な事実は女の空想ほど悪くなりようがない、と考えたためだった。

不幸にして、同じだけの情報があっても必ずしも同じ結論に達するものではないと、彼はすぐに悟った。彼にしてみれば、二点は明らかだった――（a）ヤングマンのコテッジに急襲をかけたとき、彼の身に危険はなかった。（b）太っちょアンディが意識不明で生命もあぶない、その原因となった事件の真相を探り出すには、できるだけCATの作戦にくっついていなければならない。ところがエリーにしてみれば、もし彼の陰謀論が当たっているなら、いつまでも非公式にあれこれ嗅ぎまわっていては、彼の生命も職業も深刻な危険にさらされることになる、というのが同様に明らかなのだった。

「トリンブルと話をしなさいよ」彼女はすすめた。「警視総監に手紙を書いたっていい。明るみに出せば、あなた一人が狙われないですむわ」

「そんなんでうまくいくと思うのか？」彼は言い返した。「これがどのくらい上の連中まで巻き込んでいて、テンプル騎士団とやらの活動に目をつぶっている人間が最上層に何人いるかわからないっていうのに？」

これに応えて彼女は言った。「それがわたしの慰めになると思うの？」

だが、慰めは一つあった。臨時にCATで働いている任務は解かれるだろうと、夫は強く感じている。

月曜日、パスコーは署に出かけて様子を見たいと思ったのだが、グレニスターの命令を思い出し、家にいた。電話が鳴るたび、ぎくっとした。

グレニスターからの電話はなかったから、午後も半ばになると、彼女は電話してこないだろうと確信した。すると、五時にまた電話が鳴った。

「パスコーです」彼は言った。

「ピーター、ハイ、デイヴ・フリーマンだ」

気持ちが沈んだ。グレニスターは自分の汚れ仕事すら人に押しつけている。

それから、フリーマンの言っていることが呑み込めてきた。

「サンディは自分で電話できなくてすまないと言っている。すごく忙しくてね。気分はどうだい？」

「元気だよ。よく休んだから。いつでも仕事に出られる」

「そいつはいい。でも、急ぎすぎは禁物だ。サンディは日曜日にきみがちょっとやつれて見えたと思ったそうだ。明日の夕方、こっちにぶらぶらと戻ってきて前のホテルに入り、水曜日にルビヤンカに出勤するというんで、どうかな？」

今夜にも行かれる、と言いそうになったが、抑えた。

「うん！　それでいい」彼は言った。「水曜日の朝一番に出るよ」

いかにもわくわくしているように聞こえたに違いない。

「まあ、夜が明けるまでは待ってくれよな」フリーマンは言った。

そう言いながら笑ったが、いつもの人を小馬鹿にしたようなくすくす笑いでなく、友達どうしで笑い合っているような感じだった。

パスコーがエリーに話すと、彼女は喜ばなかったが、議論は無駄だと悟り、事を荒立てなかった。〝怒ったまま別れるな〟というのは、二人が結婚間もないころから守っている決まりの一つで、破ればあとで必ず後悔した。翌日、彼が出かけたときの彼女の別れのキスは、男が望みうるだけの情熱のこもったものだった。


その朝、新作の第三章がうまくいかず、苛立ちながらモニターをにらんですわっていると、電話が鳴った。表示に出た相手の番号はなじみのないもので、セールスマンならすぐ切ろうと、エリーはぶっきらぼうに「はい？」と答えた。

「エリー？」男の声が慎重に言った。

「そうです。そちらは？」

「モーリスです。モーリス・ケントモア。すみません、お取り込み中ですか？」

「モーリス！」彼女は言った。「こんにちは。いいえ、いいのよ、ほんとに。ただ、二重ガラス窓のセールスかなんかかと思ったものだから。ごめんなさい」

彼は笑って言った。「いや、売りつけるほうじゃない。逆だな。今朝、仕事でこちらに来なければならなかったので、よかったらあなたに――もちろんピーターもですが――ランチをおごらせてもらえないかなと思ったんです。すみません、急な話で。でも、用事が思いがけず早くかたづいてしまって、あとでキルダをピックアップする約束なんで――彼女は友達を訪ねていましてね――だからその、どうせどこかで食事をしなきゃならないし、一人で食べるとつい早食いになって、消化不良を……」

「すると、これは社交のお誘いというより、救急電話なの？」エリーは言った。上品なイギリス男は〝ランチでもどう？〟と気軽く言えない。今度ばかりはそれが苛立つというより愉快に思えた。

ケントモアは言った。「すみません。べらべらと意味もないことを。あの、お目にかかれたらうれしいんですが、もしお忙しいとか、ほかになさることがあるとか、あるいは……」

今度はエリーもやや苛立った声になった。

「モーリス」彼女は言った。「言い訳なら自分で見つけられます。もし必要ならね。でも、必要じゃないわ。それじゃ、いつどこで？」

「わたしは〈ケルデール〉ホテルしか知らないんだ」彼は言った。「あそこのレストランはまあ信頼できる。どう思います？」

この場合、信頼できる、というのは、つまらなくて重くて気取っている、という意味だった。

「その質問が本気なら、わたしは公園でハンバーガーでも食べるほうがよっぽどましだと思うわ」彼女は言った。

「そうですか、それがお望みだったら……」

「冗談よ、モーリス。でも、〈ケルデール〉はだめ。それより、リトル・ヘン・ストリートの〈サラセン人の首〉亭で、十二時半ではどうかしら？　予約の必要があるわ。わたしが……？」

ここまで言われては彼の男らしさが傷ついた。

「いや。わたしがやります。じゃ、お目にかかるのを楽しみに」

無作法だったかしら？　エリーは受話器を置きながら思った。かもね。でも、いやらしい〈ケルデール〉なんかでお昼を食べるために、一日の予定を狂わせるつもりはないわ！

そういえば、行くのは自分一人だと言わなかった、と思いついた。ま、彼にはうれしい驚きになるでしょうよ。希望的には。おっと。どうしてそんなことを期待する？　彼が望んでいるのはわたしに会うことで、ピーターに会うことじゃないと、わたしは仮定しているから。

〝何が目的なんだ？〟と尋ねる夫の声が聞こえた。〝機知にあふれたきみの会話？　それとも、百合のように白いきみの肉体？〟「知るわけないわ！」彼女は鏡に映った自分に言った。〝オーケー、でも、自分がイエスと答えた理由はわかってるはずだ〟と言い返された。「それはね、彼がノーと言われるのを予期しているみたいだったから」彼女はぴしりと答えた。ワードローブの前に立ち、何を着ていこうかと考えていた。〝でも、彼はまさにそういう反応を引き起こそうと狙っていたんじゃないか？〟夫は訊いた。〝きみがときに指摘するように、男ってのは不正直な動物だ、ことに百合白の体を追いかけているときはね〟「それはあなたの意見でしょ」彼女は言い返した。

彼が実際にここにいて、しゃべってくれればいいのに、と思わずにはいられなかった。

ワードローブを閉め、ドアの鏡に映った自分の姿を見た。カジュアルなパブ・ランチに、今着ているジーンズとチェックのシャツで何が悪い？

悪くない、という答えが出た。

ぜんぜん悪くない。

〈サラセン人の首〉亭は、ピーターとエリーが昼どきに会うことがあるとよく利用する、昔の駅伝馬車宿だった。古くて暗く、昔のものを大切にする内装業者が気をつけて手を入れればもっとよくなるだろうが、ダイニングルームは清潔で広々して、磨き込んだ松材のテーブルが込み合わずに並び、メニューは品数が少ないが、どれもシンプルで美味、ここの厨房で新鮮な素材を使って調理したものだ。もう一つの長所は、犯罪捜査部のみんなが飲み食いにいく〈黒牡牛〉亭からたっぷり一マイルは離れているので、警察の人たちにぶつかる心配がないことだった。

リトル・ヘン・ストリートの玉石舗装の道の上で二百年以上もきーきーと音を立てて揺れている古い看板に向かって歩きながら、エリーはふと思った。ケントモアの家族の悲しい過去を考えると、これはあまり気のきいた待ち合わせ場所ではなかったかもしれない。

パブの看板には、名前どおりサラセン人の首が描かれている。やや出目に見えるが、体からちょん切られたばかりの首なのだから不思議はない。

良識より気遣いが勝った、ある自由民主党の市議会議員が、この看板は非キリスト教徒の人々の感情を傷つけるから除去しようというキャンペーンを展開したことがあった。地元の新聞は社説を出した。それを読むとキャンペーン支持のように見えるのだが、やがて、この議員が攻撃リストに載せたらいいほかの看板をずらっと並べた段落に来る。たとえば――公衆便所のドアの〈男〉（性差別《セクシスト》）、チャリティ・ショップの〈老人援護会〉（年齢差別《エイジスト》）、〈聖ジョージ教会〉（龍差別《ドラゴニスト》）（聖ジョージは龍を退治したとされる聖人）、〈お花をどうぞ〉（花屋《フロリスト》）。

この議員とは友達なのだが、エリーは笑ってしまった。差別反対の原則もときには人の受けとめ方しだいだと、エリー自身学ぶのにしばらくかかったのだった。

ケントモアはもう来ていた。

熱心ね、とエリーは彼が椅子から立ち上がり、こちらに歩み寄るのを見て思った。投げキスか、温かい唇を頬に押しつけられるかと覚悟していたのだが、彼はさっと手を出して握手しただけだった。二人はすわった。テーブルには二人分の食器が出されていた。つまり、ピーターは来ないと彼は推測、あるいは仮定した、ということ？ 百合白の体を守らなきゃだめよ！ と彼女は自分に忠告しながら、蒸し煮のサーモンのサラダと小さいグラスの白ワインを注文した。彼も同じものを選んだ。ここに来たのは初めてだと言い、この場所の歴史を多少なりと教えてもらえないかと頼んだ。元大学講師だけに、短い講義をするのをいつも楽しいと思うエリーは、リクエストに応えた。相手の目が退屈でぼんやりしてくるのではないかと見張っていたが、そんな徴候は表われなかった。

「だから」彼女は締めくくった。「建物は十七世紀だけれど、名前はその前にここにあった中世のパブから引き継いだものかもしれないの。あるいは、王政復古（一六六〇年）のあとでケーキやビールが盛んに売れるのに目をつけたヨークシャーの実業家が、レトロなデザインが受けそうだと決めたとか。きっと、壁には槍を飾り、樽出しの十字軍ビールを売っていたんじゃないかしら」

「メニューは牛肉と獅子心臓のパイでね（十字軍に従軍したリチャード一世は獅子心王と呼ばれた）」彼もいっしょに冗談を言ってにっこり笑った。

とても魅力的な微笑だった。テーブルが二人分にセットしてあったのを除けば、物腰にしても、会話にしても、彼が百合白の体を狙っていると思えるしるしはなにもなかったが、かつてダルジール大導師がこう言うのを聞いたことを思い出した。犯人に自白させるのと、女と寝るのとはよく似ている——目的を達するまでのあいだ、眠り込まずにくだらん話をたっぷり聞く覚悟がいる。

サーモンが来た。おいしかった。彼女はワインの二杯目は断わった。抵抗力が弱くなるのを恐れたためではなく、あとでロージーを学校に迎えにいくことになっているからだった。ケントモアはそれ以上すすめようとはしなかった。

彼女は義妹キルダの様子を尋ねた。

「元気です」彼は言った。「忙しくしています。友達がたくさんいますしね」

そのほとんどはア《A》ルコール依存症患者匿名《A》会で会う人たちでしょ、とエリーは考え、それから、意地悪はよしなさい、と頭の中で自分をひっぱたいた。

「また働いていらっしゃるの？　前には写真家でいらしたでしょう？」

「その仕事に戻ればいいと思いますよ」彼は言った。「土曜日のお祭りでカメラを使っていたが、そんなことはクリスが死んでから初めて……」

彼は言葉尻を濁し、彼女は急いで言った。「ご家族は？　お子さんはいらっしゃるの？」

「いいえ」

「残念ね」

「どうしてです？」

「だって、ご主人を亡くされたでしょう。子供がいたら慰めになっただろうと思って。もしピーターに万一のことがあったら、わたしは絶対に娘のロージーがいてよかったと思う……ごめんなさい。おせっかいなことを」

「キルダにはわたしがいます。あのあと、わたしたちはおたがいを頼りにしてきた」

「そんなに親しく《クロース》て、いいですね」彼女は言った。

「ええ、彼女とクリスがうちの荘園内に家を持ったのは、とても便利だった」

距離が近い《クロース》という意味じゃないと言いそうになったが、自制した。もちろん彼にはわかっている。二人がどのくらい親しいのか、たがいにどんな慰めを求め合うのか、それは私的なことだ。エリーは以前、この二人には肉体関係がないと本能的に感じ、そうピーターにも話したのを思い出した。

彼女は言った。「ごめんなさい。詮索するつもりはなかったの。悲しみとか、誰かの死をともに味わうというのは、人をくっつけるか、離すか、どちらか……」

「経験がおありですか？」

彼女は言った。「ええ、まあね。結婚前に、主人とわたしは友人を亡くしたんです。大学でいっしょだった人たちで、その状況が……まあ、詳しく話すことではないわ。あのときは、それでわたしたちがどうなるのか、よくわからなかった」

「でも、お二人はそれで前より親しくなった？」

「ええ。それに、もっとあとになって、ロージーが重い病気にかかったときは、もしあの子がよくならなかったら、わたしたちはどうなっていたか……今でもわからないけれど……」

彼は手を彼女の手に重ねて言った。「あなたがたなら大丈夫だったと思いますよ。でも、地獄だ、逃れようがない。時間が癒してくれるというが、クリスが死んだと悟った瞬間にできた傷は、何をもってしても癒せない」

彼の指は彼女の手の甲に食い込んでいた。

彼女は言った。彼がその体験をまざまざと思い出すのを止めるために、なんでもいいからなにか言う必要があると感じた。「知らせはどういうふうに来たんですか？　手紙、それとも直接、軍から連絡が？」

「え？　ああ、最終的にはね。でも、わたしはもう知っていた。弟が死ぬのを耳にしていましたから」

あらやだ、と彼女は思った。過去を振り返って都合よく家具を並べ替えるようなものだとわたしがいつも馬鹿にしている、神秘的体験てやつ？　〝彼が木曜日の二時に死んだと聞かされたとき、わたしは思い出しました。ちょうどそのころ、いちばんいいクリスタルのグラスを一個壊してしまったんです……ふいに割れてしまって……彼が昔から大好きだったグラスでした……〟

彼女は彼の手の下から自分の手を抜き、言った。「耳にした……？　どういう意味で？」

「〝耳にした〟という意味ですよ」彼は言った。「弟から電話があったんです。ええ。わたしが寝ていたとき電話がかかってきて、取るとクリスだった。ヘリコプターが撃ち落とされ、彼は捕虜になった。すでに負傷していたから、つかまえた連中はこいつに医薬品なんか使うのは無駄だと決め、そのかわり、できるだけ情報を搾り出してぽいと棄てようと思った。それで、拷問した」

「ひどい！」エリーは叫んだ。「でも、彼は電話してきたって……」

「救助隊が現われて、拷問していた人でなしどもをやっつけてくれたが、クリスには遅すぎた。彼はもう死ぬと自覚していた。救助隊は衛星電話を持っていた。クリスは隊長にそれを使わせてくれと頼み込んだ。厳密にいえば規律違反でしょうが、目の前で人が死にかけているってとき、規律なんてなんの役に立ちます？」

彼は黙り込んだ。

エリーは言った。「それで、弟さんはあなたに電話を？」

彼女は戸惑いを声に出すまいとしたが、うまくいかなかった。

彼は言った。「キルダにではなく、という意味ですか？　もちろん、彼は最初にキルダにかけたが、留守だったんです。それで、わたしにかけてきた。数秒しゃべっただけで、彼は黙ってしまった。すると別の声が〝すみません、死んでしまった。また連絡します〟と言った。そのあと電話は切れた」

「なんてこと。それで、どうなさったの？」

「何をしたと思うんです？」彼は嚙みつくように言った。「一四七一をダイアルしてまた接続を試みた？ すみません、無礼な言い方をしました。何をしたんだったか。夢みたいだった。悪夢。もちろん、最終的には公式の知らせが来た。それでわずかながらほっとしました。公式なら取り組みようがある。公式ならすることがある。下すべき決断、署名すべき書類がある」

彼はグラスを干し、エリーのグラスを指さした。

彼女は首を振った。

彼は言った。「たぶん賢いですよ。あのころ、ボトルに誘惑された。結局は抵抗しましたがね。まあ、それじゃコーヒーにしましょう」

コーヒーが来ると、彼は言った。「楽しい社交的なランチのはずだったのに。こんなことをぶちまけてしまって、すみません。ことに、あなただっていろいろトラブルがおありのときに」

「トラブル？」彼女はおうむ返しに言った。どのトラブルのことを言われているのか、定かでなかった。

「ピーターの上司、あの方はお二人にとって、とても大切な人物という印象を……」

「アンディ？ ええ、そう。とても大切な人です」

「じゃ、もし彼が回復しなかったら、強い衝撃を受けられますか？」

ランチを楽しい社交的なものに戻そうとしてこんなことを言い出すんじゃ、研修を受けたほうがいいわね、とエリーは思った。

彼女は言った。「ええ、そうね。なんと言ったらいいか……驚天動地、くらいしか思いつかない。愛する人がいると、たとえば子供とか、親とか、連れ合いとか、そのもろさを感じて心配するでしょう、ときには過剰なくらいね。でもアンディは……湖水地方に行ったら、大屋根山《グレート・ゲーブル》がなくなっていたと想像してみて。よくなる見込みは薄いんだから、そろそろ覚悟しなさい、と自分に言い聞かせているのよ。でも、本心ではとてもそんなこと、受け入れられないの」

彼はまた彼女の手を握った。言い寄るための動作ではなく、本当に同情を表わしているように感じられた。

彼は言った。「ところで、日曜日に病院で警備の問題が起きたと新聞で読みました。入院中の警察官が命を狙われたのではないかという推測が出ていたから、もしやあなたのお友達じゃないかと思ったんですが」

エリーは好奇心をもって彼を見た。そこまで真相に近づいた新聞といえば《声》だけだが、まさかケントモアが読者だとは思わなかった。

彼は相手のためらいを誤解して言った。「あの、すみません、あなたに警察のことをうかがってはいけなかった。気がきかなかったな。どうせ、床屋でちらと見た新聞なんだ。きっといいかげんな話ばかりでしょう」

「いいえ」彼女は言った。「おっしゃるとおりよ。事件があったの。でも、アンディは関わっていません。直接にはね。関わりがあったのはもう一人の警官で、ミル・ストリート事件の目撃者だった人。でも、わたしはほんとにそれ以上のことは知らないわ」

ピーターなら、それだけだって教えちゃいけなかったと言うだろう。だが、彼女が言っていないこと、頭のおかしい夫が武装した狂人の群れといっしょにキールダー森を駆け回っているなどというのに比べたら、このくらいの機密漏洩など些細なものだ。それに、ケントモアがどういう人間であるにせよ、《声》の覆面記者だとは思えない！

彼の手はまだ彼女の手にのっていた。軽く握ってからその手を離すと、彼はコーヒーのお代わりを注ぎ、ティッグとロージーはお祭りで大人気を博したあとどうしているかと訊いた。

そろって店を出たとき、エリーは言った。「ランチ、ごちそうさまでした。楽しかったわ」

「それは、もしまた電話が来たら誘いに乗りましょう、という意味かな？」

「〝もし〟？ わたしの魅力はその程度かしら？」彼女は言った。

「昔ふうなもので、〝次に電話が来たとき〟と言えるほど自信たっぷりじゃないというだけですよ」

いたずらっぽく気取った台詞ね。それとも、昔ふうにいちゃつくと、こういう台詞になるのかしら。

「それじゃ、さようなら。いえ、またお会いしましょう《オー・ルヴォワール》」彼女は言い、手を差し出した。

いたずらっぽく気取るくらい、こっちだってできる。

彼は彼女の手を取った。だが、今回は握手でなく、その手をつかんで彼女を引き寄せ、頰に軽く唇をつけた。

「本当に楽しかった」彼はぼそっと言った。「ありがとう」

一瞬、その唇が口元まで来るかと彼女は思った。ところが、相手の肩越しにパブの窓に目がいくと、そこに映って道路の反対側が見えた。駐車した車の陰に知った人物がいる。

「あら、キルダだわ」彼女は言い、体を離した。「あなたをさがしにいらしたのね」

向きを変え、手を振った。そのとき、自分の顔が妙に大げさな表情に変わるのを意識したが、何なのかすぐにはわからなかった。それから理解した。これは昔、両親が許さない種類の雑誌を読んでいるところをあやうく母親に見つかりそうになったとき見せた、純真を装った表情ではないか。いやだ！ 彼女は思い、顔を無理やり無表情な仮面に直した。男のズボンに手を突っ込んでたってわけじゃないんだから！

車の陰の女はすぐには動かなかったから、エリーは思った。見間違えたかしら。あるいは、もう飲んでいて、わたしに会いたくないとか。

それから女は動き出し、道路を渡ってこちらに来た。

飲んでいたのかどうか、顔にも言葉にも、それらしい様子は見えなかった。彼女は儀礼上の微笑をエリーにさっと投げてから言った。「モーリス、意外に早く終わっちゃったから、ここであなたをつかまえられるかしらと思ったの。こんにちは、エリー」

「こんにちは」エリーは言った。「ちょうどお別れするところだったのよ」

「なんだか、これっきりっていう言い方に聞こえるけど」

エリーはそこに嘲笑するような満足の調子を聞き取り、むっとした。

「そんなことはないわ」彼女は言った。「実はね、この週末に我が家にランチにいらっしゃらないかって、モーリスにうかがおうとしていたの。ピーターはそのころには出張から帰ってくるし、今日お目にかかれなかったと知ったら、残念がるもの。もちろん、あなたもどうぞ、キルダ」

さあ、どうだ、とエリーは思った。コントロールを取り戻したという気がした。じゃ、あなたがどのくらいこの人を離したがらないか、見てみましょう！

二人のケントモアは顔を見合わせた。どちらが断わりの台詞を考え出すか、決めているんでしょ、とエリーは察した。

それからモーリスは言った。「わたしの都合では、土曜日になりますが」

「けっこうよ」

「じゃ、お言葉に甘えて。いいね、キルダ？」

「ええ、喜んで」女は言った。

「よかった」エリーは言った。「それなら、お目にかかるのを楽しみに。十二時ころでいい？ どうもほんとにごちそうさまでした、モーリス」

「来てくださってありがとう。楽しかった。では、土曜日に」

モーリスとキルダは歩き去った。近く並んでいるが、体が触れ合うほどではない。声が届かないあたりまで来るとすぐ、ふいに二人のあいだで威勢のいい会話が始まった。あまり友好的な様子には見えなかった。

あの二人、いったいどういう関係なのかしら？ エリーは見送りながら思った。

それに、あの人たちをランチに呼んじゃったって、ピーターにどう説明したらいい？

2　昇進

ルビヤンカに戻ると、パスコーは人の態度が変化したのに気づいた。

八時四十五分に到着して、最初に会ったのはフリーマンだった。彼はパテック・フィリップの腕時計に目をやり、にやりとして言った。「なんでこう遅い？」

「朝食前に十マイル走ったもんでね」パスコーは言った。「サンディは出勤している？」

「もちろんさ。昔のジェイムズ派（一六八八年に王位を追われたスコットランド王ジェイムズ二世の支持者）の伝統をご存じだろ。イングランド人を一人殺さないうちは朝飯にありつけない。だけど、待たなきゃならないよ。階上でバーニーおじさんと会ってるところだから」

「殺すために？」

「でないといいがね。きみが来たことは彼女に知らせるよ。これからどこにいる？」

パスコーは言った。「地下室、だろうな。それ以外の場所に顔を出して、逮捕されたくはないから」

フリーマンはこれを非常にウィットに富んだ答えだと思ったようだった。

「またいっしょに働けてうれしいよ、ピート」彼は言った。本気のように聞こえた。

こういったことに思いをめぐらしながら、パスコーは地下に下りた。先週、うんざりしながら働いた、あの部屋だ。そこにはティムとロッドがもういて、際限ないように思える記録あさりの仕事に精を出していた。

パスコーを見ると、二人はそろってうれしそうな顔で立ち上がり、帰還した放蕩息子を迎えるかのように挨拶した。ヤングマン事件で彼が果たした役割をすでに耳に入れているのは明らかで、詳しい話を聞きたがった。守秘能力の試験ではないかと疑ったパスコーは、かれらがもう知っていることをそのとおりだと認めただけだった。二人は満足せず、職員食堂へ行って朝のコーヒーを飲みながら、もっと話をしようと主張した。すでに食堂にいた二、三人も、あとから来た人たちも、みんな明るく歓迎してくれたので、彼は自分の気持ちに間違いはないようだと思った——部外者の地位から仲間の地位に異動した、あるいは異動させられたのだ。

それでもまだ、隠れた動機やからかうような皮肉がないかとさがした。だがまもなく悟った。自分が疎外されていると感じたこと、CAT内部にテンプル騎士団の情報提供者がいると疑っていることのせいで、組織全体を彼は色眼鏡で見ていたのだ。今、忘れるべきでなかったことを思い出した。ここにいる人たちは——スパイですら——警察官であり、警察官は自警主義者を嫌う。たまには汚れ仕事が出てくることもあるが、そのときは自分の良心に相談し、青信号が出たら、独力でかたづける。しかし、一般市民が警察の縄張りに入り込むのを許すことは絶対にない。たとえかれらが助けてくれているように見えても。それに、その自警主義者たちが警察官一人を吹っ飛ばしただけでなく、それは事故とされていたにもかかわらず、その後目撃証言者となりうる別の警察官を殺そうとしたとなると、かれらの立場の曖昧さは完全に消えてなくなる。

パスコーは生来のチーム・プレーヤーだったから、ようやくこのチームに入れたと思うと、いい気分だった。そんな帰属感を胸に地下室に戻ったころには、自分がこんなところでいつまでもぐずぐずしているのをグレニスターが放っておくはずはないと思った。彼はティムとロッドの仕事を手伝おうとしたが、二人は言った。「いやいや、これはぼくらのような下っ端のやることですよ、ピーター。まあ、呼び出しがあるまでのんびりしていてください」

彼はデスクに向かい、『砂漠の死』を開いた。ヤングマンの第一作だ。今朝、ルビヤンカに来る途中で、二冊とも買ってきたのだ。出版社の宣伝文句によれば、ドキュ・ノヴェルという新しいタイプの作品で、事実に基づく骨格に虚構の肉をつけてふくらませてある。新しいタイプだって、ばかばかしい、とパスコーは思った。新しいコピーライターが必要なだけだ。本の献辞には〝男たちの指導者、Qに〟とあった。裏表紙には、ハードバック版が出たときの書評から抜き出した称賛の言葉がぎっしり並んでいる。パスコーは騙されなかった。エリーの小説が出たあと、地元の夕刊紙で二段落、全国日曜紙の〈そのほかの新刊〉欄で三行触れられたのが書評の限界だとついに悟って、二人は一晩飲みまくりながら、この批評のもぐら塚から称賛の言葉を抜き出して山を築こうと試みたことがあったのだ。

彼は読み始めた。

ヤングマンの文体は粗削りだが、魅力はわかった。ヒーローは、驚くまでもなく、特殊部隊《SAS》の軍曹だ。ウィリアム・シャックルトンといい、上官からも部下からもシャックと呼ばれている。彼は荒っぽく、道徳観念を持たず、実務的だ。モットーは〝みずから事を起こせ〟。部下たちは彼を好きではないが、疑問を抱かずに従う。そうすれば必ず首尾よくいくからだ。ゲリラ戦争の問題は敵を見極めるのがむずかしいことだ、と誰かが言うのを耳にすると、彼は言う。「問題なんかない。やつらはぜんぶ敵だ」彼は中東の人間を総称して〝アブドゥル〟と呼ぶ。個人の場合は〝あのアブ〟という。彼のセックス観は軍隊観と同様、ごく単純だ。女に対して、寝たいという興味を隠さない。相手が反応しなければ、なにもしない。相手がそれに応えても、長いつきあいは約束しない。だが、征服された女たちの大部分は、部下たちと同じく、彼にずっと忠誠を尽くす。めずらしくオープンになった彼が、数少ない友人の一人に口説きのテクニックを説明する場面がある。「一人の女と一晩に五回ファックしたら、女のほうは自分が唯一の相手だなんて想像するのは馬鹿だと承知する。たいていの女はそんなことを気にしない。愛人たちの中で自分がベストだとさえ思えればいいんだ。おれは女とつきあうとき、ほかにも大勢いるってことを隠さない。だけど、こう言ってやるのさ。ハニー、ほかの女をファックしてるとき、いつもきみのことを思ってるんだよ、ってね」この会話のあとまもなく、彼が近づいた男にままある運命で、この友人は戦場で吹っ飛ばされる。

これはみんな願望充足なのか、それともヤングマンは説教を実行していたのか？　とパスコーは本を読みながら考えた。フィオンに訊いてみればよかった。彼女はどこにいるんだろう。そう思うと、罪悪感を感じた。

最終章を終え、昼食のことを考えていたとき、電話が鳴った。

ロッドが受話器を取り、話を聞いてから言った。「ビッグ・マックが会いたいそうだ」

「ビッグ・マック？」

「ほら、おっぱいのでかい北ブリテン人の女性」彼は言い、両手を胸の前で丸めてみせた。

グレニスターのオフィスに行くと、主任警視のほかにブルームフィールドとコモロフスキーもいたので、パスコーはややびっくりした。三人はコーヒーを飲んでいた。もうランチをすませたのかもしれない。彼の胃袋は、こっちはまだだ！　とでも言うように鳴った。

「ああ、ピーター。よかった」ブルームフィールドはまるで偶然ぶつかったような言い方をした。「きみのことを話していたところだ。週末に奥様の本を読んだよ。とてもいい。さぞ誇らしいだろう」

「はい」パスコーは言い、話はどういう方向に進むのだろうと思った。

「奥様もきみを誇らしく思っているだろうな。理由は充分ある。病院では鋭く立ち回ってくれた。非常に鋭い。で、どう思うね？」

日曜日の出来事ならもう素粒子レベルまで分析し尽くしてあるだろうに、とパスコーは思った。

だが、彼は落ち着いた口調で答えた。「ミル・ストリートの爆破に関して、テンプル騎士団は責任を認めていませんが、あれはかれらのしたことだと思います。ヘクター巡査が団員の一人を特定できるかもしれないと心配になり、彼を消すことに決めた。最初は轢き逃げを試みたが失敗したので、病院で仕事を完遂させる計画だった」

「だいたいそんなことだと、わたしも思うが、どうかな、ルーカシュ？」

コモロフスキーはいつものチョークのようにドライな声で言った。「一方では、ミル・ストリートでダルジール警視が重傷を負ったので、あれを自分たちのしたことだと認めたがらない、他方ではヘクター巡査の殺害をすぐ実行しようとする、というのはうまく合致しない」

「受け取られ方の問題でしょう」グレニスターは言った。「ミル・ストリートは、いわばかれらの宣戦布告だったから、警察官を負傷させたとマスコミで非難されるのを避けたがった。でも、自分たちを守るためにヘクターを消すのはかまわない、事故に見えさえすればね。つまり、かれらが殺しているテロリストたちとほとんど同じくらい容赦ない連中だ、ということだわ」

「そのとおりだ」ブルームフィールドは言った。「このヘクターという男のことをかれらが心配する必要は本当にあるのかな、ピーター？」

パスコーは、以前ヘクターを弁護したことが攻撃につながったようで、まだいやな気分だったから、首を振った。

「いいえ」きっぱり言った。「彼からさらなる情報が出てくるとは思いません」

「でも、きみがヤングマンに目をつけたのは、轢き逃げ犯人を描いた彼の絵を見たからだろう？」

「ええ、間接的な道筋を通ってですが」パスコーは言った。「でも、車の人物なら彼ははっきり見ていましたが、ビデオ・ショップの男は暗がりにいたわけですから」

「それでも、時速六十マイルでこちらに向かってくる人間の顔をほんの一瞬見ただけでそっくりに描けるというのは、特殊な才能だ」コモロフスキーは言った。「そういえば、そのことはヘクター巡査のファイルにまったく出てこなかった」

調べていたんだな、とパスコーは思った。

彼は言った。「たぶん、誰も気づいていなかったせいでしょう」

「ああ」コモロフスキーは言った。そのあまりにも中立的な調子は、明らかにこう言っていた。彼がわたしの部下だったら、わたしは気づいていたね。

「ああ、ですね、まったく」パスコーは言い返した。こっちの意味も同じくらい明らかに伝えたつもりだ。ヘクターという、あれこれの無能力のゆるい混合物を毎日相手にしなきゃならない立場でないんだから、あんたはまるでわかってない。

「きみがこの事件に関してやってくれた仕事の成果に、われわれはとても満足しているよ、ピーター」ブルームフィールドは上司らしく堂々とした口調で言い、この二人の慇懃な対決を終わらせた。「これを続けてはもらえないかな？　厳密に言えば、テロ防止というわれわれの仕事の範囲ではない。率直にいって、今でもかなり手が足りない状態だから、きみがこれを引き受けてくれれば非常に助かるんだ。チェットウィンドとロクサムを助手につけよう。どう思う？」

パスコーは一瞬、言葉が出なかった。今までこそこそとやろうとしてきたことを公式にやるチャンスを与えられたのだ。耳を疑った。彼の懐疑的な心はすでにこう言っていた。非公式な行動を公式にするというのは、テンプル騎士団のスパイがおまえを見張るのにいちばんいい方法じゃないか。

誰の思いつきだ？　彼は考えた。訊いても無駄だ。これは自分のアイデアだと思っている人間がいるとしても、どうせ誰かから植えつけられた考えに決まっている。

彼は言った。「チェットウィンドとロクサム……？」

「ティムとロッド、地下室でいっしょに働いてきた人たちよ」グレニスターは言った。パスコーが二人の苗字を知らないので驚いたのか、眉根を寄せている。驚くのも当然だ。「仕事をスタートさせるまで、デイヴ・フリーマンがお手伝いするわ。わたしに連絡するのにも彼を使ってちょうだい」

これで一つはっきりした、とパスコーは思った。フリーマンがふいに親しくしてきたのは、おれの昇進――だかなんだか――をすでに知っていたからだろう。

だが、昇進であろうとなかろうと、彼としては、けっこうです、みんなに隠れてこそこそやるほうがいいですから、とは言えなかった。

彼は言った。「きちんとやるためには、記録やそのほかの資料すべてにアクセスできないと困ります」

「もちろんだ。いつでもすぐ手に入る。もっとも、きみのように機転のきく男なら、ふつうとは違うアクセス方法を見つけるのもむずかしくはないだろうがね」ブルームフィールドは微笑して言った。

くそ、とパスコーは思った。このまえおれがこのオフィスにいたとき、情報をさがしてグレニスターのデスクの中をあさっていたってこと、こいつはちゃんと知ってるんだ！

「じゃ、おたがいに合意したと考えていいね？」ブルームフィールドは言った。

「はい、警視長。ありがとうございます」

「よし。サンディ、ピーターが必要なものをすべて手に入れられるよう、取り計らってくれるね？　けっこう。じゃ、行こう、ルーカシュ。仕事だ」

彼はドアに向かったが、そこで立ち止まり、天井に目をやった。

「サンディ、あの防犯カメラだが、直したのか？」

「はい。もうちゃんと動いています」グレニスターは言った。

「よかった。こういう場所では、どこで何が起きているか、見えないとだめだからね、ピーター。困るのは、鼻をほじってばかりいるのは誰か、すぐわかってしまうってことだが」

彼はそう言いながらパスコーを見てにっこりした。左のまぶたが下りてきたのは、ゆっくりしたウィンクだったのか、あるいは自然なまばたきにすぎなかったのだろうか。

3　美しい弦の響き

キャップ・マーヴェルは信心深い女ではなかった。父親は部族的英国国教徒で、教会とは、たとえ労働党政府のもとにあっても支配権は保守党にあると神が肯定する方法だと見なしていた。母親は敬虔なローマン・カソリックで、幼いアマンダをきちんとカソリックの戒律に従って育て、学校はぜひにと主張して、自分の母校である聖ドロシー・カソリック女子学院に入れた。彼女の目には、全国でここだけがまともに教義にのっとった学校だった。

ところが、カソリック教会が支配領域を拡大しようとこれだけ試みたにもかかわらず、キャップの愛着心の片隅に小さいながら領土を保持しているのは、古きよき英国国教会だった。おとなになり、懐疑の思いがほかの宗教的残骸をきれいさっぱり掃き出してしまったあとも、かつて父親が猟に使うハウンド、テリア、ポインター、レトリーヴァーも村の教会の家族席で彼といっしょに礼拝に参加するのだと言い張った思い出だけは消えなかった。彼女は猟は大嫌いだが犬は大好きで、動物のいない天国なら入ろうとは思えなかった。

アンディ・ダルジールの考えはこうだった。もし神が存在するのなら、職務怠慢で逮捕されるべきだ。被造物がこんなめちゃくちゃな状態になるのをゆるし、整理整頓はA・ダルジール氏のような人間にまかせきりなんだから。

といって、彼が聖職者と仲よくなれないというわけではなかった。ことに、人間生活の本当に大事な面、たとえば最上のウィスキーはどこで手に入るかとか、オールタイム・ベストのラグビー・チームを組むならどの選手を選ぶか、といったことに同じ興味を持つ相手なら。

そんな一人がジョー・ケリガン神父だった。年齢不詳の教区司祭で、空気の抜けた古いラグビー・ボールみたいなしわ深い、ごわごわした顔の持ち主だ。スポーツとウィスキーが二人を近づけ、ケリガンは犯罪を解決しようとしない、ダルジールは魂を救おうとしない、という基本原則がいったん確立されると、二人は親友になり、月がくたびれ果てて沈むまでしゃべり合った夜（コーリーの詩「ヘラクリトス」のもじり）は幾夜もあった。

　キャップは信仰を持たず、ダルジールが宗教儀礼なんかどれもこれも無意味なたわごとだと考えているのを知っていたから、病室には聖職者のたぐいを絶対に入れないという厳しい禁止令をしいていた。現代の多信仰病院にあっては、人の魂を狙う狼が群れをなし、無防備な獲物をさがして廊下をうろついているのだ。

　しかし、ジョー・ケリガンは例外だった。アンディの窮境に示した彼の苦悩は職業的というより個人的なもので、彼は司祭としてではなく、友人としてキャップから入室許可を勝ち取ったのだった。

　だが、豹はまだらの皮を変えられない（旧約聖書「エレミヤ書」より）。

　その日の午後、臨終の教区教会員に秘跡を施すため中央病院を訪れ、帰りがけにダルジールを見舞っていこうと決めたとき、ケリガン神父は職業人としての態度になっていた。日曜日の事件以来、病室の外に配置されていた警護の巡査は司祭を見知っていたので、ためらわずに通した。ジョー神父が病室で友人と二人きりになったのは、これが初めてだった。今までキャップ・マーヴェルに遠慮して――彼女がこわかったから、というのもある――心の中で声に出さずに祈るだけだったが、今、祈りは自然に唇からこぼれ出てきた。「天の医師、病人を癒したもうイエズス様、わたしたちはこの病《やまい》のときにあって、あなたに祈ります……」

　司祭の言葉を口にするあいだ、心の中には友人の思いが駆けめぐった。「どこにいるんだ、アンディ？　まだ生者の世界にいるのか、それとも、わたしがしゃべっている相手はただの肉の塊で、心臓はまだ鼓動しているが、理性と魂はとうの昔にそこから飛び出していってしまったのか？」

　実際には、ダルジールはケリガンが推測もできないほど近く、想像もできないほど遠くにいる。彼はまだ生きているが、今の彼の全存在である意識の点は、暗闇の遠くのはずれに漂い戻ってしまった。そこにはごく薄い膜があり、彼と〝よそ〟の白光とを隔てている。

彼がここにいるのは、一つには避けられないからだ。生き抜こうという意志が弱まると、自動的にふらふらとここに来てしまう。だが、ある意味ではこれは自分の選択だ。彼は根っからの社会的動物であり、昏睡というどっちつかずの世界は彼自身の意識の数々の幽霊に満ちているが、そのどれとも本当に意思疎通させることはできないのだ。しかしここなら、膜のすぐ向こうには、なにか自分とは別個のものがいるらしい。

「そこにいるのはわかってるんだ」ダルジールは言う。「すでに囲まれている。両手を挙げて出てこい。そうすればみんな家に帰れる」

このアプローチは、ミル・ストリートの場合と同様、成功しない。

「うちのパスコーがここにいればな」ダルジールは言う。「あんたは説得されてじきに出てくるよ。あいつは講習を受けたんだから」

なにかある。反応ではない。風のない日に森の中でふと感じる、ごくごく静かな一陣のそよ風のようなもの。自分が巨大な屋根をなす葉の茂みの下に立っていると思い出させてくれる、そんなかすかなもの。だが、ダルジールにはそれで充分だ。

「やっぱりそこにいるんだ」彼は勝ち誇って言う。「よし、と。これで足がかりはできた。次は名前だ、とマニュアルには書いてある。わたしはアンディ。あんたはなんと呼べばいい？　神、かね？」

また木々を渡るそよ風。今度は意味がわかると彼は思う。

〝そこを抜けて、自分で見てみたらどうだ？〟

「いやだね」ダルジールは言う。「このまえそれを試したら、吹っ飛ばされた。ちょっと待て。なんだこりゃ？」

先日、体外離脱を体験したときは、思いがけずヘクターがベッドに寝ているのを目にし、無意識状態の安全の中へ戻らずにはいられなくて、ふいに終わりが来てしまった。あれを別にすれば、彼には外界の状況に対する感覚がまったくなかった。わかっているのは、自分と〝よそ〟の白光とを隔てる膜からいちばん遠い暗闇の端に、もう一つの〝よそ〟があって、そこからは彼をまだ呼び戻す力のある感覚の断片が出てくる、ということだけだ。

今、そこから出てくるのは、なにか単調にぶつぶつ言う声だ。しだいに言葉が聞き取れるようになる。

〝全能にして永遠不変の神、信じる者をとこしえに救いたもう神よ、お聞き届けください。わたしはあなたの病める僕《しもべ》アンドルーのために祈ります……〟

「なんだと！」ダルジールは怒って言う。「わたしに向かって祈ってるやつがいる！」

〝わたしに向かって、きみのために、だよ〟森のそよ風は訂正する。

「おんなじことだ。あんたの仕事では、こういうのをたくさん受け取るんだろうな。どうやって我慢してるんだ？」

〝それが仕事《セ・モン・メティエ》だから〟そよ風は言う。

「なるほど。わたしと似たようなもんだな。問題の夜には別の場所にいて、貧しい人たちにスープを配っていました、とかいうナンセンスを聞かされる」

〝そんなようなものだ〟

「じゃ、こういうくだらん言葉に耳を傾けるほかには、何をするんだ？　あんたがそう忙しくて、わたしの側の出来事にかまっていられないんなら、きっとあんたの側にはほかにも何かあるはずだ」

〝まだ自分がそのいわゆるきみの側に属していると思うのかね？〟

「そうでない理由があるか？」

〝出てきなさい。そうしたら、話し合おう〟

「だめだね、そんなことでつかまるもんか。これ以上は近づかないね。実際、これでも近すぎて不安になる。じゃ、あっちへ戻るよ。さよなら」

〝またじきに会おう〟

「ばかに確信があるみたいだな」

〝ああ。きみはまた戻ってくる。そして、戻ってくるたびに退却はますますむずかしくなるとわかるだろう〟

「そうかね。なら、そんなことをわたしに教えるってのは、まずいんじゃないか？」

〝かまわない、きみは戻ってこずにはいられないからだ。それにもちろん、きみ自身、もう自覚していると自覚しているからね〟

「生意気な野郎は誰にも好かれないぜ」ダルジールは言い、退却する。

だが、そよ風のような〝存在〟は正しいと認めざるをえない。退却はひどくむずかしい。あの声が救いの糸を繰り出してくれなければ、戻れなかったかもしれない。

それでも、近づいてきて、その悲しげなぶつぶつ言う声が実際に祈りの声なのだとわかると、やはり腹が立つことに変わりはない。祈りについて、彼が知っているのはこれだけだ——今までに祈らずにはいられなかったとき、ことにシングル・モルトが無尽蔵に出てくる壺をくださいとか、役所の愚かさに苛立って、ここで稲妻を落としてもらえればありがたいとか、そんな祈りに答えが来て、実現したためしはない。だが今、彼にはその声の主がわかると思う。あのがらがら声の出どころは、旧友ジョー・ケリガンの煙草とウィスキーで荒れた喉のほかにはないだろう？　祈りを聞き届けてもらう価値のある人間がいるとすれば、そいつは仲よしのジョーだ。

この祈りにふさわしい反応は何かと、彼はまだ使える力を振り絞って考える。


ジョー神父は祈りの言葉を止めた。ベッドの上の巨大な塊が動いたように思った。そうだ、間違いない。下のほうでなにか動いている。ああ、主よ、と彼は思った。今度ばかりは、わたしの祈りにすばやい答えを与えてくださっているのでしょうか？

シーツの下から音がした。ジョー神父の学者的な頭は、ジョン・オーブリー（一六二七～九七年、著述家。民間伝承収集で知られる）が幽霊について書いた一節を思い出していた。それは〝えもいわれぬ芳香とたいへん旋律の美しい弦の響き〟を残して消えていったという。

音がおさまると、体はまた静かになった。底知れぬ海の底《ベッド》に横たわる大きな塊。ジョー神父は立ち上がった。

「わかったよ、このでぶ野郎め」彼は言った。「帰れというヒントだろ。だがともかく、神様のお恵みがありますように」

4　赤ダニとアブラムシ

パスコーはデイヴ・フリーマンと昼食をとっていた。

サンディ・グレニスターのすすめだった。

「デイヴは連絡係をつとめているんだから、そろそろあなたがた二人、もうちょっと仲よくなりなさい。共通点は多いのよ」彼女は言った。

すると、反感に気づいていたんだ、とパスコーは思った。目が鋭い。だが、彼とフリーマンとの共通点としてその目がいったい何を見つけたのか、想像もつかなかった。

それとも、彼の目のほうが斜視になっていて、ルビヤンカに関することならなんでも斜めに見てしまうのだろうか？

彼とフリーマンが職員食堂のカウンターから席に移動し、トレーのものをテーブルに並べると、二人ともほとんどまったく同じものを選んでいた。グレニスターは正しいのかもしれない。

いや、ひょっとするとフリーマンはわざと同じものを……

またそんな考えになった！　と彼は思った。

だが、二人でサラダをつついていると、フリーマンが友好関係樹立に本気で努力しているのがはっきりしてきた。

彼はパスコーに向かって、CATの情報資料のこと、それを利用するいちばんの早道についてあけっぴろげに話し、それから質問を招いた。パスコーはティムとロッドの背景を尋ねた。

「親しくいっしょに働いている人間のことは知っておきたいから」彼は言った。

「同感だ」フリーマンは微笑した。「ぼくの履歴書をあとで送るよ。さてと、ティムとロッドだが……」

話が終わるころには、二人は職業体験プログラムで来ている若い学生だという、パスコーが最初に抱いたイメージは——すでにかなり修正されていたが——完全に消えてなくなった。フリーマンは二人を対等の同僚と見なしている。公安部のキャリアの梯子にしっかり足をかけた男たちだった。

ティム・チェットウィンドは実際には二十七歳、結婚して、幼い子供が三人いる。ロッド・ロクサムは二十三歳、未婚だが、ガールフレンドがいないことはめったにない。

「まあ」フリーマンはドライに言った。「ロッドのいつもの関係を〝ガールフレンドがいる〟と呼べるならね。あいつは俗にいうベイブ・マグネットさ。食堂のスタッフのあいだでは、ホット・ロッドとあだ名されているらしい」

「驚いたな」パスコーは言った。あの青年の姿を思い描いた。人好きがする、魅力がある、それはそうだが、しかし、ベイブ・マグネットだって……？

「奥さんを彼に紹介してみろ、すぐわかるよ」相手の疑念を見て取ったフリーマンは言った。「こういう職業では有効な才能だ。長期にわたる関係は厄介な問題になりがちだからね」

「ティムはうまくやっているようだけど」

「職場恋愛だったんだ」フリーマンは言った。「実現すれば最高だけど、今現在は市場に女性がちょっと少ない。ま、きみがサンディに目をつけてるんなら別だがね。ティムは昔ながらのルートで入ってきた。大学でスカウトに目をつけられて、卒業試験もすまないうちにリクルートされた。ロッドは高校を出て、二年くらいアルバイトをしながらぶらぶらしていたんだが、ルーカシュの庭を手入れする園芸会社に職を見つけ……」

「コモロフスキー？　うん、ガーデニングが趣味だと教えてくれた」

「へえ、そうかい？」フリーマンはパスコーが予想外の才能を明らかにしたので感心したかのように相手を見た。「花壇用植物の知識を磨き直すのも悪くないぞ、ピート。ルーカシュは味方につけておくのにいい男だ。彼の庭を見たことはないが——ギルフォード付近に二エーカーくらい敷地のある家を持っているんだ——たいしたものらしいよ。たとえこういう仕事でなくたって、一人で維持するのは不可能だから、メンテナンス会社を使っている。というわけで、ロッドは掘り、ルーカシュは気に入った。彼のほうはロッドの背景を掘って調べ、やがてリクルートした」

「ロマンチックだな」パスコーは言った。ロマンチックという言葉を広い意味で使ったのだが、フリーマンは誤解して言った。「考え違いだよ。さっき言ったとおり、ロッドは絶対にヘテロだし、聞くところじゃ、ルーカシュも若いころはベッドを温めてくれる相手に事欠かなかったらしい。うん、彼は将来性を認めて、青田買いしたというだけさ。さてと、ほかになにかお役に立てることはあるかな、ピーター、本格的に仕事を始める前に？」

「リーク-エヴァンズはどうなってる？」

「ああ。シルリア人（ウェールズに居住した古代人）の魔女ね。まだ〈隠れ家4〉で昼間のテレビを見ているんだと思うよ。あそこはうちの潜伏場所の中ではいいほうだ。どうして？」

「彼女からもっとなにか出てきたのかどうかと思って」

「ぼくの知る限りでは、なにもない。どうやら彼女とヤングマンとの関係は、話のとおりだったみたいだ。職業上のつながりに、セックスのおまけがたっぷりくっついている」

「じゃ、彼女はいつ解放してもらえる？」

「すぐさま《声》に飛んでいって独占記事を売りつけないと、こっちが納得したらね」フリーマンは言った。

「どうやって説得するんだ？　彼女の愛国心に訴える？」

「冗談だろ！　いや、こういうケースは想像以上によくあるんだが、ふつう使われるのは賄賂と脅迫だ。〝調整係〟と呼ばれるちょっとした専門チームがあってね、具体策を決める。例の入院患者――きみのところのヘクターと同室の男だが――あいつは簡単だった。調整係が彼の背景を調べたら、児童扶養義務《チャイルド・サポート》（別れたパートナーとのあいだにできた子供の養育費を支払う義務）の支払い命令が三件未払いになっていた。子供の母親はそれぞれ違う女だ。彼としては、そんな詳細が新聞の一面にでかでかと出たりしたらたいへんだ。次に子供を訪問する日が来たら、おもしろいことになったろうがね！　残念ながら、ちょっと信じ難いけど、シルリア人の魔女はこれまでまずまず、やましいところのない人生を送ってきたらしい」

「うちの家内は異議を唱えると思うがな」パスコーは言った。

「いや、宣伝担当係として恥ずかしくなるようなこと、という意味でさ」フリーマンは言った。「まあ、調整係がなにか見つけてくるだろうがね。もちろん、なんにも見つからなかったら、毒入り傘の登場だ。手早くて、安上がりで、ずっと確実だからな」

　ごくまじめな顔だった。それからにんまりして、言った。

「だから、きみしだいだよ、ピート。ヤングマンを見つけてきてくれ。そうしたら、麗しのフィオンは解放され、好きなだけタブロイドにしゃべれる」

「彼女はまた尋問されたんだろう？　調書を見せてもらえるかな？」

「問題ない。ほかには？」

「ヤングマンについて教えてもらえるSASの人間と話がしたい」

　フリーマンは言った。「彼の軍歴なら、きみのデスクにある山のようなファイルに入っているはずだよ。ティムとロッドがきっともう調べているだろう」

「そういうんじゃなく、人の印象を聞けないかと考えていたんだ。いっしょに地雷原を這い進む仲間について知っておきたいこと、というかね」

「ああ。そういうやつは簡単にいかないいな」

「どうして？」パスコーは言った。「軍の連中なら喜んで協力してくれるだろう？」

「軍が連絡してきて、CAT工作員の一人が犯罪を犯したようだと言ったら、われわれは喜んで協力するか？　きみやぼくが軍に直接接触しても、たいした効果は上がらないと思う。こういうときはルーカシュだな。彼はMI6にいたとき、軍と密接な仕事をしていたから、かれらの考え方に通じている。話をしておくよ。じゃ、仕事を始めよう」

グレードアップの結果、窓のあるオフィスをもらえるのではないかという希望はすぐについえた。フリーマンは先に立って地下へ下りていったからだ。

少なくとも、ここにあるコンピューターはすべてパスコーが使っていいことになったし、新しく、最新鋭のコーヒーメーカーまであった。


「歓迎のプレゼントだ」フリーマンは言った。「ほかになにか必要なものがあったら、いつでも電話してくれ」

「どうもありがとう」パスコーは言った。贈り物を持ってきたギリシャ人には気をつけろ、ということわざが頭に浮かんだ。だが、そんな考えはすぐ捨てた。狭量だ。それに非論理的でもある。

もし彼の行動を監視したいなら、すでにコンピューター、電話、防犯カメラがある。コーヒーメーカーに盗聴器を仕掛けるのはよけいだ。

フリーマンの予報どおり、デスクにはファイルやフォルダーが山と積まれ、ティムとロッドがもう整理を始めていた。

パスコーはその山を熱のない目で眺めると、コーヒーメーカーを見た。

「まずは大事なことから行こう」彼は言った。「きみらのうちでこいつの使い方がわかるのはどっちだ？」

捜査開始といえばいつもそうだが、おもな仕事はやぶを刈り取り、木々の下の裸の地面が見えるようにすることだった。

午後の半ばまでには、かなり進捗があった。ロッドはヘドリー‐ケイスのウェブサイトで、ヤングマンが第二作の宣伝のために行なったビデオ・インタビューを見つけた。作家は読者に向かって、物語の中の重要な出来事はどれも事実に基づいている、と語っていた。

バーニーおじさんに、いちばんいいのは次の本が出るまで待つことだと言ってやろうか、とパスコーは思った。告白同然のはずだからな。

頼まれるのを待たずに、ロッドはインタビューのコピーを視聴覚部に送り、マズラーニ事件のビデオの声と比較するよう依頼した。三十分後、答えが返ってきた。九十パーセントの確率で、ヤングマンはアンドレ・ド・モンバールと名乗った男だという。それは断頭を実行した人物だった。

「よくやった」パスコーは熱をこめて言った。「じゃ、今度は彼をミル・ストリート爆破とキャラディス殺害に結びつけられるか見てみよう」

前者に関してなら可能かもしれないと、彼は多少の希望を抱いていた。CATの捜査チームはヤングマンのコテッジを徹底的に調べ、自動小銃数挺と微量のセムテックスを見つけていた。これはミル・ストリートの爆弾に使われたのと同じタイプのものだった。

「いいぞ！」パスコーは言った。「じゃ、あとはこの野郎が公休日にミル・ストリートのそばにいたと証明できればいいだけだ」

日曜日以後、ヤングマンらしき人物を見かけたというあれこれの情報を相関させるのに多大の努力が払われていた。ほぼ確実と見られる情報の一つは、金曜日の朝、ビショップ・オークランドにある自動車の車体工場に男が現われ、大金を出して、黒のジャガーの左のフェンダーを急いで修理してくれと頼んだ、というものだった。男は二時間ほど車を預けていった。とすると、キャラディスが無罪を勝ち取った時刻までにノッティンガムに行くのはまず不可能だ。しかし、そのあとでキャラディスを殺し、死体を貯水池に浮かべる行動に加わるのは可能だった。バーニー・ブルームフィールドからのメモにあるように、ヤングマンが〈フィドラーの三人〉出演を辞退したのはそのためだったかもしれないが、パスコーはこの説に納得しなかった。キャラディス事件は慎重に計画されたものだと彼には思えた。それに、もしヤングマンが直接関わっていたのなら、なぜ彼はヘクターを殺そうとしたあと、南でなく北へ戻ったのか？

ミル・ストリートについては、彼の関わりが本物の可能性に思えたときがあった。A1号線の速度違反取締まり用カメラのテープを調べていたチームが、公休日の午後、南方向へ中部ヨークシャーに向かう黒のジャガーを見つけ出したというニュースが入ったのだ。それがヤングマンの車だという確認はすぐ取れたが、タイミングが合わなかった。爆破事件の一時間かそれ以上あとだったのだ。

「任務終了後の報告を聞きにいく途中だったたってこともあるな」ロッドは言った。

「微量のセムテックスが見つかったんだから、彼は需品補給係の役も果たしていたのかも」ティムは言った。

「だとすれば、彼はすごく重要なプレーヤーだ」パスコーは言った。「どうやら、動いているのは二人なんてものじゃないな。少なくとも二チーム、ひょっとすると三チームいそうだ」

もちろん、もっと多いかもしれないが、パスコーはそうは思わなかった。大勢が関わってくると、警備上の危険がそれだけ大きくなる。しかも、もし彼の推理が正しければ、テンプル騎士団の背後には、警備上の危険を知り抜いた人物が存在するのだ。

彼がフィオン・リーク‐エヴァンズの尋問調書を読んでいると、ティムが片手を口に当て、ジーヴズ的なさりげない咳をした。その音は目立たなかったが、まもなく同じ咳が繰り返されたので、パスコーはおやと思った。

目を上げると、チェットウィンドは壁の時計を指さしていた。五時半だった。

「スパイもオフィス・アワーを守るとは、気がつかなかったな」パスコーは言った。

「守れるときはね」ティムは言った。「守れないときだらけだから、家族へのせめてもの償いですよ。もちろん、なにか緊急の用件があるんでしたら……」

ティムには妻子がいるのを思い出した。彼自身、太っちょアンディにつきあって〈黒牡牛〉亭に行ってしまったあげく、職業上の必要以外なにものも男と家庭を隔てる障害にするまい、と自分に約束したことは数限りなくあった。

「いや、なにもない。帰っていいよ。明日の朝早く、元気に出てきてくれ。今日はわたしが早速仕事に取りかかれるよう、手伝ってくれてありがとう。きみもだ、ロッド」

「ぼくは急いでません」ロッドは言った。「当番は八時にならないと始まらないから」

「え?」パスコーは戸惑って言った。「きみは交替制の仕事をしているの?」

「ご亭主の出勤て意味ですよ」ティムが戸口から言った。

非難がましい口調だった。三人子供のいる既婚者は、忠誠を尽くすべき相手をわきまえている、とパスコーは思った。

「それなら」彼はロッドに言った。「あと二時間、教会で救済を求める祈りを捧げることだ。じゃ、わたしがうんと面倒な仕事を見つけてきみに押しつけないうちに、消えてくれ!」

ダルジールふうに部下をぶらぶらさせておかないといっても、学んだ教訓をすっかり忘れなきゃならないってわけじゃない!

彼はさらに三十分働いたが、とうとうぼうっとしてきた。デスクで居眠りしているところをビデオに撮られたら笑われるだろうから、彼は尋問調書をブリーフケースに入れ、階段を上がった。チェックアウトしていると、コモロフスキーがホールにいるのが目に入った。飼葉桶の植物をていねいに調べ、ときどき殺虫剤をスプレーしている。

「赤ダニとアブラムシ」彼は通りかかったパスコーに言った。「たいていの心ないテロリストと同様、しぶとく、すぐ増え、相手を殺す」

「でも、しゅっとスプレーすれば死んでしまう」パスコーは言った。「みんなそうだといいのにな」

コモロフスキーは言った。「直接行動に多少同感しておられるように聞こえますね、ミスター・パスコー。あなたの新しいお仕事にあっては、危険な曖昧さだと思いますが」

「いや。危険な曖昧さなんかありません」パスコーは言った。「無害な妄想ですよ」

「安心しました。われわれは擁護しようとする規則《ルール》に従ってプレーしなければならない」

「それはずいぶんイギリス的に聞こえますね」

相手はにっこりした。

「しかし、わたしはイギリス人ですよ、ミスター・パスコー。ここで生まれ育った」

「すみません。そういう意味じゃ……」

「わかっています」コモロフスキーは言った。「もちろん、名前のせいです。アメリカならなんとも思われないでしょうが、こちらではアングロ・サクソンの名前でないというだけで、みんなひどくゆっくりした大声で話しかけてくる。しかし、うちの家族がアメリカでなくここに落ち着いたのを、わたしはうれしく思っています。あちらには規則《ルール》というものがない。法律《ロー》だけだ。ところで、フリーマンから言われましたが、例のヤングマンという男の軍務について、誰かから話を聞きたいそうですね。この番号を試してみてください」

彼はポケットから紙切れを取り出し、渡した。

「ありがとう」パスコーは言った。「名前はあるんですか?」

「ありません。いつでも好きなときにかけてください。オフィス・アワーなどないですから。ああ、一匹いた。逃がさないぞ! では、楽しい夕べを、ミスター・パスコー。われわれの規則《ルール》では仕事を家に持ち帰るのがむずかしいおかげで、楽しい夕べだけは保証されている」

彼はパスコーのブリーフケースにちらと目をやった。

あ、やばい、とパスコーは思った。フィオンの尋問調書を持ち出すのに、許可を得るべきだった。しかし、この中に書類が入っているとわかるはずはない。だろうか? どっちみち、だからどうなんだ? 最新スター・ウォーズ・システムの図面を盗んだってわけじゃない!

「おやすみなさい」彼は言い、マンチェスターの夏の夕べの排気ガスに満ちた空気の中へ出ていった。

5　無名氏

まっすぐホテルに帰らず、パスコーはアルバート・スクエアに寄り道して、空いたベンチを見つけた。携帯電話とコモロフスキーからもらった紙切れを取り出した。まわりを見た。立ち聞きされる距離に人はいない。だが、このごろではオーディオ・ガンで遠くからでも音が録《と》れる。

まったく、おれはほんとにパラノイアになってきた！　思いながら、番号を押した。

「もしもし」ほとんど即座に答えがあった。

「もしもし、パスコーと申します。わたしは……」

「はい。けっこう。われわれの友達、ジョンティ・ヤング軍曹の件でしょう？　いや、今じゃミスター・ジョン・T・ヤングマンと呼ぶべきかな。何を知りたいんです？」

声は深みのあるバリトンで、かすかに西部訛りがあった。この声が力強く〈花踊り〉（春を祝って町を練り歩くコーンウォールの伝統舞踊）の歌を歌うところが想像できる。

「よそで知りようのないことなら、なんでも」パスコーは言った。

「あなたたちでも手の届かない場所がまだあるというのはうれしいね」無名氏はくすっと笑って言った。「教えられるのはこれだけだ。わたしは彼を現役の兵士として知っていて、やめたあとも彼の行動に目をつけてきた。われわれは元同僚で物書きになった人物から目を離せないのでね。公表されてはまずいこともある。その線を踏み越えそうになる人物がいると、われわれは非常に高いところから跳びかかる」

「つまり、出版差し止め命令を出すということですか？」

「ときにはね」無名氏は言った。「ときには、非常に高いところからなにか落としてやるってこともある。ジョークだ」

「ははは」パスコーは言った。「ヤングマンは落とされる口ですか？」

「いや。われわれの観点からすれば、彼の本は無害だ」

「内容はおもに事実に基づいていると主張していますが」

「それはそのとおりだ。読めばそれとわかる出来事がたくさんあるし、彼自身が関わったものもある。そのほとんどは、軍内部では一般知識となっている。われわれは仲間意識が強くてね。冒険談を分かち合うのが好きなんだ。だが、こちらが秘密にしておきたいことは、彼は決して漏らしていない。むしろ、彼の本はわれわれにとってすごくいい宣伝になっている」

こういう連中はいったい何を悪い宣伝だと見なすんだ？とパスコーは思った。

彼は言った。「すると、ひそかな恨みを晴らすために書いたとかじゃないんですね？」

「軍に対しては恨みはない。だが、敵のことはしんそこ憎んでいた。それは本を読めば非常にはっきりわかるし、彼が現地にいて戦っていたころはもっとはっきりしていた。軍を出たあとも、その気持ちを失っていないようだ。もちろん、まったく間違った態度ですよ。しかし、軍の中でも外でも、彼に同感する人は大勢いるでしょう」

警官を殺そうとすることに同感する？　それからパスコーは思い出した。無名氏にとっては、今二人がヤングマンについて話しているのは、彼がテンプル騎士団の反テロリスト活動の容疑者だから、というのが唯一の理由なのだった。

彼は言った。「そういう同感を持つ人は、彼が法の裁きを逃れようとしたら、手を貸してやるでしょうかね？」

「軍では問題はない。同志はまず助ける、質問するのはあと。それに、彼がやっているのが法律の手の届かないところに手を伸ばしてやるというだけのことなら、支援には事欠かないだろうと想像しますね」

これはほぼパスコーが予想していたとおりだったが、それでもうれしくはなかった。

彼は言った。「そこにはあなたも含まれますか？」

「おやおや、女王と国家の忠実な奉仕者から、なんという質問だ！　しかしまあ、警察に知らせる前に逃げる暇をたっぷり与えてやろうという誘惑には駆られそうだな」

少なくとも、正直な答えだった。

「警察に知らせないという以上のことはどうです？　もし彼がテンプル騎士団に人をリクルートしようとするなら、自分のような人間のところにまず行くでしょう。可能性のある名前をもらえませんか？」

間があってから、男は言った。「いいかね、ヤングに関してあなたをお手伝いするのはまだいい。どうやら彼は犯罪行為に確実に連座しているという話だからな。しかし、適当に選んだ名前を渡すことまでがわたしの仕事だとは思わない。それであなたが出かけていって、かれらとその家族を悩ませることになるんではね」

「ずいぶん仲間思いだ」パスコーは言った。「もちろん、過去十年にSASをやめた人間全員のリストは国防省からすでにもらっています。それに従ってアルファベット順にみんなを悩ませるまでですよ」

実は、これは嘘だった。そんなリストを手に入れることはできるとしても、きっとすごい人数だろうし、まともにチェックするにはブルームフィールドから搾り取れるだけの人材と時間では足りないだろう。

「わかった」無名氏は言った。「できるだけのことはしてみよう。だが、わたしが提供した名前の人物に話をするときは、情報源は国防省だ、いいね？　で、一般的な調査の一環ということで」

「どうせそうするつもりでした」パスコーは言った。「手を貸していただければありがたいです。あなたはここではエキスパートですからね。われわれは情報を収集して地道にやるばかりで。誰のためにも、ヤングマンをできるだけ早急に見つける必要がある。もしあなたがわたしの立場なら、どうしますか？　彼がどういう訓練を受けて、どういう知識があるかはご存じでしょう。それ以上に、あなたはあの男本人を知っている。ですから、どんなヒントでもいただければ助かります」

彼が〝フラーチェリー〟と呼ぶ分野（おせじ《フラタリー》を次々に繰り出すのだが、その手さばきがごく軽いので、受け取ったほうはほとんどなにも感じない、というもの）では、アンディ・ダルジールは喜んでパスコーに勝ちを譲る。「あいつがフラーチすればハリウッド代表選手になれる」と彼は誇らしく言ったものだ。

　無名氏も明らかにこれにやられた。

「そうだな、野宿はしていない」彼は言った。「それは確かだ。文明国で野宿なんかしていたら、いずれ人目につく。だから、彼はどこか人目につかないが、野外ではない場所にいるでしょう。そこで自問すべき点は、第一、何を追えば彼に近づけるか、第二、何を使えば彼をおびき出せるか。第一は簡単だ。セックス。彼の本を読みましたか？」

「一冊だけ」

「まあ信じてくれていいが、セックス・シーンは確実に経験に基づいている。彼はセックスを楽しむ、必要としている、飽くことのない欲がある。わたしなら、ペットの雌猫だって彼と同じ部屋には入れないな。だから、女たちをさがせ《シェルシェ・レ・ファム》、複数だ。あと、セックスと並んで彼が大好きなのは軍人生活だ。そのどちらにしても、書くだけでは絶対に満足できないだろう。どうしても実際の行動が必要なんだ。彼はやめさせられたあとも再入隊しようとしたんですよ、ご存じでしたか？」

「いいえ。〝やめさせられた〟とおっしゃったが、イラクの戦争捕虜をめぐって、なにかトラブルがあったとか？」

「彼は捕虜たちを殺害したんです」無名氏はきっぱり言った。「もちろん証明はできなかった。あいつは利口ですからね。でもわれわれにはわかっていたから、それまでだった。どこかで線を引かなければならない。残念だ。いい兵士だったのに」

「でも、再入隊してほしいというほどではなかった？」

「そこまでいい兵士なんかいませんよ。驚くほどよくあることなんだ。昔なら、うまくもぐり込んだ連中もたくさんいたんだろうが、今の世の中では人物確認を二重三重にやりますからね。で、彼は入《はい》れなかった。ともかく、さっきも言ったように、あいつは明らかにまたアクションの世界に戻った。さもなきゃ、あなたがたに追いかけられるはずはない。でも、見破られたからといって、やめはしませんよ。命令が出たのでない限りはね」

「命令？　彼が上に立っているとは思えないんですか？」

「テンプル騎士団で？　まあ、かれらについてはあなたのほうがよくご存じだが、もし複雑な戦略レベルがあるとすれば、軍曹がそのレベルに立つとは思えません。美しい進軍らっぱが吹き鳴らされるところ、そこですよ、彼がいるのは。そのほかには？」

「もう一つだけ。あなたがたは需品補給係将校《クォーターマスター》のことをQと呼ぶんじゃありませんか？」

「たまにね。だがジェイムズ・ボンド映画のおかげで、ちょっとださい言い方になった。なぜです？」

「ヤングマンの第一作の献辞は〝男たちの指導者、Qに〟となっていたから」

　無名氏は笑った。

「需品補給係に指導能力はあまり必要なさそうですがね。がらくたの貯蔵者、とでもいうほうが当たっている。いや、それならキューリー‐ホッジ少佐、殊勲章受章者《DSO》のことだろう。彼はヤングの分隊長だった。みんなにQと呼ばれていた。トップの地位まで昇りつめると期待されていたんだがな、かわいそうなルークは」

「かわいそう……？」

「ええ。アフガニスタンでひどい怪我をした。下半身が麻痺してしまった」

「お気の毒に」パスコーは言った。

「まったくだ。でも、それも軍人の契約のうちだ。動く指は書く、書かれたものは変えられない（フィッツジェラルド訳、オマールカイヤーム『ルバイヤート』より）、というやつですよ。少なくとも、彼はまだ指を動かせるし、車椅子を自分で動かせる。じゃ、もういいですか？」

「と思います。ありがとうございました」

「どういたしまして。彼をつかまえられるといいですね。しかし、つかまるってほうに金は賭けませんよ！　それじゃ」

　金は賭けない、だって？　とパスコーは思った。SASの退役軍人対田舎のおまわりさんか。ヤングマンの土俵上では釣り合わないかもしれない。しかし、こっちには武器がたっぷりある！　その一つは、犯罪界に戦慄をよぶ（べき）人物だった。

彼は別の番号を押した。

「ウィールドです」

「ピート！　ピーターだ」

「元気だ。なあ、ちょっと頼まれてくれるか？　キューリー・ホッジ少佐、DSO、元SAS。現住所を知りたい。それに、見つけ出せることならなんでも」

「どうしたんだ？　スパイどもだってコンピューターがあるだろ？」

「うん、でもぼくは建物を出てしまったし、戻って人目を惹きたくないんだ。それに、きみはあの〝ほかのビールには届かない場所まですっと入っていく〟っていうビールみたいなもんだからさ」

「そのうえ、安上がり」

「いや、値段のつけようがないくらい貴重だ。助けてもらえるか？」

「やってみるよ。でも明日だ、いいね？　エドウィンが明け方出かける。ゲントでブック・フェアがあって、そのあとオランダ周遊。一週間近く留守にするから、今夜はいっしょに食事して、早くベッドに入る」

「明日でかまわない。ただし、八時前ならね」

「ああ、じゃあ大丈夫だ。大急ぎの仕事ってほどじゃないな」

二人はしばらく話した。パスコーはダルジールの容態は訊かなかった。よくても悪くても、なにか変化があれば、すぐに話に出るはずだ。

ホテルに戻ると、浴槽に湯を張り、香りをつけた湯の中に寝そべってエリーに電話した。

「ハイ」彼は言った。「寂しいよ」

「そう？　出張を続けてることはないのよ」

マンチェスターに戻るという彼の決断をまだ不愉快に思っているような言い方だった。

「それで、何してるの？」彼女は続けた。「ジョージ・ブッシュのために世界をより安全な場所にする仕事は別として」

「実は風呂に入ってるところさ。背中を流してくれる人がいるといいんだがな」

「トップ・エージェントにはCATが東洋人の湯女を用意してくれるんだと思ってたわ」

「それなら、彼女はこっちに向かってるはずだ」彼はいい気になって言った。

それから、昇進のことを聞かせた。

彼女は心からうれしそうな反応は見せなかった。

「それって、どういう意味なの、ピーター？　かれらはあなたをテントの中に入れた、あなたが外へ向かっておしっこしてくれるように？」

これはパスコー自身の疑念にそっくりだったので、怒るに怒れなかった。

彼は言った。「そのとおりかもしれない。だけど少なくとも、ぼくはテントの中にいるんだから、いざとなったら好きな方向に小便してやれる」

ほら、また、とエリーは思った。ああいう荒っぽい、けんか腰の調子は、でぶのアンディ・ダルジールなら自然だが、夫の口から出てくると、空威張りに聞こえる。

彼女は言った。「ね、あなた、気をつけてね？　未知の領域よ。ランカシャーって意味だけじゃなく。これより先、龍あり。背中を流す湯女どころか、ぐさりとやられないように背中を見張ってくれる人だっていないんだから」

「うん、ウィールディがそばにいてくれりゃな。あの顔を見ただけで、たいていの龍は逃げ出すよ」

今度はパスコー自身がダルジール的言い回しを認め、悔いる番だった。彼は急いで続けた。「でも、いいこともいろいろある。ようやく、いっしょに働いている人たちとほんとに知り合いになってきたしね」

彼はティムとロッドについて新しくわかったことをおもしろおかしく話した。

「きみも気に入るよ」彼は言った。「キャリアの階段を上がろうとしている、頭のいい青年たちだ。デイヴ・フリーマンだって、ぼくと仲よくやれと叱られたもんだから、いっしょにいて楽しい相手になってきたよ」

彼はいつでもチームの一員であることが好きなんだ、とエリーは思った。それが強みだけど、ひょっとすると弱みでもある？　だが、彼がわき目もふらずにまっすぐ目的に向かっていく態度に何度となく驚かされたことがあるのを思い出した。

「ま、ぼくのことはもういい」彼は続けた。「きみのほうはどう？」

「訊いてもらえないかと思ってた」エリーは明るく言った。「あなたがせっせと昇進に励んでいたあいだ、わたしは言い寄られていたの」

「驚かないな」パスコーは言った。「で、まだ希望を棄てていないファンの中で、誰がぼくの留守を利用したの？」

「新しいのが現われたのよ」彼女は言った。

彼女はケントモアとのランチの顚末を話した。

パスコーは言った。「妙だな。どういうつもりなんだろう？」

「ピーター、たまには疑り深い警官じゃなく、嫉妬深い夫っていう反応を見せてくれるとうれしいんだけど」

「オーケー、オーケー、次に会ったら決闘を申し込むよ。でもまじめな話、彼の興味は純粋に、いや不純に、肉体的なものだという印象を受けた？　それとも、前に二度会った結果、おや、この女なら一生をともにして豚の繁殖をやっていけるぞ、と決めたんだと思った？」

「たんに、またわたしに会いたいと思っただけかもよ。それで悪い？」

「ぜんぜん」パスコーは言った。「だってさ、嫉妬深い夫らしく演じてほしかったんじゃないの？」

「早替わりね」彼女は言った。「でも、動詞が間違ってるわ」

「ごめん。らしく感じて、だな。もちろん、感じるさ。で、なんの話をした？　豚肉の値段のほかに」

「ちゃらちゃら言い寄るための話じゃなかったわ」彼女は認めた。「アンディの具合を尋ねて、もし彼がよくならなかったら、わたしはどう感じるかって訊いてきた。それから、人の死と悲しみについて……」

「なんだよ！」パスコーは割り込んだ。「まさか、死に興奮するっていう変態じゃないだろうな？　霊園でデートしようなんて言ってきたら、気をつけろよ」

「そうなったらおもしろいかもね」彼女は言った。「でも違う。彼はただ、弟の死を本当には乗り越えていないんだと思う。理由は理解できる。ここまで信じがたい話だと、でっち上げのはずはないわ。彼は弟が死んでいくのを聞いたの」

「なんだって？　弟はイラクで死んだんじゃなかった？」

エリーはその話をした。

「ひどい。それはつらかったろうな」話がすむと彼は言った。「弟も、かわいそうに。それじゃあ食欲がそがれたろう」

「なんとかがんばったわ。〈サラセン人〉の料理はおいしいから、もったいなくて残せない」

パスコーは笑った。妻の旺盛な食欲は、アンディ・ダルジールがいつも彼女の長所リストの第一番にもってくるものだった。二人がことに角突き合わせていると、リストの項目はそれ一つというときもある。

「それじゃ、悲しい物語できみの同情を買ったら、彼はきみの肩にもたれてすすり泣き、続きを聞かせようと次のデートを申し込んだ？」

「ううん」彼女は明るく言った。「わたしが申し込んだの」

「え？」

「そう。あのね、別れ際にあなたのファンのキルダが現われたのよ。あのアルコール漬けの魅力にあなたがまいったのはわかってるから、見せ場を作ってあげようと思ったの。土曜日にランチに来るよう、二人を招待したわ」

「なんだって？」

「聞こえたくせに。問題ある？」

「家族水入らずの静かな週末を楽しみにしてたのに」彼は陰気に言った。

「先週みたいに？」彼女は言った。「ごめん。まあ、この週末には帰ってくる予定みたいね」

「もちろんさ」彼は言い返した。

「お国のために必要とされても？」

彼は正直すぎて、なにがなんでも家に帰る、と言い切ることはできなかったが、彼女はもうとうの昔に、警察官と結婚しているなら安心の言葉を要求することはできないという事実を受け入れていたから、夫を困らせないように言った。「いいのよ。つい口がすべって招待しちゃっただけだし、二人はそう乗り気でもなかったみたい。ことに彼女はね。だから電話して、やっぱりあなたはマンチェスターから戻れないから、ランチは中止と言うくらい、なんでもないわ」

「そんなことを言うと、ほんとに戻れなくなりそうだ」彼は言った。

たいていの警察官と同様、彼はちょっと迷信深いところがある。もっとも、たいていの警察官と同様、そんなことはないと否定するだろうが。

「オーケー」エリーは言った。「じゃ、あなたがうちに帰ってくるのが絶対確実になるまで待ってから、やっぱり帰れませんて言うわ」

こう何年もたっても、彼女の実際的処理能力にはいまだに息が止まりそうなほど圧倒される。

「そうだな」彼は言った。「でも、かれらが来るとしたら、豚養殖の共通の趣味のせいで、ロースト・ポークをメニューに入れる計画だった？」

「ううん。どうして？」

「後ろのほうで、豚が殺されてる音がするみたいだからさ」

エリーが理解するのに一瞬かかった。

「ピーター！　そんなこと聞いたら、あの子、傷つくわ！」

「あの騒音の中でなにか聞こえるんならワンダー・ウーマンだよ。ベニー・グッドマンは練習を一休みして、パパとおしゃべりに来てくれるかな？」

「あなたがジョークを口にしないならね」エリーは厳しく言った。「すぐ呼んでくるわ。じゃ、華やかなマンチェスターで今夜はあとどう過ごすつもりなの？」

「ぼくのことならご承知だろ」パスコーは言った。「食事して、ナイトクラブに行って、シャンペンを二本ばかりあけて、コカインを二、三筋嗅ぐ。あるいは、のんびりとおもしろい本でも読むか」

ホテルのレストランですばらしい夕食を堪能するあいだにのんびりと読んだのは、フィオンの尋問調書だった。明らかに何度かにわたって面接があったが、尋問チームは役に立つ内容はもうすっかり聞き出したと早いうちに決め、あとはこのかわいそうな女を震え上がらせることに努力を傾注したように彼には思えた。

食事をすませ、外の空気を吸おうとホテルの周囲を散歩したあと、部屋に戻った。テレビの警察ドラマを見て一時間潰した。政党の選挙公約よりも穴だらけのプロットだった。それから、エリーに話した〝おもしろい本〟を読む時間だと決めた。

選択肢は二つ、どちらも砂漠を舞台に、闘争、犠牲、残虐、破壊を描いた大河ものだ。すなわち、一つはヤングマンの第二作『砂を染める血』、もう一つはギデオン聖書だった。

まあ、今読みたいのは、釘づけになるほどおもしろいものより、眠くなるもののほうだな、と彼は自分に言った。正しい選択をした。『砂を染める血』を二章読み終えるころ、彼はぐっすり眠りに落ちていた。

6　モーニング・コール

エドガー・ウィールドは熱い唇に耳をかじられて目を覚ました。

まれな贅沢を楽しんで、じっとしていた。エドウィン・ディッグウィードは――ウィールドより少なくとも十歳上だと認めている――自分の活力は太陽が空高く上がらないうちは停滞していると、早いうちに明らかにしていたから、〈死体小屋《コープス・コテッジ》〉では朝のいちゃつきはめったにメニューにのぼらなかった。

そのとき、ウィールドは思い出した。二人は昨夜さよならを言い、ほんの三十分前に彼はパートナーの車がごほごほいいながらスタートし、出ていく音を聞いたではないか。がばと起き上がり、熱い唇の持ち主は誰かと確かめた。

「なんだよ、モンティか!」彼は言った。「おまえが来たなんてエドウィンに知られたら、おれは銃殺される」

モンティは唇を引っ込め、無関心なところを見せてにっと笑った。

彼はキヌザルだ。かつてウィールドがやや疑わしい状況下で、ある製薬会社の研究所から〝救出〟してきたのだった。ディッグウィードは彼の存在を初めは我慢していたが、古本が食べられるものかと実験したのが運の尽き、モンティは追放命令を頂戴した。幸運にも、近所のエンスクーム・ホールの小さな野生動物園が引き取ってくれた。だが、モンティは救い主の恩を決して忘れず、ときどき戻ってくる。ただし、エドウィンがいるときは姿を見せないというだけの知恵はあった。

まだ六時にもならないが、もう太陽の黄金はイーンデールの谷にあふれ、たとえモンティが許してくれても、また眠ろうとするのは無駄だった。彼は白パンを三枚トーストし、パンの厚みと同じくらいたっぷりバターとラズベリー・ジャムを塗った。マグにインスタント・コーヒー二さじ、同量の砂糖とミルクを入れ、熱湯を加えると、日当たりのいい庭にすわった。エドウィンの留守を埋め合わせてくれるものはいくつかあった。たとえば、こういうゲストと楽しむこういう朝食。モンティはありがたそうにトーストを一枚受け取り、リンゴの木の上に引っ込んでそれを食べた。

ここはアダムとイヴが追放される前のエデンの園だと、ふだんは宗教的な男ではないのに、ウィールドは思った。だが、外の世界はすぐそこに隠れている。現実を直視することを恐れない彼は、思いがけず手に入れたこの時間を利用して、パスコーに約束した仕事をかたづけようと決めた。

さいわい、ワイヤレス接続のおかげで、ラップトップを庭で使うことができる。まもなく彼は無限のサイバースペースをぐんぐん飛んでいった。

比較的簡単な旅だとわかった。一時間後、彼は手に入れたものを眺め、それから時計を見てにんまりすると、携帯電話を取り出した。

かなりたって、ようやくパスコーの眠そうな声がした。

「ウィールディ、いったいどうした?」

「どうもしない。きみが欲しがってた情報を渡そうと思って電話しただけだ。八時前と言ってたろう。もうじき七時になる」

「ひどいな！　きみを逮捕するぞ。ちょっと待て、ペンを取ってくる。オーケー、話してくれ」

「よし」ウィールドは言った。「キューリー-ホッジ、フル・ネームはジョン・マシュー・ルーク。故アレグザンダー・ジョン・キューリー-ホッジとイーディス、旧姓ホッジ、とのあいだの一人息子。ダービシャー州でよく知られたカソリック教徒の一族。だから息子にこんな名前を選んだんだろう……」

「なんでマークは落選したんだろうな（ジョン、マシュー、ルーク、マークはキリストの使徒で四福音書史家の英語名）?」パスコーは言った。

「きっと、友達が好意で話をしてやってるとき、口をはさんだんじゃないか」ウィールドは言った。

「おっと。ごめん、続けてくれ」

「アッシュビー・カレッジとサンドハースト陸軍士官学校卒業。未婚。SASで北アイルランド、ボスニア、イラク、アフガニスタン勤務。少佐の地位まで昇った。アフガニスタンで迫撃砲の砲弾に当たって重傷を負った。生々しい詳細を聞きたいか？」

「朝のこんな時間に？　いや、結果だけでいい」

「下半身麻痺。永久にだ。回復の見込みはない。現在は母親といっしょに一族の屋敷、キューリー城に住んでいる。ダービシャーのハザセージだ」

「ママと二人で一族の城に住んでいる？」パスコーは言った。「称号はないのか？」

「ない。そうたいした一族じゃないんだ。城というのも立派なものじゃない。大内乱（一六四二〜四九年）のとき、一日で議会派清教徒に乗っ取られ、王に対する忠誠点を稼げなかったから、キューリー家は王政復古のあと、高く買ってもらえなかった。ローマン・カソリックというのもまずかった。教皇派陰謀事件（一六七八年。カソリック教徒が王の暗殺を企図したという架空の陰謀で、無実の教徒が多数処刑された）とか、あったろう。結局、豪農として落ち着いたが、しだいに没落して、破産寸前まで行った。ところが少佐の父親アレグザンダーが一族救出に乗り出し、イーディスと結婚した。彼女はダービーのマット・ホッジの長女。この父親というのはホッジ建設ＵＫの創設者で、かなりの大金持ちだ。キューリーの名前にホッジをくっつけたのも、おそらくは取引の一部だったんだろう」

「こんな情報、どこから手に入れたんだ？」パスコーは感心して言った。

「だいたいは地元の歴史グループのウェブサイトだ」

「ああ。ああいうタイプなら知ってる」パスコーは言った。「本物の百姓といっしょにお城に招待されるのを狙って村に引っ越してきた新参者の群れ。エンスクームにだって、一人くらいいるだろう」

「エドウィンが会長だ」ウィールドは言った。「彼はきみの分析に興味を持つだろう。だけど、キューリー城に招かれようたってだめだ。城がないんだから。どうやら、もともとの建物は十八世紀末にはすでにぼろぼろになっていたらしい。家族はかつて城の執事が住んでいた家に移った。十七世紀の農家を直したものだ。だが、住所として〝キューリー城〟の名前は残した。もとの城で残っているのは、石がいくつかと、門塔の半分だけ。観光名所にすらなっていない」

「惹かれそうな観光客が一人は思い浮かぶよ」パスコーは言った。「そのほかには？」

「多少の詳細がある、聞きたいならね。昔の少年雑誌から抜け出したみたいな冒険物語さ。キューリー＝ホッジ青年はサンドハーストでトップの士官候補生だった。故郷ヨークシャーの連隊に将校として任官し、まもなくSASに転属、ボスニアでなにかして殊勲章《DSO》を受章。頭もいい。語学が得意で、おもなヨーロッパの言語すべてに堪能、そのほかの言語も使える。すばやく昇進。第二次世界大戦以来、最年少の中佐の一人になる道を突き進んでいるようだったが、そのとき、バーン！　アフガニスタンで車輪がはずれた。文字どおりにね」

「さらば、羽飾りをつけた軍隊、大きな戦争（シェイクスピア『オセロー』より）」パスコーはつぶやいた。

「なんだって？」

「生涯をかけた仕事がなくなってしまったら、男はどうするものかと思ったまでだ」彼は言った。「ありがとう、ウィールディ。いつもながら、きみは驚異だよ」

「どうってことない。あ、やばい」

寝室のあいた窓のところで動きがあり、ウィールドの目を惹いた。見上げると、モンティが出てきて窓敷居にすわった。手には非常に古く、非常に高価な子牛革装の書物らしきものを持っていた。

「え？」

「行かなきゃ。じゃ、気をつけてな、ピート」

彼は電話を切った。追いかけるのは逆効果だ。キヌザルの目にはゲームとしか映らないから、ますますはしゃいで逃げまわる。だが、利口な刑事なら、ときには優しく穏やかにアプローチするのもゲームのうちだと知っている……

彼はもっとトーストを焼こうと、台所に入った。

7　隠れ家

パスコーはホテルの食堂で朝食を食べながら、ウィールドが教えてくれたことに思いをめぐらした。朝食は十二ポンド五十ペンスのコンチネンタル、愛国的倹約の念から三十二ポンドのフル・イングリッシュを遠慮した結果だった。

フィオンの話では、北部のプロモーション・ツアーでシェフィールドにいたとき、ヤングは外泊したという。軍の旧友を訪ねた、というのが彼の言い訳だった。ハザセージ付近のキューリー城なら実にぴったりだ。ウェールズ人の魔女とまた話をするのがよさそうだ。ことに、彼は尋問調書をすっかり読んでいたから。それに、このキューリー‐ホッジなる人物も、絶対に話をしてみる価値がある。

本能的には、一人で突撃だと思ったが、黙ってルビヤンカに出勤しなければ、ＣＡＴ内部にいると思われるスパイはすぐ怪しむだろうから、公式にやるのと同じことになる。一方、計画を誰にも教えなければ、少なくとも、誰もそれを公式に不認可にすることはできない。

結局、彼は携帯を取り出し、ロッドの携帯に電話した。

「おはよう、ピーター」

仕事熱心な青年はもう彼の番号を携帯のメモリーに入れてあるようだ。

「おはよう、ロッド。悪いんだが、ルビヤンカに着いたら、ＣＡＴが使う覆面車を一台借り出して、わたしをホテルに迎えにきてくれないか?」

「いいですよ。今、建物に入るところです」

パスコーは時計を見た。八時十分前。

「早いな」彼は言った。「夜のデートがうまくいかなかったとか?」

「いや、よかったですよ。でも、いいものにはすべて終わりが来る。当番時間もね」

妻を寝取られた夫はなにも知らず、くたびれて家に帰ってくる……

「なるほど。まあ、運転できないほど疲れていないいんだといいけどな」

「ええ、平気です。どこへ行くんです？」

「田舎だ、ヤングの軍時代の仲間とおしゃべりしにね。そうメモに書いて、ティムの席に置いてきてくれるか？」

「はい。じゃ、三十分後にお目にかかります」

「わかった」

八時半きっかりに、彼はフォード・フォーカスに乗り込んでいた。車は目的にふさわしく、曖昧な青っぽい緑色だった。ロッドは確かに元気そうに見えた。

彼は微笑して言った。「おはよう、チーフ。どっち方向へ行きますか？」

パスコーはしばし考えてから言った。「まずは〈隠れ家4〉を訪ねよう」

もしここでロッドが「で、それはどこにあるんです？」と言ったら、それまでだった。だが、青年は黙ってミラーをチェックし、ウィンカーを出し、ゆっくり歩道際から離れた。十分後、中央部のラッシュアワーの交通からは抜け出したものの、まだ静かな郊外を悠然と制限速度以内で走っていたから、一言コメントしようかとパスコーが思ったとき、車は細い袋小路に曲がり込んで停止した。

「ここです」ロッドは言った。

パスコーの頭にある公安部の隠れ家といえば、だいたいはテレビのイメージだった。コルディッツ捕虜収容所のミニ版みたいな鉄格子の窓や門を期待していたわけではないが、白漆喰の壁、ドアのまわりには藤の生えたこの小ぶりな郊外のバンガローは、確かに驚きだった。

短い車寄せを歩いていきながら、監禁されたくない人間をいったいこんな場所にどうやって監禁しておくんだろう、とふと考えた。

答えの一部はすぐわかった。ドアをあけたのは、ロンドンのバスなみの体格の中年女だった。彼女はいかにもうれしそうにロッドに挨拶したが、パスコーのことはにらみつけ、彼の身分証明を確認しないうちはドアのチェーンをはずそうとしなかった。

「まだ起きていません」二人を中に入れると、女は言った。

「ここでお待ちください」

彼女は台所のドアをあけた。近視の楽天家がデザインした台所だった。壁はカナリアの黄色、戸棚と台も同色だ。黄色のレンジの上に黄色のコーヒーポットがあり、ぶくぶくとコーヒーが沸いていた。

「起こしてやらないとだめそうね」女は言った。

「まあ、ここに入ってきたら、目も覚めるだろうな」パスコーは目をぱちくりさせながら言った。

女は無表情に彼を見ると、言った。「連れてきます」

フィオンとしては連れて来られたくないかもしれない、という考えは彼女の計算にまったく入っていないらしい。

パスコーは言った。「わたし一人で話をしたほうがいいと思うんだ、ロッド」

「そうですか?」

「うん。そのほうが、彼女は楽な気分になれるだろう。わたしは前からの知り合いだからね」パスコーは実際より自信たっぷりに言った。

「わかりました」ロッドは言った。「ぼくはドリーといっしょに居間にいます」

ドリーだって!

二分ほどして、ドアがあき、フィオン・リーク＝エヴァンズが入ってきた。

髪はぼさぼさ、化粧もしていない。タオル地のローブを着て、細いウエストにサッシュを緩く締めていた。下に何を着ているのか、パスコーは推測したくなかった。

彼女は彼を見もせず、まっすぐレンジの前に行って、コーヒーをカップに注いだ。

「やあ、フィオン」彼は言った。「万事うまくいってる?」

彼女は黄色のキッチン・テーブルの前に腰をおろし、渋い顔をした。

「日曜日からこのかた、グレンデル（叙事詩『ベオウルフ』に登場する獣人）の母親といっしょにここに閉じ込められてるのよ」彼女は言った。「うまくいってると思う?」

「フィオン」彼もすわって言った。「いやな目にあわされてるのはわかるけど、公安の人間ていうのは、誰でも自分たちと同じくらい疑わしいと思うものなんだ。だからチェックして、ダブル・チェックして、それからまたチェックする。でも、もうじき出られると思うよ」

「ふうん、そう？　このまえ話をしたとき、今夜は家に帰って自分のベッドで寝られるって、あなたは言ったでしょ」

「うん。そう思ったから。すまない」

「じゃ、いいわ。あなたがすまないと思ってくれてるんならね」

彼女は椅子の背に体をもたせたので、ローブの前がややはだけ、少なくともウエストより上にはなにも着ていないとパスコーにはわかった。ダルジールならじろじろ眺めて意見を言うところだ。パスコーは立ち上がり、レンジに行って、自分もコーヒーを注いだ。彼女にローブをかき合わせる暇を与えたつもりだったが、相手は平然としていた。

「社交のご挨拶？」彼が席に戻ると、フィオンは言った。

「それとも、嘘つき術を練習するために来たの？」

「二つほど、はっきりさせたいことがあってね」彼は言った。「先週金曜日に戻ろう。きみの話では、乗っていた汽車がちょうどミドルズバラに着こうというころ、ヤングマンから電話がかかってきて、テレビに出られないと言った、というんだったね？」

彼女は答えなかったので、彼は言った。「なあ、フィオン、きみがぼくのことを怒っているのはわかる。でも、日曜日にはほんとにかれらがきみをすぐ自由にしてくれると思ったんだ。それに、今はきみがここから出られるよう、ぼくの力でできる限りのことはしている。いいね？」

ほとんどまったく力のない男の言葉だから、完全な嘘ではなかった。

彼女は肩をすくめて言った。「そうおっしゃるならね」

「うん、本当だよ。で、ヤングマンは車中のきみに電話してきた……？」

「そうよ」

「その日、彼と話をしたのは、そのときが初めてだった？」

「ううん。汽車に乗ってまもなく、一度電話したわ、予定の確認にね。作家とメディアを相手にしてるときは、つねにすべてをダブル・チェックしないと」

「すると、きみはヤングマンに電話する前に、すでに〈フィドラーの三人〉のプロデューサーに連絡して、すべて予定どおり進行しているのを確かめたんだね？」

「ええ」

「〈フィドラーの三人〉はゲストが誰か、事前に宣伝しないだろう？」

「ええ。それが秘訣なのよ」彼女は言った。「利口ね。名前だけで人を集められるような有名人を使わないでしょ。だからジョーは、誰が出るかわからない、というので視聴者を惹きつけるわけ」

「番組の出演者はどう？　それに、出演依頼を受けつける、きみみたいな代理人なんかは？　そういう人たちはほかのゲストが誰か、前もって知っているの？」

「いいえ。それも契約の一部なの」

「じゃ、カリム・サラーディが出演することになっていたとは、きみは知らなかった？」

彼女はためらい、身を乗り出した。パスコーの目がついその乳房に走ったのを認め、今回は彼女はローブの前をしっかりかき合わせた。

「金曜日まではね」

「つまり、きみが汽車から電話したとき、プロデューサーが教えてくれた、ということ？」

「そうよ。真っ先に訊いたの」

「なにか理由があって？」

「ううん。ジェリー・スプリンガー（アメリカのトーク番組のホスト）とかじゃないもの。別れた妻だの私生児だのを掘り起こしてきて、出演者に恥をかかせて見世物にするなんてことはないでしょ」

「でも、なにかつながりのある人をそろえるのが好きなんじゃない？　今度の場合は、中東とテロリズム。だからこそ、ヤングマンが急に辞退したとき、きみはエリーを売り込むことができたんだろう？」

個人的なことを持ち出すつもりはなかったのだ。ただ、あのぴちぴちの日焼けした体をちらと見て肉欲がうごめいたので、その償いに妻思いの義憤を掻き立てようとしたのかもしれない。

彼女はにやりとして、またローブの前を緩めた。

「ねえ、あのあと、エリーと二人で話し合ったの。そりゃ、彼女は腹を立てていたけど、わたしは言ったのよ。来月の販売数が出るまで待って、ってね。あの金曜日の晩だけで、彼女の本は出版社がくれる予算の二十倍かけても買えないほどのすごい宣伝になった」

「疑いなくね」パスコーは冷淡に言った。「五ポンドの二十倍じゃ、今の世の中でたいしたものは手に入らない。じゃ、きみはヤングマンに電話したとき、当然、サラーディがパネルのメンバーにいると教えただろうね？」

「ええ、たぶんね」

彼は首をかしげ、疑問を表わすように左の眉毛を上げた。シェーヴィング・ミラーの前で何時間も練習して身につけた技術だった。

「わかったわよ。もちろん、教えました。わたしは担当作家のためにいるのよ。それでお金をもらっているんだものの」

きみは確かにヤングマンのためにそこにいたんだよな、とパスコーは思った。

フィオンは彼の考えを読み取ったかのように、けんか腰でじろりとにらんだから、彼は急いで言った。「日曜日に彼が例の病気の親類とやらを訪ねると言って出かけたときより前に、彼が出かけるのを計画していたような兆しはあった？」

「というと？」

「たとえば、電話がかかってきて、病院からだったと彼が言ったとか？」

彼女は考えてみてから答えた。「いいえ」

「あるいは、彼が誰かに電話したとか？」

「その朝は、しなかった」彼女は言った。「でも、前の晩に彼の電話が鳴ったのは確か、わたしたちが……忙しくしていたとき。メールの着信音だったわ。彼は……事がすんだあとでチェックした。それからバスルームに行って、そこで話をしている声が聞こえたようだったから、誰かに電話したんでしょうね」

「出てきたとき、動揺しているようだった？　悪い知らせを聞いたみたいに？」

「いいえ」彼女は首を振って言った。「寝室を出たときと同じだった。ううん、完全に同じじってわけじゃないわね。わたしの知ってる男性のほとんどとは違って、彼のリカバリー・タイムはすごく短いの」

「休み時間が必要だったみたいだがな」パスコーはドライに言った。

そんな嘲りをすぐに後悔した。フィオンの顔に赤みが広がった。彼女はカップを手にしてふいに立ち上がり、レンジのほうを向いた。歩き出すと、片足がテーブルの脚にぶつかり、裸足の親指を突いてしまった。あっと叫んでカップを取り落としたから、それは硬い黄色のタイルの床にぶつかって粉々に壊れた。反対側の足が破片を踏みつけ、足の裏に刺さった。彼女は痛みに悲鳴を上げ、後ろ向きにテーブルの上に倒れた。パスコーはぱっと立ち上がり、彼女を引っ張って立たせようとした。するとローブが大きくはだけて、上から下まであらわになった茶色の裸身が彼の体に押しつけられることになった。そのときドアがあいて、ロッドとドリーがあわてて入ってきた。

こういう状況では、説明はだいたい無駄で、逆効果になるばかりだ。公平な耳を相手に、事態そのものに弁明させておくにかぎる。だが、パスコーは気がつくとべらべら自己弁護していた。「彼女、コーヒーのお代わりを注ごうとして、カップを落としたんだ。怪我をしたかもしれない」

フィオンは協力してくれなかった。彼が恥ずかしがっているのを察して、これはいい仕返しになると決め、ますます体を押しつけながら、湿った唇を半開きにして、彼の顔を見上げた。

ドリーは無表情に彼を見つめた。非難の目よりたちが悪かった。「すわらせてやってください。わたしはまずこれを掃いてかたづけますから」

パスコーは喜んで従った。フィオンを台所の椅子にまた座らせ、ローブの両端を引っ張ってその体をしっかり隠した。

「ありがとう、フィオン」彼は固い口調で言った。「早くここを出られるといいね」

彼女は言った。「エリーによろしく」

外に出ると、彼はロッドを見て言った。「一言も口外するなよ」

「どういう一言かな、ピーター？」青年はにやりとして言った。「これで今日のエンターテインメントは終わりですか、それとも、これからまだどこかへ行くんですか？」

「ああ」パスコーはやや立ち直って言った。「お楽しみはこれからだ」

8　城へ

一時間半後、二人はハザセージ村に近づいていた。

ほかの人間の運転なら一時間後だったろうが、ロッドは第十一戒〝前方一マイル以上に車がないときでない限り、追い越すなかれ〟というのがあると考えているらしく、しかも速度制限はすべて、二パーセント強のゆとりを加えて、細心に守られていた。

「よく運転するのか、ロッド？」しばらくたって、パスコーは訊いた。

「でかい玉突き衝突以来、あんまりしてません」青年は震え声で言った。

なんだって！　パスコーはぎょっとした。ところがそのとき、ロッドがにやにやしているのが目に入り、からかわれているのだとわかった。

「みんなにのろいと思われてるのは承知です」ロッドは言った。「でも、リクルートされたとき、言われたんです。仕事をやり抜くために、ときに法律を破らなければならないこともあるが、自分個人の便宜のために法律を破り始めたら、誰のためにもならない、って。交通法規を守るのは、それを忘れないためのいい方法だと思うんです」

パスコーはこれをじっくり考えてみてから言った。「ルーカシュ・コモロフスキー？」

「そうです。どうしてわかりました？」

「彼がきみをリクルートしたと聞いた。それに、彼が言いそうなことだ」

「ええ、ぼくはほんとにラッキーだった。あの人の目にとまったというだけじゃなく、あの人自身がリクルートされたのとほぼ同じ状況だったんですよ。自分が手に入れたチャンスをほかの人間にも提供してやるというんで、うれしかったみたいだ」

やっぱりな、とパスコーは思った。フリーマンはあの言葉に反対したが、やっぱりロマンチックだったんだ。

「ワルシャワ蜂起（一九四四年、ドイツ占領軍に抵抗したが失敗）と関係のあるコモロフスキーって人がいたんじゃないか？」彼は言った。

「タデウシュ・コモロフスキー将軍、ポーランド内国軍の総司令官」ロッドは即座に答えた。「ルーカシュのおとうさんは将軍の従弟だったんです。一族はずいぶん仕返しを受けた。ルーカシュは驚くほど恨みを持っていません。戦争は人にいろんな影響を与えるから、大事なのは戦争を回避することだ、と言っています」

「いい人みたいだな」パスコーは言った。

「ええ」ロッドは熱心にうなずいて言った。「いい人です」

みんなそうだ、みんないいやつばかりさ、とパスコーは思った。ルーカシュにバーニーにデイヴにサンディにティムにロッドに、おそらくはルビヤンカで働くほかの人たちもみんな。

だが、もし彼の推理が当たっているなら、その中の一人は〝仕事をやり抜く〟ためなら、テンプル騎士団は些細な法律、たとえば殺人は犯罪だというような決まりを無視してかまわない、と信じている。公安の世界では、その地点にたどり着くにはおそらくほんの小さな一歩しか必要ないだろう。騙し、裏切り、暗殺、拷問は、結局のところ、かれらの商売道具だ。どうしてもこれしかないという最後の手段として使われるにせよ、その可能性を認めてしまったら、人は坂道を下っていくことになる。

警察の世界はまるで違う。警察官は法律を守り支えるために存在する。たまにはそれを引っ張ったり、ねじったり、曲げたり、結び目をこしらえたりすることだってあるが、いったん破ってしまったら、坂道を下るどころではない。崖を踏みはずして落ちていく。

こんなことや、ほかのもっと具体的なことなどを黙考しているうち、ロッドの得意げな声がして、現実世界に引き戻された。「ああ、ここみたいだ」

目を上げると、車はゲートに曲がり込むところだった。そこには〈キューリー城まで二マイル――柵なし道路――制限速度時速十マイル〉という標識があったが、ロッドはかなり前からもうその速度を守っていた。

まあ、おかげで乗客としてはいい景色を存分に楽しめるな、とパスコーは思った。その景色というのは魅力的な荒野で、ハリエニシダの茂みが黄色く輝き、形のいい丘に続いている。山歩きによさそうな場所だった。

しかし、城そのものはウィールドが予報したとおり、がっかりだった。

瓦礫がほんの一列、かつては堀だったらしいなだらかな下り斜面の向こうに見える。目を惹いたのは廃墟となった門楼の壊れたアーチだけだったが、パスコーの視線はすぐに逸れた。その廃墟のすぐ後ろの小さな雑木林の木々を透かして、なにかの動きを認めたのだ。白馬にまたがった男が現われた。男は車を見ると、壊れたアーチが額縁をなすあたりで馬を止めた。美しい絵になっていた。ずっと昔、もっとおおらかだった時代に、骨製の針で織り上げたタペストリーにふさわしい。

それから、男はまた馬を動かし、静々と緩い駆け足で進んでいった。馬は車より遠くにいたので、なんとか車のほうが先に家に着いた。それは名前のもととなった城跡から数百ヤード奥にあった。

パスコーは車を降り、ややほっとした。といっても、たとえばシャーリー・ノヴェロ刑事が運転する車を降りたときの安堵感とは違う。彼女はここからあそこまで運転するのに使う時間は無駄な時間であり、最後の審判の日に償いを求められると信じているのだ。今の気分は、自分の二本足で立つという危険な世界に戻れたうれしさだった。

しばしたたずみ、家を眺めた。暗い灰色の石造り、三階建ての地味な建物で、まったく装飾がないが、柱廊玄関の上が狭間《はざま》胸壁になっているのは、おそらく〈城〉という呼び名を正当化するためにつけ加えられたものだろう。二人が今立っているのはアスファルト舗装した前庭で、それを囲んで二階建ての厩舎と、車三台が入るガレージに改装した納屋があった。

「文字どおり、英国人の家は城、だな」パスコーは言った。

「きっと本物よりはずっと暮らしやすいですよ」ロッドは言った。

家のドアがあいて、女が一人現われた。四十代後半、黒っぽい髪は短く、古典的な楕円形の顔だ。豊満な体つきで、体操選手のように姿勢がいい。シンプルなグレーのワンピースを着ていて、制服ではないのだが、なんとなく制服のような感じがする。母親にしては若すぎる、とパスコーは判断した。ハウスキーパーかもしれない。それとも、城中に仕える女中か？　彼は女に向かって少年ぽい微笑をひらめかせたが、相手の表情は変わらず、言葉も返ってこなかった。ところが、ロッドが「どうも、こんにちは」と、まるでナイトクラブで出会った女の子に声をかけるような調子で挨拶すると、青年の温かい微笑を受けて女の冷たい表情がすぐ緩んできたのをパスコーは認めた。

彼がこの雪解けを利用する暇もないうち、背後に馬の蹄の音が聞こえ、声がした。「ご用でしょうか？」

振り向いて、馬上の人を見上げた。三十歳くらい、柔らかい黒髪が風になびき、肌は日焼けしている。焦茶色の目がまばたきもせずにパスコーを見つめていた。

荘園支配人か、と彼は推察した。確かに権威のある人物だ。いや、それはたんにこちらが相手を見上げているせいか。誰かが言っていた。動物にまたがった男はいつだってばかげている。相手をファックしてるんでなきゃな。それならばかげているうえに、おぞましい。たぶん、ダルジールだろう。だが、パスコーは昔からいつも馬に乗った男はちょっとこわいと感じてきた。しかもこの男は背筋をぴんとまっすぐにして、物理的に上にいるという以上の権威を感じさせるのだ。

「キューリー＝ホッジ少佐にお目にかかりたいのですが」パスコーは言った。

「ミスター・キューリー＝ホッジ」男は訂正した。「お約束がありますか？」

「いいえ」パスコーは言った。

「ではどうして彼が在宅とわかるのですか？」

わかりませんが、不意をつくために一か八かでやって来ました、と正直に答える気にはなれなかった。

彼は言った。「ご在宅ですか？」

「いいえ」男は言った。「まあ、車椅子の人間だから、あまり外に出られないだろうとお考えだったんでしょうがね」

「いいえ。そんなことは考えませんでした」パスコーは抑揚なく言った。「脚がご不自由なことは存じていますが、広場恐怖症を患っておられるとは聞いていません」

男は微笑し、いい答えだというようにうなずいた。

「じゃ、彼を見かけたら、思いがけないお客様はどなたと伝えましょうか？」

「わたしはパスコー主任警部、中部ヨークシャー警察犯罪捜査部ですが、現在は合同テロ防止組織に臨時所属しています。で、そちらのお名前は……？」

「わたしは在宅中でない」男は言った。「さ、進め」

葦毛の馬は従順に前進し、納屋の前で止まった。その上階にはあき口があって、鉄の横木が突き出ている。おそらく、ロフトに干し草を上げる昇降機のためのものだろう。

男は革の上着のポケットからテレビのリモコンのように見えるものを取り出し、ボタンを押した。ロフトの外に突き出た金属棒には四角い金属の箱がついていて、そこから、二人一度に絞首刑にできるような一対の輪が垂れ下がっている。

男がまたリモコンに触れると、輪は一、二フィート下りてきた。彼はそこに両腕をすっと差し込んだ。これは体を支える道具の一部なのだと、パスコーには今わかった。男は胸の前で留め具のベルトを締め、ふたたびリモコンを使って体をほんのわずか持ち上げ、鞍から尻を浮かすと、馬になにか言った。馬は前進し、男は宙ぶらりんになった。またリモコンを使ったに違いない。納屋のあいたドアから車椅子が出てきた。それは男の真下で止まり、彼は体を下げて椅子に乗ると、ベルトをはずし、支え道具をロフトに戻した。

それから、彼は椅子を回してパスコーのほうを向いた。

「さあ、これで在宅だ」彼は言った。「こんにちは、主任警部。ルーク・キューリー＝ホッジです。中に入りましょうか？」

9 鎧

パスコーは玄関ドアに近づきながら、きみは外に残り、魅力を振りまいてあの女からできるだけ情報を引き出せ、とどうやってロッドに伝えたものかと思った。

心配無用だった。

女は出てきて馬の手綱を取った。ロッドはすばやく厩舎のドアに近づいて言った。「お手伝いしましょう」

「馬にブラシをかけるのはお得意？」女は上流のアクセントで言った。

「いいえ、でも覚えはすごく早いんです」ロッドはにっこりして言った。

まったくな、とパスコーは思いながら、車椅子の男のあとについて玄関を入った。

「あれはよく考えた装置ですね」彼は言った。

「ええ、大いに満足しています」キューリー＝ホッジは言った。「技術は軍の爆弾班の遠隔操作部隊に頼んだんだが、もともとのアイデアは中世のものなんですよ。鎧があまりにも重くなったので、騎士を鞍に乗せるのに昇降機を使わなければならなかった。もちろん、馬は今の荷馬車馬によく似たもので、スピードより力の強さで選ばれた。映画で騎士たちがまるでケンプトン競馬の二ハロン・レースみたいな勢いでぶつかり合う、あれは嘘ですよ。現代人の目から見れば、本物の馬上槍試合はまるでスローモーションで撮影したみたいに見えたでしょう。しかし、ハリウッドを悪く言ってはいけない。わたし自身、「エル・シド」（一九六一年、A・マン監督。十一世紀の伝説的英雄がスペインからムーア人を駆逐する）の最終場面のチャールトン・ヘストンみたいに駆け回っているんですからね」

彼はパスコーをちらと見上げ、ジョークをいっしょに笑ってくださいとでもいうように微笑した。玄関ホールは豪壮とまではいかないものの、広々して、左右の隅に鎧が一領ずつ置いてあった。

「論より証拠だ」パスコーはつぶやいた。

「両方のね」キューリー＝ホッジは言った。「左のは十二世紀ヨーロッパのもので、重さは約五十ポンド。右のは、近くでご覧になるとわかるが、革の部分がずっと多くて、金属はずっと薄い。重さは半分以下です。これはわたしの先祖の一人が第二次十字軍遠征から持って帰ってきた。十字軍は痛い目にあって学んだんですよ。重い鎧にのろい馬では、ずっと軽い鎧をつけて、小型で足の速いサラセン馬に乗った連中とは勝負にならない。ことに砂漠の熱気の中ではね。頭のいいやつらは適応し、のろいやつらは死んだ」

「実におもしろい」パスコーは言った。「軍事史を研究しておられるんですか？」

「まあ、生存術の歴史研究、というところかな」キューリー＝ホッジは言った。「どうぞこちらへ」

彼が車椅子を部屋のドアに近づけると、ドアは彼に先立ってあいた。おそらく赤外線ビームを遮断すると開くようになっているのだろう。パスコーはそのあとについて、中くらいの大きさの居間に入った。家具は少なく、壁に絵は一つも掛かっていない。黒いスレート製の暖炉が地獄へ続く裏口のようにぽっかり口をあけていた。幅広いマントルピースに、煙草のパックとライター、灰皿がのっかっている。パスコーはその高さを目算し、もしあの煙草がここの主人のものなら、一服したくなるたびに召使を呼ばなきゃならないな、と思った。禁煙を試みているんだろうか。

「コーヒーはいかがです、ミスター・パスコー？　それとも、もっと強いもののほうが？」

彼は車椅子の男を見下ろし、馬上のこの男を見上げたときの気分を思い出した。キューリー＝ホッジは日に十ぺんも、人から見下ろされるたびにああいう気分になるのだろうか？

それに、彼がさっき「エル・シド」を持ち出したのは、あのスペインの英雄は、死後もその遺体が鞍にくくりつけられ、それを見たムーア人の胸に戦慄を呼び起こした、ということを思い出させるためだったのだろうか？

「いいえ、けっこうです」パスコーは言い、革張りの肘掛椅子にそっと腰を下ろした。椅子は見かけより柔らかかった。

「必要以上にお時間を取りたくありませんので」

「どうぞご遠慮なく。わたしには時間だけは不足していませんから。では、どういうご用件でしょう？」

「軍にいらしたあいだに、ヤングという男をご存じだったと思います。ジョン・ヤング軍曹、ジョンティと呼ばれている」

「今はわたしと同様、ただのミスターで、ジョン・T・ヤングマンという人気作家だ。ええ、おぼえていますよ」

「どの程度のお知り合いでしたか？」

「非常によく知っていた。あっちの趣味なしに、これ以上親しくはなれないくらい親しかった、と言えますね」

パスコーは驚きを隠さなかった。

「あなたは将校で、彼は下士官だったのに？」

「あなたは社会階級と軍の階級を混同しておられると思いますね。隊の創設者、デイヴィッド・スターリングは、SASには社会階級差別があってはならないと明言していた。すべての階級は一つの隊に所属する。いい考えですよ、そうすれば兵士たちはよく働ける。わたしはジョンティに非常に寄りかかっていたし、自分が寄りかかる相手は簡単につぶれないと、ちゃんとわかっていたいですからね」

「なるほど。で、彼は明らかにあなたに尽《デディケート》くしていた。本の献辞《デディケーション》でわかります」

キューリー゠ホッジはうれしそうに微笑して言った。

「ええ、あれにはちょっと自尊心をくすぐられましたよ。で、ジョンティは何をして、あなたの興味を掻き立てたんですか、ミスター・パスコー？　人種憎悪を誘発した？」

「どうしてそう言われるんですか？」

「ええ、交通法規違反くらいで、警察が主任警部を送り出すとは思えませんから」

「というより、人種憎悪誘発はヤングマンの犯しそうな犯罪だと思われる理由があるんでしょうか？　たとえば家宅侵入とか、レイプとか、公金横領《ペキュレーション》とかよりも？」

「さてと……家宅侵入？　それはジョンティの好きそうなことじゃないな。まあ、あいつが海賊や追い剝ぎになったところは想像できますが、台所の窓から這い込んで燭台を盗む？　まさかね。では、レイプ？　あいつはいつだって女性をものにすることができるみたいだった。暴力に訴えるどころか、金だって払わずにね。一度、その秘訣を訊いたんだ。彼は言いましたよ、今までこんなにあたしを欲しがった男はほかにいなかったと相手に思わせること、約束は一切しないこと。わたしが試してみたら、顔をひっぱたかれておしまいだった。だから、ほかにもなにかあるんでしょうね。あとは、ペキュレーションとおっしゃったが、いったいなんのことです？」

「公金横領です」パスコーは言った。

「ほう？　おもしろい。一字Sを加えて〝投機《スペキュレーション》〟にすれば、合法になり、金融街《シティ》のほとんどの活動の基盤として、社会的に受け入れられている。犯罪行為と尊敬に値する行為とのあいだには、ずいぶん薄っぺらい仕切りしかないもんですね、主任警部」

「すると、それはヤングマンのやりそうなことではない？　でも、人種憎悪誘発ならやりそうだと？」

「たまに、敵として戦っている相手に兵士が一種の尊敬を抱くようになることはありえます。それにもちろん、守ってやっている人々をたっぷり尊敬できれば、仕事の助けになる。湾岸にいたころのヤング軍曹には、どちらもなかった。彼は敵を徹底的に憎み抜いていた。そのうえ、われわれが保護しているはずの地元の市民をも忌み嫌っていた。英国軍兵士の血を一滴でも流して守る価値のあるものなんか、アラブ世界じゅうに一つもない、と彼が言うのを聞いたことがあります。ですから、ええ、もし彼が今でもそういう意見で、それを場所もわきまえずに公表するほど愚かだとしたら、人種憎悪誘発罪に問われる可能性は充分ありますね」

パスコーは椅子の上でもぞもぞと体を動かした。座の部分が平らになっていて騙されたが、実は柔らかいクッションに体がぐんぐん沈んでいき、底には端の鋭い岩がごろごろしているのだった。

彼は言った。「もし今でもそういう意見で……？　すると、彼が軍を離れ、小説を書くようになってから、お会いになっていないのですか？」

「とんでもない、何度も会っていますよ」キューリー＝ホッジは言った。「こっちのほうに来るたび、寄ってくれる。昔話をします。しかし、年とともに穏健になったのか、あるいは昔の意見を蒸し返す必要を感じないんでしょう。たぶん、わたしがこういう状態だから、同じ意見なのは当然だと思い込んでいるんじゃないかな」

「で、そうなんですか？」パスコーは静かな声で訊いた。

「それは、引っかけ質問ですか？」キューリー＝ホッジは微笑を浮かべて訊いた。「逮捕令状にわたしの名前を書き込めるよう、スペースを残してあるとか？」

「いいえ。どっちみち、証人がいませんし」パスコーは微笑を返した。

「それはそうだ。おたくの相棒はどうしたのかな。きっと、ママに魅力を振りまいているんだろう」

「あの方はおかあさまだったんですか？」パスコーは驚きを隠せなかった。

「ええ」キューリー＝ホッジは愉快そうに言った。「すみません、ご紹介しませんでしたね。でも、母は城主としての役割と母親としての役割を分けておくのが好きなんです。

おたくの若い方なら、きっと母親の側面をうまく引き出したに違いない。母の焼くシード・ケーキ（キャラウェーの実を入れたケーキ）はかなりの一品ですよ。彼が努力の報酬に一切れもらっているといいが」

「同感です」

すると、あの女はキューリー家を破産から救う持参金つきで嫁に来たイーディス・ホッジなのだ。ずいぶん若くして子供を産んだに違いない。厳しい体験のために息子は実際より年取って見えることを勘定に入れるとしても、二人のあいだに二十歳以上の開きはない。

彼は言った。「ところで、イスラム過激派についてのあなたのご意見を説明してくださるところでしたが？」

「そうですね、わたしは月に一度くらい村の教会に行き、人を赦す気持ちになろうとする。うまくいきそうになることすらある。しかしね、礼拝が終わってみんなが立ち上がり、歩いて出ていくと、なぜかそんな気持ちは干上がって、わたしをこんな目にあわせた人でなしどもをそれまでと同じだけ憎んでいる。われわれは人助けのために外国へ出ていくが、最終的には、誰を助けているんです？　過激派がどうのと言うが、機会さえあれば、あいつらはみんな過激派になる。イラクをご覧なさい、われわれがあいつらにあのみじめな国を返してやったあと、どうなりました？　あの勇敢な反体制運動の闘士やら、自爆者やら、しっかり武装した抵抗グループやら、みんなサダムが権力を握っていたあいだ、どこにいたんだ？　もちろん、洞窟に隠れてこそこそしていたんですよ。暴君に刃向かうことはできないから。こっちが一発殴れば十発殴り返される、自爆殉教者が一人いれば、その友人や家族二百人がいっしょにあの世へ送られる、そんな相手ではね。その暴君がいなくなって、突然勇気が出てきた？　自分たちを救い出してくれた人間を殺す勇気！　そんな勇気なんて、小便をひっかけてやる！　歴史から学ぶ教訓があるとすれば、人はみずからにふさわしい独裁者を得るものだ、ということです。あんな連中は腐るにまかせて放っておくべきだった。お願いですから助けてくださいと言ってきたら、さらにしばらく腐らせておけばよかったんだ」

彼は黙り込んだ。荒い息をしている。つい夢中になり、意図した以上のことを言ってしまったのか？　そうではないだろう、とパスコーはなぜか思った。この男は自分のまわりに築き上げた鎧の陰で安全だと感じていて、ずけずけ意見を述べてもまったく良心が咎めないのだ。

とすると、彼はテンプル騎士団に関わっていないということか。

あるいは、自分の正しさを確信するあまり、つかまったってかまうものかと思っているのか。実際、車椅子で中央《オール》刑事裁判所《ド・ベイリー》の法廷に出頭し、どうだ、おれに同情を感じないわけにはいかないだろう、と陪審に見せつけるのを楽しみにしているのかもしれない。

パスコーは言った。「最後にヤング軍曹に会われたのはいつでした？」

「二月だったと思います。彼はプロモーション・ツアーをやっていて、シェフィールドに来たとき、ここに寄ってくれました」

「その晩、泊まっていきましたか？」パスコーは訊いた。

「ええ。行方不明になってはまずいんじゃないのか、と訊いたのをおぼえていますよ。出版社の人は作家をきついスケジュールで縛っておくのが好きなようですからね。彼は笑って、担当者がうまくごまかしてくれる、彼女はそれで金をもらっているんだから、と言っていた」

「中東の状況についてのああいった極端な意見を反映するような活動に、彼が関わっているらしいという様子は見えましたか？」

キューリー＝ホッジは身を乗り出して言った。「おやおや、そういうことなんですか？　人種憎悪を誘発するだけでなく、実際になにか行動を取る？　今、新聞で騒がれている例のテンプル騎士団とかいうのに、彼が関わっているとお考えなんですね？」

「もしわたしがそう考えていたら、驚かれますか、ミスター・キューリー＝ホッジ？」

「いいえ、ぜんぜん」彼は考えもせず、即座に答えた。「自分はこそこそ後ろに隠れて、ほかのやつらをつついて行動させるというのは、ジョンティのやり方ではなかった。

作戦中のわたしの問題は、彼がいつでもいちばん危険な場所に身を置こうとするのを止めることでしたよ」

「テンプル騎士団の連中はこそこそ隠れてばかりいるようですがね」パスコーは冷淡に言った。

「そうは思いませんね。こそこそ隠れるというのは、地元の人間のあいだにいて人目を欺き、敵の手中に落ちるのを避けるというのとは違います」

「連合王国内にいて、敵を一人また一人と殺害しているとき、敵の手中に落ちるような心配はあまりない」パスコーは言った。

「的《まと》をはずしておられると思いますよ、ミスター・パスコー。殺されているのは犯罪者で、自然的応報という法廷では、国中どこでも死罪判決を受けた人たちだ。この場合、テンプル騎士団が避けなければならない敵とは、このプロセスを妨害しようとする、あなたがたのような人間ですよ」

「そうすると、われわれを負傷させるのはかまわないということですか？」

「とんでもない。しかし、悲しいかな、現代の戦争の数多い危険の一つは味方の砲火に巻き込まれることです。戦闘地域にいるときは、よくよく注意する必要がある」

「肝に銘じておきますよ。では、さっきの質問に戻りますが、ヤングマン、すなわちヤング元軍曹は、自分がテンプル騎士団の活動に積極的に関わっていると示すようなことを、直接的、あるいは間接的に、言ったことがありますか？」

　今回は、キューリー＝ホッジはしばらく考える間を取った。ボタンを押すと、車椅子は前進し、暖炉の脇で止まった。すると突然、椅子の座の部分が上昇を始め、同時に前倒しになった。椅子の背は前に出てきて、座とともに垂直の壁をつくった。その結果、キューリー＝ホッジは車椅子の男から、暖炉にもたれて立ち、煙草に火をつける荘園の紳士に変身した。

　彼の右肘はマントルピースにしっかり押しつけてあり、パスコーがよく見ると、車椅子の垂直の壁になった部分の尻の高さに、修道士の椅子のミゼリコード（教会聖職席のたたんだ椅子の裏にある出っ張りで、起立した人が寄りかかるためのもの）のように、体を支える狭い棚が出てきたが、それでもあの姿勢を維持するのに必要な肉体的努力はたいへんなものだろう。だが今、腰かけているパスコーを見下ろして微笑すると、彼はいかにも屈託のない気楽な印象しか見せなかった。

「ある、とは言えませんね、主任警部。それにもちろん、彼があの連中とかかりあっているのかどうか、まったくわかりません。しかし、もしそうなら、がんばれよと言ってやるな！　まったく同じことを言っている市民だって、何千人といますよ」

　パスコーはふいに立ち上がった。ダルジールなら手をさしのべて、あの野郎が倒れるかどうか試してみるところだ、と思った。

　彼は言った。「ご協力ありがとうございました。名刺をお渡ししておきます。もしミスター・ヤングマンから連絡があったら、お電話いただけると助かります」

「もちろんです」キューリー＝ホッジは言った。「お見送りしませんが、いいですか？　よかったら、出ていかれる前に家の中を見てまわってください。装飾はろくにないが、家そのものは、この土地独特の建築物に興味があれば、けっこうおもしろい。それに、おたくのハンサムな若いアシスタントにぶつかるかもしれませんよ。もし彼がママに世話を焼かれても無事だったんならね」

　かすかにからかうような調子があり、ロッドのやろうとしていることならお見通しだといわんばかりだった。

「まあ、彼がシード・ケーキを一切れ残しておいてくれたらいいんですがね」パスコーは言った。

10　母の愛

実際には、ロッドが食べ終えたときには、ケーキはたいして残っていなかった。早起きして出てきたので朝食を食べそこね、しかもパスコーに呼び出されたので、仕事前になにも食べる暇がなかったのだ。

「すみません」もとは大きかったシード・ケーキのわずかな残骸を見ながら、彼は言った。

「いいのよ」女はにっこりして言った。「若い男性は種《シード》の数を多く保っておく必要があるわ。それに、あなたはうちの息子の馬にブラシをかけるのを手伝ってくださったんだし」

彼は微笑を返した。パスコーが見逃した――接触が短かったのだからしかたないが――二つのことに彼はすばやく感づいていた。

まず第一に、彼女の目を見ればすぐ、キューリー＝ホッジの血縁者であると疑いなくわかった。それは今、彼女の言葉で確認された。第二に、彼女はとてもセクシーな女だと彼は即座に判断した。そして、数分いっしょに過ごすと、頭がよく、明るく、ユーモアのセンスのある人だともわかった。しかも、ケーキを焼くのがすごくうまい。

それで彼はリラックスして、楽しくやろうと決めた。もし情報が出てくるなら、それはそれでいい。だが、無理強いしても無駄だと本能的にわかった。それに経験からして、彼がリラックスすると、たいてい相手もリラックスしてくるのだ。

「そうだ、ぼくはロッドです」彼は言った。

「わたしはイーディーよ。で、公安に入ってどのくらいになるの、ロッド？」

「どうしてぼくが警官じゃないとわかるんです？」彼は訊いた。

「だって、〝おいこら〟と言ってふんぞり返ったりしなかったもの」

「あなたを見たとき、心の中では〝おいおい、こいつはすごいぞ〟と言ってたんですよ」彼は大胆に言った。

「わたしが若いツバメ募集中だと思うの？」彼女は微笑して言った。「まずは、あなたのことをもっと知らないとね。で、どうしてスパイになったの？　《教会新聞》の広告に応募した、なんて答えじゃだめよ」

彼は自分がどうリクルートされたかを話してまずいとは思わなかったから、そのとおりに話し、ただコモロフスキーの名前は慎重に出さずにおいた。彼女は本当に興味を示し、十分後、気がつくと彼は相手の質問に答えてまだ自分のことを話していた。その反対でなければいけないのに。

「では、ここまで」彼は言った。「これでぼくについてのおもしろいことはすべてですよ。今度はあなたの番だ。公平にね」

「おもしろいことすべてを知りたい？」彼女は言った。

「それなら、うーんと長い時間がかかるか、二秒でおしまいか、どっちかね。あなたが何に興味があるかによるわ」

「ぼくはあなたに興味があります」彼は本気で言った。

「わかりました。じゃ、過去を残らず教えてあげる。ただし、あなたはまだ若いから、不穏当な部分は多少削除しますけどね」

言葉どおり、率直な話だった。昔のことはだいたい、マンチェスターからの道々、パスコーに聞かされていたが、本人の口から出てくると迫力があり、興味のあるふりをする必要はなかった。父親である建設王マシュー・ホッジの話、スイングする六〇年代がおとなしい七〇年代に変わるころの成長期、寄宿学校に行ったこと、友達がみんな大学進学を計画している年齢でアレグザンダー・キューリーと結婚したこと。結婚したとき妊娠していたとは言わなかったが、それは暗示されていた。

自分の過去を抜けるこんな航海に乗り出した意図が何であったにせよ、彼女は抵抗できない潮流に運ばれていくようで、ほんのかすかな西風《ゼファー》のように相槌を打ってやりさえすれば、するすると進んでいった。

彼女は息子が生まれたときの喜びと得意な気持ち、父親が孫を誇り、おとなになったら会社を継がせようと希望していたことを語った。ところが、そのときが来る前に、ホッジ建設は成功していたのがかえってあだとなり、アメリカの巨大複合企業に買収されてしまった。だが、むしろよかったかもしれない。十代だったルークは兵士になることしか考えていなかった。それで、彼はサンドハースト士官学校に入り、超優秀な成績で卒業した。

ここで間があった。この先に岩や珊瑚礁があるのだとわかり、ロッドは優しい西風を提供した。

「イーディー、さぞつらい話でしょう、すみません。そんなことまで話していただこうとは……」

「いいのよ」彼女は言った。「つらいのには慣れてしまう。いずれあなたにもわかるわ、ロッド。息子は軍に入り、キャリアは最初からずっと、少年雑誌の冒険物語みたいに続いていった。そうしたら、怪我をしたという知らせが来た」

ここで、明るい冒険物語は暗い悲劇に変わった。ルークが負傷したという知らせはたいへんなショックだった。だが、友人も家族も、彼が危険な目にあうたび、〝大きく一跳びすると彼は自由になった〟式の続きが来るのに慣れていて、ずっと希望を失わなかった。しかし結局、負傷の結果は永久的なものだという診断が確定した。

この知らせのほうが、最初の報告よりさらにショックだった。

これを聞くなり、イーディーの父親マット・ホッジは冠状動脈血栓症で倒れ、救急車が到着する前に死んでしまった。

アレグザンダー・キューリー＝ホッジ自身も、腸癌の治療を受けて退院したばかりだった。この知らせがどれほど体に影響したかは誰にもわからないが、それから容態はぐんぐん悪化して、二週間とたたないうちに彼も死んでしまった。

「それはひどい」ロッドは本当に心を動かされて言った。

「ええ、ひどかったわ」女は当たり前のような口調で言った。「でも、それ以上ひどくならなかったのは、ルークのおかげよ。彼は最初から憐れみを拒否した。愛情から出た助けなら受け入れるけれど、少しでも憐れみのにおいを嗅ぎつけると、そんなものは相手の顔に投げ返した。それは、わたしやそのほかの親しい人たちでもみんな同じことだった。ご覧のとおり、彼の目的は最大限のコントロールを持つこと。といっても、自分の生活をコントロールするという意味で、ほかの人間の生活じゃないわ。わたしは彼のハウスキーパーとしてここにいるので、ナースじゃない」

「それに、彼の母親でもある！」ロッドは逆らった。

「それは言うまでもないこと」彼女は言った。「というわけよ、お若い方。これで、わたしについておもしろいことはすべてお教えしたわ。どうぞそのケーキの残りを食べてしまって。あなたのお仕事じゃ、次の食事にいつありつけるか、わかったものじゃないでしょ」

11　方向転換

「で、彼女の言うとおりだったか？」パスコーは訊いた。

二人は城を出て車を走らせていた。運転しながらミセス・キューリー＝ホッジとの出会いについて報告しなければならないとなると、ロッドのスピードは半分に落ち、あまりのろのろしているものだから、道路を横断しようとするキジは立ち止まり、餌はないかと路上を調べてから、脇へ退くのだった。

「あなたしだいですよ、ピーター。昼飯までには帰りますか、それとも途中どこかに寄りますか？」

「彼女についておもしろいことはすべて教えてもらったと思うか、という意味だ。飯の話じゃない」パスコーはぴしりと言った。

「もちろんです。すみません」ロッドはにっと笑って言った。「いいえ、そうじゃないと思いますね。ぼくに知らせたかったことだけを話したんじゃないかな。でも、女はたいていそうですよ」

「で、彼女はわれわれがここに現われた理由について、なんの好奇心も示さなかった？」

「ぜんぜん」

「それは妙だと思わなかったのか？」

「それほどは。あのコントロール狂の息子になんでも牛耳られるのにすっかり慣れていて、彼が教えたいと思えば教えてくれるだろうし、教えたくないことなら自分は知る必要はないと考えているんじゃないですか」

「彼にはそれだけのコントロール力があると思う？」

「ええ。彼女は息子を崇め奉っている」ロッドは言った。「そちらはどうです、ピーター？　あのギャロップする少佐をどう評価しましたか？」

パスコーは彼をじっと見て言った。「虫が好かなかったのか？」

「ほとんど見てもいませんよ」ロッドは軽く言った。「でも、実際に見たことと、彼について聞いたことからして、あいつには自分の運命を受け入れて打ち勝った、みたいなすごい自負心があるんじゃないかって印象を持ちました。でもそれは自宅内の制御のきく環境にいるときだけで、いったんここを離れたら、ただの気の毒な車椅子の男じゃないですか。あいつがほんとにテンプル騎士団に関わってるなんて、ありえますか？」

パスコーは言った。「わたしの思うところを言わせてもらえばね、ロッド、きみはイーディーといっしょにあの馬にブラシをかけてたもんだから、すっかり女性思いの騎士みたいになったんだ。大事なおふくろさんをいいように使ってるというんで、きみはルークに腹を立てている。おふくろさんがかわいそうだと思っている。あるいは……まさか彼女に惚れたっていうんじゃないよな？」

青年はにんまりした。

「まあ、ちょっとはね。それはおたがいさまだと思いますよ」彼は言った。「だから話が合ったんです。彼女は今でもきれいだ、それは見ればわかる。昔はさぞ美人だったろう。ええ、彼女のことは気に入ったし、誘われたらいやとは言わなかったな。あなたは？　あ、失礼、もちろん、あなたはフィオンみたいな若いのがお好みなんだ」

　ロッドは笑い、パスコーもいっしょにおもしろがるだろうと期待した。だが、相手が乗ってこなかったので、青年はまじめに言った。「彼が関係していると、本当に思っているんですね？」

「ああ」パスコーは言った。「あの下種《げす》野郎、首までどっぷりさ」

　あまり威勢のいい肯定だったので、ロッドはびっくりし、一瞬、視線が道路からパスコーの顔に逸れた。

「気をつけろ」パスコーは言った。「溝に落ちるぞ。いずれな」

　実を言うと、彼もここまで肯定的な反応に我ながらちょっとびっくりしていた。エリーの言うとおり、巨漢がいないから、彼の台詞を自分で言う必要を感じているのかもしれない。だが、この台詞を口にしてしまったあと、絶対にそうだと信じているのをあらためて自覚した。

「でもイーディーは……その、もし彼女がこんなことに巻き込まれているとしたら、まさかここまで進んで教えてくれなかったはずだ。違いますか？」

「つまり、彼女に隠すべきことがあるからといって、隠していることなんかありませんと、懸命にきみを納得させようとするとは限らない、という意味か？　それは犯罪心理の見方としておもしろい。次の犯罪捜査部セミナーで論文発表するとき、きっと入れるよ」

　ロッドは頰を紅潮させたのが、なかなかいい感じだった。パスコーは続けた。

「彼女の息子はただの気の毒な車椅子の男だと、きみは繊細な言い方をしてくれたが、車椅子だって、自分で会社を経営《ラン》しているやつから、ロンドン・マラソンを走《ラン》るやつまでいる。それに、頼りになる人にちょっと助けてもらわなきゃならないってことは誰しもある。そんなとき、その不自由なケツから太陽が照り輝いていると思ってる献身的なおふくろさんよりいい相手がいるか？」

　それから一分、というのは距離にすると半マイルをかなり下回ったが、二人は車の中で黙っていた。それからロッドは言った。「ええ。もちろんだ。すみません」

「謝ることなんかない。きみはとてもよくやったよ」パスコーは言った。自分が点を稼いで生意気な若者をやり込めようと、行きすぎてしまったと気が咎めた。だが、もう一点、主張しなければならないことがあった。「車を止めろ」

若者はバックミラーをチェックし、ウィンカーを出し、慎重に道路際に寄った。道路上には、両方向とも見える限り車はなかった。

「じゃ、出ろ」パスコーは言った。

ロッドはためらったが、従った。

パスコーは運転席に移り、青年の心配顔を見上げた。歩いて帰らされるのかと考えているんだな、と彼は思った。

「ほら、突っ立ってないで」彼はうんざりして言った。「助手席に乗れ。一日には二十四時間しかないんだから、わたしが運転する。目をつぶってくれてもいいぞ」

ロッドは中に入り、わざとらしくきっちりとシートベルトを締めた。目を覆いはしなかったが、幹線道路との交差点に来るまで、こわばった表情で黙り込んでいた。

パスコーがアクセルを踏み、交通の流れのかなり狭い隙間を狙って車をぐいと入れると、ロッドは彼にちらと目をやった。

「ピーター」ロッドは言った。「こんなこと言いたくないんですけど、間違ったほうに曲がったと思います」

「そう思う？　M1号線とM62号線を通ってマンチェスターまで近道しようとしているのかもしれないぞ」

「それが近道だとは思いません」ロッドは言った。

「近道だよ、ブラッドフォードを訪れたいならね」パスコーは言った。

12　刑務所

「ヒュー」

「バーナード」

「ド・ペイヤンス」

「ド・クレルヴォー」

一千二千三千
「バーナード、例のおまわりさんがうちに立ち寄ると、警告してくれればよかったのに」

「ああ。彼はそこにいたのか。どうしたかと思っていたんだ。だが、心配はしなかった。心配すべきかな？」

「わたしが田舎のおまわりを手玉に取れるかどうかと？わたしのことならもうちょっとよくご存じのはずでしょう」

「彼を見くびるな。こっちで囲いに閉じ込めたつもりだったが、そうはいかなかったようだ。心配するな、わたしがなんとかする。で、どうだった？」

「彼はわたしとアンドレのことを質問し、お供の若いのはママに言い寄った」

「それで？」

「それで、来たときと同じ状態で帰っていきました。つまり、確信はないが、極度に怪しんでいる。彼の疑念を減らすようなことはなにも言えなかった。実際、わたしが変に演技しようとしたら、それがそもそも怪しく見えるでしょう、そう思いませんか？」

「おそらくそのとおりだろう。彼は馬鹿じゃないし、初めて現われたときからずっと、苛立ちの種だ。それにもちろん、アンドレ狩りが始まったのは彼のせいだ」

「ええ。あの阿呆でなく、彼のほうをやれとアンドレに命じるんだったな」

「いや。あれは間違いだった。わたしの間違いだったし、すでに高いものについた。これ以上間違わないようにしよう。今のところ、意識不明のやつが死なない限り、われわれの手にこちら側の血はついていない。アンドレはまだジェフリー・オメールのところに隠れているんだな？」

「ええ。昨日、話をしました。彼はまだ導師を消す計画を実行したがっている。オメールが導師の車を撃ったのは実は自分だと認めると、彼はおもしろがったようで、こういう仕事の正しいやり方を見せてやりたいと言っていた」

「絶対にだめだと言ってくれたろうね。オメールがあんなばかなまねをしたあとでは、イブラヒム師はことにむずかしくなる。アンドレが人目につくなど、もってのほかだ。危険が大きすぎる」

「あいつは危険を楽しむ男です。それに、どうせもう正体がばれてしまったんだから、活動していてかまわないのは彼一人じゃないですか？　ほかのやつらには、しばらく姿をくらますよう指示してあります。それに、最悪の事態になって彼がつかまったとしても、彼は絶対に忠実で、絶対に口を割らない」

「絶対に口を割らない人間などいない」

「わたしはそういう人間ですよ、バーナード。まあ、アンドレが手がかりとなって、かれらはわたしのところに来るかもしれないが、そんなことには……」

「もうそうなった」

「直接手がかりを残したわけじゃない。あれはあのお利口さんの警官のやったことだ。ともかく、たとえわたしの正体がばれたとしても、それでかれらがあなたに迫ることは絶対にありません、もしそれが心配の種ならね。すみません。そんなことは言うべきでなかった」

「どうして？　もちろんそれは心配の種だ。きみもそれを心配すべきだ。なんの手がかりも与えないつもりでいるだろうが、あのしぶといミスター・パスコーが示してきたように、かれらは馬鹿ではない。それに、もしアンドレが口を割ったとしたら、きみはかれらが選んだ環境に置かれる。車椅子だからといって、刑務所に入らずにすむとは思うなよ」

「今のわたしは囚われの身ではないと思うんですか？」

「愛馬にまたがっているんだろう？　刑務所では乗馬はできない。フィレ・ミニョンも上等なワインもだめ、ハイテクに助けられることもできないし、優しい手が額を拭ってくれることもない。考えてみるんだな」

「考えてみますよ。だが、何が起きようと、わたしはあなたを暴露しないし、アンドレがわたしを暴露しないのも同様だ。われわれは同じ学校で訓練されたんですからね」

「だが、ジェフリー・Bは同じ学校に行かなかった」

「ジェフリー・Bなんか忘れなさい。最悪の場合、彼は自首するくらいは考えるだろうが、そうなるとジェフリー・Oを暴露しないわけにいかなくなるし、真の英国紳士たるBに、とてもそんなことはできませんよ」

「紳士の礼儀作法なんかに頼りすぎるのはまずい。最悪の場合――もし彼が耐えられなくなって切れたら、どのくらいのダメージが出る?」

「ぜんぜん出ません。ただ、かれらをアンドレに向かわせることにはなるだろうが、どうせもうアンドレは追われている。だが、そんなことになる理由はありませんよ。だからジェフリー・Bは忘れて、今の勢いを維持することに集中しましょう」

「勢いというのは、地獄行きの手押し車が落ちていくときにつくものだ。今のところは、物事を落ち着いた状態にしておこう、少なくとも、わたしがパスコーを取り除くまではね。アンドレに言ってくれ、国外逃亡の手はずが整うまで、おとなしくしていろとね。すぐに出ろと言われることになるかもしれない。つねに連絡がつく状態でないと困る。そこをはっきり伝えてくれ。われわれはわたしの方法でやる」

「あなたがいなければ、バーナード、何をするのもほぼ不可能ですよ」

13　女子と男子

二人はサンドイッチで昼食にしようと、M1号線のウォリー・エッジ休憩所に立ち寄った。パスコーはトイレに行き、テーブルに戻ったとき、ロッドは携帯電話をかけていた。

パスコーがすわると、ロッドは電話を終えて言った。

「最初の予定より長く車を使うことになったと、知らせておいたほうがいいと思って」

「料金は距離で請求されるのか、それとも時間か？」パスコーは軽くからかって言った。「質問されないうちは決して答えるな、そのくらい、ホグワーツで教わらなかったのか？」

彼がCATでおぼえた言葉の一つだが、ホグワーツとは訓練コースの総称だった。

サンドイッチを半分食べ、コーヒーを飲んだ。悪くないコーヒーだった。それから言った。「一日中ここでのんびりってわけにはいかない。行こう」

トイレからの帰りに、彼は売店に寄ってブラッドフォードのAZ市街地図帳を買っておいた。車に乗ると、それをロッドに渡して言った。「行き先はマーサイドという郊外の地区だ――ブラックウェル・ロード一六番地」

ロッドは十五分ほどかけて地図を仔細に検討し、それから脇にのけて、高速道路を出たあとはてきぱきと明瞭な方向指示を与えた。

マーサイドはたぶんかつては小さな村だったのだろうが、ブラッドフォードは少なくとも百年前から伸び広がり、田舎の村々を埋め尽くしていたから、どこもみな同じように縦横に長屋がずらっと並び、その多くは玄関をあけるとすぐ歩道だ。だが、このあたりの長屋の大部分は、たとえばミル・ストリートの家々に垂れ込める、見棄てられたぼろ家という雰囲気を避けている。あるいは、そこから立ち直ったのか。家はよく手入れされ、歩道際には車が駐車してある。小さな商店はどこも明るく繁盛し、たまに窓に板を打ちつけたり、半分取り壊された建物があると、それは再建計画のためで、ご迷惑をお詫びしますと書いた看板が見えるのだった。

　パスコーが得た情報によれば、サラーディはパートタイムの学生で、父親のタクシーを交代で運転して学費を賄っている。未婚で、まだブラックウェル・ロードの両親の家に同居。今、ロッドが迷いも間違いもなく方向を指示して、車はここに到着した。

　家の外にはタクシーがとまっていた。パスコーはその後ろに車を寄せ、しばらくすわったままあたりを眺めた。

　〝ドアは蹴破る前に必ずよく見ろ〟というのは、ダルジールの伝授した秘訣の中でも役に立つほうだ。〝ドア一枚からいろんなことがわかる。たとえば、あれを蹴ったら足の指を骨折するか？〟

　このドアはがっちりしていて、まさにそうなりそうだった。彼はロッドに車の中にいろと命じて、自分は外に出た。近づいてさらによく見ると、ドアはがっちりしているだけでなく、ペンキは最近塗ったばかり、きらめく真鍮の郵便受けとそろいのノッカーはあまりぴかぴかに磨き立ててあるので、彼はノッカーをつかむ前に思わずズボンの脇で指を拭いていた。

　警官のノックにはいろんなタイプがある。夜明けの手入れでは、家じゅうに雷のごとく響き渡って呼び立てるノック。神経質な猫すら起こさないような静かなノックは、それでもドアを蹴破る前にふつうの方法で入室を求めたという証拠に使われる。ためらいがちなノックは悪い知らせの前触れ。そして、礼儀正しいがはっきりしたノックは、友好的にちょっと話をしたいだけという意味だ。

　礼儀正しいがはっきりしたノックがここでは効いた。ドアをあけたのは丸顔の女だった。中年、ふくよかな体つき、ゆったりした黒のスラックスを穿き、ウエスト丈のブラウスを着ていて、それはヴァロンブローサの小川（ミルトン『失楽園』より）を覆い尽くしそうなほどたくさんの赤、茶色、オレンジの木の葉が重なった柄だった。

「ミセス・サラーディですか？」彼は言った。

「おたくは？」

天秤にかけられていると彼にはわかった。セールスマンか市役所の役人か。警官は考えに入っていない。ドアをあけたら警官がいたと気づいたとき、たいていの人は目のあたりに緊張が走るものだ。

彼は言った。「カリムはご在宅ですか？」

「いいえ、いません。なんの用です？」

「ちょっと話がしたくて」

「じゃ、ジャーナリストなの？」

カリムの名声のおかげで、彼女はジャーナリストに慣れているのに違いない。

「いいえ。警察です」

目のあたりの緊張を認め、彼は急いで言い加えた。「深刻な話じゃありません。確認というだけです。カリムはわたしをご存じです。このまえの土曜日に、彼と婚約者に会いました。うちの家内はその前の晩、彼といっしょにテレビに出ていました」

「ほう？　彼女ね。それで、うちの息子を撃とうとしたあの頭の変な女、あれはどうなってるのよ？　悪い子だと手首をぴしゃっとはたいて、あとは公共奉仕二時間？」

「公訴局はまだ罪状を考慮中だと思います」彼は言った。

「何を考慮するっていうのよ、公訴局とやらは脳死状態？」彼女は強い口調で言った。

パスコーはこの反応に多少同感したものの、言質を取られてはたいへんと、黙ってうなずくにとどめた。

「トティ！」階段の上から嘆願するような声が聞こえてきた。「きれいなパンツはどこにある？」

「いつも入れとく冷蔵庫の中！　決まってるでしょ。乾燥用戸棚の中よ、馬鹿ね」ミセス・サラーディは大声で言い返した。「男ってこれだからね。あたしたち女に教えられなきゃ、前も後ろもわからない」

トティ。どこかで聞いたような名前だとパスコーは思った。ジョー・フィドラーがサラーディをインタビューしたときの話を思い出すと、彼女は地元の改宗者だ。だが、イスラム教に帰依したからといって、独立心の強いヨークシャー女であることをやめる必要はないと明らかに考えている。

彼は言った。「どこに行ったらカリムが見つかるか、教えていただければ……」

「寺院《モスク》よ。ちょっとあんた、なにをそう急いでるの？」

この一言が向けられた相手は細身の中年アジア人だった。あわててシャツの裾をズボンの中に押し込みながら、ばたばたと階段を駆け降りてきた。

「言ったろう、今日の午後はミセス・アトウッドを駅に迎えにいくんだって。もっと早く起こしてくれりゃよかったのに」

「どうやって？　耳に大砲を撃ち込む？　忘れてないでしょうね——あたしは〈グレインジ〉でジャミラと待ち合わせしてるの。送ってくれるって言ったじゃない」

「そうか？　すまん、時間がない、時間がない」

「時間がないって、どういう意味よ？　ミセス・アトウッドを待たせるわけにはいかないけど、自分の女房なら歩けばいいってこと？　どっちみち、汽車が定刻どおりに着いたことなんてある？」

パスコーには見て取れた。ミスター・サラーディはヨークシャーの妻たちが大好きな立場に追い込まれてしまった——にっちもさっちも行かない。

私利私欲に男としての連帯心も加わって、彼は言った。

「よかったら、わたしがお送りしましょうか、ミセス・サラーディ」

男の目は、それまで彼を不審そうにじろじろ見ていたのだが、今、感謝と安堵でぱっと明るくなった。

「そうねえ」トティはどうしようか迷うような様子で言った。「途中でモスクの前を通るから、あそこだと教えてあげられるわね」

これはヨークシャー人に深く根づいた反応だ。義理をつくるな、恩を施されたらすぐ返せ。

「ほらな」夫は言った。「問題解決だ。じゃ、あとで」

彼はパスコーの脇を抜け、タクシーに乗り込んだ。

妻はその後ろから大声で言った。「この人が誰だかも知らないじゃない。あたしの愛人かもよ！」

だが、その声には腹立ち半分の愛情がこもっていて、それはヨークシャーのおしどり夫婦のしるしだった。

「あれがわたしの車です」パスコーはフォーカスを指さして言った。「支度ができしだい……」

「支度ならできてるわ」女は言い、ドアの後ろのフックに掛けてあった幅広の絹のスカーフをつかむと、頭にかぶった。「行きましょ」

パスコーは車の後部ドアをあけてやり、彼女は乗り込んだ。ロッドが振り向き、にっこりして言った。「どうも。ロッドです」

「あたしはトティ。はじめまして」彼女は興味を示して微笑を返した。

あいつを先に行かせればよかったな、とパスコーは思った。もっとも、そうしたら今ごろはたぶん中に入って、お茶を飲み、焼き立てのパーキン（ヨークシャー独特の糖蜜と生姜風味のケーキ）を食べているところだろうが。

彼は運転席に入り、エンジンをかけた。

「じゃ、あんたはボスじゃないの？」女は言った。

「は？」

「警官だったら、ボスは助手席にすわるもんだと思ったから」

「場合によりけりです。警察の車に乗った経験がそんなにおありなんですか？」

「聞いたら驚くわよ」彼女は意味ありげに言い、ロッドに向かってウィンクした。

ふいにパスコーはトティという名前をどこで聞いたのか思い出した。アンディ・ダルジールだ。あの、もう前世のように遠く思える日、二人がいっしょにミル・ストリートで車の陰にうずくまっていたときだ。巨漢は昔のダンスのパートナーの思い出話をしていた。ドンカスターのトティ・トルーマン、元気がよく、豊満な体で、タンゴがうまい女の子。

同じ女だろうか？　メッカ・ダンスホールから、本物のメッカへ旅を続けた？　彼女には宗教があったとダルジールは言っていたのではなかったか？　聞いて確かめてみなければ……もし機会ができたら……

「左」女は大声で言った。「耳が聞こえないの？」

彼は自動操縦《オートパイロット》状態になっていて、交差点で車を停止させたものの、人の声は耳に入っていなかった。

「すみません」と言って左折した。

「信号まで行ったら、右」彼女は命じた。「モスクは五十ヤード先」

「どこです？」彼は右折してすぐ訊いた。

「そこよ！」彼女は言った。「字が読めないの？」

言われて目をやると、オートパイロットがさがしていたような白い丸屋根と高い光塔《ミナレット》ではなく、英語とウルドゥー語で〈マーサイド・モスク〉と書かれた大きな看板が見えた。それは古い赤レンガの建物で、その近づき難い堂々たる正面ドアの上の石には〈マーサイド公立小学校　一八八三年〉と彫り込まれていた。

彼は車を止めた。

「どうして止まるの？〈グレインジ〉はまだ半マイル先よ、バイパスの脇」

「グレインジ・ホテルですか？ええ、さっき通ったとき見かけました」ロッドは言った。「なかなかよさそうなところだった」

「まあね、でも見かけがすべてじゃないから」トティは厳しい表情で言った。「息子の結婚式のあと、あそこでワリマをやるのよ。英語でいうと、披露宴ね。嫁と待ち合わせてるの。ぼんやりしたケータリング・マネージャーがちゃんと仕事をやってるのを確かめるためにね。まあ、この若武者ロキンヴァーがさっさと運転にかかってくれればだけど」

「そうだ、こうしよう」パスコーは言った。「ロッドがホテルまでお送りします。わたしはここで降りて、カリムをさがしてみます」

彼は車から出た。ロッドも運転席に移るために出てきた。二人が出会うと、青年は足を止めて言った。「ピーター、ほんとにこんなことをしていいんですか？相談なしに、ということですけど」

「こんなことって？友好的証人と友好的に話をすること？それをやると縛り首だとは、わたしの規則書には書いてない」

後部座席の窓からトティが大声で呼びかけた。「右のドアから入るのよ。それに、奥さんがソックスをちゃんと繕ってるといいけど！」

これは二つとも謎めいたコメントだったが、中央入口の右側に、この十年あけられたことがないというふうには見えないドアがあって、最初の謎は解けた。こちらのドアの上の石には〈男子〉と彫り込まれている。反対側のドアには〈女子〉とあった。

学校からモスクに改造されるためにできていたみたいな建物だな、と思いながら、彼は〈男子〉のドアから中に入った。

長いポーチの壁際に棚があって、靴がたくさん並んでいた。これで女の二つ目のコメントの意味がわかった。彼がスリッポンを脱いでいると、背後で入口ドアがあき、アジア人の若い男が入ってきて、彼を無愛想な好奇心をもってじろじろ見た。

ようやく口を開くと、強いヨークシャー訛りがあった。

「なんの用かね？」

「カリム・サラーディに会いにきました」パスコーは言った。

「ほう？　で、どういう用件で？」

こいつはジャミラのいうクレイジーの一人に違いない、とパスコーは察した。話の相手が警官とわかって、雰囲気が明るくなるはずもない。

「いや、ただの友達だよ。彼の結婚式のことでね」パスコーはにっこりして言った。

微笑は返ってこなかったが、ともかく男は唸るような声を出したから、ついてこいという意味だろうとパスコーは解釈した。男は先に立って、玄関ポーチから長い廊下を歩いていった。

歩きながら、パスコーにはわかってきた。昔の公立小学校の外観はこの一世紀半のあいだにほとんど変化していないが、新しい利用者は内側をすっかり変えていた。昔の学校らしい沈んだ茶色やくすんだ緑色はまだあちこちに残っているものの、その上に新しく明るい色や装飾が重なっている。天井は黄金色に塗られ、古くてひびの入った壁のタイルはところどころではずされ、唐草模様の陶タイルに入れ替わっている。古い漆喰は滑らかに塗り直され、流麗なアラビア文字が書かれているのは、おそらくコーランの聖句なのだろう。窓の多くにはステンドグラスが嵌まり、夏の太陽が虹色の奔流となって射し込んでいる。ソックスを履いただけの彼の足は込み入った模様の毛足の長いカーペットに沈んだ。

案内人は足を止め、唸るように「待て」と言うと、教室に入り、ドアをしっかり閉めた。だが閉まる前に、一群の男たちが床にあぐらをかいてすわっているのがパスコーにはちらと見えた。中の一人、眼光鋭い長身のひげの男はイブラヒム・アル＝ヒジャージ師だとわかった。彼の活動は《声》のジャーナリストたちがめぐらす敵意に満ちた憶測の源泉となっている。

しばらくしてまたドアがあき、カリム・サラーディが出てきた。

「こんにちは、ミスター・パスコー」彼は言った。

「お祭りでは、ピーターだったがな」パスコーは微笑して言った。

「じゃ、公式なものではないんですか？」

「うん、まあ、ちょっとは」パスコーは認めた。

「ええ、ぼくの結婚式の話をしに来られたとは思いませんでしたよ」

「お友達に変に思われたくなかったから。でも、公式に公式ってわけじゃないんだ」パスコーは言った。「どこかで話ができる？」

「こちらへどうぞ」サラーディは言い、小さい事務室に入った。「で、どんなご用です？」

礼儀正しいが、自制した態度だった。

パスコーは周囲から攻めるときと、まっすぐ切り込むときとをわきまえていたので、ポケットからヤングマンの写真を取り出し、サラーディの前に置いた。

「この男が誰だかわかるかい？」彼は訊いた。

「ええ」

仮説が証明されたときのぞくぞくするうれしさをパスコーは感じた。

「どうして知り合った？」彼は訊いた。

「知り合いとは言いませんでしたよ。でも、この人、あのSASの本を書く作家でしょう?」

ぞくぞくするうれしさは薄れて消えた。

「そうだ」パスコーは言った。「実際に会ったことはない?」

「会うようなことがありますか? ここの若者の何人かは、しばらく前にこいつがリーズの書店で自作の朗読をやったとき、行きたがっていましたけどね」

フィオンが話していたツアーに違いない。

「デモをするために?」彼は訊いた。

「まあ、本を買おうとしていたんでないのは確かだ。こいつの書くもの、見たことがありますか? ぼくだって、おもしろいスリラーは嫌いじゃない。スーパーヒーローが悪漢を殺すようなね。でもヤングマンの本では、悪漢というのは白人でない人間全員と、彼と意見が合わない人間なら誰でも。サダムと彼の支持者たちだけが敵なんじゃなくて、イラク人は一人残らず敵なんですよ。そんなのがベストセラーになる。うちの若いやつらで、マルチカルチャー社会ってのがこんなものならごめんだと思ってるのは大勢います」

「で、かれらは出ていき、自爆戦士となる訓練を受ける、誰かがまずいスリラーを書いたから?」

サラーディは言った。「それは飛躍です。ぼくが言っているのは人殺しじゃない、ちょっとデモをやるってだけです。もっとも、自分勝手に法の裁きを下していいとすぐに思い込むやからもいますけどね。わかってますよ、ぼくがぶちのめされたことがそれを証明している。それに、例のテンプル騎士団のおかしなやつらが人を殺してまわっている。かれらが一線を越えてしまったきっかけは? たぶんたいしたことじゃなかったでしょう」

「では、きみたちはどうしてデモをやらなかったんだ?」パスコーは訊いた。テンプル騎士団の話題に入りたくなかった。

「それでどうなります? 最後は大騒ぎになって、ぼくらばかりが悪く書かれるのがおちだ」

彼は言葉を切り、抜け目ない目つきでパスコーを見た。

「このヤングマンて作家、まさかテンプル騎士団の一員じゃないでしょうね？　それでここにいらしたんですか？」

頭がいい、とパスコーは思った。これだけ頭がよければ、二重スパイもやれる？　〈フィドラーの三人〉で空気ピストルを振りまわした女は、やっぱり正しかったのだろうか？

「一般的な取り調べの一環というだけだ」彼は言った。

「お邪魔してすまなかった」

だが、サラーディはまだ話を終えていなかった。

「でも、ヤングマンがテンプル騎士だから追跡しているとすれば、どうして彼がぼくと話をしたなんて思われるんです？　待てよ！　まさか、彼がぼくをリクルートしようとしたとでも思ってるんじゃないでしょうね？　ぼくがアルカイダ的過激主義は間違いだと言ったのが報道されているから？　冗談じゃない、追いかける相手に事欠いて！　そこまで困ってるんですか？」

まったくだ、とパスコーは思った。フリーマンの懐疑なら、偏見のせいだとかたづけることができたが、サラーディからこうあからさまに軽蔑されると、自分の推理のばかばかしさを感じた。本当にルビヤンカ内部にテンプル騎士団を操る人物がいるとしたら、その人物はおれがケツの青い蚤みたいにぴょんぴょん駆けずりまわるのを見ながら、金玉が転げ落ちるほど笑っているだろう。おっと、まただ。巨漢の言葉遣いになってしまった。

そのときドアがあいて、長身のひげの男が入ってきたので、それ以上恥をかかずにすんだ。

「ここにいたのか、カリム」男は耳に快い音楽的な声で言った。ごくかすかに喉にかかる通奏低音が加わっている。

「お客様に紹介していただけるかな？」

「もちろんです。こちらはパスコー主任警部、中部ヨークシャー警察の犯罪捜査部、ですよね？」

パスコーはうなずいた。サラーディは続けた。「こちらはぼくらの導師《イマーム》、イブラヒム師です」

導師は両手を合わせ、頭を下げた。

パスコーは言った。「お目にかかれて光栄です」

「こちらこそ。なにか特別な理由があってのご訪問ですか、主任警部？　それとも、真理を追究されているだけでしょうか？」

「それが特別な理由であり、わたしの職業の一般的内容でもありますね」パスコーは言った。

導師は微笑した。

「では、真理を見つけられることを期待しています。あなたの上に平和とアラーの慈悲がありますよう」

彼は向きを変え、出ていった。

「すると、あれが有名なイブラヒム師か」パスコーは言った。

「ええ、あれが有名な妖怪ですよ、あなたがたみんなを寝ているあいだに食い殺す」

「《声》を読んでいるんだな」パスコーは言った。「うちの新聞には、彼はかなり過激な観点から説教する、としか書いてないよ。だから、きみが彼とどういう関係なんだろうと思わずにはいられない」

「どうしてです？」

「だって、きみはデモにもアルカイダにも反対だというんなら、あまり共通点はなさそうじゃないか」

「あの人はわれわれの導師で、だから信仰という共通点があります。それはともかくとして、彼は自分の言うことすべてに同意する人間だけ相手にすべきだと思われるんですか？　これだけは確実だ、もし犯罪の証拠があるんなら、警察は彼を逮捕する。じゃあ、あなたがいらしたのはそれが本当の理由なんですか？　導師の醜聞を掘り出せるか、つついてみるのが？」

「もしそうしたかったら、どこを掘ったらいいかな？」

サラーディは首を振って言った。「警察にもう話したとおりです――ぼくは自分の側の人間を売るスパイにはならない」

「たとえ、その一人がセムテックスのコルセットを着けて町の中央へ出ていくのを見ても？」

「もし誰かがまた導師を撃とうとするのを警察が見たら、それなりの行動を取ってくれるといいですがね。ぼくの行動だって同じです。ところで、若い信者がヤングマンに反対するデモをやるのを止めたのは導師です、ぼくじゃない」

「そう聞いてうれしいよ」パスコーは言った。「カリム、お邪魔してすまなかった。土曜日に先立って、おめでとうを言わせてください。末永く幸福な結婚生活になりますように」

「ありがとう」青年は言った。「奥様によろしく伝えてください。そうだ、あの銃を持った女はどうなりました？」

「心の治療を受けていると思う」

「落ち着きを取り戻すといいですね。あんなふうに人を亡くすと、容易には立ち直れないでしょう」

それから、彼は顔をほころばせ、とても魅力的な微笑をつくった。

「でも、悪いことからいいことも出てくる。彼女がジョー・フィドラーの股ぐらを撃ったときには、やっぱり神様は存在するんだと思った人がたくさんいたんじゃないですか？」

パスコーはまだにやにやしながら車に戻った。車はすぐ外で待っていた。


ロッドは電話をかけていて、笑い顔を返さなかった。マウスピースに手を当てて言った。「バーニーです。すごく怒ってます」

渋い顔になって、パスコーは電話を受け取った。

「もしもし、警視長」彼は言った。

「ピーター、いったいどういうつもりなんだ？」

「お言葉の意味がわかりませんが。わたしは与えられた仕事をしているまでです」

「では、わたしはコミュニケーション技能を磨き直さなければならんな。一人で勝手になんでもやっていいと白紙委任したおぼえはない！」

「失礼ですが、もうちょっと具体的におっしゃっていただければ……」

「具体性が必要というわけかね？　よし。ひとつ、隠れ家に留置された者を上司の許可なく尋問しない。もちろん、セクハラなどもってのほかだ。ひとつ、内密の書類を許可なくこの建物から持ち出さない。もちろん、公共の場所でそれを読むなどもってのほかだ。ひとつ、慎重に準備を整えたうえでなければ、英国軍隊の立派な元将校の私生活を侵害しない。ひとつ、厳しい監視下にあると、ちょっと考えればわかりそうな場所に、予告なく現われない。これで具体性は充分かな？」

「はい、警視長。あの、申し訳ありませんが……」

「言い訳はけっこう。早急に戻ってきなさい。途中で寄り道などしないこと。たとえ大天使ガブリエルが次のすばらしいアイデアを持って現われようとな！」

電話は切れた。

それをロッドに返すと、ロッドは言った。「ピーター、すみません、ぼくも忠告しようとしたんです……」

「こんなことはすべきじゃないと？　うん、きみは確かに忠告しようとした。それはもうテープに録音されているだろう、ビデオ録画だってされているかな」パスコーはうんざりして言った。「すまない。そんな単純なことじゃないよな。それに、きみにはまったく責任はない、その点ははっきりさせるよ。じゃ、帰って音楽に立ち向かう（「自ら招いた事態に直面し、批判を堂々と受ける」という意味の成句）としようじゃないか」

14　別れの一杯

初めは、その音楽は予期したほど不協和なものではないようだった。

ルビヤンカに戻ると、彼はブルームフィールド、コモロフスキー、グレニスターからなる軍法会議法廷に引き出されるのだろうと覚悟していた。ところが、実際には二人の男に迎えられた。かれらは微笑のかけらすら見せずに、スミスとジョーンズだと自己紹介した。

任務終了後の情報聴取をさせてもらう、と二人は言い、非常に丁重な態度で、だが長々と、それを実施した。パスコーの活動を微に入り細を穿って聞き出すと、最初に戻ってまた始めるのだ。二時間ほどたつと、コーヒーとサンドイッチを出してくれた。それからまた聴取が始まった。

これで終わりだとかれらが宣言したときには十時を過ぎ

ていた。この男たちと取調室で何日も過ごしたように感じられた。ルビヤンカに戻ってきてこの新しい仕事に就いたのがほんの昨日の朝とは、とても信じられなかった。

彼は立ち上がって言った。「では、警視長と話をさせていただけますか？」

二人は顔を見合わせ、それからスミス（目の色の違いでなんとか区別がついた）が言った。「必要であれば、きっと連絡が来るでしょう」

パスコーはこれをよく考えてから言った。「すると、これでおしまいなんですか？」

「われわれとしては、ええ、おしまいです」

「じゃ、お疲れさまでした」彼は伸びをしながら言った。

「ブリーフケースを返してもらえますか？」

「警備部にあるはずです」

二人は彼といっしょに階段を降りた。玄関ホールは暗く、人はいなかった。コモロフスキーの植物も眠りに就いたかのように見えた。

警備部でチェックアウトし、バッジを渡すと、当直の男が言った。「パスも返していただけますか？」

安堵感が薄れてきた。

「でも、明日の朝出勤したとき、必要になる」彼は言った。

「すみませんが、渡していただければ……」

なるほど、こうやるものか、と彼は信じられない思いだった。形だけの裁判すらなし。ワン・ストライクでアウト。アウトどころか、そもそもインだったこともなかったのか。

「毒入り傘よりはましか」彼は言い、パスを渡した。

「ブリーフケースです。あと、携帯電話も」

それを受け取り、ホールを横切った。お疲れさまと言ってくれる人はいない。

荷造りしたバッグがフロントに置いてあったって驚かないな、と思いながらホテルに戻り、自室にすわって、あれこれを改めて考えてみようとした。

彼は一線を越え、追い出された。彼がむこうのばかげたルールをいくつか破ったから追い出されたのか、それともテンプル騎士団のスパイに近づきすぎたからなのか、それが疑問だった。

どうでもいい。やれることはすべてやった。もっとずる賢く立ち回るべきだったか？　かもしれない。だが、目隠しされて蛇穴に落とされたら、這いまわって出口を手探りするより、勘を頼りに出口あたりへともかく走るほうが、まともな判断ではないか？

　エリーに電話したいと思ったが、盗聴されていそうだったし、こんな夜遅く電話して、蛇穴だ目隠しだなどと話し出したら、ますます頭がおかしくなってきたと心配させるばかりだ。

　彼女の思ったとおりなのかもしれない。彼がしてきたのは捜査なんかではない。首をちょん切られた鶏みたいにやみくもに走り回って、アンディ・ダルジールの生命を天秤にかけている神の注意を逸らそうと、迷信から努力しているだけだ。

　彼はミニバーをあけた。公金を乱費する人間が嫌いなので、これまで最小限しか使ってこなかったが、今、ダルジールなら〝別れ際にちょいと一杯〟と呼ぶはずのものを飲む権利はあると彼は感じた。シングル・モルトのミニチュア瓶を二本抜き出し、中身をゴブレットにあけた。滑らかな喉ごしだった。さらに二本あけた。すると、ミニバーにウィスキーはなくなった。次はコニャックに進むか、それともリキュールか。

　こういうとき、アンディならどうする？　たぶん、ぜんぶを水差しにあけてシェークし、それを持ってベッドに入るだろう。

　好みは人さまざま。パスコーはゴブレットを枕元のテーブルに置くと、浴室に入ってシャワーを浴び、それからベッドに入った。

　頭がまだ働いていて、眠りはすぐに訪れそうにない。いずれはアルコールが効いてくるだろうが、それまでは、なにかほかの催眠剤が必要だった。

　ウィスキー・グラスの脇に『砂を染める血』があった。

　開いて読み出した。しばらくのあいだは、これで眠くなれそうに思えた。

　今読んでいる章では、ろくになにも起こらない。シャックのパトロール隊は敵の主要補給経路《MSR》を調べに送り出された。かれらは無人の砂漠の真ん中で無人の道路を監視するが、二十四時間のあいだ、なんの動きもない。文章には軍で使われる頭文字語や隠語があふれ、登場人物たちは誰がいちばん退屈で偏狭な男か決めようと競い合っているように思える。作者はシャックの口を借りて、軍人の生活は、たとえSASのような〝花形〟部隊にあっても、ときに退屈で単調なものだとさかんに訴える。それにしてもやりすぎだとパスコーは感じたが、眠りを求める読者にはうってつけだった。

この章の終わりで、かれらは監視をやめにし、基地へ連れ戻してくれるチヌーク・ヘリコプターを待つことになった。すると無線連絡が来て、その場に残って次の命令を待てと言われる。理由は教えられないが、驚くことではない。敵が簡単にこちらの電波位置を割り出せないよう、無線連絡は可能な限り短くしておくものなのだ。

とうとう、悪い知らせが来た。ヘリコプターは指定の地点に向かう途中で敵に撃ち落とされていた。偵察機が見つけると、ヘリコプターはほぼ原形を保っていたが、乗組員三名の姿はなかった。捜索救助のヘリコプターが現地に到着し、キャビンに血の跡があるが、乗組員と持ち運びできる装具はすべて消えた、と確認した。とすると、三人は捕虜になったのだ。イラク人はわざわざ死体を運び出しはしない。

ここから半径五十マイル以内で、人が住んでいるおもだった場所といえば、大きい村が一つしかない。二週間前にSASの偵察隊が調べたとき、敵に占領されている様子はなかった。撃ち落とされたヘリコプターからの車の跡はそこへ続いており、捜索救助ヘリコプターの一機がその上空を飛ぶと、地上砲火を受けた。ふつうなら、ロケット砲をいくつか発射して、トルネードの攻撃を要請するところだが、捕虜になった乗組員が拘留されているかもしれないので躊躇した。シャックのパトロール隊はここから一時間以内の地点にいた。慎重に接近し、敵の配置を調べ、もし可能なら捕虜の存在を確認せよとの指示を受けた。

このころには、パスコーはうとうとしてきたが、それでも今日の出来事が頭の奥のほうでまだうろついていて、すぐにも出てきそうだったから、あくびを嚙み殺し、次の章に入った。
十分後、眠気は吹っ飛んだ。

15 夜の電話

暗くなって村に着いた。

敵の戦線の内側に入り込んでの仕事について、いろいろばかげたことが書かれている。本当のところは、線なんてものはないのだ。さっきのように、がらんとした場所でぶらぶらして丸一日つぶすこともある。もし村にぶつかったら、地図になんと書いてあろうと関係ない。ときには、ふらっと入っていってカフェのテーブルにすわり、コーヒーを注文して、村人がこっちの賛同を求めるようにサダムのポスターを壁から引き剝がし、火をつけるのを眺める。あるいは、そこはまったくドブネズミの巣窟で、うちの連中が入る前に空軍のやつらに清掃してもらわなければならないこともある。

半月が出ていた。そのぼうっとした光の下で、村はほとんど絵のように美しく見えた。照明弾を打ち上げるまでもなく、今ここにアブドゥルがいるのは確実にわかった。見つかるまいと努力していないからだ。やつらは荷物をまとめて出ていこうとしていた。人数は多くない。装甲トラック二台に荷が積まれているところで、村にたった一軒の大きな家の外にジープが二台とまっていた。われわれは接近した。周辺の見張りは前にはいたとしても、撤退を前にすでに呼び戻されたのだろう。

おれの仕事は捕虜が拘留されているかどうかを確かめることだった。もしいないと決まれば、トラックが動き出すまで待ち、その進行方向を連絡する。そうしたら空軍の男たちが路上でやつらを一掃してくれる。結果、死んだアブドゥル、清潔な居留地。おれたちはここに来たことを誰にも知られないまま出ていく。それがいいのだ。

兵士たちがトラックに乗り込んでいた。これまでのところ、拘束された人間の姿は見ていなかった。捕虜を連れて移動するとき、アブどもはかれらを堂々と見せる。そうすれば全面的空爆を受けるチャンスが減ると思っているのだ。

そのときジンジャーが言った。「シャック、あそこに空軍の帽子をかぶった男がいる」

双眼鏡で確かめた。そのとおりだ。アブが一人、毛深いビグルズ（昔の冒険小説のヒーローで、英国空軍兵士）気取りでちゃらちゃらしていた。すてきな戦利品で美女たちを感心させようってわけか。だが、この帽子を奪われた気の毒な男の姿は見えなかった。

「まだ家の中にいるのかもしれない」ジンジャーは言った。

おれも同じことを考えていた。

捕虜がいるとして、あと二分以内に連れ出されてこないとすれば、可能性は二つだ。この人でなしどもは捕虜を生きたまま置き去りにすることは絶対にない。だから、捕虜はすでに死んでいるか、あるいはもうじき死ぬことになっているか。

みんな同じ結論に達して、おれを見て命令を待っていた。

おれはおれで命令を受けている——観察のみ、接触するな。

すべきことならわかっていた。やつらが捕虜を連れていないことが確実になるまで待ち、それから空爆を要請して移動中の縦隊を一掃してもらい、そのあいだにわれわれは村を点検する。

だが、もしそうしたら見つかるのは死体だけだと、九十パーセント確信できた。

おれは言った。「ジンジャー、三分だ、おまえとラグズはトラックを排除する。残りはおれといっしょに来い」

対戦車砲を準備する二人を残し、おれたちは前進した。

地元の人間に見つからずに接近するのは不可能だったが、こっちの目に入った者たちはそそくさと消え、急を告げようとはしなかった。賢い。じっと待ち、誰が勝つかを見きわめてから、万歳を始める——戦争というものが始まって以来の、民間人の生存法だ。

われわれが家から五十メートル足らずまで近づいたとき、トラックの一台のエンジンがかかった。同時に、さっきまでジープの脇に立ってしゃべっていた二人のアブ将校が建物の中に入った。

捕虜たちにさよならのキスをしに行ったとは思わなかった。

「なにぐずぐずしてるんだ、ジンジャー?」おれは言いたくなった。だが、心配無用だった。

次の瞬間、聞き慣れたブワン! という音がして、いちばん近くのトラックは屁を浴びた蠟燭みたいにぱっと燃え上がった。人影がばらばらと出てきた。火だるまになっているのも多い。二台目のトラックが動き出した。またブワン! また爆発する屁。おれたちはもう駆け出していた。動くものはなんでも撃つ。撃ち返してこられるようなやつはいなかったから、おれは部下たちに後始末をまかせ、自分はどんどん建物の中へ入っていった。最初の部屋には男二人と女一人がいた。軍人のようには見えなかったが、自己紹介しているときではない。おれは歩調を緩めもせずにやつらを吹っ飛ばし、さらに進むと、無人の部屋を抜け、小さな中庭に出た。

真ん中には低く掘り下げた池があり、銅の噴水がついていた。水が噴き上げて下の池に落ちていくところはさぞ美しかったろうが、今、水はなく、池は乾いて埃っぽくなっていた。

だが、空っぽではなかった。

中には人が三人倒れていた。最初はよく見なかった。中庭にいた二人のアブのほうが気になったからだ。

一人は噴水池の端に立ち、下を見下ろしている。手にはオートマチック・ピストルを持っていた。もう一人はAKKライフルを持ち、それをおれのほうに向けていた。こっちが現われたとたんに発砲されていれば、それまでだった。だが、おれは砂漠用戦闘服の上にバーヌース（アラブ人の着るフード付きマント）を着ていたので、やつはほんの一瞬ためらい、それで充分だった。おれは一撃で二人とも倒した。

池の中の人物を見たとき、おれはアブどもが死なずに怪我だけしていればいいと思った。やつらはもっとうんとゆっくり、うんと痛い目をみてこの世から出ていくべきだ。

三人のうち一人は空軍の制服をきちんと着ていた。彼はヘリコプターが撃ち落とされたとき重傷を負い、ここに連れてこられたときにはもう死んでいたらしい。

ラッキーなやつだ。

あとの二人は裸だった。針金で噴水に縛りつけられている。針金は脛にきつく巻いてあるので、血が通わなくなり、その下の肉は緑がかった白に変わっていた。もちろん、この二人も墜落で怪我をしただろうが、それはそのあとに起きたことに比べれば些細なものだった。体には殴られ、切られ、焼かれた跡が残っていた。一人はすでに死んでいた。そのほうがいい。彼の目玉は半分抉り出されていた。もう一人も死んでいると思ったのだが、その男はふいに頭を上げた。まだ見える片目でおれを見ると、口があいたが、言葉は出てこなかった。おれは水筒の水をてのひらに出し、彼の唇を湿してやった。それから、縛っている針金をひねってはずそうとしたが、無駄だと見て取れた。彼にもそれがわかった。

彼はしゃべった。低くごろごろした音だったが、言っていることはなんとか聞き取れた。

「無駄だよ、きみ」

もう少し水を与えると、今度は飲むことができた。おれが「心配するな、もう安全だ」と言うと、彼はなにやら音を出し、どうも笑い声のつもりだったようだ。

またしゃべると、さっきよりしっかりした声になっていた。

「あいつらに、電話を一本かける権利はあるはずだと言ったんだが、聞き入れてもらえなかった。可能かな？」

錯乱しているのかと思ったが、そのとき、彼の片目が何を見ているのかわかった。ピストルで今にも彼を撃ち殺すところだったアブは、ベルトのポーチに衛星電話を入れていた。

おれはそれを取り出そうと屈んだ。アブは目をあけた。相棒は明らかに死んでいたが、こいつはまだ目に光があった。おれは約束するような微笑を見せてやり、電話を取った。東欧製のようだったが、基地で使っているのと基本的には同じだった。スイッチを入れた。バッテリーは充電されていた。

おれは言った。「誰に電話したい？」

彼は言った。「ワイフ」そして、番号をささやいた。

番号を押した。おれは想像力の豊富な男ではないが、今、頭の中に絵が描かれていた。故郷では真夜中だ。電話はきっと暗い家の中で鳴っているだろう。彼女はそれを聞きつけ、ベッドで身を起こし、立ち上がって階段を降りる。半分苛立ち、半分心配になる。こんな夜中に誰が電話なんかしてくる？　いい知らせのはずはない。それから彼女は受話器に手を伸ばし、取り上げ……

「もしもし？」おれの耳に女の声がした。

おれは電話を差し出したが、彼の指は骨折し、ほとんどの爪は剝がされていたので、おれが耳元で電話を支えていてやった。

「やあ、ダーリン」彼は言った。

彼の声はのし棒の下で砕けるガラスの音みたいに聞こえたが、それでも相手には誰だかわかったらしい。

「まあ」彼女は言った。「あなたなの？」

聞き耳を立てたい会話ではないが、どうしようもなかった。おれは気を逸らそうとしたが、千マイル離れた二人の声が、たがいに最後となる言葉を語っているのだ。耳を澄まさないわけにはいかなかった。

二人の言葉はここに書かない。

書いたところで、たいした言葉のようには見えないだろう。

だがあのとき、あの場所で、男は自分が死ぬと知っていて、女は徐々にそれを理解し、そんな二人の交わす言葉は心に染み入り、そのあいだだけ、外の道路の銃声や爆音はすっかり消えていた。

だが、長くは続かなかった。彼がまだ話ができるというのは奇跡だった。

言葉の途中で声が止まった。そして、戦闘の騒音が戻ってきた。

おれにとっては、愛が止まり、憎しみが戻ってきた。

おれは電話を取って言った。

「すみません、死んでしまった」

ほかに何が言える？　なにも言えなかった。そのときは。

国に帰ったら、この女を見つけ出し、夫の死について知っていることをすべて教えてあげよう。そのくらい当然だ。

だが、今はもっと緊急の要件があった。

おれはアブのほうに屈み込んで、水筒から水を飲ませてやった。やつは感謝の表情でおれを見た。それから、その表情は消えた。

もったのはほんの二分ばかりで、がっかりした。最後に一蹴りしてやった。それから、部下たちがこういう人殺し野郎どもをまだ少しは残しておいてくれたか見にいった。おれが殺してやる。

16 英国式朝食《フル・イングリッシュ》

翌朝、パスコーは早く起き、冷水シャワーを浴びて眠気を醒ました。

昨夜はよく眠れなかった。

二度、三度と読み返したのだった。

それから起き上がり、ミニバーからもう一杯飲んで、モーリス・ケントモアとのランチについてエリーが教えてくれたことをすべて思い出そうとした。

またしても、偶然を絶対に信じないダルジールの姿勢が頭に浮かんだ。

実際には、死を前にしたクリストファー・ケントモアが話をした相手は妻ではなく、兄だった。だが、ドラマという意味でも、小説の売り上げを考えても、瀕死の男が戦場から妻に話をするほうがずっといいストーリーになる。

彼は本の最後までぱらぱらと読んでいった。短い最終章で、シャックはイギリスに帰国する。話の中身はおもに、さまざまな昔の女や新しい女を相手にしたエネルギッシュなセックスと、さまざまな反戦抗議者を相手にした、同じくらいエネルギッシュな行動の描写だった。後者の活動の最後で、彼は〝ひげ面のふぬけ左翼〟とされる三人を集中治療室へ送り込んだあと、車で北へ向かいながら、こう考える。

戦争とはどういうものか、戦っている敵との妥協がありえないのはなぜか、体験から知っている人たちと会って話をしよう。砂漠にいると、選択肢は単純明快に見えてくる。勝つか、死ぬか。

おれは勝つつもりだ。

もし本の中のエピソードが現実の出来事に基づいていて、ヤング軍曹はクリストファー・ケントモアが兄と話をするのを助けたのだとしたら、ヤングマンがモーリスを訪ね、背景を詳しく教えてやるのはごく自然なことではないか？

その後、彼がテンプル騎士団に参加して、あるいは騎士団を創設して、連合王国内のテロリストを相手に戦うと決めたとき、ケントモアの当時の反応を思い出し、彼をリクルートしてはどうかと考えたのかもしれない。

ケントモアはこんな狂的行動に巻き込まれるような男だろうか？　表面上は、そんなふうに見えない。だが、表面とはそういうものだ。下にあるものを隠している。口蹄病危機のとき報道された彼の行動、〈フィドラーの三人〉での行動を見れば、信条を実行に移す一歩をわけなく踏み出せる男のように思える。

といっても、行動の結果すべてに対応できる準備が身についているわけではない。

軍隊経験のある兵士なら、付随的損害や味方からの砲撃という概念に慣れているかもしれないが、関わり合ってしまった一般人は、ことに戦闘員を支える枠組となる〝正義の戦争〟という概念の外にいるだけに、どれほど立派な大義のためであっても、自分の行動によって罪もない人の血が流れたと思ったら、愕然とするだろう。

ケントモアがエリーとの接触を保ちたがった理由がこれでわかる。彼女を通して、負傷した警察官二人の容態の変化を知ろうとしたのだ。

それに、先週日曜日に中央病院で起きた事件についてタブロイド紙の憶測を読み、ヘクターが命を狙われたらしいと察したとき、彼はどのくらい心配した？　エリーをランチに誘うのは、この推測が当たっているかいないかを確かめるいい方法に思えただろう。

最後に、ヤングマンが〈フィドラーの三人〉出演をキャンセルした理由について、パスコー自身の推理はあながちはずれていなかった。彼はカルではなく、ケントモアと鉢合わせしたくなかったのだ。

これらすべては、ぴったりはまった。

〝ゲイのアイルランド人、パトリック・フィッツウィリアムとウィリアム・フィッツパトリックみたいにな〟と言うダルジールの声が聞こえた。〝いい具合にぴったりはまるが、だからって子供が生まれるわけじゃなかろう？〟

言い換えれば、偶然を信じるな、だが結論に飛びついてもいけない！

彼は酒を飲み干し、ベッドに戻った。少し眠っておかないと、明日ひどいことになる。それでも眠れなかったので、彼はギデオン聖書を取り上げ、でたらめに開いた。

神よ、祈るわたしの声をお聞きください。敵の脅威からわたしの命をお守りください。わたしを隠してください、邪悪な人間のひそかな計画から、悪事を行なう者たちの暴動から。かれらはその舌を剣のように研ぎ、毒ある言葉を矢のように弓につがえる。隠れたところから罪なき人を射ようと構え、突然射かけて恐れもしないのです（旧約聖書「詩篇」より）。

だが、敵とは誰だ？　それに、罪なき人とは誰だ？　彼は自問せずにはいられなかった。

そんな疑問に思いをめぐらしながら、彼は浅い眠りに落ちていった。

シャワーから出ると、電話が鳴っていた。

「もしもし」彼は言った。

「ピート、デイヴ・フリーマンだ。サンディとぼくは階下にいる。話ができるかな？」

「いいよ。いっしょに朝飯にしよう。ぼくは二、三分したら降りるから、注文しといてくれるか？　フル・イングリッシュ。つけがキャンセルになる前に、腹をふくらませときたいから」

体を拭きながら、二人がなぜここに来たのかを考えてみた。まさか、すべては赦されたと、おれを仲間内に呼び戻すためではないな。どっちみち、仲間扱いはもうたくさんだ。

携帯を取り、家に電話した。

「あら」エリーは言った。「心配してたところよ。ゆうべ電話してみたら、あなたの携帯がオフになってたから」

「ごめん。ほかに用事があってさ」

「またアクション・マンごっこをやってたんじゃないでしょうね？」

「違う。実はじっとすわっていたんだ。その話はうちに帰ったらするよ」

「うち？」希望に満ちた声は彼の心に響いた。「週末は確実に帰ってくるの？」

「ううん」彼は言った。間を置いた。それから続けた。「もうちょっと長い。ここの仕事は終わったんだ。いつもの暮らしに戻れるよ」

「ピーター、すてき！　いつ戻る？」

「ええと、きみはランチに出かける計画なんか立ててない？　その、ノーベル文学賞を受け取るためにテレビに出るよう、ふいに呼び出されたとかさ？」

「そんなのないわよ！　あったとしたってキャンセルするわ。そうだ、モーリス・ケントモアに電話して、明日のランチは中止って言うわね、いいでしょ？」

彼は言った。「ケントモア？　忘れてた。いや、キャンセルにはちょっと遅いんじゃない？　それに、ぼくはほんの二日じゃなく、これからずっと家にいるんだから、別にかまわない。彼なら来てもらえよ」

彼自身の耳にも、これはテレビの二流俳優がハムレットにグレードアップしたくらい、わざとらしく聞こえた。

「二人とも、って意味でしょ。やせてハングリーなキルダにまた会えると思って、気が変わったんじゃない？」エリーはからかった。

「かもな。ぼくがくたくたになって、とても女性に興味なんか持てないようにするのがきみの仕事だよ。じゃ、これから朝飯だ。経費一切むこう持ちの朝食はこれが最後だからな。ロージーによろしく。じゃあね」

彼は妻を騙して気が咎めたが、家に帰れるので自分がどれほどうれしいと感じているか自覚すると、良心が癒された。それに、騙すといってもたいしたことじゃなかったろう？　ケントモアをクローズアップでもう一度よく見たいだけだ。悪いことじゃない。きっと、ヨークシャーのクリケットや賞をもらった豚の話などしているうちに、疑念は消えてなくなるだろう。

オーク材の鏡板を張った朝食室に降りていくと、フリーマンとグレニスターはテーブルに着き、コーヒーを飲んでいた。

フリーマンは微笑して挨拶した。グレニスターはもっと深刻な表情だった。

彼女は言った。「ピーター、話もせずに行ってしまってほしくなかったの」

「じゃ、行ってしまうことは確実なんですね？」彼は言った。

「警視長はほかに道はないと言っています。彼も警察官だから、その場の判断で行動するのがいいこともたまにはあると、よくわかっているのよ。ダルジール警視の下で伸びてきた人が、ときに独自の線を推し進めなかったら、そのほうが不思議だ、と言っている。でも、わたしたちの仕事は複雑に絡み合っていて、どうしても破ってはならない規則もあるのよ。一人でそこから踏み出したら、どんなダメージにつながるかわからない」

「あなたも警察官だ」彼は言った。

「ええ。それで、痛い目にあって学んだの」

「でも、わたしは学べるとは思われない？」

「ピーター、もちろんあなたならできるわ。でも、もともと臨時にこちらに所属してもらっただけでしょう」彼女は優しく言った。「だから、あれこれ無用に長引かせることはない。あなたは感じやすいつま先を踏みつけてしまった（「人の感情を害した」という意味の成句）、それだけよ」

「じゃ、わたしの尻を蹴上げているらしい、感じやすいつま先の持ち主は誰なんだ？」彼はフリーマンを見て訊いた。「本格的にスパイに見張られてるみたいだ。きみか、ディヴ？ それともルーカシュ？ ティムとロッドは評価を求められたのか？」

　フリーマンが答えないうちに、グレニスターは言った。

「全員一致の裁決よ。敵とか味方とかはないの、ピーター。わたしたちみんな、あなたには深い敬意を抱いています。個人的なレベルでは、ルビヤンカの中であなたを好きにならなかった人はいません」

「それは同感だ」フリーマンは言った。

「感動させてくれるね」パスコーは言った。「すると、二人でわざわざここまで来たのは、あんたはどこでも小さい子供に好かれるナイス・ガイだと言うためだったんですか？ それとも、しばらくぶらぶらして、わたしがおとなしくおたくの敷地から出ていくのを見届ける？」

　彼の皮肉は二人にはいっこう通じないようだった。

　ウェイターが近づいてきて、パスコーの前に巨大な皿に満杯の朝食を置いた。

「あなたがたは食べない？」彼は言った。

「ぼくはミューズリ派なもんでね」フリーマンは言った。

「そいつを見るだけで動脈が塞がりそうだ」

「それじゃ、わたしたちは失礼するわ」グレニスターは言った。「ピーター、わたしがここまで来たおもな理由はね、こちらで起きたことはまったくあなたの履歴に傷をつけないと、知っておいてほしかったから。この捜査のいくつかの部分に、あなたが強い個人的関心を寄せていることは理解していますし、今後も情報がそちらに届くよう、計らいます。でもそれ以上に、あなたの顔を見てきちんとさよならを言いたかったの。またいっしょに働く機会があるといいわ。あなたはわたしの好きなタイプの警官よ。本物の青いスマーティー。いろいろと、ほんとにありがとう」

「ぼくもまったく同感だよ、ピート」フリーマンは言った。「いっしょに働けてすごくよかった。きみはいいスパイになれる素質がある。キャリアの変更を考えることがあったら、必ず知らせてくれよ。それまでは、警察でがんばってくれ」

二人は椅子を引いて立ち上がりそうな様子になり、温かい微笑を浮かべて彼を見た。

おれがなにか言うのを待ってるんだ、とパスコーは思った。

求められもしないのに、二人が感謝し、ほめてくれたので、彼はついいい気持ちになった。礼儀正しい、まともな受け答えをするなら、まず称賛を謙虚に受け入れ、それからほめられた価値のあるところを示して、ケントモアとヤングマンとの可能な接点を発見したと教える、ということになるだろう。テンプル騎士団を支援するのがCAT全体を巻き込んだ陰謀なら別だが、今ここには二人いるのだから、彼の疑念を確認する捜査が行なわれるのは確かだ。だから、接点をチェックするのはほかの誰かにまかせよう。そうしたらまたエリーに電話して、これから帰途に着くところだと教え、やっぱり気が変わった、ケントモアの二人をランチに呼ぶのはやめよう、と言えばいい。それで本当に自分の生活を取り戻せる。

これが礼儀正しい、まともな受け答えだ。弁舌さわやかで有名な、青いスマーティー、綱渡りの名人、ピーター・パスコー主任警部なら、これが自然な反応だ。

他方、無粋無骨な上司、アンドルー・ダルジール警視なら、きっと「さっさと失せろよ」とかなんとか、まるで不適当なことを言って、せっかく友好的でほとんど感傷的なこの瞬間を台無しにするだろう。

彼は眼前のフル・イングリッシュを愛国的誇りをもって見下ろした。ケチャップの瓶を取り、皿全体に聖ジョージの十字架を描くと、ソーセージを突き刺し、食べ始めた。

今、二人は席から立ち上がった。まだ微笑を浮かべているものの、やや不安げだった。

パスコーは顔を上げて二人を見ると、もぐもぐやって呑み下してから言った。「さっさと失せろよ」

17　最後の決断

アンディ・ダルジールに危機が訪れている。

懸命に意志を働かせ、気を散らそうと努力したにもかかわらず、彼はまた深い闇に戻り、彼と〝よそ〟の白光を隔てる薄い膜に体を押しつけている。

頭の中に西風の挨拶がふっと入ってくる。

〝お帰り〟

「騙されないぞ」

〝ほう？〟

「ああ。あんたのことを考えていたんだ。あんたが何なのかわかったと思う」

〝そうかね？　わかったとすると、そこを抜けてこちらに来る準備ができたと仮定していいのかな？〟

「いいや、とんでもない！　わかってるのは、あんたはわたしが考え出したものにすぎないってことだ。想像の産物さ」

〝つまり、きみは自分に話をしている？〟

「そうだよ、サンシャイン」

〝サンシャイン……太陽の光《サンシャイン》ならおぼえている。わたしの思いつきの中でもいいほうだ。だが、これはとてもおもしろい。では、きみは自分をどういう人間だと考える？　実存主義者かな？　それとも、懐疑主義者《ピロニスト》にすぎない？〟

「なんだって？」

〝おやおや。困ったことになったね。自分に話しているのなら、自分の言うことは理解できるはずだろう〟

「そうとも限らないね、お利口さん。わたしはいつだって我ながら思いがけないことをやってのけるからな」

〝それはさぞぎょっとするだろう。だが、わたしの存在を信じないのなら、なぜわざわざ手間をかけてわたしを発明する？〟

「おしゃべりするのが好きだし、ここにはほかに話し相手がいないからさ」

〝で、ここ、ことはどこだと思う？〟

「あそこでないところ」

〝で、あそこ、ことはどこだね？〟

ダルジールは考えようとするが、なにも考えることがないと気づく。暗闇が重くのしかかってくる。聞き慣れた声も、ビッグ・バンドの吹奏楽も、スコットランドのパーティーのバグパイプも、いらいらする祈りの声すらない。音、色、におい、手触りのある宇宙に彼を連れ戻してくれるものがない。彼はもうそんな宇宙を思い出すどころか、想像することもできない。

暗闇がのしかかっている。じきに彼の中に入り込んでくるだろう。出口は一つ、最後に残っているわずかな力を振り絞って押せば、彼は薄い膜を破り、そのむこうに待っているまぶしい光の中へ飛び出すはずだ。

〝人まかせにするより、自分で決断したほうがいい〟

そう言ったのはおれなのか、あいつなのか、と彼は思う。だが、あいつなんてものはいないんだ、と彼は自分に言う。おれしかいない。だから、あいつもたまには意味のあることを言うのかもな。
〝最後に一つ決断を下せば、それで終わりだ〟
決断を下すのを恐れたことはない。それなら、なぜ今ためらっているのだ？
〝最後に一つ決断を……〟
彼は決断し、膜を抜けて光の中へぱっと飛び出す。

第六部

そしてゆっくりとあの陰気な叫び声が上がり
ゆっくりとあたり一面に沈んでいった。
いかにも鬱々として
永遠に続く絶望をこめて。
そしてその言葉が聞き取れた――
「牧神《パン》が死んだ！　偉大なパンが死んだ！
パン、パンが死んだ！」

――エリザベス・バレット・ブラウニング「死んだ牧神《パン》」

1　最悪の事態

「エリー、遅刻だ、一人だ、まったく申し訳が立たない」モーリス・ケントモアは言った。「キルダはどうしても来られなかった。偏頭痛です。よくやられるんです……あれ以来。稲妻のようにふいにやって来て、彼女は倒れてしまう。医者はいろいろ試してみたんだが、結局のところ、暗くした部屋で六、七時間じっと寝ているしかない。お電話しようと思ったんですが、してもしょうがないでしょう？　こうぎりぎりでは、変更はきかない。それならせめて急いでこちらに来て、きちんと顔を合わせてお詫びしようと思いました。というわけです。申し訳ありません」

彼は言い終えた。息を切らし、言葉も切らして。エリーは思った――〝あれ以来〟のあとぜんぶを省けば、もうちょっと説得力があったのに。

「かわいそうなキルダ」彼女は言った。「モーリス、突っ立ってないで、どうぞ入って」

ケントモアは玄関ホールに入った。パスコーは居間の入口に立っていた。

「ピーター、キルダは来られなくなったの。偏頭痛ですって」エリーは言った。

「聞こえたよ。かわいそうに。モーリス、またお目にかかれてうれしいです。飲み物をお持ちしましょう。白ワインでいいですか？」

「ええ」

パスコーは脇に寄り、客を居間に通した。エリーはしかめ面をつくって夫に見せてから、台所に行った。ケントモアはグラスを受け取り、一口飲んで言った。「うまい。どちらで買われるんですか？」

「セインズベリー・スーパーマーケットじゃないかな」パスコーは言った。「子豚ちゃんたちはいかがです？」

「は？　ああ、はい。元気ですよ」

「それはいい。でも、殺すときが来たら、つらいでしょう」

「いいえ。つらくはない。わたしは農民です。動物を飼育するのは肉のため、それは仕事の一部ですから」

「もちろん、あなたご自身が実際に殺すわけではないですよね」

「死にそうな動物を苦痛から救うときは別ですがね」

エリーが戻ってきて、自分のグラスにワインを注いだ。

「なんのお話？」彼女は言った。

「豚」パスコーは言った。「動物を殺す前に関係を結べるかどうか」

「やだ。さいわい、今日のメニューは鱒よ。魚に愛着を寄せるのはむずかしいわ」

「どうかな。ゴールディの例があるぞ。ゴールディというのは、うちの娘が飼っていた金魚です」彼はケントモアに向かって説明した。「死んでしまったとき、エリーは船の葬式ふうにトイレから海へ流すつもりだったんですが、ロージーはどうしても英国国教にのっとった葬式をやると言い張って、今でも思い出すと、墓に花を供えていますよ」

「お墓の跡にね」エリーは訂正した。「二、三日して、ロージーが学校に行っているあいだに、ティッグがお棺を掘り出しちゃったのよ。埋め直すほどのことはなさそうだったし、ちょうどごみの日だったから」

「初耳だな。ごらんのとおり、エリーはセンチメンタルな人間じゃないんですよ、モーリス。農夫の妻になっても成功したろうな」

「まったくです」ケントモアは努力して微笑をつくって言った。「お嬢さんはおいでですか？」

「いや、スケートに出かけました。先週行くはずだったのが、行かれなくなって」

「で、うちのお祭りにいらした。替わりになるほどのものじゃなかったな」

「とんでもない」エリーは言った。「ロージーはすごくご機嫌だったし、ティッグも楽しんだわ。犬のほうはスケートがそれほど好きじゃないから。ピート、モーリスを庭にお連れして。お天気がいいことを祈って、外で食べることにしたのよ。あと五分くらいでできます」

彼女が出ていくと、パスコーは言った。「つまり、トイレに行きたかったら今だぞ、って意味です。お客さんが食事の銅鑼が鳴ってから姿を消すと、彼女はすごく腹を立てる」

「そんなつもりはありませんから」ケントモアは言い、パスコーについてフランス窓を抜け、パティオに出た。「なるほど、これが警察官のおうちか。きれいなお庭ですね」

実際には、細長い長方形の芝生は、活動的な娘とさらに活動的な犬とに荒らされていたが、よく手入れされた周囲の花壇はバラの花盛りで、彩り豊かな回廊に沿って目をやると、その先の高い南向きの塀際に生えている立派なタイサンボクが見える。その枝のあいだで鳥が鳴き、バラの茂みでは蜂がぶんぶん飛びまわり、庭のテーブルに掛けた白いクロスを軽く揺らしている夏のそよ風は、木と灌木の甘い香りに満ちていた。

「ええ」パスコーは言った。実際の庭仕事はほとんど妻がやっているから、のんびりと満足を見せていた。「荘園とはいきませんが、見映えは悪くない。もちろん、賄賂収入が役に立ちますしね」

「え？　ああ、そうか。ユダヤ・ジョークみたいなもんですね。ユダヤ人が言ったときだけ笑える。で、マンチェスターはいかがでしたか？」

「ええ、まあ、ランカシャー的というか」

「すみません、お仕事のことを詮索するつもりはなかったんです」

「わたしも別に、隠そうとしていたわけじゃない」パスコーは言った。「あっちでは、ちょっと場違いな気分だったんですよ。それに、上司が入院中だったり、本拠地を離れるのにいい時期ではなかったから」

「容態に変化は？」

「ありません。ぜんぜん。まだ脳が活動している証拠はあるので、生命維持装置を切るという選択はだいぶ先のことですが、もう三週間近くなりますからね」

「十九日」

これはずいぶん正確だな、とパスコーは思った。

「ええ、そうです。十九日。アンディ・ダルジールにとっては、酒を飲まずにそれだけ過ごすのは、ずいぶん長い。月曜日に出勤して彼がいないというのは、つらいな。もしわたしが病休から復帰したあとずっと仕事に出ていれば、気持ちの整理もついたでしょうが、今回また最初からやり直すようなもので……すみません、感傷的になってしまって」

「いえいえ。とても特別な方のようですね」

「ええ、そうだった。いや、そうです。とても特別な人だ。取り替えがきかない。彼がいなくなったら、世界の終わりみたいな気がするでしょう」

それから二人とも黙り込んだが、エリーの声がその沈黙を破った。

「お食事よ！」彼女は言い、料理をのせた盆を持ってパティオに出てきた。「モーリス、どうぞ席に着いて。ピーター、ワインを持ってきてくださる？」

彼が中に入ろうとすると、彼女はひそひそ声で言った。

「雰囲気を軽くしなさいよ、ほんとに！」

テーブルに着くと、彼女はすっと明るいホステス役になり、ケントモアもリラックスして、育ちがいいので慣れているらしく、食事を楽しむゲスト役に徹していた。だが、心ここにあらずのようにパスコーには思えた。

それとも、たんにおれの心がどこかよそに行っているのか？　パスコーは自問した。よそ、というのは、正確にはミル・ストリートだ。あそこで起きたことに執着するあまり、あちこちにつながりが見えてくるのか？　CATからの追放を陰謀論で考えるより、ちゃんとしたカウンセリングを数回受ける予約を入れたほうがいいのかもしれない。テーブルの下でエリーに蹴られて、彼はついぼうっと黙り込んでしまっていたのに気づいた。

彼は明るく言った。「クリケットはお好きですか、モーリス？」

「国際戦《テスト》のスコアくらいは頭に入れていますが、学校を出てからあと、自分でプレーしたことはありません。農業が忙しくて」

「ああ。それに乗馬に登山。よく時間がありますね」

一人の人間の生活にずいぶんたくさんのことを詰め込めるものだと、尊敬をこめたつもりだったのだが、パスコー自身の批判的な耳には、上流階級に対する嘲笑に近く聞こえた。

ケントモアは言った。「乗馬は今も暇があればしますが、登山のほうはほぼやめてしまいました。あなたがたはどうです？」

エリーは言った。「山歩きはちょっとやりますけど、ロープが必要なくらい道が険しくなってきたら、下山して、最寄りのパブへまっしぐら」

「人それぞれですね」ケントモアは言った。

「ええ、男は男のすべきことをするしかない」パスコーは言った。

またやった！　おれはいったいどうなっちまったんだ？

エリーは口を開いたが、きつい非難の言葉を出すつもりだったのか、お代わりはいかがと訊くつもりだったのかは不明だ。そのときドアベルが鳴ったからだ。

パスコーは立ち上がろうとしたが、彼女はきっぱり言った。「ううん、あなたはすわっておしゃべりしていて。わたしが出ます」

彼女は出ていった。

パスコーはワインを注いだ。

「うまい」ケントモアは言った。「どちらで買われるんですか？」

かわいそうに、こいつ、同じことを言っている。パスコーは自分があれこれ無礼な言い方をしたのにそう気が咎めなくなった。この男は社交上のオートパイロット状態になっていて、心はどこかよそにある。

だが、どこに？

探ろうとするな、とパスコーは自分に警告した。理性に従え。

「セインズベリーじゃないかな」彼は言った。「あれ、誰かと思えば」

フランス窓のところに人影が現われた。エドガー・ウィールドだった。その顔はいつものように解読不能だったが、その立ち姿を見ると、テニスでもやらないかと誘いにきたのではないとわかった。

その後ろにエリーが立ち、やや困惑の表情を見せていた。

「ピーター、ちょっと話がある」ウィールドはそっけなく、ぴしりと言った。

「うん」パスコーは言った。

彼は立ち上がり、その動きが引き金になったかのように、ひどく大きなくしゃみをした。

「失礼」彼は言い、ハンカチを引っ張り出した。「夏風邪でないといいがな。ウィールディ、ワインを一杯、どうだい？」

「遠慮する」部長刑事は言った。

彼はパスコーに目を据えたまま、パティオに一歩踏み出した。

その姿勢、肩が張り、腕がこわばった様子に、エリーははっとした。

「どうかしたの、ウィールディ？」彼女は訊いた。

彼は答えなかった。目はまだパスコーを見据えている。

「ピート」彼は言った。

前置きのように聞こえたが、なにも続いて出てこなかった。

パスコーは言った。「なんだよ、ウィールディ、どうしたっていうんだ？ なにかまずいことでもあるのか？ あ、くそ。アンディか？」

「ああ」ウィールドは言った。「アンディだ。今、病院に行ってきたところだ」

言葉がなかなか出てこなかった。聞き慣れない、しわがれ声になっていた。何であれ、言いたいことではないのだ。

「どうした？ さっさと言えよ！ 悪化したのか？」

ウィールドは首を振ったが、答えは肯定だった。

「うん、悪化した。最悪だ」

彼は振り向いてエリーを見た。彼女にそこにいてほしくないような様子だった。それからまたパスコーに目をやり、深く息を吸った。言葉があまりに重いので、口から出すのに空気の奔流が必要だとでもいうようだった。

「ピート、彼は死んだ」ウィールドは打ちひしがれて言った。「残念だ。死んでしまった。ダルジールは死んだ。アンディ・ダルジールは死んだ」

2　炎の車

あまりにすさまじい知らせを聞くと、沈黙するしかないことがある。

すべてが動きを止めた。テーブル・クロスを揺らすそよ風、バラの茂みの蜂、タイサンボクの上の鳥、軸上の地球、軌道上の星々。

それから、必然的に、生きるものはみな動きを続ける。

エリーは頭を反らし、すすり泣きの声を漏らした。悲鳴に近いものだった。パスコーは裏切られた男のように首を振り、叫んだ。「嘘だ、ウィールディ、嘘だろ!」ウィールドは二人を交互に見て言った。「残念だ」テーブルでがしゃんと音がした。モーリス・ケントモアががくりとうなだれ、両手で頭を抱えた、そのひょうしにワイン・ボトルが倒れ、エリーのとっておきの陶器セットのソース・ボートにぶつかったのだった。

パスコーは振り返って彼を見てから、ドアのほうに向き直り、言った。「ウィールディ、エリーを頼む」

エリーは愛情と心配をめいっぱい表わした顔で夫のほうへ行こうと動きかけたのだが、驚いたことに、部長刑事の力強い腕にとらえられ、抵抗しようもなく、居間を抜け、ドアから廊下に出された。

パスコーはケントモアの隣にどさりとすわった。

しばらくすると、ケントモアは顔を上げ、苦悩に満ちた目でホストを見た。

二人ともなにも言わなかった。天からのしるしを待っているかのようだった。

しるしが来た。家の中から甲高い悲鳴がまた聞こえたのだ。

しろうとの耳には、さっきの悲鳴とよく似ていた。神の絶望の深みから湧き上がってくるような声。だがパスコーの耳には、その長く震える声の中に、神どころか非常に人間的な激怒のトレモロが聞き取れた。

この音がケントモアの口を開かせた。

「こんなことにならないよう、祈っていたんです……本当です……利己的にではない、と思います……あの方のためにです、わたしのためではなく……」

それから言葉を切り、パスコーを見据えた。ややあって、疑問に答えが出たかのようにうなずいた。

「ご存じなんですね、そうでしょう?」彼は言った。

「ええ。知っています」

「ピーター、申し訳ない。こんなことになるはずじゃなかった。まったく、申し訳ありません」

「いいですよ、申し訳ないと思っているなら、それでけっこう」パスコーは抑制した怒りをこめて言った。「でも、申し訳ないでアンディが生き返りはしない。人を殺したって弟さんが生き返りはしないのと同じでね。まったく、いったい何を考えていたんです?」

「それは……わからない……弟に借りがあった……血の借金……弟に借りがあった!」

彼はパスコーの冷たいまばたきもしない目から隠れよう

とするかのように、また両手で頭を抱えた。

弟に借りがあった。

繰り返された言い回しがパスコーの頭の中でまた響いた。たんなる復讐、目には目を、歯には歯を、というだけではないようだった。ケントモアには旧約聖書的なところはないし、イタリア人的に激しい感情を表わすことも、ケルト人的に昔の恨みを根に持つこともなさそうだ。彼はどこからどこまでイギリス人だ……そして、生粋のイギリス人なら、人を亡くすとしびれて動けなくなる……

だが、罪悪感があると元気になる！

弟に借りがあった。

単純な復讐ではない、罪滅ぼしだ！

セックスがからんでいるに違いない……イギリス人の罪悪感にはつねにセックスがからんでいる。

「キルダ、ですね？」パスコーは言った。

「ええ。キルダです」

彼は手を離したが、うなだれたままで、汚れてしまったテーブル・クロスに目を据え、低い、かすれた声で単調に話し出した。

「あの晩、電話が鳴ったとき、彼女はわたしとベッドにいたんです。ヤングマンは〈門番小屋《ゲートハウス》〉の番号に先にかけてみたと言った。でも誰も出なかったので、クリスはわたしに電話してくれと頼んだ。彼は意志の力でようやく生きているだけだとヤングマンには見て取れたそうです。とっくに死んでいて不思議はないのに、死ぬ前にどうしてもキルダと話したかった。ところが、そのかわりにわたしと話すことになった。キルダはすぐ横にいたんだ。その温かい裸の体がわたしの体に触れていた。彼は愛と別れの言葉を彼女に伝えてくれとわたしに言った。彼女ならここにいると言ってやりたかった。その声を聞かせてやりたかった。でも、できなかった。今にも死ぬというときに、わたしが彼の妻をファックしているなどと、弟に知らせることはできなかった」

パスコーは同情を感じて胸がずきんとしたが、そんな気持ちはすぐ抑えた。今は同情している場合ではない。

「ヤングマンはこのことをどの程度知っていたんですか

?」

「さあ。わたしから話したことはありません。キルダはどうか、わからない。彼は国に戻ると、わたしたちを訪ねてきた。それは、兵隊どうしの義理というか、親切心からの行為だったと信じます。彼はそのあとも何度かやって来た。こちらもそれを望んだんです。わたしたち二人に会うこともあれば、別々に会うこともあった。クリスがどういう目にあったか、彼はだんだんに教えてくれました。もともとの動機が何であったにせよ、どこかの時点で、彼はわたしたちをテンプル騎士団にリクルートできるかどうか、判定を始めたのだと思います」

「で、あなたがたは立派な成績でテストに合格した」パスコーは言った。「モーリス、いったい何を考えていたんです？　狂気だ！　松明《たいまつ》行進だの、支配者民族神話だの、そういうやつだ！　わたしの見た限りでは、あなたはぜんぜんそんなことに走るタイプではないでしょう！」

この口調が功を奏した。ケントモアは顔を上げ、まっすぐに彼を見た。

「おっしゃるとおりです」彼は言った。「ちょっと頭がおかしくなっていたんだ、と思います。キルダのせいだった。いや、彼女に責任をなすりつけようというんじゃない。クリスの死後、彼女はとても妙になった。大酒を飲み、ほとんどなにも食べなくなった。実際、酒から取る多少の栄養がなければ、餓死していたんじゃないかと思います。クリスが最期にわたしに言った言葉は〝キルダをよろしく〟というものでした。やがて、わたしは弟が生きているあいだには裏切り、死んでからも期待に沿ってやれないと思うようになりました。それから、変化が起きた」

「ヤングマンが来てから？」パスコーは推察した。

「ええ。最初はそうでもなかったが、彼がよく来るようになると、だんだん彼女はしっかりしてきたようだった。飲むのはやめなかったのですが、死なない程度の食べ物は摂るようになりました。ヤングマンはテンプル騎士団の話をまず彼女にして、彼女がわたしに教えました。わたしはうんと腹を立てたが、彼女はそれを見ると黙り込んでしまった。クリスのことがあって以来、わたしたちの関係はぴりぴりしていたんです。二度と……しませんでした。あんなことのあと、おたがいをそんなふうに考えることはできなかった。でも、前よりなおさら強く結ばれていた……炎の車に縛りつけられて（シェイクスピア『リア王』より）……なんでそんな言い回しが頭に浮かんだのか……学校で読まされたなにかです……でも、今になって意味がわかった……同時に、わたしたちはおたがいを憎んでいたと思います。相手が自分の苦痛の一部だったから。それで、キルダはテンプル騎士団のことを話し出しましたが、彼女が昔のように心を開いて話をしたのはずいぶん久しぶりだった。それを、わたしはすぐやめさせたんです」

　彼は記憶を振り出そうとするかのように、首を振った。

「それで、次にその話が出たときには、ちゃんと聞いた。彼女の面倒は見ると、弟さんに約束してあったから」パスコーはうながした。剝き出しの魂を乗り越え、剝き出しの事実を明らかにしたかった。

「ええ、聞きました。ヤングマンの話も聞いた。あの、キルダのせいだけでわたしも巻き込まれたと言っているんじゃないんです。わたしもちょっと精神のバランスを欠いていたし、政治的に見て、テロリズムに対するわれわれの対応は手ぬるいとずっと感じていましたから、火に対して火で戦うという考えには非常に惹かれた。それに、最初はゲームみたいに思えたんです。秘密の名前とか、たがいにコンタクトするときの特別な方法とか……なんだか、楽しかった」

「ストーキーと仲間たち（男子寄宿学校を舞台にしたキプリングの同名小説の主人公）みたいに？」パスコーは怒って言った。「寄宿学校に戻ったみたいに？　それで、あなたの任務がミル・ストリートのビデオ・ショップを吹っ飛ばし、店の人間を殺害することだとわかったとき、やっぱり楽しいと思いましたか？」

「現実ではないみたいに思えました。一歩ずつ進んでいったんです。最初は、小型爆弾を店に残して、大きな損害を与えるというものだった。あそこはテロリストの作戦センターだ、とヤングマンは言った。人が来て、指示を受け、ターゲットを討議し、攻撃を計画する場所だと」

「彼にどうしてわかったんです？　あなたはどうして彼を

信じた？」

「説得力がありましたから。写真とか、書類とか、公安部報告書のコピーとかを見せてくれました」

「どこからそんなものを手に入れたんだ？」

ケントモアは肩をすくめた。

「公安内部にコンタクトがいると言っていた。これは非公式な公式認可に近いとほのめかしていた」

「名前は？」

「その人物のことはバーナードとだけ呼んでいた」

「バ、バ、バーナード？」

バーニー・ブルームフィールドか？　そんなに単純な話なのか？

「ええ。聖ベルナールにちなんで。昔のテンプル騎士団の背後にいた宗教的な大物らしいです。騎士団の活動に道徳的正当性を与えた」

「ああ、なるほど、あのバーナードか」パスコーは言った。すると、そう単純な話ではない。これがCATのジョークだとしたら別だが。フリーマンがウィルズとクロフツを使うのとたいして違わない。

彼は言った。「で、その計画は……？」

「まず、ビデオ・ショップに侵入する。長屋のいちばん端の家の側面の窓があいていた。中に入ったら、屋根裏のスペースに上がり、まっすぐ進みました」

「店に人がいると予測していた？」

「可能性はあった。公休日でしたが、テロリストどもは公休日に休みを取ったりしない、とヤングマンは言った。だからボーイスカウトなみに、備えよつねに、だった。彼はわたしたちに銃を提供しました」

「それに爆弾も」

「ええ。爆弾も。たいしたものには見えなかった。小さなプラスチックの箱です。サンドイッチを入れるのに使うような。これを置いた部屋はめちゃめちゃになる、とヤングマンは言いました。もし部屋に人がいたらどうする、とわたしは訊いた。すると彼は言った。あそこにいるのはあんたの弟を拷問して殺したような人でなしだ、問題があるか？」

「それで、なんと答えたんです？」

「問題ない、と言いました」ケントモアは低い声で答えた。「実際、なかった。それでも、店は無人だといいと思っていました」

「だが、違った」

「ええ。三番地に侵入すると、すでに男が二人いました。わたしたちが現われたので、びっくり仰天した。まったく抵抗しなかった。わたしは二人を縛り上げ、猿ぐつわをさせました。その仕事をやり終えたころ、階下で物音がした。キルダは見てくると言って降りた。少しして、銃声が聞こえた。わたしはショックで死ぬかと思いました。部屋のドアまで行き、階下に声をかけようとしたとき、人の声が聞こえた。わたしはどうしていいかわからず、立ち尽くしました。だが、最終的にキルダはもう一人アジア人を伴って階段を上がってきて、この男も縛れとわたしに言いました」

で、そのとおりにしたんだな、とパスコーは思った。誰かがこうしろと命令してくれるので、きっとほっとしたんだろう。危機にあっては、誰しもそれ相応の場所に落ち着く。

彼は言った。「キルダは何があったと言いましたか？」

「店の中にこの男がいたので、彼女は銃を向け、二階へ行けと命じた。ところが、相手が女だとわかると、こいつは笑って、人間でも機械でも、複製なんかこわいものかと言った。それでキルダは彼の耳元に発砲し、これでもこわくないかと訊いた。そのときドアがあいて、おたくの警官が入ってきたんです」

ヘクター。銃を持った〝男〟は妙な感じに見えたと彼は言ったのだった。なんでおれはヘクターの言うことをもっとちゃんと聞かなかったんだ？　パスコーは怒って自問した。

「キルダの話では、彼はどうしていいかぜんぜんわからない様子だったそうです」ケントモアは続けた。「彼女は暗がりに引っ込み、銃を下げたが、アジア人の男は射程に入れていた。店内にああいうものが隠してあったから、どっちみち男は警察と関わりたくはなかった。たぶんわれわれを泥棒だと思ったんでしょう。テロリストは自分がテロリストに襲われることなんかまったく予期していない、とヤングマンは言っていた。だから、巡査から何事もないかと訊かれると、男ははいと答え、巡査は出ていった」

「それで、あなたはどう反応した？」

「できるだけ早くこの場を離れようと思いました。三人目の男を縛り上げ、窓の外を見ると、愕然としました。外にパトカーが見えたからです。すぐ出ようとキルダに言い、また屋根裏のスペース伝いに戻りました」

「でも、爆弾は残していった？」

ケントモアはため息をつき、目をこすって言った。「わたしはすっかり忘れていたんです。キルダが運んでいたので。あとで訊くと、彼女は計画どおりに置いてきたと言いました」

「で、あなたはシグナルを送ってそれを爆発させた？」

彼は言った。「すぐじゃありません。キルダはすぐやりたがったが、わたしはだめだと言った。警察官が中にいる可能性があるあいだはだめだと」

「それはご親切に」パスコーは言った。ケントモアと敵対したつい皮肉な表現が出てしまった。聞き出せる限りのことを聞き出してしまうまでは。だが、心配はいらなかった。

「言い争いになりました」ケントモアは話が中断されたことなど気づきもしないかのように続けた。「わたしはヤングマンと話をしようと言い張った。テクストを送ったり、コードネームを使ったりと、ばかげた手続きがあるんです。ようやく連絡がつくと、わたしは何が起きたかを教えました。彼は待てと言って、電話を切った。三十分ほどして電話してきて、オーケーだ、すべて話はついた、建物の中に警官はいないし、外にいるやつは距離があるから安全だ、と言いました。わたしはまだ迷いましたが、キルダは馬鹿だと言った。そして、あとはごたごた言わず、彼女はシグナルを送った」

「ああ」パスコーは言った。「すると、キルダの責任だったんだ、あなたではなく」

今回は皮肉が通じた。

「わたしが自分の責任を薄めようとしているとご想像なら、まるで考え違いですよ」ケントモアはうんざりしたように言った。「どちらかといえば、わたしのほうがずっと罪が深い。キルダは最初から精神状態が非常に不安定だった。わたしはそうじゃない。わたしはすべてはっきり自覚して行動したんです。さっき、ゲームのようだったと言ったのをあなたは聞きとがめたが、確かにそう感じたんです。今となれば、なんと愚かしい、みっともないゲームだったのか、よくわかります。あの爆発がどういう規模だったか、それであなたと同僚がどんな怪我を負ったかを聞いた瞬間にわかったんです。それからというもの、わたしはいつものように仕事に精を出した。そうしていれば、毎朝、毎晩、祈る言葉が現実となるかのようにね。お友達のダルジール警視が完全に回復しますようにと祈ってきたんです」

「それはご親切に。残念ながら、神は誰の祈りに答えるか、選びますがね」

「ミスター・パスコー、信じてください。あなたがどれだけきついことをおっしゃろうと、わたし自身の気持ちにはかないません。わたしは愚かだった。警視はその犠牲になった。でも、自分がどれだけ間違っていたかはわかりますが、それでも呈すべき疑問はあると思うんです。もし、わたしの信じるとおり、イラク侵攻は正当な行為で、弟のような兵士たちは正義の戦争で戦って死んだのだとすれば、彼が命を捧げて守った国の市民であるわたしとしては、我が国の安全を保障する軍が、手に入るだけの武器を使い、法律に触れない範囲で、あるいは範囲外で、クリスを殺した敵を攻撃することを期待するのは当然ではありませんか？」

奇妙なことに、右翼タブロイド紙の意見そっくりなこの堅苦しい表現は、今までこの男から聞いた言葉のどれよりもパスコーの心に触れた。かわいそうに、こいつはどれほど眠れぬ夜を過ごしながら、弁護の議論を組み立てたのだろう？　〝おれは弟の女房をファックしていたから、彼女が「アブを殺そうじゃないの」と言ったとき、それに乗った〟というのよりましな議論を？

「構文をもうちょっと磨かないとだめだが」彼は言った。

「いったん《声》がタブロイド語で簡単に書き直せば、陪審は英国国旗《ユニオン・ジャック》を振り、《希望と栄光の地》を歌い出しますよ。もっとも、同じ旗振り屋たちが、おそらくあなたを公開処刑せよとわめくでしょうがね。ありがたいことに、陪審てやつは警官殺しが好きじゃない」

彼は言葉を切り、ケントモアの抵抗力が充分弱まったと判断して、直接的な尋問に入った。

「では、ヤングマンのほかには誰を知っていますか？」

「誰も。われわれにとっては、彼が唯一のコンタクトです。ほかの人たちのことは、彼はいつもテンプルの名前で呼んでいた。みんなを操っている人はヒューという。騎士団の初代団長ヒュー・ド・ペイヤンスにちなんだ名前です」

「最後にヤングマンと会ったのは？」

「あの公休日の午後です。チャーター公園で任務終了後の報告をする約束になっていた。わたしはすごく腹を立てた。そのころには爆発の結果を聞いていましたから」

「では、その後連絡はない？」

「水曜日の夜、電話で話しました。エリーとランチをしたあとで」

「なぜです？」

「ヘクター巡査のことがあったから。彼が入院していることは、キルダからすでに聞いていました。お祭りのときに、あなたから情報を得たのだと思います。そう聞いたわたしが動揺すると、心配することはない、交通事故にすぎない、と彼女は言いました。でも、実はもっと知っていたんじゃないかと思います」

彼女は黒のジャガーだと知っていた、おれが教えたからだ、とパスコーは思った。ヘクターが回復に向かっていることも知っていた。おそらく彼女はその情報をヤングマンに伝え、だから彼は病院内で仕事をかたづけようと決めた。くそ！　この事件でおれはヘクターをあぶない目にあわせてばかりだ！

ケントモアはまだしゃべっていた。

「週の初めに、新聞、いや、《声》で、中央病院で警察官が命を狙われたらしいとほのめかしてあるのを読みました。これですっかり心配になった。これは付随的損害じゃない、殺人未遂だ。わたしは少し詳しいことがわかるかと、エリーに会う手はずをつけました。キルダにそう教えると、いい案だと思っているようだった。ヤングマンに役に立つ情報をつかめるんじゃないかと期待していたのかもしれません」

「それで、なにかわかりましたか？」

「ご心配なく。エリーはとても口が堅かった。でも彼女の話から、確かにヘクター巡査の命が狙われたということはわかりました。その後、わたしはヤングマンにコンタクトしようとした。でも、彼の携帯にはつながらなかった。キルダは、病院でああなった結果、彼は逃亡中だから、きっと携帯を捨ててしまったんだろうと言いました。それに、わたしは腹を立てるどころか、感謝してしかるべきだ、とも言った。ヘクターは処分しなければならないとヒューが決めたんです。彼はキルダの顔を見ていて、特定できるかもしれないし、そうなったら警察はすぐにわたしをつかまえにくるはずだ、というわけで」

「それで、感謝しましたか？」

「いいえ。さっきも申したとおり、愕然としました」

「愕然としたあまり……どうしたんです？　悪い子ね、と夕食抜きで寝た？」

「いいえ」ケントモアは言った。「ふだんの仕事に戻りました。事態はわたしにどうこうできる範囲を超えていた。実際、わたしがどうこうできたことなんて、最初からなかったんだ。だが少なくとも、ヘクターとミスター・ダルジールはまだ生きていた。それに、ヤングマンが逃亡中なら、テンプル騎士団の背後の男たちだって、作戦を中止にするんじゃないか？　なにより、わたしはクリスに対してまだ義理があるから、キルダを見棄ててはいけないと自分に言い聞かせました。わたしはただヘアサイクの仕事に没頭して、起きてしまったことと自分とのつながりをすべて絶とうとした。何度も電話を取り上げ、あなたとエリーにお会いするランチの約束をキャンセルしようと思ったんです」

「じゃ、どうしてそうしなかったんです？」

「それは、いくらすべてに合理的説明をつけても、心の一部では、行動しなければいけないと思っていたからです。

今日ここに来て、あなたになにもかもお話しできると、半分信じていました。でも、そう簡単ではない。楽しいランチで、台無しにするのは惜しかった――おかしいですよね、不愉快な義務をやらずにすまそうとすると、われわれはなんとも陳腐な言い訳を使う。そうしたら、あなたのお友達がいらした。ああ、ピーター、信じてください、ミスター・ダルジールの死に関して、わたしの責任を薄めるのに使えることは一つもない。本当に申し訳ありません。わたしに科せられる罰として、これ以上の罰はありません」

これだけ聞けば陪審も涙しそうだが、パスコーは泣きたい気分ではなかった。

「ええ、ええ」彼は言った。「じゃ、今ヤングマンがどこにいるか、見当はつきますか？」

ケントモアはためらってから言った。「いいえ。わかりようがありますか？　警察に追いかけられているんだから、まともに頭が働くなら、国外に出たんじゃないでしょうか」

ときには、それがあまりにも明白なので、顔に少なくとも三度押しつけられないと気づかないことがある。

パスコーは言った。「どうして彼が逃亡中だと知っているんだ？　待てよ……水曜日にエリーとのランチのあとで彼に連絡がつかなかったとき、キルダが、彼なら逃亡中だから、きっと携帯を捨ててしまったんだろうと言った、とさっき話していましたね？　じゃ、彼女はどうして知っていた？　新聞にも、テレビやラジオのニュースにも出ていないのに」

彼は身を乗り出し、ケントモアの顔に自分の顔を近づけた。

「彼はキルダといっしょに、〈門番小屋《ゲートハウス》〉に隠れているんですね？　だから彼女は今日ここに来なかったんだ。偏頭痛なんかじゃない、あの狂人に隠れ家と慰安と、そのほかなんだか知らないが提供してやるのに忙しいからだ。でも、あなたには約束どおり出かけるように言ったんですか、なにかわかるかもしれないから？　だからあなたはここに来たんですか？」

ケントモアは首を振って言った。「いいえ……なんというか……その、彼を見てはいないんですが、しばらく前に家に行ったとき、彼女はわたしに入れと言わなかったから、あれと思って……そのあと、電話で話しました。訊いてみたが、知らないほうがいいと言われた。わたしを守ろうとしていたのかも……」

「彼女があなたのことなんか気にかけると、ほんとに思うんですか？」パスコーは言った。

「まあ、思いませんね」ケントモアはくたびれたように言った。「でも、いっしょに炎の車に縛られていると……。実のところは、長いあいだ、自分を騙してきたんです、わたしはキルダを理解してやれる、彼女がこれ以上自分を痛めつけるのをやめさせてやれると。彼女が見せる唯一の生命の火はヤングマンの手で点されたものだった——わたしが彼の狂気じみた計画に乗った理由の一つはそれです。間違っていました。神様、赦してください。これからわたしは罪の代償を払わなければならない」

「けっこう。じゃ、出かけましょう。支払いの第一回だ」

彼は立ち上がり、ケントモアを引っ張って立たせると、パティオから中に入り、居間を抜け、台所へ行った。

　ウィールドとエリーは朝食用テーブルに向かい合ってすわっていた。二人とも、ウィスキーのグラスを両手でしっかりつかんでいる。夫を見ると、エリーはがばと立ち上がった。パスコーは彼女の怒った顔なら知っているが、これほどの怒りを見たのは初めてだった。彼女はつかみかからんばかりの勢いで近づいてきたので、彼は前腕を上げて攻撃を防ごうとしたが、彼女は二フィートほど手前で止まると、「この人でなし！」と歯のあいだから小声で言った。

　それから、グラスの中身を彼の顔にぶちまけた。

生《き》のウィスキーが目にしみた。手の甲でこすり、喘いで言った。「ごめん」

「ごめんですむと思わないで。ロージーがいたとしたら、どうよ？　それなら違った？」

「うん。いや。わからない……あとで話そう……悪いけど、今は時間がないんだ……」

「時間がない……？」彼女はわめいたが、彼は聞いていなかった。

「ウィールディ、こいつを署に連行して、記録して留置場に入れてくれ。わたしがいいと言うまで、誰も彼に近づけるんじゃない、いいな？」

「わかった」ウィールドは言った。うれしそうな表情ではなかった。

「じゃ、あなたのトリックはうまくいったわけ？」エリーは唸るように言った。「だからすべてオーケーになるの？」

「さあね」パスコーは言った。「まだわからない」

ケントモアは戸惑い顔で、二人を交互に見ていた。

「どういうことです？」彼は言った。「トリックって？」

「ああ、失礼、ちょっと間違いがあった」パスコーは言った。「情報の行き違いだ。どうやら、アンディ・ダルジールは死んでいなかったみたいだ。そうだろう、ウィールディ？」

「そうだ」ウィールドは言った。「実は、さっきもエリーに話していたんだが、いい知らせだ。彼は目をあけ、ベッドで体を洗ってくれていた看護師に〝ちょっと洗い残したとこがあるぞ〟と言ってから、眠ってしまったそうだ。でも、医者の話では、今度のは文字どおり眠りで、昏睡じゃない。脳波のパターンが前とは違うとかなんとかだ」

ケントモアは仰天した顔でしばらく黙っていた。この知らせのほうが、ダルジールの死が嘘だったということより呑み込みにくいかのようだった。

それから、彼はがっくりと椅子に腰を下ろし、涙声で言った。「ありがたい。神様、ありがとうございます」

「正しい反応だ」パスコーは言った。「お茶とチョコレート・ダイジェスティヴ・ビスケットを出してやってくれよな、ウィールディ。じゃ、わたしは出かける」

エリーはまだ怒っていたが、今ではそこに懸念が加わっていた。

「なんなの？」彼女は大声で言った。「なんでこんなことしてるの？　どこへ行くの？」

パスコーは首を振った。妻を抱きしめ、赦しを乞えと、一つを除いてぜんぶの衝動が駆り立てていた。唯一の例外は、時間がないと彼に告げていた。何をする時間か、何を防ぐための時間か、確信はなかった。だが、やらずにすませるわけにはいかない。

「時間がない」彼は言った。「ほんとに、ないんだ」

彼は廊下を抜け、玄関ドアから外に出た。

車に乗り込んだとき、ウィールドが呼びかけた。「グレニスターに連絡しようか？」

「だめだ！」パスコーは叫んだ。「絶対にだめだ。CATの人間には知らせるな。一人だってだめだからな！」

ウィールドの後ろにエリーが立っているのが見えた。対立する感情に顔がゆがんでいる。

彼は無理やり視線を逸らし、ドライブウェイから勢いよく車を出した。

3　独身者

「ヒュー」

「アンドレ」

「ド・ペイヤンス」

「ド・モンバール」

一千二千三千
「すべてうまくいっているか？」

「ええ。快適だ」

「のんびりしすぎるな。移動だ。イースト・ミッドランズ空港、〇六三〇時、アリカンテ行き独身者ホリデーの団体だから、きみ一人でも目立たない。今夜はイースト・ミッドランズ・ヒルトンに部屋を予約してある。フロントで封筒を受け取ってくれ。パスポート、チケット、ユーロが入っている」

「そのあとは？」

「しばらく静かにしていろ。長期にわたる問題はない。バーナードは、最終的にはきみはリクルートされると言っている。いったん公式に雇われれば、履歴はすっかりきれいになる」

「けっこうですね。すると、例の導師は執行延期ってことかな？」

「その点ははっきりさせたと思ったがね。一段落するまで待てとバーナードは言う。ジェフリー・Oはちゃんと抑えてあるだろうな？」

「もちろん」

「よし。じゃ、よい旅を」

「ありがとう」

ジョンティ・ヤングマンは電話を切り、キルダを見た。

「これで決まった」彼は言った。「おれは太陽の下で膝小僧を焼き、こっちではすべて静かにしておく。命令だ」

「いつも命令に従うの？」

「ああ、従う」

「クリスをさがして家に入ったときは、従わなかった」

「あれは別だ」

「ううん。別なものなんかない。いつだってすべて同じよ」

彼は彼女をしげしげ見た。ふだんなら、女に戸惑うことはない。何を考えていようと興味がないからだ。女とは柔らかい機械、歓びを与えるように動くパーツの集まりだ。だが、キルダの動くパーツは一つも手にしたことがないせいか、ときどき気がつくと、彼女の思考過程を彼は理解しようとしているのだった。

「おれがあのアブをどうしてやったか、また聞きたいのか？」彼は尋ねた。

夫を拷問した男を彼がどんなふうに殺したか、初めて詳しく話してやったとき、キルダがそれで性的に興奮していると彼は思ったのだが、思い違いだとすぐ彼女から正されたた。だが、それが彼女になにかの影響を与えたことは確かだった。

彼女は首を振った。

「いいえ。もういい」彼女は言った。「それじゃ、ヒューに行けと言われたから、あなたは静かに出ていかなきゃならない、そういうこと？」

「そうだ」

「あなたみたいな人が跳び上がって行動に移るんだから、ずいぶんこわい男なのね」

「こわいのは確かだが、ここで気になるのはヒューじゃない。バーナードってやつがいる。何者なのかは知らないが、こいつから〝悪い子だ〟と手首をはたかれたら、おれの手はたぶんばっさりなくなるね」

「ヒューはわたしに関して、こわいバーナードからの指示を伝えた？」

「出かける前に殺せとさ」

ふだん、キルダから反応を引き出すのはむずかしいのだが、これは効いた。

間を置いて、本気だと思わせてやってから、笑った。

「冗談だよ」

「ほんとに？」

「うん。もしあんたを殺したら、義理の兄さんも殺さなきゃならないし、そんな時間はない。どっちみち、あんたなら抑えてあるとヒューに言ってやった」

「信じてもらえた？」

「おれがあんたをセックスで丸め込んでると思っているのさ」

「そう言ったの？」

「必要ない。ファックできる相手が目の前に現われたら、おれは必ずものにすると彼は思い込んでいるから」

ヤングマンはにやりとして続けた。「おれにおふくろさんを紹介したとき、それを考えるべきだったんだ。古いバイオリンはいい音楽を奏でる」

「彼は気にしなかったの？」

「知らなかったのさ。おふくろさんがファックの相手になるなんて、ふつう考えないだろ？　よほどの変態ならともかく」

キルダはコーヒーカップ越しに彼を見た。

「正直いって、あなたみたいな人間はほかに会ったことがないわ、ジョンティ」

「あんただってかなりユニークだ」彼は言った。「少なくとも、二つの点にかけて」

「というと?」

「一つ、あんたはおれどころじゃなくアブドゥルを憎んでいる。二つ、おれが寝たいと思ったのに寝なかった女はあんたが初めてだ」

彼女は冷たく微笑して言った。「誰の人生にも多少の雨は降るものよ。そういえば、わたしも曇り空の下、仕事に行かなくちゃ」

「カメラを忘れるな」彼は言った。

彼女はテーブルからニコンを取り上げた。

「すっかりできてるのね?」

「あんたは写真家だ。被写体に向けて、ボタンを押す」

「あなたはこれでまずいことになる?」

「本気で心配なのか?」

「それほどでも」

「だろうな。じゃ、心配でないことをなんでわざわざ気にする?」

「あなたは何を心配するの、ジョンティ?」

「たいしてなにも」

「じゃ、どうして関わり合ったの?」

彼は肩をすくめた。

「軍に棄てられたとき、することが必要になった。あのときまでは、女と寝てアブドゥルを殺すだけで足りていた。あのあとは女しかなくなった。男には寝る相手よりほかのものが必要だ」

「英国国民党《BNP》（人種差別的右翼政党）に加わればいいのに」

彼は軽蔑したように笑った。

「ろくでなしどもの集まりだ。口先ばかりで、やるといえば女子供を痛めつける。本物の戦闘なんか、においを嗅いだだけで、おびえまくって糞を漏らすね」

「だから本を書くようになったの? 本物の戦闘が恋しくて?」

「かもな。理由の分析なんかしようとは思わないけど。でも、戦闘に戻るチャンスを見つけたときには躊躇しなかった。というのが、おれだ。あんたは？」

「わたし？」

彼は言った。「ふつうなら、おれは女の頭の中のことなんか興味はない。砂嵐の中で蚊を一匹追っかけるようなもんだからさ。だけど、あんたはふつうの女じゃないから、ここでも例外だ。あんたはクリスを狂うほど愛していて、だから彼を亡くしてちょっと狂った、そうだろ？　じゃ、どうして兄貴をファックした？」

彼女は答えようとしないかのように見えた。立ち上がり、カメラを取り、ドアへ向かった。そこで足を止め、振り返りもせずに言った。「わたしたちの結婚記念日だったの。モーリスは結婚式で花婿介添え人だった。こういう日を一人で過ごしちゃいけないと彼は言って、海岸へドライブに連れ出してくれた。そのあといっしょに食事をして、帰ってくると、母屋でちょっとお酒を飲んだ。写真を眺めて、クリスのことを話して、結婚式では誰が何を言ったとか、思い出話をした。たぶん、二人ともいつもの量を超していたんだわ。わたしはトイレに行って飲み過ぎに気づいたけれど、冷たい水で顔を洗って、これで大丈夫だと思った。バスルームから出てきたとき、廊下の先にモーリスの姿が見えた。自分の寝室から出てきたところだったの。光のせいか、お酒のせいか、結婚式の話で過熱した想像力のせいか、ともかくあれこれがいっしょになって、一瞬、彼はクリスになった、というか、あまりにもクリスそっくりだったから、同じことだった。むしゃぶりつくように抱き合ったところから、彼が体を離し、二人で裸で横たわって、何をしてしまったかに気づくまで、まったく間のように思えた。そして、本格的に罪悪感を感じ始める暇もないうちに、電話が鳴ったの。あとになると、あんなことをしてしまったから電話が鳴ったように思えた。ばかな考えよ、わかってるわ。たとえわたしがまっすぐ家に帰っていたって、やっぱり電話は鳴ったでしょう。でも少なくとも、それならわたしが出られた……」

今、キルダは振り返って彼を見た。

「というわけ」彼女は言った。「これで前よりハッピーな気分になった?」

「いや」彼は言った。「ハッピーなんかおれにはどうでもいい。忘れるだけだ。セックスとアブドゥル殺しが忘れさせてくれた」

「わたしはもうちょっと長続きするものが必要だわ」彼女は言った。

「わかってる。幸運を祈る」

「そちらもね。ここでぶらぶらしていないでしょうね? 捜索が来るわよ」

「あと一時間くらいは来ないね。それまでにはとうにおさらばしてるよ。キルダ、ほんとにいいのか? おれといっしょに来たっていいんだぜ、紐はつかない……」

「紐はいつだってついてるものよ、ジョンティ。わたしはその最後の一本を切りたいだけ」

「確かか?」

「確かでなきゃならないことがほかにある?」

彼女は出ていった。

さよならのキスもなしか、とヤングマンは思った。

それがどうした。女には事欠かない、ことに独身者ホリデーの団体旅行とくれば。

彼はコーヒーを飲み終え、二階に上がって荷物をまとめ始めた。

4 スナップ写真

西へ向かいながら、パスコーは音声認識の自動車電話に電話番号を叫んだ。

神は親切だった。パスコーはハロゲート警察犯罪捜査部の警官はほとんど知っていたが、電話に答えた声は彼がいちばん聞きたいと願っていたものだった。

「ハロゲート犯罪捜査部、コラボーイ警部です。ご用件をどうぞ」

「すごくいいぞ、ジム」彼は言った。「非常にユーザー・フレンドリー。エチケットのコースを履修したのか？」

「おい、誰だよ？」

「おやおや。記憶を磨き直さないとだめらしいな。ピート・パスコーだよ」

「どうりで、きざな声に聞き覚えがあると思ったんだ。元気か、ピート？　そっちはみんなどうしてる？」

「まあなんとかやってるよ。なあ、ジム、どうやら事件だ。ヘアサイク・ホールを知ってるだろう。そこの〈門番小屋《ゲートハウス》〉なんだが……」

彼は簡潔に概況を説明し、こう締めくくった。「必要なくてすめばいいが、できれば武装応答隊を連れてきたほうがいい」

「なんだって。そのヤングマンてやつを見逃さないようにっていう要請が来てたのは見たが、そこまで深刻とは知らなかったな」

「CATの方針だ。市民をびびらせたくない」

「だから正直な警官になにも知らせない？　ご立派な考え方だ。その女、そこに住んでる義理の妹っていうのも、容疑者なんだな？　じゃ、人質事件じゃないわけだ」

「彼女が容疑者なのは確かだけど、だからといって、ヤングマンが喉を掻っ切ってやると脅さないとは限らない。あいつは元SASの手ごわい男だ。充分気をつけてくれよ」

「今こっちに向かってると言ってたな？」コラボーイは言

った。「それなら、充分以上に気をつけるよ。きみがそのかわいい顔を出さないうちは、おれはなにもしない。そうすりゃ、事がうまくいけばおれの手柄、めちゃくちゃになればきみに責任を押しつけられる。ところで、今コンピュータにこのヤングマンてやつを出してみたんだが、目撃したら行動を取る前にCATに連絡せよと書いてある。そんとところはちゃんとしてあるんだろうな?」

「これは目撃じゃない、ジム。漠然とした可能性ってだけだ」

「それで、おれは漠然と武装したバックアップを連れて、きみの行動を漠然と支援する? からかってんのか、ピート?」

「ま、文句言うなって。CATはおれにまかせてくれ、いいな? 知る必要のある人間にはちゃんと伝える」

「わかったよ」コラボーイは疑うように言った。「だけど、きみがこっちに着いたら、その点をしっかり文書にしてもらうぞ。もしおれが年給をもらいそこなったら、元妻がすごく怒るからな」

「じゃ、悪いことばかりじゃないな」パスコーは言った。「恩に着るぜ」

〝恩に着るぜ〟――電話を切り、頭の中で繰り返した。コラボーイの声を聞いたとたん、彼は酒場の会話モードにするりと入ってしまった。意識的な決断は必要ない、音が引き金になっただけだった。

まったく、おれはカメレオンだ、と彼は思った。太っちょアンディやウィールディは、話し相手が誰であれ、自分は自分のままだ。ところがおれときたら、相手によって形や色や言葉遣いを変える。それはすごく便利だが、本当のおれとは何者か、ずばりとわからない。たとえば、エリーを残酷に騙し、ダルジールが死んだと思わせたのは、本当のおれだったのか? 彼女は巨漢が死んだことで悲しむよりも、むしろおれの喪失感に同調する気持ちのほうがずっと強いだろうと、おれにはわかっていた。わかっていてやったのなら、あの欺瞞の罪は重くなるか、軽くなるか?

重くなる、と彼はたいして迷いもせずに答えを出した。ずっと重くなる。

これがすんだら、おれは変わるぞ、と彼は自分に言い聞かせた。こんなことになったのは、ミル・ストリートのせいだ。これがすんだら、おれはちゃんと薬を飲み、カウンセリングを受け、時計を巻き戻して、またおれになるんだ。と考えると、最初の疑問に戻る。おれとは誰だ？

彼はそんな内省的黙考を頭の奥へ押しやり、土曜の午後の交通を抜けるいちばんの早道を見つけることに気持ちを集中させた。週日ほど道は混んでいないが、車の数は少なくても、予想のつかない動きが目立つ。こういう連中は、週末以外は車をどうしているんだろう？　そう思いながら、彼は黄色いフォルクスワーゲン・ビートルを攻撃的に追い越した。ビートルは無防備なベルギーの村に侵攻するドイツ軍装甲部隊のごとく、悠然と自信たっぷりに、道路中央を占領して走っていた。

　村祭りに行ったおかげで、いちばん早いルートはわかっていた。ハロゲートを出て、ペイトリー・ブリッジに向かう道に入った。バーント・イェイツを通り過ぎたとき、その地名のせいで、一般教育上級課程《Aレベル》受験のための英語で学んだ一節がふと頭に浮かんだ。〝人類はあまり多くの現実に耐えられない（エリオット『四つの四重奏』の中の詩「バーント・ノートン」より）〟。だから警官てものがいるんだ、と彼は思った。ほかの人間たちの代わりに現実を背負ってやるために！

　今、彼は主要道路を離れ、ヘアサイク村を通り抜けたあと、〈道路閉鎖中〉の標識に近づいていった。その脇には巡査が一人立っていた。ジム・コラボーイはのんびり構えているような印象を与えたが、実際にはすばやく行動していた。

　パスコーが名乗ると、巡査は、警部とそのチームは次の角を曲がったあたりにいる、ヘアサイク・ホールの入口の三百ヤードほど手前だ、と言った。

　武装応答隊は細道を二百ヤードばかり進んだところに駐車していた。パスコーは応答隊の車輛の後ろに車を寄せ、このまえの日曜日にノーサンバーランドでしたことを思い出した。なんと昔に思えることか！　彼があんなことにかかり合ったというので、エリーはかんかんだった。彼女は銃とそれに関するものすべてが大嫌いなのだ。ところが、彼はまたこうして同じ獲物を追いかけたあげく、バイザー付きヘルメットをかぶり防弾チョッキを着けた武装の男たちと会っている。

ジム・コラボーイが彼のほうに進み出てきた。四十歳という年より老けて見える。グレーの髪は後退しつつあり、肌にはしみ、頬の肉は緩んで、サイズの合わない仮面みたいに幅広い頬骨から垂れている。

「やあ、ジム」パスコーは言い、握手した。「でぶじじいのわりに、いやにすばやく立ち回ったな」

「でぶはともかく、じじいってほどじゃないぜ」コラボーイは言った。「状況説明はきみにまかせようと思ってね。おれがやったって無知をさらすばかりだ」

「わかった」パスコーは言った。

武装応答隊を率いる巡査部長は、口の悪い《ブルー》コラボーイのブルーチーズに対して磨かれた石灰岩《チョーク》だった（「チョークとチーズ」は外見が似ていても本質的に異なるものを表わす成句）。その顔かたちはエルギン・マーブル（大英博物館所蔵の古代ギリシャの大理石彫刻）に刻まれていても場違いではなさそうだ。名前のアクソンというのさえ、ギリシャふうな響きがあった。

パスコーはこの男にきびきびと権威をもって話しながら、内心では、ほらほら、またた！　と思っていた。

「家の中にいるのは、おそらく二人、男と女だ。男はSASの訓練を受けた戦争体験退役軍人、小火器と爆弾の専門家。この男は可能性として非常に危険と考えたほうがいい。女は、わたしの知る限りでは武器に関する背景はないが、精神的に不安定のようだし、暴力に訴えるのをいとわないことはすでに前例がある。男が武装していることはほぼ確実だ」

「どの程度の抵抗が見込まれますか？」巡査部長は驚くほど静かな、上品な口調で訊いた。

パスコーはためらい、ヤングマンについて知っていることを頭の中で復習した。

「男は銃撃戦に巻き込まれたくはないと思っているだろうな。第一に、彼の反目の相手は警察ではないから。第二に、現実的に見て、勝ち目はないとわかっているから」

「で、女は？」

「抵抗力は少ないが、現実認識が薄い」

「男が女を人質にしようとする可能性は？」

「ありうる。でも、彼女は罪のない傍観者なんかではないということを忘れちゃだめだ」パスコーは言った。「彼女は彼の共犯者だ。犯罪者どうしが脅し合っているからといって、かれらと交渉するわけにはいかない」

「はい。段取りは？」

選択のときだった。家を急襲するか、コミュニケーションの道を開くか？

もし彼の思うとおり、ヤングマンが現実的に勝ち目を計算し、それなりに行動するとすれば、当然後者だ。

それに、これは自覚しているのだが、こういう状況になると、自分が安全なところにいて、ほかの男たちを危険にさらす命令を出すのはいつでも気が引ける。もしヤングマンがおとなしく出てこないと決めれば、危険は重大だった。武装応答隊は厳しい訓練を受けているとはいえ、ＳＡＳに入隊するのに必要な訓練と比べたら、幼稚園なみだ。

「隊員を配置して、建物を完全に包囲してくれ。そうしたら、わたしが彼と話をする」パスコーは言った。「わたしの命令がなければ、撃つな」

「ただし、人命が脅《おびや》かされた場合は除いて」アクソン巡査部長は言った。その言葉をパスコーの口から聞きたかったのだ。

「もちろんだ」

「わかりました」巡査部長は隊員のもとへ行った。

十分後、彼は戻ってきて言った。「全員位置に着きました。内部で動きがあります。今のところ、一人が中にいることが確認されています」

「男か、女か？」

アクソンは肩をすくめた。

「よし。案内してくれ」

パスコーは巡査部長について小さなブナ林に入った。コテッジが見えてくると、かれらは木の陰で足を止めた。たいていの銃弾なら受け止めてくれそうな太い木だった。

コラボーイは彼に録音機能つき野戦電話を渡した。交渉がどのくらい長引くかはわからないから、両サイドが何を言ったかチェックできるようにしておいたほうがいい。

「番号は?」彼は訊いた。

コラボーイは番号を教えた。いつもながら、役に立つジム。

彼はキーを押した。

コテッジのあいた窓から、電話のりんりんと鳴る音が流れ出てきた。

四回ベルが鳴ると、答えがあった。

「はい。ヤングマンです」

彼はしごくリラックスしているように聞こえた。

「ミスター・ヤングマン。こちらはパスコー主任警部です」

「じゃないかと思いましたよ。すばやいですね」

これはおもしろい。

パスコーは言った。「ミスター・ヤングマン、コテッジは武装警官によって包囲されているとお知らせするために電話しました……」

「わかってます」声が割り込んだ。「ここ二十分間、かれらが位置に着くところを見ていた。あんな動き方じゃあ、〈スターの社交ダンス・コンテスト〉で賞は取れそうにないな!」

「かもしれませんがね、みんな射撃の名手ですし、わたしの指示がきちんと間違いなく実行されなければ撃つように命令されています」

「けっこう。じゃ、指示してください」

「まず初めに、ミセス・ケントモアはいっしょにそちらにいますか?」

「キルダ? いや、残念ながら、いない。さっきまでいたんだが、出かけましてね。ショッピングだろうな。女って、そうでしょう。セックスでなきゃショッピング。なんだって言い訳にする。セール、誕生日、結婚祝いの贈り物。じっとしてろと言ったんですがね。まあ、あなたは既婚者だから、主任警部、おわかりでしょう。女ってやつは、いったん思い込んだら最後、M19対戦車地雷でもなきゃその考えを頭から叩き出せない。われわれ王国の奉仕者は命令に従うだけだが、女は思いついたらなんでも好きなことをやるってわけで」

ちゃらちゃらした調子だった。たんにからかっているのか、それともキルダが出かけたというのは嘘なのだろうか？

どうして嘘をつく？　パスコーは自問した。そうしておいてヤングマンは顔を出し、われわれを遮るもののない場所におびき出し、そこでキルダが襲いかかる？

ありそうにない。ヤングマン自身が栄光の炎に包まれておさらばするつもりなら別だが、彼についてパスコーが読んだ限りでは、自爆タイプの男ではなさそうだった。

「よし。じゃ、こうしてもらおう」彼は言った。「シャツとズボンを脱いでください。正面玄関のドアをあけ、両手を頭につけて出てくる。六歩進んだら止まって、次の指示を待つ」

「パンツは脱がなくていいのか？　あそこに隠してあるものに、人は驚くんだがな」

「いや、穿いたままでけっこう。しかし、制服に興奮するたちじゃないでしょうね」パスコーは言った。「あなたがむずむずすると、うちの射撃手もむずむずしてきますから」

彼はまたカメレオンになっていた。仕事を完遂するのに最適のモードにするりと入り込む。

ヤングマンは笑って言った。「じゃ、すぐ行きますよ」

電話は切れた。ややあって、正面ドアがあいた。

「出ます」声がした。

続いて、ヤングマンが現われた。両手を頭にのせ、パンツを穿いただけの格好だ。六歩前進し、軍隊式〝止まれ〟のパロディをやって足を止めた。

「よし、巡査部長」パスコーは言った。「あとは頼んだ」

よくあるとおり、警官たちは大声でわめきながらドアを蹴りあけ、ばたばたと駆けまわり、最終的にヤングマンはうつぶせに横たわって後ろ手に手錠を掛けられ、アクソンはパスコーに報告して言った。「コテッジは点検しました、主任警部。誰もいません」

「よくやった、巡査部長」パスコーは言った。「ジム、きみと部下たちとで家宅捜索を始めてくれていい。罠が仕掛けてあるとかいうことはないだろうな、ミスター・ヤングマン？」

ヤングマンは転がってあおむけになると、彼を見上げてにやりとした。

「そんなこと、思いも寄らないですよ、主任警部」

「よし」彼は屈んで、男の耳に直接ささやいた。「だが、もし嘘だったら、あんたの金玉を切り取ってやるからな」

「そいつは荒っぽい言いぐさだ、ミスター・パスコー。でも、ほんとにできますか？」

「もちろんだ」パスコーは言い、体を起こした。

横たわった男は彼をしげしげ見てから言った。「ああ、できるかもな。でも、今日のところはわかりようがない。思いがけない罠なんかないから。そりゃ、あんたが来たのは意外だったけどね。少なくとも、あと一時間は来ないと踏んでいたんだが……待てよ、わかった。モーリスだな? あんたはあいつをランチに呼んで、しゃべらせた。頼りないやつだとはわかっていたんだ。しかし、キルダを裏切るとは思わなかった」

「ときには男の良心は家族への忠誠心に勝る」パスコーはわざともったいぶって言った。これがいったん公式になれば、タフガイ役を続けていくのは無理だし、ヤングマンはこちらが実行できる程度の尋問をはるかに超えた尋問テクニックにも耐えうる訓練を積んでいるだろうと、彼は疑わなかった。しかし、気取った間抜けだと思わせ、自分のほうが上手《うわて》だと感じさせておけば……

だが、その手も効かないと即座に見て取れた。

ヤングマンは彼を見上げてにやりとし、大げさなウィンクをしてみせた。

「ああ、あんたについて聞いたことはみんな本当だとわかりましたよ、ミスター・パスコー。警戒しなければならない相手だ。じゃ、おれからは以上終わり。あとは名前と番号しか口にしない」

「あんたは戦争捕虜じゃない」パスコーは言った。

「そうですか？　なら、黙秘権がどうとか教えてくれるんじゃないのかな？　その権利をおれは行使するよ、弁護士が来るまでね」

彼は捕獲者の足元にほとんど裸で横たわり、しかも相手は自分を非常に長期間刑務所に入れるだけの証拠を握っているると知っているはずだが、それにしては驚くほど泰然とした口調だった。

ＣＡＴがこのことを聞きつけたらすぐ、自分の身柄を引き取ると、こいつにはわかっているんだ、とパスコーは考えた。それに、いったんＣＡＴのものになってしまえば、こいつはおれから期待できるよりずっといい扱いをしてもらえるだろう。

というわけで、タフガイに逆戻りだ。

彼はアクソン巡査部長に言った。「車に乗せて、毛布を掛けてやれ。きみが了承したのでない動きを見せたら、逃亡の試みと見なしていい。警告を与え、撃て。わたしの権限で許可する」

彼は家の中に入った。そこではコラボーイと制服警官二人が捜索を始めていた。警部はうれしそうではなかった。

「こんなことをして、いいのか、ピート？」彼は訊いた。「ＣＡＴが出てきたら、手つかずの現場が欲しいんじゃないか？　少なくとも、おれは現場検証チームを呼ぶべきだ」

「ここは犯罪現場じゃないよ、ジム」パスコーは些細な点にこだわった。「ＣＡＴについては、おれが完全に責任を取る。職場復帰して以来、臨時にあそこに所属しているんだ、知らなかったかい？」

「いちおう、聞いたみたいだ」コラボーイは言った。

「元気を出せよ」パスコーは言った。同僚をわざと誤解させるのはうれしくなかった。「きみの管区だし、きみの逮捕だ。じゃ、何が見つかるか見てみよう」

「警部！」二階から巡査が声をかけてきた。

彼は小ぶりな一人用の寝室にいた。ベッドの上に旅行かばんがあり、ヤングマンの衣類が途中まで詰めてあった。巡査は化粧台の引出しをあけていた。引出しの一つには、九ミリのベレッタと弾丸がいくつか入っていた。もう一つの引出しには、パスコーのしろうと目で見て起爆装置のように見えるものがどっさり入っていて、その脇には灰色の粘土のようなものがたくさん詰まったプラスチックの箱があった。

「セックスおもちゃか?」コラボーイは言った。

「爆発物処理班に来てもらったほうがよさそうだ」パスコーは言った。「この部屋は封鎖しろ。ほかの部屋を調べよう」

隣はもっと広い寝室で、明らかに女のものだった。二人がベッドを共にしていたと暗示するものはなにもない。ヤングマンの評判を考えれば、興味深い事実だった。廊下を進むと、ロックされたドアがあった。パスコーは鍵をさがす手間はかけず、足で蹴ってあけた。そこはキルダの暗室だった。いくつもの棚に写真の機材やさまざまなカメラが並んでいた。彼女は撮影だけでなく、技術的にも熟練しているらしい。流しの横の台にカメラの中身が置いてあるのをパスコーは見つけた。おそらく改造か修理のために出したものだろう。だが、時間をかけて見ることはしなかった。目の端に、妙に見覚えのあるものをとらえたからだった。

顔を向けると、そこは開いたドアで半分隠れた壁だった。プリントした写真がたくさん貼りつけてあったが、そのうちの五、六枚に彼自身の顔が写っていた。

ヴィクトリア・スポンジ・ケーキのくさび形の一切れを口に押し込んでいる瞬間をとらえられ、最高にハンサムに見える写真ではないな、と彼は批判的に観察した。だが、いい写真だった。食べる歓びと、キルダといっしょにいる歓びと、両方から来る明るい気分で目が輝いているのをうまく写しとっていた。ほんの一瞬、彼はあのあとに続いた魔法の瞬間を再体験した――二人は回転する世界の不動の中心点（エリオット「バーント・ノートン」より）にすわり、二人を包む沈黙は音楽より濃かった。

それから、彼の視線はここに貼られたほかの写真に移った。すると、魔法の瞬間は遠くで騒ぐテリアの吠え声に乱されたときよりもっと完全に消え去った。

ここにはあのお祭りの写真がほかにもあった。エリーがいぶかしげな表情を見せている。ケントモアはいかにも明るく元気に振る舞っている。ロージーは頑固な様子。サラーディとジャミラはにこにこと楽しそう。こういったお祭りの写真を囲んで、焦点の甘い、長いレンズのついたカメラで、手持ちで撮ったような写真もあった。そこにはマーサイド・モスクが見え、ひげの男がそこから出てきて、待っている車に乗り込む姿が写っていた。

イブラヒム師。これは何者かが彼の車の後部灯に弾丸を撃ち込んだ、あの同じ日に撮ったものだと、パスコーは疑わなかった。ヤングマンのようなプロの弾丸ではない。それなら、完璧に照準を合わせた強力な狙撃用ライフルの弾丸だったはずだ。

いや、あれは機会があったから撃ったというだけの弾丸だった。九ミリのベレッタから発射された弾丸。さっきこのコテッジで見つけたのと同じ種類のピストルだ。キルダがミル・ストリートで使ったピストル。

パスコーは暗室から駆け出ると、階段を降り、家から出た。さっきヤングマンに電話したときに使った電話機はそのままの場所にあった。

テープを巻き戻し、再生した。

〝キルダ？　いや、残念ながら、いない。さっきまでいたんだが、出かけましてね。ショッピングだろうな。女って、そうでしょう。セックスでなきゃショッピング。なんだって言い訳にする。セール、誕生日、結婚祝いの贈り物。じっとしてろと言ったんですがね。まあ、あなたは既婚者だから、主任警部、おわかりでしょう。女ってやつは、いったん思い込んだら最後、M19対戦車地雷でもなきゃその考えを頭から叩き出せない。われわれ王国の奉仕者は命令に従うだけだが、女は思いついたらなんでも好きなことをやるってわけで〟

それから、あの男があおむけに寝たまま彼を見上げて微笑し、言ったことを思い出した。

〝思いがけない罠なんかないから。そりゃ、あんたが来たのは意外だったけどね。少なくとも、あと一時間は来ないと踏んでいたんだが……〟

どうして今日、警察が〈門番小屋《ゲートハウス》〉に来るだろうと彼は見越していたんだ？

「あ、やばい」パスコーは言った。

彼は車のほうへ走った。

背後でコラボーイが叫んだ。「ピート！」

彼は足を止めて振り向いた。警部は耳に携帯電話を押しつけていた。

「なんだ？」

コラボーイは電話を下げ、片手で覆った。

「糞袋《バッグシット》だ。おれが武装応答隊を召集したと聞いて、なんの騒ぎか知りたがっている」

ハロゲートのバッグショット警視は、適切な手続きを踏むことにうるさく、しかもほかの警官の手柄をさらって自分のものにするので悪名高い男だった。

「何を教えたんだ？」パスコーは叫んだ。

「真実だよ、馬鹿。ほかに何を言える？　警視はきみと話をしたいそうだ」

「じゃ、また真実を言ってやれ」パスコーは大声で言った。

「おれはここにいないってな」

「だけど、きみはここに……」

そのとき、パスコーが嘘をつけと頼んでいるわけではないと、コラボーイは悟った。

主任警部は走って視野から消え、一瞬後、彼がそこにいたことを示すものといえば、夏の濃い空気の中に消えていく、悲鳴のようなエンジン音だけだった。

5　結婚祝いの贈り物

さあ、これでおれは結婚したんだ、とカリム・サラーディは思った。

式のあいだじゅう、彼は妙に断絶した気分で、主要な当事者というより、野次馬みたいな気がしていた。ジャミラからも断絶したような感じがあった。数週間前に、彼女は西洋の結婚式でふつう好まれる白いウェディング・ドレスは着ない、伝統的なシャルワー・カミーズを着る、と宣言したのだった。彼は愉快がった。そのおもな動機はクレイジーどもを驚かせるためだと思ったのだ。だが当日、彼女を見ると、彼は愕然として言葉を失った。西洋式の白いドレスでももちろん美しかったに違いないが、どっしりした金糸でびっしり刺繍した真紅の花嫁衣裳に身を包んだ彼女はエキゾチックな宝石だった。この美しい女が彼のジャミラだとは信じられなかった。ぱりっとしたグレーのスーツに真っ白いワイシャツを着ている自分がみすぼらしく、場違いに感じられた。昔話の中に入ってしまったみたいだった――子供のころから見知らぬ少女と婚約させられていた若い男がびくびくしながら婚礼の日を迎えるが、実はお姫様と結婚することになっていたのだとわかる。

だが、お姫様なんか欲しくはなかった。彼のジャミラが欲しかった。

そんな違和感はマーサイド・グレインジ・ホテルまでずっと続いた。ホテルでは、彼はジャミラと並んで壇上の玉座のようなソファにすわらされ、披露宴の客は二人がいっしょにいる姿を眺め、近づいては祝いの言葉を述べ、贈り物を渡すのだった。彼は彼女のほうを向き、彼女は彼のほうを向いた。一瞬、二人は厳粛な顔でたがいの目を見つめた。将来はどうなるのだろうと不安げに考えている、まったく見知らぬ他人どうしだった。

すると、彼女はにんまり笑ってつぶやいた。「食事は抜かして、次に進めないかしら？」そのとたん、彼女はまた彼のジャミラに戻っていた。

彼は緊張を緩め、自分の婚礼の日を楽しみ始めた。

このごろの二世、三世の結婚式はたいていそうだが、これは新旧、東西が混じり合ったものだった。モスクでのニカーは、当然ながら古い伝統の式次第にのっとって執り行なわれたが、次にワリマのためにホテルに移ると、伝統はかなり配置を変えられた。玉座にすわるのは、実際のワリマのあとではなく前になったたし、ワリマそのものも、パキスタンでは男性客と女性客を分けて二つの披露宴になるのだが、ここでは男女混合だった。

「あっちでどうやろうと、知ったことじゃないわよ」とトティは宣言したのだった。「こっちじゃね、笛吹きに金を払う者に決定権があるの」

トティが望んだ段取りはすべて導師が快く認めたので、原理主義者たちのぶつくさ言う声はかき消された。なにも反対しないでくれてありがたいとサラーディが礼を言うと、導師は微笑して答えた。「原理主義とは中身に関わるもので、形式ではない。古い真理を守るからといって、新しいやり方を覚えられないというものじゃないよ。それに、昔ながらの伝統の多くは、たとえ偶然にせよ、ちゃんと守られているのではないかな。たとえば、厳密に言うと、ワリマは結婚の床入りがすんだあとで行なわなければいけない、という決まりとかね」

サラーディとジャミラのまったく非伝統的なつきあいがどこまで進んでいるか知っていると導師にほのめかされ、ぎょっとした。おそらくは観察と知識を基にした推察だろう。クレイジーどもにそれほどの観察眼がないことを、彼はアラーに感謝した。

彼の母親は、導師が賛成してくれたという知らせにいつもの率直さで反応した。

「けっこうだわ」彼女は言った。「ま、あのじいさんがたとえ反対したって、どうってことなかったけどね」

母の改宗は心からのものだったとカリムは決して疑っていなかったが、アラーの精神はヨークシャーの独立精神に取って代わったのではなく、それを補足していることは明らかだった。

た。今、トティはソファ玉座の横に立ち、ご祝儀を守っていた。金はたいてい札か小切手だったが、かつて花嫁にコインの雨を浴びせたならわしから、ご祝儀の全部あるいは一部を金貨を詰めた財布の形で持ってくる客もいた。贈り物が受け取られ、礼が述べられると、ぐずぐずしている客はこの恐るべきレディによってダイニング・ルームへ追いやられた。この場を牛耳っているのは誰か、疑いの余地はなかった。導師の非公式ボディガードをつとめている青年グループの一員、ファルーク・カーンがソファの後ろの位置に着こうとすると、トティはその肩を叩き、顎をしゃくって追っ払い、青年はラウンジに入ってくる客をチェックしている二人のクレイジーに加わるしかなかった。

ボディガードを自任するこういう連中のもったいぶった態度はサラーディには鼻持ちならなかったが、どこかの狂人が導師の車に向かって銃を発射したという事実は無視できない。だから、導師が出席する催しがあれば、クレイジーどもの存在も我慢しなければならないのだった。

そろそろ客の流れはおさまり、トティは自分の組んだタイムテーブルが原子レベルまで正確だったとわかった人物のような満足感をもって、腕時計を眺めていた。ファルークの大柄な体がまたソファに近づいてくるのを見て、彼女は眉をひそめたが、青年は彼女に目もくれず、サラーディに言った。「外に女が一人いて、入りたがってる。写真家で、おまえの知り合いだそうだ。まさか、別の写真屋を頼んだんじゃないよな？　うちのアシフ叔父さんが雇われてるんだろ？」

「うん、そうだよ。なんて名前なんだ？」サラーディは戸惑って言った。

「ケント、とかなんとか、だと思う。出ていけと言ってやるよ」

「ううん、待って」ジャミラが言った。「ケントモア、じゃない？　キルダ・ケントモア？」

「ああ、そうだ」

「カル、おぼえてる？　先週──あなたといっしょにテレビに出た男の人の義理の妹さん。お祭りでまた会ったでしょう。わたし、だいぶおしゃべりしたの。本物の写真家よ、カル。ファッション写真をやってたの。トップ・モデルはみんな知ってるのよ。彼女がわたしたちの写真を撮りたいんなら、来てもらいましょうよ」

「アシフ叔父さんは?」ファルークは抵抗した。

「どうだっていうのよ?」ジャミラは威勢よく言い返した。「あんたの叔父さんなら、片目が見えなくなりかけてて、それがファインダーに当てるほうの目だって、みんな知ってるわ。キルダに入ってもらって」

ファルークはサラーディを見た。トティはともかく、この口うるさい娘から指示を受ける筋合いはない。

サラーディは言った。「うん。かまわないだろう。入れてあげてくれ」

6　ハイヨー、シルヴァー!

夏の盛りの土曜の午後、西ヨークシャーの都市部を平均時速五十マイル強で抜けるためには、たっぷりの幸運と法律の完全無視が必要だ。パスコーの通った跡にはずたずたの法律が残されたが、ありがたいことに、運はまだ尽きていなかった。彼は非論理的に行動していると自覚していたが、論理性には時間がかかる。

頭の中では、ミル・ストリートの爆破事件以来起きたことのすべてが、内海の大吹雪のように乱れ飛んでいた。アンディ・ダルジールが死ぬことを彼は恐れていたから――胸の奥底では信じていたから――困難を承知で突き進んだのだ。最初、それは確たる事実を容赦なく追求するという、単純な行動に思えた。

ああ、魂が受け取るのは、なんと曖昧な答え……（メレディ

スの詩「現代の愛」より）

彼はいろいろなことを生じさせてきた。そして、彼が生じさせたことがまた別のことを生じさせた。だから最後には、彼がたどってきたのは単純な跡ではなく、その紆余曲折の多くは彼自身が作り出したものとなっていた。結果から原因へ続く線をたどろうとするうち、彼自身が原因となってしまった。今、彼のいる場所は、この探求の旅に乗り出していなかったら存在しなかった場所なのだろうか。彼はさっそうと救助に駆けつける赤十字の騎士なのか、それとも解決どころか混乱を生み出す、もたもたしたドン・キホーテにすぎないのか。彼にはわからなかった。

正直を言えば、静かな道端に車を寄せ、ゆっくり考えたかった。今までに起きたことすべて、知っていること、あるいは知っているつもりのこと、あるいは推測しているだけのことすべてが頭に次々と浮かぶにまかせ、そのうち水面が動きを止め、深みが澄んでくるのを待つ。

だが、とてもそんな暇はなかった。

第一の原因、ダルジールの死は、もう原因ではなくなっていた。

もちろん、巨漢が目を覚まし、しかも頭が正常だというほっとするニュースは、ウィールドから伝え聞いただけだ。だがなぜか、これからすべてうまくいくと彼は確信していた。

しかし、連鎖行動の開始点がどこだろうと、鎖の終わりが見えてくるよりずっと前に無意味になってしまうということが、どのくらいあるだろう？

もしダルジールが爆破事件の翌日に目を覚ましていたら、自分はこんなところにいない、などと言ってみても始まらない。彼は狂ったように車を走らせながら、行き着く先は無害な風車でありますようにと、熱心に祈った。

スキプトンを抜けたころ、車の電話が鳴った。

「はい！」彼は大声で答え、受話器を作動させた。

グレニスターだった。腹を立てているので、ふだんよりスコットランド訛りがきつい。

「いったいどうしたっていうの？　ヤングマンがつかまったと聞いたばかりよ。あなたの名前が出た。ピーター、この件からは手を引くようにと警告してあったでしょう。あなた、まだローン・ファッキング・レンジャーを気取っているの？」

彼女の感情が下痢に下剤を処方する同毒療法《ホメオパシー》的効果を表わし、彼の感情は鎮まった。

「やあ、サンディ」彼は冷静に言った。「電話しようと思っていたところです」

嘘ではなかった。車を走らせながら、もし自分が疑念を上に知らせず、それでマーサイドでなにか起きてしまったらどうしようと、彼は心配になっていた。そんなことになったら、良心が咎めて生きていけないし、キャリアを続けることは不可能になるだろう。

「あら、けっこうじゃない！　手間を省いてあげたわけね。じゃ、話して！」

彼は言った。「詳細は後まわしにします、いいですね？　わたしはブラッドフォードに向かっている。キルダ・ケントモアという女性がイブラヒム師の暗殺を計画していると考えられる理由があります。彼女は身長五フィート八インチ、やせて、細面、黒い髪。銃を携帯しているかもしれないが、その可能性は低い。隠すのがむずかしすぎる。もしなにか持っているとすれば、爆弾だ。カメラの中に隠しているとわたしは思います。彼女はプロの写真家で、サラーディの結婚式に行くつもりだと思う。招待されてはいないが、彼とは知り合いだから、なんとか入り込むのは容易でしょう」

しばし間があってから、グレニスターは信じられないというように言った。「つまり、西洋人の自爆犯がいて、カリム・サラーディの結婚式に行こうとしている、というの？　よしてよ、ピート、テンプル騎士団は狂っているけど、まさかそこまで狂っちゃいないでしょう？」

「ほかのやつらは中途半端な自警団的正義感から行動してきた」パスコーは言った。「この女はまったく頭がおかしいんです。死にたがっているんだと思う。込み入った話なんだ。さっさと電話を切って、そちらの人たちに知らせを出してください。彼女はモスクには行かず、まっすぐマーサイド・グレインジ・ホテルのワリマの会場に向かうと思います。だから、モスクを見張っているそちらの人たちに、すぐホテルへ行けと命じてください。彼女を見つけたら、ごく慎重に接近しろと言ってください」

また間があった。それがあまり長かったので、とうとう彼は言った。「サンディ、聞いてますか?」

グレニスターは言った。「ピーター、わたしたちはマーサイドに人なんか置いていないわ」

「なんだって? でも、現場に監視チームを置いていると言ってたじゃないですか。だからわたしがサラーディに会いに行ったとそちらにわかった……あ、よしてくれ。またミル・ストリートの二の舞ですか? 小規模な監視。週末や公休日の勤務はなし。冗談じゃない、おたくはそんなはちゃめちゃ組織なんですか?」

「ピート、悪いけど、うちはCIAじゃないのよ。ウェストミンスターの政治家たちは国家公安を騒ぎ立てるくせに、いざお金を出すとなると、胆石を出すより痛がるの。あなた、どこまで近づいてる?」

「あと十分か十五分で着きます」パスコーは言った。

「わかりました。人を配置します。でも、あなたが一番乗りになるのは確実よ。少なくとも、あなたは彼女を見分けられる。ケントモア、ですって? 奥様といっしょにテレビに出ていた、あのケントモアの親類?」

「ええ」

「彼もこれにかかり合ってるの?」

「はい」

「じゃ、彼はどこでつかまる?」

「もうつかまっています。中部ヨークシャーの留置場にいます」パスコーは言った。

「なんですって、いつから?」

「今日の昼から」

また沈黙。今回はさらに長かったが、覚悟していた怒鳴り声は聞こえてこなかった。

「ああ、ピーター、ピーター」彼女はようやく吐く息とともに言った。「いったい何をやってたの?」

「説明はできますが、今はやめておきます」

「もちろんんよ。なんたって、もしマーサイドに着いたときホテルが瓦礫の山と化していたら、どんな説明をしてくれたって、なんの興味も湧かないものね」

彼女は電話を切った。

そのとおりだ、と彼にはわかっていた。ローン・レンジャーごっこをあまり長く続けていると、いつか、忠実なインディアンの道連れさえ背後を守りきれなくなるときが来る。

彼は頭を反らせ、「ハイヨー、シルヴァー、行くぞ！」と叫ぶと、アクセルをぐいと踏んだ。

7 押しかけ客

キルダ・ケントモアはホテルのラウンジに入った。入れてもらえなかったらどうすべきだったかわからない。計画したことは不可避のように思え、ほかの選択肢を用意するなど無意味だった。この人たちならなんと表現する？〝それは書かれている〟。まあ、もうじきわかるわ、信仰を持たない人間だって、達筆で書けるということ。

導師の姿はなかった。かまわない。新しく身についた運命感のおかげで、彼はすぐに現われると彼女は確信した。それまでのあいだ、ほかの人々に自分の存在に慣れてもらおう。

彼女は微笑をたたえて、ソファ玉座のほうに進んだ。

ジャミラはさらに輝きを加えた微笑を返した。彼女はいかにもしあわせそうで、キルダは自分がこれから彼女の婚礼の日をめちゃめちゃにしようとしているのだと考え、一瞬いやな気持ちになった。だが、それもほんの一瞬のことだった。そりゃ、大事な日の思い出には影が落ちるだろうが、少なくとも、すべてうまくいけば、彼女はこれから夫とたくさんの結婚記念日を共に祝うことができる。

カリムは言った。「どうも、ようこそ。でも、どうしてここに?」

「ブラッドフォードで撮影があったの。ジャミラが今日は結婚式だと言っていたのを思い出してね。高速道路へ向かう途中でこのホテルを通りかかったから、あなたがたが到着するところか、出発するところかなにかを撮れるかもしれないと思ったのよ。来てみたら、みんなもう中に入ってしまっていたから、あきらめて帰ればよかったの。ごめんなさい」

「いや、かまいませんよ。そうだ、ぼくらはそろそろここを離れるところだから、このばかげた雛壇に二人ですわってる写真を撮ってもらえたら、ありがたいな」

彼の背後で母親はこの新来の客をうさんくさいやつだという目で見たが、まだご祝儀を持ってきた客の最後の数人の相手をしていたので、なにも言わなかった。

キルダは部屋の中を動きまわり、違うアングルを選んでは、ところどころでカメラを愛し合うカップルに向けた。

ようやく最後の客がダイニング・ルームに入った。トティは受け取った小切手や札入りの封筒、コイン入りの財布をみなしまい込んだ麻の袋の紐をぎゅっと引き絞り、その重さを見せびらかすように持ってみせてから言った。「さあ、これでみんな集まった。二人ばかり来てない人がいるけど、それはリストにメモしてある。この人は誰なの、カリム?」

サラーディはキルダを母親に紹介した。トティは慇懃だが冷たく挨拶した。家族としての礼儀から、近寄りたくもない人間を大勢招待したのだ、このうえ押しかけてきた客まで歓迎したくない、というのが彼女の気持ちだった。

キルダは言った。「一枚撮らせていただけますか、ミセス・サラーディ? お召し物がきれいで、とてもすてき」

「これ、ただなんだろうね?」トティは確認した。

「うん、かあさん、ただだよ」息子は言った。

「このかたね、グラビア雑誌のファッション写真がお仕事なの」ジャミラが付け足した。

「あら、それじゃあ」トティは言った。

彼女は麻袋を雛壇のへりに置き、髪を撫でつけると、カメラに向かってにっこり笑った。

「すてき」キルダは言った。「さ、終わったわ。でも、花嫁花婿と結婚を司式なさった導師と、いっしょに一枚撮るわけにはいかないかしら？　導師はまだいらっしゃる？」

「ええ」トティは熱をこめずに言った。「でも、イスラム教公会議からの推薦状を出して、身体検査をされないと、そばには寄れないわね」

「かあさん！」サラーディは逆らった。「そんなふうに言うなよ。どっちみち、考え違いだよ。導師ならほら、そこにいらっしゃる」

導師は部屋に入ってきたところで、微笑を浮かべて近づいてきた。

キルダはカメラを上げて、その前に立ちふさがった。

〝三フィートまで近づけば、あいつのひげを吹っ飛ばせる〟とジョンティは言っていた。

〝ほかの人たちは？〟と彼女は訊いた。

ジョンティは肩をすくめて言った。〝ま、おれなら唾を引っかけられる距離にいたくはないな〟

唾を引っかけられる距離って、どのくらい？　とキルダは考えた。

導師は六フィートほどのところにいて、まだ前進していた。

そのとき、ヨークシャー式教育の成果を見せて、トティが言った。「おやまあ、また押しかけ客が一人。これじゃあ、お次は老水夫ね！（コールリッジの物語詩「老水夫」より。老水夫は結婚式の客をつかまえて話を始める）」

みんなの目が――キルダの目は除いて――ドアのほうを向いた。

入口では、ピーター・パスコーが警察の身分証明を手に、警備員気取りの男たちとやり合っていた。

話をするのにうんざりして、彼は男たちを肩で押しのけ、ずんずん進んだ。

「キルダ！」彼は呼んだ。

今、カメラを持った女はちらと彼を見ると微笑し、導師のほうに一歩進み出た。導師はなにかが起きていると察して、すでに足を止めていた。

「ピーター」キルダはしっかりした明瞭な声で言った。「動かないで。ほかのみんなも動かないようにして」

彼女は今、導師の真ん前にいた。ドアのところにいた大柄なクレイジーが部屋に入ってこようとした。パスコーが腕を振り、男のみぞおちにがんとぶつけたから、男は息ができなくなった。

「全員、動くな！」彼は叫んだ。「死んでも動くんじゃない！」

表現はベストとはいえないが、これが効いた。

みんな凍りついた。動いているのは顔の筋肉だけ。困惑、警戒、怒り、あれこれの感情が混じり合い、支配権を争っていた。

それから、彼は言葉を加えた。これでほかのすべての感情は、巨大な恐怖の後ろの微小な場所に隠れてしまった。

「この女は爆弾を持っている」彼は言った。

8　書かれている

「じゃ、あなたが悪名高いイブラヒム師なのね」キルダ・ケントモアは言った。

彼女は導師の写真なら何度も見ていたし、もちろん、カメラのファインダー越しに見たことだってあった。あの日、彼女は無目的に、というか、意識的な目的はなく、マーサイド・モスクに行き、彼の車めがけていいかげんに発砲するというばかなまねをしたのだった。

どうしてつかまらずにすんだのか、わからなかったし、気にもならなかった。クリスが死んでから、よくそう感じるのだが、あのときも自分が亡霊で、無意味な世界をふらふらと音も立てず、人に気づかれもせずに浮遊しているような気がしていた。今も同じ気分だった。この部屋には二人の人間しか存在しない——キルダ・ケントモアとイブラヒム・アル-ヒジャージ、破壊者ともうじき破壊される者。

彼女は相手を客観的な好奇心をもって観察した。なかなかの美男だ。ただし、彼女はひげ面はあまり好きでない。タブロイド紙の風刺漫画に描かれる悪魔みたいな人物とは似ても似つかなかった。

彼は優しく問いかけるような微笑を浮かべて見返してきた。

「ええ、わたしがイブラヒム師です」彼は答えた。「わたしでお役に立てることがありますか？」

「わたしが夫と再会できるように役立ってください」彼女は言った。

「喜んでそうしたいところですが、どうしてわたしにそんなことができると想像なさるのでしょうかな？」

「あなたは弟子たちに教えていらっしゃるんじゃありませんか？——あなたの宗教の敵を破壊する行動で死ねば、そのごほうびに極楽へ送られ、何人だか忘れたけど、若い処女たちに囲まれて過ごせるんだって」

「七十二人、というのが伝統的な人数だと思います」導師は言った。

「それはちょっと多すぎじゃないかしら」キルダは言った。

「でも、比例の法則から言えば、わたしがわたしの宗教の敵を破壊する行動で死ぬことで、最愛の夫と再会するという希望は、とても穏当だと思いません？」

「確かに、考察する価値のある仮説ですな」導師は言った。

「ごいっしょに静かにすわって、話し合いましょうか？」

あたしに憎まれないようにしようというのね、とキルダは考えた。ばかな男。憎しみなんてなんの関係もないってこと、わからないのかしら？　あたしはただ人生に憎しみを感じているだけ。

「悪いけど」彼女は言った。「時間切れ。あなたにとって。わたしにとって」

彼女はカメラを持ち上げ、人差し指をボタンの上で止めた。

「キルダ！」パスコーは叫び、一歩進み出た。「ぼくらみんなを殺したいのか？」

「爆弾て、そのカメラに入ってるっていうの？」トティ・サラーディは言った。「あらやだ。あたしときたら、あれを向けられて、阿呆みたいに笑ってみせたんだわ」

導師とキルダのやりとりで綯《な》われた呪縛の縄が切れ、凍りついていた人々が動き出した。サラーディはジャミラを抱き寄せ、戸口のクレイジーたちは興奮してしゃべり始めたが、パスコーは一にらみで黙らせた。

「全員を殺したくはないだろう？」パスコーは必死でキルダの注意を惹いて、続けた。「ジョンティはそこにどのくらいの爆薬を詰めたか、教えてくれたか？」

だめかと思った。彼女は顔を向けもせず、ボディ・ランゲージからは彼の言葉を耳に入れたという様子はうかがえなかった。だが、指はそのまま動かず、口を開くと、出てきたのは彼の質問に対する答えだった。

「充分なだけ」彼女は言った。

「何に充分なだけなんだ？」

「この人とわたしを殺すのに」

「どういう状況で？　どれだけの距離で？　十フィート離れて？　ぴったりくっついて？　同じ部屋の中で？　キル

ダ、ジョンティならきっと、エラーを見越してかなりの余裕をみておいてるんじゃないか？　きみが今それを爆発させたら、この部屋にいる全員が死ぬことになるかもしれない」

また間があった。今度は彼の言ったことを考えていた。

「そうは思わない」彼女は言った。

「でも、知らないんだろう！　この若い二人をほんとに殺すか大怪我をさせたいのか？　結婚したばっかりなんだぞ！　これから長い将来が待っているんだ！」

「わたしも結婚したとき、そう思ったわ」彼女は言った。

「少なくとも、この二人はいっしょに死ねる」

「二人を死なせたいなんて、きみは思っていないよ」パスコーは静かに、懸命に、説得した。「ミセス・サラーディも、ほかの青年たちも、ぼくですら、きみは死なせたいなんて思っていない」

今、彼女はちらと彼のほうに目をやってから、また導師に注意を戻した。効いている、とパスコーは思った。一見理性的に見える議論に引き込む。実際にどれほど非理性的であってもかまわない。こちらが上だと思わせる言葉や、たんになだめるような言葉は避ける。相手の狂気をこちらがまじめに受けとめていると納得させる。

「率直に言って、あの男たちなんかどうだっていい」彼女は言った。「実際、いないほうがまし。あなたはね、ピーター、前に一度、殺しかけたじゃない？　とすると、導師がおっしゃるように、そういう運命がもう書かれているのかも。そうでしょう、導師？」

「すべては書かれています」イブラヒム師は言った。それまで、セミナーを指導する教師のように、強い興味を持って二人のやりとりに耳を傾けていたのだった。

パスコーは導師を巻き込みたくなかった。自分とキルダとのあいだでやるべきことだ。ところが、さらにまずい邪魔が入った。

「書かれている、ですって？」トティ・サラーディは大声で言った。「ええ、まあそうでしょうよ。でも銃を持ってるんならね、おまわりさん、今こそそれを抜いて、その女を撃つときだって、書いてあるはずよ」

これはパスコーに向かって言われたものだった。彼は意志力と表情で、ネゴシエーション講習会で学んだことをこの女に伝えようとした――暴力に訴えるという脅しに対して、暴力に訴えるという脅しで応えない。しかし、ここでまた新たに注意を逸らすものが出てきた。サイレンの音が遠くからしだいに近づいてくる。ある意味では歓迎だったが、おかげで緊迫感がぐんと高まってしまった。

そのうえ、トティがこれに加担した。

「やっとだわ」彼女は言った。「あれが聞こえる？　おしゃべりの時間は終わり。もうじき、この場所は豆鉄砲を持った青い制服の男の子でいっぱいになる。あたしは経験で知ってるけどね、男の子に豆鉄砲を持たせてごらん、ぽんぽんやらずにはいられないんだから」

キルダは彼女のほうに目をやり、微笑した。

「おっしゃるとおりよ、ミセス・サラーディ」彼女は言った。「時間いっぱい」

彼女はカメラを導師の顔の前に掲げた。

「キルダ！」パスコーは叫んだ。「若い人たちのことを考えろ！」

「考えたわ」キルダは言った。「五まで数えます。それまでにこの部屋から出ない人は、危険を覚悟すること。ただし、あなたは例外よ、イブラヒム師。そこにじっとしていて。処女が迎えにくるまでのカウントダウン開始。一」

パスコーは若いカップルに向かって絶叫した。「行け！　行け！」

「二」

サラーディは若い花嫁を引っ立てた。彼女は脚がきかなくなってしまったかのようだった。ボディガードたちはおろおろと動き始めた。処女に迎えられるなら死ぬ覚悟で突撃する価値はあると思っている男が一人でもいるといけないので、パスコーはかれらのほうを向いて叫んだ。「出ろ！　ぐずぐずするな！」

「三」

ボディガードたちは向きを変え、退却した。サラーディはジャミラを引っ張り、抱えるように雛壇を降りると、男たちのあとから出口へ向かった。その後ろで母親が壇を降りた。

「四」

おれはここでまだ何をしているんだ？　パスコーは自問した。おれには妻と娘がいる。どうしてぐずぐずしている？　死にたがっている狂女と、死ねば警察や公安の上のほうの人間が大喜びする狂信者のことが心配だから？　頭がおかしくなったのか！

彼は出口へ向かえと自分の脚に命じたものの、それは花嫁の脚よりさらに機能を失っていた。トティ・サラーディもうまく動けずにいたが、こちらの動機は金だった。彼女は二歩ほど進んだのだが、金の袋を忘れたことに気づいた。向きを変え、屈んで、雛壇のへりから袋を取り上げた。袋の紐をつかむと、後ろから見ているパスコーには、彼女の背中の筋肉がぐっと盛り上がり、シルクのドレスの生地が張りつめるのがわかった。

「五」

走れ！　だが、彼は小太りのヨークシャー女に目を奪われて動けなかった。何十年も前、マイアリー・メッカでアンディ・ダルジールに荒っぽい魔法をかけたかもしれない女。そんな偶然が起きたのなら、そこに重大な意味があるのじゃないか？　パスコーは思いながらトティを見守った。膝を曲げて腰を落とした姿勢から、彼女はサークル内に立ったハンマー投げの選手のように回り始めた。一回転半するスペースがあった。足で複雑な小さなダンス・ステップを踏み、腕を前に伸ばすと同時に背筋をまっすぐにした。重い金袋は遠心力が加わって動いていた。そのわずかな瞬間、数学者にも速度を計算することはできなかったろう。袋はキルダの白い細い首、右耳のすぐ下に勢いよくぶつかった。

パスコーは食肉処理場を訪れたことはなかったが、無痛法がこのくらい即時に完全な効果をもたらすものならいいと思った。よろめきもせず、何が起きたのか気づくほどの意識が忍び込む隙はまったくなかった。キルダはまるでドレスがハンガーから滑り落ちるように、ふわりと床に倒れた。

導師は手を伸ばし、彼女の感覚を失った指から落ちたカメラを器用につかまえた。

トティは袋を肩に担ぎ、倒れた女には目もくれずに、ついさっき息子とその美しい花嫁が出ていったドアへ向かった。

パスコーの前を通ったとき、彼女はさげすむというよりは憐れむような調子で言った。「すべては書かれている、というのは正しいわ。でもね、アラーだってペンがいるのよ。男ってこれだからね！」

第七部

そうしたらあの人は「神様、神様、神様！」と三度か四度叫んだ。あたしは元気づけてあげようと思って、神様のことなんか考えるのはおよしなさいと言ったの。まだそんなことを考えて悩むのは早いと思ったから。

——シェイクスピア『ヘンリー五世』二幕三場

1 おしまい

「わたしが死んだときみが言ったら、その野郎、本気にしたっていうのか？」アンディ・ダルジールは言った。

ピーターとエリー・パスコーは彼のベッドの横にすわっていた。意識が戻ってから一週間たっていた。初めのころは、混乱した状態で短時間目を覚ましては、その合い間に長時間眠った。自然な眠りもあれば、薬で眠らされることもあった。だが三日目になると、目を覚ましている時間が長くなり、混乱は少なくなった。六日目には集中治療室から出され、七日目にはハイランド・パーク半パイントとベーコン・サンドイッチ六個を要求したので、病院職員の中にはこれをぼけの徴候と受け取った者もいた。さいわい、昔の彼を知っているジョン・サウデンが、これは実際にはダルジールが回復への道に大きく一歩踏み出した証拠だと言って、同僚たちを安心させてやることができた。

「しかし、長い道だし、正確にどこまで行けるものかは、なんとも言えない」サウデンはキャップ・マーヴェルに警告した。「彼は若くない。仕事に復帰するまでには長い療養が必要だ。実際、本人がその気なら、医療上の理由で退職することも……え？」

キャップは噴き出して言った。「ご自分でそうすすめてみたらいかが、ドクター？　でも、救急蘇生チームをスタンバイさせてからね」

「その必要はない」サウデンは言った。「彼の心臓には問題はないから」

キャップは言った。「わかってます。スタンバイはあなたのためってこと」

この期間中、キャップ以外は面会謝絶だったが、その晩、彼女はパスコーに電話して、ダルジールはようやく人に会えるようになったと言った。

「今まで何があったか、できるだけ教えたのよ」キャップは言った。「でも、彼はあなた自身の話をぜひ聞きたがっているの、ピーター」

というのは、「おれはあいつのケツからじかに聞きたい」をざっと翻訳したものだった。

ダルジールが半身を起こしている姿を見るのはショックだった。ほっとする光景ではない。以前、動かずに横たわり、管や線で生命を維持していたときは、なぜか彼は彼のままだった。浜に打ち上げられた鯨かもしれないが、それでも海の巨獣《リヴァイアサン》には違いなかった。今、半身を起こし、青ざめて弱々しく、口をきくのも身動きするのも見るからに努力が必要な状態だと、彼は甲板上で死にかけてぱたぱたもがいているカレイみたいだった。

だが、ミル・ストリート事件の捜査に関連して起きたことをすべて知りたいと明確に示すだけの力はまだあった。だから、初めはためらいがちに、それからしだいに流れに乗って、パスコーは物語った。

弱っているおかげで、ダルジールはふだんよりよい聞き手になっていた。もっと驚くべきなのは、エリーがほとんど口をはさまなかったことだろう。パスコー夫婦のあいだでは和平が成り立っていた。彼はCATの濁った世界とその仕事に手を出したが、それはもう完全に終わったと、エリーに念を押したのだった。罪は赦されたが、忘れられてはいないだろうと彼は思った。話の中でケントモアを引っかけた部分に来ると、彼はさらりと軽くすませてしまおうとしたのだが、巨漢はすぐさま反応した。

「わたしが死んだときみが言ったら、その野郎、本気にしたっていうのか?」

「ええ、まあ」パスコーは言った。

ダルジールは信じられないというように首を振った。パスコーはエリーの視線をとらえた。この死と欺瞞の長くねじれた物語の中で、巨漢が信じ難いと思うのはただ一つ、自分が死んだことを信じた人間がいるという点だ、というのが愉快だとパスコーは感じたが、エリーも同感かどうか知りたかった。彼女は石のようにこわばった顔のままだった。彼は赦されたかもしれないが、あの欺瞞にまつわるなにかを愉快だと彼女が感じられるようになるのは、まだずっと先のことだろう。

「よっぽど迫真の演技だったんだな」ダルジールは非難がましく言った。

「いや、実は、知らせを持ってきたのはウィールディでした」パスコーは言った。

「ま、あいつならふさわしい顔をしてるからな」巨漢は不承不承認めた。「じゃ、続けてくれ」

グレインジ・ホテルでのクライマックスは、かなりかいつまんで話した。エリーに聞かせたときもそうだった。キルダが数え始めたとき、自分がなぜ真っ先にドアから出ていかなかったのか、説明したくない、というより、正直なところ、説明できなかったからだ。

しかし、トティ・サラーディの英雄的役割は充分に詳しく語った。その名前に反応するかと、ダルジールの様子をしっかり見ていたのだが、なにも表われなかった。

部屋の中にいるキャップ・マーヴェルに気を遣っていたのかもしれない。もっとも、キャップがなにかを耳にする可能性はあまりなかった。ダルジールは中央病院の私費患者棟にある、設備の整った広く居心地のいい部屋にいた。きっとキャップ・マーヴェルが費用を支払っているのだろうとパスコーは推測した。組織力では誰にもひけをとらないキャップは、規則に関して病院側と渡り合い、圧勝して、自分もこの部屋に泊まり込んでいた。今、彼女は壁際のテーブルに向かい、イヤホンを着けて、ラップトップを使っていた。どうせきっと、合法すれすれの直接行動を組織しているんだろうな、とパスコーは思いながら物語を終え、最後はこの話にふさわしく明るく晴れやかに締めて、すべてきれいにかたがついたとほのめかした。

だが、五十ヤード離れたところからスコットランド高地《ブラック・ウォ》連隊《ツチ》のキルトのほつれを見つける眼力を持つ巨漢は言った。

「じゃ、はっきりさせよう。わたしをこのいまいましいベッドに送り込んだ人でなしどもは、確かにつかまえたんだな?」

「ええ。ケントモアの二人です」

「けっこう。檻にぶち込んで、鍵を捨てちまったんだといいがな」

パスコーは同意してうなずいた。ケントモアたちに対する彼自身の感情がしだいに曖昧なものになっていることは、今ここで明らかにするつもりはなかった。かれらはミル・ストリートで男三人を殺害し、ダルジールも危うく殺されるところだった。キルダがそれ以上の殺戮に及ばなかったのは、ひたすら天命《キスメット》がトティ・サラーディの形をとって介入したおかげだった。

だが、パスコーが二人のことを考えると、頭に浮かぶのは、青ざめた浮浪児みたいな様子で意識のないまま救急車の中へ消えていくキルダと、ダルジールが死んだと嘘の知らせを伝えられたときのモーリスの苦悩する顔のイメージだった。〝いっしょに炎の車に縛りつけられている〟。今では永遠に。こんなふうにして詩の真実を悟るのはつらい。

「で、その頭の変なSASの野郎、ヤングマンだが、きみがつかまえたというんだろう。でも、ニュースでは名前を聞いていないぞ」

「CATが引き取りましたから」

「どうしてそんなことを許した？　きみが逮捕したんじゃないか？　わたしが逮捕した人間なら、わたしがよしと言わない限り、誰も奪っていかなかったぞ」

パスコーはこの不当な批判に顔をしかめた。

マーサイドの後始末がすんだころには、ヤングマンはすでにルビヤンカへ連れ去られていた。そこではきっと謎の人物バーナードが彼をもう全体像からエアブラシでぼかして消しているに違いない。彼をマズラーニ断頭事件につなげる具体的な証拠はない。ヘクターの殺人未遂も、かれらの手にあるのはヘクターが描いたジャガーのスケッチだけ。すると、残るのはケントモアの二人だ。だが、死ぬ間際のクリストファーを助けてくれた男に罪を着せる証言など、かれらがするだろうか？

ヤングマンなしでは、キューリー＝ホッジをつかまえる道はない、とパスコーは考えた。そして、ギャロップする少佐は聖バーナードと接触の可能性がある唯一の人物なのだ。

ルビヤンカにいたあいだ、自分が実際にテンプル騎士団の内通者に会っていたのかどうかも、パスコーには判然としなかった。だが、警官は手に入った証拠でなんとかするしかない。彼が怪しいと思う人物はみな、あのとき数分のうちにグレインジ・ホテルに現われた。サンディ・グレニスターとデイヴ・フリーマンは同じ車で、バーニー・ブルームフィールドとルーカシュ・コモロフスキーは別々に。みんなルビヤンカから来たのか、それとも週末のレクリエーションの場から引っ張り出されたのか、彼は知らない。

かれらはホテルの事務室にすわって、パスコーが語る経緯に耳を傾けた。

「ピート、あなたはすごく幸運な人よ」話がすむと、グレニスターは言った。

「うん、まったくだ」ブルームフィールドは言った。「ナポレオンは幸運な男たちで自分のまわりを固めた、とかいうんじゃなかったか？　よくやったとほめるべきか、降格処分にすべきか、迷うよ、ピーター」

「ガーデニングと同じですよ、大事なのは結果だけだ」コモロフスキーは言った。「これはまたとなくうまくいった」

「もっとも」フリーマンは考えながら言った。「もしピートとミセス・サラーディがほかの人たちといっしょに部屋を出て、ミセス・ケントモアが導師を巻き込んで自爆していれば……」

パスコーは、いくらシニカルでもこれは行き過ぎだと思ったが、ほかの三人に目をやると、みんなこの説を検討し、そのとおりだと思っているのが見て取れた。

「ひどいな！」彼は胸が悪くなって言った。「それが望みなら、どうしてそちらからターミネーターを送り込んで、きれいに都合よくかたづけないんですか？」

「スリラー小説の読み過ぎだと思うよ、ピーター」ブルームフィールドは言った。「われわれは、きみが言うように、ターミネートするのが仕事じゃない。だがまあ、〝汝殺すなかれ、ただし差し出がましく生かしておこうとする必要はない（クラフの詩「最新十戒」より）〟とも言うしな」

彼は微笑した。だが、パスコーはこの場の雰囲気を軽くしようとする試みを無視した。

「差し出がましく人を生かしておこうとするのは、警察官の仕事の一部です、決まりが変わったんでなければね」彼は言った。「スリラー小説の読み過ぎとおっしゃるが、わたしはヤングマンの本を読んだからこそケントモアの関係に気づいたんです。CATのみなさんこそ、もうちょっと読書したほうがいいんじゃないですか」

フリーマンは眉を上げ、鋭い反撃を期待するかのようにブルームフィールドを見たが、次に静かな声で教え諭すように話をしたのはコモロフスキーだった。

「わたしとしては、うまくいったと思います。テンプル騎士団は粉砕しましたし、あなたがアル－ヒジャージの命を救うのに決定的な役割を果たしたという事実は、いい方向に利用させてもらいますよ、ミスター・パスコー。いちばん大事なのは、今回はあなたが怪我をせずにすんだということだ。よくやった、と言わせてください」

「同感だ、ルーカシュ」ブルームフィールドは言った。

「よくやった、ピーター。それでは、報道陣に嗅ぎつけられないうちにここを出よう。ピーターの事情聴取はルビヤンカですませる」

みんながドアのほうへ向かおうとしたとき、パスコーは言った。「いいえ」

動きが止まった。

ブルームフィールドは向きを変えて言った。「なんだって？」

「わたしはもうCATの仕事はしていません、ご記憶でしょう？　これ以上質問があるなら、わたしは故郷の中部ヨークシャーにおりますから。信頼のおける人間に囲まれてね」

「悪いが、おっしゃる意味がわからないな」ブルームフィールドは言った。その顔には悲しげな不安感の景色が広がっていた。

「そんなことはないと思いますね、警視長」パスコーはぴしりと言った。「テンプル騎士団が粉砕されたと考えるのは、控え目に言っても時期尚早です。まだあと何人いるんです？　アルシャンボーと呼ばれているやつが確かにいる。それに、キャラディスを殺したグループ。ヤングマンが名前のリストを渡してくれますか？　息を詰めて期待はしませんね。それに、警視長、テンプル騎士団はCAT内部の何者かからかなりの助けを受けなければ機能できたはずはないと、もう気づいていらっしゃるでしょう。聖バーナード、というコードネームの人物だ。あなたの名前と同じですよ。汚名を着せようというんじゃありません。そいつはあなたがたの誰であってもおかしくない。いや、もっと悪くすれば、あなたがた全員てこともある。わたしはカンザスに帰ります（「オズの魔法使い」より）。あっちには怒っている妻と、具合の悪い友達がいますから」

　そして、彼は出ていった。

　車を走らせていると、ベーコンの言葉が頭に浮かんだ。妻子と年金積み立てのある男は、侮辱の指を突き出す相手をごく慎重に選ばねばならない（フランシス・ベーコン『随筆』の一節、「妻子ある男は運命に人質を取られている」）。

　生き残るための最善策は完全にオープンになることだ、と彼は決めた。

　ミル・ストリート爆破事件以来の自分の行動の詳細、結論、疑惑をすべてしたため、コピーを三通作って、一つはダン・トリンブルに渡し、もう一つはCATに送り、三つ目は自分の弁護士に預けた。

　ノイローゼかもしれないが、ときにはノイローゼになるのもいい気分だった。

　アンディ・ダルジールとまた話をするのもいい気分だった。もっとも、告訴して有罪を勝ち取るのはむずかしいという予測ずみの問題について、ダルジールはパスコーの個人的責任だと考えたがっているようだったが。

「申し訳ない、アンディ」彼は最後に言った。「こんなことを言うのはつらいんですが、これ以上わたしにできることはありません」

「そう聞くのはつらくないわ」エリーは言った。「あの人たちからできるだけ離れたほうが身のためよ。アンディ、なるべく早く復帰してね。あなたが入院してからというもの、ピーターは次から次へと問題を起こすんですもの」

「心配するな、エリー」ダルジールは言った。「二週間もすれば、ぴんぴんだ。そうしたら、ヤングマンとキューリー‐ホッジの野郎は気をつけたほうがいい」

椅子が引かれる音がした。キャップ・マーヴェルがイヤホンをはずし、ダルジールの最後の一言を耳に入れたのだった。

「ぴんぴんですって？」彼女は軽蔑して言った。「アンディ、二週間たって自分のお尻が拭けるって段階に達したら、よしとすべきよ」

パスコー夫婦はにやりとした。キャップは上流階級ならではのがさつな言い回しがうまく、巨漢の庶民的下品もたじたじだった。

キャップは続けた。「さっき話に出たキューリー‐ホッジだけど、ダービシャーのキューリー‐ホッジ家、というか、以前はキューリーだった、あの家の人かしら？」

「そうです」パスコーは言った。「ハザセージに近いキューリー城のね。あの家族をご存じなんですか？」

「そいつらが城なんてもんに住んでるんなら、彼女が知らないはずはない」ダルジールは言った。尻拭きの一言に傷ついたのは明らかだった。「わたしといっしょになったとき、こいつは外科手術で口から銀のスプーンを取り外さなきゃならなかった。もちろん私費健康保険《BUPA》を使ってな」

この二人、お似合いだな、とパスコーは思った。

「知ってるってほどじゃないわ」キャップは巨漢を無視して言った。これも他人にまねのできない、彼女の才能だった。「でも、あの家の名前に自分の名前をくっつけることになったイーディー・ホッジだったら、わたしが聖ドットにいたのと同じ時期に生徒だった」

「聖ドット？」

「聖ドロシー女子学院、マットロックのそばの」

「うちの学校がラグビーの相手にしたように思うね」ダルジールは言った。

「彼女なら、あなたよりだいぶ年上だったでしょう」パスコーは言った。

キャップは笑って言った。「エリー、ご主人をよく訓練してあるわね。ええ、でもほんの二つくらいよ。もちろん、あの年ごろには大きな違いだけど、彼女は昼休みにみんなの話題にのぼる、伝説の先輩だったの。聖ドット校のチャタレー夫人」

「それはおもしろい」パスコーは言い、イーディーはすごくセクシーなレディだというホット・ロッドの評価を思い出していた。

「そうなの。キットバッグが――というのは、当時校長だったデイム・キティ・バグノルドのことだけど――イーディーが学校の庭師と温室でセックスしているところをつかまえた。いや、庭師というより、その息子で助手をしていた男の子ね。記憶では、すごい美形だった。わたしたち、シャベルを持ったセックスの権化、と呼んでいたわ」

「ああいうところじゃ、雄のハムスターだって安全じゃない」ダルジールはぶつぶつ言った。

「で、どうなったんです？」パスコーは訊いた。

「男の子は消えてしまった。あのあと、父親がほかの仕事に送り出したんでしょうね。イーディーのほうは、荷物をまとめて出ていけ、二度と学校の敷居をまたぐな、ってことになった」

「労働者階級の使用人はなんの罪にも問われず、金持ちの私立学校生徒は放校。保守党系のタブロイド紙は大騒ぎだったでしょうね！」エリーは言った。会話を少しでもCATとつながりのあることから離し、もっと一般的な分野に導ければと思ったのだ。

だが、うまくいかなかった。

キャップは言った。「いい庭師はお金持ちの子供より手に入れにくいとキットバッグが判断したんじゃないかしら。どっちみち、イーディーは卒業まで残り二学期だったし。彼女はほんとに学校のヒロインだったのよ。ところが、二カ月ほどしてアレグザンダー・キューリーと結婚して、イメージ丸つぶれ」

「どこが悪いんです？」パスコーは訊いた。

「第一に、彼は彼女より三十近く年上で、しかも、腐るほどお金があるわけでも、称号があるわけでもなかった。彼は学校の理事で、終業式、創立記念日、運動会に出てきた――ことに運動会ね。若い肉体がまぶしい場所なら、必ずやアレグザンダー大王の姿あり。彼はいつもイーディーに話しかけていたわ――彼女の父親と知り合いだったんだと思う――そうすると、彼女も男心をくすぐるような態度で応えるのよ。でも、くすぐるより近くまで寄せつけるなんて、誰も想像もしなかった」

「じゃ、どうしてそうしたんだ？」パスコーは言った。

この人、どうしていつもこう好奇心が強いんだろう？ エリーは内心で言った。

キャップは昔を思い出し、にんまりして続けた。「きっと、次の創立記念日にめろめろの夫と、あぷあぷいう赤ん坊を連れてやって来て、キットバッグの前で女王然と振舞うのが楽しみだったからじゃない？ おぼえてるんだけど、イーディーはビュッフェを食べるあいだ、キットバッグに赤ん坊を預けたの。そしたら悪ガキはすぐにおむつを濡らした」

ベッドから大きないびきが聞こえた。ダルジールが寝たふりをしているのだ。いやもしかすると、気の毒に、本当に眠ってしまったのかもしれない。

エリーはチャンスをとらえ、小声で言った。「ピーター、そろそろ失礼したほうがいいわ」

「そうだね」

キャップはボタンを押し、ベッドの背の部分を倒した。横になると、彼はさらに青白く、弱々しく見えた。二人は静かにドアへ向かった。キャップが廊下までついてきた。

「来てくださって、ありがとう」彼女は言った。「次はロージーを連れていらしてね。あの人、とても会いたがっているのよ」

「ロージーなら、今日は鍵をかけて閉じ込めて、ようやく来させずにすんだくらい」エリーは言った。「でもまず、わたしたちが様子を確かめてからと思って。アンディはどんな調子だと思う、キャップ？」

「悪くないわ」キャップは言った。「でも、本人はその倍もいいみたいなふりをしたがるけれどね。元に戻るまでは長い道のりでしょう。ご存じのとおり、アンディは〝ぱっと一跳び〟の人だから。でも心配しないで。いずれは目的地までたどり着かせてみせるわ」

彼女の明るい自信にほっとした。パスコーは安心させてもらう必要があったのだ。会っているあいだ、昔のダルジールらしさはところどころでひらめいたものの、ずっと通して感じ、いやな気持ちになったのは、変化の感覚だった。巨漢の内部でなにかが起き、その精髄を薄めてしまった。もう修理がきかないほど壊れてしまったのかもしれない。

そんな不快な考えを頭から追いやり、さっきキャップに言われて気になっていたことに戻った。

「アレグザンダー・キューリー＝ホッジはどうして名前を変えることに同意したんだと思いますか？」彼は訊いた。

「さあね。彼は深刻にお金に困っていて、ホッジ家は耳から垂れるくらいお金があったのかも」キャップは言った。

「それじゃ、取引みたいだな」パスコーは言った。

エリーは苛立ちをうまく隠せずに言った。「警官じみたことはいいかげんにして！」

キャップは言った。「わたし、今でもキットバッグとおつきあいがあるのよ。よかったら、イーディー・ホッジのことを訊いてみてあげましょうか？」

エリーにゴルゴンのごとき目つきでにらまれ、パスコーは「いいや、いいんです、ほんとに」と、もごもごと言いかけたが、そのとき部屋の中からかぼそい声が呼びかけてきた。するとみんな、一エーカー以内の教会の鐘の音がすっかり聞こえなくなるほどの昔のダルジールの声を思い出さずにはいられなかった。

キャップはドアを押しあけ、中に戻った。

エリーは言った。「ピーター、この件にはもう関わらないでしょうね？」

「うん、もちろんだ。本当だよ。正常運転再開。約束したろう？」

彼女は不信げに夫を見たが、なにも言わないうちにキャップがまた現われた。

「目が覚めて、お二人がいなくなったと気がついたんだけど、ピーター、あなたに言いたかったことがあるんですって。かまわない？」

「ええ、いいですよ」

パスコーが中に入り、ドアが閉まると、キャップは好奇の目でエリーを見て言った。「あなたたち二人、大丈夫でしょうね？」

「ええ。大丈夫です」エリーはそっけなく言った。それから言い加えた。ごまかしは嫌いだし、キャップは親しくはないが、友達だからだ。「あの人、CATに関わるのはもうおしまいだと約束したの。あの程度で抜けられて、ラッキーだった。わたしとしては、あんなことにはもう手をつけないで、こっちの生活に戻るべきだと思うの」

「話をすっかり聞きたがったのはアンディよ」キャップは言った。

「ピーターもそう言ったわ。でもわかる。話をしたせいで、また興味が湧いてきてしまった」

「エリー」キャップは優しく言った。「わたしがアンディといっしょになって一つ学んだのはね、わたしたちは長い、緩いロープでつながれている必要があるってこと」

「ピーターはアンディじゃないわ」

「もちろんよ。でも、あの二人をつないでいるロープは、わたしたちのロープよりある意味でずっと短く、ずっときつい」

女二人は無人の廊下にそれぞれ目をやった。地雷原にいるのだとわかっていた。慎重に一歩進み出ても、爆発するかもしれない。だから二人は黙って立ち尽くし、救助を待った。


ダルジールの枕元にも、ありがたい静寂があった。どうやら巨漢はまた眠ってしまったようで、パスコーはほっとした。今なにか言ったら、自分の最悪の恐れが確実なものになってしまいそうな気がしたのだ。

出ていこうとした。

ベッドから音がして、彼は立ち止まり、じっと動かない人物の上に身を乗り出した。

唇がかすかに動き、羽一本をようやく揺らせるほどの息が出た。その息に乗って自分の名前が聞こえたようにパスコーは思った。

彼は言った。「はい？」

「ピーター、きみか？」

息はこころもち強くなっていたが、それでも蠟燭の炎を震わせる程度だった。

「ええ、アンディ、わたしです」

巨漢の目があいた。瞳はどんよりして、焦点が合っていないようだった。

彼は言った。「ピーター」

「はい」

彼の左手が動いた。パスコーは反射的にその手を撫でた。すると、指をつかまれるのを感じた。生まれたばかりの娘を初めて抱っこしたとき、指をつかんできた赤ん坊の手の力より弱かった。

「ピート、おまえ《メイト》、行っちまったかと思った」

「いや、アンディ、まだいますよ」パスコーは言いながら、思った。メイトだって！　やばいぞ。これはまずい。

「どうしても言っておきたいことが……キャップに聞いた……ミル・ストリートで吹っ飛ばされたとき……」

声は続かなかった。目に涙が浮かんでいる？　くそ、こいつはまずいぞ！

「いいんだ、アンディ」彼は言った。「休んでください。あとで話しましょう、ね？」

「いや……今やらんと……もしもの場合……な。キャップが言っていた……あそこにきみがいなかったら、今ごろは……わたしはきみに救われたと言われたんだ、ピート……きみに救われた……」

声が詰まった。枯渇した体力では耐え切れないほどの感情に見舞われたかのようだった。

「あのときのことは、よく思い出せないんです、アンディ」パスコーは言った。巨漢がなにかべたべたと甘く感傷的なことを言い出して、二人の関係を永久に詰まらせてしまわないうちに、ぜひとも出ていきたかった。だが、指をつかまれていたから、出ていくという意思を明確にせずに離れるわけにはいかなかった。

「……それで、言いたかったのは、ピート……」

声はまたかぼそくなっていき、目は閉じられてしまった。かわいそうだが、この衰弱のせいで、アンディは恥をかかずにすむかもしれない！　彼はさらに身を乗り出して、静かな言葉を聞き取ろうとした。

「……言いたかったのはな……」

すると、両目がぱちっと開き、パスコーの目をまっすぐ見据えた。明るく涙のない目だった。

「おまえが口移し式人工呼吸《キス・オヴ・ライフ》をやってくれたからって、おれたちはいいなずけってわけじゃないぞ！」

大きな口ががっとあき、爆笑が飛び出した。その勢いでパスコーは体が吹き上げられたような気がした。

「ひどいぞ！」彼は言った。「ずいぶんじゃないか！」

顔じゅうににやにや笑いを浮かべて、彼はドアに向かった。

女二人は部屋の中が急に騒がしくなったのにはっとして、心配そうに彼を迎えた。

「アンディ、大丈夫なの？」エリーは言った。

「残念ながらね」パスコーは言った。「あれ、誰かと思えば」

廊下のむこうから、松葉杖二本にすがり、カニの横這いを思わせる妙な動き方で、ヘクターがやって来た。Ｔシャツの首から中にユリの花束が突っ込んであり、その花粉が彼のやつれた顔にたっぷり振りかかって、なんだか珍種の黄疸で死んだばかりの男みたいに見えた。

「具合はどうだい、ヘック？」パスコーは訊いた。

「上々です、主任警部。ミスター・ダルジールはいかがですか？　お見舞いに入ってもいいですか？」

キャップは「いえ、休んでいるので……」と言いかけたが、パスコーが彼女の前に進み出て、ドアをあけた。

「ミスター・ダルジールなら上々だ」彼は言った。「きみに会ったら喜ぶよ。入ってくれ、ヘック」

巡査は横向きにひょこひょこと戸口を抜け、パスコーはそのあとそっとドアを閉めてやった。一瞬の静寂があり、それからがしゃんと音がした。おそらくヘクターが花束を出そうとして、松葉杖を片方、床に落としたのだろう。次に、どさっという音。たぶん彼がベッドの上に倒れかかったのだ。続いて、ショックか激怒か苦痛を表わす大きな叫び。

「どうしてヘクターを入れてあげたの？」二人で病院を出るとき、エリーは不思議そうに訊いた。

「かまわないだろ？」パスコーは明るく言った。「だって、ある意味で、このすべてを始めたのはあの二人だ。二人でおしまいにすれば、ぴったりじゃないか、そう思わない？」
「ええ」エリーは微笑を返して相槌を打った。「おしまい。ぴったり。じゃ、うちに帰りましょう」

2　本当におしまい

だが、まだ本当におしまいではなかった。

次の日曜日は晴れた日で、パスコーとロージーとティッグは散歩がてら、川辺のお気に入りの場所まで行った。ここならティッグは泳げるし、ロージーは浅瀬で水遊びができる。パスコーは緑の木陰に寝そべって、好きな色合いで物事を考えることができる。エリーは、女の仕事は終わりがない（家事はきりなくある、という意味の成句）というのを言い訳にして、加わらなかった。

それは本当だが、その仕事というのは、山のようなアイロンかけなどではなく、小説を書くことだ。厄介な部分にさしかかっているのだった。

ばかな言い訳だと認めてはいなかった。彼女の文学的野心を、ピーターはつねに支援し、感嘆し、称賛してきてくれた。だが、一家の銀行残高に向かって大きな印税小切手を振りまわせるときが来るまでは、彼女は自分の創造的衝動が家族生活に食い込むたび、こういう不合理な罪悪感を感じるのを避けられないのだった。

コンピューターをオンにし、いつものように、Eメールをチェックした。

いくつか溜まっていたものはすばやく処理した。ピーター宛のものも二つあった。一つはキャップ・マーヴェルからだ。ちょっと考えてから、彼女はそれを開いた。

キャップは新しいテクノロジーをなんでも熱烈歓迎し、どんどん使うから、反動でダルジールは狂信的機械化反対者《ラダイト》となっていた。エリーはメッセージを解読しながら、巨漢に同情を感じた。Eメールがこれなら、テクスト・メッセージがどんなものか、考えたくもない！

ハイ！　昨日サンディタウンにキットバッグ見舞い——
——E・ホッジの件、あなたが興味持っていたのを帰り際に思い出した——キティはもう疲れていた——考えてみると言った——今日Eをもらったので転送——Aはよく回復——家に帰りたがってる——ドクターはあと2週間はだめとのこと——あとはサンディタウン的なところで静養、仕事から遠く離れて！　エルとロージーとティッグによろしく。キャップ

エリーは転送されてきたメッセージを開いた。ほっとしたことに、デイム・キティは昔の教え子のように言葉をずたずたにする道はたどっていなかった。彼女にとって、Eメールはたんに手紙をより速く送る方法にすぎなかった。

東ヨークシャー州
サンディタウン
アヴァロン療養ホーム

親愛なるアマンダ、

　昨日はご訪問くださり、ありがとうございました。
こういう死の町《ネクロポリス》に埋没していると、生者の世界からのニュースを受け取るのはいつもうれしく思います。もっとも、きっとお気づきでしょうが、それがあなたのような生活だと、話を聞いて身代わり体験するだけでも、ぐったりしてしまうのは事実ですけれどね。

ご訪問の最後には疲れてしまい、イーディー・ホッジに関するあなたのご質問にお答えすることができず、申し訳ありませんでした。でも、今朝目を覚ましたら疲れもとれて、イーディーの冒険の詳細がすべて、どっと頭に甦ってきました。

わたしが二人を温室でつかまえたという話は、実は本当ではありません。真実は、よくあるように、もっとふつうで、もっと奇妙なものでした。

実は、二人を見つけたのは男の子の父親、ジェイコブだったのです。父親なら、これで息子がどんな仕打ちにあうか心配して、事を荒立てないようにするだろうと思うでしょう。ところが、彼の反応は名前にふさわしく、旧約聖書的なものでした。彼の見たところでは、息子は誘惑者ではなく、誘惑されたほう、悪魔《サタン》の娘の手で穢《けが》され、道を踏み外すことになった、というのです！

これに完全に同意するわけにはいきませんでしたが、イーディーのことはよく知っていましたから、おそらく真実も五十歩百歩ではないかという気がしました。少なくとも、ジェイコブからの猛攻撃のあとでは、マット・ホッジを相手にするのは比較的簡単でした。もちろん、彼も最初は非常に怒っていました。自分の子供の福利が、それを守るべくお金をもらっている人間にないがしろにされたと考える、よきカソリック教徒の親なら当然の感情です。でも、彼は甘い父親とはいえ、現実が見えなくなるほどではありませんでしたし、イーディーの性向はよくわかっていらしたのだと、わたしは疑っていません。実際、当初の怒りがおさまると、娘が現行犯でつかまったこの事件をいい機会だと利用して、彼はこのだだっ子に対して多少の支配力を再確立しようと決めたのではないかと思います。

ですから、イーディーを聖ドットから退校させるというのは、両サイドが賛成した円満な決定でした。ジエイコブは息子をまだ見ぬ森と新たな草地（ミルトンの詩「リシダス」より）に送り出し、わたしは優秀な庭師を手離さずにすんだ！

一件落着すると、白状しますが、わたしはイーディスが非行に走ったことより、その後すばやく失地回復したことのほうによほど驚きました。彼女がアレグザンダー・キューリーと結婚したのは、鉄が熱いうちに父親が取引をまとめた結果でしょうね！　もちろん、鉄を熱くした熱がどういうものかは推測するしかありません。確たる事実はわたしの手にはありませんが、状況証拠はミルクの中の鱒のごとく一目瞭然（ソローの言葉）に近いものでした。創立記念日のレセプションで赤ん坊を預けられたとき（あなたがた女の子たちはみんなでさぞ大笑いしたことでしょうが）、わたしはあの子を近くでまじまじと見ることができました。そして思ったの――この子がキューリーなら、わたしは皇太后だわ！　あわただしい結婚、すばやい出産、キューリー家の財産とキューリーの名前の変化、すべて説明がついた、まあ少なくとも、説明できる！

でも、わたしは昔から探偵小説中毒ですから、過熱した想像力がわたしに見せたいと思ったものだけを見てしまったのかもしれません。ただ、彼女が失った恋人の名前を赤ん坊につけたことは暗示的です。もちろん、あれから何年もたって、気の毒な少年の不運なめぐりあわせを新聞で読んだときは、そんな推測は無意味、ほとんど見苦しいことのように思えました。かわいそうなイーディス。彼女が快楽を追求し、父親が世間体のよさを追求したあげく、こんな待ち伏せ攻撃を受けるなんて！　本当に、われわれは神々の手にあって、腕白少年のいたぶる虫けら同然です（シェイクスピア『リア王』より）。

でも、気紛れな神々もあなたのアンディをおしまいにしなかったと聞いて、とてもうれしく思います。これからどんどん回復していかれますように。彼はとてもおもしろそうな男性ね。いつかお目にかかれるかしら？　それとなくあなたをその気にさせるよう、こう言っておきましょう。アヴァロン・クリニック団地は、わたしのような老人が死ぬために来る場所というだけではありません。たとえば旧館は、回復期の患者の療養に使われていて、自分の二本の足で立って出ていく人たちもいるんですよ。

どういう決断をされるにせよ、どうぞときどきお話を聞かせてください。天文学者の推測が正しくて、外の世界に確実に生命が存在するということをわたしに思い出させるためだけにもね！

愛をこめて、

キティ・バグノルド

追伸　危うく忘れるところでした。庭師の背景を訊かれましたね。彼はポーランド人で、子供だった一九四五年に移民してきたのです。ナチスの下で五年過ごしたあと、共産主義よりましな将来があるはずだと家族が決断したのでね。彼はこの国で成長し、ヨークシャーの娘と結婚し、あの驚くほど美形の少年が生まれて（ええ、職員室でもそんなことを言っていましたよ！）、こんなトラブルを引き起こすことになった。

父親はヤークブという名前でしたが、わたしたちはジェイコブと呼び、息子のルーカシュはルークと呼んでいました。苗字はコモロフスキーです。

エリーは数分間じっとすわっていた。いろいろなことを考えた。真実と欺瞞、正義と復讐、人間の残酷さと人間の権利、道義と実利、良心と結果。親と子供のことを考えた。親は子供を通して生き、ときには子供を通して苦しむこともある。父親と息子、誇りと希望、砕けた希望、ゆがんだ誇りのことを考えた。父親と娘、ピーターとロージーのことを考えた。二人で手を振り、ティッグといっしょに出ていった姿、ピーターは若々しく健康で、ロージーの父親というより兄と言ったってよさそうに見えた。ピーターが川辺でのんびりロージーとティッグを見守っているところを考えた。子供と犬はどちらがよりびしょびしょ、より泥だらけになって家に帰るか、せっせと競い合っている。ミル・ストリート爆破事件後の悩み多い数週間のことを考えた。それから、ダルジールを見舞いにいったあとの平穏な数日を考え、あのでぶ野郎がいずれ完全に回復するという見通しをピーターが喜んでいることを考えた。

時は関節がはずれている（シェイクスピア『ハムレット』より）かもしれないが、それを直すのは、誰かほかの人間のやる番だ。

彼女の小説の中では、登場人物たちが相容れない忠誠や道徳的選択のもつれた網にからまれながら動いていたが、そんな空想の世界にいたいとは、今はとりあえず思えなかった。

彼女は〈削除〉ボタンを押し、アイロンかけをしようと、階段を降りた。

訳者あとがき

『ダルジールの死』(*The Death of Dalziel, 2007*)――シャーロック・ホームズはライヘンバッハの滝に墜落、エルキュール・ポアロは没し、リーバスは定年退職と、名探偵はときに作者の手で消されることがあるが、レジナルド・ヒルもとうとうダルジールを退場させようと決めた? しかし、まさかあの巨漢がそうやすやすと……?

八月末の国民の休日。自宅の庭で夏の陽射しを満喫していたパスコー主任警部は、ある〝事件〟の現場に呼び出された。ヘクター巡査が警邏中に銃声らしきものを聞き、ビデオ・ショップに入ると、銃らしきものを手にした人物がいたという。店はテロリストのアジトと疑われていたため、ダルジール警視が駆けつけ、パスコーも呼ばれたのだが、なにしろ報告を入れたのが無能で名高い(常連読者にはおなじみの)ヘクターとあって、警視はほとんど信じていない。店に入って確かめようとしたそのとき、大爆発が起きた。ダルジールは爆風をもろに受け、意識不明の重傷を負った。同じころ、〈テンプル騎士団〉と称して、イギリス国内のイスラム教徒過激派を〝正義〟の名のもとに次々と殺し始めた謎の組織は、爆発事件と関係があるのか? パスコーはダルジールになりかかわり(ほとんど警視がのりうつったような突っ張った態度さえ見せて）粘り強い捜査と推理を続けていく——

ベルリンの壁が崩れ、冷戦が終わったと思うまもなく、9・11でまた世界の力関係が変わり、熱い戦争が始まった。グローバリゼーションが進み、地球規模で人が移動し、一つの国に異民族が集まる。それを受け入れようと、国がマルチカルチュラリズムを唱道すれば、その国で生まれ育ったイスラム教徒過激派も登場する。二〇〇五年七月に起きたロンドン地下鉄の爆発事件は、そんなテロリズムの不幸な一例にすぎず、その後も、大事には至らなかったが被害の出たもの、公安や警察の努力で未然に防がれたものなど、事件は絶え間なく起きている。これが今のイギリスだ。

異文化共存のむずかしさ、イギリスのイスラム教徒の立場、肩身が狭くなってきた生粋イギリス人、そのやり場のない怒り、イラクやアフガニスタンの戦争で現地の人が犠牲になるだけでなく、イギリスの若い兵士たちが死んでいくという現実。容易に答えを出せない、だが毎日の生活の中で直視せざるをえない問題を、ヒルは物語を通して読者に考えさせる。本書がベストセラーになったのも、多くの国民の共感を得たからに違いない。

今年は、シリーズの次作 *A Cure for All Diseases* と、ひさびさの再登場となる私立探偵ジョー・シックスミス物の新作 *The Roar of the Butterflies* がすでに出版を予告されている。ますます乗っているヒルから、目が離せない。

二〇〇八年三月

HAYAKAWA POCKET MYSTERY BOOKS No. 1810

松《まつ》 下《した》 祥《さち》 子《こ》

上智大学外国語学部英語学科卒
英米文学翻訳家
訳書
『パディントン発4時50分』アガサ・クリスティー
『異人館』レジナルド・ヒル
『パズルレディと赤いニシン』パーネル・ホール
『紳士同盟』ジョン・ボーランド
（以上早川書房刊）他多数

この本の型は，縦18.4センチ，横10.6センチのポケット・ブック判です．

検印
廃止

〔ダルジールの死《し》〕

2008年3月10日印刷　2008年3月15日発行

著者　レジナルド・ヒル
訳者　松下祥子
発行者　早川浩
印刷所　星野精版印刷株式会社
表紙印刷　大平舎美術印刷
製本所　株式会社川島製本所

発行所　株式会社　早川書房
東京都千代田区神田多町2ノ2
電話　03-3252-3111（大代表）
振替　00160-3-47799
http://www.hayakawa-online.co.jp

〔乱丁・落丁本は小社制作部宛お送り下さい
送料小社負担にてお取りかえいたします〕

ISBN978-4-15-001810-8 C0297
Printed and bound in Japan

ハヤカワ・ミステリ〈話題作〉

1803 **ハリウッド警察25時**
ジョゼフ・ウォンボー
小林宏明訳
激務に励む警官たちと華やかな街に巣食うケチな犯罪者たちの生態を生き生きと描く話題作。元警官の巨匠が久々に放つ本格警察小説

1804 **東方の黄金**
R・V・ヒューリック
和爾桃子訳
知事が殺害され、その下手人すらも上がらぬ町へ乗り込んだ人物こそ……神のごとき名探偵として名を轟かすディー判事、最初の事件

1805 **愛する者に死を**
リチャード・ニーリイ
仁賀克雄訳
出版社に舞い込んだ奇妙な手紙の裏には罠が潜んでいた。どんでん返しの名手として知られる著者の長篇デビュー作、ついに邦訳なる

1806 **北東の大地、逃亡の西**
スコット・ウォルヴン
七搦理美子訳
自然の厳しさが残る大地、棄て去られた町、無法の群れと化した男たち。知られざるアメリカが、ここにある。全米注目の処女短篇集

1807 **ベスト・アメリカン・ミステリ クラック・コカイン・ダイエット**
トゥロー&ペンズラー編
加賀山卓朗・他訳
ディーヴァー、レナードらの常連たちに加え、先年惜しくも世を去ったマクベインが最後の登場をはたす、恒例の年刊傑作集。21篇収録